2015
短篇小说
中篇小说
散　　文
**报告文学**
中国文坛纪事

21世纪年度报告文学选

2015 报告文学

李炳银／主编

人民文学出版社

图书在版编目（CIP）数据

2015 报告文学/李炳银主编. —北京：人民文学出版社，2016
（21 世纪年度报告文学选）
ISBN 978-7-02-011468-9

Ⅰ.①2… Ⅱ.①李… Ⅲ.①报告文学—作品集—中国—当代 Ⅳ.①I25

中国版本图书馆 CIP 数据核字（2016）第 043806 号

| | |
|---|---|
| 责任编辑 | 胡玉萍　李　宇　涂俊杰 |
| 装帧设计 | 刘　静 |
| 责任印制 | 王景林 |

出版发行　人民文学出版社
社　　址　北京市朝内大街 166 号
邮政编码　100705
网　　址　http://www.rw-cn.com

印　　刷　三河市鑫金马印装有限公司
经　　销　全国新华书店等

字　　数　455 千字
开　　本　880 毫米×1230 毫米　1/32
印　　张　13.375　插页 3
印　　数　1—3000
版　　次　2016 年 5 月北京第 1 版
印　　次　2016 年 5 月第 1 次印刷

书　　号　978-7-02-011468-9
定　　价　39.00 元

如有印装质量问题,请与本社图书销售中心调换。电话:01065233595

# 出版说明

上个世纪八九十年代，我社曾编辑出版过小说、散文、诗歌、报告文学等各种文学体裁的年选本，其后，这项工作一度中断。进入新的世纪，我社陆续恢复编辑出版短篇小说年选、中篇小说年选、散文年选，对当年我国中短篇小说及散文创作实绩进行梳理、总结，向读者集中推荐，取得了良好效果，也为新世纪的文学积累做出了贡献。

报告文学敏锐及时地把握时代脉搏，反映社会生活。根据文学界人士和读者的建议，同时与小说年选、散文年选形成系列，我社又恢复编辑出版报告文学年选；编选范围原则上为当年全国各报刊上发表的报告文学作品，入选篇目的排列以作品发表时间先后为序。

我们希望年度报告文学选能够反映当年报告文学的创作概况，使读者集中阅读欣赏当年最优秀的报告文学作品。我们的努力是否达到了这样的效果，期望得到文学界和读者的批评和建议。

人民文学出版社编辑部

# 目 录

诗词，滋养心灵的沃土
　　——记中国古典诗词专家叶嘉莹 ………… 江胜信　1
猎狐缉捕组在行动(节选) …………………… 吕铮　21
与魔鬼博弈(节选)
　　——留给现实和未来的思考 …………… 张雅文　81
启功：文衡史鉴总菁华 ………… 徐可　王斯敏　134
热血长歌
　　——滇西多民族抗战纪实 ……… 李贵明(傈僳族)　179
中国"失独"家庭调查 ……………………… 韩生学　218
重症监护室
　　——ICU手记 ……………………………… 周芳　302
一座让路的古寺(节选) …………………… 张赞波　365
告别梦想(节选) …………………………… 严平　389

# 诗词,滋养心灵的沃土

——记中国古典诗词专家叶嘉莹

江 胜 信

## 引 子

阳光,恩泽般透过窗纱,满屋子弥漫着诗的香气。

又到周六,又一台诗词的盛宴。

"宴会厅"设在南开大学叶嘉莹先生寓所的客厅。这里透着禅意:几枝翠竹,一株兰草,整面墙的书柜旁边挂一幅字,上书"自在飞花轻似梦,无边丝雨细如愁",对面墙上有幅画,画着几枝粉荷,还有一块匾,刻着老师顾随写下的"迦陵"二字。"荷"是叶先生的小名,先生一生写了数十首与荷花有关的诗词,但她更爱用"莲"这个喻佛之字。"迦陵"是叶先生的别号,原取"嘉莹"之谐音,但恰好佛经中一种鸟的名字就叫"迦陵频伽",此鸟性灵,能传递钧天妙音。

"食客"约20人,有叶先生的博士生,有热爱中国古典诗词的美籍华裔母女,有三位听了她35年课的超级"粉丝"……客厅两侧的沙发挤不下了,大家熟门熟路去取加座——十多张重叠摞放的圆凳子。

"大厨"就是年届九旬的叶先生。她整衣端坐,意暖神寒,气息如兰,胸有成竹,清了清嗓子。

对于人的寿命与状态的关联,孔子只说到70岁,七十而从心所欲不逾矩,庄子说到80岁,八十而独与天地精神相往来。古人没有说到90岁会怎样。

90岁的叶先生,会让人一时间恍惚,分不清眼前的是她?是诗?或是——诗的化身?

开席了!叶先生"厨艺"出神入化,那诗词的色香味,牵引着我们的视线、鼻息、味蕾甚至是听觉、意念。她那优雅而不失豪放的举手投足,柔婉而不失顿挫的行腔吐字,考证而不失神游的条分缕析,营造着魔法般的磁场。仿佛赐你一把密匙,穿越历史之门——此刻不存在了,回到唐玄宗天宝三年夏天;客厅不存在了,来到洛阳城一间酒肆;你我不存在了,变成了衣袂飘飘的诗中圣、诗中仙,怀才不遇的杜甫初会辞官乞归的李白,一见如故,"遇我夙心亲"……

这样的一见如故,在35年前的1979年,当叶先生第一次从加拿大归国讲学走进南开大学课堂时,也曾有过。"用《楚辞·九歌》里的一句诗形容,那就是'满堂兮美人,忽独与余兮目成',我感到我与他们的心灵是相通的。"与李白和杜甫聚散随缘、心心遥对不同的是,叶先生把一见倾心演绎成了以心相许,终身相随。2014年9月回到南开以后,她决定结束天津和温哥华两地之间的候鸟生活,留下不走了。离公寓不远处,"迦陵学舍"刚刚封顶,正待启用。这座以叶先生别号命名的集科研、办公、教学、生活于一体的小楼,将成为她的家园。

"呃咳……"一阵咳嗽,叶先生扶好老花镜,看看闹钟:"两个小时了,今天就讲到这里吧。"然后从加了靠垫的椅子上缓缓起身,慢慢挪步。这是刚刚还神采飞扬、心游八荒的您吗?还有,李白呢?杜甫呢?叶先生您把他们收哪里去了?

博士生熊烨还在流连刚刚的氤氲,正在准备论文的他"太享受与先生共处的时光,舍不得毕业";追随了先生30多年,两鬓染霜,已从教师岗位退休的"老学生"们,与先生相约"下个星期还来听课";旁听的我一时间回不过神来,体会到为什么有观众在听到叶先生的电视讲座后,会在来信中将那种美好的感受描述为"三月不知肉味"。

我还理解了,这个初冬,肺部感染、大病初愈的叶先生为什么一下病床就问:"什么时候让我给学生讲课?"她说她一生有两大嗜好,一是好诗,二是好为人师。从1945年起,整整70载,叶先生执鞭杏坛从未间断。

我曾在武汉的古琴台读到叶先生留下的诗,"翠色洁思屈子服,水光清想伯牙琴"。高山流水遇知音,如果把叶先生的讲诗授业比作伯牙琴,那些用心灵倾听"琴声"、让"琴声"滋养生命的学生们,不就是"钟子期"吗?那些恍惑中循着"琴音",发现"琴音"背后美妙之境,触到古人血肉之躯和高洁之魂的学生们,不就是正在走来的"钟子期"吗?

诗词,曾支持她走过忧患,她深知诗词的力量。

当现代人的迷失用物质和科技解决不了而回到传统文化中求解的时候,她想要传递这种力量。度己之后度人,她将此当作今生的使命。

因为使命,所以慈悲。不论你的年龄,不论你的学识,她都会循循善诱,不厌其烦。

因为慈悲,所以虔诚。讲诗传道的前一天,她不见外客,养息静气,辟谷一般净化身心。

因为虔诚,所以圣洁,如同她15岁时写下的《咏莲》:植本出蓬瀛,淤泥不染清。如来原是幻,何以度苍生。

因为圣洁,所以,她像中华诗词之美,可以滋养灵魂,度引苍生。

1989年,叶先生当选为加拿大皇家学会院士,2008年,荣膺中华诗词学会首届"中华诗词终身成就奖",2013年,获国家"中华之光——传播中华文化年度人物奖"。声名日隆,她保持着清醒:"'声闻过情,君子耻之',名声超过现实的话,应该感到羞耻。"

叶先生对自己的定位是:首先是老师,其次是研究者,最后才是诗人。面对别人"年纪大了,多写点书,少教些课"的好意劝说,先生淡然道:"当面的传授更富有感发的生命力。如果到了那么一天,我愿意我的生命结束在讲台上……"

如果真的、真的到了那么一天,蜡炬泪干,春蚕丝尽,回望来时路,定然是泪干薪火映,丝尽衣钵传。

## 上篇　雁去雁归

又到长空过雁时,云天字字写相思。(摘自叶嘉莹《浣溪沙·为南开马蹄湖荷花作》)

### 离　乱

1948年初春,带了些随身衣物,24岁的叶嘉莹出嫁南下。"很快就会回来的。"之前从未出过京城的她,来不及守住这个简单而笃定的念头,就如同一叶扁舟卷入大海,漂到台湾,漂到美国,漂到加拿大,待再次寻见故乡的港湾,竟已过26年。

岁月无情,青丝已飞霜。

那个装过她童年全部天地的四合院,已变成大杂院。窗前修竹呢?阶下菊花呢?那些她曾吟咏过的赋予性灵的花花草草呢?

那个点过她早慧诗心的伯父,已前往另一个世界。膝下无女,把侄女当作女儿垂爱的他,曾作诗《送侄女嘉莹南下结婚》:"有女慧而文,聊以慰迟暮……"岂料一别成永诀,伯父的暮年,谁来慰藉?

那个开拓她诗词评赏眼界的恩师顾随,竟已于1960年驾鹤西去。顾随对资质出众的叶嘉莹偏爱有加,师生常有唱和。在抗战最艰苦的时期,顾先生取雪莱《西风颂》中"假如冬天来了,春天还会远吗"的意境,写下两句词:"耐他风雪耐他寒,纵寒已是春寒了。"叶嘉莹遂将这两句填成一阕《踏莎行》:"烛短宵长,月明人悄。梦回何事萦怀抱。撇开烦恼即欢娱,世人偏道欢娱少。软语叮咛,阶前细草。落梅花信今年早。耐他风雪耐他寒,纵寒已是春寒了。"顾先生阅后评批:"此阕大似《味辛词》(《味辛词》为顾随早年词集)。"然而,先生对她的期望并不止于亦步亦趋、替师传道的"孔门曾参",而是成为"别有开发,能自建树"的"南岳马祖"。

这样的当面点化、师传道承，持续 6 年之久，除了 1942 年至 1945 年叶嘉莹就读辅仁大学这段时间，在她毕业之后去三所中学教书期间，还常去旁听先生的课，直至 1948 年离京。时局动荡，音信断绝，唯有梦境可以一次又一次潜过台湾海峡，回到旧时光——下课后和最要好的女同学一起去拜望恩师，却困于一片芦苇荡，路总是不通——突然惊醒，怅然中，独对壁上悬挂着的那首她装裱好了的《送嘉莹南下》的诗幅。

这是顾先生与她话别时的赠诗。多年后，顾先生将此诗抄录，转赠给另一位学生，即后来成为红学大家的周汝昌。"……分明已见鹏起北，衰朽敢言吾道南（老朽我敢说，大鹏北起，将把学问向南传播）……"周汝昌问："叶生是谁？现在何处？"顾先生没有回答。那个南下的"叶生"，已是他难以再续的念想和无以安放的期待……

他只知道，她经历过和他同样的早年丧母之痛，他不知道，她正在经历离乱和忧患；他只知道，她在望也望不到的海峡那一岸，他永远不知道，有一天她会辗转回来，来寻他，而他已不在。

但他仿佛从未离开，无论是口传心授，还是天各一方，或是阴阳两隔，恩师始终在"度"她。顾先生常说："以无生之觉悟，为有生之事业；以悲观之心态，过乐观之生活。"这句箴言犹如黑夜中的烛光，照亮了她的坎坷路。

1948 年 11 月，叶嘉莹作为国民党海军家眷，随丈夫前往台湾。次年，丈夫因"匪谍"嫌疑被捕。半年后，在"白色恐怖"镇压之下，叶嘉莹执教的彰化女中被抓走了包括校长在内的六位老师。她携着尚未断奶的大女儿一同入狱，不久获释。母女俩无家无业、无处可归，只得借住在亲戚家走廊上。丈夫被关三年后出狱，性情大变，找什么工作都干不长，干脆闲居在家。一家五口，包括老父亲和刚出生的小女儿，全指靠叶嘉莹一个人。

在师友的荐助下，她包下了台大、淡江和台湾辅仁 3 所大学的国文、诗选、词选、杜诗、曲选等课程，夜校和电台的讲授任务也揽了过来，承担了超负荷的工作量。每当她疲惫不堪回到家中,还要为无法分担更多家务而面对丈夫的指责。此时的她已无力争辩,默默烤着女儿的尿片。

生计的压迫和体力的透支让她染上了气喘病,一呼一吸之间,胸腔隐隐作痛,心肺似被掏空。再加上精神上的沉郁,她时常想起王国维《水龙吟》中咏杨花的句子:"开时不与人看,如何一霎濛濛坠。"自己不正是那不曾开放就零落凋残的杨花吗?

但就算零落凋残,不也可以迎着风雨,舞出最凄美的姿态吗?不也可以像老师所说的"以悲观之心态,过乐观之生活"吗?所以,再难再苦,她的嘴角总挂着淡淡的微笑,一讲起课来,更是浑然忘却了自己的不幸,换作去经历古人的幸或不幸。

活下去,这是重压之下的生活主题。那一阶段,叶嘉莹创作很少,但从仅有的几首作品中,依旧可以读出她浓浓的乡愁:比如《浣溪沙》中的"昨宵明月动相思";《蝶恋花》中的"雨重风多花易落";诗作《转蓬》中的"转蓬辞故土,离乱断乡根";《郊游野柳偶成四绝》中的"潮退空余旧梦痕"……

"环境把我抛向哪里,我就在哪里落地生根,自生自灭。"叶嘉莹如是总结自己被动的一生,"结婚的先生不是我的选择,他的姐姐是我的老师,是老师看中了我。去台湾也不是我的选择,谁让我嫁人了呢?后来去加拿大,也不是我的选择。"

"我过去从来不知道有个叫 Vancouver(温哥华)的地方。"1969 年,叶嘉莹原本的目的地是美国。

此前,叶嘉莹作为台大的教授,应邀被交换到美国密歇根大学和哈佛大学,从事了两年多时间的教学和研究。对台湾没有好感的丈夫,带上一双女儿,跟着去了美国。交换期满,叶嘉莹只身回到台大,再次收到哈佛大学聘书之后,她打算把父亲也一同带去。签证官说:"这不成了移民了?你办移民吧。"可她不能等,她在台湾的收入,无法支付丈夫和女儿在美国的费用。在哈佛大学教授的建议下,她改赴加拿大,受聘于加拿大不列颠哥伦比亚大学。一家人最终在温哥华定居下来。

"我渴望回到故乡,却跑到了更远的加拿大。"叶嘉莹将难以诉与他人的乡愁,凝成诗作《异国》:"异国霜红又满枝,飘零今更甚年时。初心已负原难白,独木危倾强自支……"当她在地球另一端的课堂里,讲到杜甫《秋兴八首》第二首中的"夔府孤城落日斜,每依北斗望京华",几乎都要落泪。

遥远的故乡正在经历一场浩劫,我有生之年还能回去吗?
1970年,中国和加拿大正式建交,我真的可以回来了!

## 乡　根

在叶嘉莹被动的人生中,有一件事情是主动的——申请回国教书。

那是1978年暮春,温哥华寓所前的树林中,落日熔金,倦鸟归巢。她穿过树林走到马路边的邮筒,寄出回国教书的申请信。马路两边的樱花树,落英缤纷。繁华终将飘零,余晖终将沉没,春光终将消逝,年华终将老去,而书生报国的愿望,何日才能实现?年逾半百的叶嘉莹触景生情,吟出两首绝句:

向晚幽林独自寻,枝头落日隐余金。渐看飞鸟归巢尽,谁与安排去住心。

花飞早识春难驻,梦破从无迹可寻。漫向天涯悲老大,余生何地惜余阴。

她原以为,自己所学,在国内派不上用场了。中加建交后,叶嘉莹和北京的堂弟恢复了联系。1974年,她第一次回国探亲,街头贴着大字报,还在"批林批孔"。

1977年,她第二次回来。火车上有乘客在读《唐诗三百首》,名胜古迹的导游能随口背出很多古诗,这让她感动不已。她刚刚经历了又一场情感的劫难——1976年,才结婚三年的大女儿夫妇因车祸双双罹难;她的祖国,正在走出"文革"和唐山大地震的阴霾。天有百凶,必有一吉,她从"天安门诗抄"感到祖国的同胞依然在用诗歌表达心声,"看到诗歌的传统还在,我当时就想,我应该回来,把自己对古典文学的一点点学识贡献给我的祖国。"

寄出的申请信有了回音。1979年春,教育部安排叶嘉莹到北京大学讲学。随后,南开大学的李霁野先生邀请她到南开讲学。

这年春夏之交,叶先生为南开大学中文系学生开了两门课,白天讲汉魏六朝诗,晚上讲唐宋词。几节课下来,口口相传,外系、外校,甚至外地的一些学生也赶来听课。300个座位的阶梯教室里,加座竟然一直加到了讲台上,窗口、门口全是人,大家汗流浃背。叶先生得侧身从人群中挤过去,才能走进教室、步上讲台。

为了控制人数,保证本系学生听课,南开大学中文系想出了发听课证的办法。200张听课证,却让300多人获得了合法席位。就读天津师大的徐晓莉多年后道出秘密:"我们不甘心哪。大家各显神通,制作山寨版的听课证。我用萝卜刻成'南开大学中文系'图章的样子,扣在同样颜色和大小的纸片上……每次去听课,内心的忐忑就像是偷嘴吃的孩子。今天我才恍然,当年我所偷吃的,原来是一粒仙丹,一颗圣果。"徐晓莉的生命从此浸润到了诗词之中,她在天津广播电视大学执教时讲授的是古典文学,退休后又到老年大学开了诗词课。一有机会,她还会回到南开,听叶先生讲课。

安易是1979年听叶先生讲课的另一名学生,回忆起当年"盛景",她的脸上浮现出很享受的表情:"受政治运动影响,很多教授讲解诗词使用的是阶级分析法,但叶先生讲的是原汁原味的'兴发感动',而且旁征博引,兴会淋漓,这让我们耳目一新,眼界大开。"安易后来成了叶先生的助理,如今虽已退休,但依然追随先生,每课必听。

聚散终有时,两个月后,到了分别的时刻。最后一课,学生不肯下课,让叶先生一直讲、一直讲,直到熄灯号吹响,才不得不话别。此情此景,叶先生用诗句记录了下来:白昼谈诗夜讲词,诸生与我共成痴。临歧一课浑难罢,直到深宵夜角吹。

南开之行让叶先生坚定了他年再来的决心。二十个世纪80年代,先生在加拿大不列颠哥伦比亚大学还有教学任务,她只能利用长假回来。那时候,国内大学教授的月工资只有几十元,她不为钱,反倒是贴钱,承担往来机票等费用。她只有一个念头,让经历文化断层的同胞因为她的讲授而珍视古典诗词这一文明瑰宝,这既是对养育她的这片热土的回报,也是对《诗经》《离骚》、李白、杜甫的告慰。此拳拳心迹,流淌在叶先生1979年所写的《赠故都师友绝句》中:构厦多材岂待论,谁知散木有乡根。书生报国成何计,难忘诗骚李杜魂。

不论是北京大学、南开大学,还是之后数次回国所到的复旦大学、南京大学、天津大学、华东师范大学、北京师范大学、四川大学、云南大学、湖北大学、湘潭大学、辽宁师范大学、黑龙江大学、兰州大学、新疆大学等几十所高校,叶先生的课堂,必定是人头攒动,热情高涨。听众从十七八岁的青年到七八十岁的老者,无不痴迷赞许。

在异乡和祖国讲授诗词,有什么不一样呢?叶先生答道:"在国外讲,固然是对中华文化的一种传播,但却很难使诗词里蕴含的感发生命得到发扬和继承,只不过给人家的多元文化再增加一些点缀而已;诗词的根在中国,是中国人最经典的情感表达方式,是经几千年积淀而最具代表性的文学体式,是整个民族生存延续的命脉。"

叶先生一首小诗《鹏飞》中写的"鹏飞谁与话云程,失所今悲匍地行"形象说明了这种差别。用母语讲诗,可恣意挥洒,像鹏鸟展翅般自由快乐;用英文讲诗,那种隔膜感就如同大鹏失去了天空,只好匍地而行。诗歌的美感都在语言之中,把语言文字改变了,美感也就消失了。

但叶先生对中国传统文化的感情和定力也曾遇到过"挑战"——1986年9月在南开讲学时,面对学生中出现的"出国热"和"崇洋"思想,以及"学习古诗有没有用"的疑虑,叶先生巧妙地运用西方流行的现象学、符号学、诠释学等"新批评"理论剖析诗词,意在透过西方文学的光照,辨析中西文学理论上的异同,彰显中国古典文学的精妙,尤其是名篇佳句所包含的涵养心灵、陶冶性情、净化风俗的作用,进而让学子重拾文化自信。

1990年,从加拿大不列颠哥伦比亚大学退休后,叶先生将工作重心移回国内。1991年在南开大学创办"比较文学研究所"。1996年,在海外募得资金,修建了研究所教学大楼,并将研究所更名为"中华古典文化研究所"。作为所长,叶先生教学、行政两头忙,既要滋兰树蕙、栽桃育李,又要运作资金、策划活动、设计蓝图,每天忙到凌晨2时睡觉,清晨6:30起床,堪比陶渊明的"晨兴理荒秽,戴月荷锄归"。

陶渊明是叶先生和她的老师顾随都非常喜欢的诗人,"采菊东篱下,悠然见南山",那是陶公透悟人生之后对大自然的亲近。叶先生欣赏他"豪华落尽见真淳"的境界,因此,叶先生看到的,并不是他的归隐,而是那片真淳。

叶先生的田园,就在她脚下;叶先生的"菊花",就在她手中;叶先生的"南山",就在她眼前。

1999年仲秋,从研究所回寓所的路上,路过南开园马蹄湖,天上的雁鸣勾起了她的诗情,吟出一首《浣溪沙·为南开马蹄湖荷花作》:又到长空过雁时,云天字字写相思,荷花凋尽我来迟。莲实有心应不死,人生易老梦偏痴,千春犹待发华滋。

生于荷叶田田的6月,叶先生的小名叫"荷",晚年的她自比"残荷"。莲有莲实中的莲子,花落又何妨?雁已飞越重洋归来,来迟亦无妨!

## 下篇　凤栖凤鸣

不向人间怨不平,相期浴火凤凰生。(摘自叶嘉莹《鹧鸪天》绝句其二)

### 诗可以兴

诗是什么?

对不同的人,叶先生用不同的方法来解释。

若给幼儿园孩子上课,她先从篆体的"诗"字说起:字的右半边上面的"之"好像是"一只脚在走路"。接着她又在"之"字下画一个"心":"当你们想起家人,想起伙伴,想起家乡的小河,就是你的心在走路。如果再用语言把你的心走过的路说出来,这就是诗啊。"

若接受记者的采访,她会考一考你,《唐诗三百首》第一首是什么,赋比兴怎么理解。她会跟你谈起钟嵘的《诗品》,"气之动物,物之感人,故摇荡性情,形诸舞咏","嘉会寄诗以亲,离群托诗以怨"。简而言之,诗是对天地、草木、鸟兽,对人生的聚散离合的一种关怀,是生命的本能。

若给博士生、研究生上课,她就从鉴赏的角度来谈。"凡是最好的诗人,都不是用文字写诗,而是用整个生命去写诗的。成就一首好诗,需要真切的生命体验,甚至不避讳内心的软弱与失意。"叶先生举例说,杜甫《曲江二首》中"朝回日日典春衣,每向江头尽醉归"两句,从表面上看,这种及时行乐的心态与杜甫"致君尧舜"、"窃比稷契"的理想抱负相悖,而这却符合他的情感逻辑和心灵轨迹,杜甫的可贵在于排斥了人生无常的悲哀及超越了人生歧路上的困惑。诗人不是神,而是有血有肉、有情有义的人。读他们的诗,你能感受到一种生生不已的活泼的生命,这是心灵的大快乐。

子曰:"兴于诗,立于礼,成于乐。"孔子认为,人的修养开始于学《诗》,"兴于诗"是孔子教育学生的根本。

叶先生品诗赏诗讲诗评诗,兴发感动是最大的特点,用心境来投射诗词中的意境,达到今人与古人的情感共鸣,这正是沿袭了祖师爷"兴于诗"的传统。

叶先生保持着一种习惯,写学术文章可用白话文,但一旦要记述自己的情感,必用诗词。今天,诗词这种含蓄、唯美、深沉的表达方式已越来越多出现在贺卡上、问候中、致辞中、微信里,这既是传统,也是时尚,但都是"生命的本能"。

## 诗之大用

2013年12月,在"中华之光——传播中华文化年度人物奖"颁奖典礼上,手捧奖杯的叶嘉莹公开了养生益寿的独家秘诀——钟嵘《诗品序》里有句话:"使贫贱易安,幽居靡闷,莫尚于诗矣。"一个人无论是贫贱艰难,还是寂寞失意,能够安慰人、鼓励人的没有比诗词更好的了。

从事古诗词教学70年之后仍然守着一尺讲台,叶先生坦陈,这并非出于追求学问的用心,而是出于古典诗词中所蕴含的感发生命对她的感动和召唤,情之所至,不能自已。"你听了我的课,当然不能用来加工资、评职称,也不像经商炒股能直接看到收益。可是,哀莫大于心死,而身死次之。古典诗词中蓄积了古代伟大诗人的所有心灵、智慧、品格、襟怀和修养。诵读古典诗词,可以唤起人们一种善于感发、富于联想、活泼开放、高瞻远瞩之精神的不死的心灵。"

生于书香门第的叶先生从小接受了传统"诗教"。读诗先从识字始。父亲写下"数"这个字,告诉她,"数"有4种读法,可念成"树"、"蜀"、"朔",还有一种现在已不常用,念成"促",出处是《孟子·梁惠王》篇,有"数罟不入洿池"的句子。"罟"是捕鱼的网,这句话的意思是:不要把细孔的网放到深水的池中捕鱼,以求保全幼苗的繁殖。

"古人都明白的道理,现代人却置之不顾。"说到这里,平和的叶先生一下子激动起来,"我最近看新闻报道,渔民用最密的网打鱼,小鱼捞上来就扔掉,这是断子绝孙的做法。现代人眼光之短浅之自私之邪恶,不顾大自然不顾子孙后代,这种败坏的、堕落的思想和习惯是不应该的。"让叶先生痛心的是,如今很多年轻人守着文化宝藏,却因为被短浅的功利和一时的物欲所蒙蔽,而不再能认识到诗歌对心灵和品质的提升功用,可谓如入宝山空手归。"而我是知道古典诗词的好处的。知道了不说,就是上对不起古人,下对不起来者。所以我的余生还要讲下去。"

"诗教"认为,诗可以"正得失,动天地,泣鬼神",但现代人总爱追问有什么用,仿佛看不到立竿见影的实惠,就是无用。叶先生的学生、退休后去老年大学讲授诗词的徐晓莉也总要面对这样的问题。"诗词有无用之大用,就像底肥。"徐晓莉这样解答,"下了底肥的植物长得高大粗壮,喜欢诗词的人,路可以走得更远。"一听这话,有些老人就把家里的孙儿带来,课堂上出现了爷孙辈一起背诵、互相考问的温馨一幕。

诗词对于叶先生之大用,不仅在于患难时给予的抚慰,更在于内化成了她坚忍平和的气质。

叶先生一生中经历过三次大的打击——

第一次是1941年,考上辅仁大学的叶嘉莹刚刚开学,母亲去天津治病,谁知手术失败撒手人寰。那时候,父亲远在后方没有音信,沦陷区的两个弟弟需要照顾,叶嘉莹被突然失去荫蔽的"孤露"之哀所笼罩,一连写下8首《哭母诗》。次年,顾随先生来教唐宋诗。顾先生虽衰弱多病,但在讲课中所传递的则是强毅、担荷的精神。顾先生《鹧鸪天》中的"拼将眼泪双双落,换取心花瓣瓣开"和《踏莎行》中的"此身拼却似冰凉,也教熨得阑干热",深深触动了叶嘉莹,她一改此前悲愁善感的诗风,写出了"入世已拼愁似海,逃禅不借隐为名"的句子,表现出直面苦难、不求逃避的决心。

第二次打击是1949年及1950年,夫妇俩在台湾"白色恐怖"中连遭幽禁,出狱后,丈夫动辄暴怒。为了全家生计,叶嘉莹承受着身心的双重压力。那时候,她喜欢那种把人生写到绝望的作品,比如王国维的《水龙吟》《浣溪沙》,仿佛只有这类作品,才能让她因经历过深刻痛苦而布满创伤的心灵,感到共鸣和满足。后来读到王安石《拟寒山拾得》的诗偈:"风吹瓦堕屋,正打破我头。瓦亦自破碎,匪独我血流。众生造众业,各有一机抽。且莫嗔此瓦,此瓦不自由。"此诗句恍如一声棒喝,使叶嘉莹对早年读诵《论语》时所向往的"知命"与"无忧"的境界,有了勉力实践的印证,并逐渐从悲苦中得到解脱。她默默要求自己:不要怨天尤人,对郁郁不得志的丈夫要宽容忍让。

第三次打击是1976年,结婚不满3年的长女与女婿外出旅游时,不幸发生车祸双双殒命。料理完后事,叶先生把自己关在家中,以诗歌来疗治伤痛。她写下多首《哭女诗》,如:"万盼千期一旦空,殷勤抚养付飘风。回思襁褓怀中日,二十七年一梦中。""平生几度有颜开,风雨逼人一世来。迟暮天公仍罚我,不令欢笑但余哀。""尽管写的时候,心情是痛苦的,但诗真的很奇妙。"叶先生说,"当你用诗来表达不幸的时候,你的悲哀就成了一个美感的客体,就可以借诗消解了……"

叶先生至今仍清晰记得开蒙时读到《论语》中"朝闻道,夕死可矣"时的震动:道是一个什么样的东西啊,怎么有那么重要,以至于宁可死去?当生活以最残酷的方式让她从诗词里参悟缘由时,当她一次次从古诗词里汲取力量面对多舛人生时,道已渐渐亲近内心,让她无惧生死。

在今年叶先生 90 寿诞时,温家宝写来贺信:"……您的诗词给人以力量,您自己多难、真实和审美的一生将教育后人……"审美,是所有苦难的涅槃重生。

冬日的斜阳中,她银发满头,眼神清澈,像一尊发光体,发散着祥和的光晕和欣欣的生命力,仿佛岁月眷顾,灾难从未来过。

## 词之弱德

叶先生在古典诗词研究上一个很突出的学术成果是,将词的美感特质归纳为"弱德之美"。

初中时,母亲曾送她一套《词学小丛书》,叶嘉莹对其中收录的李后主、纳兰性德等人的短小令词十分喜爱。参照诗歌的声律,她无师自通学会了填词。

《词学小丛书》末册附有王国维先生的《人间词话》。王国维认为,宋人写的诗,不如写的词真诚。他还说,"词之言长"、"要眇宜修",意思是词给人长久的联想和回味,具有一种纤细幽微的女性美。

王国维的《人间词话》和张惠言的《词选》,是对后人影响最为深远的两套说词方法。尽管在很多看法上各有分歧,但对于词有言外之意的美感特质,两者都认同。但到底是一种什么美?两者又都没有说清楚。

"词非常微妙。"叶嘉莹介绍道,"诗是言志的,文是载道的,诗和文都是显意识的,但词不过是歌筵酒席上交给歌伎们去演唱的歌辞,不受政治和道德观念的约束,内容大都离不开美女和爱情,被称作'艳词'。大家一开始认识不到词的价值与意义,以为都是游戏笔墨。陆放翁就曾说过,我少年时候不懂事,写了一些小词,应该烧掉的,不过既然这样写了,就留下来吧。"

词兴于隋唐之间,流行于市井里巷,但正是因为摆不上台面,所以直到300多年以后的五代后蜀,才出现最早的词集《花间集》。此后一路发展,清朝时走向中兴。清代词人张惠言认为,词可以道出"贤人君子幽约怨悱不能自言之情",有言外引人联想的感发作用。

这就对判定词的好坏给出了一个标准,那么多写美女和爱情的词,其中能给读者以丰富联想的,就是好词。叶嘉莹说:"任何文学作品,都是内涵越丰富越好。比如《红楼梦》,每个人都可以从中读出他自己的一套道理来。"

只是,词的言外的情致,却很难形容。正如张惠言的继起者周济所言:"临渊窥鱼,意为鲂鲤;中宵惊电,罔识东西。"意思是:你在深渊边,看到水里有鱼在游,但看不清楚是鲂鱼还是鲤鱼;半夜被闪电惊醒,却不知道闪电来自东面还是西面。

叶嘉莹先生并不满足于这样的模棱两可。无论是鉴赏,还是讲解,都对她提出了新要求。从二十世纪60年代至二十一世纪初,她结合词作,对传统词话和词论进行更细微的辨识、更深入的反思、更切身的体认和更全面的发展,将词的美感特质提炼为"弱德之美",从而给予词应有的文学地位。

叶先生认为,没有显意识的言志载道,这个最初让词比诗文卑微的原因,恰恰也是词最大的优势。写词时不需要戴面具,反而把词人最真诚的本质流露出来了。在诗文里不能表达的情感,都可以借词委婉表达。"弱德",是贤人君子处在强大压力下仍然能有所持守、有所完成的一种品德,这种品德自有它独特的美。"弱"是指个人在外界强大压力下的处境,而"德"是自己内心的持守。"行有不得者皆反求诸己",这是中国儒家的传统。

以"弱德之美"反观叶先生一生,经历了国破之哀、亲亡之痛、牢狱之灾、丧女之祸,却能够遇挫不折,遇折不断,瘦弱之躯裹一颗强大的内心,自疗自愈,同时传递出向上之气,这不正是"弱德之美"的最好诠释?

## 中西观照

"叶嘉莹是誉满海内外的中国古典文学权威学者,是推动中华诗词在海内外传播的杰出代表。她是将西方文论引入古典文学从事比较研究的杰出学者。""在世界文化之大坐标下,定位中国传统诗学。"这两段,分别引自2008年"中华诗词终身成就奖"和2013年"中华之光——传播中华文化年度人物奖"的颁奖词,都称赞了叶先生运用西方文论将中国诗词推向世界的功劳。

但对叶先生而言,她无意标新立异,更无意标榜自己的博学多才,这只是在被迫的情状中为寻找突破而意外达到的一种效果——在美国密歇根大学和哈佛大学讲解诗词时,尤其是不得不用全英文在加拿大不列颠哥伦比亚大学授课时,她发现自己原来的那一套讲课方法不完全适用于西方文化背景的学生。

"比如,你说这首诗很高逸,那首诗很清远,这首词有情韵,那首词有志趣,这句话有神韵,那句话有境界,你怎么表达?他们怎么理解?"

西方的诗歌和中国的诗词从根本上不同。叶嘉莹介绍道:西方的诗歌起源于史诗和戏曲,是对一件事情的观察和叙述,风格是模仿和写实;中国从《诗经》开始就是"情动于中而形于言",是言志的,讲究兴发感动,很抽象。"西方的诗歌好比在马路上开汽车,道路都分得很清楚;中国的诗词像是散步,想要达到那种寻幽探胜的境界,必须自己步行才能体会得到。"

文化背景差异给中国古典诗词的海外传播造成的屏障如何突破呢?叶先生开始寻求外来的器用。"我这个人好为人师,其实更'好为人弟子'。我去旁听西方文学理论,还找来英文的理论书籍。想弄懂那些艰涩的术语非常吃力,可我还是一边查字典,一边饶有兴趣地看下去。"

"这个太好了,把我原来说不明白的东西说明白了!"对西方文学理论的研读,让叶先生豁然开朗。符号学、诠释学、现象学、接受美学……以这些理论为佐证,叶先生寻到了中国古典诗词在西方世界的悟诗之法,解诗之法,弘诗之法。

兴起于德国的现象学,研究的是主体向客体投射的意向性活动中、主体和客体之间的相互关系,而中国古老的比兴之说,所讲的正是心与物的关系;西方近代文学理论中的符号学认为,作品中存在一个具有相同历史文化背景的符号体系,这个体系中的某些"语码",能够使人产生某种固定方向的联想,这个"语码"不正暗合了中国传统文化中的"'用典'和'出处'"吗?西方接受美学将没有读者的文学作品仅仅看作"艺术的成品",只有在读者对它有了感受、得到启发之后,它才有了生命、意义和价值,成为"美学的客体",这正好印证了诗词的感发生命。诠释学认为,任何一个人的解释都带有自己的色彩和文化背景,以此为依据,则可拓宽对中国古典诗词的诠释边界。

有了对西方文学理论的领会和借鉴,叶先生在加拿大不列颠哥伦比亚大学开设的中国古典文学课,在兴发感动之外又注入了逻辑和思辨的色彩,老师讲通了,学生听懂了,甚至听得津津有味。叶先生颇为得意地说:"刚教的时候,选读这门课的只有十六七个人,教了两年变成六七十个人。连美国教授听过我的讲演,都说我教书是天才。"

## 少儿诗教

古人说:熟读唐诗三百首,不会作诗也会吟。从小就背诗、吟诗的叶嘉莹,正是在吟诵中不知不觉掌握了诗词的声律。

"我是拿着调子来吟的。"叶先生随口吟起杜甫的《春夜喜雨》,"好雨知时节,当春乃发生。随风潜入夜,润物细无声……"婉转的古音绘声绘形。她特别强调:"'好雨知时节'的'节'字和'当春乃发生'的'发'字应读入声,现在的音调没有入声,可以用短促的去声代替。这样念,平仄才对。"

掌握了平仄,才会写诗。叶先生写诗,"从来不是趴在桌子上硬写,句子它自己会随着声音'跑'出来"。

叶嘉莹开蒙所读的第一本书是《论语》。《论语》中的哲理,随着她人生的旅程,得到愈来愈深入的体悟与印证,可谓终身受益。所以叶先生主张："以孩童鲜活之记忆力,诵古代之典籍,如同将古人积淀的智慧存储入库;随着年岁、阅历和理解力的增长,必会将金玉良言逐一支取。"

叶先生回忆:"我小时候念李商隐的《嫦娥》:'云母屏风烛影深,长河渐落晓星沉。嫦娥应悔偷灵药,碧海青天夜夜心。'讲的是我熟悉的故事,我以为读懂了。等到我经历忧患之后,偶然给学生讲到《资治通鉴》'淝水之战'中苻坚乘着云母车时,我联想到了'云母屏风',忽然间被《嫦娥》这首诗中所蕴含的悲哀寂寞感动了。"

1995年起,叶先生在指导博士生的同时,开始了少儿诗教。她与友人合编了《与古诗交朋友》一书,为增加孩子们的学习兴趣,她亲自吟诵编选的100首诗,给读本配上了磁带。此后,她还多次到电视台教少年儿童吟诵诗歌。叶先生还设想在幼儿园中开设"古诗唱游"的科目,以唱歌和游戏的方式教儿童们学习古诗,"在持之以恒的浸淫薰习之下,中国古典文化就会在他们心里扎根"。

但对于国内一些少儿国学班让不识字的孩子摇头晃脑吟诵经典这件事,叶先生是反对的。"学诗要和识字结合在一起,还要遵照兴、道、讽、诵的步骤。"叶先生介绍道,"这种古老的读诗方式起源于周朝,兴是感发,道是引导,讽是从开卷读到合卷背,最后才是吟诵。"叶先生拿杜甫的《秋兴八首》举例,"先要让孩子了解杜甫其人,知晓他的际遇,再在吟诵中感受诗人的生命心魂。这样才能'入乎耳,著乎心,布乎四体,形乎动静'。"

## 薪尽火传

为庆祝叶先生90寿诞,北京大学出版社推出了精装精校版《迦陵著作集》,包括《杜甫秋兴八首集说》、《王国维及其文学批评》、《迦陵论诗丛稿》、《迦陵论词丛稿》、《唐宋词名家论稿》、《清词丛论》、《词学新诠》、《迦陵杂文集》等8本。但最让叶先生骄傲和欣慰的,并非学术上的著书立说,而是另外两件事——

一件,是她将老师顾随先生当年讲授诗歌的八本听课笔记交由顾随之女顾之京整理出版。当年的同班同学看到由笔记辑成的《驼庵诗话》时惊呼:"当年没有录音,你这笔记简直就像录音一样。"在离乱迁转中,叶先生将这些笔记当作"宇宙之唯一",每次旅途不敢托运,必随身携带。作为一名听顾先生讲课六年之久的学生,叶嘉莹认为,顾先生的最大成就在于他对古典诗歌的教学讲授。"先生其他方面的成就往往有踪迹可寻,只有他的讲课,纯以感发为主,全任神行,一空依傍。是我平生所接触过的讲授诗歌最能得其神髓,而且也最富于启发性的好教师。每到上课,我心追手写,盼望能将先生之言语记录得一字不差。"

另一件事与她近年来从事的中华吟诵抢救、研究、推广工作有关。到了海外之后,叶先生认识到古诗吟诵的重要性,于是请求她在台湾的老师戴君仁先生用最正宗的吟诵录下了一卷带子,包括古今体、五七言诗。戴先生不顾年事已高,把通篇的《长恨歌》和杜甫的《秋兴八首》从头吟到尾。这卷记录了最传统的吟诵方式的录音带被叶嘉莹带回国内,送给从事吟诵推广的朋友。多年后,在考察一家幼儿园时,叶嘉莹惊喜地发现,小朋友吟诵时用的正是当年戴君仁先生的音调。

将"为己"之学转变为"为人"之学,这是一种逐渐的觉醒。"也许是因为我在中西文化对比中越来越感受到中华传统文化的宝贵,也许是我不愿意看到古典诗词被曲解被冷落,也许是我年岁大了,自然想到了传承的问题。"叶先生说,"个体生命的传承靠子女,文化传统的传承靠年轻人。既然我们从前辈、老师那里接受了这个文化传统,就有责任传下去。如果这么好的东西毁在我们手里,我们就是罪人。"

15年前,叶先生将养老金捐献出来,在南开大学中华古典文化研究所以老师顾随先生的名号设立了"驼庵奖学金",既是对老师的告慰,也希望学子们透过"驼庵"的名称,担任起新一代薪火相传的责任。

叶先生曾在两首《鹧鸪天》中自问自答:"……梧桐已分经霜死,么凤谁传浴火生……柔蚕枉自丝难尽,可有天孙织锦成。""不向人间怨不平,相期浴火凤凰生。柔蚕老去应无憾,要见天孙织锦成。"一边是忧心,一边是信心。而她能做的,只是吐尽最后一缕丝——90岁的叶先生仍然坚持每周授课。她说:"我是强弩之末了,不知道能讲到哪一天。"她几十年的讲课资料和几千小时的讲课录音,正在学生们的协助下陆续整理。"哪天我讲不动了,它们还在。"

(原载《时代报告·中国报告文学》2015年第2期)

# 猎狐缉捕组在行动（节选）

吕　铮

## 南美洲的暗度陈仓

在猎狐行动办里，林坤有个经典的倒时差方法，那就是无论飞行时间多长，到了目的地也不要马上入睡，而是要熬到入夜困得不行的时候，才按照正常时间入睡。按照这个方法，只需一天，时差便能倒过来。林坤将这个方法教给了许多年轻人，都屡试不爽。想想也不奇怪，作为一个有着20多年警龄的老公安，林坤的肚子里又何止这一点招数。

南美国家哥伦比亚，当地时间十点，林坤和靳伟相隔10多米的距离，在一个别墅区旁漫步。虽然波哥大市的气温在20度左右，但阳光暴晒，靳伟的额头冒出细汗。

别墅区不大，约有几十栋建筑。每个别墅前都有一个院子，院外用金属栅栏围住，私密性较强。林坤停在树荫里，接过靳伟递来的香烟，他冲靳伟摇了摇头，叹了口气，靳伟点头回应，向左侧的一栋别墅抬了抬下颚。两个人相对无言，用动作交流着。他们已经在这个别墅区前蹲守了整整三个小时。

"林处，咱们下一步怎么办？"靳伟还是忍不住沉默。他今年不到30岁的年纪，圆圆的脸上架着一副黑边眼镜，他是猎狐缉捕组的队员。

林坤是经侦局的处长，此次来支援行动办的缉捕行动，他总是一副笑模样,仿佛再大的压力都能轻易化解。"再等等吧,静观其变。"林坤言简意赅。

两个男人默默地喷吐着香烟,实则是在默默地思考。就在距离不足五十米的一栋别墅里,正潜伏着外逃境外三年之久的犯罪嫌疑人邹双庆(化名)。如果是在国内,林坤和靳伟早就踹门进屋,将他绳之以法了。但在哥伦比亚,根据当地的法律规定,如果未经审判,即使犯罪嫌疑人有再大的罪行,也不能进屋抓捕。但审判的程序复杂冗长,无法保证迅速行动、及时押解,这就意味着,要想成功缉捕邹双庆,就必须等到他走出别墅院子的时候再动手。人已经锁定,而抓捕却迟迟无法实施,林坤压抑着内心中左突右撞的躁动,默默地注视着与犯罪嫌疑人邹双庆之间相隔的那堵墙。

"钓吧,这么等不是办法。"林坤计上心来,他看了看停在别墅门前的一辆白色宝马轿车,随后又转过头,望着不远处的一辆贴着深膜的尼桑轿车。车里的四个哥伦比亚移民局的警察正在等待。

邹双庆涉嫌的案件重大,他以支付高息为诱饵,非法吸收公众存款2亿余元人民币,被害人达上千人之多。他50多岁的年纪,许多人对他的评价都是面似忠厚但城府极深。在潜逃之后,他还多次向国内的被害人谎称,自己在澳大利亚经营项目、弥补欠款,以扰乱视听、拖延时间、干扰侦查。面对如此狡猾的敌人,单靠一般的招数是很难缉捕成功的。但林坤的招数却不一般,这点靳伟深信不疑。

林坤走出树荫,来到尼桑车前,跟坐在里面的移民警察说了一会儿,便径直走到停在别墅门前的宝马轿车前。移民警察启动了引擎,缓缓朝着林坤的方向驶来,就在驶过宝马车的时候,林坤重重地敲了一下车门。

"嘀嘀嘀嘀……嘀嘀嘀嘀……"宝马轿车警报大作。

尼桑轿车停住,两个移民警察走了出来。为首的警察叫艾迪,30多岁,高大威武,深棕色的头发卷卷曲曲,他在宝马车前无奈地摊开双手,表示歉意。

"喂,这是谁的轿车?"艾迪冲着别墅的方向用西班牙语说。

林坤和靳伟则静静地在一旁的树荫中等待,时刻注视着别墅里的动静。邹双庆果然沉稳老到,就算遇到这样的突发情况也不会马上出门。

时间一分一秒地流逝,世界仿佛静止了,只能听到腕间手表的指针声音。林坤的大脑在飞速转动,他在判断着三种可能出现的情况。第一种,邹双庆没有听到自己宝马车的报警声,如果是这样,要让移民警察继续做戏,引他出门;第二种,邹双庆听到了报警声,但是不敢出门,如果是这样,就只能让移民警察先行离开,在车上留个写有联系方式的纸条,放长线钓鱼;第三种是最麻烦的,就是邹的别墅内还有别人,邹让一个与案件无关的人出来解决问题,如果是这样……

林坤刚想到这里,别墅的大门竟突然打开了,一个女人走了出来。女人40多岁的样子,肤色白皙,留着短发,身材保持得较好。这是林坤最不愿意看到的情况,但他也已经想好了对策。

"怎么回事?"女人站在门前用西班牙语问。

艾迪迟疑了一下,开始用林坤教的第三种情况的解决方法。

"你的车停的不是地方,不能怪我们。"他反驳道。

女人顿时气不打一处来。"哎,你们撞了我的车,还反咬一口,你们怎么开的车啊,怎么这么说话啊?"女人生气了。

林坤在不远处静观其变,一切都在掌握之中。在刚才与移民警察的交流中,他特意强调,如果有其他人出来,一定要蛮横到底,以引邹双庆出来帮忙。

"你的车没事,我们走了啊,学会好好停车。"艾迪装作不屑,转身就要上车。

女人气得手足无措,但面对两个陌生的哥伦比亚男人却不敢上前,一时处于两难境界。林坤默默地注视着别墅大门,心里默念,是该出来帮忙的时候了……

果不其然,别墅的大门再次打开。

一米八五的身高,50多岁的年纪,身材瘦削,面沉似水。对!就是他!林坤几个小时蹲守的疲惫一扫而光,沉着的他竟也激动起来。

邹双庆并没有急于走过去,而是在伫立在院子里,冲着艾迪问:"你说,我的车怎么停的不是地方了?"

艾迪也认出了他,但考虑到要在院外实施抓捕,便下意识地退了两步。他上下打量着宝马车,语气放缓地笑着回答。"不好意思,其实撞的也不是很厉害。"

见对方态度缓和,女人的气又来了。"什么撞得不厉害,你这是什么态度,我们的车你们必须赔偿。"她说着就走了过去。邹双庆见状,也随后跟了过去,走出了院门。

成了!林坤来不及多想,就一个箭步冲上前去,靳伟紧随其后,埋伏在车内的另两个移民警察也跳了下来。

邹双庆还没反应过来,已经被移民警察扑倒在地。女人吓傻了,手足无措地询问到底是怎么回事。

林坤走到女人的面前,一字一句地说:"我们是中国警察,来遣返邹双庆的。"

女人的表情慢慢暗淡下来,随后又坚毅起来。"你们无权在这里抓捕他,这不是中国,你们没有执法权。"看来她对法律也略知一二。

"是,你说得对。所以抓他的不是中国警察,而是哥伦比亚移民局的警察,他们在这里有执法权。"林坤不动声色地回答,气势压住了女人。

"你叫什么名字,是他什么人?"林坤反问。

"我……"女人欲言又止,"我是他的翻译,姓名你们无权过问。"

"翻译?"林坤皱眉,从女人不自然的表情就能看出,她与邹双庆不可能是简单的雇佣关系。"那好,我可以不问你的姓名,但既然你与邹双庆没有什么关系,就不要阻拦移民局的执法。"林坤语气强硬。

这时,邹双庆已经被移民警察戴上了手铐。

"老邹吗?"靳伟走到他面前问。

"是我啊。"邹双庆表情平静,毫不惊慌。靳伟知道,对手的城府很深。

"我们是公安部的,知道今天为什么要抓你吗?"靳伟问。

"嗨,怎么还用你们来啊,打个电话我不就回去了吗……"邹双庆轻描淡写地回答。

"嗨,我们不是怕你孤单嘛,所以过来接你啊……"林坤接过了话茬,"老邹,别的不多说,我们既然来了,就请你好好配合工作,事情总是要解决的,未来的发展取决于你的态度。"

"嗯,我知道……"邹双庆默默地点头。

大功告成,将近40个小时的漫长航程和连续工作的疲惫一扫而光。魔高一尺道高一丈,狐狸再狡猾,也比不过猎手的智慧。兵不厌诈,林坤多年的工作经验再一次成就了成功的缉捕。林坤、靳伟和移民警察押着邹双庆返回到波哥大移民局,与案发地经侦总队派出参与押解的老申和老尹会合。两位老大哥因为高原反应,到了波哥大便胸闷气短、连续腹泻,看林坤回来,才精神起来。老申打开一包红旗渠香烟分发给战友们,四个老烟枪喷云吐雾,就当作是庆祝。

"各位警官,我家里还有几条黄金叶,你们拿过来抽吧。"邹双庆坐在一旁,讨好地说。

"咦……我们可抽不起那么贵的烟,你还是自己留着吧。"老申一张嘴就是家乡口音,听得一旁的靳伟想笑。

"哎,我说,你为什么跑到这么远个地方?"老申问。

"我在波哥大和朋友合作开发了两个金矿,一旦开发成功,国内欠的那些钱就能还上,你们看看能不能再给我一段时间。"邹双庆说。

"金矿?"老申皱眉。

林坤见状,把话接了过来。"可以,但你先要回国解决那些投资者的问题。"林坤故意把案件淡化,良好的沟通是押解工作的关键,这一点他心知肚明。他此时考虑的已经不再是如何迅速有效地开展缉捕,而是如何在漫长的路途中尽力削减嫌疑人的畏罪心理,成功将其押解回国。

这时,移民警察艾迪走了过来,他用英文对林坤低语:"The suspect's friends are here, saying that they are partners of him, they looked impressive background. Would you like meet them?(嫌疑人的几个朋友来了,说是他的合作者。看样子来头不小,你们是不是需要与他们见面?)"

林坤这才反应过来,邹双庆刚才的话不是吹嘘。"No, since we are here in the Immigration Bureau, all in accordance with the procedure.(不见了,既然已经到了移民局,咱们就一切按照程序办理。)"林坤回答。"I hope there're no problems.(希望不会有什么阻碍。)"他补充道。

艾迪点了点头,拍了拍林坤的肩膀。"Don't worry, I'm here with you.(放心吧,有我在呢。)"他在几个月前,和猎狐缉捕组长文小华联手抓捕了犯罪嫌疑人王志伟,今天又在林坤的指点下,巧施妙计缉捕了邹双庆,他已经被中国警察的智慧折服。在境外工作中,即使不同国家的执法者语言、肤色、种族、习惯都不相同,但只要心与心良好沟通、达成互信,合作的关系便会密切,工作便会顺畅。

"行,谢了哥们儿。"林坤不禁说了句中国土话,对艾迪笑着点头。

不一会儿,驻哥伦比亚大使馆的参赞也赶到了。参赞姓图,是个40岁出头的中国南方人,他已经在哥伦比亚工作了三年,一见到林坤就紧紧握手。

"祝贺的话就不多说了,我得到消息,邹双庆在当地有一定的关系。现在要做的,就是要尽快将他押解回国,以防夜长梦多。"图参赞开门见山。

林坤看着图参赞的表情,不禁皱眉。"夜长梦多?难道会有什么意外吗?"

"现在还不好说,但据我的信息掌握,和邹双庆同居的一个女人在四处活动,意图阻碍你们对他的押解工作。所以……"

图参赞停顿了一下,"当务之急,就是要立即将他遣返回国,我会全力配合,你们也要迅速行动起来。"图参赞的几句话,已经将原本轻松的气氛迅速拉到紧张之中。

邹双庆在看押室里闭目养神,他面相和善,说话信誓旦旦,初看都会认为是典型的老实人,但了解他的人都知道,此人城府极深,喜怒哀乐都隐藏在心里,真话假话混淆在一起,让人难以分辨。林坤在不经意间,与他目光相碰,邹双庆迅速将眼神收敛,归于茫然。而就在那一瞬间,一种不安在林坤心中生出,说不清是什么原因。

"我明白了,图参赞,那我们立即订票,乘最近一个航班回国。"林坤回答。

在图参赞走后,林坤改变了主意,他叫来艾迪,要会会邹双庆那些所谓的朋友。

移民局的接待室里坐着两男一女,两个男人都在50岁上下,一个西服革履、身材臃肿,一个戴着茶色眼镜、抽着香烟,女人就是刚才和邹双庆在一起的所谓翻译。他们见林坤走了进来,一起站了起来。

"他犯的是什么罪?"西装革履的男人问。

"你是他什么人?"林坤一改往日微笑的表情,冷峻地质问。

"我是他的朋友。"男人回答。

"那你无权过问。"林坤一句话堵了过去。

"你们是什么身份,凭什么要带他走?"另一个男人用手夹着香烟发问。

"这个我可以告诉你们,我是中国警察,他因为触犯了中国的法律,所以要回国接受调查。"林坤回答。

这两句话回答得干脆利落,让两个男人无言以对。

"你们不能带他走,国内的事情我都知道,是那些人在诬告他,赚钱的时候都笑脸相迎,赔钱了就说老邹犯罪,这是什么道理啊!"女人开始发难。

"是不是犯罪要由法院最终审判,这点你要明白。再说了,老邹一天不回国解释清楚,就一天无法判明事实、理清是非,所以这次让他回国,也是给他辩解的权利。"林坤回答。

"那我不管,你们就是不能带他走,有什么事让国内的人过来说清。"女人胡搅蛮缠起来。

看她这样纠缠,林坤也索性快刀斩乱麻。"我告诉你,下一步我们还会继续开展侦查,如果有人故意使用他在国内利用非法手段获取的资金,会涉嫌共同犯罪,我们也会一并将其遣返回国。我问你,邹双庆居住的那个别墅,是用什么资金购买的?"林坤一语击中要害。

"这……"女人哑口无言,她再愚蠢也该明白林坤话里的意思,更何况那个别墅不但是邹双庆用赃款购买,还挂了她的名字。

"啊,我们不是这个意思啦……"西装革履的男人出来圆场,"我们就是想让你们多多关照一下老邹,嗯,这是一点心意。"他说着就递过来一个鼓鼓的纸包。

"拿走,拿走。"林坤坚决地将纸包推开,他停顿了一下,以缓解紧张的气氛,"我能理解你们的心情,老邹走到今天这步,是谁也不愿意看到的。但事到如今,躲避始终不是办法,你们也许出国时间久了,对国内的印象还停留了多年以前。我们警察办案,始终会严格遵守法律的,老邹如果没事,谁也不会冤枉他,就算犯罪了,只要能主动交代、积极退赃,也能争取从轻的条件。作为朋友,你们应该积极协助警方处理他的事情,而不是妄加阻拦。"林坤说得有理有据。"还有,这……是对我的侮辱。"林坤指着那个纸包说。

"啊,对不起……我没有别的意思,这只是一点辛苦费……"男人红着脸回答。

"行了,那就这样,有事回国可以找我们,希望你们能积极配合工作。"林坤说着转身离开,只留下刚才气势汹汹的三个人,愣在原地。

波哥大的午后依然炎热,邹双庆暂时在移民局看守所关押,在图参赞的大力协助下,今晚10点就可以将其押解回国。这简直是又一次的"闪电行动"。几个人从移民局打车回宾馆取行李,在临近时下车步行,大家都有相同的意愿,就是领略一下波哥大的风土人情、地方风貌。老尹和老申不停抽着烟,仿佛喷云吐雾是这两杆大烟枪的工作动力。靳伟的肚子咕咕直叫,林坤这才想起来,大家到现在还没吃饭。

"走,我请各位吃点当地美食吧。"林坤轻松地说。

"我看算了吧。"靳伟摇头,"上次和我文队长来的时候,就是吃了当地的饭才闹了肚子,我还是回去吃泡面吧。"他一想起汉堡中半生不熟的大块肉,就觉得胃疼。

"行,那咱们就泡面、火腿肠加榨菜,怎么样?"林坤又说。

"行,够丰盛了,我们还带了一些家乡特产。"老申说道。

"哈哈,那可真是饕餮盛宴了,让您这么一说,我也饿了,但可惜啊,不能喝上两口儿。"林坤笑了起来。

"哈哈,那好办,等任务完成、顺利回国的时候,我请你好好喝两口儿。"老申也笑了。

几个人在波哥大午后的阳光中漫步,途经玻利瓦尔广场的时候,他们在被称为"拉美解放者"的玻利瓦尔雕像前合影。老申和老尹让靳伟多拍了几张单人照,他们戏言这样回去才好向朋友炫耀。

林坤始终面带微笑神情轻松,但在心里却有种说不清的不安。这种不安源于刚才与邹双庆对视的那一瞬,他探寻到对手眼中的一种沉着与淡定,仿佛主动权仍然掌握在他的手中。

几个人围坐在林坤房间的茶几前,方便面、火腿肠、榨菜和几包地方特产便成了迟到的丰盛午餐。靳伟一边吃着方便面,一边和国内的战友通着微信。两地相隔13个小时的时差,此刻的北京已是深夜两点,猎狐办的郝言、孟晋、彭蓬和杨晨几个小伙子刚刚结束加班,正在一个新疆餐馆聚餐,他们一边吃喝,一边把照片通过微信发给靳伟,名义上是让他参观,实则是勾他馋虫。靳伟心情舒畅,缉捕成功让他志得意满,他通过微信对郝言说,哥伦比亚的汉堡远胜过新疆的烤串。不料却被杨晨揭穿,上次文小华带队,杨晨和靳伟曾经赴哥执行过缉捕任务,那汉堡中半生不熟的大肉块,他们都记忆犹新。

"郝老师,回去要再请我吃一顿羊肉串!"靳伟对着手机说,他显然已经中计,被勾出了馋虫。

"行啊,回来咱们啤酒烤串伺候。"郝言耍起"嘴把式",一点都不含糊。

两个年轻人用流行的社交工具,隔着几万公里的距离打趣儿着。林坤看着靳伟暗笑,心想也真是难为这些小伙子了。靳伟的女儿才刚刚四岁,为了猎狐行动已经整整两个多月没回家探望,而郝言看似轻松,实际上为了不耽误工作,就连父亲在北京住院都默不作声。他想,谁说80后没有责任感,不能担负时代的重任,就冲这些小伙子激情澎湃的热情和游刃有余的能力,未来也一定属于他们。

夜来得如此迅速,高原的巨大温差让温暖消失不见,取而代之的是一种萧瑟的寒冷。一个小时后,林坤等人在图参赞的带领下,已经站在了波哥大埃尔多拉国际机场的出境口前。望着窗外星星点点的灯火,压抑在林坤心中许久的不安似乎有了一些缓解。他看了看手表,即将到达约定的时间。

艾迪果然守时,远远地看着他和其他三个移民警察一起将邹双庆押了过来。

林坤的心顿时放松下来,看来邹的关系并未影响到移民局的工作。

"Thanks, Eddie.(谢谢了,艾迪。)"林坤与其握手。

"Kind of what, I'm just doing my job.(客气什么,我只是公事公办。)"艾迪客气道。

"Welcome to China. Fall is the best season in Beijing.(有时间欢迎到中国来,北京的秋天是最好的季节。)"林坤说。

"Sure, I'll be there.(有机会一定来。)"艾迪也笑着说。

"也感谢您了,这次行动的成功,离不开您在当地打下的扎实基础。"林坤也握紧图参赞的双手。

"客气了,都是一家人,说什么两家话。"图参赞说话是典型的南方口音,让林坤不由得想起烟雨蒙蒙的江南风貌。

其实林坤说的并不是客套,执行境外工作的队员都知道,国外的工作是否顺畅、缉捕和押解工作是否得力,除了要靠国内强大的后台支持外,还要依仗驻外使领馆在当地的扎实工作。之所以此次林坤一行能如此迅速地将邹双庆缉捕归案,是与大使馆的有力配合分不开的。

"行了,飞机还有不到一个小时就要起飞了,您请回吧,跟着我们跑了一天了,辛苦了。"林坤说道。

"没事,我等你们离境再走。"图参赞认真地回答。

在办理完交接手续后,波哥大的移民警察正式将邹双庆移交给中国警方。艾迪与林坤紧紧握手,代表的是两国警方之间的通力协作。

在办完出境手续后,林坤对图参赞和艾迪等人挥手告别,哥伦比亚之行即将画上句号。众人缓缓走向登机口,回想着此行迅速的抓捕和顺利的工作,心中愉悦轻松。却不料在到达登机口之时,遇到了意想不到的变故。

在32号登机口前,几位Z航空公司的人员拦住了去路。

"Sorry, you are not allowed to board.(对不起,你们不能登机。)"一个人用英文说道。

"Why? Why not?(为什么?为什么不能登机?)"林坤大惑不解。

"Because the tickets are over booking, and the passengers are filled in the airplane, you have to take the next one.(机票超售了,现在飞机内的乘客已经坐满,你们只能乘坐下一个航班。)"对方说。

"Nonsense? Overbooking is none of our business, it's your fault.(这是什么道理?超售机票与我们有什么关系,这是你们

的问题!)"靳伟急了,提高声音说。

"Sorry, we can't help it.(对不起,我们也没有办法。)"对方无奈地摊开双手。

这是什么道理! Z航空公司超售机票,竟然要乘客为此买单。再说,此刻林坤和靳伟还押解着嫌疑人,下一个航班距现在多长时间、是否还有机票、嫌疑人在何处羁押,这一系列的问题又该如何解决。林坤感到脑海里"嗡"的一声。

"Ask your superior to be here to give us an explanation, please.(请把你们的上级叫来解释。)"林坤压抑住怒火,一字一句地对Z航空工作人员说。

"OK, but it's no use.(好的,但就是我们的上级来,结果也是一样。)"他不负责任地回答。

这要是在国内,几个人早就发火了,但在境外工作,一切可能引发冲突的不理智举动,都要尽量避免。林坤深深地呼了几口气,以平息内心里的怒气,冷静地判断和抉择才是此时要做的。他的那种不安终于得到了应验,他不知是不是该怪罪自己的敏感。

"靳伟,你马上给图参赞打电话,请他立即过来协助。老尹、老申,带邹双庆到座位上等待,我去和机场人员协调。"林坤忙中不乱,井井有条地安排起应对的工作。他又拿起手机,拨通了移民警察艾迪的电话,向他通报了情况。

"I'll talk to your superior, Call him!(我要立即见到你们的上级,联系他!)"面对原地不动的工作人员,林坤还是忍不住发了火。

工作人员点头应付,拿着手中的对讲机用西班牙语说着什么。

林坤眼看着机舱门关闭,飞机起飞,在长达三十分钟的时间里,那个所谓的上级始终也没有露面。

林坤愤怒了,对几个工作人员拍了桌子。"Why? where's your superior?(这到底是为什么?你们的上级呢?)"

而他们却还是老样子,摊开双手无奈地摇头。"Sorry, I

don't know where he is now.（对不起,我也不知道他去了哪里。）"

林坤知道再和这帮人扯也没有用,就招呼其他人押着邹双庆,向出境口走去。

这时,图参赞从远处快步走了过来。

"我也问过他们了,Z 航空公司答复说是超售了机票,没有办法解决,我已经找到了 Z 航空公司的高层,他们承诺会为你们安排其他的航班。"图参赞说。

"其他的航班?"林坤皱眉,"现在嫌疑人已经到了我们手里,随时可能出现突发情况,更何况在境外我们没有执法权,图参赞,请你立即向大使馆的领导汇报,看看能否尽快帮我们订好回国的机票。"林坤加快语速,他是真急了。

"嗯,我已经向使馆的领导汇报了,但是……"图参赞停顿了一下,摇摇头,"经过查询,今晚离境的两个航班都没有票了。但是你放心,这家航空公司已经做出了承诺,会安排最近的一个航班,时间不超过明天的这个时候。"

"哎……"林坤叹了口气,他望着窗外漆黑的夜幕,心情五味杂陈,说不出是忧虑还是怀疑,看来也只能如此了。但他还在想,为什么事情会如此巧合,单单他们五个人无法登机。难道是……他不想再去推测,起码此时去推测是毫无意义的,他现在要做的,是立即将邹双庆押解到安全的地点,防止任何意外的发生。

"图参赞,那就麻烦您要大力协调了。"林坤不想多说,其实彼此都心照不宣,邹双庆在波哥大有着一定的关系和势力,现在出现这种情况,看似意外,谁能保证有没有其他的情况。

在陌生的国度工作,有太多看不到的敌人暗藏,有太多不确定的因素可能发生。林坤再次拨打着移民警察艾迪的电话,催促他尽快赶回机场。他心中的不安再次升腾起来,这种感觉,是任何在国内办案的警察都无法体会的。都说"明枪易躲暗箭难防",在缉捕工作中,有时最可怕的就是在平静表面下暗流涌动。

半个小时后,艾迪终于赶回了机场。在他的协调下,邹双庆暂时被押解到设置在机场内的一处移民局办公点内。

办公点只有里外两间屋子,外面是个100多平方米的大厅,四周用砖砌着一圈石台,石台上面有几个简易的垫子,可以让人坐靠。里面是一个小房间,大约有10平方米,这是遣返对象的临时关押点,但房门并没有锁,也就是说并不能限制邹双庆的行动和自由。虽然哥伦比亚移民警察提供了看押地点,但因为嫌疑人已经移交完毕,所以移民警察再无控制邹的权力,从现在开始到成功登机,看押他的任务就落在了我国警方的肩上。

林坤给邹双庆倒了一杯热水,房间里很冷,水杯中的热气袅袅腾腾,向上空飘散着。

"不好意思,今夜你要在这里度过了。"林坤一边说着,一边默默地注视着邹双庆的表情。

邹双庆面沉似水,丝毫不给林坤探寻的机会。他轻轻地点了点头,缓缓地说:"既来之则安之,都到了这个地步了,我在哪里都一样。"

"嗯,也不能这样说。"林坤缓和着语气,"先吃点东西吧,夜很漫长,我们都要尽力应对。"他回身把艾迪拿给自己的汉堡和薯条送到了邹双庆面前。

邹双庆迟疑了一下,直视着林坤的双眼,不再隐藏锋芒,装作内敛。他缓缓拿起汉堡,大嚼起来,又拿起几根薯条,囫囵地吞到嘴里。林坤看在眼里,默默地思量着,对面这个人到底在当地有多大的能量。

"你当了多少年警察了?"邹双庆不客气地问。

"20年了,怎么了?"林坤反问。

"没什么,就是好奇。"邹双庆边吃边说。"你什么级别,一个月多少工资?"他又问。

"我是处级干部,一个月几千块钱的收入吧。"林坤直爽地回答,"你呢?"

"我?"邹双庆用手抹了一下嘴角的面包渣,"干好了一个月上千万的收入,干不好血本无归身陷囹圄,就像现在一样。"他回答。"我和你啊,根本不是一路的人。"他补充道。

"呵呵,是啊,道不同不相为谋,就是说的你我吧。"林坤迎接他的挑衅。

"哼……呵呵……"邹双庆笑了起来。

"你是不是觉得,我们这次带不走你?"林坤抬起头,坐直身体问道。

"我不知道,人命天定,一切都会发生变化。"邹双庆摇着头回答,"但我想,你们大概不会那么容易将我带走。"他也抬起头,直视林坤的眼睛。在这一刻,林坤什么都明白了。

"好,那咱们就走着瞧,希望在不久之后,你会吃到合乎口味的中国饭菜。"林坤笑着说。

两个人一来一往的交谈,看似平常,却是暗中的较量与试探。在清冷的夜里,两个对手隔着一杯热水的哈气,轻描淡写不动声色地对抗周旋,相互搜索着想要的信息。

已过凌晨,波哥大的气温骤降到了3、4度,仿佛将众人拉到了冰窖之中。老尹和老申已经抽完了整整两包红旗渠,第三包已经打开,开始点燃。靳伟打开行李箱拿出了所有T恤和夏装,都套在自己身上却还在发抖。夜安静之极,除了门外移民局警察的鼾声之外,整个世界似乎再无声响。

第二天的清晨,一宿没睡的林坤安顿好看押工作,带着靳伟再次前往大使馆,找到图参赞。

"这件事没有看上去的简单。"林坤说出了自己的判断。

"是的,我也感觉到了。"图参赞点头,"但经过使馆的领导协调,波哥大移民局的领导已经联系了Z航空公司,Z航空公司保证,今晚让你们第一个登机,确保押解工作的顺利进行。"

"今晚?不会再出现什么变故吧?"林坤疑问道。

"这个我也不敢保证。"图参赞直来直去,"但无论怎样,我们都要去尝试。能协调的关系都协调了,Z航空公司也做出了保证,我想,今晚应该问题不大。"

"好的,您说的这些我都懂。"林坤点头,"但我觉得……邹双庆在波哥大的关系,确实不简单,还有可能对押解工作造成影响。"

"是,所以面对这种复杂的情况,你们更要谨慎行事,才能确保万无一失。"图参赞叮嘱道。

晚上 8 点,林坤等人在押解邹双庆登机的时候,果然又遇到了情况。Z 航空公司的一个安全主管拦在了登机口前,他用不流利的英文说着:"If you escord the suspect on boarding, you are requested to report in advance of 48 hours.(你们要是押解犯人,必须要提前 48 个小时进行申报,不然无法登机。)"

林坤看着面前的安全主管,心中再无疑惑。是的,如果说昨天无法登机,可能是因为超售机票出现的问题,那今天的状况就无法解释了。只有一种可能,那就是 Z 航空公司在故意刁难。

"OK, show me the requirement document.(好的,那请你出示一下押解犯人,必须要提前 48 小时申报的文件给我们看。)"林坤一语击中了要害。

安全主管摇头,说自己手上暂时找不到这个文件。

林坤转头看着在一旁配合押解的移民警察艾迪,苦笑了一下。

这下轮到艾迪发火了,大概此刻他也感到是受到了愚弄。艾迪每周都会协助各国的警察办理移民遣返,却从未听说过有这个文件。他大声地与安全主管争吵着,要求他立即撤销这荒唐的理由,不要阻碍移民警察的遣返工作。而安全主管却依然和昨晚的机场人员一个模样,既不发火也不争辩,就是站在原地阻拦登机,消耗时间。

"走吧,大概他也做不了放我们登机的主。"林坤摇着头,转身将邹双庆押走,邹双庆不屑地笑着,似乎胸有成竹。

飞机起飞,又一个 24 小时被浪费,当再次回到移民局办公点的时候,林坤等四个人已经整整三天没有合眼,反而是邹双庆一头倒在房间里呼呼大睡。林坤知道,现在停留在波哥大,每多一小时都存在不确定性的危险,战友们几天来高度紧张,几乎到达了临界点,万一看押松懈让邹双庆趁机逃走,后果不堪设想。更何况Z航空公司两次以不同理由拒绝登机,已经不再是偶然事件,可以预见,这两天邹双庆的关系一定在紧锣密鼓地活动运作,试图阻止我方押解其回国。

通过电话和图参赞沟通,林坤证实了自己的判断,通过线索反映,邹双庆的女友很可能通过关系买通了Z航空公司的高层,以阻拦遣返的正常进行。更令人担忧的是,邹双庆的另一个合作者已经找到了当地的移民局疏通关系,一旦移民局高层动摇了遣返决定,后果将进一步恶化。事不宜迟,必须尽快离开此地。

林坤在黑暗中默默思索着,眼神望着窗外深不可测的黑暗。他知道,在境外工作中,任何一个突发事件应对不好,都可能会造成无法弥补的损失。此刻只有一个选择,就是用智慧去战胜面前的困难。经侦警察的工作,本就是在没有硝烟的战场上进行智慧的较量,林坤看着身边沉睡的邹双庆,慢慢地计上心来。

第二天清晨,按照林坤的计划,图参赞和移民警察艾迪兵分两路,一路是由图参赞带领靳伟,继续找Z航空公司死磕,让该公司今晚必须预留五张机票,确保顺利返程;另一路则由艾迪带领老申,去移民局面见高层领导,要求其全力协调Z航空公司的出票事宜。

使馆的领导再次致电给移民总局领导,称如果今晚再不能顺利成行,将通过外交渠道向当地政府请求支持。移民总局领导也坐不住了,多次责令Z航空公司道歉,弥补过错。该航空公司的领导亲自致电给林坤表示歉意,说昨天的安全主管由于业务不熟,给中方造成了麻烦,今晚一定预留五张机票,确保顺利返程。

林坤的回答也很强硬,说如果今晚再不能如约成行,就要通过法律的手段要求Z航空公司赔偿。他要的就是这个效果,在给予对方最大压力的同时,将全部的暗藏的火力都吸引到今晚的这次航班上来。谁都没有想到,林坤已经通过远在国内的行动办,预定好了今晚八点整的另一家航空公司"S航空"的机票。他要做的,是三十六计的一个经典招数,明修栈道、暗度陈仓。

晚上七点,四个人押着邹双庆再次走到机场大厅,但与前两天不同的是,五个人并不同行,而是一前一后隔着很远的距离。林坤和老申押着邹双庆在前面走,靳伟和老尹在远处跟着,如果不仔细看,几乎察觉不到这五个人是一个团体。

他们并未在Z航空公司的服务窗口取票,而是不慌不忙地分散坐在休闲区等待,靳伟和老申甚至聊起闲天来。这种状况反而让邹双庆警觉起来。

"林警官,再不去取票,是不是就晚了?"他不禁问道。

"嗨,没事,反正移民总局已经协调Z航空公司了,他们今天不会再拒绝我们登机了。"林坤胸有成竹地回答。

邹双庆在心中暗笑林坤的轻敌,他知道只要耗过今晚,明天自己就有可能获得自由。自己在波哥大的关系网已经活动了几天,相信在几股势力的运作下,律师明天就将到移民局正式递交材料。但怎能料到,这只是林坤的"按兵不动"。

"行了,咱们该走了。"林坤看了看手表,雷厉风行地站起身来。

邹双庆脸上露出不屑,由靳伟和老申押着,向出境口走去。

他们根本没有到原定的Z航空公司窗口取票,而是早在今天下午就提前取得了S航空公司的机票。在林坤的巧妙安排下,为了避免Z航空公司在机场的耳目获得他们的登机信息,图参赞让使馆的工作人员持林坤等四人的护照以及邹双庆的回国证明,到机场的S航空公司办理了乘机手续。S航空公司回国的航班,比Z航空公司的航班整整提前了一个多小时,林坤特意耗到即将起飞的半小时的时间开始登机,就是为了规避可能出现的阻碍和干扰,打对方一个措手不及。这正是"攻其不备出其不意"。

安检很顺利,五个人前后分开,按照既定方法走到了Z航空公司的32登机口附近。这下,反而让邹双庆觉得不踏实了。

"林警官,咱们怎么进来的这么早啊?"他不禁疑问。

"嗨,早到早登机,省得一会匆忙。"林坤轻描淡写地回答。

邹双庆将信将疑,但也无权选择,只得早早地坐在32号登机口前等待。

时间已经到了晚上七点半,距离Z航空公司登机还有长达两个小时。邹双庆这几天也折腾累了,靠在椅背上昏昏欲睡。不料这时,林坤突然站了起来。

"走,登机了!"林坤对众人说。

四个人配合默契,迅速将邹双庆从长椅上拽起,快步向着32号登机口的另一端走去。

"干什么?你们要带我去哪里?"邹双庆更加迷惑了。

"带你去哪里?呵呵。"靳伟笑了起来,"带你回国。"

几分钟后,几个人押解邹双庆来到了45号登机口,S航空公司的工作人员非常配合,验票之后便示意他们登机。

这一下,邹双庆全都明白了。他看着林坤,无奈地频频摇头,之后灰心丧气地被靳伟和老申押进了飞机。

航班于哥伦比亚时间晚八点准时起飞,林坤接到的最后两个电话,一个是Z航空公司打来了,询问为什么还没有取票,一个则是图参赞打来的,祝他们一路平安。

夜幕中的波哥大美轮美奂,到飞机腾空的那一瞬间,林坤紧绷了数日的心才终于落了下来。他望着窗外陌生国度的夜色,长长地呼了一口气。

连续工作的72个小时啊,他和战友们的睡眠加起来也不过10个小时。这突破万难的战斗力,除了方便面、火腿肠、榨菜的供给之外,更多是对祖国人民的忠诚和维护法律的决心。林坤的行李箱到现在还没有打开过,从执行任务到现在,甚至连一次澡都没洗过。他和战友们都臭了,浑身上下弥散着一种烟味、潮味和馊味的混合气味,弄得周边的旅客纷纷掩鼻。林坤想表示歉意,但又觉得无法改正,只得装作无辜,学着像Z航空公司的工作人员一样,摊开双手表示无奈。

靳伟要换过林坤,让他稍作休息,却被林坤拒绝。林坤再次重复着自己倒时差的方法,那就是"无论飞行时间多长,到了目的地也不要马上入睡,而是要熬到入夜困得不行的时候,才按照正常时间入睡,按照这个方法,只需一天,时差便能倒过来"。

靳伟知道,林坤只不过是拿这个作为借口,让其他人能多睡一会儿。这几天的连续战斗,已经让林坤的面色由红润变得土灰,人也整整瘦了一圈。但他拧不过林坤,只得和老申先行休息,在几个小时后再换过林坤和老尹。

回程的旅途总是轻松迅速,近40个小时一晃而过。在下飞机的时候,小靳打开手机,播放起一首他最喜爱的老歌。歌的名字很应景,叫作《友情岁月》。

歌中唱道:

>来忘掉错对,来怀念过去,
>曾共度患难日子总有乐趣,
>不相信会绝望,不感觉到踌躇,
>在美梦里竞争,每日拼命进取;
>奔波的风雨里,不羁的醒与醉,
>所有故事像已发生漂泊岁月里,
>风吹过已静下,将心意再还谁,
>让眼泪已带走夜憔悴……

老申掏出了最后几支红旗渠,分给大家每人一支,当然,没有邹双庆的份。四个又脏又臭的中国爷们,迎着前来采访的媒体记者走下飞机,他们表情疲惫,目光却炯炯有神,鲜花、掌声和闪光灯接连不断,此刻他们就是最美的英雄。

境外猎狐,拼的是迅速,是信念,是坚持,是智慧。林坤接过萧然送来的鲜花,平平淡淡地说了一句:"这趟活儿,有点儿累……"

## 激情尼日利亚

漆黑的夜幕深不见底,仿佛一个巨大的黑洞,能将所有光亮吸收。急促的呼吸声和脚步声不绝于耳,一个中国男子疯狂地在拉各斯的黑暗中狂奔。面前的道路崎岖不平,他几次险些摔倒,但仍不顾一切、跌跌撞撞地亡命疾行,后面几个持枪的黑人警察紧追不舍。

"STOP!"一个黑人警察大声喊叫,对天鸣枪。

枪声如一道闪电,劈裂静谧的夜空。

中国男子却丝毫没有犹豫,他越跑越快,眼看着跑到一处墙边,用尽全力纵身一跳,用手扒住了墙头。

"STOP! STOP!"后面的警察继续大喊,一边跑一边抬起了手枪。

男子没有停住动作,他用力撑臂、猛地翻身,一下跃过了墙头,消失在茫茫的夜色中。

黑暗再次蒙住世界,所有的喧嚣被寂静吞噬。在尼日利亚这个再平常不过的夜里,一场抓捕彻底失败。

### 暴雨中的阿布贾

数月后的阿布贾,暴雨倾盆,泥泞的土路被滂沱的雨柱砸得坑坑洼洼,街头泥水泛滥。从高空俯视,尼日利亚大地丘陵起伏、河水蜿蜒,一派非洲的狂野风貌。其中一片新月形的建筑群,就是阿布贾。阿布贾是尼日利亚的首都,地处尼日利亚的中心地带,人口稀少、空气新鲜。1979年之前,由于尼日利亚原首都拉各斯人口过于稠密、城市无法扩展,当时的穆罕默德政府宣布迁都至阿布贾。

7名猎狐缉捕组的成员,在暴雨中踏上了这片陌生的国土。此行由戴涛带队。他今年37岁,中等身材、相貌端正,戴着一副黑边眼镜,说起话来缜密严谨。他是毕业于公安大学的硕士研究生,在工作中善于发挥成员所长、形成合力,因势利导开展工作,是个难得的"将才"。其他6名成员分别来自山东和安徽,分为两个组。其中安徽组由程丰支队长带队,来阿布贾执行押解穆中兴的任务;而山东组3位同志,则是要和戴涛一起,赴尼日利亚的另一个城市拉各斯,执行缉捕重大犯罪嫌疑人张青山。

戴涛让其他同志先在宾馆里倒时差,自己和程丰马不停蹄,一起前往使馆商谈遣返嫌疑人穆中兴的相关事宜。

尼日利亚属热带季风气候,每年5月至10月是雨季,天气像是个喜怒无常的孩子,脸变得极快,车还没行到一半,暴雨滂沱便停了,转为烈日骄阳。阿布贾虽然是尼日利亚的首都,但城市环境却不敢恭维,街头拥堵异常,交通秩序混乱,最繁华的街道也仅为双向四车道,城市基础建设已显滞后。在这个200万人口的城市里,随处可见头顶货物的小贩,他们穿着拖鞋,左顾右盼地穿梭在车流里,不时敲打临车的玻璃推销商品。街边的建筑大都是土黄色的,一副打不起精神的样子,而天空却湛蓝高远,漂浮着大朵大朵的云絮,平和安详。在渺小的人类面前,大自然永远是一副平静温和的姿态。

这里与中国有着7个小时的时差。戴涛和程丰舟车劳顿,却顾不得困倦,又经过一个多小时的拥堵,才来到距离不过十公里外的中国驻尼日利亚大使馆。大使馆是一栋白色的建筑,门前竖立着一块提示牌,上面用英文写着:"Sensitive time, Do not shake hands or hug please",意思是"敏感时期,请勿握手或拥抱"。戴涛看着路旁郁郁葱葱的树木,心想如果不是这块牌子的提示,真的想象不到这里竟是埃博拉疫区。

根据世卫组织的埃博拉疫情通报,2014年8月,包括尼日利亚在内的非洲四国,累计出现埃博拉病毒确诊、疑似和可能感染的病例1711例,死亡932人。其中,自7月25日尼日利亚出现首例埃博拉跨境传播病例以来,该国已出现9例疑似感染病例,死亡1人。埃博拉病毒像个看不见身影的魔鬼,就潜伏在看似平和的周围。面对如此的危机,戴涛心事重重。

大使馆的参赞非常热心,不但在前期工作中给予了极大的支持,而且见面后也嘘寒问暖。但戴涛和程丰见到参赞却只是微笑,都没有握手的举动。反而是参赞主动与他们握手拥抱。

"没事,都是自己人。"参赞拍了拍戴涛的臂膀说。他50多岁的样子,身材微胖、满脸笑容,听口音家乡应该在中国的南方。

戴涛的心一下就暖了。在隐形的恐怖之中,祖国的后盾让人充满力量。

"听说你们刚下飞机就过来了,怎么样,时差倒过来了吗?"参赞问候道。

"呵呵,我们早在国内就已经倒过了时差。"戴涛开了句玩笑。"这是安徽经侦的程丰支队长,他负责此次穆中兴的押解工作。"他介绍道。

程丰40多岁,谈吐儒雅,他毕业于西南政法大学,在全国经侦系统中,既是个经验丰富的"捕头",也是个公安理论研究的专家。在他的努力之下,安徽境外追逃工作层层推进,在众多省市中名列前茅。

"能如此迅速地将穆中兴抓捕,还要归功于使馆的有力协调。"程丰说的不是客套,在境外缉捕工作中,我国警察在他国无法直接抓捕,能否顺利擒获逃犯,很大程度上取决于使馆的协调工作是否得力。

"说什么客气话,这都是我们应该做的工作。"参赞笑着回答。

被抓获的犯罪嫌疑人穆中兴,今年42岁,两年前因涉嫌虚开增值税专用发票案件事发,逃往尼日利亚。不料此次猎狐行动刚开始不久,他便在阿布贾的公寓里被移民局警察抓获了。

"穆中兴遣返回国的手续,我会派专人协助你们办理。他在被抓获后态度较好,也有回国赎罪的意愿,能配合我们的工作,我想这个不是太大问题。但是……"参赞话锋一转,"对于你们要赴拉各斯缉捕的犯罪嫌疑人张青山,就另当别论了,你们要做好充分的思想准备。"

"嗯,对于缉捕张青山的困难,我们也早有准备。"戴涛点头,"我听说在几个月前,他就曾逃脱尼日利亚CID(刑事警察)的追捕。"

"是啊,他的那次逃脱不是因为国内的案件,而是因为在拉各斯被人举报绑架妇女。"参赞说。

"什么?绑架妇女?"程丰皱起眉来。

"是,绑架了四名当地妇女。但在那次抓捕中,尼日利亚的

CID虽然使用了枪械,却还是被他逃跑了。"参赞回答。

"嗯,据我们在国内的了解,这个家伙一米九的身高,年轻时练过长跑,身体素质很好,被朋友们称为'大老张'。而且在案发之后,他也表现得十分狡猾,如果不是山东警方缜密侦查,几乎漏掉了这条大鱼。"戴涛补充道。

"到了尼日利亚,除了执行工作任务,你们对疾病的防护也要高度重视。现在已经出现了埃博拉死亡的病例,感染的数字也有上升的趋势。"参赞强调着。

"嗯……关于防病的问题,我们做得确实不到位。现在我们的一个缉捕队员,已经出现了高热的反应。"戴涛表情凝重。

"什么?高热?"参赞惊讶着,"出现了什么症状?从什么时候开始发热的?"

"刚下飞机的时候,他只是感到浑身发冷,但到了宾馆以后,就出现了发热的症状。我们是向您求助来了。"戴涛说。

尼日利亚现在的平均气温在30度,发冷和高热已经是最直接的警告。

"哎呀,这可一定要引起重视。"参赞站了起来,"这样,你们先回去,务必把患病者与其他人隔离开,我马上找一个可靠的医生前去诊断。不要慌乱,但也事不宜迟。"

几个人站起身来,握手告别。

## 致命的高热

阿布贾的午后寂静安谧,微风吹过,郁郁葱葱的树木摇曳伸展,仿佛在轻舞。《古兰经》的诵读声从远方徐徐传来,世界顿时庄严肃穆起来,这里的信徒们,每天要做四次礼拜。

孙鹏裹着厚厚的毛毯,额头冒出细汗,透过窗户,望着远方气势磅礴的大清真寺,怅然若失。大清真寺是阿布贾的标志性建筑,四根巨大的尖顶石柱,环绕在金色的半圆穹顶周围,远远望着,也让人肃然起敬。此刻孙鹏的心中五味杂陈,说不出是什么滋味。他今年35岁,是来自山东某地经侦支队的副大队长,一米八五的身高、魁梧的体态,都显示着他曾经五年的特警经历。按照缉捕组长戴涛的要求,山东经侦派遣了最精干的力量,孙鹏作为缉捕专家参与行动。猎狐行动办的领导曾经说过,面对"博士"逃犯,需要用"博士"警察去缉捕。戴涛延伸了领导的精神,对待身高一米九、有运动员经历的"大老张",就要用身高一米八五、有特警经历的孙鹏。

却不料,孙鹏一下飞机就出现了高热反应,而且症状越发严重。在尼日利亚发高烧,可不是开玩笑的事情,这里埃博拉病毒肆虐,一旦染病,后果十分严重,甚至会危及生命。孙鹏深深叹气,他不是怕死,干特警执行任务的时候,枪林弹雨也没见眨过眼,当警察就意味着付出,为了职责付出生命也在所不惜。孙鹏怕的是自己的病会影响到整体行动,拖了缉捕组的后腿。经过戴涛等人的反复研究,决定暂时不送孙鹏到当地医院治疗。在尼日利亚,除了埃博拉疫情之外,艾滋病的感染率也居高不下,为了安全起见,戴涛和程丰才到使馆求助。

孙鹏思绪万千,心中虽充满力量却束手无策,真有些英雄气短之感。他感到眼前模糊、头脑发沉,取出夹在腋下的体温计,上面的数字已经飙升到了39.5℃。

这时,钱松推门走进了房间。

"哎,兄弟,戴口罩!"孙鹏下意识地捂住嘴,向后退着说。

钱松今年29岁,是山东借调至公安部猎狐行动办工作的民警,他外形俊朗,被行动办的女同事们称为中国版的"李敏镐",但他可不是金玉其外有名无实。钱松来行动办之前,是省里出色的业务骨干,不但熟练掌握外语,还擅长信息比对,能从庞杂的事物中去伪存真、找到规律、为我所用,是个情报高手。

"不用,没事。我又给你拿了几瓶矿泉水。"钱松大大咧咧地说。

"什么没事!水放下,人快走!"孙鹏厉声道,冲钱松猛地挥手。他身边放着一堆空矿泉水瓶,为了尽快缓解症状,他一上午已经喝了不下十多瓶水。

钱松无奈。"那你好好休息,有什么需要的随时叫我啊。"他担忧地说。

"没事,你给我的药都顶上了,估计是这几天的行程有点累,我休息休息就好。"孙鹏还硬撑着。

钱松无奈地退出房间。孙鹏无力地坐在床上,叹了口气。

这时,房门又被打开了,程丰支队长走进了房间。

"小孙,身体好些了吗?"程丰关心地问。

"没事,休息一晚就能好。"孙鹏脸色惨白,努力微笑。

"这是我从餐馆给你买的中餐。没办法……说是中餐,也就是些炒饭,没有什么粥啊汤的。你多少吃点,补充补充体力。你别起来了,好好躺着,一会儿大使馆找的医生会来给你诊治,别担心,一切会好。"程丰说着就放下了两个快餐盒。

"嗯……"孙鹏点头,刻意与程丰保持着距离,待他离去才走过去打开餐盒。那是两份炒饭和蔬菜,孙鹏感到饭菜的温暖从手里一直传递到心中,突然觉得鼻子发酸。但特警的口号是流血流汗不流泪,他咬住嘴唇,稳住了情绪。

## 大使的问候

下午4点,经过使馆派遣的医生抽血化验,最后诊断孙鹏所患的疾病不是埃博拉,而是急性疟疾,这已是不幸中的万幸。

医生给孙鹏开了消除疟原虫的药物,叮嘱道:"疟疾发病,一般是通过蚊虫的叮咬,这种病的症状一般分为发冷寒战期和发热期,表现为忽冷忽热。在服药后你要注意卧床休息和水分的补给,在寒战期要注意保暖,汗后要及时用毛巾擦干,如出现突发症状要及时联系我。使馆的领导再三强调,一定要给你最好的诊治。"

"嗯,谢谢医生了,我这个病大约几天能好?"孙鹏问。

"最少也要一周时间。这个病不能急,如果不注意保养,会对身体造成不良影响。"医生回答。

"别着急,等身体养好了再工作也不迟。"戴涛在一旁安慰道,"哎……你要真是得了埃博拉,我可真没法跟你的领导和家人交代了。"他长长地舒了一口气。

戴涛等人已经在使馆人员的协助下,顺利办完了遣返穆中兴回国的手续,但面对患病的孙鹏,他的心却处于了两难。一边是押解穆中兴回国和赴拉各斯缉捕张青山的任务,一边是患病在床的战友。面对职责和友情的选择,戴涛少有的这样犹豫不决。

看戴涛欲言又止的表情,反而是孙鹏先开了口。"戴哥,你们先走吧,等我病好了再去追你们。"他努力把身体的痛苦隐藏,故作轻松地说。

"这……"戴涛难以开口,但心中却也万般无奈。境外缉捕的机会稍纵即逝,"大老张"这个狡猾的狐狸刚刚露出尾巴,如果不能及时赶赴缉捕,那胜利也许就会失之交臂。作为警察,贻误战机就是渎职,就是犯罪。

戴涛默默点了点头,紧紧握住了孙鹏的手。"兄弟,那我们就先赴前线,我留下钱松来照顾你,等你病好了,再去拉各斯找我们。"他考虑到孙鹏不熟练掌握外语,决定把钱松留下来。

"不行,绝对不行!"孙鹏摇头,"'大老张'的案件复杂,缉捕工作困难重重,本来我就掉队了,怎么还能让钱松再留下。戴哥,您听我的,你们三个先去,等我好些了一定随后赶上,千万,千万别再为了我……"他说着疟疾的症状又发,浑身寒战起来。

戴涛赶忙倒来一杯热水,端给孙鹏。

孙鹏接过水,却没有马上喝。"戴哥,你就听我这一次,我一个人留下绝对没有问题。在这之前都是我服从你的命令,这次请你也要接受我的意见。"他脸色苍白,但语气决绝。

戴涛看着孙鹏,表情复杂,他思索了良久才说:"那好吧,我们会请使馆人员代为照顾你,有什么突发情况要立即告诉我,千万别出现什么问题。"

"放心吧。"孙鹏这才舒展开表情。

晚饭后,中国驻尼日利亚大使偕夫人在参赞的陪同下也来到缉捕组的驻地,探望患病的孙鹏。作为一名基层警察,孙鹏从未受到过如此的礼遇。他裹着厚厚的衣服,从床上爬起,对大使恭恭敬敬地行礼。

"好些了吗?"大使50多岁,说话带有浙江口音。

"您都来看我了,病早就好了一半了。"孙鹏此言一出,大家都笑了起来。

是啊,在陌生的国度,祖国就是我们最大的后盾。没有日益强大的祖国的影响力,我们又怎能在他国拥有话语权,得到良好的配合。孙鹏感受着领导和战友们给予的炽热的温暖,也许是心理作用,此时他的病状真的已经好了许多。

大使夫人给孙鹏带来了自己腌制的鸡蛋和咸菜,让他能在饮食中尝到家乡的味道。孙鹏万分感动,又手足无措,一个高大威猛的昔日特警竟像个孩子。

大使在探望孙鹏的同时又告诉戴涛,他已经亲自致电尼日利亚的相关部门,要求尽快配合将穆中兴转交工作组并遣返回国。在缉捕组离开阿布贾期间,会有使馆人员专门负责孙鹏的饮食。

大使的一席话,极大地鼓舞了缉捕组的全体成员,大家斗志昂扬、信心满满,有强大祖国的坚强支持,一切困难又算得了什么。戴涛悬在半空的心终于放了下来。

在送大使离开驻地的时候,缉捕组的成员们庄严地敬礼。在困难面前,有些人会选择躲闪逃避,有些人却会选择众志成城,不退缩、不畏惧,迎难而上。猎狐缉捕组的成员们都善于将困难这个横亘在前的绊脚石,换个位置成为上升的基石,再大的阻碍也会攻克,再密布的荆棘也会踏平,这就是中国警察的精神。

## 硬汉的眼泪

次日清晨,程丰敲打着孙鹏的房门,他提着两大袋的方便面和食品,准备给孙鹏备不时之需。但敲了许久,也不见开门,他担心起来,生怕孙鹏出现什么问题。就在这时,孙鹏从他身后慢跑过来。

为了缓解病状,孙鹏给自己做了详细的恢复计划。他不会让自己掉队,更不允许让自己变得虚弱。他查阅了治疗疟疾的自愈方法,利用在酒店楼道慢跑的方式,达到发汗的目的。见到程丰的时候,他已大汗淋漓。

"医生说过了,让你不要过多出汗,注意补充水分。"程丰皱眉说。

"程支,您放心吧,我会好好照顾自己的。"孙鹏的状态果然比昨天好了许多,"钱松那小子昨晚已经给我送了两箱矿泉水,就冲着兄弟们的温暖,我也会尽快复原。"孙鹏说得坚定。

"那你也要量力而为。这些东西给你,早日康复!"程丰也坚定地说。

清晨的阳光透过窗户洒在两个人身上,让孙鹏有些恍惚。他看着面前热情洋溢的战友,甚至有些分不清此刻到底是在何处,仿佛置身在自己的经侦支队之中。

在大使馆的有力协调下,尼日利亚移民部门在特警的护卫下,将嫌疑人穆中兴押解至机场等待移交。戴涛接到消息,通知缉捕组的成员们立即动身。在大家离开宾馆的时候,孙鹏不顾劝阻,一直送到了门外。

兄弟们顾不得许多,一起将孙鹏拥抱在中间。坚强的硬汉再也忍不住情绪,激动地泪流满面。

"好兄弟,保重身体,好好休息,别给自己太多压力。"戴涛拍着孙鹏的肩膀说。

"放心吧,孙哥,'大老张'藏匿的地址我们已经掌握了,到了拉各斯准保手到擒来。"钱松也说。

"兄弟啊,我就不陪你了,一会儿和戴组长到了机场,我们也要分别,他们继续到拉各斯执行缉捕任务,我们则要押解嫌疑人回国。这几日的相聚感慨颇多啊,等回国之后,大家一定多聚多联系!任务总会执行完毕,但友谊天长地久。"程丰说着。

"对,友谊天长地久。"大家一起重复着。

孙鹏默默地点头,这个憨厚的山东汉子,再次露出坚毅的表情。"等着我。"他说。

在走上出租车的时候,大家都回头望着孙鹏,向他挥手道别。孙鹏迎着阳光,努力撑起虚弱的身体,郑重地敬礼。大家也都转身立正,郑重地回礼。

两组人马奔赴阿布贾机场,在使馆人员的协助下,尼日利亚警方正式将嫌疑人穆中兴移交给缉捕组,在程丰支队长的带领下,该犯被押上遣返回国的航班。戴涛送走了安徽组,身边只剩下了两名队员,他们在机场等候了一个小时之后,踏上了前往拉各斯的航班,更艰巨的任务在等待着他们。

前路未知,拉各斯之行到底是风和日丽还是疾风骤雨,谁也无法预料。但他们怎么也想不到,就在几个小时之后,张青山案件会发生如此重大的变故,令缉捕组的所有成员都措手不及。

## 混乱的拉各斯

尼日利亚最大的城市拉各斯,距首都阿布贾近1000公里。两个小时的飞行稍纵即逝,在飞机降落的时候,已经可以看到这个城市的概貌。一片连一片的铁皮房和低矮建筑组成了这座"一望无际"的城市,只有远方的港口有一片蔚蓝,阳光照射在波光粼粼的海面,闪烁着金子般灿烂的光芒。

拉各斯幅员辽阔,由六个岛屿组成。岛屿之间由高架铁桥连为一体,市区以拉各斯岛为中心,北面是咸水湖,南面是著名的拉各斯港口。这里曾是尼日利亚的旧都,但因为人口爆炸、城市拥堵,所以在1979年当时的政府决定迁都至阿布贾。

戴涛等人下了飞机,拥挤在行李传送带前等待。拉各斯国际机场非常小,规模近似于国内中等城市的火车站。经过近一个小时的时间,大家才取到行李,当走到海关口的时候,几个身着白衣的安检人员拦住了去路,他们拿着电子体温计给每个入关的人测量体温。大家都心知肚明,拉各斯是埃博拉的重灾区,但是在这一路上,谁也没有提起过这个名词,此刻在大家心中最重要的,是如何尽快地将狐狸猎到。

但为了预防埃博拉的感染,大家还是做好了防护措施。钱松嘴上戴着口罩,手上拴着防蚊环,推着行李车走在最前头。却不料两个尼日利亚人不屑地笑着,凑过来用英文挑衅地说:"If you are afraid of Ebola, go back to china! We are not scared by it.（你们要是害怕埃博拉,就滚回中国去,我们不怕埃博拉。）"

别看钱松长得像个白面书生,但骨子里可是一条铮铮的山东汉子。他一点没发怵,一把扯掉自己的口罩,凝眉怒视地质问道:"What are you saying?（你们说什么?）"

两个黑人见状,又凑近了几步,刚想做出什么举动,就被戴涛拦了回去。他一言不发地将钱松挡在身后,不动声色地看着两个黑人。两个黑人看着无趣,又奚落了几句,就转头离开了。戴涛回头看了看钱松,笑着摇了摇头。

在机场外,驻拉各斯总领馆的参赞已经等候了多时,大家握手问好,稍作寒暄,便驱车直奔使馆。

与到达阿布贾的暴雨倾盆不同,拉各斯的天气万里无云,风和日丽。使馆的车膜贴得很深,从车窗向外看去,天空的颜色变成了迷幻的深蓝。据参赞介绍,拉各斯贫富差距极大,富人可以在私人游艇上寻欢作乐,而穷人却只能在路旁用几块木板和油毡组成的"家"中度日。贫穷造成了治安混乱,街头的抢劫案件频发,特别是在拉各斯的中国人,时常遭到敲诈勒索。为了避免这种情况的发生,才将车膜贴深,以加强车内的私密性。而沿途看到的那些手持 AK47 的武装警察,也并不是什么友善的朋友,一旦被他们拦住盘查,往往要付出几百至上千奈拉作为"礼尚往来"才能放行。

从机场到拉各斯市中心,要经过一座有着 70 年历史的跨海大桥,这座大桥长达近 12 公里,汽车以正常行驶的速度通过也需要 10 多分钟,它代表着这个城市曾经的辉煌。戴涛望着窗外和天空融为一体的蔚蓝海面,近处有许多单帆小船在海面作业,远处可以看到远洋油轮在天际缓缓航行,此刻仿佛是在天堂中行驶。

参赞不到 40 岁的年纪,举手投足严谨精干。"在这里还有几个注意事项,首先就是不能拍照,在路上、酒店里或公共场所都不可以,这里有个形象的比喻,'举起手机就相当于举起了手枪';再有就是要做好防护措施,毕竟现在埃博拉疫情还比较严重;最后就是不能单独在外行动,以防人身安全受到侵害。现在拉各斯的人口已经达到1500万人,是个超大型的城市,你们在这里执行任务,我们总领馆会全程配合,请你们放心。"参赞事无巨细,给大家吃了定心丸。

"嗯,我们来的时候领导已经强调了纪律,不多看、不多说,与案件无关的事情不参与。您放心吧。"戴涛回答。

"过了前面那个路口就到总领馆了。"参赞说。

这和钱松预测的一模一样。他已经打开了笔记本电脑上的谷歌地图,拉各斯的城市情况已经了然于胸。

## 亡命的罪犯

在总领馆的会议室里,戴涛汇报了此行要执行的缉捕任务。犯罪嫌疑人叫张青山,51岁,山东人,外号"大老张"。2005年底,该人伙同另外两人注册成立公司,虚构开发房地产项目的事实,伪造政府公文,以每四个月利息28%的高额回报为诱饵,骗取了100余名受害者的共计3300万元集资款。案发后,另两名案犯分别被法院判处无期徒刑、有期徒刑12年。而狡猾的"大老张"却人间蒸发,于2006年7月潜逃至境外。

在"大老张"潜逃的8年来,办案单位始终未放弃追捕,多方查找线索,报请检察院批准对其逮捕。经报请公安部协调国际刑警组织,对其发出了"红色通报"进行全球通缉。从猎狐行动开始,"大老张"再次被列为重点追逃犯罪嫌疑人。面对如此狡猾的狐狸,猎狐缉捕组广泛开展信息比对、网上侦查,钱松便是主要成员之一。经过长达数日的资源整合、信息碰撞,"大老张"逃匿的蛛丝马迹渐渐浮出了水面,该人潜伏在尼日利亚拉各斯的可能性极大。于是,猎狐行动办立即通知山东警方,在最短的时间内抽调精干力量组成联合缉捕组,前往尼日利亚"猎狐"。

"嗯,根据你们提出的协查要求,我们要求尼日利亚警方协助我方调查张青山的情况。经过调查,该人很有可能仍潜伏在拉各斯。几个月前,他曾因绑架了四名当地妇女被控告,但在拉各斯警方缉捕他的时候,他甩开缉捕人员逃跑了。根据这条线索,我们要求当地警方提供张青山的相关情况,继续开展抓捕。根据情况反映,张青山在拉各斯当地开了一个饭店,还有一个居住地址。"参赞介绍着情况。

"既然张青山涉嫌绑架妇女,那为什么拉各斯警方没有继续对其缉捕?"戴涛不解地问。

"哎……"参赞摇头,"这种情况就不好说了,尼日利亚虽然法制健全,但执行力却远远不够,张青山虽然触犯了法律,应该被缉捕,但当地警方的部分人,哎,一言难尽啊……"参赞的话没有说完,但大家都大致明白了意思。

"他为什么要绑架妇女呢?是贩卖人口还是有其他目的?"很少开口说话的薛金永问道。他今年34岁,身材不高、相貌平常,是山东某地经侦的副大队长,来经侦工作之前,曾有多年治安工作的经验,与高大威猛的孙鹏和睿智帅气的钱松相比,他显得平凡普通。

"为什么绑架妇女?这点我们还不得而知。"参赞摇头。

"嗯……"薛金永轻轻点头,"他开的饭店在什么地段?是繁华地段还是僻静郊区?"他又问。

"根据我们的调查,张青山经营饭店的位置,在维多利亚岛上,应该算是个富人区。"参赞回答。

"好的,我明白了。谢谢。"薛金永提问完毕。

"钱松,你有什么问题?"戴涛看着钱松问。

钱松停下操作手中的笔记本,抬起头说:"根据我们的信息汇集,维多利亚岛因各国的使领馆众多,聚居着各国侨民,是尼日利亚所谓的富人区。我想请教一下,在拉各斯,如果以防治埃博拉病毒的名义,可不可以进入到居民的家中进行访问。"他的问题已经到了入户摸排的阶段。

"这个是绝对不可以的。"参赞摇头,"尼日利亚是英美法系的国家,对公民的隐私权保护得很好,不要说入户访问,就是抓捕犯罪嫌疑人,也必须在户外进行抓捕,不经法官的允许,是不能入户的。"

"嗯,那我没有问题了。"钱松点头。

戴涛看了看身旁的两员大将,心中却仍觉得发空。也不知道此时此刻,远在千里之外的抓捕能手孙鹏,到底恢复得怎么样了。这次的组合是他精心挑选而成的,别小看这外表普通的孙鹏、钱松、薛金永,他们可是经侦系统各怀绝技的"加里森敢死队"成员。但此时孙鹏染病,无奈缺席,也为缉捕任务带来了不小的损失。

"听说你们的一个队员生病了?"参赞正好问到这个问题。

"是啊,那是我们的一个抓捕能手。"戴涛无奈地摇头,"但这并不影响我们的工作,请您放心。"

"那就好。"参赞点头,"为了你们能顺利开展此次的缉捕任务,总领事特意致电给拉各斯二大区的移民局长,他们将专门派遣移民警察,配合咱们对其执行抓捕。放心,我们就是你们的后盾。"参赞的话铮铮作响。

## 信息专家钱松

配合抓捕工作的两个移民警察都是拉各斯当地人。一个叫金斯利,30岁出头,身材高大魁梧,健谈好聊;一个叫戴维,40出头,比金斯利稍矮,内敛沉默。两个人都穿着便服,驾车带戴涛等人前往维多利亚岛。金斯利的英语说得很好,交流起来无障碍。

"When did you come to Lagos?(你们什么时间来的拉各斯?)"金斯利边驾车边问。

"We arrived here this morning.(今天上午到的。)"戴涛回答。

"What? So you didn't had a break before get working?(什么,那也没有休息一下就开始干活了?)"金斯利又问。

"It's OK for us, hoping that we didn't cause too much trouble for you.(我们没事,就是辛苦你们了。)"戴涛客气道。

汽车在拥堵的路上停停走走，在某些路段几乎停滞。傍晚的拉各斯街头熙熙攘攘，大批的小贩头顶着商品，穿梭在车流中叫卖。金斯利为了缓和气氛，以身说法地讲述着自己对中国的看法，他说在多年前，曾经认为尼日利亚是世界上的第三大国。第一是美国，第二是英国，而第三就是尼日利亚。但自从2008年在电视上看到了中国举办奥运会的转播之后，才知道原来尼日利亚是世界第四大国，中国也应该排在尼日利亚的前面，说完便哈哈大笑起来。

戴涛知道金斯利是在说着笑话，也笑了起来。但金斯利的话却一点没错，自己每次到国外执行任务，总能很强烈地感觉到祖国日益强大的国际影响力。自己作为一名中国警察，在国外也越来越受到尊重。

维多利亚岛区在拉各斯中心岛的东侧，广袤的海滩和醉人的风景，让这里成为度假的圣地。路旁的街灯忽明忽暗地闪烁，远方不时传来的轮渡轰鸣的声音，岸边成排的棕榈树在海风中轻轻摇曳，在夕阳的映照下，宛如非洲少女在舞蹈。如果不是任务压身，戴涛真想放下一切，在这里安安静静地待一天，什么都不想。但抓捕的机会稍纵即逝，时不我待，他来不及欣赏美景，便匆匆让金斯利驾车赶赴"大老张"的居住地。

根据张青山绑架案件的情况记载，他就居住在维多利亚岛区的某个高档别墅区内。这个别墅区依山傍海、风景秀丽，是典型的富人区。金斯利驾车围着别墅区缓慢行驶，观察着周围的情况，而钱松则操作起笔记本电脑，在谷歌地图上标明了位置，同时从地图中查明，这个小区有四个进出车的出入口，有100余栋别墅。

戴涛和薛金永下车到别墅区入口处试探，被手持AK47的黑人保安阻拦。他们说要进去找一个朋友，黑人保安却不放行，必须让他们出示门卡或者由居住者电话通知以验证身份。戴涛装作打电话的样子，和薛金永离开入口。经过金斯利向当地的朋友求证，这个别墅区的管理非常严格，想进入居住区需要经过两道岗的验证,想混进去难度很大。

戴涛站在墙外,看着这个像铁桶一样水泼不进的别墅区,心中在默默还原着几个月前,拉各斯警方对"大老张"抓捕失利的原因。根据案件记录记载,拉各斯警方是在"大老张"别墅外对其实施的抓捕,但由于"大老张"身体素质较好,年轻时还练过长跑,所以在逃窜中甩掉了抓捕他的警察,翻墙逃进了别墅区。戴涛看着面前的高墙,仿佛这里就是"大老张"侥幸逃脱的位置。在下午的时候,参赞之所以对"大老张"绑架案的欲言又止,实际上是暗示那次绑架案,已经被"大老张"花钱摆平了,具体是找的拉各斯警方的什么关系,他们也不得而知。但据此分析,这个对手不但生性狡猾,而且在当地拥有一定的关系。几个月前的抓捕已经惊动了他,现在就算能混入小区,实施抓捕也堪比登天。

根据钱松的地图比对,能确定"大老张"居住的别墅就在别墅区的一个拐角处,戴涛和薛金永站在远处的高地向那里眺望,模糊地看到那栋别墅似乎亮着灯光。

"就算我们能混到那栋别墅前,也无法让移民警察进入别墅内进行抓捕。"戴涛做着判断。

"是啊,如果是那样的话,我们几个人在摄像头林立的小区内蹲守,也毫无条件。我看这个计划有些行不通。"薛金永说。

"嗯,是啊。再转转吧。"戴涛叹了口气。

金斯利驾车,又慢慢地围着别墅区转了两圈,经过综合分析,大家都觉得在"大老张"的居住地实施抓捕,难度很大。于是准备启用第二个计划,到他经营的饭店开展工作。

## 诡异的饭店

这时时间已经到了晚上八点,按常理说,该是饭店经营最红火的时候。根据线索反映,"大老张"开的饭店叫"金湖餐厅",位置离别墅区距离不远,地址是维多利亚某街26号。在尼日利亚时间8:15左右,众人驱车赶到了这个地址,但不料在这里转了几圈,都没有发现饭店的标志。

"金湖餐厅",到底在什么地方呢?所有人的心中都出现了大大的问号。难道是情报出现了失误吗?还是这个饭店已经关停?这一系列的问题都无法找到答案。

"钱松,查查有没有这个地址。"戴涛命令道。

钱松立即操作起电脑,不一会儿便抬起头。"查了,没有。"

"没有……"戴涛皱眉。

"会不会是私人会所?"薛金永在一旁猜测。

"有这种可能。"钱松点头。

"既然通过名称找不到,那我们就从最基础的工作做起,下车。"戴涛命令道。

三个人走到车外,在金斯利和戴维的配合下,根据附近建筑的编号,查询起"26号"的位置。但许多建筑要么是未悬挂门牌,要么就是门牌破损,找了半天也没有查到目标。远处的波涛拍岸,海风渐大,谁也不能确定这次在异国他乡的摸排是否能进展顺利。就在这时,眼尖的薛金永发现了线索。

他站在一栋高墙旁,向黑暗中指着。"找到了。"他的语气里带着激动。

戴涛和钱松走过去,发现在漆黑的墙壁上,贴着一张已经破旧的指示牌。上面写着"Golden lake 50 meters away(离金湖餐厅50米)"

众人抬头观望,就在50米外,正有一栋二层的灰色建筑。从外面向里望去,建筑的一层漆黑一片,二层挂着厚厚的窗帘,但透过窗帘的间隙,仍能看到里面的灯光。

"就是这儿。"戴涛点着头说。

灰色建筑的门前停着不少汽车,在门前还有一个持枪的黑人保镖站岗。但令人费解的是,这里不但没有悬挂任何与饭店有关的招牌或标识,反而大门紧闭,毫无开门迎客的架势。在此前的计划中,戴涛曾设想在摸到"大老张"开的饭店之后,直接进去用餐,在用餐的过程中可以熟悉地形,查找犯罪嫌疑人,这样一举多得。

但从现在的情况看,之前的计划全部落空,整个饭店是封闭的,大门紧锁,单说门前黑人保镖的那一关也不好过,贸然前去调查,很可能会打草惊蛇。"大老张"有成功出逃的先例,此次要是再让他逃跑,那计划就会功亏一篑。但从二层窗帘内不时闪动的人影分析,里面确实有不少人在活动。这是怎么回事?到底该怎么办?戴涛和钱松默默潜伏在车里,都感到问题的棘手。

这时,薛金永打破了沉默。"这里有情况啊……"他说话的时候,眼睛眯成了一条缝。

钱松知道,他曾经有干治安工作的经历,但却不知道,薛金永在治安支队干了整整13年,重大活动安保、治安案件处置、危险物品管理都有涉及,而到经侦工作才刚刚两年。说白了,他实际上是个"混社会"的老手。

"我在总领馆问过参赞,'大老张'为什么要绑架妇女呢?是贩卖人口还是有其他目的。但参赞并没有给我满意的答复。"薛金永用手捏着下巴分析,"现在,我明白一些了。"他缓缓地说。

"明白什么了?薛哥。"钱松迫不及待地想获得答案。

"现在里面有三种可能,第一种与咱们获取的情报一致,开的是饭店;第二种呢,就是里面在贩毒,而第三种……"薛金永停顿了一下说:"这里面是卖淫的场所。"

"什么?"钱松皱眉,"但我觉得,要真是开饭店的,应该是敞开大门、迎接四方客,我看第一种不可能。"

"是啊,我也觉得第一种不可能,哪个饭店吃饭还锁着门,有保镖巡逻啊。所以使用排除法,这里面就只剩下两种可能,贩毒,或者卖淫。"薛金永按照逻辑推理着。

"贩毒……卖淫……"戴涛在一旁不禁重复着。他默默地看着薛金永,沿着他的思路再进行分析。他转头对金斯利和戴维说了几句,又转回头对薛金永说:"在拉各斯贩毒的情况不多,这里的居民大多信奉伊斯兰教或基督教,别说贩毒了,就连吸烟的都很少。"

"嗯,那就对了。再排除掉贩毒,那这里面就只有一种可能,就是存在卖淫的交易。"薛金永肯定地说。他在此行中一直很沉默,在有特警经历的抓捕能手孙鹏和善于信息比对、情报分析的钱松面前,他似乎还未体现出自身的价值。但在此时,他却有了英雄用武之地。薛金永不知道,戴涛之所以选他加入缉捕组,就是看中了他丰富的社会经验。戴涛不愧有"将将之才"。

"我不是简单的猜测,而是通过事实情况进行分析。根据掌握的线索,犯罪嫌疑人曾经在几个月前,因为绑架了四名当地妇女被警方抓捕。他绑架妇女的目的是什么?最大的可能就是逼迫妇女进行卖淫。而拉各斯警方之所以能将此事置之高阁、不了了之,也大概是收受了嫌疑人的好处。所以依此推断,这个所谓的'金湖餐厅',实际上就是'大老张'经营的隐秘色情场所。"薛金永分析道。

"天,薛哥您说得够专业的啊。"钱松坏笑。

"哼,什么叫专业啊。我在国内干治安的时候,也没少打击这样的犯罪。"薛金永不屑地说。

就在几个人对话之时,建筑一层的大门突然打开,从里面走出来两个靓丽的华人女孩。她们穿着暴露、身材曼妙,白皙的皮肤光洁动人,长发如瀑披在肩头,黑色的丝袜引人遐想。薛金永默默注视着两个女孩的身姿,计上心来。

### "社会老手"薛金永

"钱松,你听我说,到了你的用武之地了。"薛金永加快语速。

"什么?我的用武之地?"钱松费解。

"你现在马上下车,到前面那个街口去等那两个女人。"薛金永说。

"啊?等她们?做什么?"钱松有点慌。

"什么都不用做,就拿眼睛看着她们。"薛金永又说。

"看着她们?"钱松乱了,"怎么……怎么看着她们?"

"你还没结婚吧?"薛金永转头皱眉。

"没……没结婚啊……"钱松在车厢的黑暗中回答,似乎矮了众人半截。

"我说的呢。"薛金永叹气,"我告诉你啊,一会儿你到前面的街口去等她们,就装作是刚刚路过的样子。什么都不用做,就用眼睛直勾勾地盯着她们看,如果她们不看你,或者躲闪你的眼神,就算了。"薛金永说,"一般的良家妇女看到有人直勾勾地看着自己,都不会正视对方。"

"那她们如果不躲闪我的眼神呢?"钱松问。

"那就成了第一步。"薛金永回答,"然后你就向前走两步,记住,不要走到她们面前,而是有一个向前走的架势。如果她们不理你,或者离开,你也不要管,就算失败了。"薛金永又说。

"那……如果她们没有离开呢。"钱松继续问。

"那就成了第二步。"薛金永说,"如果她们没有走,反而朝你走了过来,那这件事就算成了一半了。"薛金永一边说一边看着远处的两个女孩,进一步加快语速,"如果她们跟你搭讪,你就说随便编几句跟她们聊聊。"

"随便编几句,编什么啊?"钱松额头冒汗,再无情报专家的"范儿"。

"哎……你情商怎么这么低啊,这还用我教你……"薛金永无奈,"你就说自己在这里没什么朋友,寂寞,所以晚上出来消遣消遣。懂了吗?"

"懂了。"钱松点头,"您这意思,是拿我当饵,'钓马子'是吧。"没想到钱松说得也挺专业。

"呵呵,就是这个意思。"薛金永坏笑着回答,"她们要是让你去夜店,你就拒绝,说你不相信那里的安全,然后尽量要到女孩的联系方式。懂了吗?快去!"薛金永说着就把钱松"踹"出了车外,"快点,快来不及了。"

钱松迅速动身,几步就跑到了两个女孩必经的那个街口。他站在黑暗里,心中扑通扑通乱跳,别看他是个警察,但却从没有干过这样的事情。"老薛,你够狠的……"他在心里无奈地默念着。

这时两个女孩走了过来。钱松故作轻松,双手插兜,装作潇洒地缓步走去。他用眼神直勾勾地看着两个女孩,里面仿佛燃烧着一团火。

女孩们不但没有躲闪,反而用眼睛迎着钱松的眼神。特别是其中一个身材高挑的女孩,眼神里显然有挑逗的信息。

钱松忍住心中的小鹿乱撞,努力让自己的表情沉稳。他按照薛金永的指导,照方抓药,往前试探性地走了两步。正如老薛的判断,其中那个身材高挑的女孩,轻佻地笑了一下,迎着钱松的方向走了过来。

钱松的心提到了嗓子眼,他在心中默念着对祖国亲人特别是未婚女友的忏悔,她大概无法想象,远赴国外执行缉捕任务的自己,此刻正在干着如此"龌龊"之事。但没办法,黑猫白猫能抓住老鼠就是好猫,甭管什么招数,能查出线索才最重要。钱松眼一闭心一横,迎着女孩走了过去。

"先生,怎么一个人在这里啊。"女孩说的竟然是中文。

"啊,我……"钱松像应对考试一样,回忆着薛金永告诉自己的答案,"哦……我在这里也没什么朋友,无聊寂寞,所以晚上出来消遣消遣。"他说得一字不差。

"哦……我们也很无聊,那一起找个地方玩玩呗。"女孩眯起杏眼,已经做出了暗示。

"啊,你说去哪里玩玩啊?"钱松问。

"酒吧、迪厅,或者……"女孩浅笑了一下,"宾馆也行……"

要不是身处在黑暗中,女孩大概就会看到钱松的满脸通红了。钱松默默呼了一口气,故作淡定地回答:"你有联系方式吗?给我一个。"

"有啊。"女孩笑了,从身上掏出一张名片,"我是金湖餐厅的,一定要联系我啊。"她说着将名片递给了钱松。

"好,我会联系你的。"钱松笑了一下。那样子果然像韩国的明星"李敏镐"。

女孩似乎也脸红了,她对钱松笑了一下,凑近轻声低说了声。"等你电话哦。"便转头走回另一个女孩身边。

两个女孩一边走一边回头看着钱松。钱松一个人站在黑暗中,额头布满汗水。

"薛哥,以后这个活儿你上,我可不受这刺激了!"钱松挤进车里,没好气地说。

"怎么了?共产党员的意志松动了?被糖衣炮弹击中了?"薛金永打趣道。

"你拿没拿到她们的名片?"戴涛可没有开玩笑的心情。

"拿到了,领导。"钱松说着将名片递了过去。

"金湖餐厅,琳达……"戴涛默念着。"老薛,你看看。"他转头又递了过去。

薛金永接过名片,笑了一下。"没错了,咱们有侦查的切入点了。"他说。

"下一步你打算怎么办?"戴涛问。

"你就看我的吧。"薛金永正色回答。

## 将将之才戴涛

一夜无眠,钱松和薛金永在房间里,忙碌着不同的事情。钱松操作着笔记本,按照薛金永的要求,提供着"大老张"的所有资料。年龄、籍贯、身高、体态、口音、经历,甚至嗜好,事无巨细。这里虽然无法和国内的信息库联网,但钱松这个信息专家早已在出国之前,将所有关于张青山案件的信息情况和其个人资料收集整理,随时可供提取分析。而薛金永则用手机里的一个聊天软件把那个女孩加为了好友,他冒充着钱松的身份,给自己起了一个网名叫"psir",女孩问他为什么叫这个名字,薛金永解释道,因为他姓潘。

薛金永山南海北,从尼日利亚的天气到国产电视剧的情节,从奈拉对人民币的兑换比率到两国人的文化差异,逐渐与琳达拉近着距离。而钱松则不断在薛金永的要求下,提供着各种数据。一个小时后,薛金永已经知道了女孩琳达的家乡在中国四川,今年25岁,来尼日利亚刚刚两个月,在金湖餐厅做着按摩小姐。金湖餐厅名义上是个餐厅,实则是个挂羊头卖狗肉的声色场所。这里实行着会员制,只接待办卡的会员,没有散客。要不是看"psir"长得精神,琳达才不会主动搭讪。

"嘿,说你精神呢。"薛金永坏笑着说。弄得钱松一头雾水。

经过一夜上千条信息的攀谈,薛金永初步汇总了情况,在黎明时分敲开了戴涛的房门。

"怎么样?有线索了?"戴涛急切地问。

"'大老张'是不是50多岁?"薛金永问。

"是啊。"戴涛回答。

"是不是一米九的身高,籍贯山东?"薛金永又问。

"没错。"戴涛回答。

"是不是有挤眼睛的习惯,走起路来一晃一晃的?"他又问。

"这个……"如此的细节难住了戴涛。

"是不是几个月前被拉各斯警方抓过?"薛金永继续问。

"是,是!这个情况你知道啊。看来有谱了!"戴涛笑了,打了薛金永一拳。

"就是他!"薛金永确定地说,"我和钱松忙活了一宿,他比对信息,我套那个按摩女的话,现在基本可以确定,金湖餐厅的经营者姓张,50多岁,是中国山东人,一米九的身高,有挤眼睛的习惯,走起路来一晃一晃的,几个月前曾被拉各斯警方追捕。"

"太好了!你可真是个歪才啊。"戴涛大笑,"对了,你在套对方话的时候,没有露出马脚吧。"

"放心吧,领导,我把问题混杂在上千条的繁杂信息里,有一搭无一搭地引导,这些信息点,都是她主动说出来了,不会有任何问题。"薛金永笑着回答。

"好,那咱们就立即开始下一步,研究如何开展抓捕。"戴涛完全相信薛金永的实力。

在戴涛的房间里,三个人反复研究着"大老张"的抓捕方案。戴涛又向总领馆的领导通报了情况,总领馆领导再次给移民局致电,要求增派人手,加大工作力度。一切都在按部就班地进行。

在研究会上,大家反复分析着突袭金湖餐厅实施抓捕的实操性,但考虑到门前有持枪的警卫,这种抓捕方式存在巨大风险。薛金永的手机仍响个不停,经过一宿的"推心置腹",那个与"psir"在异国他乡相遇的四川按摩女郎,显然已经对他产生了好感。

"这个按摩女说来到这里是朋友介绍,对,就是咱们那晚看到的另一个女孩。来这里工作,机票费、住宿费,都有张老板提前垫付,待有生意之后再慢慢偿还。女孩的按摩价格是一次50美金,提供性服务是一次200美金。她正在询问,什么时候可以进行服务。"薛金永说。

戴涛默默点头,思量了一会儿说:"你问问她,能不能出来为你服务。"

薛金永点了点头,显然明白了戴涛的深意,他操作起手机,不一会儿才放下说。"我告诉她说我不愿意去金湖餐厅里面,那里人多眼杂不安全。我让她到拉各斯中心岛的华阳酒店来进行服务。"

"拉各斯中心岛的华阳酒店?那里可离这儿挺远的,她会去吗?"钱松质疑。

"呵呵,你放心,对于她们这些人来说,只要钱的数字够诱人,就没有达不成的交易,能为了钱来这么陌生的国家,就不会在乎多跑一段路程。鱼一旦上钩,就轻易跑不了。但咱们不能急于收线,而要慢慢地在水里遛它,然后再找准时机下手。再说了,她一个刚刚来这里两个月的女孩,能一个人到那么远的地方来吗?"薛金永笑着说。

"哦……你的意思是,不但要把她引出来,还要让人送她?"钱松醒悟了过来。

"这不是我的意思,是你戴哥的意思。"薛金永说,"但现在仍有个问题,就是如果送她出来的人不是'大老张',而是那个黑人保镖或者其他人怎么办？"

"嗯……这是个问题。"戴涛轻轻地点头。他思索了一会儿又说："你再给她加些钱，不能太少也不能过多，少了起不到作用，多了显得假，具体数额你自己琢磨。然后告诉她，要多陪你几天，我想，这样他老板亲自送她出来的可能性才会增大。"

"好，我明白了。500美金一天，一周时间。怎么样？"薛金永问。

"行，你继续吧。"戴涛回答，"钱松，你跟我再去一趟移民局，咱们要立即布置在华阳酒店抓捕'大老张'的方案。"他说着站起身来。

## 东风已到

三个人分兵作战，在不同的战场上驰骋。几个小时后，三个人在维多利亚岛区的海边聚齐。大家已经统一了思想，与其贸然抓捕，不如以不变应万变，请君入瓮，用钱作为诱惑，让"大老张"自己进入设置的陷阱。

一望无际的海平面上波光粼粼，和第一次看到这里的景象一样，海鸟飞翔、海潮涌动，在波涛撞岸声中的世界，反而显得安静。薛金永迎着海风，拿出了香烟，三人一人一支，面对蔚蓝的海面默默地喷吐。这是大战来临之前难得的片刻休息。大家都知道，最考验自己的时刻到了。

薛金永的手机仍然响个不停，他低头操作了几下，抬起头说："等抓捕成功，事情结束了，我要把这个女孩送回国内。"

"什么？"戴涛一时没反应过来。

"她来这里，也是受到了姐妹们的诱惑。现在证件被'大老张'扣着，想回也回不去。我觉得……该解救她回去。"薛金永对着海的方向说。

"嗯……这个家伙，害人不浅啊……"戴涛点头。"明天约的什么时间？"他问。

"明天午饭之后。"薛金永回答。

"好，这个方法好。"戴涛点头。

"为什么……是午饭之后?"钱松显然还没明白。

"这里的黑人每天要做四次礼拜,午饭之后的时间正好是一天中的第二次礼拜时间,再加上之前我告诉女孩的我对当地人不信任,就能避免黑人保镖送她过来。同时按照我们的计划,我提出了每天500美金,让她服务一周的要求,按摩女经过向她的老板报告,她老板决定明天中午亲自过来跟我谈谈。明白了吗?"薛金永平静地回答。

"嗯……我明白了。"钱松重重地点头。

"哎……想想也可悲,但现在为止,那个按摩女都以为是在和你聊天呢……"薛金永又笑了起来。

钱松无奈地摇头,戴涛也笑了起来,但他的表情又渐渐落寞下来。远方清真寺的礼拜声又起,在真主面前,无数的朝圣者念念有词地鞠躬、叩头、跪拜,表明自己最虔诚的信仰。戴涛默默地望着大海,在心中想着,要钓的鱼已经咬钩了,圈子也兜得差不多了,现在就差收网了。"大老张"已经不知不觉地按照我方的引导步步走进陷阱,离成功抓捕的目标越来越近。但远在阿布贾的战友孙鹏,却不知道是什么情况,从昨天到今天,他的电话一直没有打通。

这时,他的手机响了起来。他看了看,是个陌生的号码。

"喂,哪位?"戴涛例行公事地接听。"谁?小孙!"他顿时激动起来。"你在哪?好,好,我马上让钱松去接你!"他说着挂断了电话。

钱松和薛金永立即围拢过来。"是孙鹏吗?"钱松问。

"是啊,就是那个小子,他的手机没钱了,刚才是用拉各斯机场的公用电话打来的。"戴涛说。

"啊?他到拉各斯了?"钱松兴奋起来。

"是啊,这小子神了,也不知道他这个外语盲是怎么跑过来的。"戴涛笑着说。

"太好了!我马上去接他!"钱松激动地跳了起来。

"咱们一起去,晚上吃点好的!"戴涛搂过钱松的肩膀说。他没有想到,三员大将能在大战来临前凑齐。"东风已到,真是天助我也！看来这次'大老张'是跑不掉了。"戴涛对成功的信心是如此确定。

## 瓮中捉鳖

第二天午后，当清真寺的礼拜声传来的时候，一辆黑色的尼桑轿车停在了拉各斯中心岛区的华阳宾馆门前。

从按摩女郎琳达走出金湖餐厅开始，薛金永已经通过聊天工具，知道了"大老张"驾驶的汽车品牌、颜色和车牌号码，这是一次天衣无缝的"请君入瓮"。张青山驾驶着汽车，从跨海大桥驶过，他望着广袤的海平面，愉悦地哼着小曲，他在心里估算着这次交易的收益，一天500美金，这可是天上掉馅饼的买卖。从一个打工者到老板，他用了整整二十年的时间，而从一个老板堕落到皮条客，他却只用了不到一年。张青山到了尼日利亚之后，一年之内便千金散尽，花光了从国内带来的资金，几乎到了身无分文的境地。逃亡生涯并不好过，生存的问题已经被提到了首位，张青山走投无路才干起了损阴坏德的这个门道。他在整日对客人的摇尾乞怜和献媚中，感觉自己活得还不如一条狗。

他把车停在门口，刚要让琳达呼叫"psir"，一个人高马大的黑人警察就突然冒了出来，一下拉开车门坐到了副驾驶的位置上，同时拔掉了汽车的钥匙。随后另一个稍矮的黑人警察又拉开了后座的车门，坐到了琳达的身旁。

琳达大呼小叫，惊慌失措。这时"大老张"才意识到不妙，猛地推开车门，准备逃跑。却不料一个中国大汉，一下用身体挡住了车门，让他动弹不得。

"完了！这下完了！"张青山感到分身乏术。

这时戴涛走了过来。

"我们是中国警察，你叫什么名字？"他质问道。

"大老张"滑稽地被孙鹏挤在驾驶室里瞠目结舌、无可奈何。"我，我姓张……"他下意识地回答。

"你是哪里人？"戴涛又问。

"我……我是胶州人……"他回答。

"知道我们为什么要找你吗?"戴涛继续问。

"我……"张青山停顿了数秒才说,"我知道了……是国内的事情……"

在"大老张"被移民警察戴上手铐的时候,人高马大的孙鹏一直在他身旁监视。"大老张"像泄了气的皮球一样,早就断了逃跑的念想。

薛金永让钱松走到了琳达的面前,替自己说几句话。

"对不起,我不该骗你的。"钱松照方抓药。

"你……是警察?"琳达的表情复杂,声音颤抖。她这时才明白,"psir"不是姓"潘",而是个"police"。

"对,我是警察。"钱松点头,"我们会让移民局的警察到金湖餐厅取回你的证件,尽快安排你回国。"钱松语重心长。

"嗯,谢谢你们……"琳达泪流满面地回答。钱松不愿看到女人哭,转身要走。这时,琳达在她身后说:"我知道……跟我聊天的那个人不是你……"

钱松惊诧,回过头望着琳达,久久无语。

## 故乡明月

次日中午,张青山被移民警察押上了送往机场的铁笼车。与此同时,在戴涛等人的安排下,女孩琳达也同乘这个航班返回祖国。对于许多游离在正常生活之外的人来说,尼日利亚这个陌生的国度也许是逃避现实的地方,但暂时的逃避却永远无法解决真正的问题,世界上没有任何一个地方能成为避罪的天堂,如不忍痛切除病灶、正视自己,就算麻醉一生,也永远无法得到解脱。

航班经停迪拜,在等待转机的时候,钱松隔着厚厚的玻璃墙看到一轮圆圆的月亮正悬挂在天际。他这才突然意识到,此刻的北京时间也已过了凌晨。"今天是中秋节啊。"钱松脱口而出。

此言一出,众人都愣住了,一同望着窗外的圆月。

从暴雨倾盆的阿布贾,到拥挤混乱的拉各斯,从凶险的埃博拉疫区,到美丽的维多利亚岛,大家似乎都没了时间概念。在异国他乡的奔袭驰骋中,他们的心中只有一个目标,就是不被任何一个困难难倒,成功缉捕嫌疑人,完成神圣的使命。而此刻望着天边的圆月,几个人却发现谁也没有给家人发过一句问候、道过一句平安。

一种酸涩的感觉从心底生出,钱松用手机拍摄下迪拜的圆月,默默地发到猎狐行动办的微信群里。窗外风轻云淡,钱松默念起那首苏轼的著名诗句:明月几时有?把酒问青天。不知天上宫阙,今夕是何年……

安徽的程丰支队长在群里也赋诗一首,既总结了此行的经历,又遥祝着中秋夜还在执行任务的战友们。诗的名字叫《尼日利亚猎狐记》:

尼日利亚,经济人口,非洲首邦;黄热疟疾,埃博拉毒,人心恐慌;

恐怖爆炸,社会毋宁,营私结党;地远天偏,鞭长莫及,痴人臆想;

奉命远征,责任在身,危险全忘;领导嘱托,人民期盼,倍感荣光。

三万里数,昼夜兼行,不觉路长;神奇非洲,狂野大地,无心观光。

阿布贾府,大使接见,部署顺畅;参赞亲为,宽严有度,约见尼方;

特警护卫,交接嫌犯,一时繁忙;告别兄弟,离开火线,黯然神伤;

拉各斯市,疫情日重,毅然前往;逃犯逍遥,岂可无视,袖手一旁;

巧设妙局,智布罗网,无处可藏;协调诸方,攻坚克难,月满心扬。

猎狐中秋,将士用命,身体有恙;大使探视,各方牵挂,关注安康;

国家利益，警察使命，勇于担当；法网恢恢，寰球之内，焉有天堂。

从迪拜到北京十多个小时，大家回到首都机场的时候，已经是北京时间的下午。戴涛和钱松押解着张青山，随着数以百计各种肤色的乘客，一起走出舱门，当踏上祖国国土的一刻，心里才真正踏实了。大家摘掉口罩，大口呼吸着祖国清新的空气。这时，猎狐行动办的负责人刘副局长，已经从人群中走了过来。

空乘人员用喇叭对接机的人们宣告着："因为飞机来自疫区，请大家务必注意，保持距离。"

戴涛走到刘副局长面前，一个标准的立正，庄严地敬礼。"领导，我们圆满完成了工作任务，特向您报告。"

刘副局长不顾空乘人员的劝阻，大步走到戴涛面前，一把握住了他的双手。"你们辛苦了，活儿干得漂亮！我代表孟局长向你们致以最亲切的问候。"

戴涛热泪盈眶，久久发不出声音。

钱松、薛金永、孙鹏三员大将也随后走到了刘局身边，他们押解着张青山，在媒体记者的闪光灯下扬眉吐气，他们用生命和崇高的荣誉，谱写了属于中国警察的壮丽篇章。

在接受记者采访的时候，戴涛由衷地说："我此次的最大体会是，境外的缉捕工作是国内工作的延续，个人的付出和努力是境外追逃成功的偶然因素和外因，而法律的维护和正义的彰显才是境外追逃的必然因素和内因。尼日利亚行动的成功，不仅是缉捕组的胜利，更要归功于所有为行动付出的人们，如果没有信息研判战友们的细致分析、情报侦察，如果没有驻外使领馆的我外交战线同志们的后勤保障和国家后盾，如果没有外国警察同行对打击犯罪的共识，缉捕行动便是无源之水、无本之木，这是一场大家众志成城的胜利。"此言一出，掌声雷动。

是啊，没有众志成城的齐心协力，就不可能有境外猎狐的成功凯旋。在此刻所有的付出都无比值得，无论是在暴雨倾盆的阿布贾，还是在拥挤混乱的拉各斯，无论是在凶险的埃博拉疫区,还是美丽的维多利亚岛,中国警察的勇气、智慧和忠诚,都是战胜邪恶的制胜法宝。猎狐缉捕组的战士们,一手持金色的盾牌,一手持出鞘的利剑,必将在这场全球缉捕的攻坚战中,战无不胜,所向披靡!

## 别了,巴塞罗那

孙大洪(化名)没有想到,自己才过了不到一年的舒心日子,就又跌入到谷底。午后的阳光耀眼刺目,窗外巴塞罗那的美丽秋色渐浓,而他却一筹莫展。

面对满地的碎玻璃和被翻得杂乱的抽屉和衣柜,他浑身颤抖、坐立不宁。当然,他想过打电话向西班牙的警察求助,自己苦心经营的家被洗劫,老婆的戒指、自己的手表、三万多欧元,以及自己所有的证件,全都不翼而飞。但他不敢报警,也不能报警,他此时的身份让警察成了自己的天敌,让这本该被维护的合法权利也无处伸张。

他久久地坐在房间里,默默无语。我该怎么办?何去何从?我是什么人?中国人还是西班牙人?商人还是罪犯?他反复自问。阳光倾泻到他身上,将他的身影拉得狭长。孙大洪感到嘴里酸涩,脸上发凉。他不禁又将视线转到窗外熙攘的城市,他不知道,自己所欠的那笔良心债,到底该如何偿还,自己到底能怎么赎罪才能得到解脱。他无力地坐在地上,愁眉不展地望着墙上的钟表,秒针在一刻一刻地跳动。

唉……孙大洪一声长叹,用手撑住膝盖让自己重新站起,进货的时间到了,如果再不去工作,今晚超市就要面临断货,他打电话给儿子,让他提前下学过来看家,自己则努力打起精神,穿上印有超市标志的工作服,走出房门。和农民靠天吃饭一样,顾客是超市经营者的衣食父母,孙大洪不敢耽误,但走了几步,他又不禁回首望着破碎的窗户,心中五味杂陈。

万芳和郝言坐在西班牙的 AVE 高速列车上,望着沿途一望无际的广袤红土高原,感到心旷神怡。远方层林尽染,植被披上秋色,仿佛金色的海洋。在几个小时前,他们刚刚结束了在西班牙首都马德里与西班牙司法部副司长的会谈。在会谈中,双方平等对话,就中西两国如何更好地对追逃追赃进行协作进行了深入交流。

马德里高楼林立却不失传统的底蕴,是个典型的古典与现代相结合的城市,而目的地巴塞罗那却风格迥异。列车以每小时 300 公里的速度向目的地行驶,从马德里的阿托查火车站到 600 公里以外的巴塞罗那,只需要 3 个小时的时间。面对眼前的高原风貌,让万芳不禁想起了作家塞万提斯的著名小说《堂吉诃德》的场景,疯狂的瘦弱骑士和他忠诚的仆人踏过尘土飞扬的土地,去迎战那个巨大的风车怪物。

一旁的座位上是一对母子,小男孩大约三四岁的年纪,棕色的头发、蓝色的眼睛,活泼好动,万芳注视着,不禁想起了自己的儿子小虎。小虎四周岁了,正是淘气的时候,以前只跟爸爸疯玩,从不找妈妈。但在猎狐行动开始以后,小虎变乖了许多,甚至有些黏人,每次回家,小虎都会围在万芳身边,生怕她要跑了一样。

万芳触景生情,心里觉得酸酸的。她是猎狐缉捕组的成员,三十出头的年纪,戴着金丝眼镜,是个典型的知识女性。她多年前研究生毕业的时候,有两个截然不同的职业选择,第一是和母亲一样,做一名注册会计师,第二则是女承父业,当一名人民警察。说实话,当时她有些犹豫不决,所以既参加了一家国际会计师事务所的面试,又参加了国家公务员考试报考公安部经侦局。而上天弄人,两个单位都对万芳敞开了大门,一方是列于全球四大会计师事务所之一的优厚薪酬,一方是从小便梦寐以求的警察制服。为此万芳家召开了家庭会议,父母很民主,说两个工作都很好,让她自己选择。父亲是一名公安系统的基层指挥员,在工作中兢兢业业、吃苦耐劳,很受下属敬佩。他一直是万芳心目中的榜样,看着父亲和蔼的微笑,万芳知道那是一种期望,于是没再犹豫,毅然选择了加入公安部经侦局,穿上了那身藏蓝色的制服。

而一旁的高高大大的帅小伙儿郝言，才不到三十岁的年纪，毕业于中国刑警学院，在猎狐行动办是个有名的"快手"。别看他年轻，但在急难险重的任务前能做到井然有序，在关键时刻能沉得住气，是个天生干警察的料。同时，他还是一名狂热的球迷。郝言望着窗外的异国风景，心中对即将到达的目的地充满了憧憬。巴塞罗那是球迷心中的圣地，巴萨队的梅西更是他心目中的偶像。但他深知，此行可不是来游玩的，在巴塞罗那等待他的工作，不但任务很重，而且十分艰巨。按照缉捕队长文小华的要求，此行不但有谈判任务，还要执行对犯罪嫌疑人孙大洪的规劝遣返，工作要务求实效、力争圆满。作为万芳的助手，郝言也感到肩膀上的担子很重。

列车停驶，万芳和郝言在总领馆参赞的带领下，赶赴总领馆进行汇报。总领事非常关心猎狐行动，说每天都在通过电视和网络关注猎狐的报道。他要求总领馆的工作人员全程陪同，务必要做好对犯罪嫌疑人孙大洪的劝返工作。

此次赴巴塞罗那的任务是劝返犯罪嫌疑人孙大洪。他今年50岁，老家在中国浙江，现在已经在西班牙获得了"绿卡"。2011年的时候，孙大洪在缅甸承租了一块占地10英亩金矿的开采权，租期为20个月。同年12月底，孙大洪对同乡老江谎称其拥有该金矿的产权，签订了《矿权转让协议书》，约定首付200万元人民币的价格转让矿山的产权，后续资金待成功开采后支付。但孙大洪在收取到200万元首付款之后，并没能按照约定将金矿的产权进行转移，而是继续回到了西班牙进行隐匿。2012年，被害人老江进行报案，国内公安经侦部门以孙大洪涉嫌合同诈骗罪立案侦查。

猎狐行动开展以来，经过办案单位多次对孙大洪进行规劝，该人表示希望在巴塞罗那与公安人员进行见面。在这种情况下，万芳和郝言才日夜兼程赶赴西班牙。但却不料，到了巴塞罗那之后事情却出现了变故。万芳连打了三个电话，对方都没有接通。直到晚上七点，电话才打了回来。万芳知道是孙大洪的心里在矛盾,于是简短交流,便约定了一个小时后见面。

夜晚的巴塞罗那喧嚣熙攘,人潮涌动。这个临近地中海的城市,温和多雨、舒适宜居,今晚八点整有一场盛大的足球赛要在诺坎普足球场举行。巴萨主场优势明显,球迷将彻夜狂欢,整个城市都在沸腾着。酒吧、夜店、路旁,所有的电视都在转播即将开始的球赛,到处都是热烈的球迷,他们身穿巴萨队的队服,手举着球队的旗帜,脸上涂抹着油彩,将秋季的巴塞罗那带入到夏日的火热之中。

在近乎节日的气氛中,万芳和郝言在街头疾行,他们要去一个陌生的咖啡馆,去约见犯罪嫌疑人孙大洪。在足球圣地不去看球,这对于郝言来说,也许是球迷最大的不幸,但此刻他的心中却没有一丝游离,他是一名人民警察,知道自己的神圣使命是什么。他知道,无论是劝返还是缉捕,在将犯罪嫌疑人带回国内之前,一切都是空谈。

在一处再普通不过的咖啡馆里,孙大洪已经早早在那里等待。他面相苍老,虽然来到西班牙多年,但说话还是浙江的口音。西班牙的生活节奏很慢,许多店铺都只营业半天,饭店也大都在晚上八点后才开门营业。许多中国人来到西班牙之后,生活多年却依然无法融入当地的主流社会,还是在华人的圈子中生活,吃中餐说中文,看不出任何的西化。他们在国内就是勤劳朴实的耕耘者,到了国外也没有变化。开餐馆、卖小百货,这些仍是华人主要谋生的职业。孙大洪就是这样的在西普通华人,他经营着一家规模不大的小百货超市,每天起早贪黑微利经营,曾经也丰衣足食自给自足,但这些年受金融危机的影响,生意也受到很大影响,收入也大打折扣。

看到万芳和郝言进门,孙大洪赶忙起身迎到面前,犹豫了一下,才伸出颤抖的手,仿佛不是要表示礼貌,而是要被戴上手铐。

"你好,我们是中国警察。"万芳与孙大洪握手,做着开场白。

"我……我知道……"孙大洪点头。

"为什么关机?"郝言开门见山。

"我……"孙大洪停顿了一下,躲闪开郝言的眼神,"我在超市忙呢,没有听到。"他闪烁其词。

万芳和郝言都知道,这是孙大洪的托词,但既然已经见面,这些插曲也就不再深究。

"现在终于想通了?"万芳用平缓的语气问。

"哎……"孙大洪一声叹息,"是啊,我想通了,不能再过这样的生活了……"

他低下头,缓缓坐到座位上,隐藏在咖啡馆的阴影里,仿佛要掩饰自己的颓唐。咖啡馆外开始热火朝天的狂欢,比赛已经打响,巴萨的勇士们在球场开始与对手进行激烈地角逐,而咖啡馆内却只有他们一桌客人,显得萧条清冷。孙大洪喝了口浓浓的黑咖啡,开始了自己的内心独白。

孙大洪在巴塞罗那经营着一个超市,看似是个成功人士,实际上却过着辛酸的生活。"我活得很屈辱",这是他经常挂在口头的一句话。在16年前,他带着妻子和刚满三岁的孩子,从浙江老家偷渡到法国,在那里非法滞留了整整五年,自己刷盘子、打零工,妻子给人做衣服、做保洁,一切可以维持生计的手段他们都会尝试,一家三口在黑漆漆的地下室里抱团取暖,在繁华光鲜的城市下,过着像老鼠一样的生活。五年之后,孙大洪又带着一家人随老乡辗转至西班牙,经过不懈的努力,终于获得了"绿卡",实现了自己的出国梦。

他凭借中国人像蚂蚁一样的勤劳与敬业,慢慢为自己的生活添砖加瓦,从给别人打工到自己经营生意,他只用了几年时间,生活的重担让他苍老了许多,手粗糙了、腰也弯了,刚刚50岁的年纪却像个老人,但家人的生活却大有改观。孙大洪憧憬着,在晚年之前能获得安逸富足的生活。但谁知却好景不长。

2008年美国爆发次贷危机后,西班牙房地产泡沫破灭,很多家庭陷入负资产的境地,到了2011年,西班牙失业人口已经到了21%的高点。华人在当地从事的大都是比较低端的水果批发、超市零售等产业，面对经济危机市场的持续低迷，这些传统的行业也遇到了前所未有的困难。面对突变的市场，华人小产业主们猝不及防，许多商业关门倒闭。

孙大洪也没能幸免，由于进货渠道狭窄和经营不利，他苦心经营的两个超市资金链断裂，已经到了岌岌可危的地步。眼看着多年的努力要毁于一旦，孙大洪不甘心失败，想要转战其他产业开拓市场，重整旗鼓。他多方考察，经过审慎判断，以自己的超市和住宅作为抵押，借款200万元在缅甸承租了一个10英亩金矿的20个月开采权，期待着会出现奇迹，墙里开花墙外香。但却不料，这个金矿已经枯竭，产能低下。这个结果意味着什么孙大洪当然知道，自己十六年的努力将付诸东流，一切都会重新归零。他彻底绝望了，甚至想到了——死。但就在这时，一个国内的老乡通过电话联系到他，希望他这个"成功人士"能帮助自己扩大经营，找到生财之道。孙大洪在电话里沉默了良久，并没有告诉老乡自己的真实处境，而是迎合着对方说，我正有一个好项目需要投资伙伴。

许多人在绝境之中，会做出让自己悔恨终生的选择，孙大洪从一个勤劳善良的经营者变为恶意诈骗的魔鬼，就在一念之间。他萌生了一个邪恶的念头，就是拿老乡的投资款去解金矿投资的燃眉之急，待生意转好之后再想办法。于是他一不做二不休，告诉老乡有一个在缅甸的金矿很有投资价值，可以投资。他隐瞒了自己只有这个金矿20个月租赁权的事实，谎称自己拥有产权，以首付200万元人民币的价格将金矿转让给老乡，其余转让款约定在开采成功后支付。

老乡兴奋至极，面对如此优厚的条件，简直是天上掉馅饼的好事。他没有进行任何核实，就从家族中集资200万元，在国内与孙大洪见面付款。在与老乡签订《矿权转让协议书》的时候，孙大洪甚至有种想哭的感觉。他不明白，自己怎会骗得如此顺利，为什么老乡竟会如此相信自己。老乡比自己整整大十岁，这200万是他整个家族辛辛苦苦的血汗钱。在得手的一刹那，孙大洪双手颤抖，而怀着发财梦的老乡也激动地伸出颤抖的手，与孙大洪相握。

"不应该啊,不应该……"孙大洪涕泪横流。

万芳默默地注视着他,不知是该谴责,还是安慰。

"正应了俗话,不义之财如流水。这200万在到手之后,也没能挽回濒临倒闭的生意,在几个月之后,我的两个超市都倒闭了。真是荒唐啊,我编造的天方夜谭,老江都不核实一下,就轻易相信了,我对不起他,对不起他啊……"孙大洪摇头叹息。

"也许老实人说话才最可怕吧。"万芳说。

孙大洪抬起头看着万芳,没有回答。

郝言向孙大洪出示了《关于敦促在逃境外经济犯罪人员投案自首的通告》。"老孙,你还有机会。"他言简意赅地说。

孙大洪拿过《通告》,认真地阅读,像生怕漏掉一字一句。

"老孙,现在是投案自首的最好机会,希望你能珍惜。"万芳说。

孙大洪阅读完《通告》,沉默了一会儿回答。"我知道,关于国内猎狐行动的事情,我一直在关注,同时对政策,我也一直在了解。我的情况……"他停顿了一下,"回国能不能从轻呢?"他问道。

"积极退赃、挽回被害人经济损失,主动投案、交代自己的问题,揭发检举他人的罪行,都是从轻的条件。能不能从轻,完全取决于你自己。"万芳回答。

"嗯,我明白了。"孙大洪重重点头,"但是……我这个罪行到底能判多少年刑呢?我……"孙大洪仍犹豫不决。

看对方的这种状态,郝言出手了。"老孙,你到底是想做西班牙人还是中国人?"他问道。

"什么?"孙大洪抬头皱眉,郝言提出的问题,正是他内心纠结的问题。从案发到现在,因为犯罪嫌疑人的身份,他不能像曾经一样衣锦还乡,探望自己故乡的老母亲。数日前,家中被盗,自己因害怕暴露自己的身份,也不敢向警方报案,至今自己的所有身份证件还无法补办。"我……"他无言以对。

郝言掐中时机,继续劝导。"中国人讲究落叶归根,你如果永远是一个犯罪嫌疑人的身份,就永远不能大大方方地回国,你的妻子和孩子,也会和你一起终日躲藏。老孙,这是你苦苦努力想要得到的生活吗?"郝言质问道。

"嗯……小伙子,你说的没错。"孙大洪叹了口气,"我对不起我的家人啊,还有母亲,常年漂泊在外,她体弱多病,我却无法在床前尽孝,我……"孙大洪的眼泪又流了出来。

"你仅仅是愧对自己的母亲吗?"郝言不客气地说,他知道此时不应该再刺激孙大洪,但多年的工作经验告诉他,恶疾须下猛药治疗,此时正是打开孙大洪心结的最佳时机。

"是,我更对不起老江。但……我不知道该如何面对他。"孙大洪摇头。

"你一天不敢面对,就浪费一天赎罪的机会。不仅家人难见,生意也做不好。只有正视错误,才能重新开始。现在,正是你偿还欠债的时候。"郝言一字一句地说。

"好,我会珍惜你们给我的机会。"孙大洪抬起头说。

"不,是祖国给你的机会。"万芳回答。

三个人走出咖啡馆的时候,立刻被火热的气氛包围,在诺坎普球场驰骋的劲旅巴萨,已经由队长梅西率先攻入了一球,球迷们欢腾着、疯狂着,整个城市都在狂欢。郝言面对球场的方向,默默地微笑着,他没有为失去观赛的机会遗憾,反而和自己酷爱的球队一样,在心中洋溢着胜利的满足。他知道,自己和崇拜的球星梅西,都在关键时刻射中了球门,也即将赢得最终的胜利。

孙大洪彻底解开了心结,他放下犹豫,像对待老朋友一样,带着万芳和郝言来到了自己的超市。经过努力,他在今年重整旗鼓,又开了一间超市。超市里的商品琳琅满目,食品、日用品、箱包,都是远赴重洋的中国货。孙大洪的儿子孙小强正在超市操持着,看父亲带着两个陌生人走来,回头喊了一声:"妈,他们来了。"他刚过 18 岁的年纪,长得英俊帅气,因从小接受西方教育,所以中文略显生涩。他撸起袖管,额头冒汗,继承了孙大洪的勤劳和善良。

他们显然知道万芳此行的到来。孙大洪的妻子不到50岁，美丽端庄，她带着儿子几步迎到万芳和郝言面前，递来两瓶矿泉水。"麻烦你们了，谢谢。"她话虽简短，却充满深意。

"不用客气，这是我们应尽的职责。"万芳接过水，微笑着回答。

"我们商量好了，回国之前会变卖掉房产和超市，带着200万的欠债回国去补偿。放心吧，我不会再跑了。"孙大洪说。

"好，我们相信。"万芳点头。

"如果没有祖国，我在西班牙也无法生存，我欠祖国的太多了……我虽然是一个逃犯，但在心里却始终爱国。你们相信吗？"孙大洪怅然若失地问。

"我们相信，知错能改，善莫大焉。"万芳回答。

夜深了，总领馆一处办公室的灯却依然亮着。为了保证丢失证件的孙大洪顺利回国，总领馆的工作人员连夜为他办理了回国手续。

第二天，孙大洪在妻儿的护送下，来到了巴塞罗那机场。他妻子表示，将会尽快筹集到200万元资金，替孙大洪弥补被害人老江的损失。

孙大洪眼含热泪，同家人久久拥抱。"我会回来的。"他不断重复着这句话。

万芳望着远方的巴塞罗那城市，默默无语。她不知道此刻自己为何会如此感动，回望着这五天在西班牙的工作，无论是马德里的谈判，还是巴塞罗那的劝返，一切都按部就班有条不紊，再棘手的问题，自己也能从容应对、全力解决。但当看到孙大洪与家人离别的场景之时，她的心中却掀起波澜。也许正如郝言所说，中国人讲的是落叶归根，无论离家走得多远、离开的时间多长，对家的思念始终不会变淡。在异国他乡生活的中国人，也许感受更深。

别了，巴塞罗那。十多个小时的旅途稍纵即逝，万芳回到家的时候，正是北京的傍晚。穿越车水马龙的拥堵车流，万芳迫不及待地打开门,屋里已经飘来了饭香。这时,四周岁的儿子小虎一下跑了过来,紧紧抱住她的脖子。

"妈妈,你还走吗?"小虎用稚嫩的声音问。

"我……"万芳这个研究生学历的警界精英,在一瞬间竟无法回答如此简单的问题。"妈妈暂时不走,不走……"她心中酸涩,紧紧抱住儿子,眼泪止不住地流了下来,但在心里却真的不知道,下次离开儿子到底是在几天后,还是在几个小时后。这一走,又要离开多长时间。

小虎紧紧搂住万芳的脖子,小小的身体温暖无比。"妈妈,我爱你……"他紧紧搂住万芳,生怕丢了。

猎狐人冷静,利剑出鞘之时挥斥方遒;猎狐人温情,用大爱去解开矛盾的心结。像万芳和郝言这样冲锋在一线的猎狐者还有很多,他们的故事永远也讲不完。

(节选自《猎狐行动》,作家出版社2015年3月出版)

# 与魔鬼博弈（节选）
## ——留给现实和未来的思考

张 雅 文

"谁不反观历史，谁就会对现实盲目。谁不愿反思暴行，谁将来就可能会重蹈覆辙。"试图对历史视而不见的人，"在当下也只能做瞎子"。
——德国总理默克尔，2015年3月9日在东京的演讲

"现在受到审判、判决的这些战犯，不是作为个人，而是作为某种生活方式、某种思想方法的象征，暴露在日本国民面前。日本国民刻骨铭心地读读那些记录的话，也许他们就不会再把自己的命运交给少数人去支配了。"
——《纽约时报》1948年12月12日

当世界被疯狂的兽性剥去点头哈腰的虚伪，只剩下赤裸裸的杀戮之时，当弱小的生命求告无门、生死未知之际，却有人出现在众生面前，不顾个人的生命安危，用燃烧自己来点燃正义。他们像永不陨落的星辰，照亮了那片被兽性涂抹成血色的夜空，给人类留下一份宝贵的遗产——人性的光芒！

——作者题记

# 引　言

　　一位国家总理向受难者灵魂下跪；一位国家首相却频频去参拜供奉战犯灵位的神社。一个国家不断向世界忏悔；一个国家却一再抹杀罪恶，将自己扮演成受害者的角色。同为战争罪人，却有着天壤之别。

　　这一切，意味着什么？

　　是民族文化的差异，人性与良知的区别，还是日本"耻文化"与西方"罪文化"的不同，还是有着更为深层的国际背景？

## 一

　　我带着诸多不解，带着外孙女张润乔，于2014年8月走进柏林，走进这个在第二次世界大战中，曾给欧洲人民带来巨大灾难的国家。

　　我想看看德国，是否真正悔罪？

　　看看德国，是不是在世人面前装装样子，作作秀，以换取受害国人民的宽恕，从而达到重返国际舞台之目的？

　　却发现，德国对历史的反思与忏悔，是真诚的，不是走过场，更不是作秀。

　　德国从国家宣传，到国家法律，从国家总统，到普通百姓，在各个方面都制约着德国，必须面对历史，进行反思，进行忏悔，否则——

　　在柏林，有许多警示性的历史纪念遗址。

　　这些遗址告诉人们，这里曾经发生的一切，警示后人，要以史为镜，永远不要再充当人类的罪人！

　　在柏林维滕堡广场地铁站旁的草坪上，有一块黑底黄字的警示牌，上面写着："我们永远不能忘记！"并注有一行行纳粹集中营的名字：达豪、布痕瓦尔德、萨克森豪森、毛特豪森、奥斯维辛……

据说 1933 年到 1945 年,纳粹德国在欧洲各地共修建了 1200 多座集中营,我不知这个数字是否准确？关押了数百万犹太人、战俘及政治犯。从资料获悉,有 5 名中国人被关押在奥地利的毛特豪森集中营,并且在那里遇难。

其中,奥斯维辛是集中营里最大的人间魔窟,始建于 1940 年,几百万犹太人死于这里,被称为"死亡工厂"。它是纳粹党卫军头子海因里希·希姆莱 1940 年 4 月下令建造的,距离波兰首都华沙 300 多公里,因其建于奥斯维辛市而得名,其周围有大小 40 多个集中营,统称为奥斯维辛。

而位于德国柏林郊区的萨克森豪森集中营,则是纳粹集中营的指挥总部所在地。

在德国,保留着许多集中营的遗址,每年花重金维修,供游人免费参观。

在一个阳光大好的上午,我和润乔去参观了萨克森豪森集中营。

它位于柏林以北 30 公里的奥拉宁堡小镇,乘火车,换汽车,才到达了小镇。小镇上的人不多,前来参观的人却络绎不绝。

集中营的面积很大,占地 400 公顷,下了汽车,沿着高墙,走了很长一段陈旧的柏油路,才来到集中营的大铁门前。铁门前的入口处,耸立着一座三层高的监视塔楼,宽敞的院子四周,镶有高墙、电网。几排关押犯人的牢房旁边,耸立着三根一人多高的木桩,木桩顶端拴着铁钩子。据说,许多关押人员就是被吊在木桩上活活打死的。监舍下面是相通的地下室,地下室残破的灶台,就是杀人解剖的现场。正对着大门的远处,有一只高高的焚尸炉大烟囱。焚尸炉旁边,就是处决犯人的刑场和毒气室。

资料告诉我,在萨克森豪森集中营,先后关押过 22 万人,他们来自 40 多个国家。其中 10 万多人惨遭纳粹杀害或死于饥饿和疾病。1941 年秋,一次就处决了 1.2 万名苏军战俘。这里是集中营的指挥总部,诸多重大杀人决策,就是从这里发出的。

来参观的人很多,没有一声喧哗,死一般的寂静。所有的参观者,都被纳粹的暴行深深地震撼着。

走在这充满冤魂的集中营里,尽管是白天,阳光普照,却有一种毛骨悚然的感觉,阴森森的,好像到处都有冤魂在飘荡,在呐喊,在告诉人们这里曾经发生的一切……

参观完集中营,内心久久难以平静。

回去的路上,润乔问我:"姥姥,你说都是人,纳粹他们咋这么狠呢?"

是啊,孩子,这正是姥姥一直在探讨,又探讨不明白的问题——人性之恶。

润乔又感叹道:"你说那么多犹太人都被活活打死了,多可怜哪!"

是的,孩子,那是人类最残酷的一段历史。我拍拍润乔的肩膀,以示安慰。

润乔在美国刚读大学,年龄小,既单纯,又善良,对那段历史并不了解。这也是我带她来欧洲采访的一个原因,让她多了解一些那段历史。当然,更主要的是让她来给我当翻译。

在柏林,"柏林墙"的遗址很出名,它位于东德与西德的交界处。

这天下午,我和润乔来到"柏林墙"的遗址前。

资料告诉我,柏林墙始建于1961年8月13日,全长155公里,开始以铁丝网和砖石所筑,后来加固成混凝土墙,增加了瞭望塔等设施。东德政府称其为"反法西斯防卫墙",以阻止东德居民逃往西柏林。

1989年11月9日,民主德国政府宣布,允许公民申请访问联邦德国及西柏林。当天晚上,柏林墙在众多民主德国居民的强大压力下,被迫开放。1990年6月,民主德国政府决定拆除柏林墙,1990年10月,分裂41年的东西德宣布统一。

这堵墙,横亘在柏林人民面前28年零91天,它承载着那段沉重的历史,也承载着太多的生离死别及德国人悲惨的记忆。所以,人们称它为哭墙,就像韩、朝的"三八线"一样。

柏林墙被推倒了,但遗址却留着,它在告诉人们曾经发生的一切。

在柏林墙前,我看见一堵墙壁上,留有许多涂鸦似的图画及文字。在画廊展板上,镶着许多当年骨肉分离的照片,以及人们欢呼着冲过推倒柏林墙时的照片。在一座新建起的教堂前,跪着一对紧紧拥抱的青年男女黑色雕像,它是推倒柏林墙德国统一的象征。

我久久地伫立在柏林墙遗址前,不禁感慨良多。

在柏林,最令我震惊的是位于柏林市中心勃兰登堡门和波茨坦广场之间的欧洲被害犹太人纪念碑,就在马路边,一片浩大的灰黑色碑林,肃穆得令人震撼,就像一群无声的生命,向青天发出愤怒的控诉!

资料告诉我,这片碑林占地1.9万平方米,由大小不一的2711块长方体黑灰色水泥碑组成,最高碑身4.7米,最低不到半米,以此纪念被纳粹杀害的600万犹太人。在这里,扬声器昼夜不停地播放着400万个记录在册的大屠杀遇难者的姓名。

我走进碑林深处,犹如走入一个巨大的水泥迷宫,小小的我,很快就被这浩大的黑灰色碑林淹没了。

在碑林下面,是一个地下档案展览馆,展示着犹太人当年惨遭纳粹屠杀的历史资料。走进展览馆,如同走进《侵华日军南京大屠杀遇难同胞纪念馆》,肃穆而安静,聆听着600万犹太人的悲惨遭遇,我不由得想到南京,想到南京被日军大屠杀的30万中国同胞……

在德国,我总是不由自主地触景生情。

总是想到日本,二者都是第二次世界大战中的罪魁——一个是对欧洲人民犯下滔天大罪的国家;一个是对亚洲人民,尤其对中国人民犯下滔天大罪的国家!两个国家对待历史的态度,自然要进入我的视野,进入我的笔端。

一天傍晚,我和润乔在柏林大街上散步,看着马路上不断过往的行人和车辆,看着大街两旁清晰可辨的新旧楼房,我俩猜测着,哪座楼是战前建的,哪座楼是战后新建的,泾渭分明,很是清晰。

走到一座桥上,见一位头发稀疏的老人靠在桥栏上,眯缝着老花眼在欣赏夕阳西下的景象。我让润乔上前搭讪,跟老者聊聊,听听老者对纳粹的罪行持什么态度?

润乔有些胆怯,怕遭到老者的拒绝。

但是,当润乔微笑着上前用英语打招呼,指着路边的一座三层小楼,故作好奇地问道:"先生您好!打扰一下,请问那座楼,为什么一半是新的,一半是旧的呀?"

没想到,老人热情地回答了她,而且丝毫不回避历史问题。

他说,那是当年盟军解放柏林时炸的,柏林有不少这样的建筑。他还说,盟军不仅解放了欧洲,也解放了德国。德国人民并不希望战争,战争给人民带来的是什么?是死亡,是饥饿。纳粹给德国带来的是毁灭。他说为了消灭纳粹分子,战后70年来,德国人从未停止过对纳粹分子的追捕。而且,将反纳粹写进了法律……

老人对我们滔滔不绝地诉说着,好像通过诉说在洗刷着什么。

这使我想起在德国拿骚采访时,三位老先生也是这样滔滔不绝地向我讲述着纳粹的罪行。

德国人对待纳粹的历史罪行丝毫不回避。

这是我完全没想到的。

正如老人所说,德国政府对纳粹分子的清算,从未停止过。

在战后初期,联邦德国和民主德国同时成立了"纳粹战犯追究中心",按照国际法准则,主动配合各个战胜国,追究二战中各类战犯的战争责任。

1958年,联邦德国成立了州司法管理局纳粹罪行调查中央办公室,专门负责在世界各地搜集纳粹罪行证据,此项工作一直持续至今。几年前,又有三名纳粹分子被捕,年龄最长者,已经

94岁了。

2013年,在柏林、科隆及汉堡的街头,出现了2000多张海报,上面用德文写着:"迟了,但还不算太迟",呼吁公众协助将仍逍遥法外的纳粹战犯绳之以法。

而且,德国把希特勒法西斯的罪行写进了各类历史教材,教育学生公开批判,把纳粹德国钉在历史的耻辱柱上,教育后人永远记住这份耻辱。德国学校还有义务组织学生去纳粹集中营参观,在那里,"每个人都会感到深深的耻辱",并对历史进行深刻的反思与忏悔。

在德国,对法西斯的罪恶,并非停留在忏悔与反思的道德层面上,而是写进了法律,用法律来制止纳粹行为的发生。

德国《刑法》第130条第三款规定:"以扰乱公共安宁的方式,公开地或在集会中,对纳粹分子执政期间实施的《违反国际法之罪名法典》第6条第1款所述的犯罪行为,予以赞同、否认或粉饰的,处五年以下监禁或罚金。"

第四款规定:"以扰乱公共安宁的方式,公开地或在集会中,对纳粹党执政期间的暴行与专政、予以赞同、否认或为其辩护的,并因此侵犯受害者尊严的,处以三年以下监禁或罚金。"

据报道,一名德国游客在日本,看到日本一名议员在8月15日那天,参拜靖国神社,并发表了感言,便上前质问议员:"如果你在德国,这样的行为是违反宪法的,将会被逮捕,你如何看待这件事情?"

这位德国游客却遭到了日本右翼分子和警察的围攻和盘问。

大量的资料告诉我,德国人是认罪的。

他们怀着真诚的忏悔,勇敢地面对历史,向欧洲人民认罪,向所有被害国人民认罪,向世界公开宣布:永远不再充当人类的罪人!

1970年12月7日,联邦德国总理维利·勃兰特,冒着雪后凛冽的寒风,来到华沙犹太人死难者纪念碑前,献上花圈,肃穆垂首,突然双腿弯曲,跪下,向死难者发出灵魂深处的忏悔:"上帝饶恕我们吧,愿苦难的灵魂得到安宁!"

勃兰特面对的是 600 万犹太人的亡灵,他在"替所有必须这样做而没有这样做的人下跪"!

当时,联邦德国总统赫利,向世界发表了著名的《赎罪书》……

一位总理跪下去,一个民族却"站"了起来!

勃兰特的"惊世一跪",使他获得了 1971 年的诺贝尔和平奖。

1994 年 8 月,德国总统赫尔佐克在波兰纪念反法西斯起义纪念大会上,向波兰人民俯首认罪:"我在华沙起义的战士和战争受害者面前低下我的头,我请求你们宽恕德国人给你们造成的痛苦。"

1995 年 6 月,科尔总理继勃兰特之后,再次双膝跪在以色列的犹太人受难者纪念碑前,重申国家的歉意。

2004 年 6 月,德国总理施罗德在参加法国举行的诺曼底登陆 60 周年纪念活动时发表讲话:"德国人不会回避历史,诺曼底登陆不但解放了法国,也将德国从纳粹暴政中解救了出来!"

施罗德说:"由于勇敢地面对最深的耻辱,德国才得以成为国际社会中受尊重的一员。"

就在 2015 年 3 月 9 日,德国总理默克尔访问日本,她在"朝日新闻基金会"发表演讲时称:"正视历史是和解的前提。"她还引用了已故德国前总统魏茨泽克的经典名句:"'谁不反观历史,谁就会对现实盲目。谁不愿反思暴行,谁将来就可能会重蹈覆辙。'试图对历史视而不见的人,'在当下也只能做瞎子'。"

德国不仅在道义上真诚忏悔,而且在经济上积极主动地支付战争赔偿。

1945 年 2 月,英美苏首脑在雅尔塔的会议上,提出德、意、日法西斯国家,应给予盟国战争赔偿,规定德国赔偿 200 亿美元,其中100亿归苏联,80亿归英、美,20亿归其他战胜国家。

据德国财政部公布:截至1993年1月,德国对欧洲各国的战争赔款总额已达904亿9300万马克。根据德国的《联邦赔偿法》《联邦还债法》规定,1993年2月以后,还须按计划支付317亿7200万马克,一直偿还到2030年为止。德国总计支付二战期间的战争赔款总额为1222亿6500万马克。

在对待战争赔款问题上,德国很是积极。

1951年9月27日,西德总理阿登纳曾在议会上郑重提出:纳粹的罪行是以德国人民的名义犯下的。因此,德国人要把进行道德上和物质上的赔偿,视为自己的义务!

我在网上查到这样一篇文章称:

1999年,德国决定从三方面继续做好对二战中战胜国的赔偿:战争赔款约1000亿马克;给纳粹受害者的个人赔偿约1020亿马克;德国企业的赔偿额约为7550亿马克。

文章称:"在平民受害的战争赔偿方面,联邦德国政府主动依照国际法原则,于1957年分别制定了专门对民间个人战争受害者实施赔偿的《联邦补偿法》《联邦还债法》,明确地向世界各国承认纳粹迫害是一种犯罪,公开提出要对世界各国的战争受害者给予经济补偿。并提出凡世界各国受纳粹德国迫害造成生命、身体、健康、自由及职业上、经济上损失的,均在补偿范围之内。"

而且,就在2010年10月3日,德国用92年时间,刚刚赔偿完第一次世界大战的全部战争赔款。

10月3日,是东、西德统一20周年纪念日,就在这一天,德国政府向法国政府交付了6870万欧元(6.23亿元人民币),还完了最后一笔第一次世界大战所欠的战争赔款。

正因为德国的认真反思、真诚忏悔、积极赔偿,所以才使德国在世界政坛上,重新赢得了尊重、赢得了威望、赢得了信誉,使德国重新获得了饱受纳粹德国欺凌的欧洲人民的谅解,重新回到了欧洲大家庭。

## 二

这天上午,我请中国驻德使馆文化处李文小姐驱车一个多小时,带着我和润乔,来到柏林郊外一座树木参天、绿草如茵的墓园。

在一片幽静的矮树丛中,我们找到了勃兰特的墓碑,与其他墓碑没什么两样,一圈矮树丛围着一座半圆形的粗糙石碑,石碑上用德文刻着勃兰特的名字。

一位国家总理,静静地长眠于此。

我来到墓碑前,向这位昔日德国总理深深地鞠了一躬,不为别的,只为了他的真诚认罪,向犹太人认罪,也是向全世界被法西斯伤害的人民认罪……

他的认罪,使我对这个民族心生敬意。

一个敢于承认历史罪恶的民族,才是让人尊敬的民族。

我请李文小姐帮我查询,希特勒、戈林、戈培尔、凯特尔这些纳粹战犯,在德国留没留下墓地?有没有人前去祭拜?

李文告诉我,这些战犯没有留下墓地,更不可能有人前去祭拜。

在德国,纳粹分子早已令人深恶痛绝。即使有少数新纳粹分子偶尔上街游行,喊几句纳粹口号,立刻会遭到警察的制止。这是法律所不允许的,更何况是祭拜纳粹法西斯头子了。

这使我想到日本——

使我想到供奉在东京靖国神社里那些罪大恶极的战犯,其中包括被远东国际军事法庭送上绞刑架的甲级战犯东条英机、坂垣征四郎、广田宏毅、松井石根、木村兵太郎、土肥原贤二、武藤章等人,他们被供奉在靖国神社里,供日本国民祭拜。而带头前来参拜人类罪人的,则是日本首相小泉、安倍等人及其幕僚。

自从来到德国,我一直在思考一个问题:德国和日本,同为战败国,为什么在认罪态度上,有着天壤之别?

德国为什么能如此积极而又勇敢地面对历史,其根源究竟在哪里?

是民族文化的差异,民族个性的区别,还是日本"耻文化"与西方"罪文化"的不同,还是隐藏着更为深层的国际背景?

我在想,战败的德国,面对满目疮痍、庞大战争赔款的现状,面对全世界人民的谴责,面对自身艰难的生存状况,德国人曾经历了怎样浴火重生的痛苦?曾经历过怎样不为人知的艰难历程?

我想有些东西,从书本上是找不到的。

于是,在李文小姐的安排下,我带着诸多不解的问题,带润乔走进了中国驻德国大使馆,在大使馆古色古香、颇具中国特色的大使会客厅里,中国驻德国大使史明德先生,热情地接受了我的采访。

史明德大使,1954年出生,中等身材,有一双睿智而聪慧的眼睛,言谈举止,无不流露出一种优秀外交官的成熟与沉稳,一种"腹有诗书气自华"的气质。

听完我的提问,他爽朗地笑道:"作家同志,你找我找对了!"

他说,他学德语50年,对德国研究42年,从1972年来东德工作,与德国人打了25年交道,目睹了德国的变迁,很多有关中、德之间的事情,都是他亲手处理的,可谓真正的德国通。有关拉贝日记、拉贝墓碑等事宜,都是他当参赞时处理的。

于是,一杯清茶,便开始了史明德大使颇具高见的一番长谈……

一个半小时之后,采访结束了。

我紧握大使的手,一再向他表示感谢,感谢他使我进一步了解了德国。

当我带着巨大收获走出使馆大门时,小润乔附在我耳边悄声道:"姥姥,这位大使可真厉害呀!什么都知道,太厉害了!"

的确很厉害。

听君一席话,胜读十年书。

大使的一番长谈,使我解开了心中困惑许久的问题……

## 三

现在,让我沉下心来,静静地叙述史明德大使所阐释的那段历史吧。

德国战败以后,它被苏、美、英、法四国像切西瓜似的"分成"了四瓣。东德由苏联占领,西德由美、英、法三国占领。柏林则由四个国家共同管辖,德国完全丧失了一个国家的独立自主权。

而日本却只有美国一个国家占领。冷战以后,美国用日本来制衡红色中国,尤其来制衡苏联,利用日本来构筑一条对付共产党的堤坝。日本则进一步成了美国的工具。

在德国,一直坚持着非纳粹化运动,苏、美、英、法四个国家,要求德国上台执政者,必须是民主人士或抵抗人士,绝不许纳粹分子登上政治舞台!

在日本却完全不同,除了在远东国际军事法庭审判了28名日本战犯,7人被绞刑之外,国体没变,天皇制没变,政权没动,政府官员没动,国土保留完整。

尤其在战争赔款问题上,德国向各个战胜国赔款数额巨大,至今仍在继续赔偿着。日本则完全不同,其赔款数额,只是德国战争赔款数额的1%。我不知这个比例数据是否准确。

对德国人民来说,20世纪60年代之前,生活在各种压力之下,外来国家干涉的压力;大笔战争赔偿的压力;养家糊口的压力,就像几座大山,压得德国人民喘不过气来。

战败后的德国,就像一座承受着巨大压力的火山,沉默而压抑。他们在第一次世界大战失败以后,就有过这样一段经历,如今又面临着同样的经历。

当历史走到20个世纪60年代末,德国新一代青年成长起来,他们不愿在这种压抑下生活。

1968年,受中国"文化大革命"的影响,一些激进的热血青年,起来闹学潮,上街游行,发表演说,要求德国反思历史,展开全民族大讨论,清算老一代罪行,追究战争罪责,追究集中营、犹太人大屠杀的罪责!

由青年人掀起一场全社会的大讨论,促使社会的各个阶层,尤其知识界的学者们,纷纷起来进行反思,强烈要求全民族要对战争问责,呼吁政府进行反思,强烈要求改变现状,为德国人自己松绑!

正因如此,所以才发生了1970年12月7日,总理勃兰特在华沙犹太人死难者纪念碑前的"惊世一跪"。

当记者采访勃兰特下跪一事时,他说的一番话,尤其令人深思:"不仅是对波兰人,实际上首先是对本国人民,因为太多的人需要排除孤独感,需要共同承担这个重责。承认我们的责任不仅有助于洗刷我们的良心,而且有助于大家生活在一起。犹太人、波兰人、德国人,我们应该生活在一起。"

在日本,却没有这样的经历,从没有经历过这种刻骨铭心的自我反省过程,更从没有进行过全民性的大反思。恰恰相反,日本政府从未让日本人民真正了解日本军国主义入侵中国,侵犯亚洲国家所犯下的深重罪孽。日本民众一直在被蒙蔽、被欺骗当中,打着"为天皇圣战,为帝国自卫"的幌子生存着。

当年侵华日军东史郎在其出版的日记中写道:"我们受过'中日战争是圣战'的训导。""效忠天皇重于泰山,你们的生命轻如鸿毛。宁当护国之鬼,不受生俘之辱!既然自己的生命轻于鸿毛,不值一提,中国人的生命岂不更轻吗?所以就丧尽天良地屠杀他们。"

在日本,有少数清醒者站出来讲真话,就会遭到右翼势力的围攻和恫吓,甚者遭到法律制裁。直到今天,战争结束七十年了,日本政府仍向国内、向全世界隐瞒着其历史的罪恶。

还有一点,德国与日本的地理位置不同,日本是独立的岛国。而德国是大陆国家,与九个国家相邻,如果不承认历史罪恶,走不出国门,无法与外界接触。现实迫使德国必须深刻反思,真正认罪,才能与邻国友好相处,才能正常地生存和发展下去。

正因如此,德国在反思与忏悔中,逐渐发展成一个正常的独立国家。

离开柏林的前一天傍晚,我和润乔最后一次在柏林街头漫步,看着一些身背双肩包的年轻人,骑着自行车在马路上飞驰,很是惬意。德国盛行骑自行车,很多人骑着自行车上下班。

只见一位年轻母亲和一个七八岁的女孩儿,各骑一辆自行车疾驶而来,晚风吹起小女孩儿的金色卷发,在夕阳下飘扬,很是漂亮。

小润乔说:"姥姥,你看德国人多好啊!真难想象,他们当年对犹太人咋那么狠呢?"

"孩子,这就是人性的复杂。日本不也一样吗?他们见人必鞠躬,谁能想到,他们对中国人干了那么多丧尽天良的罪恶呢?"

"是啊,我也觉得日本人挺好的,想不到……"

是的,如果不是父辈亲历过,如果不是大批史料为证,没人会相信日本法西斯对中国所干的一切。

我告诉润乔,当一个民族被军国主义、被法西斯主义长期洗脑,他们人性中最残忍的一面被唤醒之后,人变得就不再是人,而是变成了恶魔、杀人机器。

润乔却说:"姥姥,日本上层干的那些坏事,跟老百姓没有多大关系呀!"

是的,说得有道理。

战争历来是掌权者所发动的,老百姓并没有决策权。但是充当炮灰者,却永远是老百姓,实施罪孽者,也永远是老百姓!

我知道,有关战争与人性的问题,不是几句话所能说清楚的。

在德国的采访结束了。

但是,对战争罪恶的追问并没有结束。

在德国,承认罪恶,向亡灵谢罪,积极赔偿……

那么日本呢？

——极力抹杀战争罪孽,不承认"慰安妇";不承认南京大屠杀;篡改历史,修改教科书;对揭露历史真相的正义人士,百般谴责与恫吓……

一场灭绝人性的战争结束70年了。一个战败国家对历史的认识,居然停留在如此水平。

为什么会这样？

今天,我们回溯那场关系到人类命运的战争,不能停留在揭露其战争罪恶及歪曲历史的层面上,而是要探究其形成现状的历史根源——

## 四

对日本,我从未停止过关注,并不是为了创作,更不是为了别的什么,而是为了中华民族曾经遭受的一切——

我相信老一辈人都是如此。

一个民族对那场几乎灭绝种族的侵略如果健忘的话,那就太悲哀了。

我知道,我对日本的认识感性多于理性。我知道,要写日本,绝非靠几句激越的情感宣泄,靠恶补几本有关日本方面的书籍所能完成的,更不是跑日本采访一趟所能奏效的。如果我像在德国那样,向日本人提出那么尖锐的问题,说不定会遭到围攻的。

所以,我必须冷静地倾听对日本有深刻研究者的见解……

于是,回国后,我千呼万唤寻找一位朋友——

王泰平先生,出生于辽宁丹东,曾就读于外交学院及北京外国语大学,曾任《北京日报》驻日本记者、《世界知识》杂志副主编、《世界博览》主编等职;曾出任中国驻日本札幌、福冈、大阪总领事(大使级)、外交部大使等要职,退休后,仍拥有中日友好21世纪委员会中方副秘书长、中日韩经济发展协会会长、中国国际问题研究所特约研究员等一堆头衔,而且是一位作家、外交笔会理事,对日本有着深刻研究,对中日关系更有深刻的认识。

我与王泰平先生相识多年,是要好的朋友,后来他赴日本任职,就断了联系。

通过朋友,很快就联系上了。

一个晚秋的上午,我怀着好友重逢的喜悦,匆匆来到王泰平先生在北京的住所,夫妻俩得知我的到来,早早就跑到门口来迎接我,而且,几天前就订好了午餐的餐厅。

多年不见,老友重逢,格外欣喜,一杯热茶,便开始了一上午的长谈。

年过七旬的王泰平先生,长相出众,性格沉稳,是一位学者型的外交官。

他把他对日本一生的研究与认识,毫无保留地讲给了我。他夫人则忙里忙外,给我翻找资料,把所有与日本有关的资料全部捧到我面前,让我带着。

临分手,王泰平先生以外交官的政治敏感,叮嘱我:"写日本,你要注意军国主义的特征,他们对内实施法西斯压迫,对外进行侵略扩张。另外,你要注意,日本民族还是很优秀的,只是要对日本军国主义进行批判。"

谢谢您,我的朋友!我明白王先生话语中所包含的更深层的含义。

就这样,我带着沉甸甸的收获,带着王泰平先生毕生研究日本所著的《日月同天——话说中日关系》等一批珍贵资料,带着对王泰平夫妇的感激之情,回家了。

回到家里,我便一头钻进资料堆里。

数天之后,我坐到了电脑前,心里充满了从未有过的创作激情。

对日本,我有太多的话要说。

这些话在我心里憋得太久了,它渴望着喷发。

我一再提醒自己,要理性,不要过于感性,只有理性才能深刻,才能客观。可我手中的键盘却常常不听从我的指挥,渴望喷发的激情常常烧焦我的理性,让我的文字变得不再是文字,而是变成了一个个带刺的棍棒,敲击着人们有意或无意健忘的神经……

说来,中日关系曾经友好过,更久远的历史不必说了。

且说鉴真和尚东渡日本,传经送道,圆寂于公元763年5月6日,日本为他在奈良所建的唐招提寺,仍向世人彰显着昔日的友好黄花。

曾几何时,中国曾派出大批留学生前往日本留学,向日本取经,并希望中国的发展能得到日本的支持。

中国革命先驱孙中山先生,在去世前一年还去日本,发表演讲,大声呼吁,希望日本就"当西方霸道的鹰犬,还是做东洋王道的干城"一事表明态度,希望日本能站在亚洲被压迫民族一边,而不要成为亚洲的侵略与压迫者!

但是,日本学者狭间直树,在对中国人在甲午战争之后,急切地向日本学习,渴望得到日本帮助的心情,曾做过这样的评论:"(中国人)所表现出来的对日本的天真烂漫的依赖心情,与后来的历史发展相对照,简直不可思议。"

的确,中国这头昏睡的睡狮,从未真正认清那位张口善邻、闭口友好、见人必鞠躬的邻居——

五

历史是最好的抹布,能擦亮人们被尘埃遮挡的眼睛。

其实早在400年前,日本上层就萌生了最早的"大陆政策"思想,从16世纪的丰臣秀吉统一日本开始,就产生了对华侵略扩张的战略构想。

明治维新之后,日本走上"富国强兵"、"文明开化"、"殖产兴业"的治国道路,完成了"脱亚入欧"的转身。统治阶级把武士道精神,作为军国主义的思想武器。渐渐地,武士道精神成为日本民族的一种道德标准,一种深入人心的文化。日本政府强化全民习武,崇尚武士道,提出"八纮一宇",就是全世界都是我的,都是天皇的。其野心就是称霸世界。

一百多年来,日本从未停止过对中国的侵略。

1887年,日本政府参谋本部制定了"清国征讨策略",进而转为以侵略中国为中心的"大陆政策",以攻占中国台湾、吞并朝鲜、进军满蒙、灭亡中国,最后征服亚洲,实现所谓的"八纮一宇"。

1874年,日本出兵打台湾,侵占了中国附属国琉球,将其改为冲绳;1894年日本发动甲午战争;1895年,中国被迫与日本签订了《马关条约》;同年,日军侵占了中国领土台湾;1900年,八国联军入侵北京,日本是诸多列强中唯一一个亚洲国家,且出兵人数最多,22000人。中国政府被迫与各国列强签订《辛丑条约》,日本从中分得赔款白银3479.31万两。直到1937年日本发动全面侵华战争,中国才停止支付这笔永远还不完的巨额赔款。1915年,日本政府与中国卖国贼袁世凯,秘密签订侵犯中国主权的"二十一条";1927年7月,日本首相田中义一向天皇呈奏《帝国对满蒙之积极根本政策》文件,称:"吾欲征服中国,必先征服满蒙;如欲征服世界,必先征服中国";1931年9月18日,日军制造了"九·一八"事变,占领了中国东三省;1937年7月,日军发动了全面侵华战争,妄图灭掉中国!

中国人民从1931年9月,一直奋战到1945年8月,不是8年,而是14年,直到日本天皇宣布无条件投降。

百年来,中国第一次胜利。

中国人民终于站起来了!

这不是一句空泛的口号,胡平在其《100个理由》著作中,这样写道:

"若不了解八年抗战前夕,中国是一个怎样的国家,你就不可能领略抗战八年的丰富内涵。"

他在书中,将日本与中国的状况做了详细比较:1937年,日本工业总产值约60亿美元,中国约14亿美元,仅为日本四分之一;中国国民政府财政收入只有12.51亿元,约合4.17亿美元。中国的铁路总长度不足1万公里,平均每4万人不足1公里,不仅与当时的英、法、美、德、意、日等一流强国相差甚远,就连为英国殖民地的印度,每平方公里的铁路也比中国多出5倍以上,连非洲的阿比西尼亚(现在的埃塞俄比亚)都不如。全国仅有汽车62000辆,而且全靠进口。日本国土面积只有中国二十六分之一,汽车却比中国多一倍以上,公路是中国的8倍以上。

在军事装备上,中国与日本相差更悬殊。日本年钢产量580万吨,中国4万吨,仅为日本一百四十五分之一。日本年产飞机1580架,火炮744门,坦克330辆,主力舰、航空母舰等大型军舰285艘,总吨位1400万吨。中国只能生产步枪和机枪,所有的重型武器,包括飞机、坦克、火炮、军舰,外加石油和无线电器材,全部依赖进口。

日本原计划三个月灭掉中国,却足足打了八年。

八年战争,日本早已国力耗尽,民不聊生,成了强弩之末。且不谈其兵力消耗,十几岁的孩子都被赶到前线充当炮灰了,且看看日本国民的生存现状,粮食配给,每人每天约6两,而且是大豆、面粉、白薯,填不饱肚子,只能用豆饼、橡子面、花生壳充饥,蚯蚓、蝗虫、老鼠、蜗牛、蛇、青蛙,都成了佳肴。到处充满了饥饿,充满了面黄肌瘦、比战前更加矮小的孩子。

中国就是在这种国力、兵力极其悬殊的情况下,取得了抗日战争的胜利。

这场用几千万中国同胞鲜血和生命换来的胜利,标志着一个民族的觉醒,一个民族尊严的复苏,标志着一个屡屡被列强侵略和瓜分的民族,终于结束了百年耻辱,一个软弱落后百年挨打的民族,终于挺起腰杆向世界说"不"了!

日本的损失也是惨重的。

据日本厚生劳动省公布的数据:自1937年7月7日至1945年8月15日,死于侵略战争的军人和平民为310万人。

1945年7月26日,《美英中促令日本投降之波茨坦公告》发布之后,日本仍不肯投降。当时,日本政府采取"一亿玉碎"的政策,致使前线众多士兵饿死疆场,或吃战友的尸肉充饥;许多士兵因绝望而发动自杀性突击丧命;许多官兵剖腹自杀;大批军人和非战斗人员被上司杀死。

《波茨坦公告》发布之后,日本首相铃木贯太郎无视公告,召开内阁会议,拒不投降,发动全民"卫国而战"!"卫国玉碎"!

结果,8月6日8时15分,美国在广岛投下代号"小男孩"的原子弹,夺去广岛20万人生命。

8月8日子夜,苏联外交人民委员莫洛托夫紧急召见日本驻苏大使佐藤尚武,通告日本:苏联向日本宣战!

8月9日,美国向日本长崎投下第二颗原子弹,导致12.2万人丧生。

8月15日,日本宣布无条件投降。

据王泰平所著《风月同天——话说中日关系》一书记载:"日本投降时,约有650万日本人滞留在亚太地区,其中约有350万为军人,其余的是平民。至1946年9月,还有200余万人没能回国,数十万人回国无助,在混乱、饥饿、疾病中悲惨地死去。此外,日本政府还承认有54万人下落不明。"

## 六

1945年9月2日上午9时。

日本迎来了有史以来,最沮丧、最绝望的时刻——

在东京湾美国"密苏里"号战舰上,盟军最高统帅道格拉斯·麦克阿瑟将军,这位参加过第一次、第二次世界大战,与父亲同时获得美国荣誉勋章的五星级上将,身着笔挺的将军服,迈着潇洒而傲慢的军人步伐,走出船舱,走向受降签字台……

与此同时,各盟国代表都迎着胜利的雄风,走向了受降签字台。

而代表战败国日本出席投降仪式,并签署投降书的,并不是天皇,也不是皇室人员。而是在1932年上海虹口公园爆炸案中,被炸断右腿的日本外务大臣重光葵,以及陆军大将梅津美治郎。

麦克阿瑟将军在受降仪式上,发表了简短的演说。

他说:"参战大国的代表们!我们今天集聚于此,缔结一项庄严协定,促使和平得以恢复。……我殷切地希望,其实也是全人类的希望,从这个庄严的时刻起,将从过去的流血屠杀中产生一个更美好的世界,产生一个建立在信义和谅解基础上的世界,一个奉献人类尊严、能实现人类最迫切希望的自由、容忍和正义的世界……

"今天,枪炮沉没了,一场大悲剧结束了!一个伟大的胜利赢了。天空不再降下死亡之雨,海洋只用于贸易交往,人们在阳光下可以到处行走。全世界一片安宁和平,神圣的使命已告结束……让我们从过去的流血和杀戮中走出来,铸就一个建立在信仰和谅解基础上的世界;让我们在自由、宽容和正义的旗帜下,缔造一个可实现人类尊严及其理想的更好世界。这是我的热望,也是全人类的愿望!"

麦克阿瑟将军讲得很好,为了一个美好的愿望——

之后,他以盟军最高统帅的身份,本着美好的构想,开始改造日本:第一,铲除日本文化和行为中对外侵略的因素;第二,促进民主在日本的成长。

但是,大洋彼岸的麦克阿瑟,并不了解日本岛国的文化,没有看透在军国主义长期训令下日本国民的国民性,没有目睹日本法西斯在侵略中的兽性与杀戮,没有体会到饱受日本法西斯欺凌的人民,对日本法西斯的深仇大恨与无以言表的痛苦。

尤其令麦克阿瑟将军没有想到的是:美国政府对日本的态度很快来了一百八十度的大转变,完全颠覆了他的构想……

有人说,日本是一个崇拜强者、蔑视弱者的民族。

美国的两颗原子弹,彻底征服了日本,令其服服帖帖,百依百顺,甚至一味讨好。

王泰平先生在《风月同天——话说中日关系》一书中,这样写道:

"回顾日本外交史,日本每一次结盟,几乎都是无一例外地选择了它所认为的世界第一强国。19 世纪末 20 世纪初,它与世界头号强国英国结盟;二战中,德国在欧洲不可一世,日本又与德国结盟。近代日本的外交实践表明,它的外交一直具有功利主义、投机取巧和攀附强者的特点。"

不管是崇拜强者、蔑视弱者,还是选择与强国结盟,总之,从投降之日起,日本就完全臣服于麦克阿瑟将军及其背后的美国了。

有一件事情是最好的证明:

1945年8月18日,也就是日本宣布投降的第三天,日本政府召开紧急会议,提出一项重要决策:建立为美国占领军提供性服务的"特殊慰安设施"——称其为"战后处理的国家紧急措施之一"。

8月18日当天,内务省桥本政美警保局长,就向各府县下达募集妇女指标。各地警察署长四处奔波,寻找"为了国家而卖淫"的女人。

8月30日,日本抢在第一批美国盟军到来之前,募集了1360名慰安妇,并在美军必经之路上,开设起第一家慰安所小町园……

此刻,距离投降仅仅3天,距离美国向日本投下原子弹,令32万日本民众伤亡不过21天,就将日本女人主动献给了美国大兵。

而且,慰安妇很快增到2万到5万,甚至更多。

为此,为日本留下一批永远不知父亲是谁的混血儿。

为了取悦征服者,连女人都奉献出去了,还有什么舍不得的?

1945年9月27日,日本投降一个月后,天皇裕仁身穿燕尾大礼服、条纹裤子,郑重地来拜见麦克阿瑟。

拜见之后,麦克阿瑟在接受《芝加哥论坛报》记者采访时,说:"日本已经沦为四流国家,不可能东山再起了。"

显然,麦克阿瑟将军的判断失误了。

在麦克阿瑟驻日5年零8个月的时间里,裕仁天皇先后11

次前去拜见,并给麦克阿瑟留下了很好的印象。因此,麦克阿瑟不但不同意追究裕仁天皇的罪责,而且决定让裕仁继续当他的天皇。

麦克阿瑟进驻日本之后,对日本进行一系列苛刻的改革举措,主要是使日本非军事化,包括:遣散军事人员、销毁军事设备、粉碎军事工业体系、清洗国家机关和重要工业中的军国主义分子、审判战犯、废除神道,以及对日本警察制度进行全面的改革等诸多项内容。

并在盟军的监督下,为日本制立了一部新宪法,称其为《和平宪法》。

《和平宪法》第9款规定:日本人永远放弃参加任何战争的权利与机会。为此,永不维持任何陆地、海上和空中武装力量,以及其他与战争有关的潜在能力。

这项条款将彻底否定了日本的军备与战争权。

对盟军所提出的一切,日本政府是唯命是从,百依百顺,从无反抗。麦克阿瑟对此很满意。

但是,世界政坛,风云多变。

美国政府忽然转变了战略思想,导致一系列问题全变了,从而留下诸多至今都无法化解的后患……

## 七

事情就发生在东京远东国际军事法庭大审判的关键时刻……

1946年1月19日,远东最高盟国统帅部宣布,在东京成立远东国际军事法庭,由美国、中国、苏联、英国、法国、荷兰、澳大利亚、新西兰、加拿大、印度和菲律宾等胜利的同盟国,共同任命法官来审判日本战犯。但实质上,东京国际军事法庭的审判大权,主要掌握在美国人手里。

就在1948年1月,正当远东国际军事法庭的法官们,紧张地开庭审判日本战犯的关键时刻,一项主宰着国际法庭倾向、掌控着众多日本战犯命运的决策,正在美国五角大楼里紧张地谋划着……

美国陆军部长肯尼斯·罗亚尔在华盛顿发表演说,提出:"要把今后的日本,变成亚洲阻挡共产主义侵入的防波堤!把日本变成对美国的亚洲政策有用的国家!为此,要放松迄今严厉的对日占领政策,把日本培育成一个'更健全的自由国家!'"

这番讲演受到白宫首脑的高度赞赏,迅速变成了美国政府至今仍在沿用的一项重大决策。

于是,1948年2月末,一个名叫乔治·凯南的美国特使,从华盛顿专程飞到东京,并于3月1日、5日、21日,一连三次面见盟军全权代表麦克阿瑟将军,向他转达美国政府的最新指令:要求麦克阿瑟,立刻改变对日占领政策,并提出四项具体要求:

一、不再扩大改革和整肃范围;

二、不再清算日本所犯的罪恶,尽早结束远东军事法庭等机构对战犯的审判;

三、把发展日本经济、贸易放在第一位,而不是搞改革,以消除日本国民的不满情绪;

四、着眼于日本独立,准备与日本媾和,强化警察,确保美军在冲绳、横须贺的军事基地,尽量将盟军最高司令部的权限让位于日本政府。

听到这番指令,年过花甲,深受杜鲁门总统赏识的麦克阿瑟将军,却大为恼火,与白宫派来的特使发生了激烈争吵,坚决不肯接受特使的指令!

麦克阿瑟认为,他在日本所实施的政策是:铲除日本文化和行为中对外侵略的因素;促进民主在日本成长。而现在提出的新政策,却完全违背了以往的允诺。

他说:这四条决策与美国在国际上的允诺大相径庭!美国在《波茨坦公告》中,在受降的"密苏里"号战舰上,都明确表示:"要把日本变成不再发动战争的和平国家",如果美国重新武装日本,必然会招致亚洲各国对美国的不信任,导致美国与这些国家关系的恶化。有损于美国和盟军最高司令部的威信。再说,重新武装军队,需要大量资金,将给濒临崩溃的日本经济造成毁灭性的打击。

麦克阿瑟将军的强硬态度,遭到了一贯赏识他的杜鲁门总统的极度厌恶。

1948年10月,一份以"总统令"下发的美国《国家安全保障会议文件》,传到麦克阿瑟将军手里……

总统令具有法律效力,五星上将百般不情愿,也只好乖乖地听命了。

于是,一切都发生了颠覆性的变化!

首先受到极大影响的是东京国际军事法庭的大审判。

1948年11月,东京大审判的最后时刻……

据参加东京大审判的中国法官梅汝璈先生回忆:当时,各国法官在是否适用死刑的问题上,发生了严重分歧,各执己见。而且,支持判处死刑的法官并不占多数,庭长最后以投票方式来决定是否判处死刑。

梅汝璈法官担心罪大恶极的战犯不能被判处死刑,在投票之前,他要求向全体法官做最后的陈述。

这位代表中国参加东京国际军事法庭大审判唯一一名中国法官,带着中华民族的血海深仇,带着中国人民严惩罪犯的重托,向国际军事法庭,向世界发出了正义的呐喊!

他说:"土肥原贤二和松井石根等战犯,双手沾满了中国人民的鲜血,若不能严惩,我决无颜再见江东父老,惟蹈海而死,以谢国人!个人之颜面、生死均为小事,千百万同胞的血债必须讨还!请庭长考虑我的这一最后请求!"

梅汝璈,44岁,曾就读于清华大学、美国斯坦福大学、芝加哥大学,曾获得芝加哥大学法学博士学位,曾担任国民政府立法院委员、国防最高委员会专门委员等要职。

他这番"以死相胁"的最后陈述,令在座的法官们深感震惊。

人所共知,法官是理性与公正的象征。

但是,当公正被某种阴谋所操纵,当正义得不到伸张之时,"以死相胁"的决绝呐喊,将是最后的选择!

最后投票结果是6∶5,仅一票之差险胜。

1948年11月12日,国际军事法庭宣布判处东条英机、广田弘毅、土肥原贤二、坂垣征四郎、松井石根、武藤章、木村兵太郎7人绞刑,判处木户幸一等16人无期徒刑、东乡茂德20年徒刑、重光葵7年徒刑。2名战犯在审判中死亡,1名精神异常。

至此,远东国际军事法庭的大审判,从1946年5月3日开始,至1948年11月12日结束,历时两年半,共开庭818次,出庭证人419名,书面证人779名,受理证据在4300件以上,判决书长达1212页。

1948年12月23日,7名甲级战犯在东京巢鸭监狱,终于被送上了绞刑架。

可是,就在1948年12月24日,东条英机等7名甲级战犯执行绞刑的第二天,羁押在东京巢鸭监狱的岸信介、青木一男等17名甲级战犯,却以"罪证不足,免予起诉"为借口,全部释放了。而且,在美国的操纵下,余下数十名甲级战犯全部释放。

有人说:"东京审判只是一个象征罢了,是美国人在安抚包括受害中国人和其他受害亚洲人的象征。"

除了远东国际军事法庭对日本甲级战犯进行审判之外,同盟国在中国南京、香港、在新加坡、马尼拉、仰光、西贡、伯力等地,共设立了49个军事法庭,对日本战犯进行了审判,共审判战犯5730人,被判刑者4429人,其中991人被判处死刑。

据记载:中国10个地方军事法庭共审判日本战犯2435人(有称2357人),其中判处死刑149人,(有称145人,其中4名台湾籍战犯以汉奸罪判处),遣返回日933名,引渡出国27名,其余1100多人押进战犯管理所。

除此,1950年7月19日,从苏联远东押回1113名日本战犯,关押在抚顺战犯管理所。

这样一个审判战犯的数据,与盟军在欧洲军事法庭审判纳粹战犯的数据相比,有着怎样的距离?

据称,盟军在欧洲各地法庭审判纳粹战犯共8万多人。我不知这个数字是否准确,但可以肯定的是,欧洲军事法庭审判的人数远远高于亚洲。在亚洲军事法庭所审判的日本战犯,仅为5700人,不到欧洲的十分之一。

5700人与8万人相比,什么概念?

由于美国态度的转变,许多本该受到审判的日本战犯,都没有受到应有的审判。他们不但逍遥法外,而且成为日本上层的重要人物、教授,甚至首相。

首先,日本最大的战争罪犯没有受到审判——发动侵华战争的裕仁天皇。

战后,亚洲各国人民,以及英国、苏联和美国人,都认为日本天皇对战争负有不可推卸的责任,纷纷要求日本裕仁天皇必须接受审判。

1946年1月9日,澳大利亚向伦敦的同盟国战争罪犯委员会,提交了一份包括日本天皇在内的64人的战犯名单。

但是,麦克阿瑟不同意,理由是:审判天皇对美国不利,会在日本引起骚乱和暴动。麦克阿瑟不仅决意在法律上免除追究天皇的战争罪责,而且,决意免除天皇对那场战争在道义上的责任。这不能排除跟裕仁天皇多次拜访麦克阿瑟有关。

我们回头看看吧。

德、日、意三个发动第二次世界大战的轴心国元首,希特勒自杀身亡;墨索里尼与情妇被游击队吊死在街头;唯有日本天皇裕仁毫发无损,继续稳坐他的天皇交椅。

人所共知,天皇是日本三军的统帅,战争号令是天皇发出的,"终战诏书"的投降令,是天皇宣读的。

在战争中,士兵们高喊着为"天皇圣战"的口号,誓死为天皇流血、卖命、效忠,甚至剖腹自杀!

战败了,却丝毫不追究天皇的罪责。

而且,不许对天皇发出任何微词。

1988年12月7日,在日本偷袭珍珠港47周年纪念日上,日本长崎市长本岛均,在回答共产党代表提出如何看待天皇在战争中的责任时,说了一句真话:"我认为我们已经有足够多的机会就那场战争的本质进行探讨。我阅读了不少境外文章,作为战时应征入伍的士兵,一直受着军国主义教育。我相信天皇对战争是有责任的……"

此话一出,立刻遭到长崎市立法委员及自民党的强烈反对,要求他收回讲话。本岛均不肯收回。

于是,右翼团体纠集了数十辆宣传车,在长崎市政厅周围进行多次骚扰。市政厅办公楼的玻璃被枪弹打碎。本岛市长及其家属的人身安全受到威胁,多次受到人身攻击。警方对本岛市长采取全天保卫措施。但是,1990年1月18日下午3点5分,本岛市长还是遭到了暴徒枪击,好在没有生命危险。

另一个头号战犯就是冈村宁次,中国人对这个人绝不陌生。

日寇在中国发动的"大扫荡",对中国采取的杀光、烧光、抢光的"三光"政策,就是出自这个冈村宁次之口!

就是这样一个罪大恶极、双手沾满中国人民鲜血的头号战犯,却在蒋介石的精心策划下,南京军事法庭于1949年1月26日,宣布冈村宁次"无罪"释放了!

还有侵华日军731细菌部队缔造者,人称"杀人魔头"的石井四郎及其手下官兵。

日本作家森村诚一所著纪实作品《食人魔窟》,就是揭露日军731细菌部队罪行的。

早在20年前,我曾对日军731细菌部队的罪行,做过深入采访,对其罪恶有着深刻的认识。

资料称,据不完全统计,包括中国、朝鲜、苏联等多个国家3000多名活人,惨死于731细菌部队所进行的霍乱、鼠疫、冻伤、毒气等各种试验当中。日寇投降前夕,石井四郎下令,处死全部被他们称作"木头"的试验人员,处死了为他们效命的大批汉奸,炸毁了位于哈尔滨平房的731细菌部队的重要设施,却放出了大批带有鼠疫的老鼠,导致哈尔滨平房地区连续多年闹鼠疫,好多家庭惨死在日寇遗留罪孽的残害当中。有的家庭十几口人全部死于鼠疫!如今,在那片充满罪恶的废墟上,仍然耸立着两只不知焚烧了多少生命的大烟囱。

这样一个兽心歹毒、双手沾满人类鲜血的大刽子手,却没有受到任何惩罚。

二战结束后,石井四郎向美军提出,把731细菌部队在中国用活体试验所研究的资料,全部提供给美国,以此作为交换条件,要求免除他及731细菌部队全体人员的战争罪行。

美国居然同意了他的要求,并通知苏联军事法庭有关人员:"石井四郎等人下落不明,731部队成员不能作为战犯处理。"

其实,石井四郎就躲在乡下的老家呢。

1951年,石井四郎出现在朝鲜战场,不久,朝鲜战场就出现了细菌武器。

石井四郎,这个用数千名活人试验数据,从美国人手里换来活命的家伙,直到1959年10月9日,67岁时患喉癌死去。

731细菌部队冻伤科的负责人吉村,在731细菌部队里是出名的人物。被关押人员一听到他的脚步声,没有不吓得浑身哆嗦的。他让活人脱得一丝不挂,扔到零下三四十度的室外,直到冻僵了,摔倒在地,再令人拖进屋来,将其分别扔进冰水或滚烫的开水里,进行各种试验。有的则在冻僵中锯断其胳膊或腿,被锯者的惨叫声令人不忍耳闻。

据报道,吉村这个残忍的刽子手,后来居然当上日本某大学的教授,登上讲台,向学生们传授其用活体试验的经验呢。

一伙罪大恶极的人类战犯,就这样被包庇下来了。

在纳粹德国,一个集中营的看守都逃不脱审判,而在日本,像冈村宁次、石井四郎、岸信介、吉村这样一大批罪大恶极之人,不仅逃脱了审判,而且活得很逍遥,很自在,很风光。

这些本该受到严惩的日本战犯,没有得到严惩,没有受到战争惩治的教育。他们到死都不肯承认侵略罪行,不肯向受害国认罪,极力鼓吹军国主义,成为日本极右势力的根基。

1948年10月,美国总统以"总统令"下发了《国家安全保障会议文件》指令,其中包括20项内容:不要使日本的民主化搞过头;解除把军国主义分子开除公职的规定;强化警察力量(实行重新武装);置重点于经济的复兴和稳定;等等。

1950年6月,朝鲜战争爆发两周之后,麦克阿瑟向日本政府下令,成立由75000人组成的国家警察预备队,这就是重新武装日本的开始。

1951年,日美媾和,签订旧金山和约。

之后,日本政府立刻发出"法务总裁通知",声称被远东国际军事法庭判定的罪犯,在日本不按战犯对待!

此文一出,全国各地立刻刮起释放战犯和复权运动的妖风,声称"甲、乙、丙级战犯全是牺牲者"。

随后,日本相继出台修改《战伤病者战死者等遗属援护法》;修改《抚恤金法》,释放甲、乙、丙级战犯;再后来,将甲级战犯纷纷"请"进靖国神社……

八

二战结束后,欧洲从未停止过对纳粹战犯的追捕,更没有让战犯登上德国政坛的先例。

在日本,却完全不同。

现任日本首相安倍晋三,自称"我的政治DNA更多地继承了岸信介的遗传"。

岸信介是他的外公,一个早期侵华急先锋。

岸信介于1936年入侵中国,曾任伪满洲国政府实业部总务司司长、产业部次长等职,与关东军参谋长东条英机、"满洲国"总务厅长星野直树、满铁总裁松冈洋右、满洲重工业开发株式会社会长鲇川义介,被称为"满洲五人帮"。岸信介因其生活放荡、荒淫无度,被称为"满洲之妖"。

这"满洲五人帮",东条英机被远东军事法庭处以绞刑;星野直树被判处无期徒刑,十年后出狱;松冈洋右与鲇川义介,都是掠夺中国资源的罪魁;岸信介被定为甲级战犯,关进东京巢鸭监狱。由于美国转向扶植日本,在东条英机等7名甲级战犯被送上绞刑架的第二天,1948年11月24日,岸信介等一批甲级战犯全部被释放。

岸信介,1956年担任石桥湛山内阁外务大臣,1957年2月,刚上任首相两个月的石桥因病辞职,岸信介以外务大臣身份代理其职,成为自民党最具权势的政治人物。他上任后,大肆敌视诬蔑中国,极力鼓吹以"自卫权"名义扩充军备;1960年5月,在众议院强行通过"安保改定"。而且,极力主张在日本建立"满洲国建国之碑"。1960年7月14日,被右翼团体"大化会"成员刺伤,被迫辞职,从而结束了三年半的首相生涯。

1987年8月7日,岸信介病死,日本《朝日新闻》在社论中写道:"由于被指名为甲级战犯的岸信介复出为首相,不少人认为这就是为什么日本人无法明确追究战争责任的原因。"

《朝日新闻》这篇社论,对甲级战犯当选首相一事,道出了深刻的社会背景。

原首相小泉纯一郎,就是岸信介所在的自民党岸信介派系的继承者。安倍晋三是岸信介的外孙。小泉、安倍,都是岸信介培养出来的日本右翼政治势力。

在德国,没有一名战犯被奉为英灵,更没有一名战犯入住烈士公墓。

在日本,却完全不同。

1978年,日本当局将在远东军事法庭判刑的14名甲级战犯,全部移入靖国神社,奉为"英灵",并以首相带头前去参拜。

这14名甲级战犯都是什么人?

都是发动侵略战争,犯下人类滔天大罪之元凶!

靖国神社又是什么性质的机构?

原称"东京招魂社",位于东京千代田区九段,始建于1869

年6月,明治天皇为祭祀在明治维新时期"戊辰之役",为推翻旧幕府,建立明治新政府战争中阵亡的将士。

如今,靖国神社合祀着246 6500多名所谓的"英灵",供有14名二战期间的甲级战犯及上千名乙、丙级战犯的亡灵。每年都有大批军国主义分子及右翼政客前来顶礼膜拜,为战犯"招魂"。

靖国神社曾是日本国家神道的据点,是军国主义的精神支柱,是培养灌输军国主义的朝拜之地,是日本军国主义的象征和右翼势力的精神支柱。

靖国神社宫司德川康久,在神社内举行"大东亚战争70年展"的展台上,公开叫嚣:"二战是以我国的自存自卫及建立人种平等的国际秩序为目的战争!"

有人说,参拜靖国神社,就如同"有人到希特勒墓前献花"一样。

因此,每次日本首相前去祭拜罪恶昭著的战犯,都会招致亚洲各国受侵略国家的强烈抗议。

但是,日本首相无视被侵略国家人民的感情,照样我行我素,照拜不误。

日本各届首相几乎都曾在执政期间参拜过靖国神社。在20世纪70年代中期之前,首相们还都避开8月15日这个战败的敏感日子,并以私人身份前往参拜。

1975年8月15日,三木武夫首相,首开先河,选在8月15日投降之日前去参拜。

之后,许多日本首相,都在8月15日这天,前去参拜靖国神社。

据资料记载,原首相福田赳夫、大平正芳、铃木善幸、中曾根康弘、桥本龙太郎、岸信介、小泉纯一郎、安倍晋三等人,都以内阁总理大臣身份前去参拜。

中曾根康弘任首相三年,从1983年4月21日至1985年8月15日,十次参拜靖国神社,其中三次为日本投降日,最后一次为日本投降40周年纪念日。

小泉纯一郎任首相六年,六次参拜,2006年8月15日那天前去参拜。

安倍晋三自2006年上任以来,就不仅是多次参拜靖国神社的问题了。而是打破了中日双方来之不易的较为友好的环境,日本政府做出的一系列决策,不仅是伤害中国人的感情问题,而是令中国人无法容忍的愤怒——

安倍上任以来,激起钓鱼岛争端,极力鼓吹本属于中国的钓鱼岛,为日本"国有化";安倍内阁千方百计通过解禁集体自卫权的修宪决议案,向"战争合法化"推进;多次发出"日本战犯不是罪犯"的谬论……

"日本战犯不是罪犯",其潜台词是什么?

——就是否认侵华战争之罪行!

请问:日本战犯不是战犯,谁是战犯?

而且,安倍亟欲修改前首相村山富市的讲话,妄图否认战争罪行,以政府名义支持极右势力公开篡改历史……

前首相村山富市的讲话,是在1995年8月15日,第二次世界大战日本宣布无条件投降50周年纪念日发表的,其主要内容是:

> 上次大战结束以后已过去了五十年的岁月。现在再次缅怀在那场战争中遇难的国内外许多人时,感慨万端……
>
> 今天,日本成为和平、富裕的国家,因此我们动辄忘掉这和平之尊贵与其来之不易。我们应该把战争的悲惨传给年轻一代,以免重演过去的错误。并且要同近邻各国人民携起手来,进一步巩固亚太地区乃至世界的和平,为此目的特别重要的是,同这些国家之间建立基于深刻理解与相互信赖的关系。这是不可缺少的……
>
> 我们应该铭记在心的是回顾过去,从中学习历史教训,展望未来,不要走错人类社会向和平繁荣的道路。
>
> 我国在不久的过去一段时期,国策有错误,走了战争的道路,使国民陷入存亡的危机,殖民统治和侵略给许多国

家,特别是亚洲各国人民带来了巨大的损害和痛苦。为了避免未来有错误,我就谦虚地对待毫无疑问的这一历史事实,谨此再次表示深刻的反省和由衷的歉意。同时谨向在这段历史中受到灾难的所有国内外人士表示沉痛的哀悼。

  战败后50周年的今天,我国应该立足于过去的深刻反省,排除自以为是的国家主义,作为负责任的国际社会成员促进国际协调,来推广和平的理念和民主主义。与此同时,非常重要的是,我国作为经历过原子弹轰炸的唯一国家,包括追求彻底销毁核武器以及加强核不扩散体制等在内,要积极推进国际裁军。我相信只有这样才能偿还过去的错误,也能安慰遇难者的灵魂。

  村山富市的讲话,发表于1995年,比德国总理勃兰特在1970年12月7日向华沙犹太人死难者纪念碑下跪晚25年。

  应该说,村山富市是日本的"勃兰特"。

  但是,日本并不是德国。

  村山富市之后的日本首相,有几人有德国首脑的明智?有德国首脑的胸怀?

  2015年1月27日,奥斯维辛集中营解放70周年纪念日,德国总统高克代表德国表示:"不承认奥斯维辛就枉为德国人!"

  而日本政府呢?

  在对待侵华战争问题上,不但不认真反思、忏悔,而且,一直在有计划、有预谋地篡改历史,把自己扮成一个战争的受害者,妄图从史实中抹掉这笔让日本人无颜面对的罪恶!

  这正是中国乃至世界人民应该引起高度重视的事情——

九

  就在我撰写这部书稿期间,2014年11月18日,日本外相岸田文雄,在记者招待会上公开提出:美国在一本世界史教科书中,对"慰安妇"被强迫充当战时军妓的内容,描述不恰当,与日本政府立场不一致,是对事实的误解。并声称,日本外务省通过纽约的驻美总领事馆,要求出版社麦格劳·希尔做出修改。

该出版商公关部副部长丹尼尔·西格尔,于11月20日向媒体发表声明,公开坚定立场:"学者们基于'慰安妇'的历史史实进行写作,我们出版社明确支持作者们的作品、研究以及表述!"

日本政府又派人找到作者美国夏威夷大学齐格勒·赫伯特教授,要求其修改历史教科书中有关"慰安妇"的内容,却遭到赫伯特教授的严厉拒绝。

当中央电视台驻美记者前去采访赫伯特教授时,只见赫伯特教授对日本的做法,很是不屑,对日本政府提出的要求给予了严厉拒绝。

此刻,我面前就摆着一部2014年,中国吉林出版集团最新出版的日本侵华罪证档案《铁证如山》。

这部书中的资料,不是哪个人的证言,而是日军自己留下的罪证——战败溃逃时,没来得及彻底销毁所遗留的档案资料,上面还残留着焚烧的痕迹。

因年代久远,档案是残缺的,内容却是真实的。

关于"慰安妇"一事,日军档案中有着详细记载,并以表格形式清晰记载着"慰安妇"的人数、屯兵数,"慰安妇"每人所应对的士兵人数。

在此仅举一份档案为例:

1938年2月28日,中国芜湖"慰安妇"人数109人,其中日本人48名、朝鲜人36名、中国人25名;丹阳6人,每人应对士兵267名,因人员不够,在当地招募"慰安妇";常州"慰安妇"46人,人均应对士兵140人;金坛"慰安妇"9名,人均应对士兵133人;镇江"慰安妇"109名,人均应对士兵137人;南京141人,人均应对士兵178人。

这份详细的记录,是出自日军自己的档案。

这让美国夏威夷大学齐格勒·赫伯特教授,如何泯灭一位教授的良知,去奉迎一个国家罪恶的谎言?

日本篡改历史，并非始于今天。

日本篡改历史教科书，早在20世纪50年代就开始了。

1965年，一位五十二岁的老教授，走上东京法庭，状告政府在审定他撰写的《新日本史》著作中，"违反保障学术和表现自由的宪法"，十年来，对他多次警告，责令他必须将日军在南京的杀戮、奸淫行为，将日军731部队进行活体试验等内容全部删掉，并下令禁止使用此书，给他的精神造成了巨大痛苦，要求赔偿损失！

他就是日本著名学者家永三郎——日本著名的历史学教授、教育法学家。

早在1952年，家永三郎撰写了一部《新日本史》，并在高中教科书中被广泛采用。1955年，却遭到文部省警告，阻止他出版该书。1957年5月，他的《新日本史》第三版，被文部省评为不合格。1963年，他的第五版《新日本史》，再次被评为不合格。1965年6月，他忍无可忍，走进了法院，从此开始了长达32年马拉松式的法律诉讼。

法院一再判他败诉。家永三郎不服，屡诉屡败，屡败屡诉。

1974年，他出版了这部巨著，书名就叫《审定不合格日本史》。

在法庭上，他以日本弥足珍贵的微弱声音，发出了正义的呐喊：

"我想着自己的良心，祖先的土地被焚毁，我就站在那儿，就是有罪！……我现在不过一介布衣，尽管做不了什么事情，但希望弥补我过去一味驯顺，从不抵制的罪孽。这就是为什么今天，我提出自己的这项罪责的原因。

"在纳粹德国和它的轴心国伙伴日本之间，最大的不同在于，许多德国人反对了，还为此丧了命。在日本，几乎没有人反对过。我们是一个只知尊奉的民族。这就是为什么现在最重要的事情，不在于我这场官司我们赢了，还是输了，而是我们决心战斗了！"

他在接受英国作家布衣采访时说："教室成了背信的场所。

在那里,我们在践踏我们自己的原则。以国家宣传代替历史教学,我没能顶住,为此感到万分羞愧。"

1970年,法官终于判家永三郎的官司赢了。

可是,随之而来,却是右翼极端分子疯狂的报复,向本案法官、辩护律师、向家永三郎家人发出威胁,警告他们当心脑袋!而且,暴徒们包围家永三郎的住宅,日夜骚扰,喊口号,敲洋铁锅,令全家人无法睡觉。

更为可悲的是,文部省提出上诉,东京法院又判家永三郎输了。

1997年8月,这天,已经84岁的老学者拖着仅有38公斤的羸弱之躯,缓缓地走进了日本东京最高法院,前来倾听日本最高法院的终审宣判:认定文部省所做出的删掉"南京大屠杀"、"日军七三一细菌部队"等四处审定意见违法,责令国家赔偿40万日元。

这份迟到的判决,历经32个春秋,10次判决,最终以家永三郎部分胜诉而告终。

2002年11月29日,这位为坚持历史真相,同日本政府斗争了40多年的历史学家,走完了他不平凡的一生,享年89岁。

一位作家说:"家永三郎以一人之身向国家宣战,伟大之处不在于他的勇气,而在于他坚持了正义。"

但是,"东风无力百花残",这份判决来得太迟、太缺少法律的威力了。

因为日本从未停止过对历史的篡改!

早在1982年6月,日本文部省审定的教科书,就对日本历次侵华战争史实,进行了多处篡改:

把1894年日本海军突然袭击中国海军而发动的甲午战争,篡改为"日清两国军舰之间发生海战";

把日军发动侵占中国东北的"九·一八"事变,改成日军"炸毁了南满铁路";

把日军"侵略华北",改成了"进出华北";

把日军对南京的大屠杀,居然颠倒是非,说成"事件的起因是由于中国军队的顽强抵抗"……

英国作家布衣在其所著《罪孽的报应》一书中写道:"发生在 1982 年日本教科书事件,按照日本报纸的报道,将'侵略中国'这一措辞改为'进入'中国,至于原先提到的南京大屠杀,则完全删掉了。"

日本通过修改教科书,企图篡改历史的做法,遭到国际社会的严厉谴责。在舆论的压力下,日本内阁官房长官宫泽喜一,于同年 8 月 26 日,就日本教科书问题发表"政府见解",表示对教科书中的错误"由政府负责纠正"。

我不禁想到,这是我们发现的日本篡改教科书的内容,可是,世界各地没有被发现的日本历史书的内容,到底有多少侵略历史被日本歪曲了?篡改了?

就在这次,我赴德国海德堡采访期间,听到这样一件事,中国留学生李晓璇向我讲述了一个真实的故事。

在海德堡大学,一名日语系的德国学生,问李晓璇,中国的"七·七"事变是谁挑起的?

李晓璇说:"当然是日本挑起的!"

这名德国学生却理直气壮,以完全不屑的口气说:"我不相信你说的!我看到的历史资料是你们中国人挑起的!你们中国应该为二战亚洲战场负责,你们中国才是历史的罪人!"

"不!日本才是历史的罪人!"

"那是你们中国自己宣传的!"

"不对!你所听的都是日本所宣传的!"

"我学的是日本学,难道还要我去听你们中国的宣传吗?"

双方发生了激烈的争论。

李晓璇气哭了,觉得对方没有起码的是非观,她说:"日本侵略中国,对中国进行大屠杀,中国人死伤三千多万……"

对方却说:"死的不仅是中国人,日本人也死了很多!广岛和长崎……"

更为可气的是,持这种观点的绝非一个德国学生,凡是学日本学的德国学生,都持这种观点。德国日本学研究中心,则完全站在日本的立场。

这使中国留学生非常气愤,却又毫无办法。

这就是日本谎言所造成的后果——

居然从德国日本学系的德国学生口中,说出了中国发动"七·七"事变,中国要为二战负责的话来!

我不知在世界那么多大学的课程中,日本对历史教科书进行了多少歪曲?

我不知这种严重失实的教科书,应该由谁来追责?

日本政府要求美国教授删掉"慰安妇"内容。那么,中国政府是否应该关注日本在世界各国的历史教科书,是否有歪曲历史的问题存在?

如果有,是不是应该像日本一样提出质疑,不允许他们信口雌黄,歪曲历史的阴谋得逞!

与日本政府篡改教科书内容相配合的,则是日本右翼势力的嚣张,对敢于揭露真相、敢于说真话的少数日本人,进行疯狂的围攻、威胁与恫吓,甚至诉诸法律。

侵华日军东史郎,出版了记录日军罪行的《东史郎日记》之后,遭到许多右翼分子对他及其家人的恐吓,骂他是"叛徒"、"卖国贼"、"旧军人的耻辱",骂他是"罪该万死"!

东史郎说:"我们日本人对蒙受原子弹的危害大声呼号,而对加害在中国人民身上的痛苦却沉默不语……作为战争的经历者,讲出加害的真相以其作为反省的基础,这是参战者的义务。"

对采访了120个南京大屠杀受害者,并采访了102名侵华日军原士兵,出版了真实记录《南京战·被割裂的受害者之魂》《南京战·寻找被封闭的记忆》的日本小学教师松冈环,右翼势力更是极尽威胁与恫吓,对她百般攻击与诋毁,说她是"扯谎、骗子",甚至扬言,对松冈环及开口出示证言的侵华日军,实施报复!

就在2015年1月26日，媒体报道，由日本右翼分子上智大学名誉教授渡部升一牵头，日本国内外8749人联名，对日本《朝日新闻》提起诉讼，指控其有关"慰安妇"的报道，"损害日本国际信誉，伤害国民名誉"，并向东京地方法院提交诉状，要求《朝日新闻》赔偿原告每人一万日元慰问金，并登报谢罪。

人所共知，日军在二战期间强征"慰安妇"，连三岁的孩子都知道，他们却如此掩耳盗铃。

在日本，尽管有少数正义人士在为历史证明，但是，这些人大多是草根，不能成为日本社会的主导。而极右势力却长期主宰着日本政坛，而且，日本政坛右倾化倾向在不断蔓延……

王泰平先生在其所著《风月同天——话说中日关系》一书中，在谈到日本的国民性时，这样写道：

"任何一种国民性的铸就都离不开它本国的历史，离不开它特定的政治制度。哲学家黑格尔曾经说过，国家不是建立在物质上，而是建立在精神上、思想上。希特勒的第三帝国就是建筑在纳粹主义的精神上，控制着那个时代的德国民众的思想的罪恶帝国。同样，日本帝国也是建筑在法西斯精神上的罪恶帝国，把日本民众变成了狂热、盲信、一味跟从权力的群体。实际上，他们生活在极权专制之下，只能依附于国家机器，而无法摆脱这部机器的控制。

"这种国民性决定日本人有一个致命的弱点，就是当掌权者决策错误，而一意孤行时，则服从强权，盲信权威，不仅不违抗，而且，往往变本加厉，由'集团主义'演化为极端狭隘的、排外的、极具危险的民族主义。

"于是，在黑暗的军国主义时代，日本国内便出现了'军国热'，每当大本营发表在海外攻城略地的胜利捷报时，举国上下，一片欢呼；被驱赶上战场，宁做肉弹，宁为落樱，不成功，便切腹，以表忠君爱国之诚；干了残忍之事，只觉得是服从国家，应该应分，并没有罪恶感；有人有了罪恶感，是觉得自己有罪，而不觉得是当时的国家政治不好。"

写到这里,我想起纳粹德国,密谋杀害希特勒的东线军官首领海宁·冯·特莱特斯科夫将军,在自杀前,与他副官施拉伦勃道夫诀别时说的话:"我们做的事情是正当的!希特勒不但是德国的头号敌人,也是全世界的头号敌人……"

在德国,这样清醒而正义的将军不在少数。

但在日本,却没听说过有这样的高官,相反,翻开日本二战后的历史,却看到这样一种现象,而导致这种现象的原因,是由于日本上层,尤其是日本首相的政治导向引起的——

1953年,全日本超过1500万人签名,要求释放战犯。当时,西德驻日本大使馆致波恩联邦法政部急件说:"日本人至今怀有这样的观念,认为战争罪行审判的实际目标从来就不具现实性,因为判决是由胜利者以复仇的姿态单方面做出的。日本战争罪行不是有意识的犯罪,因为那些人将他们的行为只看成战争行动,属于爱国主义举措!"

1953年,日本推出电影《太平洋之鹰》,极力吹捧偷袭珍珠港的海军大将山本五十六;我记得那个时候,还有一部电影《啊,海军》。

1973年,铃木明在文艺春秋社出版《南京大屠杀的虚构》。

1984年,被东京军事法庭送上断头台的松井石根大将的近侍田中正明,在日本教文社又出版《南京大屠杀的虚构》。

1989年,石原慎太郎与盛田昭夫合著《日本可以说不》,称南京大屠杀是"中国人编造的,是在给日本抹黑,用谎言抹黑!"

1990年,日本国会议员石原慎太郎在美国《花花公子》杂志上公开称:"南京大屠杀是中国人捏造的谎言!"

1994年,日本法务相永野茂门,发表同样的"南京大屠杀是捏造的"言论。

1995年,由105名国会议员组成的"自民党历史·检讨委员会",在展转社编辑出版《大东亚战争的总结》,同样称"南京大屠杀是捏造的"。

2000年1月,在日本大阪设立的大阪国际和平中心,召开以"20世纪最大的谎言——南京大屠杀的彻底验证"为主题的反中国集会,主办者是一个"纠正战争资料偏向会"的团体……

以上这些,只是我查到的,没查到的呢?

朋友,当你看到这些弥天大谎,看到这些闭着眼说瞎话的欺世之谈,不知你有怎样的感想?

而我作为一名作家,却觉得我的文字太拙,不知该如何评价这些用谎言来美化罪恶的人?

当一个民族采取掩耳盗铃的谎言,集体"健忘"罪恶,抹杀历史,那么,这个民族除了维护其脸面之外,还抱有怎样的目的?

这才是最值得令人深思的问题……

十

我发现,日本法西斯杀人如麻,看似无比骁勇。但就其民族性来讲,并不是一个令人敬重的勇者,而是一个在正义面前百般抵赖、用谎言当胭脂的矮子!

鲁迅先生有句名言:"真正的勇士,敢于直面惨淡的人生,敢于正视淋漓的鲜血。"

与其相比,德国,倒是令人敬重几分。

如今,日本战败70年了,那段历史早已载入世界史册,进入人类的记忆。

在全世界人面前,再做这种掩耳盗铃的勾当,再用谎言来美化罪恶,失去的只能是国家的国格与民族的尊严!

就在最近,我书稿接近尾声之际,看到媒体接连报道,德国总理默克尔访日,联合国秘书长潘基文访日期间,都在"教导"日本首相安倍,要承认历史,要与亚洲邻国搞好关系……

看到这里,我在想,日本投降70年了,70年的时光,没能让一个战败国承认历史罪恶,而是全世界的人都在"教导"日本首相,应该如何如何,不该如何如何,你不觉得好笑吗?

即使安倍口头上承认了历史罪恶,其灵魂承认吗?

不承认,又能得到什么?

掩耳,真能盗铃吗?

这一切，又是谁之过？

我觉得——

首先，由于美国的转变，日本法西斯的罪恶没有像纳粹德国那样，受到彻底的审判和清算。日本保留了军国主义时代的全部政治体系。

其次，日本没有像德国那样，向战胜国支付巨额的战争赔偿。

王泰平在《日月同天——话说中日关系》一书中，引用在东京远东国际军事法庭审判的判决书第五章的内容称：

"（日本侵略）期间……中国幅员辽阔的国土一半（富庶地区绝大部分）被占领，930座城市（占中国当时城市总数47%，占大城市的80%）被盘踞，53座城市遭浩劫，3840家工厂被破坏，战祸灾区人口2.6亿，无家可归人口4200万，伤亡人口2100万，军民被杀戮1200多万，财产损失600多亿美元。"

他在书中还写道："而实际上造成的人员和财产损失要多得多，而种在中国人心中的创伤和剧痛，远比记录在案的数字具体得多，深刻得多，沉重得多。据后来统计，从1931年9月18日战起，到1945年8月15日日本投降，中国人在14年浴血奋战中，饱尝了旷古未有的大灾难，日本帝国主义在中国的黩武行径，造成4000万军民死难的惨剧，直接和间接的经济损失达1万亿美元以上。在日军的屠刀和炮火下，中国人骨肉离散与家园破碎的悲剧，更是罄竹难书！"

1945年7月25日的《波茨坦公告》，明确规定了日本的战争赔偿责任。

但是，由于美国对日本态度的转变，削减了整个战争赔偿。

1947年1月28日，美陆军部副部长斯特莱克为首的日本赔偿特别委员会提出："日本是资本主义的民主主义与共产主义决战的战场，美国如不能在这场决战中取胜，将永远失去在远东的有利地位。"

据称，直到1995年初，日本向亚洲受害国家所支付的战争赔款只有37.6亿美元。而且,日本却以二战时美国强制收容日侨为名,从美国那里又获得了12.5亿美元的补偿。

由于战后,对日本战争罪责惩处不力,导致日本法西斯罪行没有得到彻底清算和惩治。而且,日本更没有支付本应支付的巨额战争赔款。这种应该赔偿而没有赔偿的赔款,正是日本迅速发展的一个重要原因。

这使日本无论在政治上,还是在经济上,都大大地降低了战败成本。

这是一项非常重要的人类生存法则!

任何罪犯,对其所犯罪行都要承担其后果,都要付出犯罪的成本。

杀人偿命,就是杀人者理应付出的罪恶成本。

杀人者,没有偿命,而是逍遥法外,便会继续杀人、抢劫,无恶不作。因为他没有获得理应付出的杀人成本。

个人如此,国家亦是如此。

二战后,德国政府不断提醒国民:"赔偿是我们的责任,它虽然洗刷不掉我们的罪恶,却是实现民族和解的前提。"

日本呢?

假如日本战败后像纳粹德国一样,无论是政治还是经济,都付出了巨大的战败成本,那么,其结果又会怎样?

但是,历史没有假设,只有反思与追问。

## 十一

此刻,正值2015年新年伊始,世界人民都在迎接新一年的到来。

我的脚步叩击着华夏大地,耳畔却不时传来令人震惊的消息:极端恐怖组织袭击了法国巴黎《查理周刊》,造成警察在内的12人死亡;极端恐怖组织绑架了两名日本人质,要求日本支付2亿美元的赎金,日本人质被杀;许多战乱中的妇女和儿童,挣扎在生死线上……

没有触景,却也生情。

思绪就像一列高铁列车,顺着多日来的惯性,风驰电掣,逆时而行,驶向70年前,驶向南京大屠杀的现场,驶向奥斯维辛集中营……

当年的日本帝国主义与德国法西斯,比起今天的极端恐怖分子,并没有什么区别,都是灭绝人性,都是无视他人的生命,都是杀人如麻!

人性都是一样的,无论是哪个时代,哪个民族,都有其凶狠、残暴的一面,都有其善良、仁慈的一面。

一个国家,一个民族,走上什么样的道路,关键看首脑人物带领其国民,向着哪个方向发展?

写到这里,我仍然有许多不解。

日本战败后,日本认为自己输给的是美国,是苏联,是盟军,而不是中国。

对此,我无须为我的国家争辩什么。

我只想以一个父辈被日寇奴役14年的后代,来反思一下我的民族、我的国家。

的确,中国不是一个好战的民族,对日寇入侵毫无准备,而且国力悬殊。日寇入侵,国内党派分立,缺少民族气节,大小汉奸如雨后春笋,纷纷向日寇俯首称臣。

但是,中华民族却在生死存亡的关键时刻,在妄图灭我种族的日寇面前,猛醒了!他们用血肉之躯筑起了钢铁长城,在战争中挺起了不甘灭亡的脊梁!

朝鲜战场的胜利,则是中华民族最好的证明。

有人说,日本是崇拜强者的民族,美国向日本丢下两颗原子弹,就彻底征服了它。苏联红军将日本的百万关东军打得落花流水,日本至今都对俄罗斯惧怕三分,在对待北方四岛问题上,始终不敢越雷池半步。

我觉得,日本是一个可征服而不可感化的民族。

日本军国主义给中国带来的杀戮与掠夺,是中华民族亘古

开天以来从未有过的。可是日本投降后,中国却表现出世界各国所不曾有过的宽宏与仁慈:

不向日本追讨战争巨额赔款;不杀日军俘虏;为日本人收养遗孤;优待管理所的战犯;本该受审判的战犯没有受审……

蒋介石在《抗战胜利告全国军民及世界人士书》的广播演讲中,一再重申:"我中国同胞们必知'不念旧恶'及'与人为善'为我民族传统至高至贵的德行。我们一贯声言,只认日本黩武的军阀为敌,不以日本的人民为敌。今天敌军已被我们盟邦打倒了,我们当然要严密责成他忠实执行所有的投降条款,但是我们并不要报复,更不可对敌国无辜人民加以污辱,我们只有对他们为他的纳粹军阀所愚弄所驱迫而表示怜悯,使他们能自拔于错误与罪恶。要知道如果以暴行答复敌人从前的暴行,以奴辱来答复他们从前错误的优越感,则冤冤相报,永无终止,绝不是我们仁义之师的目的!"

我一直在思考一个问题:中国对待战后日本的宽宏与仁慈,到底是民族的优点,还是弱点?是善良,还是"农夫与蛇"?蒋介石的这番讲话,是展示领袖的胸怀,还是隐藏着更为深层的政治需要?

写到这里,我心中有许多不解。

最令我不解的是,本该送上绞刑架的日本头号战犯冈村宁次,却在蒋介石的庇护下,没有受到审判,而是一直逍遥法外。

冈村宁次,是侵略中国历史最久而罪恶最大的头号战犯之一——

早在1915年,他就进入中国收集情报;是日本发动第二次世界大战11名军阀的核心人物之一;1927年,他任日军陆军步兵第六团团长,出兵中国山东,是制造济南"五·三"惨案的元凶之一;1932年,任日军上海派遣军副参谋长,参与制造"一·二八"事变,率军入侵上海;1933年,他代表日本迫使国民政府签订屈辱的《塘沽协定》;1941年被授予大将军衔,天皇令他出任侵华日军华北方面军总司令,指挥日寇对我中国进行疯狂的"大扫荡",实施灭我中华民族之"三光"政策;1944年11月,被升任为日本中国派遣军总司令；《波茨坦公告》发布之后，他向陆军大臣发去电报：要求拒绝公告，继续作战！

日本投降后，冈村宁次被中国共产党列为日本战犯的头号人物，国民政府最早公布的94名日本战犯之一。

1946年1月19日，东京国际军事法庭将冈村宁次列为战犯，盟军总部多次照会国民党政府，要求将冈村宁次遣送日本接受审判。

可是，蒋介石却召集军政要人商讨对策，想尽一切办法把将冈村宁次留在中国。1946年10月，国民政府行政院决定："冈村宁次大将不得归国，但不得拘留，仍以联络班长名义，配属参谋若干人，于当地生活。"

1949年1月26日，国民政府南京军事法庭宣布冈村宁次"无罪"释放！

1月28日，中共中央通过新华社发表声明，向国民政府提出强烈抗议，要求重新逮捕冈村宁次！可是，淞沪警备司令汤恩伯居然扣压了李宗仁下发的重新逮捕令，派副官急忙通知冈村宁次，让他随同其他战犯一起立刻回国！

1949年1月30日上午10时，这个罪大恶极、双手沾满中国人民鲜血的头号战犯冈村宁次，却会同其他259名日本战犯一起，搭乘美国轮船"维克斯"号离开上海，顺利地返回了日本。

回国后，冈村宁次成为日本右翼势力的"日本战友会"副会长，一直从事军国主义活动，直到1966年病死。

我们不禁要问：蒋介石为什么要保护一个双手沾满中国人鲜血的头号日本战犯？

蒋介石的回答，令人费解，使人看到了中华民族深层的悲哀与劣根性，窝里斗，毫无国家与民族大义的担当精神！

蒋介石说："应该说，冈村宁次是罪大恶极的。但我们的原则是以德报怨。日本投降后，他（冈村宁次）指挥的军队以战争的手段，拒绝共党要日军缴械的要求，没有让共党得到一枪一弹，是立功赎罪的表现。如果不是冈村在八年抗战中，以主要精力和兵力对付共党的抗日根据地，共产党部队还要发展得更快!"

听听这番话,冈村宁次竟然成了"替"蒋"剿共"的功臣,也就不难理解蒋介石释放冈村宁次的原因了。蒋介石一贯奉行的国策是:"攘外必先安内"。

正因如此,国民党政府所掌控的军事法庭,虽然杀了几个罪大恶极的日本战犯,但对绝大多数日本战犯却是网开一面,宣布无罪释放了。

蒋介石后来的一些做法,更是令人费解,甚至让国人感到惊诧。

蒋介石到台湾以后,在台北阳明山建起一座"革命实践研究院",亲自兼任院长,居然聘请冈村宁次等一批原日军高官为高级军事教官。而且,蒋介石与甲级战犯岸信介关系密切,二人于1954年秘密成立"反共同盟"。1957年,岸信介就任首相不久访问台湾,与蒋介石组织什么"日华合作委员会"。

写到这里,我很是不解,作为一位原中国政府首脑,蒋先生还有没有起码的民族感情?

想想,日本法西斯欠中国人那么多血债,几千万同胞死于日寇之手,那么多抗日将领战死疆场,被日寇掠夺的财富更是无计其数!到头来,日本头号战犯居然成了蒋介石的座上宾,请到"革命实践研究院"去充当什么教官!

我不禁要问:让他教什么?

教中国人如何成为日本的亡国奴、汉奸、不知人类尚有耻辱二字的逆贼吗?

今天,掀开历史的雾障,冷静地透析那段历史,却发现,历史并非像呈现出来的那么光彩,那么冠冕堂皇!

蒋介石还说:"要对这次战争负责任的是日本军阀,而不是日本人民。要求日本人民负担战争赔偿的做法是不公平的。"

写到这里,我不能不感到深深的悲哀,为我们的民族而感到悲哀——

杨虎城和张学良两位将军,就因为以"兵谏"方式逼迫蒋介石抗日,一个全家被杀害,一个被软禁了后半生;而罪大恶极的冈村宁次,却逍遥了后半生,而且成为蒋介石的座上宾……

我们批判汪精卫是大汉奸,骂他认贼为父。

那么,蒋先生的一系列做法,又是什么?

以前,我从未研究过这段历史,觉得蒋先生不失一位中华民族的领袖,只是一个国、共两党斗争中的失败者而已。

但是,当我看到张学良先生晚年接受电视台记者采访时说的话,我明白了不曾明白的道理——

张学良说:"他(蒋介石)自私,光考虑自己。没有人心。"他又改口道:"他不得人心。"

是的,得人心者得天下。

一个把党派之争、政权之争,凌驾于国家与民族利益之上的领袖,缺少的不是韬略与学识,而是缺少一种为国家和民族担当的精神品质,缺少一种为国家和民族高度负责的胸怀!

这大概是蒋先生最终失败的一个重要原因吧。

斯人已逝。

也许,我们不该过多地谴责这位早已作古的老人了。

但是,回头看看,看看曾经发生的一切,无数的万人坑、杀中国人像切豆腐、杀人比赛、砍头、活埋、强奸、轮奸后凌辱尸体、空袭、掠夺、纵火、绑架、731细菌部队、活体解剖、活体试验、细菌战、使用化学武器、将3500多吨毒化武器投入中国战场,其中包括被世界《禁止化学武器公约》禁用的芥子气……

1945年8月,日本战败溃逃,日军731细菌部队却放出大批带有鼠疫的老鼠,致使哈尔滨平房地区接连数年闹鼠疫,大批人死亡!日本投降,却将大量化学武器遗留在中国十余个省区市。2000年,日本政府根据《禁止化学武器公约》,到中国各地,对当年留在中国的生化武器进行处理。仅在中国吉林省哈尔巴岭就检测到30万至40万枚毒气弹,至今仍有不少生化武器没有得到清除,伤害中国百姓的事件仍时有发生。战争结束70年了,尚未销毁的化学弹约有200万发,直接伤害当地人达2000多人。

这一切,哪是一句"不念旧恶"、"与人为善"、"以德报怨"

所能化解的？

再听听日本名古屋市市长河村隆之，否认南京大屠杀的理由吧！你会发现，中国对日本宽宏善待的结果，获得了什么？

河村隆之多次在公开场合讲："并不存在南京大屠杀问题！"

其理由是："我父亲是日本陆军第101师团步兵第101旅指令部伍长，1945年8月15日投降后，南京政府并没有处死我父亲及其250名日本战俘，而是受到了'特别善待'，被安排在南京栖霞寺。"

其实，栖霞寺和江南水泥厂不过是普通战俘营而已。

2012年2月，中国外交部向河村隆之的言论，提出了抗议。

没有处死河村隆之的父亲，就说明没有发生南京大屠杀，按照这种混账逻辑推理，中国人应该把日军一二百万战俘全部杀掉，才能证明日寇在中国所犯下的滔天罪行吗？

不记得是谁说的：对敌人的仁慈，就是对人民的犯罪！

看来的确如此。

## 十二

我觉得，战败后的日本，就像一个干了坏事却没有受到惩罚的孩子。

有美国为其撑腰，大力扶持，不追究罪责；有中国政府"以德报怨"的无限仁慈，不要战争赔款，对战俘不杀不砍……

受到如此厚待的日本，还需要反思吗？还需要忏悔吗？

当然不需要了。

那么，日本战败的成本，由谁来为他们埋单？

没有彻底清算的战争后果，将转嫁到谁的头上？

日本战败后，中国老百姓出于善良的天性，收留了大批被日本人丢弃的遗孤，把他们抚养成人，最后交还给日本父母。中国政府对关押的日本战犯，百般感化，多方照顾，旅顺战犯管理所关押的近千名战犯，除少数人病故外，全部释放回国……

用宽容和善良来感化日本人，一直是中国人的奢望。

可是，一个长期受法西斯奴化训导，不肯承认罪恶，不肯反思，以极右势力所掌控的政府，哪里是"感化"、"以德报怨"，这种道德观念所能改变的？

日本政府在战败70年后的今天，仍然是——

不肯承认历史罪恶；修改教科书；不承认南京大屠杀；不承认"慰安妇"；首相带头参拜靖国神社；扬言钓鱼岛"国有化"；鼓吹"修宪"、恢复"自卫权"，美化当年的侵略罪行为扩大疆界；要求通过自卫队向国外派兵法案……

70年来，他们今天这个首相承认罪行，明天新上任的首相又推翻了，像小孩过家家似的。

再奢望他们认罪与反思，只能说明我们中国人太幼稚了。

戴旭说："战胜中国，日本与生俱来的梦想。""在日本，一门心思准备'战胜中国'的比比皆是；而在中国，思考如何防御日本、战胜日本的人有几个？"

的确，中国人太健忘、太幼稚、太不知道吸取历史教训了。

每当豺狼闯到家门口了，才知道操起家伙。岂不知，狼外婆一直在窥视着我们的家园，已经窥视几百年了。

早在1990年，被称为"中国民间对日索赔第一人"的童增先生，就撰写了《中国要求日本受害赔偿刻不容缓》的"万言书"。今年"两会"期间，杨虎城将军的后代、全国政协委员杨翰先生，在一份"把民间对日索赔纳入对日斗争大战略的建议"提案中透露，童增先生获得了2015年诺贝尔和平奖提名。

其原因是："童增多年来推动二战中国受害者权益的伸张，为促进这一战争遗留问题的解决不懈努力。因此得到世界上一些国际人士与组织的认可和肯定。"

不管结果怎样，但都说明中国人积极主张自己的权利，引起了世界的认可与肯定。

今天，在全世界反法西斯胜利70年之际，再回首那段历史，看看那些数据，使我们对战争、对人类，会有更为清醒、更为深刻的认识——

第二次世界大战,从 1939 年 9 月到 1945 年 9 月,历时六年;先后有 61 个国家和地区卷入这场全球大战,作战面积高达 2200 万平方千米;20 亿以上人口被卷入战争,参战兵力超过 1 亿。据不完全统计:军民伤亡人数 9000 余万;40000 多亿美元付之东流;3000 多万人流离失所。

日本侵略中国,从 1931 年 9 月 18 日开始,到 1937 年 7 月 7 日发动全面侵华战争,至 1945 年 8 月 15 日宣布无条件投降,中国军民伤亡人数 3500 多万。据不完全统计,经济损失(国家、民间、直接与间接)为 5620 亿美元,直接经济损失为 3000 亿美元(人民教育出版社 1992 年编著出版的《中国历史》)。

最近,我在网上看到一篇文章称:南京大屠杀发生在 1937 年,可是,1979 年之前的中国历史课本,并没有关于南京大屠杀的记载。1982 年,日本出现篡改教科书事件,中国学者才提出对南京大屠杀进行研究。1985 年,日本投降 40 年之后,南京市政府才建起侵华日军南京大屠杀遇难同胞纪念馆。之前的漫长 40 年,有关南京大屠杀历史,出现了无言、无语、无任何声音的历史空白,被日寇屠杀的 30 万冤魂,一直在地下痛苦地沉默着。

的确,长期以来,中国人只在"七·七"、"八·一五"几个重要日子,象征性地开开会,挥挥拳头,喊几句口号,对国民起不到任何警世性的教育。缺少有组织、有计划的历史性教育,尤其对青少年,更缺少这方面的教育。

而在日本,每当广岛和长崎原子弹爆炸日,他们就在日本和美国推出大量这方面的书籍。

令人欣慰的是:

2014 年 12 月 13 日上午,中共中央、全国人大常委会、国务院、全国政协、中央军委,在南京第一次隆重举行南京大屠杀死难者国家公祭仪式。

12 月 13 日,被定为南京大屠杀死难者国家公祭日。

每年这天,国家将在南京举行公祭活动,以悼念在南京大屠杀及所有日本帝国主义侵华期间惨遭日寇杀戮的死难同胞。

在公祭仪式上,中华人民国家主席向世界发表了令人震撼的讲话。

习近平说:"侵华日军一手制造的这一灭绝人性的大屠杀惨案,是第二次世界大战史上'三大惨案'之一,是骇人听闻的反人类罪行,是人类历史上十分黑暗的一页!

"历史不会因时代变迁而改变,事实也不会因巧舌抵赖而消失。南京大屠杀惨案铁证如山、不容篡改。任何人要否认南京大屠杀惨案这一事实,历史不会答应,30万无辜死难者的亡灵不会答应,13亿中国人民不会答应,世界上一切爱好和平与正义的人民都不会答应!

"我们为南京大屠杀死难者举行公祭仪式,是要唤起每一个善良的人们对和平的向往和坚守,而不是要延续仇恨。中日两国人民应该世代友好下去,以史为鉴、面向未来,共同为人类和平作出贡献。

"忘记历史就意味着背叛,否认罪责就意味着重犯!我们不应因一个民族中有少数军国主义分子发起侵略战争就仇视这个民族,战争的罪责在少数军国主义分子而不在人民,但人们任何时候都不应忘记侵略者所犯下的严重罪行!

"今天的中国,已经成为一个拥有保卫人民和平生活坚强能力的伟大国家,中华民族任人宰割、饱受欺凌的时代,已经一去不复返了!"

写到这里,我终于长出一口郁闷已久的恶气。

中国终于向世界宣告:中华大地再也不许敌寇铁蹄践踏了!

让我们翻开人类历史看看,看看哪一个国家给另一个国家,带来如此漫长、如此残酷的侵略与伤害?再看看哪一个国家如此掩耳盗铃、如此抹杀历史罪恶?

切记,不要奢望他人的自省,更不要奢望他人的仁慈,要永远铭记生存之法则:弱肉强食!强大是生存的最好保护!

(节选自《与魔鬼博弈》,重庆出版社2015年3月出版)

# 启功:文衡史鉴总菁华

徐可　王斯敏

他是一位饱经磨难的末代皇族,更是一位勤勉睿智的慈和长者;他是一位桃李芬芳的杏坛巨匠,更是一位书画双绝的文博大家。在九十余载的传奇岁月中,他书写了一篇恢宏壮丽的人生诗章,也留下了一段真挚动人的爱情故事。他用自己深厚的学术积累和艺术修养,在中华文化史上皴染了一幅浓墨重彩的绮丽山水;也以自身独有的高洁人格与豁达心胸,为后来者们树起了一座巍然屹立的永恒丰碑……

"师垂典则,范示群伦",在人们发自内心的赞誉面前,他当之无愧。

2005年6月30日,是他告别人世、驾鹤西归的日子。那天,他所执教的北京师范大学悲声一片;设置在北师大英东学术会堂的灵堂,前来吊唁的人群川流不息。一周之后,在八宝山革命公墓隆重举行的遗体告别仪式上,一万余人从四面八方潮水般涌来,把真诚的敬意和深沉的思念献给了他们心中真正的大师。而在北师大专门设立的"网上灵堂"里,更有数十万人以献花、上香、祭酒、燃烛等方式寄托哀思。"厚德承国学一朝千古,落华悲大师翰香百载""音容已随仙鹤去,人间常驻翰墨香""做事诚平恒堪作人间典范芳德永志,行文简浅显实为旷世鸿儒风雅长吟"……一副副挽联,道不完一代大师的学术成就和高风亮节,诉不尽后人对老人的绵绵思忆和景仰之情。

这位被众人缅怀和爱戴的老人,就是启功先生——我国著名的文物鉴定大师、书画大师、国学大家和教育家。

启功先生的知名度不可谓不高。一提起他的名字,很多人都会说:知道知道,他是大书法家,他的字很值钱,一般人求之不得;对先生了解得多一点的,会说:他是皇族,当然有条件练字作画啦……这是真实的启功先生吗?是,但又不完全是。我国著名民俗学大师钟敬文先生生前曾赋诗一首,对启功先生的学术成就、艺术成就作出精辟概括和高度评价,同时慨叹于世人对启功先生的误解:

> 诗思清深诗语隽,文衡史鉴总菁华。
> 先生自拥千秋业,世论徒将墨法夸。

诚如钟先生所评价的那样,启功先生并不仅以书法著称于世。他学识渊博,在文学、史学、语言学、文献学、红学等领域均著述颇丰,卓有成就;他身兼多长,诗词、书法、绘画,都堪称大家;他精通古代文物尤其是书画的鉴定,一双慧眼曾令许多"李鬼"现出原形、真假立判。那么,这位老人究竟有着怎样波澜壮阔的人生呢?让我们怀着敬仰之情,慢慢地将这岁月的长卷展开……

## 一、坎坷人生:由贫困的"皇亲国戚"到博学的一代鸿儒

启功先生字元白,一作元伯。很多人都知道,他是满族人,姓爱新觉罗,是雍正皇帝的第九代孙,典型的"皇亲国戚"。所以,在不少人眼里,他能成为大学者、大艺术家就一点儿也不奇怪了——人家"出身好",有条件嘛。其实,这话只说对了一半。出身皇族是不假,可启功却没沾着皇族的半点光。他打小儿就是苦出身,甚至比好多平民百姓还苦。"幼时孤露,中年坎坷",这才是先生前半生岁月的真实写照;而他的一切成就,都得益于后天的坚持与刻苦。启先生曾诙谐地说过:"本人姓启名功字元白,不吃祖宗饭,不当'八旗子弟',靠自己的本领谋生。"可

见,开朗乐观的他独创"启"姓、自当"始祖",也是对过去"家世"的一种告别。

1912年7月26日,启功出生于北京。他的始祖弘昼是清世宗雍正皇帝胤禛的第五个儿子。弘昼的同父异母哥哥、皇四子弘历即是清高宗乾隆皇帝。尽管贵为帝胄,可是由于是降袭制,爵位逐代降低,到了曾祖父溥良这一辈,受封爵位的俸禄已经不够养家,只能靠教家馆来维持生活。曾祖溥良、祖父毓隆,都毅然向朝廷请求革除封号俸禄,作为白丁走上科举入仕之路。1913年7月,启功刚刚一周岁的时候,父亲恒同因肺病去世,揭开了启功家族迅速衰败的序幕。

幼年失怙的启功随曾祖父和祖父生活。三岁时,按满族习俗,为祈福长寿,祖父让启功拜雍和宫的一位老喇嘛为师,并接受班禅大师的灌顶,取名为"察格多尔札布"("金刚佛母保佑"的意思)。

很多人不知道,启功曾经当过"将军"——当然不是手握实权带兵打仗的将军,而是一个爵号。那是1924年,清朝已被推翻,但按清室优待条件,宣统小王朝仍在故宫内苟延残喘。宗人府查启功家族档案,知道他曾祖、祖父都主动放弃了封爵,他父亲又太早过世,还没来得及封爵号,便让启功袭了爵位,受封为三等奉恩将军。这个纯粹的虚名,没有给启功带来一文钱、一两米的俸禄,在冯玉祥逼宫后更成了空头支票。这也许算是启功从皇族出身所得到的唯一"恩惠"了。

启功从小就接受了严格的启蒙教育和良好的道德熏陶。姑姑虽然没有什么文化,但却想尽一切办法,尽力教他一些简单的知识。祖父特别疼爱他,对他的教育格外用心。祖父的字写得很好,他把常用字用漂亮标准的楷书写在影格上,让启功描摹,为他打下了日后学习书法的基础。他还教启功念诗,让他观摩自己画画,后又送他上私塾学习。10岁以前,启功的生活虽然清贫,却是快乐安顺的。

天有不测风云。1922年,年仅10岁的启功又遭受了沉重打击:包括曾祖父、祖父在内的五位亲人在半年内连续故去,家中只剩了母亲克连珍和未出嫁的姑姑恒季华。"家败如山倒"的严峻现实,使他们不得不变卖家产,用来发丧、偿还债务。恒季华为了培养启功这个一线单传的侄子,毅然终身不嫁,并把自己看作这个家庭中的男人。启功也称姑姑为"爹爹"(按满族习俗,"爹爹"是叔叔的意思)。但是,这样孤儿寡母的家庭,没有经济收入,生活是相当贫苦的。

在启功一家陷入绝境之际,出现了令他感动终生的真情一幕:他的曾祖父和祖父的一些门生,看到启功一家生活困难,便把对老师的感恩都回报在他们身上,经常周济他们。祖父在四川当学政时的两位门生邵从熄和唐淮源先生带头捐钱,并向祖父的其他门生发起了募捐。募捐词中的两句话,启功先生在去世前不久想起来还心酸不已:"孀媳弱女,同抚孤孙。"结果共募集了2000元,买了七年的长期公债,每月可得30元的利息,勉强可维持一家三口的基本生活。而邵从熄和唐淮源也就成了启功一家的监护人。

邵、唐两位先生鼓励启功努力学习,并表示愿意供他上大学、出国留学。在这样的扶持和鼓励下,启功学习也很刻苦努力,生怕辜负了他们的期望。1924年,启功考入北京汇文小学。这是一所教会学校,除学习语文外,还有算术、外语,还要读《圣经》。学生可以向老师提问题,进行交流,既激发学习兴趣又开阔思想境界。在这种良好的氛围之下,启功不仅很快适应了新环境、学习了新知识,还结识了很多新朋友,其中包括后来成为考古学家的贾兰坡、成为物理学家的王大珩等。

小学毕业后,为了尽早掌握一技之长以养家糊口,懂事的启功选择了汇文中学的商科。他深知学习机会来之不易,曾在日记中记述了当年勤奋求学的场景:"每见课余之暇,三五相聚于藏书之室,切磋琢磨,同德共勉!"

少年启功便表现出异常的禀赋。在当年的同学录中对启功有这样的描述:"元伯启功者,世居旧都,睹其貌,观其服,知其然也。言语诙谐而恣肆,举止倜傥而乖僻,见者疑其狂,实则笃信坚贞,恺恻之士,余独知之焉。每寄意于诗词书画,时有慷慨之音,荒寒之韵,流露其间,则可见其不仅爱好已耳。无能遁世,又不能合污同流,故宁学商,所以苟全性命而已。"

在小学和中学阶段,启功就师承戴姜福(绥之)先生学习古典文学,又跟随贾羲民(尔鲁)、吴镜汀(熙曾)先生学习绘画,很快显示出了高于常人的天赋。先生们经常带他到故宫博物院看陈列的古字画,观摩古代名家作品。如范宽的《溪山行旅图》、郭熙的《早春图》等,都是启功在那时一再观察过的。有时老师和长辈边看边评论,这就使启功在国画鉴赏知识上受到不少启迪和教育,给他后来的书画鉴定打下了基础。年少的启功善思好学,如果遇到自己不能理解的问题,当场就请教前辈,得到的答案往往令他有醍醐灌顶感。就这样积少成多,年少的启功在中国古典文学、历史、书画艺术方面打下了坚实的基础。在汇文小学读书时,他的习作就曾被学校当作礼品赠送给友人。

然而,尽管启功非常珍惜学校的一切,但经济和精神上的双重压力仍使他学习时始终处在矛盾与不安的情绪之中。1931年,启功中学未毕业便辍学了。中学肄业,成了他此生的最高学历。那一年,他刚满18岁。因此,后来的日子里,启功先生曾多次对人说:"我没有大学文凭,只是一个中学生。"有朋友这样评价启功"中学学历"的得与失:没有经过大学学院教育的正规训练,这是他的不幸,更是他的幸运。因为这样一来,他就没有任何学院教育的框框束缚,学杂诸家,不主一说,随心所欲,始终保持着自由自在的思维本色。

启功辍学之后,一面教家馆赚些钱贴补家用,一面急于谋求一份工作,好侍奉母亲和姑姑。1933年,他迎来了一位生命中最重要的"恩人",也走上了一生命运的转折点——经曾祖父门生傅增湘先生介绍,他结识了辅仁大学校长陈垣先生,并得到了先生"写作俱佳"的赞赏与肯定。

陈垣校长不但慧眼识珠,而且有着"英雄不问出处"的胸襟与豪气。在了解了启功的学识与为人之后,他大胆起用启功到辅仁附中教国文。启功深深感念陈垣校长的知遇之恩,在工作岗位上兢兢业业地发挥着才干。据他当年的学生、中国科学院资深院士谢学锦回忆:"启功老师讲课生动,引人入胜。在他熏陶下,我对文学发生了极大兴趣,不仅学习课本上所选的诗、词、文、赋及小说片段,还到图书馆去借阅各种文学书刊。"可是,虽然事实证明了启功足以胜任这一职位,但他还是在不到两年之后就被辞退了。理由很简单,当时附中的校长坚持认为他"中学未毕业就教中学不合制度"。这对初次步入社会的启功来说,无疑是个很大的打击。

陈垣先生不改初衷,1935年,又安排启功到辅仁大学美术系任助教。不巧,掌管美术系的教育学院院长仍是那位校长,两年后他再次以"学历不够"为由将启功辞退。当时正值北平沦陷时期,在日伪的统治下,物价飞涨,民不聊生。为了维持生活,启功只得不辞辛苦,教两处家馆,换取微薄的报酬维持全家生活。稍有闲暇,他便潜心读书、研习书画。这时他的绘画在社会上已经有了一定的名气,间或可以出售,补贴家用。

艰难之中,向启功伸出援手的还是陈垣校长。他始终坚信启功是个有真才实学的青年,不应被埋没。于是,当得知启功再次被解聘的消息后,他于1938年秋季再次聘请启功回到辅仁,执教大学一年级的"普通国文"。这是陈垣亲自掌教的课程,启功终于不用再担心被人解聘了。从此,他在陈垣校长身边勤勉工作,培养出了一批又一批学生。难得的是,启功并没有因为有了陈垣校长这棵"大树"的庇护而骄纵自满。两次被解聘的经历使他认识到,自己没有过硬的学历,要想在这所高等学府里安身立命,并做出不负陈垣校长厚望的成绩来,就必须比别人更加勤奋,以真才实学换得各方面的承认。从那时起,他就养成了在学术上扎实用功、严于律己的精神,几十年来从未懈怠。

在辅仁大学,启功结识了一批前辈学者,如语言文字学家沈兼士先生、目录学专家余嘉锡先生等,他们用功之勤、学问之博、治学之严谨、人品之高尚,都给了青年启功很大的启迪和熏陶。同时,他也结识了牟润孙、台静农、余逊、柴德赓等一批比他年长的同辈学者。他们经常在一起切磋学业,互相启发,收到了解难析疑、相得益彰的实效,堪称"谊兼师友"。

1945年抗日战争胜利后,启功晋升为副教授,先后教授过"国文"、"中国文学史"、"中国美术史"、"历代韵文选"、"历代散文选"等课程。由于他学识渊博、讲得法,无论教什么课都得心应手,独具风格,深受学生爱戴,并被北京大学聘为兼职副教授,讲授"美术史"。同时,他还兼任故宫博物院专门委员,负责文献馆审稿和文物鉴定。1952年,全国高等院校进行院系调整,辅仁大学与北京师范大学合并,启功先生到北京师范大学中文系任教,讲授"中国古典文学"。当时,中国画院正在筹办,他应叶恭绰先生的邀请参与画院的筹办工作,曾到南方进行调研。当时文化部文物局为培养考古及文物鉴定的专业人员,举办了考古训练班,启功被聘为该班的教师,给学员们讲授"中国书画史"及鉴赏知识。同年,启功加入九三学社,被选为九三学社北京分社委员,并被选为中国人民政治协商会议北京市委员会委员,1956年任市政协常委,同年被评为教授。

此时,年仅45岁的启功风华正茂,立志在教育领域做出一番事业。但是,谁也没有想到,一场突如其来的劫难正在静默之中酝酿着,伺机爆发。

1957年,轰轰烈烈的"反右派"风暴席卷整个中国。启功因为在筹办画院时曾为叶恭绰先生帮忙,便被以莫须有的罪名划为"右派",并接连被撤销了教授职称、北京市政协常委和九三学社社员的资格,工资也被降了一级,精神上受到了沉重打击。在这最困难的时候,是恩师陈垣先生和妻子章宝琛女士给了他亲切的关怀和默默的支持,使他在逆境中坚持下来,直至1959年摘掉"右派"帽子。在被划为"右派分子"期间,他不能上讲台,就利用劳动改造的业余时间潜心研究学术,撰写了大量的论文和书稿。1964年,他的第一部学术专著《古代字体论稿》出版,引起学术界的广泛重视,后几经再版,已成为当今研究古代字体的专家学者和教育工作者的必读之书。

几年之后,史无前例的"文化大革命"猛然袭来,启功先生又被打为"准牛鬼蛇神",被不断审查,并要接受集中学习和劳动,家中也被查封。但,在这艰难岁月,他仍利用运动间隙和休息时间反复推敲和修改,酝酿了另一部学术著作《诗文声律论稿》,并在1977年由中华书局出版。据启功先生回忆,这部书的结集颇费周折。因为怕人家看到,批他"不好好改造,走白专道路",所以他在这个时期的著作大部分写在香烟盒、旧信封、小学生作业本的背面。写好后,就塞到一个布口袋里,到1962年,已经装满了四个口袋。后来又用蝇头小楷抄在最薄的油纸上,卷成小卷藏在箱底,躲过"文革"浩劫。

1971年,启功先生以"被挂起来的摘帽右派"的身份,被借调到中华书局点校《二十四史·清史稿》。这是一项在毛泽东、周恩来直接关怀下,组织国内数十位一流文史专家参与的伟大工程。在那种特定的历史环境下,启功能有这样的机会把自己掌握的知识奉献给祖国,从内心感到高兴。自1971年到1980年,经过整整十年的艰苦工作,他终于完成了这项任务,又回到北京师范大学。

经落实政策,启功被重新评为教授,再登讲坛,满腔热情地投入到教学和科研中,奋斗在教学第一线。他不但教本科生的课、带研究生,还主动承担夜大学的课程,和广大青年一起,在"迟到的春天"里争分夺秒地辛勤耕耘。

1982年,启功带头创立了北京师范大学古典文献学专业硕士点,1984年该专业被国务院批准为博士点,启功被聘为该专业博士研究生导师,直至逝世前,一直不顾年迈体弱,坚持工作。2001年,他又与著名学者钟敬文先生等创办了教育部人文社会科学"民俗典籍文字"学术基地和文艺理论学术基地。20多年来培养了一批学有专长的硕士、博士,他们在工作岗位上都取得了相当的成绩,很多人已成为教授、编审、研究员、博士生导师。

在固守七尺讲坛辛勤育人的同时,启功先生在学术上的深厚积累和在艺术上的精深造诣也日益显现。经过多年潜心钻研,在研究古代字体和诗文声律方面,他独辟蹊径。对古文字学、经学、史学、哲学、宗教学、古典文学等诸多学科了然于心,相继发表了《汉语现象论丛》、《论书绝句一百首》等著作和大量论文;而被他称为"业余嗜好"的书法也因长久的坚持与创新而达登峰之境,所获得的荣誉远远超过了"主业"。只看"中国书法家协会主席"、"中国书法家协会名誉主席"等成串的头衔,就能够感受到他在书法界的重要地位;他在绘画、文物鉴定领域的权威地位也稳固地树立了起来。仅就文物鉴定而言,他掌握了自成体系的独特方法,受到业界的一致赞誉,历任故宫博物院古物馆和文献馆专门委员、北京大学博物馆系副教授、故宫博物院顾问、中国历史博物馆顾问、国务院古籍整理规划小组成员、国家文物鉴定委员会主任委员、中央文史研究馆馆长等职。

回顾老人的一生,著述颇丰,成就卓然,其精彩之处实难一一尽述。或许,其弟子赵仁珪教授在老人故去时拟写的这样一副挽联最能概括老人的一生:"评书画论诗文一代宗师承于古创于今永垂鸿业标青史;从辅仁到师大两朝元老学为师行为范不息青衿仰令仪。"

## 二、博学大师:从诗、书、画到学术研究、文物鉴定

作为我国当代文化名人,启功先生集诗、书、画和文物鉴定、学术研究于一身。最广为人知的是先生的书法。启功一生留下了大量墨宝,可谓"风行天下",其极高的价值也早已被人们认可。早在1991年,纵观书画市场,他的一副对联就被标价1.5万元,10年后翻了一番,真当得起"一字千金"的美誉。但是,启功先生却始终把自己的身份看得很淡。当有人称他为"书法大师"时,他总是连连摇手,说:"说我是'书法家'就已经很够了,'大师'可谈不上啊。其实我写字是臭名远扬,也算不了什么家。"

其实,在书法创作上,启功先生的成就早已蜚声海内外。自20世纪80年代起,已有多种版本的启功书法集陆续出版。行家称他的书法是"采百花之精英,酿自我之蜂蜜"。的确,他的书法博师古人,典雅挺秀,美而不俗,在当代书坛独树一帜。无论条幅、册页、屏联,都表现出优美的韵律和深远的意境。特别是他晚期的书法作品,体现了"书贵瘦硬方通神"的风格,中宫

紧凑,四外开合,极有特点。这内紧外放的结体,遒劲俊雅的笔划,布局严谨的章法,显示了"启功体"书法的特有神韵,形成一家之风,被人们奉为"启体"。

细品启功的书法,我们能够从中看出他的人品学问。作为当代少有的通儒、国学大师,启功先生的作品里流露出浓浓的书卷气,从他的书作中,我们可以明显地感受到他内心的清雅与宁静。似深水静流,又似蓝天之闲云,没有张扬,没有造作,只见一派从容和悠然。细细品味启功先生之书作,那瘦硬而刚劲的线条,那法度谨严的结体,那规整有序的布白,无不透射出其坚忍刚毅的品格魅力。书法界评论他的书法作品:"不仅是书法之书,更是学者之书,诗人之书。它渊雅而具古韵,饶有书卷气息;它隽永而兼洒脱,使观者觉得余味无穷。因为这是从学问中来,从诗境中来的结果。"

不仅如此,我们还可以从启功先生的书法作品中看出他毕生治学的精辟内容,发现很高的学术价值。他对我国古代著名碑帖进行过广泛而深入的考辨,写下了大量的专业论文,对书法史和碑帖史的研究可谓居功至伟。而他所著的《论书绝句一百首》,以一百篇一诗一文的形式,系统总结了自己几十年来研究书法的心得体会,在书法界有广泛而深远的影响,被公认为"既是一部书法史,又是一部书法研究史"。启功先生另有《论书札记》21则,每则短者仅二三十字,长者不足百字,却涉及结字、运笔、临帖、书体风格等关键问题,既是美到极致的书法艺术精品,又与《论书绝句》一起被学界誉为书论经典。启功先生的书法思想因其独到的创新精神,已形成"启功书法学",并被书界公认为权威书法理论。

这样高妙的书法成就,不经过长期的勤学苦练和真正的用心钻研是不可能得来的。出生在书香门第的启功自幼便被祖父督促着练习书法,他6岁即临《九成宫醴泉铭》,11岁又学《多宝塔碑》。但是,一开始他也有一般初学者常常遇到的困难,悬腕运笔总哆嗦,"描红"的成绩也不甚理想。那么,转机出现在什么时候呢?启功说过很多次,促使他下苦功练习书法的有两件事:一是来自亲人的刺激。有一次,他的表舅请他作一幅画,预备精心装裱起来。启功正在高兴,却听到表舅再三叮嘱:画好后千万别在上面题款,我另找人来写吧。言下之意就是:你的字还欠火候啊!受此一激,启功心里很不是滋味,下决心苦练书法。二是来自恩师的激励。启功在辅仁大学教书时,陈垣校长非常重视学生的文笔,尤其重视学生作文卷上的批字。他不但重视学生的书法,命启功向全校学生作过书法专题讲演,而且也要求每位教员能写得一手好字。他曾经对启功说:"你要给学生批改作文,学生的字写得比你漂亮,你心里会是什么滋味?"令启功练字之心愈加坚定起来。

当时的启功已经临习了大量碑帖,尤以临习赵孟頫、董其昌、柳公权、欧阳询、智永等最勤,积淀了深厚的功力,书法有了很大的进步。陈垣很关心他在书法上的成长,常常观看他的作品,并谆谆劝告:"不要用毛笔去模拟刀刃所刻的效果,以免流于矫揉造作之弊。"悟性过人的他深得其理,此后以"自然"为追求之境,作诗云:"学书别有观碑法,透过刀锋看笔锋。""少谈汉魏怕徒劳,简牍摩挲未几遭。岂独甘卑爱唐宋,半生师笔不师刀。"

启功先生从古人那里汲取了丰富的艺术营养,但对他所崇敬的先辈大家,他同样保持着自己可贵的品格:不泥古、不迷信。他善于与前人"求异",从先辈大师的经验中发现可以改进创新之处。例如,宋元书法家赵孟頫说过:"书法以用笔为上,而结字亦须用功。盖结字因时相传,用笔千古不易。"于是他用了很多时间,临碑读帖,苦练用笔,一笔一笔地琢磨,如何转变,如何点撇。练了许久,他发现光是练用笔还不行,平着写还可以,一挂起来就"完了"。问题的症结在哪里?经过反复研究,他发现关键在于字的"结体"。

初学书法的人总是在"九宫格"或"米字格"里下笔,把方格分为若干等份,这样,所有字的中心都无形中被"统一"在了格子的中心位置。但按实际情况,汉字字形相差甚远,每个字的重心不一定在中心,不能上下左右都定三等份。他采用了一个更符合字形结构的划分方法,就是"五三五"的不等份,上下左右的份儿较大,中间的份儿较小,较好地解决了以前的问题。他还发现,字形结构存在着先紧后松、左紧右松、内紧外松的规律,而历来的"横平竖直"之说也不可尽信,平、直之中其实是有变化的,否则写出来的字就"傻"了。这个发现使他有了更深刻的认识——形似、神似之别首先在于字的结构,结构有了灵气,就做到了神似;其次,才是用笔的肥瘦方圆。写字时,心中先要有这个字的骨架子,即所谓"胸有成竹,写起来笔下就有底了"。

启功把历代名家的碑帖用透明格纸放大,用心描笔,从名家的笔画结构距离上,找到了结字的规律。根据这些体会,他大胆地修正了赵孟頫"书法以用笔为上"的理论,提出"用笔何如结字难,纵横聚散最相关"的结论。选择了一条先有结构,后有笔法,"以结字为先"的书法道路,认为"从书法艺术上讲,用笔与结字是辩证的关系。但从学习书法的深浅阶段讲,则应以结字为上",并推算出字的重心聚集处并不是在传统的米字格的中心点,而是在距离中心不远的四角处,它们之间的比例关系正符合所谓的"黄金分割率"。这些具体的理论都对学习书法有重要的指导意义。

启功先生总是用浅显形象的比喻,揭示出书法练习的真谛,把原本专业的知识转化成普通人都能够理解的语言。例如,他曾以音乐和草书的联系做过精妙的比喻。他说,音乐与书法有着相通的道理。草书就如同演奏"快板",无论快到什么程度,也不会漏掉其中的任何一个音符。所以,"急管繁弦"和"雍容雅奏"实际上是没有差别的。在短时间内演奏过的音乐,若能给人以"咫尺有千里之势"之感,那就必然是难得的佳作。

关于书法,启功先生有一句特别的名言:"我的字是写大字报练出来的!"原来,在"文化大革命"时期,学校把所有被审查的对象分为三类人:一类关起来;一类"挂起来";再一类是靠边站。启功被列入"挂起来"的一类中,处境稍微好一些,还可以参加运动,跟造反派一起讨论和学习。那时候大字报如潮,造反派都喜欢找启功抄,因此他写的字一时成了学校有名的大字报体。有时时间紧迫，造反派们直接往席棚墙上贴白纸，命令他站着面对席棚墙直接写。如此挥毫几年后，竟练就了他独特的"站功"，笔也练得放开了。后来，当启功的书法誉满海内外，成为千金难得之"国宝"时，北师大校园内还出现过搜寻"文革"中启功所抄的"大字报"与"小字报"的热潮。

事后回想，启功认为这段经历对自己的书法大有帮助，他认为这段时间是他书法水平长进最快的时期。他总结出抄大字报的"五大好处"：一是写起来不心疼纸；二是写好以后挂在墙上好坏能一眼看出来；三是他们这些有学问的"分子"每天都必须看这些大字报，从而越发地能比较出其中的优缺点来；四是很多激动的场合要在已经上墙的纸上去写，从而练起了悬腕和悬肘的功夫；五是养成"大家不择笔"的风度，不管什么笔抓起来就能写。从这里，足以看出先生对于书法的痴爱：正是因为有大量的机会泼墨挥毫，才使他苦中作乐，度过了那段艰难的岁月。

同"书法家启功"的名号相比，"画家启功"的"知名度"似乎就没那么高了，但这实在是对老先生绘画水平的"委屈"。启功早年作画颇勤，善山水，风格秀逸，继承了明清文人绘画的传统。70岁后常作兰、竹，构图平中寓奇，以书法之笔入画，明净无尘，清劲秀润，充满书卷气。可以说，他的画同样是从学问修养中出来，高华冶逸，卓尔不群，包含着治学修养和人生经历。

启功先生从小就酷爱绘画，绘画是他一生中用功最勤的事业之一。幼时看到祖父拿着笔蘸上墨彩，在扇面上涂抹几笔，就勾勒出活灵活现的花鸟竹石，他惊讶不已，幼小的心中便萌生了要学习画画的强烈愿望，于是也拿起了笔，正式走上学画的路程。

十五岁时，他拜贾羲民先生为师学画，后经贾先生介绍师从著名传统画家吴镜汀先生，并得到溥心畬先生、张大千先生、溥雪斋先生、齐白石先生的指点与熏陶。吴先生教画法极为耐心，每每启功画了一幅有进步的作品，拿去请先生指教时，总是得到先生的鼓励。吴先生告诉他，十八九岁正是艺事猛进的时候，应当努力自勉。并针对他的作品，专门把至关重要的窍门指出，每次指教都使他有新的领悟,再画时又进一步提高。有时吴老师在讲到某派的画法时,还随手表演一番,确切地给他指出某家某派的特点。时隔几十年,启功还经常回忆起跟随吴老师学画的情景。20世纪90年代,启功花重金从海外收购回吴镜汀的一大卷山水,并出资由香港《名家翰墨》出版。启功终生保留着他与吴先生合作的一幅扇面,作为对先生永久的纪念。

还在汇文小学上三年级的时候,启功的一幅绘画习作就被学校作为礼品赠送友人。20岁左右,青年启功的画已小有名气,渐有机会接触著名画家溥心畬等人。启功回忆溥心畬:"先生写字到兴高采烈时,末笔写完,笔已离开纸面,手中执笔,还在空中抖动,旁观者喝彩,先生常抬头张口,向人'哈'的一声,也自惊奇地一笑……"

一次,张大千与心畬先生一起作画,二人各取一纸,随手挥去,一张纸上或画一树一石,或画一花一鸟,互相把半成品掷向对方,对方立时补上,或者再画一部分又掷回对方……大约不到三个小时就画了几十张。溥先生也很看重年轻而有才的启功,经常邀请他参加书画界名人的聚会,对他加以点拨,使启功受到很大启发。

启功年轻家贫时也曾作画卖钱,以贴补生活,以致不少佳作流入社会,而于上世纪50年代达到艺术高峰。专家评论他的画最突出的特点是:"以画内之境求画外之情,画境新奇,境界开阔,不矫揉造作,取法自然,耐人寻味。"近几年来,每年的书画拍卖,都能见到启功先生早期的绘画作品,并被爱好者出高价收藏,足见其珍贵。但在"反右"运动中,他因在画院被打成右派,严重挫伤了他对这项事业的热情,再加之当时提倡要巩固专业思想,于是只得封笔,而把全部精力放到教学上。

改革开放以来,随着文艺春天的到来,启功先生才重执画笔,但鉴于"书名"太高、"书债"太多,所以绘画作品并不太多,因而尤显珍贵。值得一提的是,每当陈垣先生寿辰之日,启功不论事务多忙,总要亲自作画献上,表达弟子的一片心意。启功先生还为国家的文化事业和外交事业创作过不少作品,多以山水、松竹、兰菊、香荷等为题,件件都是风格独到的珍品。中南海、全国政协、中央文史馆、钓鱼台国宾馆等处都收藏有启先生的书画佳作。他常风趣地说:"我这里是咱们的礼品制造公司。"1985年,我国第一个教师节的前夕,启先生花去整整一个暑假的时间,为北京师范大学绘制了一幅长一丈二尺的巨幅画卷《松石图》,作为向教师节的隆重献礼。图中巨石岿然、瀑布倾泻、新竹拔节、枝叶繁茂,充分体现了人民教师的高尚纯洁和无私奉献精神。这幅画一直悬挂在北京师范大学主楼的会议室里,成为该校的"镇校之宝"。启先生还先后为向全国教育工作者祝贺春节绘制过《苍松新藓图》,为感谢帮助他筹集励耘奖学助学基金的香港友人而制了八尺整纸的巨幅春、夏、秋、冬四季竹石图各一幅,为书画界留下了珍贵的无价之宝。

为表彰启功先生在书画方面的成就,2000年,文化部为他颁发"兰亭终身成就奖";2002年又颁发了"造型表演艺术创作研究成就奖"。这是对先生高超技法的肯定,也是对他高尚品格的褒扬。

古典诗词创作和研究是启功的另一手"绝活"。启功在童年时代就对诗词有浓厚的兴趣,并背诵了大量的名家名篇。92岁高龄时,生日还能清晰地忆起当年祖父把他搂在膝上,打着节拍、摇头晃脑地教他吟诵东坡《游金山寺》一诗的情景:

"我家江水初发源,宦游直送江入海。闻道潮头一丈高,天寒尚有沙痕在。中泠南畔石盘陀,古来出没随涛波……江山如此不归山,江神见怪警我顽。我谢江神岂得已,有田不归如江水!"

虽然年幼的启功还不能理解诗中的含义,但是那抑扬顿挫的音节征服了他,他像是在听一首最美丽、最动人的音乐一样,从而对诗产生了浓厚的兴趣。诗词的优美韵律引领他走进了这座神圣的殿堂。青年时代,他经常参加同族长辈和诗坛名士溥心畬、溥雪斋等人主持的笔会,与师友谈诗论词、酬唱应和,打下了坚实的创作功底,诗词创作在当时就已小有名气。当时溥心畲住在恭王府后花园的翠锦园。每年当翠锦园的西府海棠盛开时，心畲先生必定邀请当时知名文人前来赏花、吟诗、作画。这是真正的文人雅集。启功到辅仁大学执教以后，在治学、授业、书画创作之余，也常就生活中遇到的人物、事件、器物、风景、书画作品等抒发情感，进行评论，创作了大量优秀的诗词作品。当时溥心畲的恭王府翠锦园归了辅仁大学，园中建了司铎书院。书院中种有海棠，每当海棠花枝繁茂时，陈垣便命青年教师们赋诗。启功曾创作《社课咏福文襄故居牡丹限江韵》《社课咏落叶》、《司铎书院海棠二首》等诗词，已收入《启功韵语》。这些诗是他青年时期的代表作。

1989年，启功先生的第一本诗集《启功韵语》出版，他在自序中说："这本小册子，是我从十几岁学作仄仄平平仄的句子开始，直到今年，许多岁月中偶然留下的部分语言的记录"，是"一些心声友声的痕迹"。1994年和1999年，第二本、第三本诗集《启功絮语》、《启功赘语》又陆续出版。之后这三种诗集又合订为《启功丛稿·诗词卷》及《启功韵语集》。先生的诗很好地体现了继承与创新的辨证创作观：格律严谨工整，语言典雅丰赡，意境深远含蓄，学力深厚坚实，深具古典风韵；同时又能坚持"我手写我口、我口道我心"的原则，"笔随意到平生乐，语自天成任所遭。"不为古人所囿，写出自己的真情实感，密切贴近现实生活，参用当下词汇，深具现代气息。特别是一些诙谐幽默的诗，很好地体现了他的人生态度，形成了鲜明的个性特征，为古典诗词的发展作出重要贡献。启功先生的书法作品，很多是书写自作诗词的；而他的画作，均有自己诗词佳句的题跋。诗、书、画在同一幅作品中展现，达到了和谐统一，观其画，赏其书，吟其诗，使人神舒意畅，回味无穷，再次领略到"诗中有画，画中有诗"的境界。古人称这类作品为"三绝"，而启先生堪称是当代"三绝"之冠。启先生的诗集出版后，在社会上引起强烈反响，专家们评论他的诗词"功力深厚，风格鲜明，完美地运用了古典诗词的固有形式，巧妙地运用了现代新词语、新典故以及俚语、俗语，形成了他的诗词的独特风格，充分体现了新时代的特点，为古诗词如何继承与创新树立了良好的典范"。他的诗"各体兼备,风格多样,足见他正在探索诗作的革新,为中国诗的发展寻求出路"。

在诗词创作实践的同时,启功先生还对古典诗词的创作发表了很多精辟的见解,从理论上对当代古典诗词的创作进行了深入的探讨。他从文学发展的角度论述历代诗歌之不同:"唐以前诗次第长,三唐气壮脱口嚷,宋人句句出深思,元明以下全凭仿。"他在给学生讲课时对历代诗歌特点作了这样的总结:"仆尝谓,唐以前诗是长出来的,唐人诗是嚷出来的,宋人诗是想出来的,宋以后诗是仿出来的。嚷者,理直气壮,出以无心。想者,熟虑深思,行以有意耳。"这一论断对几千年来诗歌发展的历史作出了深入浅出的透彻分析,给学生以很大启发。他在《诗文声律论稿》中精辟地归纳了旧体诗的格律,借以诠释古典诗歌的语言艺术,探索诗体的革新,为中国诗的发展寻求出路;他提出了论诗文声律的"平仄竿"理论,认为汉字的音节平平仄仄相间重叠,人才能喘过气来,可见格律诗的韵律是根于生理自然的……这诸多平实而又精妙的理论,为后人的学术研究和实际创作提供了良好的借鉴。

在"诗人"、"画家"、"书法家"的光环背后,启功先生还是一位博学广识、成就卓著的学者。他一生教授古典文学、汉语,对古代文学、史学、经学、语言文字学、禅学等都有深入而独到的研究,留下了一批富有教益、启迪后人的研究成果。

1953年,人民文学出版社决定出版《红楼梦》程乙本。经俞平伯先生推荐,启功凭借自己深厚的文史功底为这部文学巨著作注释。俞先生说:"注释《红楼梦》非元白不可。"在为《红楼梦》作注释的过程中,启功写下了《读〈红楼梦〉札记》。《读〈红楼梦〉札记》和他注释的《红楼梦》程乙本,位列红学研究的必读书目。在这两本书中,他对照自己所熟悉的旗人上层社会文化生活,从朝代、地名、官职、称呼、服饰、礼仪等方面,揭示了曹雪芹运真实于虚幻的艺术手法。他以清代贵族家庭生活和风习,说明宝黛爱情悲剧并非如有些人所说的有什么深意。黛玉是贾母的外孙女,而宝钗是王夫人姊姊的女儿,贾母虽爱黛玉,但对"隔辈人"的婚姻要尊重孙子母亲即王夫人的意见,"因为婆媳关系是最要紧的"。同时,旧时习惯"中表不亲",如果姑姑的女儿嫁给舅舅的儿子,叫作"骨肉还家",更犯大忌。诸如此类的解读为红学研究提供了全新的角度与思路,也使得老先生在红学研究领域的权威地位不可动摇。启功还把自己在这方面的研究成果应用于古典文学的教学之中,帮助学生阅读好这部古典名著。1975年,他参与了北师大中文系《红楼梦注释》一书的编写工作,这本《注释》解决了当时教学的急需。1987年,在他的指导下,北师大出版社出版了《红楼梦》程甲本,为红学研究者和爱好者正确学习和理解《红楼梦》提供了方便。

20世纪60年代,启功先生作《古代字体论稿》和《诗文声律论稿》,前者将文字研究和书法研究结合在一起,是文字学的重要论著;后者以简驭繁,是研究诗文声律的独到之作;80年代,先生作《汉语现象论丛》,揭示了汉语自身的独特规律,被学界评价为"拓荒之作、空谷足音";而2004年出版的《启功讲学录》,虽是学生的整理稿,但充分展现了他博雅通学的学术特点;累时多年的《启功丛稿》,更是其学术之大成,其中有关碑帖、艺术的考辨文章,更不是一般学者所能道其万一。此外,先生还曾历时7年点校《清史稿》,腹中之学问真可谓博大精深!

启功先生自幼聪颖过人,才华出众,记忆力惊人,涉猎的书籍非常广泛,且过目不忘,直到老年还能准确说出某事出自某书某章,这为他打下了坚实的国学基础。在后来的数十载教学生涯中,他又本着严谨踏实的治学精神,走上了专业规范的治学道路。他能在学术论证中处处显示出自己独辟蹊径的聪明才智,发别人所未发,道别人所未道。他学问广博,可谓诸子百家无所不知,三教九流无所不晓。先生常自戏为"杂货铺",他曾说过:"我的那些所谓学问,是东抓一把西抓一把抓来的。"实则是博学多闻,而且能打通各学科的界限,成为一名通学博儒。先生的学术成果,不仅不会随时间流逝而减损,反而会日益凸现其经久不衰的独特价值。

　　本身是诗人、书画家,又具备旁人难以企及的文史知识和学术功底,这样的条件使启功先生成了担当文物鉴定之职的不二人选。事实也正是如此,先生的名字在文物鉴定界可以说是一块分量极足的"金子"。"他一般不发表什么意见,但一旦说了,我们都认为就是他说的那样了。""启功眼力就是厉害。"同行朴实而中肯的评价充分反映了先生的名望之高,造诣之深。先生自己也从不讳言对文物鉴定这一"行当"的喜爱,他曾说过这样的话:"我平生用力最勤、功效最显的事业之一就是书画鉴定。"出于这种喜爱,先生鉴定过成千上万的艺术精品,并写了大量精辟的论文,如《山水画南北宗说考》、《〈兰亭帖〉考》、《孙过庭〈书谱〉考》、《〈平复帖〉说并释文》等,对大量存在争议的文物珍品给出了令人信服的结论。著名鉴赏家傅熹年曾叹道:"这是只有靠多方面的学识和高度的鉴赏能力相结合才能做到的。"

　　启功先生最初感受到书画鉴定的乐趣,是得益于他的启蒙恩师贾羲民。贾先生是文人,学问广博,又会作画,在书画史和书画鉴定方面有过人之处。他经常带着年少的启功到故宫去看书画藏品,观摩学习、借鉴画法,同时给启功讲一些书画鉴定的基础知识。这段时光使启功有机会接触大量的书画精品,如范宽的《溪山行旅图》、郭熙的《早春图》等,都是在这一时期仔细观摩过的。而贾先生结合书画实例,将那些文物鉴定的抽象知识娓娓道来,可谓事半功倍、效果卓著,使启功对文人画有了进一步的了解,明白了何谓真画假题、假画真题、半真半假的作品等等。后来的岁月里,先生也保留了多方观摩、多方请教的习惯,经常到琉璃厂等地的古董字画店向民间的行家里手请教,从这些"民间学者"身上获得了很多宝贵的实践经验。几十年的勤奋努力,加上过人的悟性、广博的积累,终于使启功的鉴定眼光达到了超越前贤的境界。

　　1947年,35岁的启功即受聘为故宫博物院专门委员,成为故宫文物鉴定小组中最年轻的成员,在古物馆负责鉴定书画,在文献馆负责审阅文献档案,整理清代史料。新中国成立后,国家成立文物局,负责对流散在社会上的文物进行收购鉴定工作。文物局从上海请来谢稚柳和徐邦达先生,从杭州请来朱家济先生,在北京邀请了启功先生,组成了专家小组。每遇疑难问题,必约请先生参加。凡有清代字画时,时任文物局局长的著名学者、作家郑振铎先生就说:"一定要找启功来!"1954年,国家文物局举办文物干部培训班,启功等一批专家被邀请为培训班学员讲课,为培养文物人才做了许多工作。今天许多文物界的骨干都是培训班的学员。1979年,启功的《笔谈建国三十年来的文物考古工作》在《文物》杂志发表,为新中国文物研究史上一篇不可多得的总结性著作。

1983年,国家文物局聘请国内顶级专家组成7人小组,对国内各大博物馆收藏的珍品进行甄别鉴定。这项工作,在文物界可以说是前无古人后无来者的伟大工程,整整凝结了一代人的心血。启功先生不仅被邀参加小组,并和谢稚柳先生一起担任组长,负责整体鉴定工作。启功先生非常重视这项工作,在教学任务繁重、事务缠身的情况下,每年至少拿出三个月,行程几千里,辗转于全国各地鉴定书画。经过八年的时间,专家组摸清了中国内地书画收藏的所有家底。作为成果,最后结集成了《中国古代书画图目》(24集)、《中国古代绘画大全》(谢稚柳主编)、《中国古代书法大全》(启功主编)。单凭这一件事,启先生就可以说是中国文物界的泰斗。

1985年,启先生被国家文物局聘为国家文物鉴定委员会委员,1986年任主任委员,其间所经眼的书画文物当数以万计。除书画外,还对出土文物及古代书籍进行鉴定,如王安石书《楞严经要旨》、宋代龙舒本《王文公集》等。2000年后,先生还参与了震惊文物界的《出师颂》、《淳化阁帖》的收购与鉴定工作,为保护我国珍贵的文化遗产做出了卓越贡献,被公认为"不可多得的国宝级人才"。

关于启先生在书画鉴定方面的功力,有很多真实的事例为证。一位香港朋友出巨资购买了几幅古代书画,并不惜在银行里租了保险箱保存起来。启功到香港讲学时,这位先生邀请他去欣赏并鉴定真伪。启功稍看片刻,就十分肯定地对那位朋友说:"你赶快取出来吧,这些书画还不如你租保险箱花的钱多。"还有一次,香港举行的书画拍卖会上高价拍卖某位名家的字画,一位朋友动了心,准备购买一幅。启功细细观察,发现朋友相中的那幅无疑是赝品,就迎向他,紧紧握住他的手左右摇动。那位朋友遂心领神会,避免了一笔大损失。

启先生之所以能够取得如此卓越的成就,主要原因在于:他是一位学者型和艺术家型相结合的鉴定家,能透过现象,深入本质,从多方面考察,发现别人发现不了的问题。他知识面广,对中国的传统文化有深入广博的研究,熟悉与书画相关的各种知识,掌握更多可利用的信息;他擅长文献考据,懂得驾驭文献信息的方法,一旦发现相关问题,能用科学的方法进行考辨,可以将艺术研究与学术研究结合起来;他有多年书法绘画的实践经验,深谙其中的艺术规律及具体技法,深谙各家各派的风格特点,见多识广,从而能够达到"观千剑而后识器"的境界。例如,他以传世《曹娥碑》文辞之谬误,断定其并非如人们断定的那样是王羲之所书;他从宋代书籍中得到启发,推断传世颜真卿《竹山堂联句诗》实系宋人用于黄绢屏障的临摹品。他还考证了孙过庭《书谱》墨迹是原本,怀素《自叙帖》墨迹本不是苏舜钦补缺本;对旧题为唐"张旭草书古诗帖"的真实年代作了周密科学的考辨;对陆机《平复帖》作了全文通释与考订……这一桩桩令人叹服的事例,都是先生鉴定功力最好的证明。

几十年来,经过启功先生手眼的艺术精品成千上万。由于他对历代作品的特征和作者风格了然于心,善于科学地运用他掌握的历史资料和深厚的文化积淀,从书法史、绘画史和作者所处时代的社会背景、风俗人情以及作者本人的艺术风格、创作习惯等方面全面分析,解决了许多长期悬而未决的历史公案,为文物鉴定工作做出了巨大贡献。

启先生不仅身体力行地鉴定文物,而且对鉴定工作始终保持着思考与探究的热情。他曾针对书画鉴定工作中的流弊,提出中肯而深刻的"三议"：

一议：书画鉴定有一定的模糊度。受学术水平、思想方法、主观偏好、外界影响等多方面的限制，鉴定家不可能总是正确，故谦虚谨慎、承认鉴定工作的局限性，应是做鉴定工作唯一科学的态度；

二议：鉴定不只是真伪的判别，还存在一些"中间情况"。如古法书复制品、古画摹本、后加伪款的无款古画、真假拼配、代笔、直接作伪等，其中有些不是用真伪二字所能套上去的，要仔细分析，认真体认，并要敢于自以为非，实事求是地承认自己不懂。他举前人的事例说，凡肯说或敢说自己不清楚、没懂得、待研究的人，必定是一位真正的大鉴定家；

三议：鉴定中有世故人情。书画鉴定工作除限于鉴定者的水平造成失误外，还有可能因社会上的种种阻力作出不公正的结论。他根据所知的真人真事总结出八条：一、皇威，二、挟贵，三、挟长，四、护短，五、尊贤，六、远害，七、忘形，八、容众。

这宝贵的"三议"，既论及鉴定工作的原则、方法，也强调鉴定者自身的业务和品质修养，提倡头脑冷静，谦虚谨慎，实事求是，正确认识自己，虽以书画鉴定为题，但对于一切研究工作而言，都有真理性的指导价值。

## 三、无私园丁：从传授知识到关心成长

中央电视台《东方之子》的名人访谈节目曾邀请"大书法家"启功接受采访，可是启先生在节目里一再声明："我称不上书法家啊，我首先是一个教师，然后勉强算是一个画家，书法只是我的业余爱好而已。"熟悉先生的人都知道，这句话不是先生一时的自谦，而是他经常挂在嘴边的"名言"，反映了他真实的想法和对教书育人这份神圣职业的尊重与热爱。

启先生的教书生涯，始于 1933 年陈垣校长推荐其在辅仁大学附属中学教授国文。从此以后，除了中间被迫短暂离开过教育岗位外，他毕生从事教育事业 72 年，从事高等教育 70 年，是

辅仁和北师大的两朝元老,堪称我国资深的教育家,为祖国培养了一大批优秀人才。在他的思想里,"为人师表"是世间第一等高尚的事情。所以,他毕生以"教师"为自己的主业,其他种种看来辉煌的头衔,统统归入"副业"之属。

启先生讲课是很有方法的。深入浅出,化繁复为简明,化深奥为平易,是他授课方式的一大特色。为人慈和的启先生从不板起面孔吓唬学生,所以总让人感到读书求学是一项愉快的活动,从而自发地认真听课、积极钻研。令昔日学生记忆犹新的是很多有意思的小事。比如,讲到比较枯燥的诗歌格律问题时,启先生怕学生们不易听懂,就用工整的墨笔字和朱笔符号亲手绘成"律诗平仄表",令学生们产生一目了然、简明清晰之感,很快掌握了诗歌韵律的变化规律。先生还很注意教学与科研的紧密结合,总是从科研实践中总结经验、探索规律,再用这些经验去丰富教学内容,提高教学水平。由于先生在学术研究上的领先地位,学生们就经常有幸在课堂上接触到学界研究的"前沿"信息了。比如,在《历代韵文选》课上,先生给学生们讲敦煌变文,从敦煌石室的发现,到大批藏品的被掠,再到《张义潮变文》、《王昭君变文》和《燕子赋》等学术内容,使学生们顿时开阔了眼界,产生了浓厚的兴趣。后来不久,《敦煌变文集》出版,学术界出现了敦煌文物的研究热,学生们才恍然大悟:原来先生是把当时最"前卫"、最新的学术研究成果传达给他们了。

启先生作为一代名师,除了给学生以知识的润泽和学业的指导外,还给了他们世间最珍贵的无私"师爱"。他对学生既严格要求,又和蔼可亲,对学生的点滴进步和成果,都给予热情的鼓励和肯定,随时关心他们的健康成长。中文系有位教授,长期担任启功先生的助手,协助他培养了许多硕士、博士,但是由于年龄原因,一直没有评上博士生导师。启功先生认为这位教授是完全够格的,为此事一直牵肠挂肚。后来,他专为此事致函国家教委等相关部门。在他的不懈争取下,这位教授终于评上了博导,启功先生心中的一块千斤重石才落了地。文学院教授童庆炳也曾经满怀感激地向学生谈起这样一件事:20世纪90年代初,他处于思想上的低潮,情绪一度低落,尽管试图掩饰,但还是被老师启功先生发现了。启先生不但专门找他促膝谈心,还写了一副对联送给他,鼓励他克服烦扰和困难,好好做学问。对联用的是陆游晚年的诗句:"万卷古今消永日,一窗昏晓送流年。"这给了童庆炳很大的启发和鼓励。后来,童庆炳将自己的书房取名为"消永日斋",就是为了表达对启功先生的感谢。"一个好老师关键就在于能够在学生遇到困难的时候,伸出温暖的手,鼓励他、支持他,给他以精神上的力量。启先生一直都是这样,这是我永远也忘不了的。"

启先生眼中的学生没有高下之分。本科生请他做报告,他也总是欣然答应、准时到场,一口气讲很长时间,毫不惜力。报告散场,学生送他回家,在路上继续讲,一直到家为止。有一年学生毕业之时,天气正热,年事已高的启先生却和钟敬文先生一起到场了。集体合影之后,学生们还要分别与两位大师一起留影。他们二位坐在椅子上,学生们一个一个轮流站在他们身后,快门也随之闪了一次又一次。启功先生笑着说:"我们成了道具了!"话语间流露出浓浓的愉悦和慈爱。

启先生眼中的学生亦没有亲疏之分。对本系的学生,他真心关爱;对外系甚至外校的学生,他一样大力扶持。2003年8月,北京大学艺术学系的一个硕士生,为了完成他的关于近代国画的学位论文,想向启先生请教解放前"中国画学研究会"的情况。启先生满口答应。从下午3点到6点,谈了整整三个小时。曾经作为该会成员的启先生,为这名学生提供了大量的、鲜活的、感性的第一手材料。由于名声在外,经常有不认识的青年登门求教,启功很理解他们渴望学习的心情,总是热情接待、耐心辅导。他还利用业余时间,主动要求为夜大的学生上课,并在政协的会议上多次提出加强业余教育的提案,积极建议办好业余教育和函授教育。

除了在学业上指点学生,启先生还心系学生们的生活和成长,经常拿自己的积蓄资助经济困难的学生。2002年,他拿到兰亭终身成就奖的8万元奖金后,转手就捐给了学校的贫困生。

曾经有不少初中学生的家长辗转找到启功先生,想求一幅字来帮助孩子进入重点高中就读。每当遇到这样的事情,启功先生不管认识不认识,一概都会爽快地把字送给家长。先生还有一个未了的心愿:1997年,启先生曾打算陆续创作一批书法作品,与荣宝斋签订协议,由荣宝斋专营,将所获利润全部用于捐助中文系的贫困学生。但是,因为先生身体状况一直不佳,尤其是眼疾长期不愈以致"视茫茫",此事始终未能着手。尽管如此,他的无边大爱,仍是学生们心中一笔宝贵的精神财富。

1997年,在北京师范大学建校95周年时,启先生受学校委托,拟定并亲自题写了"学为人师,行为世范"的校训。这一校训不但是天下为人师者恪守的信条,也正是先生作为一个教育工作者从教70多年的生动写照。对学生精心的培育和真心的爱护,使得启先生在教书育人的园地里同样硕果累累。在先生常年的悉心培养下,一大批青年学者逐渐成长起来,分别被评为教授、副教授、研究员或副研究员,有的已经成为博士生导师,日益成为文学界、语言学界的骨干力量。他们携热情而来,拥才学而去,散布在祖国的大江南北,为我国社会主义建设的各项事业做出了巨大的贡献。而先生由于在教育事业上成就卓著,于1998年、1999年和2001年先后被评为"北京市师德标兵"和"北京市职业道德明星",并获得教育部颁发的"高等学校教学成果二等奖"。更为重要的是,先生用自己完美的人格赢得了全体学生的真心热爱。"天丧斯人长已矣,我失其怙且偷生。"先生之风在学生们心中重似泰山,永世留存!

## 四、一世深情:师生情深、夫妻情浓、朋友情真

启先生的一生是坎坷的,但坎坷的命运也给了他一笔宝贵的财富,那就是恩师的鼎力相助、妻子的相濡以沫、朋友的患难与共。而启先生自是一位重情重义的至人,他珍视这一切,眷恋这一切,也用自己的行动默默地回报着这一切。

提起启功先生,必提陈垣。陈垣校长作为启功成长途中一

贯的赏识者和坚定的提携者,在启功的人生中占据了无人可代的重要位置。启功在《"上大学"》一文中特别强调:"恩师陈垣这个'恩'字,不是普通恩惠之'恩',而是再造我的思想、知识的恩谊之恩!"

启功和陈垣校长的交往,始于1933年启功中学肄业之时。当时祖父的一位老世交傅增湘先生把启功举荐给了陈垣。傅增湘嘱咐他:"无论能否得到工作的安排,你总要勤向陈先生请教,学到做学问的门径,这比得到一个职业还重要,一生受用不尽的。"这句话在此后的岁月里得到了充分的印证。陈垣对学生情谊之纯、之真、之深,使启功终生难忘。他曾动情地回忆道:"我从21岁起得识陈垣先生,直到他去世。受陈老师教导,经历近40年。"40年中,陈垣校长留给启功的,是学品、人品全方位的熏陶与感染。

启功到辅仁大学教大一国文时,陈垣常常为他"面授机宜"。他告诉启功应该在教每一课书前,都准备得非常熟练。启功有幸能到陈垣校长授课的课堂上亲聆教诲,观摩启发式的教学方式,看漂亮实用的板书。后来启功说:"当时师生之友谊,有逾父子。"在北师大为老校长陈垣举行诞辰百年纪念时,启功说:"老校长教导我的样子,我现在蘸着眼泪也能画出来。"果然启功流泪写下了《夫子循循然善诱人》一文,回忆初入辅仁大学教大一国文时陈垣先生对他的"耳提面命":一个人站在讲台上要有一个样子,人脸是对立的,但感情不可对立;万不可有偏爱、偏恶,万不许讥诮学生;以鼓励夸奖为主,淘气或成绩不好的,都要尽力找他们一小点好处,加以夸奖;不要发脾气,站在讲台上即是师表,要取得学生的佩服;教一课书要把这一课的各方面都预备到,设想学生会问什么,研究几个月的结果,有时并不够一堂课讲的;批改作文,不要多改,多改了不如你替他作一篇,要改关键处;要有教课日记,自己和学生有哪些优缺点都记下来,包括作文中的问题,记下以备比较;发作文时,要举例讲解,缺点在堂下个别谈,有所进步的尽力在堂上表扬;要懂得疏通课堂空气,常到学生座位间走走,远处看看板书如何,近处瞧瞧学生笔记,学生是否掌握了你讲的内容……在以后几十年的教学生涯中,启功怀着深厚的感念与敬爱之心谨遵师嘱,将老校长传授的教学方法忠实地秉承了下来。

陈垣校长对启功不但在事业上青眼有加、着意提拔,而且在生活上也时常给他以细心的照顾。启功被划成"右派"以后,工资停发,只剩下每月30元的生活补助费,只好变卖自己心爱的书画藏品。一次,陈垣去逛琉璃厂,发现了展出在"荣宝斋"的一些书画,马上认出是启功家里的。他随即买下书画,送到启功家里,还给了启功100元钱贴补家用。启功拿了钱,不好意思地对老师说:"我家里地方太小,实在没办法,卖了它们图个清爽、干净。"话虽如此,但老师的关怀让启功心存感激,鼓舞着他在逆境中坚持下来,并用学术上的建树来回报师恩。

陈垣先生不但是一位学识渊博的学者,也是一位心系民族安危的爱国者。在北平沦陷的日子里,他曾因辅仁大学拒绝挂日本国旗而遭威胁,然而他大义凛然:"生我所欲也,义我所欲也,二者不可得兼,舍生而取义者也。"他更语重心长地对启功说:"一个民族的消亡,是从民族文化开始的,没听说,民族文化不消亡,民族可以消亡。我们要做的是,在这个关键时刻,保住我们中华民族的文化,把这个继承下去。你我要坚守教书阵地,只管好好备课,教书,这也是抗战!"陈垣先生的这种品质,对启功产生了莫大的影响。抗战胜利后,辅仁大学有一位教授担任北平市教育局局长,想从辅仁大学再找几位老师做他的助手。他看中了年轻有为的启功,想要启功去担任科长,薪水比当教师高出许多。启功去向陈老师请教。老师问:"你自己觉得怎样?"启功说:"我'少无宦情'。"老师听了哈哈大笑:"既然你无宦情,我可以告诉你:学校送给你的是聘书,你是教师,是宾客;衙门发给你的是委任状,你是属员,是官吏,你要唯命是从。"启功明白了,立刻告辞回来,写了一封信,表示感谢那位教授对他的器重,婉言辞谢了他的邀请。启功拿着这封信去请陈垣先生过目,老师看了没别的话,只说:"值三十元。"这"三十元"到了启功的耳朵里,就不是银圆,而是金圆了。

1971年,恩师陈垣去世,当时的启先生还处在被"挂起来"的阶段,无法进入灵堂吊唁。怀着万分悲痛的心情,他一字一泪地撰写了一副情真意切的挽联:"依函丈卅九年,信有师生同父子;刊习作二三册,痛馀文字答陶甄!"

幸遇恩师,启功在感激之余总是念念不忘如何回报这深厚的情谊。每当陈垣先生寿诞之日,启功总要亲自动笔,或书或画作为寿礼奉上。1961年,为祝贺陈垣先生八十二岁寿辰,启功精心为老师绘制一幅扇面。金色的背景上,苍松遒劲,红日高悬,象征着老师的恩泽和旺盛的生命力;而启功饱含深情、用工整的小楷题写的诗句:"万点松煤写万松,一枝一叶报春风。轮囷自富南山寿,喜值阳春日正东。"更是将弟子的感恩之心表露无余,表达了师生之间水乳交融、情深意厚的感人境界。而陈垣先生逝世之后,启先生更是用一件件益事、一桩桩行动,履行着自己"一枝一叶报春风"的誓言和心愿。

1980年,北京师范大学为纪念陈垣校长100周年诞辰,决定在全国政协礼堂隆重举行纪念大会。启先生闻讯心情激动,主动请命承担书写主席台会标的任务。会标中每个字的直径在一米左右,是不折不扣的"大字"。启先生当时住在小乘巷,住房很小,也没有写大字的抓笔。年近七旬的老人就自制工具,把四尺整张的宣纸铺在屋当中最开阔却不足两平方米的地上,把毛巾团起来制成一支特殊的抓笔,双膝跪地书写起来。在一旁帮忙的学生感动地问:"先生怎么下跪了?"启先生回答:"给老师下跪,有什么不应该呢?"就这样,启先生写一张、晾一张,整整用去一个上午,写出了"纪念陈垣校长诞生一百周年"十二个工工整整的大字,表达自己对恩师的一片赤诚之心。

1988年8月,启功义卖书法绘画作品,以筹集基金为北师大贫困学生设立奖学助学基金。为感谢陈垣先生对自己的培养并作永久纪念,启功先生谢绝了人们用"启功奖学金"命名的提议,而是将其命名为"励耘奖学助学基金"。"励耘"是老校长陈垣的书斋名。陈垣先生生前曾吟诗云:"老夫也是农家子,书屋于今号励耘。"启功说:"我自老师去世后,即想找一种办法来纪念陈老师的教泽,又想不同于一次两次的纪念活动,便想到筹划一笔奖学助学基金,定时赠给学习、研究以至教学有卓著成果的和需要资助的同学们、同志们,借以绵延陈老师的教泽,为祖国的科学教育培养更多的人才,或可以上报师恩于万一。""以先师励耘书屋的励耘二字命名,目的在于学习陈垣先生爱国主义思想,继承和发扬陈垣先生辛勤耕耘、严谨治学的精神,奖掖和培养后学,推动教学和科学研究事业的发展。"为及早募集到足够的资金,此后两年的时间里,已近八旬高龄的启先生几乎达到了"手不停挥"的创作境界,常常是夜半书写,还捐出 1 万元作为装裱费。1990 年 12 月,在陈垣先生诞辰 110 周年之际,《启功书画义展》在香港隆重举行,从 300 多幅作品中选出的 100 幅字、10 幅绘画,被香港热心教育的人士认购一空,加上启功应社会各界需要所写的 100 件作品的酬金,共筹得人民币 163 万元,全部用于今后奖励和资助贫困学生。这种高风亮节不仅使北师大师生深受教育,也在教育界引起了广泛影响。而在启先生看来,这只是报答师恩的必然之举。赵朴初先生题诗赞曰:"输肝折齿励耕耘,此日逾知师道尊。万翼垂天鸾凤起,千秋不倦诲人心。"

除了恩师陈垣,最深烙在启先生心怀之中的就是他的老伴章宝琛了。"我这一辈子有两个恩人,一个是陈垣老师,一个是我的老伴。但他们两个都是为我窝着一口气死去的。"先生晚年的感慨令人动容。

章宝琛女士长启功两岁,满族人,23 岁与启功成婚,1975 年去世,骨灰埋在启功母亲和姑姑的墓旁,是年启先生 63 岁。

虽然启先生和章宝琛伉俪情深,堪称模范夫妻,但他们的相识并没有多少浪漫色彩,相反却是"谨遵母命"的产物。当时,启功正忙于寻找职业,根本没有结婚成家的念头,但母亲和姑姑却一心期望找位好姑娘照顾年少多磨难的启功。启功是个很孝顺的儿子,稍加考虑就答应了母亲的要求,并很快与母亲相中的姑娘章宝琛举行了简朴的婚礼。

由于事先并不认识,启功与妻子开始并无太多共同语言。

但渐渐地启功发现,这位文化程度不高的妻子竟是一位难得的知己。她勤劳、善良、贤惠、乐于容忍,几乎具有中国妇女一切传统的美德。自从她进门之后,家里的一切大事小事都无须启功操心。早晨一睁眼她就默默地干活,把一切操持得井井有条,无论多么累,从来没有一句怨言。启功交游甚广,常有一大帮朋友来家里聚谈,一侃就是半夜,章宝琛不但不嫌吵闹,而且笑意盈盈地端壶倒水,从不插言。当生活拮据的时候,妻子便把珍藏的首饰拿出去典卖,换钱做点好吃的,留着启功回来吃。她知道启功醉心学业,所以每月生活再紧,也总要留出一部分钱给启功买书用。

　　章宝琛对启功的母亲和姑姑也照顾得无微不至,真心把两位老人当作自己的亲人。在启功母亲和姑姑病重期间,她日夜守候在婆婆和姑姑床前,侍奉左右,尽心尽力,毫无怨言,先后送她们安详离世。1956年,启功母亲逝世之前,在病榻上拉着儿媳妇的手说:"我只有一个儿子,没有女儿,你就跟我的亲闺女一样。"在安葬了母亲之后,启功悲伤中想起妻子日夜侍奉老人的辛劳,想到她深明大义,对自己又体贴入微,再也抑制不住自己的感激之情,双膝跪地给妻子磕了一个头。

　　真正的夫妻,贵在任何情境中都能携手同行、不离不弃。1957年反"右派"运动中,启功被划成"右派分子"。妻子心疼而坚定地劝他:"那么苦的日子我们都挺过来了,还有什么能难倒我们?""谁批你,骂你,你都不要怕,陈校长知道你是个好人,我也知道你是个好人。"她深知启功爱讲话,"烦恼皆因多开口",就经常把自己的经验告诉他:"有些不该讲的话,你要往下咽,使劲咽着……"妻子一颗金子般的心,给了启功莫大的安慰与勇气。

　　"文革"中,红卫兵抄家,细心的妻子偷偷地把启功平素珍爱的书画和文稿用纸包了一层又一层,深深地埋在后院墙角的深处。直到1975年一病不起的时候,才把藏书、画、文稿的地方告诉了启功。那些凝聚着多年心血的文稿,被用一层又一层的纸包裹着,成了老伴留给启功最后的纪念。

在启功受命点校《清史稿》的1971年,章宝琛由于常年的贫困生活积劳成疾,患上黄疸肝炎。1975年,她病情加重,怀着对启功的不舍之情永远地闭上了眼睛……

老伴的去世给启功留下了年复一年揪心的痛。每年的清明节,他都坚持去墓地"带"妻子回家。他对身边的亲属说:"要是我走了,就把我与宝琛合葬在一起。我们来生还要做夫妻。"1979年,北师大党组织正式为启功平反,宣布"右派"系错划,并为他加了一级工资,他却让给了更加需要的人,并在人们的疑惑中喟然叹曰:"改与不改,对我都无所谓了。当初知道我被划为'右派分子'特别为我揪心的两个人,一个是我老师陈垣,一个是我老伴,现在,这两个人都不在了……"说至此,不禁潸然泪下。

丧妻之后的启先生形单影只,做媒人四面八方涌上门来。虽然一心为先生着想的章宝琛在逝世之前就曾多次劝其再找个老伴共度晚年,但启功先生一心怀念着患难与共的老妻,坚决不同意续弦。热心的介绍人竟来查房,一看见屋里摆着双人床,就说启功肯定有意。启功知道以后,干脆把双人床换成了单人床。

妻子身体尚康健时,启先生很少为她写诗,因为他们的爱情是真挚、深沉的,无须张扬;可是,自妻子病重之日起,倍感心痛的先生就开始将她的身影言行织进诗篇之中了。他为妻子写了《痛心篇》,由二十首诗组成,字字啼血,句句情深:

> 结婚四十年,从来无吵闹。
> 白头老夫妻,相爱如年少。
> 先母抚孤儿,备历辛与苦。
> 得妇喜常言,似我亲生女。
> 相依四十年,半贫半多病。
> 虽然两个人,只有一条命。
> 我饭美且精,你衣缝又补。
> 我剩钱买书,你甘心吃苦。
> 今日你先死,此事坏亦好。
> 免得我死时,把你急坏了。

枯骨八宝山,孤魂小乘巷。
你且待两年,咱们一处葬。
强地松激素,居然救命星。
肝炎黄胆病,起死得回生。
愁苦诗常易,欢愉语莫工。
老妻真病愈,高唱乐无穷。
(以上一九七一年秋作,病起曾共读,且哭且笑。)
老妻病榻苦呻吟,寸截回肠粉碎心。
四十二年轻易过,如今始解惜分阴。
(一九七五年初,其病已见危笃。)
为我亲缝缎袄新,尚嫌丝絮不周身。
备他小殓搜箱箧,惊见衷衣补绽匀。
病床盼得表姑来,执手叮咛托几回。
"为我殷勤劝元白,教他不要太悲哀。"
君今撒手一身轻,剩我拖泥带水行。
不管灵魂有无有,此心终不负双星。
梦里分明笑语长,醒来号痛卧空床。
鳏鱼岂爱常开眼,为怕深宵出睡乡。
狐死犹闻正首丘,孤身垂老付飘流。
茫茫何地寻先垄,枯骨荒原到处投。
妇病已经难保,气弱如丝微袅。
执我手腕低言,"把你折腾瘦了。"
"把你折腾瘦了,看你实在可怜。
快去好好休息,又愿在我身边。"
(病中屡作此言)
只有肉心一颗,每日尖刀碎割。
难逢司命天神,恳求我死她活。
自言我病难好,痛苦已都尝饱。
又闻呓语昏沉,"阿玛刚才来到。"
(满人称父曰阿玛)
明知呓语无凭,亦愿先人有灵。

但使天天梦呓,岂非死者犹生。
爹爹久已长眠,姐姐今又千古。
未知我骨成灰,能否共斯抔土。
（先胞姑讳季华,不嫁,与先母同抚功成立,卒葬八宝山公墓,先妻骨灰即埋于穴旁,功自幼呼胞姑为爹。）

他还将先妻的镜匣放在身边珍藏着,经常对镜长吟:

岁华五易又如今,病榻徒劳惜寸阴。
稍慰别来无大过,失惊俸入有余金。
江河血泪风霜骨,贫贱夫妻患难心。
尘土镜奁谁误启,满头白发一沉吟。
——见镜一首。时庚申上元,先妻逝世将届五周矣

凋零镜匣忍重开,一闭何殊昨夕才。
照我孤魂无赖往,念君八识几番来。
绵绵青草回泉路,寸寸枯肠入酒杯。
莫拂十年尘土厚,千重梦影此中埋。
——镜尘一首,先妻逝世已逾九年矣

有一次,启功心脏病突发,正在紧张抢救之中时,突然"眉开眼笑",吓得身边医护人员以为他"神经错乱"。原来,先生在迷糊之中突然念及往事,想起曾与老妻就她死后自己会不会再"找对象"一事赌下"输赢账",而自己至今坚持不娶,已是彻底地赢了,故而忍不住露出欢颜。事后,先生还专门就此写下《赌赢歌》,深刻表现了他对老妻的忠诚和挚爱,令人感慨万千。

妻子去世后多年,启功先生还不愿与朋友谈起亡妻的旧事,甚至不愿与人一起去游山玩水。他说看见别人双双相随,就会触景生情,想起老妻而伤心。他在一首悼亡诗中写道:

先母晚多病,高楼难再登。
先妻值贫困,佳景未一经。
今友邀我游,婉谢力不胜。
风物每入眼,凄恻偷吞声。

启先生一生无儿无女,妻子去世后,他一直过着孤独而清苦的生活。他把卖字画和稿费所得的200多万元人民币全部捐给了北京师范大学,而自己却住在简陋狭小的房子里。他不止一次对朋友说:"我们(指自己和妻子)是'有难同当'了,却不能'有福同享'。因此今天我的条件越好,心里就越不好受,特别是我今天得到的一切,已经觉得名不副实了,怎么能安心地享受这一切呢?我要钱、要物、要名、要那么多身外之物还有什么用呢?我只有刻苦一点,心里才平衡一些。"这是对妻子实实在在的悼念和缅怀,个中深情,感天动地!

2003年,91岁高龄的启功先生又写下一首《中宵不寐,倾箧数钱,凄然有作》:

> 钞币倾来片片真,未亡人用不须焚。
> 一家数米担忧惯,此日摊钱却厌频。
> 酒酽花浓行已老,天高地厚报无门。
> 吟成七字谁相和,付与寒空雁一群。

启功先生平生还很看重友情,对朋友有一颗金子般的心,从不忘记曾经关心帮助过自己的人。他在文博界、书画界有许多老朋友,大多是国宝级的人物,几十年的莫逆之交使他们心灵相通。在工作之余,他们经常走动,促膝谈心,研习学术,其乐无穷。朋友们常请启先生题书签、写牌匾、作序言,先生都欣然接受,并且保质保量地认真完成。用他的话说,是"掏心窝子"的认真,确保"准时交卷"。他还时常拿自己的心爱之物赠予友人,因为在他心中友情重似千斤。有一次,他偶然得到一方好砚,喜爱到了不忍释手的程度,还特意赋诗一首曰:"年七十九得此砚,磨墨适手书适腕。掌上浮云才一片,伴我几时姑且看。"不久之后,一位来访的友人"慧眼识珠",也对此砚赞不绝口。启先生立即忍痛割爱,慷慨地把这方好砚赠给了友人。

年轻时的启功在辅仁大学结识了台静农先生,后虽分散多年,但启功总是记挂着这位意气相投的老友。20世纪80年代后,海峡两岸的民间交流日益增多,启功托在香港的朋友辗转打听到台静农的消息,并设法把自己的诗集送到台先生手中,以诉离别四十多年来的思念之情。当他收到台先生亲自临写的苏东坡两首黄州寒食诗时,视其为"比故宫藏品还珍贵的礼物",立即托人装成手卷并在卷尾题写跋文珍藏起来。1990年春,当启功得知台先生病体沉重的消息之后,十分挂怀,经多方努力,终于在朋友的帮助下,在香港与病中的台先生通了一次电话,嘱其一定保重身体。半年之后,台先生在台北逝世,启功为其亲笔书写挽联并通过香港传真给台先生的亲人:"河岳日星风期无忝,文章翰墨师友平生。"足见其对友情的珍视程度。

对待身份平常的友人,启先生同样奉为上宾,为解决他们的困难倾尽心力。有一次,中华书局的一位老先生病重住院要动手术。手术前家人为感谢医生,需要启功的两幅字以赠送。启先生闻言,当即写了,派人送去。谁知天有不测风云,手术前一天,又换成另外两位医生,家人惶惧。启功得知后,当即连书四幅,为了应急而亲自送去,老先生见到启功后,握着启功的手,说不出话来,只是哭。先生对友人之真情,由此略见一斑。

赵朴初、钟敬文、张岱年、张中行、牟润孙……启先生的挚友名录里写满了这样的名字。他视友情为瑰宝,朋友们亦毫无保留地视他为知己。先生的一生,就这样在友情的润泽中闪光,有一种纯净、真挚、热烈的美。

### 五、人格风范:能与诸贤齐品目,不将世故系情怀

启功先生是一位当之无愧的"名人",而在我心中,他亦是一位几近完美的"完人"。在到了必须对自己的言行负责的年纪之后,我从来没有崇拜过任何人,但我从不讳言对先生的崇拜。我崇拜他,不仅是因为他那卓尔不群、隽永洒脱的书画,那无所不容、博大精深的学问,更是因为他特有的人格魅力:谦和慈祥、淡泊名利、虚怀若谷、包容无际。当我思念启功先生的时候,我首先想起的不是他的学问或书画,而恰恰是他令人叹服的为人。先生是乐观豁达的——淡泊悠远,包容无际。几十年的

风云变幻,他历尽坎坷,饱尝忧患,其间的委屈与苦难是旁人所难以想象的。可是,他却能够超然对待人世间的荣辱冷暖,始终保持着自信、自爱和自尊,保持着一颗乐观辽远的赤子之心。他以喜欢笑而闻名,一张慈眉善目的脸上,总是如同弥勒佛一般堆满了笑意,单纯而包容。

在十年浩劫的荒唐岁月里,先生刚刚摘掉"右派"的帽子不久,又被打为"准牛鬼蛇神",一天到晚不断地接受审查,接受集中学习和劳动改造,家中也被查封。老伴和亲人都为他的精神状况而担心,但他却一如既往地微笑:"你们放心,我事情忙着呢,没时间琢磨自杀!"安慰完亲人,他大笔一挥,洒脱地为自己的境遇写了一副对联:"草屋八九间,三径陶潜,有酒有鸡真富庶;梨桃数百树,小园庾信,何功何德滥吹嘘。"当然,这里所说的八九间是有双关意义的,暗喻自己当时排列在"地富反坏右"或"知识分子"这第八、第九等人之间。

"经历了这么多,你为什么还这么乐观?"我曾像很多人一样,好奇地问过启功先生。他答道:"我从不温习烦恼。人的一生之中,过去的就是过去了,现在很短暂,很快也会变成过去,只有将来是有希望的。"先生提倡向前看,这是看似浅显却很难做到的真智慧,然而,先生确是真正地做到了。先生曾以著名画家田世光得病之后郁闷致死的事情为例,劝告一位内向的朋友"遇见事情要想得开",并举自己为证:"像我这样的就没事,上了医院,大夫说别动,别动!给你输液!我说输什么液呀,人家还要请我吃羊肉泡馍呢!所以,我就没事,他们就不行!"

提到上医院,我又不由得想起了先生著名的"两不怕":一不怕病,二不怕死。先生晚年,多次因心脏病发作被送进医院抢救,有几次医院都下了病危通知单,家人和亲友都为他担心得不得了。可他本人却像没事人一样,醒来后就在病床上吟诗作赋。他的很多诗词都是在病中写成的,也有很多诗词是以"生病"为题材。光看诗词题目就可知:《沁园春·美尼尔氏综合症》《颈部牵引》、《千秋月·就医》、《南乡子·因病住医院时所见》、《南乡子·颈架》、《心痛》、《痼疾》,等等。1973年,他在住院期间,一口气以"就医"为题填了六首词,似乎把生病住院当成了一件乐事。在各种病症中,他似乎特别"偏爱"心脏病和颈椎病,曾经多次吟诗"称颂",留下了多首饶有趣味的佳作。一次,先生因颈椎病发作,听医生的劝告做"牵引"治疗。这般痛苦事,他却开心地喻为"上吊",形神毕肖地写下《西江月》:"七节颈椎生刺,六斤铁饼拴牢。长绳牵系两三条。头上数根活套。虽不轻松愉快,略同锻炼晨操。《洗冤录》里每篇瞧。不见这般上吊。"还有一次体检时验血,护士拿着装有他血液的试管不停地摇晃,启先生不解地问她原因。护士回答:"您老人家的血太稠啦,不摇晃很快就会凝固的,今后您要少吃肉啊!"此时,恰巧碰上赵朴初老先生也来此抽血化验,赵朴老颇为感叹地说:"我吃了一辈子素,现在也是血脂高……"这下可让启功抓住"反驳"的理由了:"你看,我说一定和吃肉没什么关系嘛!"逗得赵朴老和护士们忍俊不禁。先生的无所畏惧,缘于看淡生死、不计名利,缘于性格的洒脱和心胸的豁达。"宠辱无惊希正鹄","何必牢骚常满腹",这是他一生对自己的要求,也是规劝世人的殷殷期望。

除了对自己的人生际遇抱以一种达观的态度,对于别人的所作所为,启功先生一样地给予最大限度的理解和包容。他在书画界素有"不打假"的称号,甚至传闻连市面上专营假字画的老妇都敢当面"褒扬"他:"这个老头好,这个老头不捣乱。"事实确也如此,如果别人造假只是为了糊口,他就会说:"这些假字都是些穷困之人因生活所迫,寻到的一种谋生手段,我一打假,也把他们的饭碗打碎啦!我为什么要这样做?"他还撰文称赞明代文徵明、唐寅等人的美德,说当时有人伪造他们的书画,他们不但不加追究,反而在赝品上题字,使穷朋友多卖几个钱。这样,那些穷苦小名家可以多得几吊钱维持一段生活,而有钱人买了真题假画,损失也立即大大减小。这种观念虽然不符合保护知识产权的潮流,却体现了启先生一贯的豁达情怀。

我知道有一位先生,当年随着"反右派"的批判大潮,参加了多次批斗启功的活动,下手不可谓不狠。风潮平息后,他出于自责处处躲着先生。当后来再见面时,还未等他"深刻反省",启先生就忙着安慰他,替他开脱:"陈年老事别放在心上,那个时候就好比在演戏,让你唱诸葛亮,我唱马谡,戏演完了就过去了。"开阔胸襟,竟至于此,令闻者无不动容。

先生自是宽容豁达的,但这并不意味着没有原则。他从不随波逐流、随声附和,在原则问题上,他是一点儿也不含糊的。他要较起真来,谁也奈何不得。我就曾几次亲见过他较真的情形。比如,他对有人假冒他的书法表现得很超然;然而当他发现有人冒用他的名字进行古书画鉴定,并在赝品上以他的名义题字落款时,却非常气愤。他特地将我召去,让我在报上为其发表声明:从今以后,启功不再为任何个人鉴定字画真伪,不再为任何个人收藏的古字画题签。他严肃地说:"我对这种行为必须讲话,这与造我的假字不同,这是以我的名义欺诈别人,对这种犯罪行为,我要保留追究刑事责任的权利。"声明发表后,启先生的许多朋友都不相信他能做到,因为他们知道启先生为人随和,好说话。可是先生真的是说到做到了,留下文物鉴定界的一则佳话。此事过去已有20多年,我至今还能回想起当时启功先生严肃而又焦急的神情。

启功先生的书法名满天下,求字的人趋之若鹜。菩萨心肠的启先生很少拒绝别人,几乎有求必应。不过碰上话不投机的,即使对方位高权重,或者许以重金,启先生也不肯假以辞色。有一则流传很广的笑话:一次,一位空军首长的秘书替首长索字,态度蛮横。启功缓缓问道:"我要不写,你们首长会不会派飞机来炸我?"秘书没想到他会问这个问题,连忙答道:"那当然不会。"启功说:"那我就放心了。你们走吧。"在给人题字时,启功首先总要问一句:"要简体还是繁体?"他这是尊重别人的习惯。但凡是给书刊或牌匾题字时,他必定要写一份简体字版。有人问他是不是爱写简体字,他正色道:"这不是爱写不爱写、好看不好看的问题,汉字规范化是国家法律规定的,法律规定的我就得执行。"

先生是至真至纯的——不沾世故,童心永驻。参加过启功先生遗体告别仪式的人都记得这样一幕：长长的吊唁队伍里，一个大学生模样的女孩神情凝重地随人流向前挪动着，她的怀里，始终抱着一只憨态可掬的玩具熊。"这是给启爷爷的！"谁问起，她都只说这么一句。终于站在启爷爷面前了，女孩含着泪，将那只带着体温的小熊慢慢地、慢慢地送到老人家身边……

"这是送给启爷爷的！"不知多少次，这样的童音曾在启先生的坚净居里朗朗响起，换来老人家如孩童般开心的笑颜。启先生喜欢孩子，喜欢小动物，也喜欢像孩子一样天真可爱的玩具。

他狭小的书房中有两个柜子，上下两层，装得满满当当，全部是各式各样的绒布玩具。大熊猫、小巴狗、大娃娃……各有各的形态，或站着，或坐着，或乖巧温顺地趴着。还有一些个头特别大的，玻璃柜里放不下，就摆在框子外面的高台上，甚至堆在宣纸堆上。不仅如此，就连墙上也挂着一张跟玩具有关的照片——鹤发童颜的启先生开怀地笑着，眼睛眯成两弯月牙，怀里分明抱着一只胖胖的、巨大的毛绒玩具！这些玩具大多是学生们送的。启先生一生清廉，从不肯收学生的礼物，但是对于这些可爱的动物玩具，他却没有多少"抵抗力"。慢慢地，知道这个"秘密"的人多了，也就有越来越多的学生抱着小狗、小猫来看望启先生了。

除了小动物和毛绒玩具，先生还喜欢收集一些造型别致的小物件，并在日日把玩之余，为每件器物都撰写了趣味盎然的铭文。一只石镇纸、一块竹根印，甚至一根寸步不离的木拐杖，都在他的笔下栩栩如生地"活"了起来。先生有一只非常珍爱的小铜骆驼镇纸，他在铭文里写道："……小铜骆驼购于日本鸠居堂已数年矣，日伏纸上助我学书，因颜斗室曰小铜驼馆。"一片孩童爱物般的浓浓情愫跃然纸上，令人开怀。

启先生也爱跟孩子们相处。一旦见到孩子，他的眼神就因为慈爱而显得更加柔和了，甚至"手舞之，足蹈之"，仿佛自己也变成了小顽童。他不是摸摸孩子的头，就是抱起孩子亲，再就是弹小脑壳儿。孩子叫他一声"爷爷"，他就高兴得闭不上嘴，有时把孩子逗哭了,他也咧着嘴笑个没完,高兴得不得了。他说:"听小孩哭或笑,就是听一首诗,一首歌,这是最美的音乐。"

先生喜爱小动物、小孩子,这种喜爱的背后,隐藏的是一颗永驻的童心,是毕生对于"真"、"善"、"简单"的执着追求。

先生是乐于奉献的——爱国爱民,心怀天下。作为一位在国内外享有盛誉的社会活动家,先生以卓然不群的才能、高洁正直的人格和对国家无私奉献的精神,赢得了社会各界的敬重和爱戴。

他对国家和民族抱有一颗热诚的赤子之心。他曾经担任过九三学社中央常委、宣传部副部长,九三学社中央参议委员会副主任、顾问,全国政协常委,国家博物馆顾问,北京市民族事务委员会副主任,北京市人民对外友好协会副会长等职务,以饱满的热情、认真负责的态度,参政议政,参加各种社会活动,为完成祖国统一大业和中外友好合作,奔走往来于友邻国家和港澳地区。先生还曾多次应邀赴日本、新加坡、韩国等国参观访问,举办书画展和进行学术交流;应美国大都会博物馆邀请,出席学术会议和鉴定古书画;赴英国、法国考察博物馆,为传播中华传统文化作出了突出贡献。

他还以一颗博爱之心、忧世之心,密切关怀着国家的发展建设,关注着人民的生活疾苦。1983年秋,中共中央统战部和各民主党派组织一批专家支援西部地区的文化建设,启先生时已年过七十,仍不辞辛苦,报名参加,先后到内蒙古、宁夏、甘肃、青海、新疆等地讲学,为西部地区的教育事业献出一片爱心。

1991年夏天,我国部分地区发生了特大洪涝灾害。当启功得知消息后,立即从写字的收入中拿出10000元,送到国家减灾委员会救灾捐赠接收办公室。随后,中国书法家协会也举办书法家赈灾义卖活动,那时已进入8月连续高温的暑期,启功先生不顾酷暑,亲自送去两件书法作品参加义卖售出10000元。接着他又参加了荣宝斋的义卖活动,精心创作朱、墨竹各一幅,售出24000元。他又亲临中央文史馆举办的赈灾义卖展现场,当场挥毫写下:"立民族志,先天下忧,沉灾共淡,风雨同舟,解囊之士,爱国之俦。"

他的这幅作品连同他挂在展厅上的其他四幅作品当即被人收购,得到救灾款2.8万元。8月下旬,全国政协又举办赈灾捐献活动,他又送去两件作品,其中一件是在他保存多年的黄绫上书写的,换得款2万元。这年,启功先后捐款近10万元。他说:"我们做了自己应该做的事。真是'一方有难,八方支援'。这是我们中华民族的传统美德,多难兴邦,这次洪涝灾害让我们经受了考验。"

改革开放后,很多贫寒的学生考入北师大,生活相当困难,启先生得知后十分焦虑,决心用自己的力量帮助他们,便于1990年在香港举办书画义卖,筹集资金160余万元,设立"励耘奖学助学基金",激励学生继承和发扬陈垣先生的爱国主义思想及辛勤耕耘、严谨治学、奖掖后学的精神。

2001年9月,全国第一个大学"宏志班"——励耘实验班举行开学典礼。启功先生将自己所得的"中国书法艺术终身成就奖"8万元奖金悉数捐出,资助30名品学兼优而家境贫寒的学子完成学业。在此之前,先生还曾捐过3万元建河北希望小学,捐出2万元资助一个山里孩子在学校吃午饭。执教70年的启功,究竟为贫困生付出了多少?在这样的疑问面前,他总是淡然地摆摆手说:"记不清了。"

先生是虚怀若谷的——谦虚和顺,不图虚名。他的一件逸事被很多人津津乐道:1995年11月的一天,启功先生新著《汉语现象论丛》学术研讨会在北京师范大学英东学术会堂举行。数十位语言学、文字学界学者会聚一堂,对这部新颖透彻、眼光独到的著作给予高度肯定。讨论结束前,一直正襟危坐、凝神倾听的启功先生站起来,准备讲话。大家都屏住呼吸,静听着他会说些什么。只见先生微躬身子,表情认真地说:

"我内侄的孩子小的时候,他的一个同学常常跟他一块儿上家来玩。有时我嫌他们闹,就跟他们说:你们出去玩吧,乖,啊?如此几次,终于有一天,我听见他俩出去,那个孩子边下楼边很有些不解地问:那个老头儿老说我们乖,我们哪儿乖啊?

"今天上午听了各位的发言,给我的感觉我就像那小孩,我不禁要自问一声:我哪儿乖啊?"

听完这"卒彰显其志"的最后一句,静静的会场里突然爆发出一阵欢笑,响起热烈的掌声。

一则故事,一段比兴,传达了谦虚,暗含了感谢,表现出风趣与幽默。这正是启功先生为人们所津津乐道的言语艺术和谦和品质。

启先生身上笼罩了太多的光环,但是他从来没有流露过一丝一毫的傲气与做派。一位平易慈爱、礼数周全的老人,这是先生给每位来访者留下的最深印象。家里来了客人,不管身份尊卑、年龄大小,先生总要亲自开门,并按照老北京的礼数,连连鞠躬作揖,口称"欢迎"。客人告辞时,先生只要身体允许,总会坚持送客到门口,热情地嘱咐"慢走,路上小心"。他在北师大常做演讲,有一次因为听众太多而导致座位紧张,很多人宁愿站着也要听完全场。先生看到后,执意也要站着讲课,说这是"起码的尊敬",令听众们感动不已。

启先生写起诗词和学术著作来,也与他的为人一样没有架子,一样"老实交代"。他曾留下大量这样风格的诗词:

检点平生,往日全非,百事无聊。计幼时孤露,中年坎坷,如今渐老,幻想俱抛。半世生涯,教书卖画,不过闲吹乞食箫。谁似我,这有名无实,饭桶脓包。

偶然弄些蹊跷,像博学多闻见解超。笑左翻右找,东拼西凑,繁繁琐琐,絮絮叨叨。那样文章,人人会作,惭愧篇篇稿费高。从此后,定收摊歇业,再不胡抄。

——沁园春·自叙

他向读者"招认":"这些语言,可以美其名曰'诗'。比较恰当,实应算是'胡说'。"并且解嘲曰:"我们这族人在古代曾被广义地称为'胡人',那么胡人后裔所说,当然不愧为胡说。即使特别优待称之为诗,也只是胡说的诗。"——这是谦虚,还是坦白,我不知道。但启先生不愿让别人把自己摆上"神坛"远远地朝拜,而宁愿走下来和"追星族"们称兄道弟的心意还是显而易见的。

在《诗文声律论稿》等极具分量的学术著作里,先生也从不"掉书袋",不用"之乎者也"来显示自己国学功底的高深,而是从头到尾采用了"白得不能再白"的大白话。读他的书,就如同与一个忘年交在面对面讨论问题,不必正襟危坐,不必洗耳恭听,你尽可以毫不客气地责难,也可以用最放松的姿势会心一笑——因为作者本来就不是以学术权威的架势来教导人的。如果没有与读者平等交流的心态,这样的书是绝对写不出来的。

启先生对世人所给予的评价很是达观,"开门撒手逐风飞,由人顶礼由人骂。"但是对于为他写作传记一事,他却是一直坚决反对。他曾自述:"自愧才庸无善恶,兢兢岂为计流芳。"他不图虚名,对于人们奉赠给他的这"家"那"家",他一概不承认,只认定自己是一名教师。有一则广为人知的笑话,说的是启功先生因为身体欠安,闭门养病,奈何访客不断,不胜其烦,就以其一贯的幽默写了一张字条贴在门上:"大熊猫病了,谢绝参观!"从此得了一个"大熊猫"的雅号。这笑话传得久了,很多人都信以为真。有一次启先生郑重其事地请我为他"辟谣":"外面有人说,启功自称大熊猫,那都是别人误传。""其实我写的是:'启功冬眠,谢绝参观。敲门推户,罚一元钱。'"启先生说。"我还有自知之明,哪敢自称国宝呢?"这件事在启先生虽然是半开玩笑,从中也可看出他的认真和谦虚。

先生是幽默风趣的——惯于自嘲,诙谐精妙。先生的幽默不是"贫",不是故作惊人语地"耍嘴皮子",而是其内在的文化教养、性格内涵等各方面综合的结晶,是一种也许要修炼一辈子才能逐渐达到的思想和精神境界。他言谈风趣,应对机敏,出语幽默,喜开玩笑,凡与他谈话的人无不感到是一种享受,无不为他的人格魅力所倾倒。

先生的幽默体现在诗文中。他的《自撰墓志铭》一直为人们所津津乐道:"中学生,副教授。博不精,专不透。名虽扬,实不够。高不成,低不就。瘫趋左,派曾右。面微圆,皮欠厚。妻已亡,并无后。丧犹新,病照旧。六十六,非不寿。八宝山,渐相凑。计平生,谥曰陋。身与名,一齐臭。"

而别具特色的《鹧鸪天八首·乘公共汽车》更是将日常生活中的小片段描写得惟妙惟肖,不动声色地"幽了生活一默":"乘客纷纷一字排,巴头探脑费疑猜。东西南北车多少,不靠咱们这站台。坐不上,我活该。愿知究竟几时来。有人说得真精确,零点之前总会开。"

先生的幽默更体现在生活中,体现在日常的一言一行中。几十年来,他对待声名、职位、生死一直都是这样诙谐。他身体不是很好,常闹些不大不小的毛病。有几年因心脏病几次住院,他就笑对人说:"嗨,我的心坏了坏了的!"中国残疾人福利基金会请他担任名誉理事,他却嚷嚷着要加入"中国残联"。也正是因为能如此豁达对待生死,所以每当有人问起先生的健康,他总笑答:"我乌呼了",常称自己是"乌呼之人"(意只比旧式悼文中"乌呼哀哉"的"乌呼"多一"点",到少了那一"点"也就"乌呼"了)。

一个人对于生死能如此豁达,对于名位权势就更不会放在心上了。论名分,他是最早一批"博导",货真价实,但他始终不当回事,每每谈及,他总是说:"我不知道什么'博导',只知道'果导'(治便秘的一种药)。"又说:"我不是'博导',是'拨倒',一拨就倒,一驳就倒。"论权位,1999年,他被任命为中央文史馆馆长,人家告诉他这是"部级",先生就故意打岔说:"不急(与'部级'谐音),我不着急!"实际上在此之前,启功先生一直是"厅局级待遇",直到2000年之后,才享受了"副部级待遇"。听到这一消息,我感到震惊、感到悲哀!可启功先生对什么级别、什么待遇从来都毫不介意、毫不在乎。什么"部级"、"局级",他是一点都"不急"。有一次,我听见他打电话,那头说话人称他"馆长",他颇不高兴,说:"我是饭馆馆长,不,饭馆馆长也不是,做不了。"

启功先生是书法大师,也是中国书法家协会的创始者,并长期担任副主席、主席、名誉主席职务。在中国书法界,中国书法家协会是一个崇高的机构,多少人打破脑袋想往里挤,可是他却劝自己的学生不要钻进这个"名利场",还是留在大学安心教学、做学问;中国书协主席更是一个万众瞩目的职位,非德高望重者不能服众,可他却视之为"茅坑",上任也好,卸任也罢,都以一颗平常心待之。1984年,他当选中国书法家协会主席,别人向他祝贺,但他告诉别人的感觉却是:"书协主席这个茅坑可不好蹲,谁蹲那儿谁拉屎费劲,有时还硬是拉不出屎来。"几年之后,幸得卸任,他特别高兴,对人说:"我这书协主席的帽子终于可以摘了。"当人家追问"谁是接班人"时,他反问人家:"你蹲茅坑拉完了屎干什么呀?"在得到"擦屁股走人"的回答后,他笑着说:"这不结了?您总不至于蹲完坑站在一边守着,看谁在您这坑位上再蹲下才走人吧?爱谁谁了,反正我不蹲了!"一番笑谈,把先生对于名利的态度表现得淋漓尽致。不说老先生视名利如粪土吧,至少他是不把名利放在眼里,有也好,无也罢,与我何干?他还曾经写过一幅"鹅"字,后来得知这幅字卖出了1000元的高价,从此就给自己冠以"一讹千金"的"美名"。

从先生的幽默里,我们看出的不仅是机智,更是人格,是一种真正把自己放得很低很低、时刻不忘"谦虚谨慎"的超然人生态度。先生之风,山高水长!

关于启功先生的种种,道不尽、说不完。先生走了,留给我们的却是受用不尽的精神财富与人生启迪。在结束本文的时候,搁笔长思,脑海中未及倾吐的还有很多很多:我想起了先生用以自勉的那段古砚铭文:"一拳之石取其坚,一勺之水取其净";我想起了先生将自己的书房命名为"坚净居",且自号"坚净翁";我想起先生晚年蹒跚的脚步和依旧温暖的笑容,想起先生曾在里面度过人生最后岁月的红砖小楼……

诗书出于天成,操行守于坚净。这就是我们的启功先生,透过他的人生,我们看到的是一位德才超群、堪称楷模的仁者和智者。

(本文在写作过程中参考了《启功口述历史》及侯刚著《启功》,谨致谢忱!)

(原载《中国作家·纪实版》2015年第8期)

# 热血长歌

——滇西多民族抗战纪实

李贵明(傈僳族)

中日战争全面爆发后,为同御外侮,国共双方开始第二次合作,中央红军被改编为国民革命军第八路军,后又将在南方13个地区的红军游击队改编为国民革命军新编第四军,形成了国共两军抗日统一战线。中国共产党的主要领导人对全国抗战形势是具有明确和清醒的认识的,中共认为除了国共两党控制的军队合作抗战之外,也应当将中国少数民族纳入统一战线之中。因此,毛泽东在1938年9月底至11月初在延安召开的中共中央六届六中全会上,谈到当前任务时,提出中共应该"团结各民族为一体,共同对付日寇"。为了实现这个目标,"第一、各少数民族与汉族有平等权利,在共同对日原则之下,有自己管理自己事务之权,同时与汉族联合建立统一的国家。第二、各少数民族与汉族杂居的地方,当地政府须设置由当地少数民族的人员组成的委员会,作为省县政府的一部门,管理和他们有关事务,调节各族间的关系,在省县政府委员中应有他们的位置。第三、尊重各少数民族的文化、宗教、习惯,不但不应强迫他们学汉文汉语,而且应赞助他们发展用各族自己言语文字的文化教育。第四、纠正存在着的大汉族主义,提倡汉人用平等态度和各族接触,使日益亲善密切起来,同时禁止任何对他们带侮辱性与轻视性的言语、文字,与行动"。

随后,张闻天在其报告中也提出党的方针是"争取少数民族,在平等的原则下同少数民族联合,共同抗日"。少数民族居住地区的地方政府,应有少数民族代表参加,组织少数民族部,给以自决权。党中央应组织少数民族委员会,加强领导。会议提出当前全中华民族 15 项紧急任务,其中规定:"团结中华各民族为统一的力量,共同抗日图存。"从六中全会决议的报告可以看出,中国共产党关于民族问题的政策已作出重大调整:一是强调团结中华各民族建立统一的国家;二是强调中华各民族一律平等,少数民族有权管理自己的事务,其文化、宗教、习惯应受尊重;三是提出中共中央应加强对民族工作的领导。

根据六中全会的决定,1939 年初成立了中共中央西北工作委员会,主持陕甘宁边区以外的陕、甘、宁、青、新、蒙等各省地下党的工作,尤其是少数民族工作。这些应当可以看作是中国民族平等团结政策的开端。滇西多民族抗战局面正是在中国共产党倡导和坚持抗日民族统一战线和民族团结政策的背景下出现的。

## 一、血肉之路

为了巩固滇西、缅北少数民族地区的军事防御,建立统一战线,中共中央南方局决定让中共云南省工委负责人李群杰进入省政府开展上层统战工作,派方文彬(方正)到滇军六十军一八四师负责滇军中党的工作任党支部书记,后南方局又派云南龙陵人朱家璧、大理剑川人张子斋回云南军队开展上层统战和兵运工作。临行前周恩来告诫朱家璧:"你到过延安,进过抗大,大家是会知道的,这个问题不能回避。你回云南后,只能是以进步的面貌出现。装落后,人家是不会相信的。"朱家璧回滇后,即利用社会关系通过龙云、卢汉等被任命为滇军第一旅(后编为十八师)营长。1942 年 4 月,为进一步加强对云南的工作,南方局派张文澄、杨才等与方文彬共同开展工作。因此自 1938 年开始,中共在滇西少数民族地区活动频繁,广泛发动和团结当地民族上层人士,滇西少数民族群众共赴国难抗击日寇的意识迅速觉醒,各地抗日游击队和自卫武装纷纷成立,支援前线的激情空前高涨。

在大多数滇西民族的记忆中,滇缅抗战是从修路开始的,那就是著名的滇缅公路和中印公路。1937年"卢沟桥事变"后,中国几乎所有与国际运输线相连的海上通道已经被日军封锁,对中国形成了C形包围,只剩下缅甸仰光港这个唯一的出口,尽快修筑滇缅公路进而与缅甸中央铁路相连已经成为整个国家应当全力以赴的任务。但是当时中国既无筑路机械,技术力量也十分薄弱,中国政府也曾经向国际招标工程施工,但得到的投标回应却是"如果中国能提供筑路机械,可以在六年内保证修通"。这对于当时中国的实际情况和日益吃紧的战争局势而言,是根本不可能接受的。因此中国政府只能依靠征集民工采取人海战术修筑公路。

国民党云南省当局于1937年12月通电强令滇西12个县、5个设治局于当月征工赶修滇缅公路。传说当年龙陵县县长王锡光曾接到封套上贴着鸡毛的紧急命令和一个装着手铐的木盒。命令说:"分配该县之土石方工程,务在限期内完成。到期不完成者,该县长自戴手铐,来昆听候处分。"这个县长后来找到了当地土司,如法炮制:"我是流官,你是世袭土司,如果拉了后腿,昆明我是不去了,只好拉着你跳怒江了。"由此可见工程的紧急情况和当局所采取的行政高压态势。

滇缅公路全程1450公里,当时除昆明至下关段土路通车外,还有959公里需要新建,均在崇山峻岭和大江大河之间穿越。从1937年12月下旬起,滇西汉、白、傣、傈僳、彝、回、景颇、阿昌、苗、德昂等10多个民族参与了筑路工程。当时每天要求出工人数是11.5万人,加上施工桥梁、涵洞工程的劳工2.5万人,以及加宽、维护下关到昆明段公路的6万人,在整条滇缅公路上,高峰时期每天有20万人在工地上忙碌。至1938年8月底公路开通,总共有50余万人、2500余万人次参与了滇缅公路筑路工程,先后有3000余名男女劳工长眠在滇西缅北的长山大水之间。1938年起,云南也开始紧急修建、扩建40个机场和27

个飞行跑道,它们遍布云南全境,共计征用修筑机场的云南劳工人数为1800万人次。在后来的第一、第二次入缅作战期间,每一名士兵身后大约有五个滇西民夫在供应后勤补给,因此在第二次世界大战滇西抗战中,在筑路、修机场和支前运输中总共有不低于100万名滇西各族民工参与了这场战争。

在滇缅公路工地上,著名作家萧乾作为战地记者记录了这样一个故事:"这本书里更不容埋没的是金塘子那对好夫妇,只要男的每天打六个炮眼,女的背火药,两夫妻便可以获得七毛钱的报酬。""想在一片悬崖峭壁上凿出一条九米宽的坦道,打炮眼的人是在腰间系一条皮带,一端绑在悬崖的树干上,在直立的峭壁上摇晃着工作,头顶是映衬蓝天的乔木丛草,脚下是奔腾的怒江。"

"这一天,汉子特别勤快,打完规定的六个炮眼后太阳还没落山,金黄色的阳光照耀在龙竹和茅草上,山峦呈现淡淡的褐色。""'该歇手了吧!'背着火药的夫人在高处催促。汉子啐了口吐沫,沉吟一阵,说'来,再打一个吧!'这规定之外的一个炮眼意味着什么呢?既没有补偿,又没有额外的酬劳,甚至根本没有人知道。""哦,这是一个滇西农民基于对国家危急之时表达的微薄却伟大的赤诚。"

"这一回,他凿完炮眼,塞好了火药,却因为劳累忘记了在炮眼上堵塞泥沙。""忽然传来一声闷响,汉子还没爬远,火药意外爆炸,人碎了。更不幸的是那爆炸的火星也掉进了女人的火药箱里,女人也被炸倒在悬崖边。""重伤的妇人被抬到十公里外的工段时尚存一息,在她永别世界的前一刻,指着自己的腹部说'救救——救救这小的',后来,她眼球里的光泽逐渐暗淡……"

与滇西农民这种朴实的奉献精神不同的是,国民党当局毫不了解滇西强悍民风,甚至认为中共提出的各民族统一战线是纸上谈兵。他们对滇西各民族劳工要求苛刻,毫不体谅劳工的困苦,动作稍有迟缓便常常遭到鞭打或惩罚。1938年3月,在万人集结的庞大工地上,当来自腾冲、龙陵、梁河、昌宁的几百名傈僳族劳工身挎长刀、带着弩弓毒箭出现在蛮庄机场工地上时，引起了其他民工的恐慌，实际上他们不知道这是傈僳族的传统生产生活工具。由于机场劳工的生活无法得到保障，远道而来的傈僳族劳工只好去拔附近农民种植的青菜煮吃，当地农民看见傈僳族劳工挎刀执弩，不敢当面声张，但却将他们的"偷菜"行为控告到机场监理处，机场场长要求傈僳族劳工焚毁弩弓，上交长刀，遭到拒绝，引起对峙。后傈僳族劳工赔偿了青菜钱，机场场长同意他们保留弩弓长刀，事件才得以平息。

因为修筑机场的民工之前已参与修筑滇缅公路长达数月，加之食物匮乏，造成体力衰退，难免行动迟缓。香港监工似乎对挎刀执弩的傈僳人手下留情，但对傣族劳工就不那么客气了，几乎每天都有一两个人被打，这种行为激起了劳工们的日益不满。某日，当监工的鞭子挥来时，有个傣族劳工用锄头敲破了监工的头颅，致其血流满面，这下可闯了大祸！机场工地顿时一片混乱，傣族民工四散奔逃。晚上，军方出动军警将蛮庄机场附近的所有傣族头人全部抓捕，捆绑在等高寨的高墙上逼迫交出伤人者。后来轩岗寨的头人承认是本寨的村民打伤了监工，军方才释放了被捆人员。至于那名打伤香港监工的傣族劳工，也许被执行了枪决，也许被从轻发落，不得而知。由于监工与劳工的矛盾，蛮庄机场到4月5日只基本修成机场滑行道和3公里公路。至1938年12月，食不果腹、不堪劳累的各族劳工一夜之间纷纷逃走，毫无边疆民族工作经验的场长屡次用公文和官衔之威逼迫设治局和地方土司解决民工不足的问题，结果无人响应，直到芒市陷入日军之手，机场扩建工程也未完成。

机场建设工程大部分均因后来战事的发展功亏一篑，但近50万滇西人克服各种困难，于1937年底开始到1938年8月底用九个月的时间打通了被全世界都认为不可能实现的长达959公里的公路，举世震惊。1938年9月2日，《云南日报》发表了一篇题为《滇缅公路修完了》的文章，宣布滇缅公路通车。当时美国驻华大使纳尔逊·詹森率领大使馆人员途经滇缅公路前往重庆，万分感慨："此次中国能于短期内完成如此艰巨工程，这种果敢毅力与精神令人钦佩。且修筑滇缅路,物资条件异常缺乏,第一缺机器,第二纯系人力开辟。全靠沿途人民的艰苦耐劳精神,这种精神是全世界任何民族所不及的。"

在这条公路上,架设过370多座桥梁,曾人工开挖土方1988万立方米,石方192万立方米。这些工程尽管由政府出资修建,但下关至畹町547.8公里的公路仅投入320万元,平均每公里为5841元,每个工时费用仅为0.13元,而滇缅公路下段的施工难度却是其他公路的2倍以上,加之当时通货膨胀的日益严重,这0.13元根本无济于事,这条生命之路可谓是滇西各族人民徒手无偿修筑而成的。

滇缅公路被紧急打通后,民国政府成立了"西南运输处",负责相关运输事务,自1939年至1941年,从滇缅公路抢运回国13000多辆汽车。尽管有了汽车,却出现了驾驶员严重不足的问题。东南亚华侨领袖陈嘉庚、庄明理在得知祖国需要大量汽车司机和修理人员的消息后,组织"南洋华侨回国慰劳视察团"返国慰问,在重庆、延安得到国共两党主要领导人的接见。通过对国共两党辖区的访问,陈嘉庚据实发表关于延安观感的演讲,盛赞陕甘宁边区的新气象,陈嘉庚认为"中国的希望在延安"。他们向东南亚华侨发出了"南侨总会第六号公告",号召华侨中的年轻司机和技工回国参加抗战,与国家一同战斗。通告很快得到了响应,前后有9批3192名华侨志愿回国援助抗战。至1942年3月,他们从仰光港抢运回国13.22万吨战略物资。

南侨机工是经过筛选才准许回国抗战的,能加入这个团队首先要深明爱国大义,保证政治上可靠,绝不做不利于祖国抗战之事,不为升官发财而回国。招录的条件不仅需要具备驾驶或维修汽车的技术,还需通过考试录取,还得请一家"铺保",即拥有一定资产的商号或者工厂作为信誉保证。此外,南洋华侨自1937年至1940年为中国抗战捐赠的大小汽车多达1500多辆。可见南侨机工归国抗战的初衷是纯正、严肃和忠诚的。至1942年5月,南侨机工在滇缅公路上遇难近千人。横跨怒江的惠通桥被炸毁后,南侨机工大部分命运悲惨,国内家园、海外侨寓均已沦丧日寇铁蹄之下,由此报国无门、求归无路。由于没有得到妥善的安置,很多人流落滇西、缅北村庄。

南侨机工中也有一部分人在云南加入了中共组织,张子林、邓文聪等人就是其中的代表。后来南侨机工被国民政府当作"难民"遣返时,张子林愤愤不平地说:"我为国抗战而来,怎么就成难民了呢?叫我回到南洋如何抬头见人?!"

## 二、国家的脸色

尽管中国人打通了滇缅公路,但是由于中、英两国在缅甸归属的传统问题上一直存在矛盾。从1941年12月太平洋战争爆发节点,英国政府对华人是两种截然不同的态度。当时旅英的萧乾先生说:"对于我来说,重读这段往事是痛苦的,但应当让新一代中国人了解黑暗时代里的一切,看看殖民主义时代一个中国人的厄运。上海外滩公园那个'华人与狗不得入内'的牌子并不是孤立的,当时中国人无论走到哪里都遭到歧视。""1939年10月到1941年12月太平洋战争爆发,期间我像其他旅英中国人一样莫名其妙地成了敌性侨民,英国内务部对这部分人作出的规定是晚上八点以及早晨六点前不准出门,而且每周得到所在地警察局报到一次。"那时候在伦敦的华人连理发、住店都被人跟踪或者遭到监视,甚至还得随时接受军警的盘问。英国的这种态度实际与滇缅公路的打通与反法西斯战场太平洋局势的发展有关。

国共开始合作抗战并且打通了滇缅通道后,中国政府自1939年起向美国订购了总数约为16.58万吨的战略物资。这些物资主要将通过滇缅公路运往中国内地的战场。为了抢运物资,当时全国的27个汽车兵团中就有14个团调往滇缅公路开展运输,每个汽车兵团配备500辆汽车,总数约7000辆汽车在蜿蜒狭窄的公路上承担着每日上千吨的运输任务。除了国共合作形成的中华民族集体抗战激情之外,让急需速战速决的日本担忧的另一个问题是国际援华战略物资通过印度洋海运进仰光港,后沿缅甸中央铁路和滇缅公路源源不断地运输到中国的各个抗日战场。作为资源贫乏的岛国日本急于掐断西方各国通过滇缅公路运往中国的战略物资。而此时,英国却幻想着延缓日军对其缅甸殖民地的进攻,居然在1940年7月17日与日本签订了封闭滇缅公路的协定。

英国封闭滇缅公路的另一个重要原因是国际共产主义和殖民地民族独立运动已经波及其在缅甸的利益。自英国在下缅甸的统治遭到佛教徒的激烈反抗后,1938年,一个叫德钦昂山的缅族青年领导了仁安羌石油工人大罢工,进而引发了全民抗英暴动,事件愈演愈烈。至1939年8月15日,德钦昂山为首的"我缅人党"(即德钦党)宣布成立,缅族人争取独立的运动演变成与英国人的正面冲突,英缅殖民政府镇压了缅甸工人运动,德钦昂山遭到通缉而流亡中国厦门。此时国际形势错综复杂,继德、日、意三国签订《反共产国际协定》之后,1939年9月29日,英国首相张伯伦试图将纳粹德国的战争方向引向苏联共产党政权,而与法国达拉第、德国希特勒、意大利墨索里尼签订了《慕尼黑协定》,标志着英、法政府推行绥靖政策达到了顶峰。本想打着反共旗号取悦德国而独善其身的英国不愿意在中国看到国民党同接受苏联支持的中国共产党形成统一战线,因此以中缅边界传统历史问题要挟,单方面宣布封闭滇缅公路。英国封闭滇缅公路三个月的行为导致国际援华物资滞留香港4万吨、仰光港3万多吨,既影响了中国的抗战局势,对英国军队在远东地区苟安一时的计划也毫无意义。因此国民党政府不仅被迫承认英国方面关于中、缅南部划界的主张,还于1939年冬天开始镇压控制区内共产党领导的武装力量,其中较为严重的事件便是发生于1941年1月6日的"皖南事变"。

皖南事变后,蒋介石派康泽到昆明策动反共行动,云南省主席龙云以证据不足为由拒绝实行大逮捕。此后,中共在滇西缅北地区的活动只能转入地下。以维西傈僳族地区第一个共产党员的经历为例,即可看清当时中共组织活动之艰难。维西人杨湛英1937年考入昆明昆华师范学校后,在校学习期间接触到马恩著作，接受了进步思想。后经包平章、陆光亮介绍于1939年秘密加入中国共产党。1940年10月，杨湛英从昆华师范毕业后任《民国日报》编辑，以"怒山"为笔名在《云南日报》《民国日报》《边疆周刊》等报刊上发表文章宣传抗日救国，1941年4月，受中共云南省工委派遣到维西傈僳族地区和中甸、德钦藏族地区开展边疆少数民族工作，广泛结交民族上层人士，扩大党的影响，并在知识分子中进行共产主义启蒙宣传。

杨湛英在维西活动期间，澜沧江畔的傈僳族在汪腊根的领导下与中共外围组织取得联系，成立了一个叫"合作兄弟社"的地下抗日组织，准备积极配合共产党在滇西的活动。1941年6月，皖南事变引发的反共高潮波及滇西，合作兄弟社成员遭到反动土司及地方势力的破坏，傈僳族进步人士汪腊根被逮捕。杨湛英避开国民党特务的监视，辗转返回昆明向中共云南省工委汇报边疆民族地区情况。但由于中共云南省工委也遭到监视，分散各地的共产党员和进步青年无法联络，杨湛英也因此失去了与组织的联系。为了继续完成抗战心愿，1941年7月，杨湛英进入中央陆军军官学校云南第五分校任少尉科员，9月考入西南联大师范学院，暂时脱离了国民党特务的监视。

此时缅甸局势也在发生转变，遭到英缅政府通缉的缅德钦党领导人昂山到达厦门后，本想北上寻求共产国际支持，但是1939年后欧洲战局急转直下，德军于1940年5月12日越过马斯河后，仅过了一个多月法国就战败投降。法国的迅速崩溃使试图称霸亚洲的日本获得了进一步排除英、法在远东势力的良机。昂山对迅速兴起的法西斯主义产生了浓厚兴趣，转而寻求与日本合作，天真的昂山认为日本军队可以帮助他实现缅甸独立的梦想，按照日本人的指令回到缅甸带着30位同样拥有独立梦想的缅族青年返回日军阵营，他们被日本特工陆军人员南大佐带到中国的海南岛接受军事训练，后来被称为"三十志士"，他们是德钦昂山、通称昂山、德钦东偶、德钦拉佩、德钦昂丹等。昂山和他的德钦党成员返回泰国后在日本的支持下在曼谷组建了缅甸独立义勇军，并在那里接受军事训练，后来他们运用熟悉的地理环境和天然的族群关系为日本军队提供了大量关于英国军队和中国远征军的准确情报,德钦党由此沦为法西斯政党。

其实在日本人到来之前,亚洲只有泰国和中国还保持着独立国家的身份。精明的日本人当然注意到欧洲人统治之下的亚洲各国缓慢苏醒的民族独立运动。日本人瞄准这一契机,将战争的宣传机器在国内和国外同时开动。广泛宣传亚洲是亚洲人的亚洲,亚洲是有色人种的亚洲等诸如此类的主张,号召亚洲各国的民族应该团结起来反抗欧洲人的殖民统治,并承诺所有协助日本的国家和人民都将得到独立和自由,在经济方面也将和日本一样实现充分的繁荣,也就是其所谓的"共荣圈"。后来证明,他们的宣传的确在一段时间内成功了。日军一度被东南亚各国视为黄种人的解放者。因此他们取得了这样的战绩:在新加坡经过短暂的战斗之后,一万日军俘虏了十三万英国殖民武装,当中有八万白种人。在印度群岛,爪哇国王甚至将日本军队当作预言中拯救民族的英雄——吉罗布罗而夹道欢迎。

1941年12月7日,野心膨胀的日军成功偷袭了美国珍珠港军事基地,标志着日本与美国、英国成为直接对手。此时,英国人和美国人才注意到中国人已经独力坚持与日军作战四年之久,此前处处遭到跟踪、监视、歧视的旅英华人地位忽然急剧抬升。萧乾先生在《从滇缅公路走向欧洲战场》一文中写道:

"珍珠港事变以后,中国的国际地位一夜之间有如气球般腾高起来,成为'伟大的盟邦'了,然而这时又出现了另一种尴尬局面:有时候被误认作是日本人。一天我坐在公共汽车里,后排突然有个喝得半醉的乘客用赛马场上的行话连声嚷嚷:'嗨,你押错了马!'他越嚷越激动,后来索性把头探到我脖颈后了,酒气喷得我难以忍受。这时我才察觉到他是在朝我嚷,就回过头来用眼睛瞪了他一眼,质问他为什么这么无礼。'因为你是个小日本!'我说:'不,先生,我是中国人!'

"这下更麻烦了。他马上站起来,紧紧地坐在我身旁。先是一长串的道歉,然后歪歪拧拧地行了个军礼,大声嚷道:'向伟大的中国致敬!'这时,整个汽车里的乘客也都随声附和向我表示敬意……(醉鬼)忽而抬起头来,忽而双手抚摸着胸脯,无限感慨地说'啊,中国,李白的故乡!'然后弯下腰来紧紧地握我的手,忽而又仰起头来重复表演一番,然后又说'啊,中国,火药的发明者!'接着又是一次握手仪式……"

当萧乾先生实在无法忍受酒气和醉鬼的亲昵拥抱而提前下车后,这名英国醉汉还从车窗伸出涨红的脸,热情地向中国人挥动他的鸭舌帽。萧乾先生不无感叹地说:"我目送开走的汽车,无限惭愧地想:一刹那间,我成为祖宗的光荣和当代中国人民反法西斯斗争所建立的功绩的化身了。"从以上故事可以真实地看到战时英国政府以及英国人对中国和华人的多变态度和复杂情感。而如今滇西抗战题材影视作品、文学作品中被美化甚至神化的美国士兵在云南的真实情况又如何呢?

在美军到达云南之前,国民党曾为美军作了大量的义务宣传,特别是汽车第六团团长曹艺从印度回国后,在《大公报》发表了一篇文章为美国军队涂脂抹粉。大肆吹嘘美军纪律如何严明,世上罕见,还说一不贪占、二不受贿、三不请客送礼等等。美军初到云南时由于人地生疏,表现的确不错,给民众留下较好的印象,是贪污腐化、投机倒把、随处抢劫盗窃的国民党军队之形象望尘莫及的。但是没过多久,美国士兵花天酒地、纸醉金迷的生活方式开始泛滥。他们甚至盛气凌人,根本不把中国军队的长官放在眼里。

当时在汽车二十团服役的中国人李幕郅有这样的记录:"我在汽车二十团时,团内派有美国指导员9人,其中军衔较高的是一位美军少校,其余都是少尉。那位少校态度骄横,凌驾于团长之上,一般要我们听从于他。他经常一本正经地辱骂官兵,令人难以忍受。但是后来,遮羞布还是被自己揭开,原形毕露了。我们送给他的字画、绣花被面、手工雕刻品等等,一律照收。越到后来,美军纪律越败坏,贪污盗窃也不断出现。"当时昆明夜市上摆满琳琅满目的美国军用品,吃的、穿的、用的一应俱全,这不外乎是美军士兵从仓库里偷出来后,经中国投机商人转手投入市场出售的物资。也有国民党腐败军官盗窃援华物资,用黑幕交易大发国难之财的原因。因此形成了闻名一时热闹非凡的昆明高山铺、宝善街和文明新街夜市场。国民党云南当局对美军和国民党中央军的所作所为基本无可奈何,只能投其所好,甚至为美军配备导游,培训伴舞的所谓"吉普女郎"讨其欢心。

由于国民党中央军敢怒不敢言,云南当局一味软弱和退让,加之驻华美军犯罪案件只能由美军军事法庭审判,中国法庭无权干预裁决,驻华美军更加恣意妄为,常常在昆明街头酗酒闹事、横行霸道、调戏妇女,晚上把中国妇女拖到帐篷轮奸的现象更是司空见惯。[见《血肉筑成抗战路》(云南省政协文史委著,云南人民出版社1998年7月出版)]直至战后发生北大女生沈崇被美国海军陆战队伍长皮尔逊和下士普利查德强奸的"沈崇事件",国民党当局认为这仅是法律问题试图掩盖隐瞒,引起上海、北平、南京各地大学师生的激愤和不满,引发5000多名学生罢课、教授上书的抗议示威活动,激起我国人民的公愤和世界舆论的谴责,美军的糜烂作风才有所收敛。

除此之外,在云南、缅甸和印度的美国士兵对生活要求极高。由于美国士兵主食为牛肉,在云南还发生过"牛肉风波"。战时中国驻军的供给规定仅只有每人每月1斤肉类,驻扎在昆明呈贡区的美军要求云南省主席每天提供35头牛,50头猪,1000只鸡,每日提供肉食总量约合22500市斤。当时驻扎在呈贡的美军人数为10600人,折合平均每人每天2.1市斤肉食,这是中国军人正常供应的30倍。何应钦、蒋介石三番五次敦促云南省主席龙云排除万难采办,不仅要龙云满足云南美军的要求,还希望多余的牛肉送往印度。这可为难了龙云,当时云南生产力低下,加之自1938年开始频繁派夫抓丁经年累月,已经民疲物乏,实在是有心无力,难以为继了。而此时奋战在全国抗日战场的中国军人,每天能吃到一顿米饭算是莫大的幸运了,因此后来有史料认为战时供养一名美国士兵的费用可以供给500名中国军人的观点是有依据的。

这个推测可以从保山医院的故事得到一定的反映。战时在保山永昌镇王官村曾经设有远征军第七十一军陆军医院和美军医院,傈僳族战士李万春是当时卫生大队的担架兵,而肖学武则是美军医院的伙夫。吴永春先生在《王官的陆军医院与美军医院》一文中的记录与后来调动到"北方医院"担任护理的远征军士兵李万春的口述基本一致:"陆军医院和美军医院尽管挨在一起,但是条件差别很大。陆军医院的伤病员多数吃不饱饭。经常跑出去,或以便宜的价钱买,或不出钱拿周围老百姓的瓜菜、豆类煮吃。老百姓一是不敢惹他们,二是觉得为抗战受伤也挺可怜,所以要买要拿随他们,从不多说什么。"而美军医院就不同了,"美军医院一天要吃一头牛,而且只吃中腿,还由美国人自己加工,牛的其他部分统统给医院里的中国民工吃。""他们吃的罐头都是从美国运来,也是吃一顿剩下的就不要了。也都给了做活的民工。这些民工很难将这些剩肉、佳肴端回去。因为一出美军医院,就会被饿极了的中国远征军伤病员劫走。"

滇西反攻结束后,美军医院是最先撤走的。美军人员乘坐飞机离开之时,虽然有很多东西他们无法带走,但也不留给附近的老百姓,他们对附近的老百姓说:"如果给了你们,我们走后国军士兵又来找你们的麻烦,不好。"后来,美军将所有带不走的物品全部丢弃于郊外烧毁。

尽管美军在生活和补给上要求很高,但是美军或美国政府自1941年开始支持中国的抗战以来,不仅在抗日战争最艰难的时期开辟了驼峰航线,使得中国内地的抗战得以顽强坚持,而且在太平洋战场和后来缅北反攻作战中,美军先后在菲律宾群岛、阿留申群岛、缅甸以及印缅战役、塞班岛、瓜达尔卡纳尔岛、硫磺岛、冲绳战役等对日作战战场给予日军沉重打击。至世界反法西斯战争结束,美军先后有38万余人阵亡,其中在对日作战战场中有12万余人献出了自己的生命。仅在滇西缅北"驼峰航线"长达3年的艰苦飞行中,中国航空公司共飞行了8万架次,美军先后投入飞机2100架,双方总共参加人数达84000多人,共运送了85万吨的战略物资以及战斗人员33477名。美军在这条航线上总共损失飞机1500架以上,牺牲航空人员2200人左右。在配合中国远征军行动的缅甸中部和东印度战役中,美国陆军人员也在战斗中阵亡3810名。依靠这样的代价,盟军取得了击落敌机2600架,击沉或重创敌商船223万吨、军舰44艘、100吨以下的内河船只1.3万艘,击毙日军官兵6.67万名的骄人战绩。由于美军的直接参战,中国取得抗日战争胜利的时间得到了提前。

如今分布在中国的抗日航空烈士纪念碑上镌刻着3000多名烈士的名字,其中有2200名美国军人,他们把年轻的生命献给了中国的天空。当看见这些名字,我相信每一个中国人都会对他们表示崇敬,因为他们用生命和热血实现了维护尊严和正义的行动,我想这是有正义之心的中国人所应当铭记的。

## 三、挫败之师

1942年新年伊始,渴望独立的缅族青年昂山终于带领日本人来到自己的国家。1月4日,昂山领导的缅甸独立义勇军引导日本陆军第十五军五十五师和三十三师从泰国分三路进攻缅甸。无论是装备水平、作战能力还是兵员人数,当时防守下缅甸的英缅、英印军都无法与日军抗衡。加之德钦党的民族主义宣传,英军阵营里的缅族士兵纷纷倒戈投向日军,英军很快呈溃败之势。

为保住仰光港和滇缅公路,中国远征军千里奔袭赶来救火。中国远征军共计十个师,加之装甲兵团、炮兵团、汽车兵团等总计十万余众,相对于日军而言在数量上有压倒性的优势。但由于英国方面仍然担心中国人赶走日军后待在缅甸不走,进而一再拖延远征军入缅作战时间,直到1942年2月初,中国远征军只有两个师得以进入缅甸景栋地区,其余各部仍在滇缅公路集结待命。至2月中旬,英军在缅甸的战事已经面临全线崩溃,英国政府开始急切要求远征军加入战斗序列。1942年2月16日,第五军以二〇〇师为先头部队急进缅甸,3月8日到达同古,此时日军已经占领仰光港并空袭同古。3月19日,二〇〇师与英军换防,在同古仓促投入战斗。至3月30日,日军攻陷同古。中国远征军和英军从平满纳、棠吉、腊戌、新维等地一路向北败退。日第十五军以第三十三师团追击英军,以军主力进攻中国远征军,中国远征军和英军开始了漫长而惨烈的缅北败退之旅。

中国远征军辎重部队的山炮、坦克甚至没来得及向日军发射一发炮弹,就被迫调头回撤。此后,近三十万人涌入缅北狭长地带,逃亡的人群和日军的围追堵截、空袭使得缅北地区混乱不堪。幸好缅北的山地、峡谷,以及遮天蔽日的原始森林使得日军追杀的速度稍微变慢。但是德钦党成员已经潜入缅北地区,鼓动那里的山地民族截击败退的英国人和中国人。在此之前,西方传教士们通过富能仁创造的傈僳文字翻译了诸葛亮七擒孟获的故事,这个故事里说诸葛亮是汉人,孟获是缅北山地民族的祖先,并对此前从中国分批次流亡缅北的傈僳人说"以前汉人统治你们,将来你们回去统治汉人",强化缅北山地民族的排汉情绪。德钦党顺水推舟利用英国人苦心经营的排汉情绪,组织缅族和北部山地民族破坏桥梁,阻击中英军队。

缅北山区和中国的傈僳族以高黎贡山为界,对中国远征军是两种不太相同的态度。在此之前流亡到高黎贡山以西的傈僳人过着封闭的生活,他们不知道中国,只知道汉人,与"汉人"的战争记忆仍然鲜活地留在他们的脑海。败退的英国人和中国人到来之前,那里的傈僳人已经逃往深山密林,并积极准备游击侵袭。他们并没有政治和国家概念,积极备战只不过是为了阻止这些擅自闯入家园的陌生人给自己带来未知的灾难。但是在经过正规训练和拥有现代装备的远征军面前,傈僳人、若旺人、阿侬人、茶山人显然没有构成太大的威胁,除了偶尔掳走盟军飞机空投下来的日用品之外,当地土著人的冷兵器袭击大多被远征军密集的枪弹所击退。

1942年6月17日,位于高黎贡山东部的福贡设治局普利乡乡长杨瀚收到九十六师工兵团团长李树正转送师长余韶的信件,19日呈送福贡设治局局长孙模,信的内容是这样的:"远征军归国先头部队已绕道抵俅江,准备从拉旺达路翻越高黎贡山归国,两日内即可抵达怒江,劳烦沿途修理道路并准备四千官兵伙食。"两天后孙模又接到余韶的"快足代递"公函,要求"查照火速准备全师官兵约八千人食米六日,派遣壮丁于6月26日之前送至高黎贡山山心及俅江等处",并要求克日送食盐四百斤、大米六千斤至怒江岸的喇吗底渡口等候,以便到时使用。时怒江两岸正是青黄不接之季,百姓们的青青稻谷和玉米还在田里,而陈年的粮食也将吃光,可是军令如山倒,区区一个设治局长岂敢怠慢。面对即将到达的数千食客,怒江两岸的穷苦百姓像炸开了锅,沸腾起来,很多人因为恐惧和交不出粮食而逃进了深山密林。

1942年7月7日,九十六师在扁戛抛弃了重炮,前往近在咫尺却又千里之遥的东方家园。炮兵团到达中缅边境傈僳族聚居区拉打阁赤土坝村时已经病死、饿死几乎一半。此前以四川人张伯伦为首的"红帮"召集来自内地的逃犯、流民在那里开掘金矿,英缅政府只收税不问政,红帮因此在赤土坝形成了较大的势力。在赤土坝掘金的云南宾川人李华山虽然看远征军溃不成军,但深知匪不与兵争的道理,在炮兵团到达赤土坝时,强迫当地傈僳人、独龙人、怒族人捐肉捐粮捐酒救济远征军回国士兵,粮尽军旋的团长朱茂臻深受感动,不仅将拿不走的武器送给了李华山,还许诺将来保举李华山担任中缅未定界戍边上校大队长。后来李华山果然于1943年投奔滇西纵队郑坡旗下,当上了游击大队上校大队长,但是李大队长在怒江兰坪高轩井一带以招兵买马为名招摇撞骗,被国民党"蓉总部"抓捕,扔进云龙石门井监狱禁闭,不久后越狱逃走,再度逃亡赤土坝重操旧业。

在日军的堵截追击之中,数以万计的傈僳人倾尽全力参与了接应九十六师回国的任务。其中有一位叫霜耐冬的傈僳人留下的一篇回忆录这样写道:

"1942年6月开始,入缅抗日的中国远征军九十六师在师长余韶的指挥下,从缅北翻越高黎贡山,经曲古山口、矢孔山口、鸣克山口进入福贡。第五军九十六师是从曲古山口和矢孔山口归国,六十六军二十八师八十三团由鸣克山口归国。

"从定边乡兵站进入福贡的归国部队源源不断,接待站的人员每天都忙得不可开交。可就在这时又有消息传来说,有一支归国部队在俅江念来门赤村受饥待济。由于不知道确切情况,局长孙模先派古泉村的恒扒亮带上孙模的亲笔信到俅江念来门赤村联系。不久恒扒亮从缅甸回来,并带回归国部队的一封信,交给了孙模局长,信的内容大概是说:'本部将于近日由鸣克路归国,现粮秣紧缺,特请孙局长派民夫运送粮秣到高黎贡山以西接应,并修理俅江至怒江的鸣克驿道,以利军行。'

"知道确切情况后,局长孙模命令我负责此事。接到命令后,虽然我站的接待任务十分繁忙,但我还是立刻增派民夫,带着粮食到俅江念来门赤村接济。同时调集民工修理了高黎贡山以东的道路,并在过夜处搭盖草棚,以便远征军路过时宿营,在怒江密尼玛渡口还增加了两股陡溜索。做完这些工作后,我又亲自带领民夫带着粮食和酒菜,到离古泉村一天路程的阿立马子山上接应远征军归国部队。从此路归国的部队是远征军六十六军二十八师八十三团,团长姓杨,这个团由于染上霍乱和疟疾,再加上饥饿,在俅江境内的归国途中,就死了不少官兵,回到福贡时只剩二百余人了。当天我接到他们时,杨团长身边只带着三十多名士兵。"

霜耐冬先生最后这样结束他的回忆:"从1942年6月开始到同年10月份,福贡设治局才结束了接待远征军归国部队的任务。当时福贡全县民众不过万把人,人民很贫困,而此时又是青黄不接的季节,但福贡人民不管有多大的困难,自己吞糠咽菜,想方设法,为八千人的归国部队提供粮食、酒肉、蔬菜,还有数不清的民夫为归国部队接运物资。福贡人民为抗日战争的胜利做出了自己的贡献。"

1942年8月5日,九十六师师部到达福贡,此后至11月底的5个月中,中国远征军40个营以上,约2.5万人陆续经过高黎贡山以东地区,使得怒江、澜沧江流域的各族人民繁忙不堪,福贡、泸水、碧江、贡山各山地民族几乎全部加入了援助远征军的行动,期间共征派民夫不低于19886人,供应大米不低于

333164斤，供应杂粮不低于125748斤，食盐2935斤，柴薪32万斤。仅怒江福贡、泸水两县就有388名各族劳工在接应远征军回国过程中死亡。虽然接应远征军归国的过程总体平稳，但也并非所有溃军都能够遵守纪律，时一部溃军从腾北溃逃至泸水，他们在卯照镇利吾把村吊打傈僳族保长伍此扒勒索钱财、大米和肉食，但是这里实在是太贫穷了，无法满足溃军的要求，伍此扒因此被溃军折磨得死去活来。甚至后来驻扎在瓦姑斋房的野战医院卫生连担架排张排长也带着部下跑到傈僳族村庄里抢劫财物。虽然这些行为在傈僳族地区造成恶劣的影响，但生活在高黎贡山以东的傈僳族还是帮助败退的远征军找到翻越怒山山脉和云岭山脉的各种小道，并分别引领他们回到澜沧江沿岸。在工兵团孙茂臻部到达维西县城时，当地治安混乱不堪。孙茂臻部一名排长甚至在县城北街遭遇抢劫，劫匪们不仅揍了排长一顿，还抢走了他从缅甸带回来的大衣、手表、宝石等物件。维西县长萧瑞麟因此被孙茂臻问责，好在三天后劫匪被维西警备队抓获枪毙，否则难说萧县长不人头落地。

到达丽江县石鼓镇时，当地民众在范义田的带领下举行了规模宏大的欢迎仪式，当地纳西、傈僳、白、汉族群众纷纷拿出米面酒肉到石鼓铁索桥头迎接溃军，傈僳族进步青年和耕记录了当时的那副名联："东瓜战场写下一页历史，大战一百回，国外扬威，是唐代远征横绝葱岭帕米，而后第一壮举；野人山地踏破千古洪荒，越千山万重，云中返旌，看边区同胞沿途箪食壶浆，以迎成千掌声。"对联写得荡气回肠，热烈的场面也不像是迎接溃退败军，倒是更像在欢迎凯旋之师，不知道看了这副对联的朱茂臻团长心里是什么滋味，不过他倒是曾因滇西穷乡僻壤有如此博识古今的隐士而发出过惊叹。

远征军第九十六师在平满纳参战人数为9863人，战死战伤者4081人，生死不明者453人，回国途中病死、饿死及抬炮死亡1500余人，幸存者约2300余人，生者皆病容满面，疲惫不堪。造成九十六师如此悲惨结局还另有原因，当1942年5月九十六师叫通重庆统帅电台时，蒋介石第一次派飞机空投缅北葡萄县的不是食物,而是四万卢比和大批银圆。后来决定回国时,余韶要求每名士兵背负26斤粮食前往怒江,一部分士兵没有照办,反而选择背着卢比和银圆回国。在人烟寂寥的茫茫雨林里,这些银圆又有什么用呢?因为没有按照规定要求背上足够的食物,从而造成沿途总体食物匮乏,大量人员饿死病死。整个第一次远征缅甸作战,战前动员15万人,战后仅存4万人左右,至少有5万人葬身于穿越缅北丛林的路途中,这真是累死三军的场面啊!

在这场战争中,缅北滇西的各族人民为了抗战无条件抽出劳力去修筑滇缅公路、中印公路,甚至冒着枪林弹雨奔走在崇山峻岭之间运送弹药、枪械、食物,还要忍受雨林中的蚊子、蚂蟥和毒蛇的侵袭,运回断脚缺手的伤员,而自己似乎没有生命,死了成为一堆沉默的白骨,活着,则隐匿于那些虚拟的英雄墓碑与杂草之间。他们的名字没有人知道,他们死亡的数量成为人间永远的谜团,而他们用血肉铺成的滇缅公路和中印公路仍然在缅北峡谷和丛林之中蜿蜒,仿佛一条没有尽头的苦难之路。

## 四、乱象

在腾冲方向,1942年3月底从缅甸撤退的第五军1500名将士军械整齐,本想到腾城驻扎,与当地行政委员会联合组织防线,不料走错了路,在缅箐、和顺、肖庄一带盘旋数日,当他们到达腾冲西门时,日军先头部队也到达了腾冲城南门。惊慌失措的第五军士兵摸不清日军兵力,加之腾冲县长、警备长、护路营及各机关已各自收拾细软、鸦片二百余驮离城逃遁,远征军不敢入城,退走马场,西出界头寻找军部去了。由此,1942年5月10日,292名日军兵不血刃占领了腾冲城,城内一万多居民相率出逃,有些逃进高黎贡山的深山密林,有些奔走于滇缅公路狭窄拥挤的道路上。当连接怒江东、西岸的惠通桥炸毁后,滇缅公路上更是惨状迭出。难民、溃军、华侨阻塞于狭窄的道路上,上有飞机空袭,后有日军猛追。在腊戍、畹町、遮放、芒市方向,逃亡的士兵将那里的几万吨物资和500多辆汽车付之一炬,浓烟蔽日。在拥挤的道路上逃跑的人群混乱不堪,抢劫、斗殴甚至杀人事件屡见不鲜,那真是一幅惨不忍睹的亡国乱世之惨象啊。

第一次入缅作战的惨败并非偶然,而是有其根深蒂固的原因。这里有两个真实的事件反映出民国军政官场的劣迹,一个事件与云南省主席龙云之子龙绳武有关,这个事件被称为"泸水大烟案";另一个事件与地方土司和中央军有关。

清朝中期,缅北和滇西地区开始种植罂粟,由于地理气候和环境十分适合生长,滇西的鸦片产量和品质都居滇缅之首。怒江泸水也因此成为罂粟高产区,每年大约可以生产鸦片三万至五万两,那时候鸦片经营是一块令所有商人都垂涎的肥肉。自1913年开始"坚决铲除罂粟"以来,到1938年,国民党云南当局不知道出于何种原因,决定在边疆少数民族地区开禁放种三年,但是到了第二年,人民又接到禁止种植罂粟的指令。1939年8至9月,龙云曾三次派出"禁烟委员"到泸水督促禁种,强迫人民铲除私种的罂粟苗,表面上看起来这一次好像禁得很坚决。

人们忙活了一阵子种下罂粟苗后,又忙活一阵子铲除了它们,时间已经到了1939年10月。但不久后,龙云的长子,时任腾龙边区行政监督及昆明行营第二旅少将旅长的龙绳武召集滇西边境上的18个土司和设治局长召开了一个"夷方禁政会",又要求在这些地区再展种罂粟一年,并在会上分配给各局、土司相当庞大的上缴精品鸦片的数额,要求强制执行。泸水被分派任务数额竟达35万两,这是泸水正常时期年产鸦片总量的10倍。

一年之内出尔反尔反复三次,当主席的爹说一套,当土皇帝的儿子又说一套,这可苦了泸水设治局的孙本仁和段氏土司,他们根据龙云的要求在三四月间已经铲除了所有罂粟苗,如果按照龙绳武的要求补种罂粟也过了种植季节。1940年春天,龙绳武派出"禁烟委员"赵化矜准时到怒江泸水收取鸦片,但是只从原来没有铲除干净的罂粟田中收到新产鸦片四千余两,只到其规定数额的百分之一。

"禁烟委员"赵化矜却管不了有产无产,只管照单要求泸水设治局交出规定数额的鸦片。设治局长孙本仁只好将五个段氏土司扣押起来,要求交出摊派下去的鸦片。一部分土司从民众手中搜刮了所有陈年鸦片,然后拿出银子行贿之后,勉强应付过去了。但多数土司根本拿不出这么多鸦片和银钱去行贿,只能向富户和百姓摊派,多者每户一二百两,少则每户十两八两,强迫群众买鸦片交售。泸水市场上的鸦片价格因此从每两大洋5角涨到8元,暴涨近20倍。而"禁烟委员"收购的官价是每两2.5元,每向"禁烟委员"交售一两鸦片就要亏损5.5元。谁也承受不了这种比抢劫还不公平的交易,连登埂土司也被逼无奈带上家眷逃亡腾冲,最后沦落到家破人亡的地步。

"禁烟委员"赵化矜却在做另一番打算,他带着龙绳武让他去收购鸦片的资金跑到缅甸密支那买了三十多驮廉价鸦片和其他货物试图运到泸水高价销售后,又按照龙绳武规定的价格低价收回,想来个空手套白狼大捞一把。不料风声走漏,被泸水设治局长孙本仁知道,孙本仁借堵查走私之名扣留了赵化矜的鸦片和货物,在扣留期间孙本仁私下高价倒卖了一部分鸦片。赵化矜由此向龙绳武告发,龙绳武派一个连的士兵前来泸水逼迫孙本仁交出扣押的走私货物。在清查中,孙本仁拒不交出其倒卖鸦片所得的款项,赵化矜带兵进入孙本仁宅内搜查,后在天花板顶棚上发现大量现钞。孙本仁的父亲当时也在现场,见事已败露,激恨交加,顺手拿起桌上的裁纸刀捅死了赵化矜。查案官兵当即将孙本仁父子钉镣收监,解往昆明查办。后来孙家父子贿赂官员走通关系,官府认为他们"查禁走私无罪,失手误杀不同有意杀人",关押了三四年后便被释放。后来龙绳武放弃腾冲向东逃命所带走的二百多驮物品之中有一半以上是鸦片。他不仅利用父亲的威望在滇西少数民族地区大发国难之财,而且为一己之利,在其商队通过怒江后下令拆毁齐虹桥上的木板,导致逃亡民众和军人大量滞留怒江西岸。

关于地方武装与正规部队明争暗斗、贪污腐化、各自为政、矛盾重重、自私自利的情况,大概可以从中共党员和兴周先生的遗稿中管窥一斑。1943年,在澜沧江东岸的叶枝土司府,轰轰烈烈的游击战备训练还不到两个月,维西支队司令杨文榜和副司令王嘉禄土司就吵翻了。"维西支队司令杨文榜率领他从云龙带来的一个连队进入缅北独龙江山区活动去了,少校副司令王嘉禄在叶枝就地组建武装队伍"。王嘉禄任命和兴周为参谋,"早晚训练骑兵队,教会使用机枪、冲锋枪及骑兵号令、口令,部队的攻击、防御、追击、退却等科目"。可是好景不长,"正副司令闹不团结,各自为政,杨文榜带来的正规军只有百余人,当然不够,需要扩军,兵源不够可以招收,可是军费无着落。希望副司令在财力物力方面给予支持。而副司令王嘉禄一再借口推辞,一毛不拔。后来杨文榜竟强令王嘉禄限时将叶枝土司兵开到怒江,王嘉禄更不买账,直接答复:怒江上游无敌情,无的放矢劳民伤财,不去!"

"这边,王副司令却在积极扩军,惹怒了杨司令。"杨文榜以不理军务、按兵不动、贻误军机为由将一纸讼文传至第十一集团军宋希濂处。但是也有人向宋希濂举报"杨文榜在缅北中英未定界犯了对外政策方面的错误",看来副司令王嘉禄也非等闲之辈。接到控诉的宋希濂一纸电令将杨文榜、王嘉禄两位司令召回集团军司令部准备处理。王嘉禄暗暗惊出一身冷汗,毕竟对手来自国民党正规部队,而自己只是一方土司,不知道此行会对自己招来什么后果。杨文榜看来要利用自己在司令部的关系准备狠狠教训不听军令的王嘉禄,接到电令后率领直属部队直接返回大理报到。副司令王嘉禄接到电文后也不敢怠慢,临行前在维西备齐了五十余驮山货土产浩浩荡荡地出发了。深谙民国为官之道的王副司令清楚,在暗箭横飞的民国官场厮混得有所准备。土司王嘉禄一到大理就带着和兴周首先找到了李根源,王嘉禄知道李根源为官清廉,并不敢带任何礼物前往,直接陈述了与杨文榜之间的纠纷,请求李根源为他求情,李根源果然派尹德铭写了一封私信给宋希濂,大概是说战时"边境土司宜特别从宽,切不可以军律对待,以利团结抗日"等。

下午,王嘉禄命令和兴周带着李根源的信件,押运"驮着麝香、鹿茸、西藏毛料、南洋三炮台香烟等珍贵礼品一驮"去找宋希濂。在礼物和信件送达深深宅院后，宋希濂满面笑容地接见了和兴周，并邀请他和王嘉禄次日中午到司令部参加宴会。第二天果然有一辆黑色轿车前来旅店接应王嘉禄和和兴周。参加本次宴会的将官、校官，军、师、旅、团干部大约30人。官阶森严的宴会上，空气凝重，鸦雀无声。杨文榜也出现在宴会上，不时用眼睛瞪着王嘉禄，王嘉禄表面若无其事，内心必定忐忑不安。对于王嘉禄而言，大理之行仿佛是在奔赴一场漫长的鸿门宴。

在宴会上宣读军政部通令、蒋委员长训词等等一系列文件后，参谋长宣布各军、师、旅、团人事调动、升迁、调补文件，有的升官，有的降级，有的撤职，有的记过，有两人甚至被移送军法审理。维西支队司令与副司令明争暗斗的最后结局也在宴会上揭开，宴会上宣布了撤销怒沧上游游击支队，杨文榜调回大理战时干训团任教育长的决定。因为没有提及王嘉禄的名字，王嘉禄算是胜了一着险棋，悬在其心中的巨石终于落了下来，"看来是李老的信和重礼起了作用"。受了一场虚惊的王嘉禄仿佛劫后余生，在安排好他的经商队伍后于1943年8月14日带着几名亲信到大理将军洞看了四天的戏，期间点了一出"三堂会审"竟赏国币一万元，轰动全场。

即使是在高黎贡山西部的深山密林中，土司及其亲属也过着极尽奢华的生活。滇西纵队军事委员会作战处参谋郑铁轮有这样的记录：怒江六库土司段浩在"距片马以东20来里的小茶坡有一个小衙门别墅，属于他的侄女。侄女常住昆明。精致的竹楼别墅门口拴着两只大花鹿，院内养着锦鸡鹤群，有几座高低不一的竹楼参差毗连构成庄园的主体部分，结构玲珑精巧，厅堂书房俱全，陈设装饰华丽。回廊曲折，帘栊掩映，全是竹料精编细镂而成。园林花木扶疏，亭台优雅，真是别有洞天。宴席上摆满山珍海味，美酒佳肴，有猴头，熊掌，鹿脯。我十分惊讶，在这蛮荒地方，而土司竟如此阔绰！"

出手阔绰的滇西土司们在轰动戏场或者品尝山珍海味的时候，战云密布之下的滇西各族人民在吃糠咽菜、苦不堪言。据早期人类学者张征东调查,在国难当头之时,滇西地区维西县的傈僳族需要承担包括"建国储蓄、军骡费、县财政费、房捐、军米折价费、运输团新兵验兵费、送兵费、阿墩游击支队食米、阿墩独立连食米"等37种税费和派款、派粮,按每户平均每月计,应交纳国币1000元以上。抗战之事是当地一些土司敛财的好机会。当地土司在上司和正规军队面前振振有词、屡表共赴国难的钢铁决心,暗地里则利用当局征兵抓丁的机会疯狂敛财。按照国民党当局"三丁抽一、五丁抽二"的政策,1940年前后的维西傈僳族地区,如果向当地土司缴纳500至800大洋,土司们就会协助隐瞒人口。但是到了1942年以后,由于长期的战争致使内地青壮年男性锐减,滇西土司们也无法再隐瞒户口了。当地人民在向土司交钱保人之后,仍然照抓不误,土司们不知从欺上瞒下的过程中捞取了山地民族多少血汗钱。怒江地区各民族每户每年要向国民党设治局缴粮二斗,缴纳包括党部、设治局经费和兵役费等每户半开8元,其中仅兵役费就有半开8角至1元。每换一个局长或乡长,每户要送2至3元的礼品,另外每户还得为他们承担3至4元的养家费。各种杂税加在一起,每年每户平均要上缴15至16元半开,当时一个半开可以买到3斤猪肉,折成2015年人民币价格,怒江百姓每年每户要交纳人民币720元左右的赋税。这对于当时傈僳族的经济水平而言,应当是接近极限的沉重负担。

## 五、敌后滇西民族

在后方人民倾尽全力支持抗战期间,滇西和缅北的山地民族也在和日军周旋游击,其中有一支由缅北山地民族组成的闻名一时的部队叫"一〇一特遣队",也叫"克钦别动队"或者"克钦支队"。1942年2月,为了反攻缅甸,史迪威同意在印缅边境组建由缅北山地民族组成的游击部队,并指派他的老部下卡尔·埃夫勒上尉训练和指挥,这支部队就是一〇一特遣队。同年4月,埃夫勒率领仅有几十人的一〇一特遣队进入缅甸。史迪威交给特遣队的任务是进入缅甸丛林，深入日军纵深采用各种方法袭击日本人。特遣队首先驻扎于印缅边境的小镇纳济拉，埃夫勒在那里招募人员扩充部队，那里的景颇人、傈僳人、阿侬人、若旺人、纳加人和败退的英国军人，以及部分难民前来应征。根据史迪威的要求，埃夫勒要将这些人员训练成近似于今天所谓特种部队。鉴于这支部队对单兵素质的特殊要求，景颇人、傈僳人和缅北各民族的山地生存经验得到充分发挥。盟军在训练他们时发现，这些山地民族不太喜欢结构复杂的现代枪械，甚至对先进武器的使用和日常维修一筹莫展。但是他们很快爱上了威力无比、能够开山炸石的军用炸药和美国南北战争时期使用的滑膛枪。埃夫勒将这一问题报告了战略机构办公室，后来美国政府应埃夫勒的请求，从尘封了80年的仓库中翻出五百支斯普林菲尔德土枪运往缅北山区用于武装这支部队。

这些山地民族拥有良好的野外生存能力，加之通过盟军的专业训练和装备了现代武器，特遣队在短期内有了很大的发展，1942年年底，他们训练出了第一批200名士兵，在完成任务中发挥了重要作用。1943年1月，埃夫勒派出一支由12人组成的特遣小组从纳济拉出发赴敌占区建立根据地并破坏通往密支那的铁路线，从而拉开了这支部队丛林实战的序幕。27日，携带食品、武器弹药的特遣小组被空投到密支那以南一百英里的密林中，他们在丛林之中消失，在崎岖的山路上行走，没有被日军发现，两天后到达了指定区域。特遣小组分成六个小组，按两人一组沿铁路线安放炸药。当队员返回密林中时，身后传来的爆炸声炸毁了5英里的铁轨。

缅北土著民族的加入给特遣队带来了古老而又实用的游击和猎杀方法，传统战法与现代武器的完美结合使得这支部队如虎添翼，在丛林中游刃有余。他们用祖先流传下来的捕猎方法对付日本人，常常在日军巡逻队经过的小路两侧埋藏尖锐的竹签，当巡逻队到来时突然发动袭击，慌不择路的日军通常会选择在道路两边卧倒，于是扑到了埋藏于草丛中的锋利的竹签上，这些竹签往往已经涂上见血封喉的剧毒草乌或可以致使伤口在炎热的丛林中迅速感染的粪便。而这些土著人则躲在大树上、草丛中坐享其成,向闯进陷阱的日军交叉射击,进入这种伏击圈的日军几乎没有人能够成功逃脱。有时他们也用猎取野猪的方法设置一些装有毒箭的暗弩和"绊索、毒签陷阱"对付日军,他们甚至用土洋结合的方法发明了一种新的作战利器:"在一个五英寸的空心钉中,装一颗子弹和一个压力起爆器,当日本兵踏上这颗子弹时,子弹被引爆,钢钉就会穿透他的脚或身体,这些空心钉在日军中间引起难以名状的恐惧。"战后,耿德铭先生将一部分古老战法在《滇西抗战史证》中总结为"滇西抗战中的傈僳打法"。由于缅北、滇西景颇族加入突击队的人数与日俱增,突击队甚至专门成立了一支景颇支队,即"JINGPAW–RANGERS"。

美军也承认"景颇人、傈僳人和特遣队的成员有超强的密林生存能力,能够完成常人难以完成的工作"。据说有一次,美军一架运输机被日军击落,一名飞行员跳伞时落到了一棵高大的红木树上,他双臂已经折断,头下脚上倒挂在100多英尺高的树杈上,被树枝划开的伤口鲜血直流。三名安全着陆的同伴因为无法营救而准备开枪以结束他的痛苦时,特遣队的土著队员赶到了。他们娴熟地砍倒一棵小树,让它斜靠在红木树上当作梯子,飞快地爬上树梢,在树上跳来跳去,将飞行员救了下来。第二天,获救的飞行员和他同伴一起踏上了回归纳济拉的路途。景颇人、傈僳人和缅北的土著队员用各种方法在密林中营救了200多名空军坠机跳伞人员。

除此之外,让西方人感到更不可思议的是土著队员的架桥技巧,只要有三至四个人,他们可以使用随身佩戴的长刀迅速砍下竹子或者藤条,在不到四个小时的时间里在三十米宽的河面上横空架起一座能让所有队员通过的藤条桥或者竹索桥。在情况危急之时,他们通常能够在半小时内砍倒参天大树架成独木桥,人员通过后又迅速拆掉它,很多队员在完成深入袭击任务之后常常用这种方法成功堵住日本人的追击。

对于一○一特遣队中的缅北山地民族来说,茫茫丛林简直是天然的食品仓库,他们中的几乎所有人都知道丛林中的哪些植物、野果能吃,而哪些有毒、哪些能止血。知道用什么植物能够将游弋在天然河网中的鱼群熏昏后手到擒来,甚至能够活生生地吃掉发臭的水蟑,因此只要有足够的盐和火种,他们便可以在茫茫的森林之中消失几个月,这种强悍的山地生存能力使得一○一特遣队的战斗更像一种狩猎活动而不是战争。

因为缅北山地民族的外貌与缅族人相似,特遣队中的土著队员还承担着搜集情报和指示目标的任务。1944年8月,特遣队发现一个名叫摩达的缅甸小镇驻扎着1000多名日军,存贮着大量军用物资。特遣队迅速将此事报告了盟军航空联队。随后,几十架战斗机携带爆破弹和燃烧弹准确攻击了这个小镇,彻底摧毁了日军的武器弹药库,并造成200多名日军在此次空袭中丧生。

一○一特遣队的出色表现引起战略机构办公室的重视,战略机构办公室主任多诺文下令将特遣队的经费从每月5万美元增加到10万美元。至滇西反攻期间,特遣队中的景颇、傈僳等山地土著成员已经发展至10000多人,美国人500多名。在三年多的缅北丛林作战中,特遣队取得了辉煌的战果。他们一共消灭了5447名日军,并造成至少一万名日军受伤或失踪,而他们自己才损失了184人。由这个伤亡数字的比例,完全能够看到缅北各民族的山地作战能力。

后来有一个广为流传的竹筒故事,讲述的是统计敌方伤亡人数时,土著队员几乎都能报出准确的毙敌数据,尽管史迪威对特遣队的战果深信不疑,但对他们报出杀死日军的数字如此精确产生了疑问。有一次,他问一名特遣队成员如何做到对毙敌人数如此精确的统计,这名战士打开挂在腰间的竹筒,从里面倒出一些看上去像黑透干果一样的东西。史迪威困惑地问道:"这是什么?"这个土著士兵答道:"日本人的耳朵,每两个一份,数一数就知道杀了多少日本兵。"史迪威至此惊讶地发现,每个特遣队员腰间都有一个装耳朵的竹筒(傈僳族称为竹箭筒),他顿时对这支英勇善战的丛林作战部队肃然起敬,特遣队因此受到了美国陆军总部的表彰。

缘于抗日战争可能发展方向的战略评估,毛泽东、周恩来、朱德等中共领导人不仅希望国内抗日统一战线能够巩固,而且希望形成滇西、缅甸、越南、印度区域的国际反法西斯阵线。早在1940年9月27日,日军登陆越南海防之后一天,李根源就曾经接到过云南陆军讲武堂爱徒朱德的来信,信中说:"我国抗战处此环境,唯有全国团结一致,发动广大民众共同奋斗。德深信抗战建国的大业必能完成。吾师远处滇南,日寇威胁昆明当有制敌良策。德为防滇计,当请吾师发动帮助越南、缅甸、印度之广大民众起来抗战,吾师以为然否……"

1942年5月1日,李根源发表了《告滇西父老书》:"要确保滇西军事的胜利,端赖我父老发挥自己的力量。民众的力量尽到一分,军事力量即增加一分。"并号召滇西各族人民"齐心协力,坚定最后胜利的信心,发挥军民合作的力量。加紧组织民众,训练民众,加强民众自卫,协助军队,尽到守望、运输、救护、侦察、通讯的责任"。这封公开信在滇西各地引起广泛反响,滇西各地土司先后致电李根源表达抗战到底的决心,省会昆明的一些爱国团体、人士和青年也纷纷倡议支援前线抗敌保国。1942年5月7日,中共中央机关报《解放日报》发表了《腊戍失陷与国内团结问题》的社论,指出西南边境遭受日军攻击"给我国造成了严重的困难局面",但只要紧紧抓住民族团结和抗日民族统一战线这把"今天我国克服困难取得胜利的钥匙,我们就有足够的力量克服这些困难,击破侵略者的一切进攻"。龙陵象达人朱嘉锡在中共党员朱嘉壁、张子斋等人的影响和鼓励下,组织旅昆滇西学生、爱国人士向龙云请缨深入敌后游击。征得龙云同意后,组建了一支名为"昆明行营龙潞区抗日游击队"的队伍。朱嘉锡被龙云委任为游击队司令,并兼任沦陷的龙陵县县长。游击骨干队员有云南陆军讲武堂毕业军官郑作用、云南大学讲师甘襄庭、中央军校学生金完人、中央军校昆明分校军官训练班毕业生王开秀、刘叔良等人。1942年6月8日,仅有100多人的游击队乘上西南运输处配给游击队的三辆卡车离开昆明,在途经下关时又征集了一些当地爱国青年和散兵游勇,队伍发展到300多人。

自从日军进入怒江以西后,滇西各民族的自发游击和袭击也随之展开。怒江两岸和中缅边境24个土司无一人投降日军,他们是户撒、腊萨的阿昌族土司赖奉先、盖炳全,瑞丽、潞江等地以方克胜、线光天为代表的十三家傣族土司、怒江泸水五个白族土司、鲁掌彝族土司、班洪佤族土司、西盟拉祜族土司等等。活跃在敌后战场的由傈僳族组织或者以傈僳人为主要力量的抗日游击武装有十余支,主要有神户关杨秀成领导的孟嘎抗日自卫队,曹保祥组织领导的龙陵傈僳族游击大队,余有福组织领导的木城傈僳族游击中队等,这些自发游击武装加上滇西纵队的人数,以滇西山地民族为主组成的游击武装人员总数在4431人上下,他们中的一部分人自怒江西岸沦陷以来一直在分散作战。

1942年5月,日军尾随追击溃退的远征军至龙陵县境,那里有曹保祥组织的一支只有30多人的自卫武装,成员全部是当地的傈僳族。在获知日军到达与之相邻的潞西县时,自卫队员迅速赶修弩弓,削制弩箭,擦拭火枪、长刀、长矛积极备战。日军攻陷龙陵后,很多傈僳人纷纷加入曹保祥的自卫武装,自卫队员增加到186人,曹保祥将这些队员分成三个小队进行训练和备战。

男人们主要进行弩弓射击、格斗等训练,其他的男女老少全部参与削箭制弩,采集草乌制作见血封喉的毒药"弩箭散"涂裹箭头。傈僳族传承千百年的弓弩武器中的毒箭是这样制作的:"箭用当地生长的金竹烘干削制,长30厘米左右,顶端尖锐,末端平齐,薄至0.1毫米的竹片作为箭翎。毒箭需在箭尖之下切出约1毫米的三道小槽,槽中裹上剧毒草乌,再用长在深山的泥藤浆加以包裹,保证毒性不会散失,可长期存放使用。制作弩箭散的原料是一年生草本植物草乌根块。草乌生长成熟后采摘捣碎成粉,因为毒性剧烈,舂捣加工一般在村外野地进行,制作人还要严防中毒。"

在敌占区各民族积极备战期间,1942年7月13日,朱嘉锡带领 300 多人的队伍从酒房打黑渡口向西偷渡怒江,进入敌占区保山龙陵县平安村成立司令部,收编了当地分散游击的傈僳族抗日队伍,傈僳族自发游击武装得到了一定的武器和经济支援。尽管加入游击队的傈僳族队员都带着土枪、弓弩和毒箭,但是人员的迅速扩大使得朱嘉锡七拼八凑而来的一百余支枪根本不足以武装 800 多人的队伍。为了获得武器和弹药支持,朱嘉锡多次返回昆明请求龙云给予支持。还不得已将私人财产"茂恒商号"、南屏电影院的股金和十间商铺转卖用于购买武器和药品。

1942 年 8 月,日军来到龙陵县傈僳族聚居区,当地傈僳人收拾物品,赶着牲畜、甚至抬着纺车躲进深山密林。200 名日军在几天后占领了一个叫牛圈山的山头,并开始在那里布设工事。这时曹保祥的自卫队员也基本备战完毕。8 月 5 日前后,日军小分队 20 多人进山"搜剿"傈僳人。他们发现了逃难者在丛林中的炊烟,并顺此找到了躲避在山谷里的傈僳人,日本人用机枪和步枪猛烈扫射,一男一女两个老人中弹后血流如注倒地死亡。当日本人看清躲避在这里的人们穿着以前他们并没有见过的奇怪衣服并且手无寸铁之时,便停止了扫射,冲进人群试图抓捕这些傈僳人。

日军不知道曹保祥的自卫队员已经躲藏在丛林之中,并且布置好了伏击圈。顷刻之间,火枪、毒箭从大树上、山岩后和草丛之间猛烈射向日军,6 个日本兵当即身中毒箭倒地惨叫不止,其余日军因为这突如其来的攻击和看不见的敌人仓皇原路逃回。躲藏在丛林中的自卫队员忽然现身飞奔追击,在这林海和山地之间,训练有素的日本人也根本跑不过这些山地民族,飞奔追击的傈僳人沿途射杀了 5 个日本人。从追击中逃生的几个日本人怎么也想不到这些原始部落会在他们逃亡的道路上设下阻击圈,50 多个傈僳人挡住了他们的退路,这支小分队遭到前后堵截和追杀后最终只有 3 人逃了出来,其余全部死于傈僳人的毒箭长刀之下,而自卫队员没有人受伤或阵亡。不敢再贸然进入丛林的牛圈山日军于次日下山,烧毁了牛圈山上寨、牛圈山中寨和苏家寨。愤怒的傈僳族自卫队员于第三天夜里绕过日军后侧潜行到日军军营附近,用毒弩射杀日军哨兵后抢夺了两挺重机枪,此后他们甚至在夜间十多次冲进日军一四八联队设在平戛的营地,发动突然袭击,杀死杀伤日军后抢走他们手中的武器和弹药,然后迅速消失在茫茫的黑夜里。

曹保祥和他的队员们转战于丛林之中行踪不定、无迹可寻,可谓神出鬼没。日军只好试图抓捕藏在深山的老人和儿童相要挟。一个雨后的早晨,日本兵看见了丛林中傈僳人用来遮雨的羊毛毡在薄雾中缓慢出现,他们来到这里抓走了78岁的曹二和他的家人,因为曹二太老了,实在走不动,日本兵用枪托猛击曹二的脑袋,致其脑浆爆出当场死亡。日军企图以抓到的5个傈僳人当作人质要挟自卫队出山投降,但是苦等几天也没有看见哪怕一个傈僳人走出山林,他们最终杀害了抓到的5个老人和儿童。有仇必报的性格促使自卫队员发誓寻找战机为死去的亲人报仇。机会终于在1943年12月的一天等到,那天早晨,傈僳族自卫队接到情报,一小队日军下山沿着岔河凹子南行后正在爬上马鹿塘,可能是要去日军营部。自卫队员即刻整装出发,10分钟后,他们依靠熟悉的地形隐伏在马鹿塘垭口的林丛之中。这个日军小队由12个人组成,当山路上的声音越来越近,他们看清了身材高大、体格肥壮的日军小队长。

顿时弓弩齐响毒箭横飞,先后有7个日本人倒地嚎叫,口吐白沫、中毒抽搐。复仇的自卫队员决定活捉其他日本兵,于是冲入敌阵最终抓住了五个还来不及拉开枪栓的日本兵,将他们押入山林之中。愤怒的傈僳人并不会优待俘虏,分别将五个日本兵捆绑在大树上用乱箭射死,并把他们的尸体全部扔下悬崖。至滇西反攻结束,这支为数不多,依靠弓弩毒箭和狩猎技术进行游击的傈僳族抗日队伍攻击和猎杀了250多名日本兵。此外,还有余有福的木城傈僳族中队,以及孟嘎杨秀成的游击中队,加之怒江西岸至缅北山区民族的自发游击,他们或为自发反抗或为有组织行动,在滇西敌后战场作出了积极贡献和英勇牺牲……

从 1942 年到 1945 年,滇西各民族游击队和在敌占区坚持活动的中共地下党员,深入怒江、兰坪、福贡、维西、德钦、泸水、片马、碧江、福贡等地实地调查,当地共产党员利用熟悉当地风俗习惯和精通傈僳语言的优势,甚至跟随预备二师进入敌后缅北傈僳族聚居的江心坡宣传和启蒙中国共产党的统一战线,形成了一定的群众基础。并陆续提交了《云南西北边疆调查记》、《维西调查记》、《德钦概况》、《中甸土民概况》等翔实可靠的资料和情报。不仅为远征军反攻滇西缅北取得胜利作出了重要贡献,同时也先后用袭击、偷袭、诱袭等手段在各地杀死杀伤日、缅伪军不低于 1500 名。至滇西反攻胜利,国民党要求所有游击队停止活动接受收编。各地分散作战的游击队纷纷自行解散,而龙潞抗日游击队此时还有 2000 余人,1946 年,因为拒绝国民党收编,他们试图从遮放出境进入缅甸寻找"缅甸总支委员会"书记朱家璧,遭到国民党军队的围追堵截,后来在副司令周景云和马仲义大队长运筹帷幄下,游击队才躲过一劫。为了保存有生力量,避免游击队被编入与中国人民解放军的对抗之中,这支游击队在中缅边境小镇"木城"进行了第一次善后复员工作,龙陵、潞西两方面的游击队员由赵有弼率领回乡,外地官兵愿意回家的发放路费,不愿回家的留在龙陵、潞西等地自谋生路,游击队遣散之时还有 1754 人。朱嘉锡带着剩下的丽江、维西队员 300 多人跟随蒋宗祯回到昌宁县蒋家山,最后在那里全部遣散,他自己则返回昆明,准备召集原班骨干奔赴滇南寻找朱家璧参加解放云南的战斗。1949 年 9 月前后,朱嘉锡被国民党西南特务暗杀于红河建水。

这一时期,蒋介石政府也在原地遣散了滇西纵队部分队员,后来辗转流落维西加入中共参与解放滇西北之战的安徽人胡光烈就是当时被遣散的滇康缅游击区战士之一。在我拜访 93 岁的傈僳族共产党员和耕时,谈起胡光烈的事迹感慨良多。老人还说:"国民党打仗不如共产党灵活,远征作战也不全像现在的电视电影宣传。"

## 六、在正面战场

1944年6月,中国远征军与日军在松山、腾冲激战正酣,滇西纵队也开始从泸水西渡怒江,进入所谓瘴疠之地。当时远征军中盛传着缅北"傈僳吃人"的传言,徒加士兵恐惧。当他们进入高黎贡山时,的确遇见了一些腰挎长刀、身背强弩毒箭的傈僳游击队员,满嘴血色让士兵们大吃一惊。后来才知道那是当地傈僳人为防范瘴气中毒而常吃石灰槟榔,染成了满嘴血污之色之故。如果远征军也知道这个办法,也许两年前就不一定会有那么多人死于瘴气侵袭之下了。

在片马方向的反攻作战中,高黎贡山两侧的傈僳族几乎全部支持远征军的行动。这不仅是因为他们在沦陷两年中看清了日本军队的残暴面目,还有部分中共地下党员深入怒江、澜沧江两岸以及缅北山区广泛向当地土司、头人宣传统一战线。此外,由于宋希濂安排美国传教士杨志英担任"滇康缅边境特别游击区"总指挥部顾问,在怒江两岸傈僳族基督徒中产生了较大影响。自1910年开始,基督教开始在傈僳族地区传播,先后有十余名西方传教士常住高黎贡山两侧的傈僳族社区。当地民族自1912年开始与国民党专制统治进行了长达20多年的暴力抗争,使得西方宗教在高黎贡山两侧的傈僳族社区迅速传播。至1944年,滇西、缅北地区已经建立300余座基督教堂,信徒接近五万人,杨志英成为当地最有影响力的传教士。杨志英成为远征军顾问的事实,无疑成为基督徒行动的风向标,因而在客观上形成傈僳族基督教徒高度统一支持抗战的局面。

在攻击片马的战斗中,曾经与英军在片马血战的傈僳族头人勒墨夺帕以及后人协助远征军情报人员摸清了日军的布防情况,远征军由此得知防守片马的日军是第十八师团中井加强大队,由队长黑丰统一指挥,德钦党武装组织有李光有部,日军和缅伪军总人数为3500人,在片马分设东、北防线。中国远征军派出谢晋生部第一支队,由刘智仁指挥正面猛烈进攻两日无进展。尽管此前谢晋生部和当地游击队已在这一地区活动了较长时间,但是在片马风雪垭口遭到日军的顽强阻击,双方发生激烈战斗。三十六师与预备二师正面强攻十余天毫无进展。远征军不得不调整进攻阵势,刘智仁撤出正面战场,带领滇西游击纵队第一支队和六库段氏土司领导的傈僳、怒、白等当地民族士兵500人从片马南部的狩猎小道攀爬危岩险道潜入日军后方。北面由刘铁轮率领一个团,加配一个迫击炮连形成两路合围之势。1944年7月29日,滇西缅北大雨不停,但队伍仍然按照计划到达位置在夜间集结,并实施攻击,战前部署进攻信号为一发信号弹,接战信号为三发信号弹,南、北两路同时发动攻击,日军腹背受敌,伤亡2000余人后从片马溃退。在渡过怒江翻越高耸入云的高黎贡山期间,远征军士兵因缺氧、疾病出现非战斗减员,甚至党政课长沈翰楠和总指挥郑坡也出现昏迷和窒息,最终被民团抬过山去。

那个时期我的氏族中有三人应官府征派,两个成为远征军士兵,参与了二十集团军攻击腾冲的战斗。另一个成为国民党维西县官员的差役——乡丁。他们是李壁、李洒宝和李万春,三个人同属牛,生于1926年。乡丁李壁是我的亲大伯,乡丁干的工作实际都是一些杂役。而李壁具体的工作是为长官砍柴烧炭。这个16岁的孩子,每天赤脚进出于深山与县城之间,白天砍伐栗木在烟熏火燎之间烧制木炭,日暮西斜时从崎岖的山道上背回长官们需要的木柴和木炭。李壁有时候也喂马,烧水,擦亮长官和夫人们的皮鞋。他干的活计无须任何技术,只要体力足够就行。1943年冬天,维西县的上空整日马达轰鸣,黑压压的机群飞来飞去,驼峰航线的运输队穿梭于印度与中国之间。李壁去县城服役已近一年,正坐在维西县城南门街的土城墙下晒太阳,脱下衣服找虱子。他的母亲渡过冰冷的永春河,再穿过密林和山坡去看望他,母亲几乎认不出这个满面污垢,头发蓬乱,瘦了一圈,几近于流浪汉的人就是她自己的孩子。把孩子的衣服拿过来一看,里面爬满了白白胖胖的虱子,头发里也是黑压压的虱子。看着这个无比肮脏的孩子,母亲的眼泪忍不住哗哗流了出来。

但是母亲根本不可能带回她的儿子,只好返回家乡带着她的亲戚加入了李壁砍柴烧炭的行列。李壁的亲戚们自带干粮,自带工具花了半个月的时间为长官们砍下了足够烧一年的木柴,烧制了足够一个冬天取暖的木炭之后,长官同意让李壁回家等待传唤。尽管李壁从事的工作艰辛困苦,但他至少没有生命危险,而乍利氏族中的远征军士兵李洒宝则冲锋陷阵在滇西抗日正面战场,李万春则在卫生大队担架连运送伤员。李万春原名李文龙,生于碧罗雪山下的一个傈僳族村庄。1939年抽丁入伍,1942年编入远征军某卫生大队担架连,3月份随军到达腊戍,在第一次远征溃退之后于1942年5月4日撤回怒江东岸。1944年,卫生大队从双虹桥渡过怒江,加入高黎贡山、腾冲作战,担架兵李万春从前线抢运伤员至后方医院。

李洒宝,原名腊洒宝,洒宝是富贵之意,与我家一山之隔,我也称他为大伯。他也于1942年被抽丁当了兵,作为一个目不识丁的傈僳族少年,他并不知道当时发生在中国西部的事情。参军后进入龙云的地方部队云南保安第四团。在此期间,中国远征军滇西反攻计划正在紧锣密鼓地进行。到1943年年底,中国远征军第十一集团军、第二十集团军、已按15个师的编制改编完毕,但出现了2.2万多人的兵员缺口。为按照两个集团军的规模建成远征军,长官司令部则决定将龙云的部分地方武装编入远征军序列。保安第四团可能编入了二十集团军五十三军一三〇师三九〇团。李洒宝在某连担任机枪手,他清楚地记得自己使用的是加拿大机枪,每个排有三挺机枪,枪重20斤。他们当时使用的加拿大机枪应该是战时英国在加拿大朗·布奇兵工厂为中国军队生产的那批司登冲锋枪,其型号是MKⅡ式,这种枪上刻有"司登手提机枪·加拿大造"等字样。

1944年5月初,远征军第二次入缅作战拉开序幕,天空乌云笼罩,暴涨的怒江水在黑夜中发出阵阵涛声,5月10日至11日,中国军队分两个纵队从七个地点开始西渡怒江,李洒宝回忆当时的场景,说一三〇师从齐虹桥附近渡江直赴腾冲。第一批部队渡过怒江后,部分橡皮筏和木筏渡到怒江西岸后没渡回来,由于除了士兵外,还有支援前线的民夫,事先准备好的木筏和橡皮筏根本不够用。他们只能就地砍伐怒江东岸的树木做成简易的木筏,有些士兵还用石头砸扁龙竹以充分利用,人马枪械一并上筏渡江。尽管江水湍急,中国军队缺乏渡河作战经验,但因为之前在漾濞江上进行过一些模拟训练,渡江仍然完全成功。李洒宝说,原以为怒江对岸会遭到日本人的阻击,但是直到部队全部渡过怒江,也没有遇到日本人。

二十集团军五个师于5月11日凌晨开始仰攻高黎贡山。第五十三军过江后,在龙陵傈僳族游击队的带领下选择了一条中日双方军用地图上都没有标出的小路,直接奔赴腾冲。这是一条马帮古道,距离腾冲县城最近,但也最为艰险难行。高黎贡山的日军由第五十六师团两个联队、第十八师团一部和第二师团一部据守。时高黎贡山上连日降雨,已是寒风瑟瑟,杂草淹没了根本看不见的小路。李洒宝说沿途都是士兵和民夫的尸体,死去的骡马,散落的枪支。他忘不了翻过高黎贡山的艰辛,说密林深处枪声大作,看不见日本人,即将攻击至山顶时,由于海拔高加之道路湿滑,这个17岁的少年累得连枪都想扔掉了。

第五十三军渡江后,由李洒宝所在的一连担任主攻,沿大尖山、麻栗山主脉攻击日军正面;以一一六师为北线,沿塘习村北之幸腊山攻其左翼;以一一六师三四七团为南线,沿安乐寨、马脑山攻击日军右翼。经过五天的激战后将敌北、东、南三面的鸡心上、大尖山和百花岭等外围阵地拔除,对大塘子麻栗山核心阵地形成三面包围。5月19日,三路远征军发起总攻。因为日军的藏身地点实在隐秘,远征军先是通过放火烧山,使日军在该山山头上的阵地工事暴露无遗。之后又在空军、炮兵的支援下,经过六天的反复争夺乃至短兵相接的血肉拼搏,终于在5月24日将该核心阵地全部占领,打开了反攻高黎贡山的前进通道。此役为怒江反攻初期规模最大的要路争夺战,在前后十余天的激战中,先后有三四八团营长王福林、美军联络官麦姆瑞少校等数百官兵阵亡。在百花岭的战斗中,有一颗子弹从李洒宝的左侧后颈擦过，他险些牺牲，草草包扎后再次投入战斗。

翻过高黎贡山后，五十三军一部扫荡龙川江东岸残余日军，李洒宝所在的部队进入龙川江西岸警戒，他记得在龙川江的腾龙桥上守卫了三天。5月底，在战斗间隙，李洒宝看见腾冲盆地在远处展开，肥沃的土地是一片硝烟弥漫的巨大战场，到处是横七竖八的死尸。6月23日，二十集团军各部准备结束，开始炮击腾冲县城。李洒宝谈起腾冲攻击作战时，不停地抽烟，说攻击腾冲他只参加了七天，当时腾冲城已经片瓦无存，只剩下残垣断壁，估计在高黎贡山首攻任务结束后，一三〇师是于1944年9月5日加入攻击腾冲城战斗序列的。他说，进入腾冲城，到处是死尸，日军和国军的都有，在激烈的巷战中，双方伤亡基本相当，有些日本人躲在民房内，有些在街上跑。但没有一个人出来投降。攻击腾冲时食物极度匮乏，他的连队在攻击前每人只领到一个用捣碎的玉米做成的饭团，这是血战一周的单兵口粮。

李洒宝所在的二十集团军在攻克腾冲后，友军十一集团军也相继攻克了松山、龙陵等要地，对遮放、芒市一带的日军形成了战略夹击之势，滇西日军已无险可守。此时中国驻印军也已经收复密支那，并向南坎方向推进。在腾冲收复战打得血溅满檐、寸土必争的1944年8月，德钦昂山秘密组织缅甸共产党、人民革命党等联合成立了"反法西斯组织"，德钦昂山出任军事总指挥。1945年3月，缅甸北方一部分国防军与日军发生冲突，3月27日，德钦昂山以镇压叛军为名将缅甸国防军召集至仰光后，突然下令调转枪口向日军开火。"反法西斯组织"所属各势力亦同时蜂起，德钦昂山领导的缅甸独立组织回归盟军抗日统一战线的行动就此开始。1945年5月，在盟军和缅甸国防军的内外夹击下，仰光被盟军收复。两年后，德钦昂山被英缅殖民势力刺杀于仰光。

李洒宝说，"小日本的枪械、弹药、物资堆在一个开阔地上，整整放满了几十个仓库，后来我们把这些物资转交给了英国人。"战后，李洒宝随着他的部队返回云南。1949年12月7日，云南宣布起义，1950年保安第四团被改编为中国人民解放军第十四军四十师一二〇团,傈僳族战士李洒宝又投入了滇西南剿匪的漫长战斗中。1953年7月,李洒宝因作战勇敢建立功勋而加入中国共产党,1954年12月终于毫发未损地回到了阔别十年的故乡。

　　李洒宝的远征岁月已经过去70多年,他也从一个懵懂少年成为白发苍苍的89岁老人。如今他生活在云南维西县封闭的山村里,战争结束后从来不出远门。转战十年,时过境迁,他已经想不起远征时期连队的番号,我用半个月的时间请他再努力回忆他的远征军番号,他说,想不起来了,那时候一两年换一个番号,真想不起来了。除了怒江、腾冲、芒市和密支那等地名之外,想不起那片他为之浴血奋战和无数战友奉献了生命、青春与热血的滇西大地上发生过的诸多细节……

　　在我们去拜访李洒宝时,他反复用傈僳语说:"战斗的胜利,不仅在于士兵的勇敢,更重要的是指挥人员的智慧和谋略。我参加过国民党的远征军,也参加过共产党的解放军,这是两支完全不同的队伍,国共之争是民心之争,谁胜谁败其实早已注定。"而担架连士兵李万春则更为关心高黎贡山上的尸骨,想起70年前的场景,老人记忆犹新:"有些人抱着枪死在路边,有些人两手空空,也有两三个人死成一排的,真是惨不忍睹。高黎贡山上每天下两三场雨,很多尸体已经腐烂了臭了,有些已经露出骨头,雨水混杂着蛆、烂肉往山下冲,有些地方尸体堆积如山,走路都无处下脚,只有踩着肿胀腐烂的尸体前进……"作为曾经穿梭于血海尸丛的担架兵,李万春老人很想知道高黎贡山上到底死了多少人。当我告诉他从高黎贡山至腾冲的战斗中,中国军人战死18609人时,老人似乎心怀歉疚地说:"来不及了,来不及埋他们了。"当我再告诉他从1944年5月至1945年5月一年的时间里,缅北、滇西地区我们战死48598人时,老人不再说话。

　　我想,两个89岁高龄,经历了战火洗礼的老兵,不可能再去欺名盗世、哗众取宠而获得日暮之年的残缺荣光。在基本弄清他们的经历之后,我也不会再去追问他们的部队番号了,在50万中国人奔赴滇西的卫国战争中,拥有"富贵"之名和"万物之春"梦想的两个傈僳族战士只不过是浩瀚大海中的两滴水,而其他更多平凡的水滴,有些消失在滇西的山地,有些消失在缅北的丛林,只有很少一部分没有被战争的紫日烘干、蒸发、消失。这两滴可谓经历九死一生的水珠,仿佛屈辱年代里中华民族曾经流过的两滴泪水,从他们的身上,我可以看见那段历史苍茫的天空。

(原载《民族文学》2015年第9期)

# 中国"失独"家庭调查

韩生学

"我们不需要怜悯,只是希望更多的人同情和理解……"

——代题记

## 引 子

2015年5月5日,上午九时,北京知春路国家卫生和计划生育委员会(以下简称国家卫计委)办公楼前,一曲由呼唤亲情、劝导游子的《常回家看看》改编而来的《"失独"者之歌》突然响起——

"失独"老人,命运悲惨,孩子没了,谁来家看看,日夜抱着一丝幻想,希望国家能帮我度过残年。心中的孤独,有谁理解,身上的病痛无钱住院。谁来家看看,来家看看?哪怕轻轻安慰几句嘘寒问问暖。只生一个孩子,为国家做多大贡献啊!孩子没有了,国家千万别视而不见……

歌声在人群里流淌,泪水在眸子里涌动,悲情在空气中弥漫。歌者哭了,路人哭了,前来采访的记者哭了,维持秩序的警察也哭了。这是怎样一个群体?他们身上到底发生了什么?因什么聚集在这里?为何如此悲悯?

循着悲苦的歌声,我走进了他们中间。从头戴的白色小帽、分省打出的各色旗子以及含泪的诉说中,我很快知晓,他们就是20世纪八九十年代响应国家号召只生一个孩子,如今因孩子的意外夭折失去独生子女的"失独"老人。

据有关资料反映,"失独"现象出现在21世纪初,随着时间的推移,日益增多。卫生部《2010中国卫生统计年鉴》和《中国老龄事业发展报告(2013)》及其他有关资料做过统计,目前我国有"失独"家庭一百万,且以每年7.6万的数量持续增加。

这些失去独生子女的老人,面临生活照料、大病医治、养老保障、精神慰藉、后嗣传承、丧葬善后等各种困难。虽然政府相关部门相继出台了一些关怀、关爱"失独"家庭的政策和措施,但还远远不够。于是,这些老人们走到了一起,自发组织来到了北京,来到了国家卫计委门前,开展他们自己定义的"柔性陈情"活动。

据组织者透露,本次"陈情"从2014年12月开始筹备,历经五个多月终于成行。参与本次活动的"失独"父母有近千人,来自全国二十六个省、区、市。这次他们带来了由2693人签名的《给国家主席、国务院总理的信》和由1753人签名的《全国部分"失独"者"5·5"诉求》。诉求提出,一是为"失独"家庭准确定位正名,不能将他们视为一般的困难家庭;二是要求政府承担赡养人责任;三是逐级设立政府主导、社会参与的"失独"管理机构,让这些"失独"家庭有一个真正的"娘家"……

我采访了几位"陈情"人员,用心聆听他们含着泪水的诉说——

她,来自重庆,今年52岁,网名叫"向往天堂"。她说:"参与这样的活动,心里十分难受。这么一大群年过半百的老人聚在一起,目的只是想让整个社会再次聆听我们的呼声。我们真的非常爱国,也都是遵纪守法的公民,当年都积极响应国家的号召只生一个孩子,现在却面临着生存的困境和无人赡养的问题。有的家庭,因为'失独'而返贫,正常的生活状态被打破,生活质量急剧下降;有的老人,因为'失独',生病无人护理,手术无人签字;有的老人,因为'失独',没有担保人,就连养老院都无法入住。因为失去了唯一的法定赡养人,导致许多法定的义务无人承担。我们真的不怕死,因为那是瞬间的事,我们害怕的是没有尊严地活着。"

他,来自山东日照,网名叫"孤独无助"。他说:"在失去了唯一的女儿的那一刻,我便失去了所有的幸福和快乐。此后的日子,求生不得,求死不能,人生最大的悲哀莫过于此!特别是在中国人绵延几千年的'不孝有三,无后为大'的传统观念影响下,失去孩子让我们感到死后没脸见列祖列宗,活着无颜见亲朋好友。我们会一天天地老去,未来的日子里,谁来嘘寒问暖?谁来养老送终?我们失去的不仅仅是孩子,更是生命的传承、血脉的传承、基因的传承、文化的传承、财产的传承……"

他,来自湖南怀化,网名叫"贺德",昔日的计划生育工作者。他告诉我,大学一毕业,他就分配在乡镇工作,之后担任该镇计生办主任,从事计划生育工作多年,是一名名副其实的计生功臣。通过他做工作,落实节育手术至少在1000例以上,减少人口出生至少在500人以上,其创立的"三无工作法"(无政策外生育、无大月份引产、无违法行政)更是在全市推广。他因此多次被评为省、市、县计划生育先进工作者,并被所在市的市委、市政府记功表彰。然而,他"失独"了,女儿在用热水器洗澡时煤气中毒身亡。"我的痛比其他'失独'者更痛,因为有痛说不出。自己搞了几十年计划生育,别人不骂你咎由自取就算好了。当年自己做计划生育工作时,讲得最多的一句话就是'计划生育利国利民利家',写得最多的一条标语就是'只生一个好,政府来养老'。可如今,我却没有了底气。"

……

他们一个个说得涕泪横流,我更听得泪眼婆娑。这是一个对国家有特殊贡献的群体啊,怎么会陷入如此尴尬的境地？他们太需要有人去为他们排解痛苦、抚慰伤口、反映渴求、诠释困惑、送去慰藉、给予扶助了。而我，作为一名计划生育工作者、一名纪实文学领域的写作者，更有责任和义务听一听他们的呼声，理一理他们的诉求，访一访他们的生活，问一问他们的疾苦，尽我所能去为他们鼓与呼。

于是，我走遍大江南北，走进了一个个悲伤的家庭，与他们面对面、心连心。终于，我触摸到了那欲说还痛的"失独"之因，体味到了那沁入灵魂的"失独"之痛，感受到了那殃及家国的"失独"之殇，感知到了那动人心魄的自救之路，领略到了那正在路上的关爱之美……

## 第一章 欲说还痛的"失独"之因

发源于巴颜喀拉山北麓的冰峰雪地、一路喧嚣奔流的古老黄河，不但孕育了一个黄肤色的民族，更塑造了世界上独一无二的中华文明。中华文明的优秀因子，使这个民族受到世界的瞩目。但，裹挟在它中间的多子多福、重男轻女等封建文明的沉渣，也像淤积在黄河河道里的泥沙一样，积淀在民族的血液里，浸润于人们的灵魂中。多生、生男，一度成为整个民族在婚育领域的价值取向和崇高追求，由此导致的人口繁殖速度，世界上任何一个民族都无法企及。

新中国成立后，社会安定，经济发展，人民的生活水平及医疗卫生条件不断改善，中国人口出现了高出生、低死亡、高增长的新特征。人口增长的快速列车就此启动，1953年第一次人口普查，大陆人口5.8亿，11年后第二次人口普查增加到6.95亿，1982年第三次人口普查猛增到10.08亿。

有识之士无不为共和国如此快速增长的人口数量担忧，开始发出振聋发聩的声音："我们将被自己的繁殖逐渐湮没。"著名经济和人口学家、北京大学校长马寅初更是以《新人口论》直接向共和国谏言：必须控制人口。

共和国的领袖们皱紧了忧虑的眉头。1957年2月27日，毛泽东在最高国务会议上指出："要提倡节育,要有计划地生育。""计划生育"一词就此诞生。此后,他又在不同场合多次强调"人口非控制不可"。周恩来、刘少奇、邓小平等国家领导人也都不止一次作出了实行计划生育的指示。

1980年9月25日,以"一对夫妇生育一个孩子"为主要内容的中共中央《关于控制我国人口增长问题致全体共产党员、共青团员的公开信》正式向全国发布,几千万共产党员、共青团员带头响应党中央的号召,只生一个孩子。

于是,一个全新的、富含中国特色的、带有鲜明时代标签的名词诞生在中国大地上——"独生子女"。据统计,自实行计划生育以来,中国目前有独生子女2.18亿。就是这2.18亿对父母及其他落实节育避孕措施者的大爱付出,使中国这块繁殖能力超强的古老土地在短短30多年间,创造了少生4亿人的奇迹。著名的英国《独立报》称,中国的计划生育是世界上迄今为止在社会工程领域里最大胆的试验;联合国官员也盛赞其贡献不止在中国,更惠及世界。

但,贡献与风险同在。这些独生子女家庭在"只生一个"的同时也为自己埋下了诸多风险,疾病、自然灾害、意外事故……任何一种灾难来袭,都将使独生子女家庭风雨飘摇甚或一夜倾覆。

## 病魔,让生命悄然止步

1985年3月19日,一个再平常不过的日子,菲菲妈妈的幸福时光在这一天让一声稚嫩的啼哭激活,婚后四年才怀上的女儿终于来到人间,向她报到。

自从怀上菲菲的那一刻起,母女就血脉相连,休戚相关。菲菲妈妈虽然不会唱温柔的摇篮曲,但像天下所有母亲一样,全力地关心着、呵护着自己的女儿。菲菲降生后,她几乎没买过一件成衣,不论是春装、夏裙、秋衣、冬袄,还是袜子、手套……都是她一针针,一线线,慢慢缝,细细织。从牙牙学语,到每晚陪读;从蹒跚学步,到涉世之初,她对女儿倾注了所有的爱。终于有一天,菲菲趴在她的耳边轻轻地说:"妈妈,我长大后一定会对你好的!"一句纯情的话语,听得她心里好甜好欣慰。

可是,天有不测风云,人有旦夕祸福。1998年9月15日,来到妈妈身边才13年零6个月的菲菲突然病了,一张急性白血病的诊断书让一家人的天塌了,菲菲的人生就此由教室转到了医院。

菲菲人虽小,却懂事。每一次病房里来了新病人,她都会像个小大人一样关照人家,得了这种病生活饮食上应该注意些什么,用药期间应该注意些什么,以及出院回家后还要注意些什么。大人们看着她那一本正经的样子,不由得心生酸楚。化疗过程是痛苦的,菲菲总是咬牙忍着,尽量不露出难受的样子。她以为这样会让妈妈少担心一些。可她不知道,她越是这样,妈妈越是心如刀绞。

就在两次巩固化疗未愈,全家人准备再作最后一次努力时,骨穿化验的结果出来了——孩子对所有化疗药物都耐药,医院已无药可用了!这残酷无情的宣判,使菲菲妈妈如坠冰窖,面对孩子天真的目光,她肝肠寸断!她不能看着女儿坐以待毙,只要有一线希望,她就要去争取。于是她去买自费的进口药,去求最好的老中医,哪怕倾尽所有,也要竭力挽救女儿的生命。

菲菲也以惊人的毅力,咬着牙,忍受着化疗药物的严重反应;噙着泪,吞饮着比黄连更苦的汤药。这一切,都让妈妈撕心裂肺。雪上加霜的是,长期的鼻腔吸氧导致菲菲的鼻黏膜严重损伤,菲菲的鼻子又出血了。鼻子出血对一般人来说不算什么事,但对一个血小板极低、凝血功能极差的白血病患者来说,这可是致命的啊!为菲菲止血,要把药棉、纱布条塞进鼻腔,但她的呼吸又离不开氧气。怎么办?就在菲菲妈妈手忙脚乱时,女儿竟从容地拿起氧气管往嘴里一塞,就仿佛这是再自然不过的事情。周围的人都被这一幕震撼了,菲菲妈妈的眼前更是一片模糊。她紧紧地拥吻着女儿,为自己不能替代女儿承受痛苦而肝胆俱裂。

可是,不论菲菲怎样坚强不屈地抗争,残酷无情的病魔还是夺走了她幼小的生命。2000年8月8日晚上,她看完了生命中的最后一次电视。当天夜里,每分钟180次的心率让她痛苦煎熬了一整夜,黎明前,菲菲虚弱地对妈妈说:"妈妈,今天我大概要走了……"

"不会的,不会的,有妈妈在这里,不用怕,不会有事的……"这句话,从小到大,菲菲妈妈对女儿不知说过多少次。在女儿的心目中,妈妈永远都是最安全的港湾!但是今天,这句话是多么苍白无力啊!菲菲妈妈快要崩溃了,她疯了般地去找医生和护士:"救救我的孩子吧……"但一切都无济于事,她眼睁睁地看着自己唯一的女儿咽下了最后一口气……

病魔,让一个个年轻的生命香消玉殒,让一对对无奈的父母肝肠寸断……

### 天灾,对生命的另一场杀戮

"吱——滋——"强烈的停车制动声仿佛大地的一声叹气,K112次列车缓缓地停靠在上海火车南站7号站台上。车门开启,一对身材瘦弱、面容憔悴的夫妻跟跟跄跄地走下列车,丈夫怀抱红布包裹,妻子手捧黑绸相框。夫妻俩看到站台上的父老乡亲,看到乡亲们打出的"小亭,家乡父老欢迎你回家"的横幅,顿时双脚一软,跪倒在地上号啕痛哭:"女儿,我们回家了!"

这一幕发生在2010年7月28日。双膝跪地的夫妇就是江苏省如皋市如城镇邵庄村25组的村民赵松高、陈建华,两口子正在武汉大学读大三的独生女儿赵小亭,于2010年7月21日在贵州省黔南布依族苗族自治州贵定县马场河乡中心小学开展暑期义务支教时,被突然滚落的山石击中,当场遇难,献出了年轻而宝贵的生命。

2010年7月放暑假后,女儿赵小亭对父母说,她想去贵州支教。想念女儿的父母劝她先回家,还给她找理由,说也没必要年年去,因为去年7月她才去了湖南的新邵县。但最终还是没有劝住,7月11日,赵小亭给她的老师发了一条短信:"我想去贵州山区支教,那里很穷,知识是改变孩子们命运的唯一希望,我想去帮帮他们。"然后,就和支教队的18名队员一起从武昌出发,几经辗转,最终到达她的支教地——马场河小学。

马场河小学位于距县城几十公里之遥的大山中,学生多半是当地的留守儿童。学校条件相当艰苦,既不通自来水,也没有食堂和宿舍。队员们自己动手,将课桌拼起来当床,将教室改装成简易宿舍,用水管把山上的溪水引下来,建起临时澡堂,吃饭则要走上十多分钟的山路到一户农家搭伙。"虽然这里苦一点儿,但这里有大城市看不到的秀美风景、呼吸不到的新鲜空气,加油!"为了给同学们鼓劲,乐观的赵小亭经常提醒同学们享受这里的生态美。

山区孩子对知识充满着强烈的渴望,尽管是暑假,自愿前来学习的孩子还是逐渐增多。善良又富有爱心的赵小亭乐观大方,浅浅的酒窝,圆圆的脸,阳光般温暖的微笑,很快便赢得了山区孩子们的认同。她负责给孩子们上英语课、音乐课和安全教育课,在她的课堂上,学生们听得格外专注。下课后,她又和学生们打成一片,一起玩耍嬉笑。晚上放学时,很多学生都迟迟不愿离开,就是想和她多待一会儿。

7月21日下午,支教的同学在完成教学计划后,打算去乡里的小电厂参观。这群学电气工程的大学生们很想去调研一下山区发电厂运行的情况。去电厂要走一段山路,那里是马场河风景最漂亮的一段。就在大家陆续过河时,灾难突然降临,赵小亭不幸被一块从山上滚落的石头砸中头部,来不及说上最后一句话,深受山里孩子爱戴的赵老师就永远地闭上了眼睛。

7月21日晚,赵松高夫妇接到武汉大学的电话,得知女儿出事了,"正在抢救中"。夫妻俩担心得一夜没合眼,次日凌晨就从江苏如皋的家中赶往上海,之后飞抵贵阳,再辗转来到贵定。这时他们才知道,女儿已经不在了。从春节开学到现在大半年了,他们还没见过一面,只是在5月28日,女儿小亭给爸爸发来短信:"想爸爸,想妈妈,想奶奶,想家……"5月30日又发来短信:"爱爸爸,爱妈妈,爱奶奶……"谁知,这"一想"、"一爱"却成了女儿此生留给爸爸妈妈和奶奶的最后念想……

中国是一个自然灾害频发的国家,地震、洪水、泥石流……数以万计的生命在这些灾害中陨落。这些灾害让世界变得满目疮痍,让生命变得脆弱无比,让家庭变得面目全非……

### 车祸,碾向天堂的罪恶

"夜半噩耗惊魂魄,急仆一路祈苍天。痛见爱子魂西去,肝肠寸断欲相伴。慈母泣血啼娇儿,一缕残魂唤不现……"这是四川省成都市某设计工作室负责人爽爽爸爸在儿子遭遇车祸后含泪写下的诗句。

2009年5月11日深夜12时许,已经准备上床休息的爽爽父母突然接到了"儿子出事"的电话。当他们火急火燎赶到出事地点时,含辛茹苦拉扯大的儿子已经一动不动地躺在血泊中。那是一个不堪回首的黑色时刻,儿子爽爽在从公司回家的路上,被一辆违章行驶的汽车撞出十几米,身体在空中飞旋,最后如枯叶般飘落在地,还没来得及发出最后一声呼喊,这个年轻的生命就永远离开了他深爱的世界。

爽爽自幼聪明可爱、成绩优异,喜爱绘画、武术。2005年8月,他毕业于四川西华大学计算机科学与技术系,毕业后又获得了Adobe平面设计师和Adobe网络设计师认证,先后就职于多个文化传播公司,历任平面设计师、插画师、网络交互设计师。工作期间,他潜心研究图像语言的表达方式,创作了大量的作品,并出版了图书《Illustrator插画设计教程》。爽爽在工作中认真敬业,在生活中阳光向上,深受领导和同事们的喜爱。

2008年,爽爽离开单位,创立了自己的工作室,项目涉及教育业、佛教文化产业、旅游业、餐饮业、糖酒业、金融业、户外运动等。他为人善良、谦逊、孝顺父母,珍爱亲情,善待身边的每一个人。就是这么优秀的一个儿子,却因为车祸撒手人寰。

车祸,是中国人口死亡的又一大杀手。世卫组织2013年的全球道路安全状况报告表明,2010年中国道路事故的死亡人数近27.6万人,连续十数年位居世界第一。世卫组织驻华代表施贺德在《中国日报》发文称:"在中国,每年有超过一万名15岁以下的青少年因为道路事故致死,受重伤的人数更多。"

近几年来,校车发生的事故更是令人触目惊心——

2011年11月16日,甘肃省庆阳市正宁县榆林子某幼儿园一运送幼儿的校车与一重型自卸货车正面相撞,导致19名幼儿死亡;相隔仅27天,12月12日,江苏省丰县首羡镇中心小学的校车,因司机操作不当侧翻入路边水沟内,导致车内23名学生伤亡;2012年12月24日,江西省贵溪市滨江乡洪塘村发生一起幼儿园班车侧翻坠入水塘的事故,导致11名儿童死亡;2014年7月10日,湖南省湘潭市雨湖区响塘乡金桥村乐乐旺幼儿园的校车在行驶途中翻入水库,车上11人全部遇难;四个月后的11月19日,山东省蓬莱市潮水镇一辆自卸大货车与一小型面包车相撞,导致11名学生死亡;2015年5月22日,广西桂平大湾镇安担村一幼儿园校车翻进水塘,车载23名幼儿中两名死亡,21名幼儿受伤……

死在校车上的这些孩子大多是独生子女,一个个稚嫩的生命,就这样湮灭在滚滚车流中;他们的父母,就这样成了"失独"者……

### 自杀,不能承受的生命之痛

2014年9月11日《人民日报》刊发的《我国每年25万人死于自杀》一文中说:"我国每年约有25万人死于自杀,自杀未遂的人数约为200万。自杀已经成为我国人群第五大死因,是15岁到34岁的青壮年人群的首位死因。"

"活着没意思!"说这话的孩子叫李河,是南京市某重点中学的高一学生,长得眉清目秀,1.7米的个子,戴着近视镜,说话有点儿羞怯。老师听到他说这话时,着实吓了一大跳。

李河是独生子,从小备受爷爷奶奶、爸爸妈妈的呵护。上小学后,李河性格渐渐变得有些孤僻,不爱与人说话,也不爱和同龄人交往。从小学到初中,李河的玩伴不多,但成绩一直不错,在班上总是名列前茅,每次考试拿到成绩单后,总会从家长那里得到考前承诺的金钱奖励。初二下学期,班上一个女生主动接近他,给他带零食,约他一起打乒乓球。这让李河有点儿受宠若惊,不久,两个孩子就开始了一段朦朦胧胧的"初恋"。从不讲究穿着的李河开始注意打扮自己了,那段时间,他精神状态极佳,成绩不但没有下降,反而有所上升。

可考入高中后,一切很快发生了变化。由于是重点中学,群英荟萃,李河的成绩现在只能算中等偏下了,第一次考试只排在全班的30多名,从小受惯了表扬和奖励的李河顿时感到异常失落。雪上加霜的是,那位原来喜欢他的女同学被邻班一个英俊男生"夺"走了,李河几经努力,也无济于事。第一次"失恋",李河一度产生了自卑心理。情绪的波动导致他的学习成绩继续下滑,期末考试李河在班上的名次一下子落到了40多名,而且破天荒地两门功课没及格,也是有生以来第一次未能获得家长的奖励,反而招致父母的一顿责备。李河的情绪降到了冰点,2014年的春节,他躲在家里哪里也不肯去,整天闷闷不乐。

"爸爸妈妈只关心我的学习,看我玩一会儿电游就骂人;奶奶管着我吃的,少吃几口就唠叨个没完。我连一点儿自己的时间和空间都没有了,活着还有什么乐趣?"他对老师说。为了发泄,李河在家里经常用拳头砸墙壁,有时手背砸破皮,鲜血直流,父母看了心痛不已。有一天,他听同学说男人的烦恼都是"命根子"惹的祸,于是产生了自宫的念头,幸亏被父亲发现后及时制止。但父亲仍然没有意识到事态的严重性,还狠狠地骂了他一顿,这让李河更加灰心丧气,以致一次次想到了死。当这个念头越来越强烈的时候,他终于作出了结束自己生命的决定……

北京大学儿童青少年卫生研究所公布了一项全国性的调查结果:在受调查人群中,每五个中学生里就有一个曾经考虑过自杀,占总数的20.4%,而为自杀做过计划的占6.5%,2.9%的学生曾采取措施自杀。教育蓝皮书《中国教育发展报告(2014)》也指出,中小学生自杀已经成为一个越来越严重的社会问题。

自杀不止频繁地发生在中小学生身上,大学生的自杀率也在上升。2014年6月至2015年5月,中国人民大学"品园"在短短一年内就有三名大学生跳楼自杀;2014年3月7日至4月

2日,不到一个月时间,厦门南洋学院先后有两名学生坠楼身亡;2012年5月7日,清华大学汽车工程系研究生严俊,7年清华求学,工作已经落实,他却以纵身一跃结束了自己年仅24岁的生命;2014年4月16日,中山大学一名风华正茂的硕士研究生在宿舍内自尽……

有一个课题组曾对大学生自杀问题进行了研究,他们在操场、图书馆、食堂、教室等学生聚集地对四川师范大学一百六十位不同年级、性别、专业的在校学生进行问卷调查,在被问及是否有过自杀冲动时,选择"偶尔有"和"经常有"的分别占9.4%、2.4%,共11.8%。可以说,这11.8%就是具有自杀倾向的人。2012年3月,重庆交通大学大学生生命教育创新模式构建课题组发布了一组数据,在接受调查的重庆十余所高校的近千名大学生中,17.39%的大学生有过自杀行为。

有人说,自杀是缘于压力过大,但这只是原因之一。北京市一份有关大学生心理状况的调查报告显示,目前60%的大学生都存在着不同程度的心理问题,而且这一比例还在不断上升。这些年轻人为什么会如此想不开呢?一些专家提到了目前流行于大学生中的"郁闷"一词,但他们认为,隐藏在这个词背后的深层原因是——独生子女。独生子女在幼年时代享受着父母亲友的百般宠爱,很少吃苦受累,因此在步入纷繁复杂的成年世界之后,他们往往会不知所措。于是,动辄自杀!

自杀,带给自杀者自己的,也许是解脱;但带给父母们的,却是一生的痛苦!

## 过劳死,美丽生命的又一道咒符

陕西省三原县的乔康毅生于1976年9月27日,大学毕业后就职于重庆某电脑报业集团网络报社。他从小就对电脑有浓厚兴趣,自己安装电脑,自学三维动画、网页设计和网络知识,在电脑技术方面有较深造诣。他经常在网上与全国各地的网友探讨交流电脑知识,帮助新手掌握并提高电脑操作水平。

然而,2004年7月20日傍晚7时20分,其父母突然接到乔康毅单位同事的电话,说乔康毅没有了呼吸,请他们快去。夫妻俩匆匆赶到儿子单位时,儿子的身体已经僵硬。经法医鉴定,乔康毅系劳累后在睡眠中死亡(过劳死)。他们打开儿子的电脑,从 QQ 上看到,儿子在当日深夜两点左右还在网上联系工作事宜。

夫妻俩回想起,儿子是 7 月 4 日离家的,离家后,连续两周周末加班,其间只是给爸妈打了个电话,说手头的事太多,有时回到宿舍后还要工作。当时,他们也只是在电话中劝儿子一定要注意自己的身体,注意多休息。不料,他们就这样失去了唯一的儿子。

在中国大地上,倒在工作岗位上的何止乔康毅?2010 年 5 月 31 日,兰州市七里河区动物检疫站站长张国豪带病连续工作八个日夜,回到办公室后晕倒在地,同事们赶忙叫来 120 急救车,但为时已晚,大面积脑出血夺走了张国豪年轻的生命;2011 年 5 月 21 日,湖北省宜昌市夷陵区劳动就业管理局失业保险股股长周正义,为帮助 2983 名困难工人领取国家政策补助,一天盖了 5966 个章,手都磨破了。终于,他因过度劳累,倒在了深爱的工作岗位上;云南省昆明市官渡区检察院检察官邹建华,在 13 年的时间里办理了 1846 件铁案,年平均办案量 142 件。2013 年 4 月 1 日,他在加班过程中突发疾病,抢救无效,不幸辞世……

一大批青年精英英年早逝令人叹息,同时,我们不免要问:是谁动了他们健康的"奶酪"?中国医师协会、中国医院协会、北京市健康保障协会、慈铭体检集团联合发布的 2010 年《中国城市白领健康白皮书》显示,中国内地城市白领中有 76% 处于亚健康状态,接近 60% 处于过劳状态,真正意义上的健康人比例不到 3%,长期的疲劳工作已成为企业精英、白领的死亡率不断攀升的主要原因。《中国企业家》杂志对国内企业家所作的一次工作、健康与快乐状况调查表明,90.6% 的企业家处于过劳状态。另一项调查显示,多数企业高层管理者每周工作时间超过 60 小时,相当于一周只休息一天,每天工作 10 个小时以上;

更有不少企业高层管理者常常全周无休,每天工作超过12小时,而睡眠不足6小时。

是过劳,动了他们健康的"奶酪"。目前,我国每年因过劳死亡的人数约为60万,过劳死成为美丽生命的又一道咒符,又一个陷阱。

生命不必精彩,活着就是奇迹。每年有那么多人没能活过本该活过的年龄,他们过早离去的原因有千种万种,但他们留给这个世界的遗憾是一样的,留给这个世界的悲伤是一样的,留给他们亲人的痛苦更是一样的。

## 第二章　沁入灵魂的"失独"之痛

一位"失独"母亲曾这样对我说:"医学上把痛分为十个级别,生孩子的痛是最高一级,就是十级。我忍受十级的疼痛把儿子带到了这个世界,而最终他还是先我而去。把他带到这个世界的痛我能忍得住,可是他离开这个世界的痛我真的忍不住了。这证明痛不止只有十级之分,还有比十级更高、更让人难以忍受的级别,只是在医学上分出十级痛的人没有经历过这种痛。"

一位"失独"父亲在他的日记里这样写道:"想你一次,心痛一次;心痛一次,想你一次。心痛是你留给我的唯一,想你却是我拥有你的全部。心痛的时候,用手紧紧抓住胸口,想要把心揪住;心痛的时候,将胸抵在膝头,任泪水肆意横流;心痛的时候,是那样孤独而又无助,好想找一间远离尘世的森林小屋,在没人听见的地方放声大哭……"

痛,是肌体的喧嚣;痛,更是灵魂的痉挛。痛,成了他们生活的全部;痛,更成了他们生命的毒药。为了缓解这种痛,他们苟活在痛的缝隙里,用另一种痛来麻醉自己。

### 寄往天堂的信

夜,已经很深了,沉寂而厚重的黑将白天的喧嚣覆盖。天空飘起了雨,三两滴雨水打在窗户玻璃上,自上而下缓缓滑过,让无以安眠的夜一阵惊悸。她,再一次被思念和悲伤煎熬,拉上窗帘,关闭所有的灯光,匍匐于桌案,在电脑前一字一泪地写道——

儿子,你知道吗?你已离开我们 153 天了。现在又过了夜里 12 点了,妈妈不记得每天是几月几日,只记得每天是我的儿子永远地离开家多少天了,一天一天地数,一天一天地数⋯⋯只要每天过了零点,你离开我们就又多了一天⋯⋯

这位给儿子写信的老人叫徐志文,家住辽宁省营口市,是海军航空兵某部歼击机优秀飞行员、正连职中尉军官任宁川的母亲。

任宁川 1980 年出生,1998 年 8 月如愿考入中国人民解放军空军飞行学院。从这时起,他就把终生为国飞天立为自己行动的最高宗旨,把练就一代神飞立为自己奋斗的最高目标,把凡事心中无我立为自己奉献的最高准则。在飞行学院,他勤奋努力,刻苦钻研,成绩优秀,1999 年加入中国共产党,连年担任学员队班长,并多次获奖。2002 年 4 月,任宁川以优异的成绩毕业,并获得双学士学位。在部队期间,他共飞行 1559 架次,飞行时长 502 小时 25 分,担负各种战斗值班 38 次,是师团闻名的优秀飞行员。

2006 年 4 月 4 日下午 2 时许,任宁川在万米高空执行飞行训练任务时,因战机突发机械性故障壮烈牺牲,年仅 26 岁。他的牺牲给父亲任祥美、母亲徐志文以致命打击,用二老的话说,他们呕心沥血养大的唯一儿子没有了,他们寄予厚望托付后半生的唯一依靠失去了。"万念俱灰,万箭穿心,生不如死⋯⋯从此后的年年、月月、天天、时时、分分、秒秒都在痛苦中度过⋯⋯"

当痛苦无法排解时,徐志文就给儿子写信。短短几年时间,到底写了多少,已无法统计,仅发往"网同纪念馆·任宁川烈士纪念馆"网站中的信就达三百余封。用鼠标轻轻点开这些信,"失独"父母那撕心裂肺的伤痛、绝望与挣扎令人潸然泪下——

儿子,现在是 9 月 17 日零点,你已西去天堂 167 天了。这痛苦的167天,你知道爸爸妈妈是怎么过来的吗?这痛苦的167天,是我们父子母子生死永别的日子;这痛苦的167天,是我们父母万箭穿心、万念俱灰的日子。

……

好儿子,今天你已经牺牲465天了,有好多天妈妈没有与你说话了。这些天,妈妈的右眼眼底大面积出血,现在看东西很费劲,都是哭你哭的。不过就算眼睛哭瞎了,妈妈也无所谓。没有了你,妈妈这一生是白来了。

……

儿子,现在是2014年4月4日夜里11点了,妈妈还是想坐下来与你说话啊,希望你能听到妈妈的声音。今天上午妈妈又去墓地看你了。妈妈给你买了花,把碑文的字又重新描了一遍,还买了你最喜欢吃的东西。今天妈妈早晨起来就腰腿疼,上烈士陵园的台阶歇了几次,累得直喘气。看来妈妈是真的老了。不过你放心,只要妈妈能爬得动,一定会再去看你的。

……

一字字,一句句,一段段,一篇篇,无不是泣血之作。这些信件中,更有父亲任祥美写下的《思儿曲》74篇、《哀儿曲》五篇,网站访问人数至2015年9月17日凌晨我写作此段文字时,已达到了1203162人次,并且还在以每天数十人的速度增加。

在"失独"父母中,像任祥美、徐志文这样在孩子离世后坚持给孩子写信的人不在少数。尽管他们也知道,他们写的信,天堂里的孩子肯定读不到,但他们总觉得,这是自己与孩子沟通、交流甚至联系的唯一渠道。因此,他们总是那么执着,那么虔诚,那么一丝不苟地做着这些事。

在互联网上,通过百度搜索"写给天堂儿子的信",其结果为643万封;搜索"写给天堂女儿的信",其结果为572万封,合计为1215万封。而"中国清明网"、"中国思念网"、"天堂在线"等各类网站代为转发的信件达3200万封。

在上海,由"失独"父母们自发建立起来的首个专为祭奠孩子的网上纪念馆——"网同纪念馆"在短短几年时间内,收到全国各地的"失独"父母写给孩子的信件达 18580 封。其中,上海浦东"失独"者张磊爸妈及亲友上传写给张磊的信达 725 封;天津"失独"者张睿爸妈及亲友上传写给孩子的信 400 封;重庆北碚区"失独"者乔乔爸妈上传写给儿子的信 375 封;江西南昌"失独"者涂乐爸妈上传写给女儿的信 307 封;江苏无锡"失独"者华峥嵘爸妈上传写给女儿的信 200 封……

更有数以万计的"失独"父母通过其他各种途径将信件发至"天国"。

一位新疆"失独"妈妈这样写道:"女儿啊,其实我更愿意让自己迷失在虚幻的梦境里,只因缥缈中可以超越生死距离,能够摇落悲喜,不会相隔迢迢天涯……渐渐地,如此虚妄的安慰竟成了生活的一部分,成为必不可少的寄托,变得难以割舍。"

一位天津"失独"妈妈写道:"毅儿,妈妈知道你没有走远,你在陪伴着妈妈,护佑着妈妈,我们彼此心灵的感应永在,总有一天你会陪着我们一起畅游大海。"

一位福建"失独"妈妈写道:"你是妈妈的月亮,永远挂在妈妈的天上,永远照在妈妈的心上。"

一位四川"失独"妈妈写道:"我心爱的儿子,对整个世界而言,你只是一粒尘埃,而对我而言,你却是我的整个世界。"

北京"失独"母亲范玺在女儿萌萌去世后,从 1999 年 11 月到 2006 年 5 月,她执着地给远在天国的女儿写了无数封信,其间,她以"人间母亲"的昵称在网上挂出数封,引来海内外众多网民的关注。在友人的建议下,她精选了两百余封信汇集成图书《你曾来过》出版。

新疆"失独"妈妈秋影在女儿离开之后的六年里,建立了以女儿为主题的博客,为女儿写了一百多万字的信。后来,在家人和朋友的建议下,她将其中的一部分摘录出版,书名就叫《灵魂的家园》。她说:"我在浑浑噩噩中度日,通过写信来宣泄我的情感,通过写信来缓解我的压力,通过写信来记录我的心绪,通过写信来寻找我的女儿。我把生活中的点点滴滴,用书信的方式告诉女儿,我相信女儿在天有灵,相信女儿的心和我永相通。"

是啊,每一个给天堂里孩子写信的父母,都坚信天堂里的孩子仍然与自己心灵相通,可现实是:越是这样,心里越痛。

### 靠两个QQ,活在"母子"的世界里

凌晨4时,天还没有亮,整个世界还处在天亮前的静寂里。家住北戴河的老人韩玉缓缓地从床上爬起,打开电脑,开始了她周而复始的又一天。

电脑开机,世界重启。韩玉挪动鼠标,主窗口听话般地弹了出来。输入密码,藏在电脑屏幕右下角的两个QQ头像立马闪亮起来。一个是"儿子",另一个是"母亲"。

"儿子,妈来了。"QQ中的"母亲"说。

"妈妈,我想死你了!"QQ中的"儿子"回话。

"我想死你了!"这本是自己在虚拟世界里代儿子说的一句话,却令韩玉痛苦难抑,顿时痛哭失声,哭声划破夜的寂静,在凌晨的小区里回荡。

儿子是2010年9月4日走的。单位组织集体出游时,一场意外事故让儿子再也没有回来。那一年儿子27岁。儿子出事后,儿媳将儿子的QQ密码告诉了韩玉。过去从没有摸过电脑、认为上网聊天只属于年轻人的她从此天天勤学苦练,终于掌握了如何上网、如何聊天。她登录儿子的QQ,又给自己申请了一个QQ。两个QQ排在一起,让她顿觉母子俩又"团圆"了。

韩玉说:"现在电脑就是我的命,每天醒来第一件事就是开电脑。每当点亮儿子的QQ头像,就仿佛点亮了我活下去的微光。我每天至少有20小时与儿子待在一起。"有时偶尔不在家,她也要交代群友:"受累,帮我儿子把菜收了。"

儿子的QQ里偶尔也会有他过去的朋友光顾,或问候,或留言。这时,她总是以儿子的口气予以回复。儿子的一个朋友前阵子在QQ空间里留言:"哥们儿,我快结婚了,可惜你不能到现场随份子,你多不够意思。"她看了以后心如刀割。是啊,儿子,你的朋友们都接二连三地结婚生子了,可你……痛过哭过,她回

复道:"放心,他的祝福准到。"

婚礼那天,她带了一千块钱准备给儿子的朋友送去,走到门口又想,别人结婚,她一个死了儿子的人不吉利,就没进人家的门,将礼金往儿子朋友的手里一塞,扭脸就走,边走边擦拭着脸上的泪水……

在我采访的城市"失独"者中,有85%的人学会了使用电脑,学会了QQ聊天。他们建立了QQ群,同命人在一起相互倾诉,相互安慰,相互支撑。

在网上搜索全国"失独"QQ群,共有2810000条结果,其中较为著名的有"中国失独者网站事务交流群"、"中国失独者网站联动交流群"、"星星苑失独群"、"中国失独者家园"、"圆梦温馨失独群"等总群;在总群的基础上,又按地区划分为"华北地区失独群"、"东北地区失独群"、"华东地区失独群"、"华中地区失独群"、"西北地区失独群"、"西南地区失独群"、"港澳台及国外华人华侨失独群";还有按省级划分的"失独"群,按志愿者地区划分的志愿者群,另有市级、县级以及其他各式各样的群,不一而足。

寄情于网络,这是"失独"父母们的首选。他们说,他们已经无法生活在现实的世界里,只有逃离,虚拟的网络正好可以满足他们的需求。

### 特殊的"三口"之家

2015年7月的一天,在美丽的星城长沙一个新建的小区里,我见到了一个特殊的"三口"之家。说他们特殊,是因为这个家由"爸爸"、"妈妈"和一只漂亮的小狗组成。

"爸爸"郭义说:"自从儿子去世后,我们就与它相依为命。它早就成了我们家庭中的一员,我们把它当成儿子来养,自然成了它的'爸爸'和'妈妈'。"

听他这么一说,我不得不重新审视这只叫毛毛的小狗。毛毛体形娇小,一身浓密如绒的卷毛,一对长耳布满饰毛,一双小眼闪动着灵光,活跃、机警、优雅、自信,的确非常招人喜爱。

一阵寒暄过后,眼看时间不早,我提议出去一起吃个便饭,边吃边聊。我们来到小区边上的一家小饭馆,坐定后,服务员问几个人,我不假思索地回答:"三位。"服务员按我的意思摆了三张凳子,三副碗筷。

"妈妈"夏红见状,马上从旁边的餐桌边拖了一张凳子放在自己身旁。小狗立时跳上去,后腿蹲在凳子上,前脚搭在桌沿上,眼睛骨碌碌地看着大家,俨然一个等饭吃的孩子。我顿时觉出了自己的失误。他们早介绍了,他们是一个完整的"三口"之家,而我在吩咐服务员摆凳子和碗筷时,把"儿子"给漏了。

吃饭时,"妈妈"夏红不忙自己吃,而是先喂"儿子"。她挑了它喜欢吃的,用汤洗掉辣味,试试温度,再送到"儿子"嘴里。"儿子"则幸福地咀嚼着,吃得津津有味。

郭义告诉我,毛毛这名字来源于他们死去的儿子郭弘成,弘成的小名叫毛陀。毛陀出生时八斤二两,是个漂亮的小宝贝,一家人对他寄予了莫大的期望。弘成这个名字,就是寓意大作为、大成功。毛陀从小聪慧过人,三岁起就爱识字读书,上学后一直是班上的前几名,高考以高出录取分数线50多分的好成绩考入湖南大学计算机软件学院。大学毕业那年,身高1.82的他很快被一家著名大型国企相中,成为单位里最年轻的业务骨干,深得领导器重和同事称赞。他不抽烟、不喝酒、不说粗痞话,真诚、礼貌、风趣,是个有涵养、有素质、招人喜爱的好男孩儿。然而,就是这么一个优秀的儿子,2012年9月24日晚上八点三十分,在走进浴室洗澡后就再也没有出来——猝死在浴室里。

儿子走后,郭义逢四必行(儿子是24日离开的),常常带一些香烛纸钱,捧几朵鲜花去墓园看望儿子(妻子开始也一起去,后来因为身体越来越差,去不了了)。

祸不单行,儿子去世后第一百天,郭义突发急性阑尾炎,亲朋好友赶紧将他送进医院。那一刻,他恨不得自己就这样死去。当医生提醒他任何麻醉和手术都可能出现意外时,他竟然坚定地说,有意外最好,这样就可以和儿子团聚了。

妻子夏红更是哭得茶饭不思,精神恍惚,一个月瘦了25斤。

过去那个喜欢唱歌跳舞、快快乐乐、一觉能睡到大天亮的漂亮妈妈,如今只能靠吃安眠药才能勉强睡上两三个小时。亲友们安慰、劝导、陪她外出,都不管用。有亲友建议她带养一个小孩儿,以缓解眼前的痛苦。她没有答应。她说,自己生的才是最好的。经过反复思量,她作出一个惊人的决定:"我想自己再生一个。"

再生一个?谈何容易!夏红已经五十六岁,而且绝经多年了。但是,为了让她重新燃起生活的希望,家人和亲友们都支持她。甚至医生都被她的执着感动了,为她制订了详细的治疗方案。她积极配合,受尽了常人难以承受的苦痛。治疗一月有余,奇迹出现了——绝经多年的她竟然来了月经。虽然量很少,但那激动人心的一抹红,不仅照亮了她,也照亮了全家人的生活。

可是,医院的一纸诊断使全家人重燃的希望再一次熄灭。医生检查发现,她的子宫严重萎缩,即使有了月经,有了排卵,胚胎也无法着床。瞬间,夏红脸如死灰,绝望再次笼罩了她的生活。

怎么办?怎样才能把她从痛苦的深渊中拯救出来?无奈之下,弟妹花两千元买了一只原产于西欧的贵宾犬送给夏红。说来奇怪,这狗与郭义、夏红仿佛天生有缘,从看到它的第一眼起,他们就接纳了它。它长着一身巧克力色的卷毛,与儿子小时候微卷的头发惊人相似;毛茸茸的小脑袋,特别是那双圆润的小眼睛里流露出的怯生生、怜兮兮的神情,与夫妻俩内心深处的痛楚交织在一起,马上引起共鸣,一下子拉近了彼此的距离。

夏红像当年抱儿子一样轻轻地将它抱在怀里,小狗也乖乖地依偎着夏红。顿时,一股暖流从夏红心头涌起,瞬间流遍全身。失去儿子的她猛然间有了一种母性回归、重拾亲情的感觉,忍不住激动地说:"它就是我儿子,儿子回来了!"

我含泪听完他们的故事。回到他们家里,"妈妈"夏红一进屋就忙不迭地照料起"儿子"。只见她打来一盆水,为"儿子"洗脸、洗脚,"儿子"十分听话,仰着脸、伸出脚让"妈妈"擦洗。所有的动作都是那么娴熟、自然、得体、默契,把人世间母与子的那份亲情演绎到了极致。我被深深地震撼了。

老郭对我说:"'妈妈'照顾'儿子'尽心尽力,'儿子'对'妈妈'也情真意切,他们之间的感情无人可比。如果有谁欺侮了它妈妈,它肯定会帮妈妈出气。"为了证明给我看,老郭故意对妻子说:"打妈妈。"毛毛立刻跑过来,"汪汪汪"地对着老郭叫个不停,直到老郭说"好了,好了,不打妈妈"它才停住。

人狗未了情。一对痛苦的父母,失去了唯一的儿子,整日以泪洗面。在近乎绝望时,一条小狗来到他们身边,和他们组成了一个特殊的"三口"之家,终于给他们的生活带来了些许亮色……

### 半个馒头的诉说

某百年学府,77岁的潘教授家。白色的瓷盘子里,小半个吃剩的馒头封存在保鲜膜里。保鲜膜外,一张字迹已经褪色的小纸条上写着:"这是小宏2007年2月13日早晨吃剩下的最后一块馒头。"

潘宏是潘教授的独生儿子,1973年出生,2007年2月13日早晨因心脏病突发离世。这半块馒头,就是儿子去世前一刻吃剩下的。在整理儿子的遗物时,潘教授用保鲜膜小心翼翼地把它包起来带回家里,至今已保存了八年时间。潘教授说:"这半个馒头是儿子最后的生活迹象,以后再也没有了,我要留着。"

被他留着的还有儿子死前发给妈妈的一条短信,这是儿子生命中的最后一声呼唤:"妈妈,我心脏不舒服。"

他和老伴儿永远也不会忘记那个让他们彻底崩溃的早晨。那天早上8点多,潘教授去上班,喜欢打太极的老伴儿晨练回来,接到了儿子打到座机上的求救电话:"妈,我很不舒服,您能过来一趟吗?"放下电话,老伴儿立刻打车赶往儿子的住处,出租车上,老伴儿拿出手机,才发现手机关机了。她迫不及待地开机,儿子在早晨七点钟给她发的短信立刻蹦了出来:"妈妈,我心脏不舒服。"

老伴儿预感到问题严重,将电话回拨过去,但此时儿子已不再接电话。赶到儿子位于昌平区龙泽园的家,无论她怎么敲门里面都没有反应。等潘教授跟同事一起设法打开门时,一切都晚了,只见小宏蜷缩着倒在卧室的地板上,虽然身体还有余温,但已经没有了呼吸和心跳。就这样,潘教授唯一的儿子,生命永远停在了35岁。

在我访问的"失独"父母中,有90%的父母都会用一种独特的方式来"留住"自己的孩子——

来自黑龙江的"心碎"把女儿的照片印在项链的吊坠上,时刻戴在胸前。

江苏的"叶儿黄"家中女儿房间的桌上,永远摆放着两瓶冰红茶,她说,女儿生前特别喜欢喝冰红茶。

重庆的"天堂"家里,永远保存着一本2000年的台历,那是儿子生前用过的最后一本台历。

山东的正荣将孩子的照片贴满了整个房间,以此来回忆与儿子共同度过的美好时光,还整日躺在孩子睡过的床上,"闻着孩子留下的气味,心里觉得好受点儿。"

济南的月菊自从女儿死后,五年时间了,她依然坚持每天做各式各样的菜,等女儿回来吃,还不断地给她买新衣服。在女儿的衣柜里,从夏天的裙子到冬天的羽绒服,一应俱全,有的还挂着标签。月菊每天都要轻轻地抚摸这些衣服,"和她说说一天的生活,让她知道妈妈过得很好。"

武汉的余伟算是一个不大不小的政府官员。白天的时候,他总是西装革履,精神百倍地工作,可是晚上回到家里,他又成了另外一个人。他整夜坐在地板上,抱着孩子的骨灰盒哭泣,口中呢喃:"孩子,让爸爸抱抱你⋯⋯"他就这样每晚睡在地板上,将近八年。

⋯⋯

孩子们突然去了,父母却怎么也无法适应这没有孩子的日子,而与孩子们有着某种关联的一切东西,在他们眼里,都是鲜活的生命,能呼吸,会说话。看到它们,就像看到了自己的孩子,倍感亲切和温馨。有它们陪伴,他们才不感到孤独;有它们陪伴,那颗痛苦的心才得到些许的安慰。那是他们的珍宝⋯⋯

## 大年夜,她踯躅在无人的街头

又到大年三十,又到万家团圆的日子。越是在这样的节日里,家住湖北武汉的王菲妈妈越是感到无比悲凉和孤独。

十年前,18岁的花季女儿王菲因白血病不幸离世。从此,一天24小时,除了每晚出门走一小时以及外出采购一些生活必需品外,她都把自己锁在女儿那不足十平方米的小屋里。她尽量不去看那街上的人来人往,不去看那路上扎着花带的婚车,不去看那橱窗里漂亮的嫁衣,不去与那推着童车的人擦肩而过……这些年来,她已慢慢地学会了在特定的时间、特定的场合,刻意选择逃避。

可是,今天是大年三十,又该怎么逃呢?

一早,她就带着女儿新年的衣裤、鞋袜和精心为女儿准备的年夜饭来到女儿的"小屋"——墓地前,与女儿天地相伴。她在没有任何顾忌地放声大哭一场后,默默地、细心地把女儿的"小屋"整理了一番,把刻有女儿名字的碑石擦洗了一遍,把装点在"小屋"前的绢花重新插过。她边整理边喃喃地说:"女儿,别人过春节都是合家欢庆,可我只能用这种方式与你在一起。别人过的是节,我过的是'劫'。"

女儿走后,其音容笑貌时刻在母亲的脑海中浮现着。母亲保留了她房间里的一切物品,而且按原样摆放。她每天都要去抚摸女儿留下的那些东西,她甚至珍藏着女儿的胎发和乳牙。女儿用过的桌椅、毛毯、衣服、书笔和玩具……所有的一切,都是她刻骨铭心的爱!

她将女儿的新衣、鞋袜一字排开,放在女儿面前,把女儿喜欢吃的菜夹到女儿的碗里,一边夹,一边说:"女儿,妈做的都是你最喜欢吃的,味道怎么样?多吃点儿,吃完了,妈再给你做。"

这时,天空下起了小雪。雪花落在她的眉毛上、脸上,她很欣慰,轻轻地说:"女儿,我知道这是你显灵了,雪花落在我眉毛上,是你的小手在为我擦眼泪;落在我脸上,是你在亲吻我。今天,妈算来着了。"

时间过得很快,不知不觉间,在女儿的墓地前一待就是大半天。雪越下越大,整个墓地白茫茫一片。但她还不愿走,她甚至想,这里要有个招待所就好了,那样就可以在不受任何干扰的情况下和女儿一起把整个春节过完再回家。

她来到墓地管理处问值班人员,他们告诉她:"现在这里还没有这样的服务。"她想,自己干脆就在女儿的"小屋"边歇两晚算了。可是,又没带被褥,甚至连一张垫地的薄膜也没有。这么大的雪,这么冷的天,自己冻坏了,谁来陪女儿?眼看天色将晚,如果再不下山,就看不见路了。她不得不起身,一步三回头地离开。

走到山下,她突然觉得没有了方向,她不知道自己该去哪儿。她不想回到没有女儿的家中,更不愿去参加兄弟姐妹的聚会。去茶室或者咖啡馆?不行;去肯德基或者麦当劳?也不行。在这样的大年夜里,这些地方一定都离不开热闹喧嚣……去哪里呢?她没有去处。只有孤独地行走在无人的街头,从这头走到那头,又从那头走到这头,一走就是无数个来回,直到深夜。

怕过节,是每一位"失独"父母的共性。节日对于他们来说,真的无异于"劫日"。他们看不得别的家庭团团圆圆的情景,听不得一家老小互致祝贺的声音。正如一位"失独"父亲说的那样:"一个细微的动作、一句清淡的话语、一首普通的歌曲、一件平常的礼物,都会让我们在某个瞬间落泪。人家过节,我们躲劫。哪里没有鞭炮声,我们就去哪里。"

每到节日,他们或把自己关在死寂的家里,以泪洗面;或单个出行,踯躅在冷寂的街头;或结伴相约,来到澡堂,麻木地把自己泡在水里……他们说:"无论什么样的灾难造成的痛苦,都会随着时间的推移成为历史。可是,失去比自己生命更重要的孩子的痛苦,却永远无法平复!"

是啊,花谢了,还有春天;月缺了,还有月圆。离去的孩子,却永无归期。无论什么时候想起,都是父母永远的痛!

## 在失去孩子的痛里垮掉

2015年4月的一天,我如约来到广铁(集团)公司某工务段职工许少可家里,对他进行采访。

"我妻子算是彻底垮了。"见面的第一句话,许少可这样说。他妻子原本是一个贤惠善良的女人,能干,明理,识大体。虽然没有正式工作,但她把家打理得井井有条,让在外工作的老公很是顺心。

可一切都在2009年7月12日那个夜晚改变了。那晚,他突然接到一个陌生电话,说女儿突发心脏病,正在湖南娄底市中心医院抢救。打电话的人是医院的医生。他来不及与妻子说一声,连夜包车赶往300多公里外的娄底。赶到医院的时候,女儿已经住进了重症监护室。

此后,他带着女儿踏上了历时半年的求医路。从娄底到长沙,从市级医院到顶级的湘雅医院。治疗大半年后仍没有效果,医院提出让他将奄奄一息的女儿带回家里。回家后没几天,刚满20岁的女儿就被死神带走了。这年,许少可46岁,妻子43岁。

女儿离去后,夫妻二人精神恍惚。妻子常常整夜流泪,吵嚷着要去墓地和女儿躺在一起,有时睡到半夜突然大叫:"女儿回来了!"清醒过来之后,却没有看到女儿的身影,继而就是一夜悲号;有时深更半夜突然从床上跃起,打开门就往外冲,说是要去找女儿。许少可只得强忍着悲痛,拉住妻子苦苦相劝。这一劝,反倒更激怒了她。她一边打,一边哭,一边骂,说丈夫不该将女儿从医院带回来,是丈夫害死了女儿……

许少可理解妻子的痛苦。自从生了女儿后,妻子把所有的爱都倾注在女儿身上。女儿上中学后,为了辅导女儿,只有初中文化的她每天坚持先到外面向人请教,然后再回来教女儿。女儿学习成绩不是特别好,但乖巧懂事,对自己的人生有一定的规划。她先是考取了卫生学校,毕业后,在外打了一年的工,存了一些钱,正准备回家发展,不想,被疾病夺去了生命。

女儿的死,对于老许的打击同样巨大。但他知道妻子需要自己照顾,自己不能倒下,有泪也只能一个人偷偷地流,不让妻子发现。多少次,为了强忍眼泪,他将嘴唇咬破……尽管如此,妻子的健康状况还是每况愈下,更糟糕的是,她的精神状况出现了严重的问题。"一旦情绪失控,我就像活在人间地狱了。"许少可说,"她变得喜怒无常,往往因一件琐事闹腾好几天,硬要说是我将女儿害死的,严重时还有暴力倾向……"

有一次,老许买回的几枝新鲜花椒还挂着几片叶子,妻子立即命令他:"你给我把叶子摘掉。"许少可只有听妻子的,将叶子一一摘了。妻子检查时发现有一小片没有摘干净,顿时暴跳如雷,"为什么不摘干净?为什么不听我的话?"他想申辩,但话还没说出口,妻子却说出了让他更震惊的话,"你给我跪下!"男儿膝下有黄金,他怎么也不肯跪。"不跪?那好,我就死给你看!"说着,妻子就要跳楼。没有办法,老许只得跪了下去。但这还没完,妻子变本加厉,还要他抽自己的耳光。他只得照办,一边狠狠地抽自己的耳光,一边骂自己不是人。

一个男人这样作践自己,这该是怎样的屈辱?那是一个人的尊严啊!可是,为了妻子,他只能忍受。但是,他怎么也无法忍住汹涌而出的泪水。见他在哭,妻子更来火,拿起铁皮脸盆在他头顶上"当当当"猛敲,直敲得脸盆变了形,敲得他眼冒金星,直到她解了恨才放过他。事后,他的头痛了半个多月。

"失去女儿前并没有吃过多少苦,但现在,一天咽下去的苦,超过前半辈子了。"许少可说,"可眼下的苦难还看不到头。妻子情绪一失控就要自杀,就要和女儿躺在一起。平时睡觉的时候我都是睁一只眼闭一只眼,生怕她出事。"最头痛的是,妻子忌医。老许多次建议妻子去看一下精神科医生,遭到妻子的强烈抵制。有几次好不容易将她骗到医院,最后还是让她跑掉了。

没有办法,他只得托朋友从北京请来一名心理医生,佯装成普通朋友到家中做客,与妻子交流,希望能对她的精神状况做些分析,并进行心理疏导。刚开始还正常,但过了一会儿,妻子就从厨房取来一把菜刀,径直朝心理医生走过去:"你还说?再说,我今天就杀了你!"幸好许少可反应快,一把抓住了妻子的手腕,扬起的菜刀落下来,把凳子削去了一大块。如果这一刀砍在人身上,那惨状可想而知。心理医生吓出一身冷汗,趁机逃脱。

因为失去孩子垮掉的何止许少可一家。媒体报道,杭州一对夫妇正在读大学的女儿因白血病去世后,夫妻俩均患了严重的抑郁症,2015年7月19日,在女儿去世100天的祭日,夫妻俩一个从12楼跳下来,另一人服毒自杀。

据调查,在"失独"人群中,60%以上的人患有不同程度的抑郁症,其中超过一半的人曾有自杀倾向。至2014年底,在美丽的古城苏州,仅姑苏区苏锦街道就有"失独"家庭八户,共12位"失独"老人,平均年龄54岁。失去子女后,这些家庭均陷入精神和经济的双重困境,其中六人精神抑郁、一人患精神分裂症、一人住进了精神病医院。在这样的家庭里,不论是痛苦的病人还是比病人更痛苦的家人,做人的起码尊严已不复存在,活在这个世界上的只剩一个躯壳。

这一切,都是"失独"之痛惹的祸。北京师范大学教授于丹曾说:"失去父母的孩子可以长大,但失去孩子的父母是怎么都过不去的。"是的,失去父母的孩子可以通过社会救助或其他途径重获温暖,可失去孩子的父母,谁也无法抚平他们心灵深处的伤痛。肌体的痛也许可以痊愈,但心里的痛却无药可治⋯⋯

## 第三章 殃及家国的"失独"之殇

之所以痛之切,是因为伤之深。

来北京参加"陈情"活动的计生干部"贺德"说:"'失独'对于计生家庭来说,其伤害是无法弥合的。首先,我们失去了唯一的孩子,我们的子嗣传承至此就永远结束了,这对于在传宗接代这一传统文化氛围里生存的我们来说,是难以接受的;其次,唯一的孩子去了,我们的养老赡养人、生活照料人、精神慰藉人、死后送葬人都没有了;其三,我们经受了白发人送黑发人的打击,身体都垮了,这无疑又给我们的悲剧雪上加霜……"

是的,失去孩子,对一个家庭、一个家族的打击都极其沉重。

**家殇之首:子嗣链条轰然断裂**

"清明山间路,坟头有泪痕。别人奠先祖,我却祭传人。"这是某大学外语学院2013级学生何景怡的父母在2015年清明节这天写下的诗句。

2014年7月23日凌晨,以665分的高分如愿考上某重点大学的何景怡,因学校停电,忍受不了炎热的天气,便搬离寝室,来到学校附近的宾馆睡觉。只是在炎热的室外来回搬东西跑了几趟,没想到,她竟然毫无预兆地死在了宾馆的床上,未留下片言只语。

当时学校为了安抚她的父母,只说她昏迷了,要送医院抢救。当她的父母坐了五个多小时的火车赶到学校时,才知道女儿早已离他们而去。在殡仪馆里,夫妻俩紧紧抱着女儿冰冷僵硬的身体,妈妈用自己的脸贴着女儿冰冷的脸。可任凭他们哭天喊地,女儿也不能再睁开眼睛看他们一眼了。

女儿的离去,带走了夫妻俩的一切希望,他们的人生从此没有了方向,没有了盼头。2015年4月5日清明节,他们来到位于家乡某陵园女儿的墓前。"孩子呀!人家祭祖先,我却祭传人。天苍苍,泪两行,今日祭儿爹娘在,他日爹娘谁来帮……"

人生的残酷唯此为最。凡已过最佳生育年龄的"失独"者,留给他们的都是这种后无传人的残酷现实。

著名哲学家黑格尔早就说过:"重视生殖是东方文明的重要特征。"屹立世界东方、沐浴着儒家文化的华夏民族,在漫长的进化历程中,一直对自身的繁衍非常看重。儒家文化的创始人孔子说:"生,事之以礼;死,葬之以礼,祭之以礼。"孟子继承了孔子的思想,将传宗接代作为"首孝"加以绝对化。他说:"不孝有三,无后为大。"在孟子看来,无后是比陷亲不义更为不孝的事。《礼记·昏义》上也说:"昏礼者,将合二姓之好。上以事宗庙,而下以继后世也,故君子重之。"这清楚地说明,婚姻的实质就在于宗族的延续。

古代还有"七去"的规定,即"不顺父母,去;无子,去;淫,去;妒,去;有恶疾,去;多言,去;盗窃,去。"去,就是休妻。也就是说,有七种情况可以休妻,其中第二条就是无子,无子仅次于不孝敬父母,比淫、妒、恶疾、多言等都严重,甚至比盗窃还可恶。

就是在这样一种绵延几千年的强大的传统文化氛围里,这些独生子女的父母失去了他们唯一的孩子,其传宗接代之链轰然断裂,留给他们的是断子绝孙的残酷现实。这对于中国的父母来说,还有什么样的痛苦能与之比拟?

**家殇之二:无处安放的余生**

2012年7月2日,广州市某医院的门诊大楼前。大清早从清远赶来的向米满头大汗,捂着肚子,在妻子李琼的陪同下,坐在医院的候诊区等待叫号。身边还有十多名候诊者,其中六名是老人,几个年轻人围坐在老人身边。

"妈,快了,下个就是咱们。"向米身边的一个女孩子这样说。

向米像被电击一般,迅速站起身,拉着妻子说:"外面转转,里面闷。"

两年前,向米唯一的儿子死于车祸。此后,他仿佛精神出了问题,不能听到"妈"、"爸"这样的字眼,更不能看到别人家的孩子簇拥着父母的场面。

终于轮到他们了。走进诊室,医生简单诊断后对向米的妻子说:"要做胃镜,挂号人多,你陪你先生坐坐,还有家属来没?"妻子赶紧回答:"哦,没有,孩子都忙。"紧接着,拿着单子拽着丈夫走出诊室。站在缴费大厅里,向米和妻子一句话也没说,默默地等候着。他们觉得,自己就是患者中的另类。

当晚回到家,向米坐在房间里,眼睛直勾勾地望着天花板,对妻子说:"死,也要有尊严,你走了,我可能会自杀吧。"他不敢想象自己一个人躺在偌大的房子里,行动不便,甚至大小便失禁却无人照看的场面……

青岛市市南区"失独"父亲邹云91岁高龄的老母亲突然生病了,他手忙脚乱地将母亲送进医院。刚入院时,要签各种各样的字,办各种各样的手续,医生还不能马上给老人输液。邹云急了,问怎么回事。医生说:"没有亲属在场,不能给药。"直到医生确认了邹云的身份,才同意给老人输液。

这时,邹云才突然意识到——"我老了,病了,该怎么办?"

邹云和妻子黄霞1976年结婚,同年,儿子出生。此后,邹云被调到兰州军区,黄霞则调到原乌鲁木齐军区。1979年,国家提倡计划生育,他们成了较早的一批执行者。

"对于国家的号召,我们积极响应。"邹云说。儿子出生后的第三年,即1979年,他们成了原乌鲁木齐军区首批办理独生子女证的家庭。从部队转业后,夫妻俩带着儿子回到青岛,而1997年的一场车祸,彻底改变了这个家庭的生活轨迹。

"儿子出门前,我们还特意嘱咐他下午早点儿回家吃饭。"邹云永远不会忘记18年前那个黑暗的日子。那天,夫妻俩正在包着儿子喜欢吃的水饺,突然接到电话,说儿子出车祸了。等他们心急火燎地打车赶到医院时,儿子已经离世。那时,他们的儿子刚刚找好了工作,一段崭新的人生刚要开始。

此后的痛苦不言而喻。他们尝试着忘记自己的孩子,可总也忘不掉。每当别人问起,他们就敷衍一句,孩子出国了。他们尝试着换个环境努力活下去,于是搬到了现在住的地方。但他们总是不自觉地去和别人做比较,和那些有子女的家庭做比较,越比较,心里越难受。直到后来他们在网上找到了"失独"者QQ群,靠着两百多同命人的互相鼓励和慰藉,才好受一些。

2008年邹云退休后,在一家公司当顾问。这么做的目的,一是为充实自己的生活,找些事儿做;二来,也是想为以后和老伴儿住养老院、去医院看病多攒些钱。他还对妻子说,没人可以依靠了,要自己靠自己。

但有些问题不是靠钱就能解决的。这次母亲住院让他意识到,不但要钱,还需要签字办手续,还必须有家人陪在床前才能给药。"等我们老了该怎么办?谁给我们签字?谁陪我们输液?"

不仅如此,就是进养老院也不是那么简单的。他咨询过青岛的几家养老院,对方的回复中都包括一个必要条件——入住养老院时老人有自理能力,且需要监护人(多为子女)的签字。

前文提到的潘教授也遇到了同样的问题。如何养老成了两位老人最大的心病。他们利用空闲时间去咨询了多家养老院,但所有的养老院都将他们拒之门外。唯一的理由就是,养老院接收老年人,需要子女签字。但现在他们没有子女了。

潘教授的老伴儿想用出家的方式度过自己的余生,然而,却没有任何一座寺院接收她。一位住持告诉她:"我们只接受60岁以下的人,你已超龄……阿弥陀佛。"

连出家都不行,哪里才是我的去处啊!潘教授的老伴儿只好在家中修行。

此外,死后的安葬问题也让两位老人十分揪心。2007年,在安葬儿子的时候,潘教授给自己和老伴儿也买好了墓地,就在儿子的旁边,他们希望能够离儿子近一些。他去问墓地的工作人员:"我先买好墓地,等我们死后,你们能把我们的骨灰安葬在这里吗?"

工作人员觉得他提的问题很奇怪,愕然了好一阵,以为老人在开玩笑,但看看对方的表情,才意识到他是认真的。可工作人员真不知道该怎么回答,因为以前从来没遇到过这样的问题,只好如实说:"墓地管理处没有这项业务。"

像被人兜头泼了一瓢冰水,潘教授顿时透心地凉。从墓地回来,潘教授凄凉地说:"我们活着,还能为儿子扫扫墓,如果死了,连把我们送进墓地的人都没有了……"

不是吗?因为没有人照顾,"失独"老人死在家里很久才被发现的事件时有发生。

2014年11月21日,重庆市北碚区石马河街道一位叫赵国华的"失独"老人,死了几天却没人知晓,后来邻居闻到一股恶臭,报了警。打开房门一看,老人的尸体已经腐烂。房间里的电视机还开着,正在播放着新闻,可看电视的人却悄无声息地永远离开了。

同样是2014年11月,长沙市岳麓区一位62岁的"失独"母亲,孤单地死在她租住的房屋里,直到尸体发臭才被人发现。

没有孩子的我们,余生该怎么安放?"失独"老人们无时无刻不在问自己,问政府,问社会。

一位网名叫"随心"的天津"失独"者于2015年7月18日在网上发了一首名叫《明天我该怎么办》的诗——

> 明天我老了,走不动了,
> 我该怎么办?
> 不能去买菜了,取不了工资了,
> 不会自己做饭了,自己洗不了衣服了,
> 我该怎么办?
> 生病了,看不清药品说明书了,
> 自己去不了医院了,住院需要陪伴了,我该怎么办?
> 年龄大了,记忆力差了,
> 钱财不能自理了,做饭忘记关火了,忘记关水了,我该怎么办?
> 我害怕明天,因为我越来越老了,
> 饿了没人端碗饭,病了没人递杯水,
> 陪伴的是孤独,等待的是绝望,
> 明天我该怎么办?

这首诗发到网上后,立即引来网友围观和疯狂转贴。因为它说出了所有"失独"者共同的心声——

明天我该怎么办?

### 家殇之三:孩子走了,病来了

调查显示,中国的"失独"父母中,90%以上的"失独"老人都患有程度不一的各种疾病,其中,50%的人患有高血压、心脏病等慢性疾病,15%的人罹患癌症、瘫痪等严重疾病。

失去孩子的父母,其承载的不幸和痛苦不是简单的一个"悲"字所能容纳的。突来的打击使原本幸福的家庭刹那间坠入万丈深渊,他们终日与泪水为伴,悲伤、怨恨,甚至愤怒无处发泄,久而久之,积怨成疾,曾经健康的身体就这么垮了。

从湘运客车厂退休的"失独"父亲刘庚,自1997年12月8日其17岁的女儿去世后,几年时间里先后患上了扩心病、高血压三级、脑梗、脑萎缩、糖尿病、痛风等十多种疾病,一年有四分之一的时间都在往医院里跑,每月2000多元的退休金基本上都用来买药吃了。现在,他整个人被疾病折磨得有气无力,有时甚至神志不清,别人送了他一个外号叫"病壳子"。

2015年5月24日,他和妻子去附近的公园遛弯儿。妻子因有人在等,先走了会儿,让他不用着急,一会儿再过来。可妻子走后,他却突然找不到去公园的路了。本来只有几分钟的路,他却走了两个多小时,来来回回就是找不到公园在哪里。妻子久等不见他来,急了,返回去找,却找不着人。最后,还是一位好心人把他领到了公园。要知道,他才65岁,还没到连路都找不到的年龄。

58岁的郑萍,自2002年3月3日失去了28岁的儿子后,以前从没有生过病的她,突然间成了病秧子。2013年5月,她被确诊患上了乳腺癌,只能住进医院实施双乳切除手术,还借债20多万元用于化疗。

62岁的李安,自1996年5月她19岁的儿子意外死亡后,从此人生走入低谷,糖尿病、心脏病、颈椎病、气管炎,等等,都一股脑儿地找上门来,折磨得她无数次想到自杀。

45岁的许少可正当壮年,按常理怎么也不至于百病缠身,可自从女儿去世后,他患上的"经医院确诊"的病就达八种之多,除了双肾结石、糖尿病等病症外,心脏病最为严重。在他的心脏病检验单上,心脏功能29项指标中有15项异常,而且有些高出正常值许多倍。在2006年5月24日的诊断书上,医生写下了入院治疗的建议。

更为可悲的是,有的"失独"老人不但孩子走了,老伴儿也跟着离开了,留下一个人艰难度日,一旦有个三长两短,连个报信儿的人都没有。家住湖南怀化的张丽就是这种情况。孩子和老公相继离去,本来也想随他们一起走的她,偶然发现了"失独"者QQ群,从此有了一些寄托。她每天大部分时间都泡在群里,大家哭,她也哭;大家笑,她也笑。

渐渐和群里的人混熟了,互相之间好歹算有了个照应。如果有谁没上线,群里的人都会关切地问:干什么事去了?或者留言:上线后,请打声招呼。他们都知道,到了这样的年纪,经受了人生的大不幸,身体都不太好,身边又没有人照应,只有靠相互提醒和关心了。

有一天,一位网名叫"山村雨水"的同命人注意到张丽已经有两天没上线了,他将这一情况告诉了群里其他人。大家都很着急,会不会出什么事了?张丽早就在网络上告诉过大家,她失去了儿子,接着又失去了丈夫,如今一个人生活。于是,大家纷纷给她留言,要她上线的第一时间和大家打声招呼,好让大家放心。可是,总不见她回话。她曾给群里的部分人留过电话号码,有人给她打电话,但没人接听。大家估计一定是出事了。

"山村雨水"刚好与她同在一座城市,两家相隔不是很远,大家就托他去看看。"山村雨水"一路问询,终于找到了她家。按门铃,没反应;问邻居,说是有两天没看到她出门了。

一定是出事了,不能再等。"山村雨水"用力将房门撞开。眼前的一幕令他大吃一惊,只见张丽侧身倒在门口的过道里,不知死活。她的一只手向前伸着,显然是想去开门,但还没触到门锁就倒下了。"山村雨水"叫她没反应,探了探她的鼻息,尽管很微弱,但好像还有。于是,赶紧打电话叫救护车。

医生马上对她实施了抢救。手术时发现,她的阑尾已经化脓,腹腔积满体液,如果再迟一些送到医院,恐怕性命不保。看到如此情景,手术医生忍不住责怪送她去医院的"山村雨水":"你也太不小心了,病成这样子才送医院!"

医生把"山村雨水"当成张丽的先生了。"山村雨水"当即哭了:"我不是她先生,她先生早死了,儿子也死了。我们只是

'失独'群里的同命人。因为几天没看到她上网,猜想她可能是出事了。想不到,跑到她家一看,果真如此……"

孩子走了,疾病来了。这是"失独"父母们最不愿面对的问题,但又恰恰是他们无法躲避的难题。

### 家殇之四:送走了孩子,送不走债务

"我们熬了八年,现在快熬不动了,可是这债还没还完……"说这话的是武汉市蔡甸区70岁的老太太吴清。

1986年,吴清18岁的独子朱方从汉口打工回来,感觉身体不适,去医院查检后被诊断为白血病。这对一个贫寒的农家来说几乎是灭顶之灾。"我们当时就不想治了,反正也治不好。"吴清说。但医生告诉她,这是慢性病,治疗及时的话可以再活一二十年。于是,吴清和丈夫朱耀咬咬牙,决定尽力给儿子治病。

儿子每年要住三次院,每次都要找亲戚和乡邻们借钱。病情稍一稳定,儿子就到外面去打工挣钱还债。老两口在家里更是百般辛苦,朱耀会篾匠手艺,起早贪黑地做活儿;吴清则负责种地,收获的粮食蔬菜舍不得吃,挑到两公里外的镇街上去卖钱。每次卖得一点儿钱,就计划着先把谁家的钱还上,可往往还来不及归还,儿子又要住院,马上又是一大笔花销。19年下来,他们给儿子治病总共花了36万元,绝大部分是借的。

在家里,老两口连米饭都舍不得煮,而是吃"箍粉头"——将大米碾成粉,加入南瓜和菜叶子等调成面疙瘩。即使这样,只要儿子的病情没有恶化,老两口就觉得这一切都是值得的。这种艰难的生活又持续了十年,37岁的儿子最后还是熬不过病魔的折腾,于2005年3月28日不幸离世,留下了11万多元的欠债。

吴清说:"那个时候我整个人都是傻的,不敢看儿子的相片,不敢听别人的孩子叫妈。我只能跑到地里,一边喊儿子的名字一边哭。"她不止一次有过随儿子同去的念头,但最终支持她活下来的力量,却是那些好心的债主。一些债主说,把自己的日子过好,钱的事先不要考虑。但老两口不这么想,儿子虽然死

了,但债务不能"死"。"别人借钱给我们,已经是帮了我们了,怎么能不还?不还的话,我们到死也不安心。"

此后,老两口更加省吃俭用,每次手里攒够两三百元,便赶紧给债主送去。一个亲友几千元的债,他们经常要跑一二十次才能还上。

朱耀曾是篾匠社的员工,退休后每月能拿到一千多元的社保金,这是家里最重要的收入;吴清仍然成天在地里忙活,但现在已翻不动土地了。两人身体都不好,朱耀有脑血栓,吴清有心脏病,即使是吃最廉价的药,每月也要花去上百元。两个老人省吃俭用,每年省出约一万元来还债,八年还了八万元,到2013年笔者前去采访时,只剩约35000元了。他们还在努力……

单亲妈妈吴梅,她这辈子最后悔的一件事就是让儿子出国留学。她说:"当时家里人都不同意,只有我一个人支持他。我对他说,我的儿子想去哪里,我就支持他去哪里,好男儿志在四方。"于是,吴梅借钱送儿子进了澳洲墨尔本大学,为此背了一身债。没想到,毕业前夕,儿子潜水的时候出了意外……

2012年8月,儿子23岁生日那天,从澳洲写了一封长信给妈妈。似乎冥冥中自有天意,懂事的儿子在信中细细回忆了和妈妈一起生活的点点滴滴。他说,他明白妈妈花费了多少心血,才把他从六斤养到180斤,成了现在这个身高1.8米的健壮小伙子;他说和妈妈之间没有代沟,无话不谈,他从来不曾想过他的"辣妈"有一天也会变老……最后,他请妈妈12月来墨尔本参加他的毕业典礼。可是,12月还没有过完,2011年12月24日,他就永远地离开了他的母亲。

儿子离去后,吴梅的生活完全失去了重心。可是她知道,自己无法永远这样逃避下去,终将要面对现实。她说:"还是要回去上班。为了儿子的教育投资,我当初借了30多万元。不但要清债务,还要给自己存养老的钱。我这辈子没依靠过别人,今后更是要全靠自己了。"

前文提到的许少可,为了给女儿治病,他辗转各大医院,花去80多万元,不仅将自己和父亲的房子卖了,还借了60万元的外债。

女儿死后,他身体垮了,无法再上班,于是办了病退手续,每月只有区区几百元的生活费;妻子一直没有工作,还需要看病吃药,他们家每个月都是入不敷出。而政府对"失独"家庭的补助,他们没有资格领取,因为妻子还没到文件规定的49岁。一说起这些,他就垂头丧气:"这样的日子,不知道什么时候才是个头……"

对湖南省怀化市1450个"失独"家庭进行问卷调查的结果显示,85%的"失独"家庭面临严重经济困难,月收入在1200元以下的低水平,其中42%的家庭靠低保生活,这其中又有15%的家庭背负沉重的债务。

这些还不完的债务,无疑又让"失独"家庭雪上加霜。

### 家殇之五:好想有个家

采访过程中,有一个家庭让我特别震撼。一见面,这个家的女主人——一位白发苍苍的老母亲,就将几大本特殊的账本递到我面前。

翻开本子,才发现这是一本本"讨米账",里面记满了各地好心人给她的每一笔施舍,多的数十元、上百元,少的几元、几角。许多账目后都按上了鲜红的指印,她解释说,按上红指印,主要是存个念想,尽管自己没办法报答,但这份恩情要永远铭记。

老人叫唐翠,今年77岁,家住湖南省溆浦县某村。2002年10月6日,她的爱女,刚从师范学校毕业分配在邻近小学任教的张花被人强奸后杀死在学校的宿舍里。案件迟迟未能侦破,凶手一直逍遥法外。

为了给女儿申冤,她和丈夫倾其所有,卖掉了家里的一头牛、五头猪,凑了5000多元当路费,跑遍了省、市、县三级相关部门。来来回回地奔波、折腾,这点儿钱很快就花光了,囊中空空的唐翠不得不开始她"讨米告状"的艰难生活。她一边申冤,一边乞讨,沿途有许多好心的群众为她捐款捐物。她永远忘不了,一位盲人把身上仅有的六毛钱塞给她,说:"路上饿了买个红薯吃也好。"唐翠拿出本子想让他签字,他说:"我是瞎子,不会写字,就给你按个指印吧。"从此,"讨米账"上有了一个个鲜红的指印。

皇天不负苦心人,她的奔波终于有了结果。上级领导对此事非常重视,批示当地公安机关尽快破案。2004年11月18日,案发两年零一个月后,凶手终于浮出水面,他就是女儿的同事李某。

可是,案件的审理却一波三折。被告人当庭翻供,坚决否认自己杀人。一审作出死刑判决后,被告不服,提出上诉。省高院认为"部分事实不清,尚需进一步查证",发回重审。就这样,直到2011年5月,先后经过中院、高院来来回回六次审判和裁定,最后作出终审判决:判处李某无期徒刑,剥夺政治权利终身,附带赔偿人民币30000元。

案件总算尘埃落定。可是,那个曾为唐翠遮风挡雨几十年的家早已不复存在。唐翠的丈夫经受不起失去女儿的打击,精神崩溃,在一个风高之夜,一把火将居住多年的房子烧得一干二净……

像唐翠这样,孩子死后,家也不再像家的"失独"者不在少数。

我去过长春市退休教师孙维烈及妻子杜凤华的家。房间里乱七八糟,床脚摆放了急救氧气瓶,靠墙的桌子上摆满了各类药品,床铺、写字桌上散放着各种法律书籍,房间角落里还有一台旧电脑,电脑旁边堆着厚厚的《法制日报》。孙老师说,过去他们家也是个非常干净整洁的家庭,自从女儿孙利惨死后,夫妻俩一心扑在为女儿申冤的事情上,一切都无所谓了。妻子得了心脏病,心脏病一犯,马上要服药、吸氧。孙老师也由一个睿智、儒雅、谦和的长者,变成了木讷、迟钝的老头儿。为了给女儿申冤,本来不会电脑的两位老人自学打字、上网,还注册了博客。家里有三个大档案袋,老两口看得比自己的命还重要,因为里面装着女儿死亡事件的各种资料……

山东省宁阳县某村的七旬老人彭希平为了给被害13年的女儿申冤,长期奔波在外,贫困交加,积劳成疾。他的家也因为常年无暇顾及而摇摇欲坠……

更让人寒心的是,不少"失独"母亲不但失去了孩子,还要承受来自亲人的伤害和家庭破裂的痛苦。

北京的"失独"妈妈晓禾就是这种情况。她告诉笔者:"真是造化弄人,孩子出交通事故那天,我因为子宫肌瘤,正在医院做子宫摘除手术。家里人一直瞒着我,要是早知道,我绝对不会做那个手术。虽然我快50岁了,可只要还有子宫,就还有生孩子的希望。现在是一点儿希望都没有了。"

孩子走后大约一年,晓禾的老公提出离婚。夫妻俩在一起过了20多年,感情不好也不坏,因为孩子,本想就这么凑合下去,到老了也算有个伴儿,可是忽然间,就走不下去了。"孩子是维系夫妻关系的纽带,如今这个纽带忽然没有了。挺大的房子就剩下我们两个人,互相对着唉声叹气,话越来越少,而且避免提到任何与孩子有关的话题,有时候甚至一天也说不了一句话。"

晓禾的丈夫开始是整天不出门,后来是整天出去不回来。"有一天,他对我说,实在受不了在这个房子里住下去了,到处都是孩子的东西、孩子的影子,他快崩溃了……"

丈夫就这样离开了家,两个月后,向她提出了离婚。离婚之后,这个一起生活了20多年的男人就像人间蒸发一样,在晓禾的生活中消失了。后来,从亲戚朋友口中,晓禾得知前夫很快就再婚了,找了一个不到40岁的女人。

"其实他这么做我也能理解,毕竟他才50岁,还有希望再要一个孩子。"晓禾平静地说,"两个人绑一起也是死,抓住一点儿希望就能活下去。他想忘掉过去的一切重新开始,也是人之常情。"

我被她的宽容所感动,这种在外人看来可以称作绝情的做法,在她看来却成了"人之常情"。唉,都是"失独"惹的祸!

还有45岁的阳阳妈妈,自孩子走后,老公回家的次数越来越少。阳阳妈妈觉察出了点儿什么,但失去孩子的悲痛抽走了她所有的力气,她没有过问。不久,一纸离婚协议送到她面前。孩子的爸爸对她说:"儿子走了,家已经没有了,我跟你也没什么关系了。"

湖南衡阳市的"失独"妈妈付玲原本是幸福的,丈夫是公务员,有一份稳定的收入;儿子20岁,在江西南昌念大学。为了让儿子安心念书,付玲辞掉衡阳的工作,来到南昌市陪读。2010年9月26日晚十点,儿子不幸遭遇车祸。丈夫得知后,没有安慰,而是甩手给了她一耳光,咆哮道:"叫你过来陪读,怎么就把儿子给陪没了!"几个月后,丈夫把家中的衣物打了个包,连招呼都没打就离她而去。

一个个幸福的家庭就这样支离破碎,一对对曾经恩爱的夫妻就这样分崩离析。中国人民大学教授葛晨虹认为,在人类历史发展过程中,家庭的存在,主要依赖于"生育形成的血亲关系"、"两性结合形成的婚姻关系"以及"供养关系",这三种关系组成家庭的核心结构,其中血亲关系和婚姻关系是基础和纽带。如今,随着唯一孩子的离去,在家庭核心结构中起着基础和纽带作用的血亲关系没有了,家也跟着散了。

孟子说:"天下之本在国,国之本在家。"家散了,国安能宁乎?

**国殇之一:人才的缺损**

在我的采访本里,记下了一长串年轻人的名字。他们都是独生子女,都是在某一领域取得骄人业绩的人才。然而,他们却过早地离开了这个世界,给家庭和国家都造成了不可弥补的损失。

杨宁,1978年3月1日出生于天津,1997年赴瑞士留学,1999年回国后进入一家外企担任总经理助理,2003年进入通用电气公司,其间,获得美国南哥伦比亚大学MBA和上海复旦大学心理学硕士学位。在通用电气公司工作的三年时间里,他从一名职场新人成长为华东地区的销售状元,出色地完成了在很多人看来不可能完成的任务。当然,他在事业上的成功并不仅仅来自于这些数据,更来自于公司同事和客户对他的喜爱和认可。然而,2006年8月26日,突来的一场灾祸,结束了他年轻而灿烂的生命。

冯华君,2004年毕业于华南理工大学工商管理学院,曾在苹果、百度等公司从事程序开发工作。2006年,他基于个人兴趣开发了苹果系统的中文输入法"FIT"。2008年创立顺科软件公司,又开发了 ios 中文输入法。2010年,公司更名为新点科技,开发了包括"FIT写字板"、"FIT便签"、"FIT随享"微博客户端、"云笔记"等在内的一系列产品。2012年,他因鼻咽癌病逝,终年31岁。

程骥,一位高尚的白衣天使。17岁时就以优异成绩考入中山医科大学,2007年获得全额奖学金赴美国留学,攻读医学博士学位。她善良聪慧、吃苦耐劳、乐观开朗、朴实谦逊,对理想执着追求,对工作精益求精,对病人关怀备至。2008年3月10日,她在上学的途中遭车祸罹难。

贾志栋,1983年2月10日在江苏无锡出生。2008年4月26日,奥运火炬在澳大利亚首都堪培拉传递时,他曾作为中国留学生代表,高举国旗,勇敢站在第一线,保护奥运圣火的传递,同国际反华势力进行坚决的斗争,维护了国家的尊严。2008年7月7日,他怀着对人世无尽的留恋悄然离去。

邵真,一如她的名字一样纯真善良,极富同情心与正义感。儿童时代就展现了其聪慧的天性,上小学和初中时,曾获第二届"九章杯"全国小学生数学竞赛三等奖、第七届"双龙杯"全国少年儿童书画大赛佳作奖,其作品《不该发生的事》获《初中生作文》杂志第三届作文大奖赛三等奖。在大学期间,任学生会宣传部部长,工作认真负责,受到老师和同学的好评。2006年11月2日夜,她在睡梦中突发心脏病,面带微笑,安然离去。

姚贝娜,因演唱电视剧《甄嬛传》主题曲《红颜劫》而被人们熟知,参加《中国好声音》第二季再次走红,并于2007年、2010年和2014年三次登上央视春节联欢晚会的舞台。2015年1月

16日下午,因乳腺癌复发,病逝于北京大学深圳医院,年仅33岁。

还有前文介绍过的海军航空兵某部歼击机飞行员任宁川,2006年4月4日下午2时许,任宁川在万米高空执行飞行训练任务时,战机突发机械性故障,为了保护地面城市人民群众生命财产安全,他毅然放弃跳伞,火速将战机驶往无人椰子林区上空,不料战机突然爆炸,任宁川壮烈牺牲。

……

之所以不厌其烦地罗列这些名字,是因为他们生前都是十分优秀的人才,都是能够在各个领域有所作为的人物,却不幸英年早逝。

要知道,家庭和国家为了将他们培养成才,倾注了多少心血啊!早在2005年,著名社会学家徐安琪就在中国社科院社会学研究所刊物《青年研究》上发表调研报告称,在中国,把一个孩子抚养到大学毕业,父母除了精神上的付出外,直接经济支出高达48万元。另一份名为《孩子的经济成本:转型期的结构变化和优化》的调研报告也指出,从直接经济成本看,把孩子抚养至16岁的总成本在25万元左右,如算上子女上高等院校的家庭支出,则高达48万元。

国家投入的教育成本更大。根据教育部、国家统计局、财政部联合发布的全国教育经费执行情况统计公告显示,2012年,国家财政性教育经费支出2.2万亿元,占GDP比例达4.28%;2013年达到2.45万亿元,占GDP比例达4.30%。全国2.6亿各级各类学生中,有三分之二享受免费教育政策。

国家花费如此之巨,为的就是培养更多建设祖国的有用人才。可如今,他们在风华正茂时突然离去,对家庭、对国家无疑都是重大的损失。

## 国殇之二:该如何为他们的养老买单

按照国际标准,60岁以上人口达到10%,或65岁以上人口达到7%,这个国家或地区就进入了老龄化社会。中新社2001

年3月29日发布的《第五次全国人口普查主要数据公报》显示,我国六十岁以上人口达1.3亿,占总人口的10.2%,其中65岁及以上的人口为8811万,占总人口的6.96%。这标志着我国已经进入了老龄化社会。

人口老龄化是一个世界性的问题,是人类社会发展到一定阶段的必然产物。与世界其他国家和地区不同的是,中国老龄化进程如此之快,令人惊诧。数据显示,发达国家老龄化进程一般均长达几十年甚至100多年,如法国用了115年,瑞士用了85年,英国用了80年,美国用了60年,而中国只用了18年,而且老龄化的速度还在加快。

进入21世纪后,我国的养老压力空前巨大。到2014年底,我国60岁以上老年人口达到2.12亿,占总人口的15.5%,而接纳这股滚滚而来的"银发浪潮"的却是一个"未富先老"的国度。有研究表明,发达国家进入老龄化社会时人均国内生产总值一般都在5000美元以上,有的超过了10000美元。中国进入老龄化社会时,国内人均生产总值仅为840美元,截至目前也不到4000美元。这无疑给中国养老带来诸多压力。

首先是医疗保障压力。老年群体是医疗卫生资源的重要消费对象,原国家卫生部曾经有过统计,60岁以上老年人慢性病患病率是全部人口患病率的三倍,伤残率是全部人口伤残率的3.6倍,老年人消耗的卫生资源是全部人口平均消耗卫生资源的一倍。在我国卫生医疗事业发展较经济发展相对滞后的状况下,老年人看病难、看病贵的问题比较突出。

其次是养老服务市场供给缺口压力。全国几次较大规模调查的数据表明,我国老年人入住养老机构的需求正逐步提高,更有约3250万老年人需要不同形式的长期护理。但是目前专为老年人提供服务的设施严重不足,服务项目和服务内容不全,服务人员的素质参差不齐,老龄服务的数量和质量都远远不能满足市场需求。2015年6月5日,民政部发布《2014年社会服务发展统计公报》显示,截至2014年底,全国有各类养老服务机构和设施94110个,各类养老床位577.8万张,每千名老年人拥有养老床位仅27.2张,远远低于发达国家每千人50张至70张的水平。如果按每千人50张的水平计算,还有482万张的缺口。同时,服务项目偏少,养老服务设施功能不完善、利用率不高,与实际需求相比还有很大差距。在很多地方,甚至出现了一床难求、10年等一床、排队求养老、床未等到人却西去等尴尬局面。

就是在这样的大背景下,"失独"父母的养老问题不可回避地出现了,而且其人数之多、涉及面之广、工作任务之重、对象诉求之急切,都是前所未有的。按目前大部分省、区、市每增加一张床位一次性补助1000元,每接受一位"三无"人员入住,每月补助生活费300元的标准计算,政府仅为100万个"失独"家庭约200万名"失独"老人准备的床位开支就需要200亿元,每年的生活开支更是高达720亿元。可是,目前中国的"失独"人群还在不断扩大,如果"失独"父母的数量达到1000万呢?

更让人担忧的是,"失独"老人是一个不同于其他老人的特殊群体,他们经受了失子之痛,苦闷、孤独、抑郁、烦躁、多疑、极端等各种不良情绪突显。他们的养老除了吃饭、睡觉、就医外,还有精神慰藉、痛楚表达、情感发泄等多方面的需求。这无疑又给政府的养老增加了难度。

### 国殇之三:人口安全又添新愁

2014年11月11日,一封由5000名"非独"(夫妻双方都不是独生子女)家庭联名上书的《非独家庭要求全面放开二胎的建议信》,分别寄往国务院法制办、全国人大常委会以及国家卫计委。原文摘录如下——

> 我们是非独家庭(以下简称"非独"),是目前计生政策规定不可以生育二胎的群体。自2013年11月15日起,我们这个特殊群体从13亿人中被划分出来。
> 
> 我们不是独生子女,可这并不能成为我们必须生育独生子女的理由。2013年11月15日,对于每一位有生二胎意愿的、期盼计生政策的"非独"来说,无疑是沉重的打击。

……

每一项政策的出台,都应该体现公平和公正。单单把"非独"挡在门外的"单独"政策,对于我们这个群体公平吗?难道我们"非独",尤其是 70 后"非独",就应该成为计划生育最后的牺牲品吗?每当看到"失独"的报道,每当看到老无所依的报道,我们的心都在揪着。后独生子女时代涌现的种种社会弊端,正拷问着每一个有良知的中国人。不敢想象,未来的日子,我们要生活在一个老无所依的社会……我们更不想在"失独"的恐惧中度过今生。

……

我们每天在煎熬着、期盼着。我们不想在有限的时间里望穿了秋水,等瘦了心。人将老矣,又有什么事情是比"儿孙绕膝"更为幸福的呢?我们更不愿去想,如果有一天,"失独"的结局发生在我们身上该怎么办。皮之不存,毛将焉附?

故此,我们建议并呼吁:全面开放二胎,让中国全体公民都拥有生育二胎的权利……

据参与这封信起草的来自广东的"非独"家庭代表、广州涉外经贸学院经济学教师李润发介绍,其实,这封信在 2014 年初"单独"二胎政策陆续在全国各地实施时就已经草拟好了,因为种种原因,拖到 2014 年 11 月 11 日"单独"二胎政策公布一周年才发出。

"双独"和"单独"二胎政策先后实施,使得"非独"家庭感受到了不能公平享受生育权的痛苦。2013 年就有"非独"代表致信中央,希望政府能够考虑"非独"群体渴望公平生育权的呼声。他们之所以强烈要求生育第二个孩子,其中最主要的原因就是挥之不去的养老压力和"失独"梦魇。

"失独",确实如阴霾般笼罩在国人的头上,笼罩在共和国的大地上,直接威胁着人口安全,给本来已经危机四伏的人口问题带来更多的挑战。除了直接减少了劳动人口、增加了养老压力外,许多"失独"父母受到打击和刺激,精神出现异常,甚至歇斯底里,极易出现极端行为,危及社会稳定。

一位"失独"父亲对我说,女儿死后,他向当地政府反映问题,总是得不到解决。"我相信,只要我杀了人,政府就会重视了。如果我的死能换来政府对'失独'家庭的重视,我死了也值了。"为此,他甚至制定了三套"方案"……

尽管这些所谓的"方案"听上去有些异想天开,但我依然感到震惊。我对他说:"那些生命都是无辜的啊,你怎么可以这样!"

他说:"我什么盼头都没有了,大不了就是一个死。如今过的这日子比死还难受,我还有什么可怕的?"

他说得慷慨激昂,我听得毛骨悚然。我不得不终止采访,在劝慰无果的情况下,与当地计生部门联系,协调派专人与他建立长期帮扶关系,积极想办法为他解决困难,以消解他心头的怨气。

为了本文的写作,为了与更多的"失独"者建立联系,我也加入了多个"失独"QQ群,在里面经常看到一些"失独"父母激愤的言辞。对他们,我除了劝慰,没有一点儿办法。而这些劝慰连我自己都觉得没有任何力量,更不用说去说服一个因痛苦而偏激的"失独"老人了。

我为那些老人担忧,更为我国的人口安全担忧。

有专家说,人口安全与经济安全、政治安全和军事安全一样,是国家安全的重要组成部分。而构成人口安全的主要因素,包括人口数量、人口结构、人口素质、人口分布以及与之相适应的资源、环境等。适度的人口数量、合理的人口结构、较高的人口素质、均衡的人口分布,是人口安全的重要保证。然而,我国长期的低生育率、失调的出生人口性别比、连年的劳动人口减少、快速的人口老龄化、偏高的出生缺陷发生率、无序的人口流动等现象,都对人口安全构成了极大威胁。"失独"现象的发生,更增加了对人口安全的威胁程度。

2003年6月12日,在中国人民大学人口发展研究中心举行的"人口、社会与SARS"研讨会上,有学者率先提出了"人口安全"的概念,并指出要进一步强化全社会的人口安全意识,建立人口安全警戒线。许多专家一直在积极呼吁,尽快放开二胎政策,以缓解人口安全的威胁。

中国政府一直把人口安全问题摆在重要位置。在工作部署上,强调在继续坚持计划生育基本国策的同时,着手对生育政策的不断完善和调整,以促进人口长期均衡发展。比如实施"单独"二胎政策,就是一种有益的尝试。它的实施,在调节生育率、缓解人口老龄化、促进出生性别比平衡、降低"失独"家庭风险等方面,无疑会起到十分积极的作用。这无疑为社会各界普遍关心的人口安全问题注射了一针"稳心剂"。

### 国殇之四:摇摇晃晃的文化传承

英国历史学家汤因比计算过,人类历史上一共出现过21种文明,其中14种已经绝迹,6种正在衰朽。只有中国的黄河文明虽受到多次伴随着征服的外来冲击,但始终没有陨落。

的确,尼罗河、底格里斯河、幼发拉底河、印度河、恒河等几条著名的江河,分别孕育了人类最古老的古埃及文明、美索不达米亚文明、古印度文明,但随着时间的推移,这些曾经盛极一时、福泽人类的重大文明,都像一个个迷梦,渐渐隐退到历史的烟尘之中。唯有中国的黄河、长江文明,屹立于世界东方,生生不息,历久弥新。

综观中华历史,人口的发展永远是文化繁荣的重要载体和动力。中华文明史,实际上就是一部人口与文化交织的发展史。中国古代先贤早就注意到了人口对于文明延续和国家强盛的作用。春秋时期齐国名相管仲曾说,"夫争天下者,必先争人。明大数者得人;审小计者,失人。得天下之众者王,得其半者霸","地大国富,人众兵强,此霸王之本也","夫霸王之所始也,以人为本。本理则国固,本乱则国危"。

孔子每当看到人口众多的景象,便会情不自禁地赞叹说:"庶矣哉(人真多啊)!"冉有问:"人多后还要做些什么呢?"孔子说:"富之,教之。"就是说人多才能富强,富强才能产生文明。

墨家学派的代表墨翟的政治理想就是"国家之富,人民之众,刑政之治"。唐太宗李世民认为,"凡事皆须务本,国以人为本"。明太祖朱元璋也说过,"人者,国之本"……

自古以来,中国的统治者就十分重视人口的增殖,为了尽快增加人口,管子、商鞅等提出了"徕民"(招徕他国之民)政策;荀子提出"以德"、"以力"、"以富"三种方法来"兼人(兼并他国人民)的政策。孔子认为,首先应推行仁政,爱护百姓,以招徕其他诸侯国的人民。"上好礼,则民莫敢不敬;上好义,则民莫敢不服;上好信,则民莫敢不用情。夫如是,则四方之民,襁负其子而至矣。"

旅美学者、《大国空巢》作者易富贤通过大量的研究指出,由于人口繁衍的艰难,古代很多非常辉煌的文明都因为人口不能延续导致文明的中断。中国以前至少有数万个姓氏,但绝大多数的姓氏都已经陆续灭绝,现在幸存的家族在历史上也几度濒临"子姓几尽,不绝若线"的险境。

人口的缺损,对文化的传承亦有一定的伤害。中华文明的重要组成部分——婚嫁文化、生育文化、家庭文化、家族文化、子嗣文化、姓氏文化、孝悌文化、养老文化、祭祀文化,等等,都随着"失独"问题的出现受到极大的冲击,变得摇摇晃晃。也难怪,人没有了,文化何以附焉?

四川省社科院从事多年婚育文化研究的著名学者刘易平说,在任何文化里,生儿育女不仅是单纯的生物生命的再生产,也是文化命脉继替的基础。婚育都务必在既定文化下进行,并且在此文化遗产的训教中,把一个嗷嗷待哺的"自然人"培育成一个通情达理的"文化人",从而延续文化。

然而,"失独"却使文化的延续在一个家庭里戛然而止。失去了个体的家,整个民族的文化又如何得以传承?

## 第四章 动人心魄的自救之路

"横在每个'失独'者面前的都是一道永远也跨不过去的坎

儿,如果不想办法走出来,只有等死。"

"只要从那个家里走出来,一条命就算有救了。"

"早出来,早得救。"

……

许许多多的"失独"者不止一次这样说。

他们说的"走出来",就是建立一些关爱"失独"者的组织,通过参加这些组织的各种活动,同命人抱团取暖、相互慰藉,摆脱过去的阴影,以达到自救的目的。

### "失独"协会,施放人间第一爱

2015年5月22日深夜,我突然接到一个电话,对方是湖南省怀化市"失独"家庭关爱互助协会会长聂和平。聂会长很客气地问我:"明天有空儿吗?我们协会明天在迎丰公园搞活动,想邀请你参加。"

我当即答应。

聂和平,女,65岁,原湖南省怀化地区轻化建材公司副总经理。2004年9月,她29岁的独生儿子突患重症离世,这一重大打击令她一度陷入痛苦的深渊,整整三年时间足不出户。直到丈夫老王患胆结石住院手术,她才意识到,儿子不可能再回来,自己必须从痛苦中走出来实现自救。于是,她从网络走向现实,寻找身边的同命人。终于,这些过去不曾谋面的人走到了一起,相互倾诉,相互慰藉。通过一系列的活动,大家渐渐淡忘了痛苦,重新振作起来。在尝到抱团取暖的甜头后,大家都迫切希望成立一个自己的组织。2014年10月27日,经怀化市民政局批准,怀化市"失独"家庭关爱互助协会正式成立,聂和平当选为会长。

正如协会《章程》所说,"失独"家庭关爱互助协会的成立,旨在加强对"失独"人群的精神慰藉和经济帮扶。通过义务咨询、心理疏导、陪伴慰问、情感服务、座谈交流、互帮互助等形式,以及开展丰富多彩、寓教于乐的文体活动,及时解决"失独"人群在生活中遇到的各种困难,让他们在社会的关爱中得到心灵的慰藉,缓解他们的孤独感和无助感,从初始的"抱团取暖"发展到融入社会,获得社会归属感,携手共渡难关。

在这一宗旨的指引下,聂和平带领她的团队,劝说一个又一个处在万分悲痛中的"失独"者加入到协会中,通过各种活动,使他们渐渐从悲痛中走了出来,创造了一个又一个奇迹。

王京,怀化市某医院职工。孩子走后,她一度断绝了与外界的一切往来。聂和平主动联系她,却被她拒绝。但聂和平并不气馁,一次不行就两次,两次不行就三次,通过不断交流,终于说服她加入了协会。如今,王京因积极为其他"失独"者服务,被选为协会秘书长。

林松的儿子于2002年3月因车祸离世,夫妇俩过度悲伤,均得了重病,特别是妻子患上了绝症,为治病举债20多万元。老两口不但要承受失子之痛、忍受病痛的折磨,还要为债务忧心。聂和平带领协会成员来到她家,安抚劝慰,想方设法帮他们渡过难关。

1998年,唐季夫妇17岁的儿子病逝。夫妻俩把房子卖了,租住在一个狭小的地下室里,对生活一度失去了信心。协会成立后,聂和平经常组织人去探望,为他们排忧解难。2015年春节,协会给他们送去了1000元的慰问金和粮油等生活用品,让他们感到自己并没有被社会抛弃。

2007年12月,姜莲马上就要结婚的儿子突然走了,紧接着,她的老公因无法承受痛失爱子的打击,一命呜呼。痛苦不堪的她更不想活了,生病不去医院,水饭不进,只差在家里等死。协会人员知道后,马上赶到她家里,将她强行送往医院,才救了她一命。这件事终于让她感受到社会的温暖,感受到活着还有意义。

惠心夫妇的儿子多年前被歹徒杀害,至今没有破案。她终日足不出户,在家里以泪洗面。协会人员得知这个情况,主动上门,帮助她重建生活的信心……

聂会长常对那些一时不能从悲痛中走出来的"失独"父母说:"有一群天使,在天堂里各自捧着一根蜡烛,玩得很开心。

但有个天使手里的蜡烛总是熄灭的,别人问他为什么会这样,他说,蜡烛又被爸爸妈妈的眼泪浇灭了……孩子已经去了天堂,父母过得不开心,他也会难过的,所以你们一定要快乐起来。"

聂会长告诉我:"既然选择了生,就要好好地活下去。我之所以要这样做,就是想把这种正能量传递给大家,把大家从悲痛中带出来。像我们这样的人,有许多常人所无法理解的苦和痛,一定要由懂我们的人来管,而真正懂我们的人,就是我们自己。因此,我们必须团结起来,化悲痛为力量,战胜苦难,这样,我们每一个家庭才有救。"

**参与公益事业,实现心灵疗伤**

"5·12"汶川大地震震后第17天,一群有着相似经历、心中藏着同样苦痛的人来到了四川,来到了地震灾区。

他们是上海市星星港关爱服务中心的18位"失独"父母。在电视上看到汶川大地震震垮了那么多学校,死了那么多孩子,他们坐不住了。他们说:"失去孩子的父母会很绝望、很孤独,需要有人扶他们一把,而只有相同经历的人才最懂得他们的痛。"于是,他们来了。他们不惜撕开自己好不容易结痂的伤疤,用自己的亲身经历和感受去安慰和鼓励那些在地震中失去了孩子的父母们,重塑他们勇敢活下去的信心。

"星星港"是他们为自己这个团体取的名字。这个团体是由十户经历丧子之痛的家庭发起的,经过集思广益、反复讨论,最后敲定了团体的名称。"星星港"这个名字富有童话色彩:湛蓝的夜空,星光璀璨,那是可爱的孩子们,他们没有离开,而是去了一个更美的世界;地上有一片宁静的港湾,家长们相依相守,仰望星空,他们每天都关注着自己的天使,守望着他们的成长。

"星星港"成立后,大家聚在一起,抱团取暖,互相帮助。通过宣泄、倾诉、调适、放松、聚餐、旅游、家庭小聚、上心理课等多种方式,让大家走出低谷。除了成员间相互抚慰外,他们还经常去少管所、孤儿院,用奉献社会的公益之举表达他们对孩子们的关爱。

2008年清明节,"星星港"的成员们走上街头宣传交通知识。那些因车祸失去孩子的父母们,此前看到车都难受,但这一天,他们却都愿意用自己血的教训呼吁交通安全。这一天,整个上海都被这群伟大的父母们所感动,正如一个记者评论的那样:"星星港"积聚了很多父母们的泪水,但是当"泪飞顿作倾盆雨"之后,他们的心却渐渐亮了起来。它的发展壮大是以一个个家庭的不幸作为前提的,但是,不幸的家庭又能在"星星港"里一同眺望天上的孩子。

"5·12"汶川大地震发生后,"星星港"的成员们首先想到的是震区父母的丧子之痛,他们的痛苦牵动着每一个"星星港"成员的心。虽然"星星港"仅由两百多户家庭组成,虽然很多家庭先前为了给孩子治病几乎倾家荡产,但还是收到了成员们52万余元的捐款,这些捐款很快汇到了四川省红十字会。

捐款还不能让大家平静下来,因为他们深知失去孩子的父母需要什么,他们决定到灾区进行精神救援。大家都踊跃报名,经过挑选,18名成员组成了赴震区慰问小组。去震区的目的很简单,就是安慰、抚慰、鼓励,让失去孩子的父母树立起生活的信心。"星星港"的理事吕慈还想出了一句很能代表大家心声的活动主题词:"捧出我的心,抚慰你的痛。"

为了这次震区之行,小组成员还专门请了心理辅导老师给他们上课。出发之前,心理辅导老师和上海市政府相关部门的各级领导都很担心他们,因为他们在劝慰别人的同时,免不了要一次次撕开自己的伤口,怕他们身体上、精神上受不了。但成员们一想到那些刚刚经历了丧子之痛的父母们,就什么也不顾了。

一走进灾区,他们来不及休息,就投入了工作中。"如果对方愿意讲,我们就听;如果不愿意,我们就先讲自己的孩子是怎么没的,自己又是怎么走出来的。看我们流泪,他们也会感动。"

几乎每到一处,都是泪眼婆娑。

5月30日下午,即他们到达震区的第二天,在黄龙溪临时安置点上,一位在地震中失去了女儿的母亲抑郁、绝食。"星星港"成员给她讲起了他们孩子的死,讲起了他们老年丧子的痛苦。她哭,他们也哭……这一刻,这位母亲觉得自己的心与他们连在了一起。她说:"他们那么大的年纪,遭遇那么大的打击,还能到这边来安慰我们,非常了不起。他们都能站起来,我还有什么理由不活下去呢?"

是的,他们跨越失去子女的一己之痛,将琐碎点化成细腻,让绝望、痛苦在关爱中化解。"星星港"的名誉顾问、著名电影表演艺术家秦怡深有感触地说:"你们本来是最不幸的人,但你们选择了一条走出不幸、走向大爱的道路。我敬重你们。"

确实,他们理应受到所有人的尊敬。

**试管婴儿,用老去的身体弥补遗憾**

2013年12月24日,湖南省建三公司的侯吉水永远失去了他的独生子侯谨。

侯谨1992年4月出生,身高1.8米,建筑工程专业毕业。他不但人长得英俊,有着韩国影星李敏镐的外形和气质,而且还有一份很不错的工作。因所学专业热门,一毕业就被一家建筑公司聘用,月薪过万,为左邻右舍和亲朋好友所羡慕。同时,他也成了女孩儿们追逐的对象,刚满20岁就有了称心的女朋友。侯吉水夫妇则欢天喜地地张罗着为他成亲,好给他们生一个大胖孙子……

可是,一场突来的车祸让他们的美梦破碎了,一家人从幸福的顶点瞬间跌落到十八层地狱。夫妻俩完全变了个人,关在房间闭门不出,哭过之后,就是你望着我,我望着你,然后再哭。

"根本不是人过的日子。"侯吉水说。

让他们更揪心的,还有近80岁的父母。他们不敢把儿子遭遇车祸的事告诉二老,二老上了年纪,身体多病,受不了这个刺激,而且,他们也不知道该怎么向老人交代。好一段时间,虽然同住在一座城里,相隔不到几公里,他们却不敢回老人的家,与二老唯一的联系方式就是电话。电话里,二老问他们,为什么这么久不回家,为什么这么久没看到孙子。他们只得欺瞒二老,说自己在外地找了一份事做,不方便回来,孩子也出国深造了。说完这些,夫妻俩又是抱头痛哭。

侯吉水说:"不孝有三,无后为大。如今,我已经绝后了,是最大的不孝。我还有什么脸去见二老?"

痛过、哭过,他们决定重新开始,再生一个。可是,谈何容易?他们都到了近50岁的年龄,妻子面临绝经,他也力不从心。但这是唯一的选择,必须坚持到底,不能自然怀孕,就做试管婴儿。

试管婴儿手术的费用十分昂贵,他们手头没有那么多钱,便将房子卖掉,拿着这笔钱走上了遥遥求子路。从2014年春节后,近一年的时间,他们先后五次去湖南省湘雅医院都没有成功,之后又去广州,还是没有成功,之后再辗转山东、上海。

就在他们外出求医的时候,老父亲突然瘫痪在床,在床边侍奉老人的妹妹打来电话,说:"哥,怎么办啊!你快回来看一眼爸爸吧,把实情告诉爸爸,爸爸会原谅你的。"

接到电话的侯吉水泪流满面。他知道,此时爸爸最需要的就是儿子,他又何尝不想马上回到爸爸身边尽孝?可是,一想到死去的儿子,一想到人生的大不孝,他犹豫了。他相信爸爸会理解他的。如果他能再给老人生个孙子,这才是最大的孝顺。最终,他在电话里哭着说:"妹,只有辛苦你了。我也是为了这个大家庭,等孩子生下来,我立马抱来给二老报喜。"

于是,妹妹一个人挑起了侍候病重父亲的担子,让哥哥继续在外漂泊,直到哥哥完成子嗣传承的重任。

广东佛山市南海区某镇居民刘永胜,在17年前孩子出生后,其妻马琳就落实了上环手术。不料2011年12月,他们唯一的儿子死在了运动场上。

这个家不能没有孩子。但43岁的妻子因为上环多年,一边输卵管已经堵塞,要自然生养似乎不太可能了。无奈,刘永胜夫妻只好去佛山市妇幼保健院做试管婴儿手术。

2012年5月12日,第一次,失败。

2012年12月22日,第二次,又失败。

"为什么都不成功?"刘永胜问医生。

医生指了指病历本封面上的一个数字,"44",那是马琳的年龄。

做试管婴儿手术要打催卵针,属于激素,会伤身,会让人身体虚胖,而每次失败也会对妻子的心理造成一定的影响。妻子害怕再去,而刘永胜却决定再去做最后一次,他说:"但愿能成功,如果还是失败,我真害怕她会垮掉……"

已经48岁的北京"失独"妈妈黄丽也一直想再生一个孩子。她和丈夫到医院咨询,医生告诉他们,大部分妇女50岁左右进入更年期,绝经后不再产生卵子,而她现在已经48岁,卵子的数量和质量很难说,自然怀孕概率不大,试管婴儿手术的成功率也不高。

"只要有一线希望我们就不会放弃,花再多的钱、吃再多的苦我也不在乎。"黄丽说。这两年,她在一家民营医院总共做了三次试管婴儿手术,七八次人工授精,再加上各种检查和药物,已经花了十多万元,而且每次打针取卵都很痛苦。最后一次,为了不影响卵子质量,她听从医生建议没有用麻药。当时她泪流满面地躺在病床上想,这是最后一次了。可是,这次还是失败了。

折腾了两年,她的身体状况越来越差,右侧卵巢严重肿大,右侧盆腔有黏连,甚至乳房也出现了肿块。而且每次手术失败都伴随着莫大的精神折磨,她不知道还要承受多少痛苦才能再次当上妈妈。丈夫实在心疼她的身体,劝她放弃,但她还想坚持下去。她说,为此付出再多也不后悔。

实际上,高龄"失独"母亲怀孕生子的还是大有人在。南京的王女士,53岁,连做五次试管婴儿手术后,终于在2008年8月生下一个男婴;江西萍乡的郭敏,在56岁的时候通过试管婴儿技术产下一对龙凤胎;安徽合肥的盛海琳在60岁的时候生下一对双胞胎女儿"智智"和"慧慧",也因此打破了生育极限,成为中国最高龄的产妇。

试管婴儿技术于1978年7月25日诞生于英国,经过30多年的发展,其技术日臻成熟。目前,全球平均每年有500万个试管婴儿出生。我国的北京、广州等城市每年申请做试管婴儿手术的超过20000人,南京、杭州等城市每年逾6000人,这里面有很大一部分是"失独"父母,他们坚韧、执着,以惊人的毅力承受常人难以想象的痛苦,三番五次地进行手术,为的就是圆上再度成为父母的梦……

### 妈妈,流着泪向前走

一位"失独"妈妈对柳红说:"我没有你坚强,我每天都要哭。"

柳红告诉她:"我自己也哭,哭并不是不坚强,是流着泪向前走。为了孩子,我们也要好好地活。"

柳红,就是著名的癌症少年子尤的妈妈。自1998年起,柳红担任我国经济学界泰斗吴敬琏的研究助手达9年之久,现为独立学者,自由撰稿人,主要作品有《八〇年代:中国经济学人的光荣与梦想》、《吴敬琏》等。但人们更愿意记住的是,她在儿子子尤病逝后的坚强与隐忍,以及她继续用一份伟大的母爱,为儿子编辑出版作品,坚持在子尤的博客上更新内容,将爱传递下去,引领更多有着和她相似经历的人走出痛苦,走向新生。

她的儿子吴子尤,1990年4月10日出生,极具文学天赋,被称为"天才少年作家",出版过《谁的青春有我狂》、《我是翩翩美少年》、《你好,男生子尤》等作品,深得李敖、郑渊洁、韩寒等知名作家的好评。2004年3月24日,正在北达资源中学上初二的他被查出患有纵膈肿瘤,后又因为化疗得了白血病。两年多的艰苦治疗,被子尤乐观地概括为"一次大手术,两次胸穿,三次骨穿,四次化疗,五次转院,六次病危,七次吐血,八个月头顶空空,九死一生,十分快活"。他对待疾病和人生的乐观态度感染了身边的每一个人,住院期间,他开通了"子尤的博客",很快,博客的访问量高达582万。

然而,他还是去了,可爱着子尤的人们依然在他的博客中流连,他们中有老人、中年人,还有很多孩子。在这里,人们传递、分享美好的情感,有人把这里当作精神家园,有人把这里当作心灵的寄托。

柳红被深深地感动了。这位从痛苦中走出来的妈妈,决定为儿子将博客更新下去,让儿子的爱在人间继续。她一边写着的《八〇年代:中国经济学人的光荣与梦想》这部巨著,一边整理编辑儿子生前来不及出版的《画天》、《英芝芬芳华蓉》等书稿,同时还与遭遇相同命运的妈妈们聚集在子尤的博客里互诉心声。

秋女就是柳红在博客里认识的一位"失独"母亲。那年冬天,秋女14岁的女儿因癌症永远离开了她,一家人从此生活在万劫不复的深渊里。秋女通过博客和柳红联系上了,2012年2月的一天,她来到柳红家。一进门,面对着屋子里占了三面墙的子尤的照片,秋女说:"你弄得比我好!"柳红告诉秋女,每逢纪念日,家人都来和子尤团聚,以寄托哀思。

她们在一起讲孩子的故事,有伤心、有幸福。柳红劝导秋女:"我们虽然遭遇了不幸,虽然生活让我们成为了悲剧的主角,但我们要学会在悲剧中演出喜剧,在黑暗里放射光明。为了我们亲爱的孩子,好好生活。"

秋女终于从痛苦中走了出来,有一天她告诉柳红:"周六周日两天,我们俩第一次为自己着想,到颐和园去散步。蓝蓝的天,暖暖的阳光,是闺女送给我们的最好的礼物!我记着你说的:为了我们亲爱的孩子,好好生活!"

而远在大洋彼岸的一对中国夫妇,他们的孩子突然自杀了,夫妻俩承受不了这样的打击,辗转给柳红打来了电话。柳红真诚地对他们说:"生活有太多理由要我们活下去,并且要活出孩子希望的样子。"

现在,柳红一边工作,一边继续与"失独"父母们交往。柳红说:"实际上我得到了很多,现在想得更多的是如何回报。爱是什么?爱是行动。爱不是说,是做。"

是的,爱不是说,是做。这令我想到了2006年7月17日中央电视台《实话实说》栏目专为"失独"父母们做的一期特别节目,节目最后,主持人说:"孩子是我们一生中收到的最美好的礼物,我们没有办法遗忘关于孩子的那些美好的记忆。我们需要的是带着这些美好的记忆,带着他们给我们的祝福向前走。对待生命,我们真的要多一些思考,多一些尊重。我从这些'失独'父母的身上感受到了爱、力量、坚强,还有最最重要的,就是他们彼此的温暖。"

### 换一种方式,替孩子活在人间

2014年7月28日下午,烈日炎炎,酷暑难耐。

夏日的热浪里,一位身穿"苏仙义工"红马夹的大妈提着水彩笔、绘画本,匆匆走进湖南省郴州市朝阳儿童康复训练中心。她就是该市苏仙区义工协会会长首嫣嫣。

原本安静有序的训练教室在首嫣嫣进入的瞬间炸开了锅,孩子们都围到首嫣嫣身边,齐声叫着"首妈妈"。

这所康复训练中心是一家面向残障儿童,集康复训练、智力开发、文化教育于一体的社会公益性机构。首妈妈的每次出现,对于这里的孩子来说是最开心的时刻。可天真的孩子们不知道,首妈妈是一位"失独"妈妈,她的独生女在2002年因公殉职。十多年来,她全身心投入社区工作和社会公益事业,把对女儿的小爱化作对全社会的大爱,向世人展示了"失独"妈妈的另一种活法。

首嫣嫣的女儿叫侯静,大学毕业后考入郴州市苏仙区良田镇国土所。2002年2月12日午后,侯静与同事正坐在单位大院的草坪上聊春节发生的趣事,笑声不断。

"山里起火了,快救火!"有人冲进院子里大喊。天干物燥,附近山头起了火,火借着风势迅速蔓延,威胁到周围群众的生命财产安全。

侯静和同事们拿起灭火工具就往火场赶。为了以最快的速度赶到,他们冒着危险抄近路,钻进了一条铁路隧道,侯静冲在最前面。不料此时正有一列火车经过,侯静被火车高速运行形成的旋风带起,又重重地摔在地上。就这样,首嫣嫣失去了她年仅二十岁的女儿。

首妈妈曾任苏仙区南塔街道办事处扎上街社区主任兼党支部书记,为人热情、工作耐心,深受当地居民的好评。说起首主任,扎上街社区一位叫陈迎春的居民情绪激动:"首主任是我们家的救命恩人,如果没有她,我的老母亲怕是就没有了!"

那是1999年8月13日,郴州发生特大洪灾。扎上社区因地势较低,又紧邻郴江河和燕泉河,历来是洪灾多发区。凌晨四点多,雨势越来越大,首妈妈担心社区居民的安全,和丈夫一起冒雨到社区察看。社区的灾情比想象中更加严重,燕泉河东半边街已经被水淹了足有半米深。首妈妈一边打电话向所在街道汇报灾情,一边挨家挨户敲门提醒居民们立刻转移。

陈迎春家是一栋两层楼房,老母亲住一楼,陈迎春住二楼。敲门的声音淹没在雨声和雷声中,根本听不见,首妈妈只得拾起地上的砖不停地砸门,这才惊动了二楼的陈迎春。打开陈母的房门,大家都惊呆了,床已经浮在涌进屋里的水面上,但七十多岁的陈母却依然躺在床上沉睡……

从发生洪灾到社区居民恢复正常生活,历时半个月。转移安置受灾群众、发放生活必需品、清理社区卫生、夜间巡逻……每一项工作都有首妈妈的身影。连续三天没回家、嗓子都喊哑了的她,在灾情发生的第四天,终于劳累成疾,但她还是请求医生直接到安置点的临时办公室给她挂点滴,因为工作离不开她。

"那段时间确实很忙,大家都说我累得又黑又瘦,但是一想到那么多居民需要我,就浑身充满了力量。"首妈妈回忆当时的情景说。

因在抗洪救灾中表现突出,1999年底,首妈妈被湖南省委、省政府荣记一等功。

尽管她是一位坚强的女性,女儿侯静的死还是让她几近绝望。她不愿提及女儿的一切,把女儿生前的物品都封存起来,还搬了家。她说:"我不愿把悲伤挂在脸上,常常是白天拼命工作,晚上回家再哭,眼泪都哭干了。"

2007年,首妈妈退休。在经历了无数个不眠之夜后,首妈媽作出了改变她人生的决定。"女儿出事那个春节,送了我一双鞋,我只穿过两次。她走后,我再也没穿过。每年女儿的生日祭日,我就把鞋拿出来擦一擦,一边擦一边想,女儿是为了国家牺牲的,我也要沿着她的路,为社会尽一份力。"

2010年,首媽媽加入郴州市义工联合会。2012年,苏仙区成立义工协会,首媽媽担任会长。首媽媽多次被评为郴州市十佳志愿者、郴州市义工联合会十佳义工。她说:"我做义工,就是延续我女儿的生命,就是换一种方式替女儿活下去。"

城乡敬老院、福利院的老人和小孩儿是首媽媽关注的重点,送水果、送衣物、洗衣理发、聊天散步、包饺子、煮汤圆、送月饼……首媽媽用笑容与真情帮助这些弱势群体。老人们高兴地称她"首闺女",孩子们亲切地叫她"首妈妈"。

扎上社区孤寡老人谢万发独住在公租房内,首媽媽常去陪伴,帮他搞卫生、洗衣服。得知谢万发想找个老伴儿,首媽媽四处打听,牵线搭桥,终于让老人如愿以偿,还为他们主持了婚礼。2012年,谢万发去世前一个星期,特意托老伴儿把一封信带给首媽媽,最后说一声谢谢。

首媽媽说,每一个孩子都是天使。她注意搜集穷困病残儿童的信息资料,定期去看望他们。第一次见到病残少年李霖,首媽媽就止不住落了泪。李霖浑身肌肉萎缩,心肺功能衰退,无法站立行走,发声困难,只能无助地躺在床上。首媽媽常带着慰问品上门看望李霖,得知李霖喜欢美术和音乐,便给他带去绘画本、水彩笔和电子琴。她陪李霖画太阳,听李霖弹电子琴。"首阿姨,你是我的'天使妈妈',病好了,我一定要报答你。"这是小李霖在母亲节那天给首媽媽发的短信。

2014年5月,首媽媽荣获"郴州市苏仙区首届道德模范"称号。面对这一荣誉,首媽媽坦诚地说:"'失独'妈妈不能失爱,我要把对女儿的爱化作对社会的爱,去爱更多的人。"

一位"失独"母亲说,孩子已经去了天堂,天堂里的孩子们每天都在看着我们,如果我们生活得不快乐,他们会不高兴的。是的,他们一定希望自己的父母能尽快地从阴霾里走出来,尽情地享受生活,尽情地再现甜甜的笑脸,尽情地去感受莺飞草长、杏花春雨、十里荷塘、瑞雪纷纷、梅林飘香……

## 他"做"成了今天的"太阳"

"昨天的太阳晒不干今天的衣裳。"说这话的是江苏省常州市的"失独"父亲朱耀先。

听到这话,我顿时对他肃然起敬,再从他用真实姓名注册的QQ上看到"帮助别人,快乐自己"的个性签名,更是对他心生敬意。

朱耀先,江苏常州人,1952年出生,1968年上山下乡当知青,1970年参军入伍,1976年退伍,先后在常州市公路运输总公司任政工科长、工会主席、人武部长、书记、总经理等职。2000年,任常州市龙之旅天天游国际旅行社董事长、中国旅游领军企业联合会会长。

就是这样一位出身行伍,在业界叱咤风云的人物,却几乎被失去爱女的打击所击倒。2007年1月,他的女儿朱安妮因恶性淋巴肿瘤住进医院,治疗11个月后进行了骨髓移植,但移植失败。当年11月,转至北京肿瘤医院进行第二次骨髓移植,仍然失败。2008年11月25日20时16分,带着对这个世界和家人的无限眷恋,朱安妮离开了人世。

失去爱女后,精神和经济(女儿住院治疗期间,共花去医疗费100多万元,几乎倾家荡产,还欠下了几十万元的债务)的双重打击击垮了这个果敢刚毅的男人,朱耀先患上了严重的精神疾病——创伤后应激障碍。病情好转后,他马上投入到紧张的工作中,一是为了缓解失去爱女后的痛苦,二是为了还清欠下的债务。

彻底改变他生活的,是一次"失独"父母的聚会。在这次聚会上,大家都沉浸在十分悲痛的情绪里,特别是"失独"妈妈们,一提起孩子就哭声一片,很是凄惨。他当时就想,有什么办法能把他们从悲痛的情绪中解脱出来?他自己也是一个需要抚慰的"失独"者,而且自从女儿去世后,一直没有从悲痛中解脱出来,但看到这些哭哭啼啼的父亲母亲,他顿时萌生了要帮助他们的想法。他问大家,最担心的问题是什么?大家都说是养老问题。大家都希望政府建一个专门的养老院,供"失独"父母们养老。于是,他将大家的愿望记在了心里,他要想办法帮大家实现这个愿望。

2014年3月3日下午,常州市计生委负责人邀他参加座谈会,认真征求他对"失独"家庭关爱工作的意见。他首先汇报了"失独"家庭遇到的窘境和急需解决的困难,同时说出了自己的建议。他说,要解决"失独"家庭的困境,必须做到以下三点:一、各级政府应立法保护"失独"者,明确政府、社会、家庭的责任、权利与义务;二、必须像残联一样成立"失独"者的团体,组织群众、宣传群众、发动群众、依靠群众开展自助互助;三、要健全公共服务机构,加快建设"失独"家庭专用的公共服务设施。

常州市计生委副主任冯子初及各区、街道计生干部听了他的发言,震动很大。常州市计生委负责人也谈了政府的工作打算及进度:一是近期拟建成关爱"失独"家庭的爱心家园13个,年内努力达到20个,内设心理援助室、医疗室、图书室、棋牌室、书画创作室、茶室等,免费提供给"失独"人群使用。为了让"失独"者告别寒冷,走进春天,命名为"春晖家园";二是迅速制定"失独"家庭关爱政策,内容包括心理援助、医疗优先、公办敬老院优先进入、临终关爱服务、扩大住院护理补贴、开通"失独"者医疗绿色通道等;三是确定专职计生干部担任"失独"家庭终身志愿者,强化政府职能,建立"失独"者健康档案;四是为强化政府职能,原拟成立的"失独"者援助协会纳入政府主管的市计划生育协会,由政府全力支持;五是及时召开民政、计生、人社、卫生、慈善总会等联席会议,商讨关爱"失独"群体的优待政策;六是市计生协会与常州龙之旅天天游国际旅行社、隆力奇集团联合举办"失独"家庭"常州一日游"活动,关爱"失独"家庭的系列工作由此全面启动。

为此,市领导还作出重要批示,要全力以赴重点做好"失独"家庭关爱工作,并积极创造条件,争取列入全国特殊家庭帮抚模式探索项目。

这些措施让朱耀先始料未及,特别是"春晖家园"的建设,远远超出了朱耀先的构想。目前,常州市已建起"春晖家园"26座,分布在各小区内,每座建筑面积500平方米以上,为两层楼房,集心理援助、医疗服务、图书阅览、棋牌娱乐、书画创作等于一体,成为了常州市"失独"人群最理想的去处。

除了全力建设"春晖家园",还为每个"失独"家庭安装了"智能一键通"。所需的电话机由政府提供,电话机上有一个红色按键,只要按下这个键,马上能接通卫计委安排的联系人的电话,在最短的时间内提供服务。此外,还开通了"12349"家政服务热线。政府每年为每个"失独"家庭发放400元的家政服务券,"失独"者只要打个电话,家政公司就会根据其需要,派人上门进行陪医、陪聊、陪浴、打扫卫生、修剪指甲等各方面的服务,不用出钱,而是按不同的服务内容收取家政服务券,大大方便了"失独"老人。

自2015年1月1日起,常州市政府还在部分地区实行陪护试点,"失独"老人住院,每天给予100元的陪护费,每年最多享受三个月,很大程度上解决了"失独"老人生病陪护的问题。此外,还为"失独"母亲做"两癌"筛查,为3160户"失独"家庭建立健康档案,组织了"春晖爱心义诊"专家团队,原南京医科大学附属常州二医院院长、著名心血管内科专家、南京医科大教授、博士生导师赵建中亲自挂帅,担任义诊专家团首席专家,为"失独"老人垒起生命的绿色护堤。

2015年4月22日,常州市计生协会又联合江苏隆力奇生物科技股份有限公司、常州龙之旅天天游国际旅行社举办了"关爱'失独'家庭"和"常州市'失独'家庭一日游"活动。隆力奇公司表示,将把隆力奇爱家健康生活体验馆(常州店)内在3月8日至8月31日期间所销售商品利润的5%,捐赠给常州市计划生育协会,用于对常州"失独"家庭的援助。2015年5月4日,又组织了"失独"家庭放风筝比赛……

在普惠的基础上,还对个别特殊家庭给予特别的关爱。

在2014年参观花博会的时候,一个叫郑惠琴的"失独"母亲告诉朱耀先,为了给儿子治病,她将房屋变卖,还借了外债,后又遭遇离异,如今,孤苦伶仃的她连住的地方都没有。朱耀先找到卫计委领导反映了这一情况,卫计委十分重视,通过协调,给郑惠琴解决了住房问题,解决了这位"失独"妈妈最大的难题。

还有一位叫盛亚春的"失独"老人,住在六楼,因为年龄大了,上下楼很辛苦,想调到一楼居住。朱耀先将这事反映给市卫计委,市卫计委立即召开了各区计生局长会议,要求"谁家的孩子谁家抱",各负其责,各履其职,实实在在为"失独"老人解决问题。会后,不但盛亚春的问题得到了解决,其他"失独"家庭要求心理援助、司法援助等问题也一并得到解决。

别看都是些鸡毛蒜皮的小事,但对于"失独"老人来说,却都是天大的事。他们说,这一切要感谢党和政府,感谢卫生计生部门,更应该感谢一个人,他就是朱耀先。

朱耀先不但关心身边的"失独"者,还将爱心广施于全国各地的"失独"老人。他建立了中国老兵爱心家园QQ群,为全国军烈属和转业、退伍"失独"者服务。

他经常帮助那些应该享受国家政策却没享受到的"失独"者维权。如山东一位叫陈翠萍的"失独"母亲,2003年孩子去世,却一直得不到当地政府的特殊扶助政策。朱耀先从群里的网友那里得知这个情况后,马上反映给国家卫计委,引起相关部门的高度重视,责成地方按政策落实了扶助。

2015年6月5日至10日,他组织全国转业退伍军人中的"失独"者、军烈属代表和"失独"家庭、伤残家庭代表在辽宁瓦房店香洲旅游度假区举行"中国老兵养老研讨会",重点对"失独"家庭养老的形式与方法进行深入探讨。研讨会上,大家共同呼吁政府尽快为"失独"者立法保护,防止因政策五花八门引发矛盾。会议期间,大家还参观了当地社办养老基地,并得到了当地政府、媒体、企业的大力支持。

为了更多地了解朱耀先,我向他要有关他事迹的材料,但他说没有。几天后,他发来了几段录音,他用那极富磁性的男中音说——

我做的这一些,只是期望自己能当好党和政府与"失独"者之间的桥梁,把"失独"者的诉求及时传递给党和政府,把党和政府的关怀、关心及时传递给"失独"者,做好他们的宣传、服务工作,对"失独"家庭进行正确引导。我这么做,一来是为了社会的稳定,因为在很多地方,"失独"者上访的事情频频发生,成为了社会的一大矛盾;二来是为了解决"失独"者的实际困难,为他们鼓与呼,争取更多的理解和支持,使他们的心灵得到安抚,生活得到保障。

……

对于我们这些"失独"者来说,孩子已经死了,事情已经发生了,不可逆转,一味地悲伤、一味地抱怨、一味地上访维权,不能解决根本问题。我们只有通过正规渠道反映我们的诉求,再积极配合党和政府做好各方面的工作,这才是上策。

……

作为各级党委、政府,要切实提高"失独"家庭的政治待遇和经济待遇,不要一味地把他们当成"维稳对象"。他们是自觉执行党和国家计生政策的模范家庭,既是模范,就应该在政治上认可,在经济上给予奖励和救助,而不应把他们当成自己的对立面。当前"失独"家庭的很多矛盾来自于部分地方官员的不作为,他们缺乏为民服务的理念,对"失独"者的诉求漠不关心,影响了党的形象和政府的威信。

……

当前,"失独"家庭的实际困难是客观存在的,他们的心灵需要安抚,生活需要照顾,就医需要通道,养老需要关怀。实际上,做到这些也并不难。以建立就医"绿色通道"来说,各地医院都有老干病房,你只要加贴一个条子,不要增加医生,也不用增加经费,工作量也不会增加多少,因为每个区域的"失独"者也就那么几个,这难吗?很多地方,一听说要建立"绿色通道",就觉得困难重重,其实,不是那么回事。

……

总之,希望全社会都来关心、了解他们,走进他们的心里,理解他们的疾苦,帮助他们解决实际困难。我相信,一切困难都是暂时的。只要我们按照党的方针、路线、政策去做,只要各级政府工作人员切实为民办事,"失独"问题将不再是社会问题,更不会成为社会的不稳定因素。

作为"失独"者,大家要自尊、自爱、自重、自强,"失独"不失志。我们要自强不息,顽强拼搏,用勤劳的双手与聪明才智创造美好的明天!昨天的太阳晒不干今天的衣裳,振作起来,未来依然美好。

……

听完他的录音,我的心久久不能平静。这是一个失去爱女一度崩溃的父亲的话吗?面对他,面对他所做的一切,我只想说,朱耀先,你已经"做"成了今天的"太阳",正在努力晒干"失独"家庭的湿衣裳。

## 第五章　正在路上的关爱之美

有这么一代人,牺牲自己的权益乃至幸福来响应国家号召、支援国家建设,整个社会都应感谢他们。当他们遭遇不幸时,理应得到全社会的理解和支持。

当年,中共中央发出《关于控制人口增长问题致全体共产党员、共青团员的公开信》时,就预见到了今天的计生家庭养老问题,"实行一对夫妇只生育一个孩子,到四十年后,一些家庭可能会出现老人身边缺人照顾的问题。这个问题许多国家都有,我们要注意想办法解决。将来生产发展了,人民生活改善了,社会福利和社会保险一定会不断增加和改善,可以逐步做到老有所养,使老年人的生活有保障"。

这是党中央的声音,更是共和国的承诺。为了兑现这一承诺,各级政府已经出发。

## 特别的爱给特别的你

2001年12月29日,中华人民共和国颁布了第一部计划生育法——《中华人民共和国人口与计划生育法》,第一次明确规定:"独生子女发生意外伤残、死亡,其父母不再生育和收养子女的,地方人民政府应当给予必要的帮助。"

虽然只有短短的数十个字,但它明确地以国家法律的形式对"失独"家庭的帮助问题予以规定,表明了国家的态度和责任。

一年多后的2003年3月9日,由所有中央政治局委员和各省、区、市主要领导参加的中央人口资源环境工作座谈会在北京召开,时任中共中央总书记胡锦涛发表重要讲话,他说,目前实施计划生育家庭特别是独生子女家庭,由于子女病残、死亡等原因,生活遇到困难,养老缺乏保障,这些问题要妥善解决,抓紧建立社会救助机制。

在这么高规格的会议上,党的总书记就"失独"问题进行重点部署,语言中肯,情真意切。

不久后,国务院出台了《关于开展对农村部分计划生育家庭实行奖励扶助制度试点工作的意见》,提出对部分农村独生子女和两女户家庭按人年均不低于600元的标准发放奖励扶助金,直到亡故为止。

2004年3月10日,又一次中央人口资源环境工作座谈会召开,总书记再次语重心长地要求,重点对独生子女和双女家庭进行奖励,对因独生子女伤残、死亡和计生手术并发症造成的困难家庭进行扶助。

而后,中共中央、国务院《关于全面加强人口和计划生育工作统筹解决人口问题的决定》出台,"计划生育家庭为国家做出贡献,国家应使计划生育家庭优先分享改革发展成果……积极探索建立独生子女伤残死亡家庭扶助制度"。

2007年8月31日,国家人口计生委、财政部联合印发《全国独生子女伤残死亡家庭扶助制度试点方案》。9月24日,在京召开全国独生子女伤残死亡家庭扶助制度试点工作会议,并在全国西、中、东部地区的十个省市试点,由政府给予符合条件的独生子女伤残、死亡家庭每人每月不低于80元或100元的扶助金,直至亡故或子女康复为止。

2008年3月5日,在第十一届全国人民代表大会第一次会议上,"失独"问题写入了时任国务院总理温家宝所作的《政府工作报告》:"全面实施计划生育家庭特别扶助制度,扩大实施农村计划生育家庭奖励制度和少生快富工程范围,提高奖励扶助标准。"

同年11月28日,《国家人口计生委、财政部关于实施"三项制度"工作的通知》下发,规定从2008年开始,在全国范围内全面实施计划生育家庭特别扶助制度。

2013年12月18日,国家卫计委、民政部、财政部、人力资源和社会保障部、住房和城乡建设部五部委联合下发了《关于进一步做好计划生育特殊困难家庭扶助工作的通知》,拟从加大经济扶助力度、做好养老保障工作、提高医疗保障水平、开展社会关怀活动、切实加强组织领导五方面对"失独"家庭给予扶助。应该说,这是关爱"失独"家庭划时代的一份文件。这份文件参与的部门多、涉及的范围广、涵盖的内容宽,特别是,文件首次明确,自2014年起,将独生子女伤残、死亡家庭的特别扶助金标准分别提高到城镇每人每月270元、340元,农村每人每月150元、170元,并建立动态增长机制。

这份文件出台后十二天,中共中央、国务院印发了《关于调整完善生育政策的意见》,就关爱"失独"家庭作出指示:"进一步完善计划生育家庭特别扶助等利益导向政策,实行奖励扶助标准动态调整机制。妥善解决计划生育特殊困难家庭的生活照料、养老保障、大病治疗、精神慰藉等问题。"

为了落实中央文件精神,2014年1月3日,国家卫计委、中国计生协会下发了《关于开展计划生育特殊困难家庭社会关怀的通知》,要求各地全面做好开展特殊困难家庭生活关怀、养老关怀、健康关怀、精神关怀、生育关怀等各项工作。

2014年7月9日,全国计划生育特殊困难家庭扶助关怀工作座谈会在北京召开。会议再一次要求各级政府和有关部门不断增强工作的责任感和使命感,确保计生特殊困难家庭"老有所养、病有所医、难有所帮、精神愉快"。

短短几年时间,党中央、国务院及相关部委专门为"失独"问题下发了这么多文件,召开了这么多会议,做出了这么多规定,而且一层一层抓落实,这不仅在中国历史上,就是在世界历史上也属罕见。

这一切,完全是为了把"特别的爱给特别的你"。

不过,对于失去孩子的父母们来说,虽然出台了这么多规定,但多是政策性的,具体落实还有一定的差距。特别是"失独"家庭扶助的法律支撑问题,《人口与计划生育法》只是说提供"必要"的帮助,太笼统,因此需要补充和完善;还有"失独"家庭定位问题,最开始叫"独生子女死亡家庭",后来又改成"计划生育特殊困难家庭",这些定位都不准,都没有体现计生家庭对国家的贡献。此外,还有地方政策出台问题、中央政策在地方执行问题等,都需要一些更加规范、更加切合"失独"者实际的具体规定。

于是,这些"失独"者走到了一起,从乡里到县里,从县里到市里,再到省里,最后来到了共和国首都北京。

### 北京,我来了

"失独"父母集体进京,比较大的有五次。

第一次是2012年6月5日。近百位来自全国各地的"失独"代表带着2431名"失独"者亲笔签名的《关于要求给予"失独"父母国家补偿的申请》来到北京,来到国家人口计生委。一位来自安徽的网名叫"海琴"的参与者详细地记下了这次活动的全过程——

2012年6月3日夜,我作为安徽省唯一的参与者,独自登上了合肥开往北京的直快列车。次日早七时许,列车准时到达北京站。

此次活动的组织者安排缜密,考虑周到,并且受到了北京一位"失独"大姐的鼎力相助。她通过朋友关系,将几十位"失独"者集中安排在青年旅社,每天房费只要50元。房间虽然不大,但干净整洁,左右两张上下双层木床,竟让人一下子找到了学生宿舍的感觉。安顿下来后已近中午,其间,仍不间断有后续到来的兄弟姐妹入住,只要听到走廊里突然响起高分贝的问候声,那一准儿是又一拨人到了。

傍晚时分,众人步行大约十几分钟,来到一家中档饭店用餐。在这里,我见到了我们圈内大名鼎鼎的达人们,较熟悉的有"笛儿妈"、"渴望真诚"、"JI守望LIN"、"天津乐乐"、"田姐"、"山东月光"、"云南守望天堂"、"三明梦在天堂"等兄弟姐妹。

6月5日上午,依照安排,由五位代表前去国家人口计生委递交《补偿申请》,余下的人自由活动。因五位代表没有达到目的,下午三时许,经与前方五位代表沟通,大家兵分几路,乘地铁同时前往位于北京知春路的国家计生委信访室,要求与见面。

最早与"失独"者正面交涉的,是国家人口计生委办公厅的一位副主任。此时,我不知哪儿来的胆量,直接与这位副主任谈起了条件。他首先问我是哪个省的,叫什么名字,我一一作答,只是在说到姓名时,我只报出了网名。我说:"如果全体参与座谈有困难,那我们可以每个省各派一名代表。"

对方答:"可以,有多少个省来了人?"

我赶紧问"笛儿妈",身边的知情人对我小声说:"16个。"于是我不假思索地报出:"20个。"

对方称:"可以。"

6月6日下午4点,国家计生委领导接待了"失独"父母中的五名代表,并在计生委的会议室里召开了座谈会。会上,"失独"者们表达了自己的诉求,希望相关部门出台相应的制度和法规,明确管理"失独"群体的机构,让我们知道出了问题该去找谁……

计生委领导还承诺,会在三四个月内研究出台一个制度框架报国务院,并且答应建立沟通机制,随后双方互留了电话。

……

此次集体进京,引起了全国各地"失独"者的共鸣。

一年过后,由于认为诉求仍然没有得到国家计生委的重视,全国四百余户"失独"家庭自发组织,推请网友"无奈"等人为代表,于2013年1月7日、2013年5月20日两次进京。这应该算是第二次和第三次。

第四次,是2014年4月21日。国家卫计委等五部门《关于进一步做好计划生育特殊困难家庭扶助工作的通知》在网站挂出后,"失独"者们发现,通知中没有他们提出来的行政补偿方面的内容。2014年1月6日,几名"失独"者代表进京同计生委沟通,希望在行政补偿方面能给予明确答复。几个月后,卫计委发布答复意见书称,"对独生子女死亡家庭给予国家行政补偿没有法律依据"。

于是,4月21日,他们再次进京。这次进京的主要组织者之一"笛儿妈"在接受记者采访时明确表示,"去年年底发的那个通知,只是把我们当成一般困难家庭对待了,对于这个认定,我们不能接受。"

记者问:"不能接受的原因是什么?"

"笛儿妈"答:"我们不是一般困难家庭。通常说,一个家庭贫穷、有残疾人、失业、有重大疾病等,这是自然原因造成的。但'失独'群体面临的困难是国家独生子女政策造成的,实施这项政策时,我们履行了义务,有义务就有权利,现在我们要政策保障这个权利。另外,困难家庭的定位,没有体现出我们的牺牲,我们是'失独'家庭,不是困难家庭。'独生子女政策受损害者'的身份对许多'失独'者来说,意味着尊严,所以相当重要。"

也就是说,此次进京,他们不再仅仅是为钱而来,更多的是想维护"失独"父母的自身权益。所以,这次他们带来的是1780人签名的《全国部分"失独"公民关于请求修改"计生法"的公开信》。

他们在《公开信》里表示:"'失独'公民是为国家人口政策

和经济发展作出贡献和巨大牺牲的群体。国家实行计划生育这30多年里,少生了4个亿的人口,为经济腾飞争取了时间,取得了巨大的人口红利。这个人口红利是实行计划生育公民贡献的成本,在国家繁荣富强的今天,应该考虑给予在赢得人口红利战役中做出牺牲的'失独'公民以经济补偿,这才是合法合情合理。如果行政机关因为法律不健全而无法通过正常的行政程序来进行弥补,是法律的不公平、不完善,是法律出现的漏洞,全国人民代表大会法律委员会理应尽快地填补这个漏洞。"

第五次,是2015年5月5日至7日,来自全国20多个省的"失独"父母代表来到国家卫计委表达诉求。在广泛征求各省"失独"者意见的基础上,其诉求主要有三条:一是要求政府将目前用来定义"失独"家长的"计划生育特殊困难家庭"提法中的"困难"二字摘除,不把"失独"家长们视为等待国家救济的弱势群体,而应视为对计划生育政策作出贡献和牺牲的家庭;二是要求政府部门承担"失独"家长在法律上的赡养人责任;三是要求各地政府在民政、卫计或其他部门逐级设立专责处理"失独"家长问题的职能部门。

本文开头的那一幕,就发生在这次进京期间。大家换上了统一的服装,戴上统一的帽子,打着统一的横幅,还唱起了他们由《常回家看看》改编而来的《"失独"者之歌》。

此次活动参与人数较以前多,但秩序非常好。一位组织者说:"我们跟大家千交代、万交代,一定要冷静理性,离开的时候,我们连纸屑都要捡干净。"

5月6日12时30分,国家卫计委与"失独"代表座谈会在卫计委会议室召开。会上,网名"为了谁"的"失独"者代表向卫计委递交并请求转呈了2693人签名的《给国家主席、国务院总理的信》和1753人签名的《全国部分"失独"者"5·5"诉求》,并就《诉求书》的内容进行较详尽的说明。

针对"失独"者的"诉求",国家卫计委相关部门领导很快作出回应,他们表示,计生家庭对缓解人口压力、提高综合国力等作出了巨大贡献,这一点是举世公认的。国家对"失独"群体的帮扶工作非常重视，一直在努力，近两年正在进行提建议、调研和征求意见等工作。但客观地说，许多事情涉及人大、民政部、社保部等部门，不是卫计委一家就可以解决的，而且立法有程序，到具体实施需要很长一段时间，其间还需要逐步完善。

代表们所反映的主要问题，其中有许多卫计委都考虑到了，但执行起来的确存在具体的困难，比如再生育费用由政府全负担的问题，比如对"失独"政策如何完善的问题，这些问题，政府方面会努力协调。请代表们相信，政府与"失独"家庭的立场是一致的，也一直在做努力。2013年的5月20日"失独"家庭代表赴京之后，卫计委马上与五部委争取，半年时间内便形成并印发了"41号文件"。卫计委多次召开会议，重点就是"41号文件"的贯彻落实。

这次代表们提出的诉求，有些内容已在考虑之中，有的可以予以考虑。虽然不能当场承诺，但一定会尽量把工作做得更完善。比如，代表们要求对于"计划生育特殊困难家庭"重新定位的问题，这个提法是征求了相关专家、学者及部门的意见后才定的。现在大家反映说，这个提法容易导致地方政府以困难为由对多数家庭不作为，卫计委方面可以对此再进行研讨。

总之，政府会进一步完善制度，改进工作作风，总结介绍和推广各地好的做法，并做到制度化和经常化。

5月7日晚，各地"失独"代表陆续离开北京。先后三次进京的"笛儿妈"说："对于我们大多数人来说，进京是奢侈的，是不得已而为之。"

是啊，进京不易。几乎所有的"失独"者年龄都在50岁以上，有的甚至是70多岁，身体状况不佳，这么来回折腾，不但要花钱，身体也吃不消。

总的来说，这五次进京，"失独"者代表们是理性的，是本着解决问题的目的，而非一味的宣泄情绪。这样也有助于和政府部门的沟通和相互之间的谅解，有助于"失独"人群的困境尽快得到改善。

## 呼声从人民大会堂传出

2015年3月3日和3月5日,政协第十二届全国委员会第三次会议和第十二届全国人民代表大会第三次会议,先后在人民大会堂开幕。参加本次会议的2153名全国政协委员和2907名全国人大代表,带着全国人民的重托,走进大会堂,共商国是。

在这次"两会"上,"失独"问题再一次成为代表和委员们关注的热点。全国人大代表胡瑞峰发言说,"失独"者们真的就像鲁迅先生笔下的祥林嫂一样,因丧子的打击失去了精神支撑和寄托,濒临崩溃边缘。她在基层调研中发现,农村"失独"家庭的经济状况更拮据,面临的生存挑战更严峻,城镇"失独"家庭的精神创伤则更大。而且,"失独"家庭普遍存在患病率较高、生活资源缺乏、养老困难等特点,如何养老就医成为他们面临的最现实的问题。她还说,社会公众的理解也很重要。大家应该有这样一种意识,"失独"家庭并不是问题家庭,媒体报道也不要把他们标签化,要加强心理疏导服务,积极引导和鼓励"失独"家庭参加社会活动,用丰富多彩的文体生活来冲淡他们的伤痛,社会各界合力帮助他们在关爱中找到心灵的慰藉,安度晚年。最后,她大声疾呼,应加快推进"失独"群体帮扶法制化建设,明确政府的责任和义务,使帮扶政策常态化。

全国政协委员王名、刘大钧在2014年的全国"两会"上就提出了《建立国家基金,全面开展"失独"家庭社会救助》的建议案。2015年的"两会"上,他们在上年提案的基础上,根据一年的实证调研又进行了修改补充。他们在提案中说,在独生子女时代大量存在且不断增加的独生子女家庭,使得"失独"家庭成为突出的社会问题,丧子(女)导致的不仅是少数家庭的不幸,更成为所有独生子女家庭都可能背负的恐惧和不安。"失独"家庭是计划生育政策的产物,对这项政策的后果,国家应当承担责任。由此,他们提出救助"失独"家庭的建议——

第一,重视"失独"家庭问题,明确在"失独"问题上不可推卸的国家责任。建议总结各地已开展的"失独"家庭救助工作的经验,加快修订和完善《人口与计划生育法》、《社会抚养费征收管理办法》,出台国家层面的救助政策,明确国家责任。要充分利用中国计生协会及其遍布全国的组织网络,设立统一机构,对口管理"失独"家庭工作,落实国家对"失独"家庭的各项责任。

第二,建立救助"失独"家庭的国家基金并以之为基础设立非公募基金会。在各级政府主导下开展"失独"家庭现状摸底调研,掌握"失独"家庭存在的问题,制定相应标准,并尽快实施对"失独"家庭的救助政策。在此基础上建立救助"失独"家庭的国家基金,可将历年征收的社会抚养费集中起来作为原始基金,以此为基础成立接受社会捐赠的非公募基金会,其宗旨明确为救助"失独"家庭,并按照基金会相关法规纳入依法监管和社会监督的范畴。

第三,培育一批致力于"失独"家庭服务的社会组织,尤其是"失独"者自己的组织。对"失独"父母的心理疏导与生活援助,有赖于社会组织的工作。当前,网络上已经出现多个"失独"者网络社群,这些社群中的"失独"者互相支持,抱团取暖。建议在已有网络社群的基础上,根据"失独"者的实际特点与客观需要,出台相应的政策加以引导和扶持。可借鉴上海、深圳等地政府建立公益组织孵化基地的经验,培育、孵化和发展一批条件成熟的组织进行合法登记注册或采取备案制等形式,通过购买服务的方式推动"失独"社会组织的成立与发展,实现对"失独"家庭的心理疏导与生活援助等全方位服务。

全国人大代表汪宏坤提出,"失独"家庭有极大的养老风险、疾病风险、护理风险,国家应关注他们的命运,理当由国家制定法规,尤其是全国人大立法,构筑"失独"家庭保障安全网。他说,赔偿是必要的,政府应承担起责任。

全国人大代表梁凤仪说,她专门对某地2014年底的居民户口作了数据调研,发现其"失独"人数为万分之四点二,比例之大令人忧心。为此,她建议尽快建立起一套至少包括住房保障、养老保障、经济扶助、医疗救助、临终关怀等在内的养老保障机制,以帮助"失独"家庭。

全国人大代表、暨南大学教授卢馨说:"想起'失独'父母晚年孤苦的生活,我就心痛。'失独'对家庭的伤害是多方面的,不能仅仅发点儿钱了事。"她指出,现在对"失独"家庭的扶助,主要是经济支持,这太单一。"失独"家庭在养老、住房、医疗等方面均遭遇各种困难,要解决这些问题,仅靠一次性或定期发放扶助金是不够的,需要各级部门在制度建设方面有所突破,专门针对这个特殊群体设计扶助渠道。

此外,全国人大代表黄云、郭新志、石文斌、张苹英,全国政协委员高体健、杨玉学等,都提出了强化立法、为"失独"者提供法律保障,建立与国民经济发展水平相适应的"失独"群体社会救助体系,加强专项制度建设,建立专门国家基金等建议和提案。农工党中央、民主促进会中央等民主党派也将落实"失独"家庭帮扶政策的提案提交"两会"。

……

在地方"两会"上,"失独"问题也成为热点。

2013年1月26日,湖南省人民政府的《政府工作报告》提到"抓好独生子女父母奖励、独生子女死亡或伤残家庭特别扶助等工作",这令长久以来一直关注"失独"家庭的省人大代表薛开伍感到欣慰。他说:"省长的工作报告能够明确提到扶助'失独'家庭,真是我没想到的。"就在这次人大会上,薛开伍提交了议案,建议省政府完善对"失独"家庭的扶助政策,加大财政补贴力度,大幅提高"失独"家庭生活补偿标准。

2013年浙江省的人大会议收到的首份议案就是嘉兴代表团王丽萍代表提交的关注"失独"家庭的议案。

河南省的"两会"上,民革河南省委提出,政府和社会应该携手帮助"失独"家庭走出人生低谷;省人大代表董广安呼吁,"失独"者曾在我国人口控制中起到模范带头作用,不能让带头执行计生政策的人晚景凄凉。

江苏省的"两会"上,省人大代表秦马兰提出要从法规和制度上完善对"失独"家庭的保障。

上海的"两会"上,朱鸣委员代表上海市妇女联合会发言,建议调整对于"失独"家庭的扶助金、补助金。

黑龙江省的"两会"上,省人大代表张剑秋提出,只有上升到法律高度,才能从根本上给予"失独"家庭永久的保障。

……

如此众多的人大代表和政协委员将"失独"问题带到参政议政的神圣会场,带到党和国家的决策中枢,这无疑是"失独"家庭之大幸,更是中国民生之大幸。

### 用"制度手杖"撑起"失独"者的余生

2015年2月17日,离乙未羊年春节还有两天。中共中央、国务院在人民大会堂举行春节团拜会,习近平总书记发表了重要讲话。他在讲到家庭建设时说,家庭是社会的基本细胞,是人生的第一所学校。不论时代发生多大变化,不论生活格局发生多大变化,我们都要重视家庭建设,促进家庭和睦,促进亲人相亲相爱,促进下一代健康成长,促进老年人老有所养,使千千万万个家庭成为国家发展、民族进步、社会和谐的重要基点。

总书记的话语还在耳边萦绕,3月5日,国务院总理李克强又在第十二届全国人大第三次会议上向全国人民承诺,民之疾苦,国之要事,我们要竭尽全力,坚决把民生底线兜住兜牢。

党和国家领导人的铿锵之音,宣示了共和国的信心和决心。各级党委、政府在党中央的引领下,在国家规定的基础上,竭尽全力,出台了一项项最优惠的政策,打造出一把把坚强有力的"制度手杖",为"失独"父母们提供有力保障。

陕西省人民政府率先出台了《关于建立完善"失独"家庭养老扶助制度的意见》。对"失独"家庭提出了五条"真金白银"的关爱措施:一是提高"失独"家庭扶助标准,农村居民每人每月提高到八百元,城镇居民每人每月提高到一千元,同时建立"失独"家庭养老补助标准动态调整机制,随着全省城乡居民年人均生活消费的增长,逐步提高"失独"家庭的扶助标准;二是对"失独"家庭给予一次性补助,农村家庭两万元,城镇家庭三万元;三是鼓励"失独"家庭再生育,所需经费由省级财政承担;四是完善"失独"家庭优先优惠的社会福利政策,由户籍所在地县、区人民政府按照就地就近和自愿的原则,安置在敬老院生活;五是积极开展关爱关怀"失独"家庭活动,组织志愿者队伍,开展对"失独"家庭的心理咨询、精神慰藉、生产帮扶、生活照料等关爱活动。

北京市人民政府出台了《关于深化公办养老机构管理体制改革的意见》,首次明确公办养老机构可根据计划生育特殊困难家庭中失能或七十周岁及以上老年人的实际需求,参照困境家庭保障对象或优待服务保障对象为其提供政府基本养老服务。为了使文件规定落到实处,市政府根据"失独"老人们提出的希望建立专供"失独"老人养老的福利机构的要求,决定将坐落于环境优美的亚运村,毗邻北京市老年病医院,交通便利、设施齐全,集老年人颐养、健身、休闲、娱乐和医疗保健为一体的市第五福利院改造为专门接收"失独"老人的示范性养老机构。

贵州省卫计委、民政厅、财政厅、人社厅、住建厅、教育厅、司法厅、扶贫办、妇联、残联、计生协会等十一部门联合出台《关于进一步做好计划生育特殊家庭扶助工作的实施意见》,要求政府相关部门按照"少生育,多保障"的基本原则,着力解决计生特殊家庭最关心、最直接、最现实的问题;不断提高计生特殊家庭的生活质量、保障水平、幸福指数;建立"政府主导、部门协同、社会参与、多方关怀"的工作模式,从经济支持、养老保障、医疗健康、社会关怀等四个方面,逐步建立完善与经济社会发展水平相适应的计生特殊家庭扶助政策体系,每一项工作都确定牵头单位和责任单位,并实行严格的考核问责,确保各个环节的工作落到实处。

广州增城市制定出台的《增城市"失独"家庭养老扶助制度实施方案》规定,在广东省和广州市现行扶助制度基础上,每人每月增发1500元扶助金,使城镇的每月可获补助金达到1950元,农村达到1650元,为目前全国最高。

江西省对采取辅助生殖技术的"失独"家庭最高补助八

万元。

浙江省杭州市下城区文晖街道给每个"失独"老人免费安装一套援通呼叫器,老人遇到任何问题都可以通过按钮呼叫,后台有工作人员24小时值班,再将求助信息反馈给街道的值班人员,值班人员会迅速派员前往老人家中查看;给每个"失独"老人配备一名心理咨询师,对老人进行心理慰藉和开导;每年发放1500元的居家养老服务券,老人可以用服务券支付洗衣店洗衣、理发店理发等费用;提供托管中心服务,老人可以住进托管中心,中心配备医生,并提供食宿等。

……

各社会组织也各尽所能,搭建起各种平台,为"失独"家庭提供最便捷、最贴心、最有效的服务。

广州市妇联启动了"玫瑰计划",专门为"失独"母亲开展活动,关爱"失独"母亲的心理状况。目前,已经建立起了十余个"玫瑰服务站",吸引了近200名"失独"母亲及其家人参与,定期为妈妈们开展活动。

中国妇女发展基金会发起了"'失独'母亲关爱计划",2015年,在北京建立"失独"母亲社区帮扶站15所,2016年达到36所,由专业人员为"失独"母亲提供音乐理疗、心理咨询等服务,"失独"母亲们在服务站还可享受免费午餐,并进行技能展示等各种交流。此外,还将为每个服务站配备一辆健康巡诊车,为"失独"母亲和家庭提供义诊服务。

中国计划生育协会发起了"生育关怀"、"幸福工程"等活动。特别是"幸福工程",在全国29个省、区、市设立了669个项目点,累计投入资金近12亿元,帮助近30万名母亲脱贫,成为中国最具影响力的公益慈善项目之一,惠及人数近130万人,而其中有很大一部分就是"失独"母亲。

还有一些地方建立了专门的"失独"家庭救助基金。一方面,国家及地方财政每年拨出足够数额的专项资金,作为"失独"家庭扶助基金的专项经费注入"失独"家庭基金账户;另一方面,卫计、民政等部门通过动员社会各界向"失独"家庭基金捐资,作为"失独"家庭基金的有益补充,在"失独"家庭遇到经济困难时,可得到及时的救助和帮扶。

还有的地方成立了"失独"家庭的心理咨询机构,由卫计、民政等部门组织心理专家对"失独"家庭成员进行心理辅导,帮助其逐渐走出"失独"阴影,将心理抚慰纳入社会保障。一旦有"失独"家庭出现,除了心理辅导外,还定期组织"失独"父母参加有益身心健康的文娱等社会活动,为"失独"家庭释放精神上的压力提供渠道。

一项又一项制度在中国大地上诞生,一波又一波喜讯从四面八方传来。这些制度和喜讯都凝结成一句话——对国家有过贡献的人,最终都将得到人民的尊敬,得到社会的回报。

## 后记:这个夏天好怡人

茨威格说,一个人的力量是很难应付生活中无边的苦难的。所以,自己需要别人帮助,自己也要帮助别人。勃朗宁也说,地球无爱则犹如坟墓。

天有不测风云,人有旦夕祸福。谁也无法预料"失独"家庭会在哪一刻、在哪一处出现,关心"失独"家庭,就是关心人类自身。不论从应对突发灾难还是从提升幸福指数出发,人类都应当时刻不忘同舟共济。

尽管世界上没有任何一样东西可以取代父母子女之间的亲情,但我们的关爱或许能够从不同程度上缓解"失独"家庭的精神痛苦,让他们感受到人间自有真情在的社会温暖。帮助"失独"父母积极面对今后的人生,这样才能让已经离开的孩子安心。

我写作这篇报告文学的初衷,就是想通过我粗浅的诉说,让更多的人了解并理解这一特殊群体,让更多的人都来关爱与帮扶这些家庭,使帮助"失独"家庭重拾生活的信心,成为全社会的共识。

也许我的能力有限,但我已经努力了,并且依旧努力着。说实在话,自从与这个群体接触的那天起,我就不再只是一个坐在电脑前敲击键盘的写手,更兼任了为"失独"父母们四处鼓与呼的说客。整个夏天,我一面采访,一面写作,一面四处找人汇报,争取更多的对"失独"家庭的支持。同时,我还在为我所在的怀化市起草关怀"失独"者的文件,并多方游说、协调,唯一的愿望,便是让文件早一天出台。

通过多日的奔走呼吁,在走完了一系列程序后,文件终于提交政府常务会研究。2015年6月27日,湖南省怀化市人民政府第24次常务会议召开,我作为文件的起草者和关怀"失独"人群活动的推动者列席了会议。会议由市长赵应云主持,市政府全体副市长、正副秘书长、办公室正副主任和相关单位主要负责人共50余人参加会议。

市卫计委党组书记、主任闻继霞作汇报,她最后建议建立关爱"失独"家庭的长效机制,并提请将"失独"家庭的扶助标准在国家规定的基础上提高到800元,而且城乡统一。

赵市长马上插话:"与我们相邻的几个市州出台文件了没有?"

闻主任回答:"没有。"

我的心马上提到了嗓子眼儿,生怕市长因为相邻市州均没有出台文件,作出我市也暂时不发文的决定。好在他没有这样说,而是又问:"其他市州呢?"

闻主任答:"长沙、永州等地出台了,但标准没我们的高。"

"我们提出的标准在全省是什么水平?"

"最高水平。"

市长沉默了。我的心也再次提起。从市长的沉默中,我感受到了他的压力。怀化作为经济欠发达地区,尚有省级贫困村1237个,占村总数的30%,贫困人口88万,平均每六个人当中就有一个,属于武陵山片区贫困人口最多、区域最广的地区。

会场一下安静了下来。我在心里说,这下麻烦了,文件出台没指望了,多日的奔波,多日的鼓与呼,眼看就要付诸东流。

过了许久,市长说话了:"响应计划生育政策的这些'失独'

家庭,唯一的孩子死了,无异于灭顶之灾,这放在谁身上都一样。因此,给予他们更多的关怀是应该的。我们提出每人每月800元的标准,比省内的其他地方都高,按我们在全省的经济水平,是有些不合常理。"他停顿了一会儿,接着提高声音说:"经济工作中我们当不了先进,在这方面我们就当一次先进。我认为,当这样的先进光荣!"

"当这样的先进光荣!"声音干脆而洪亮,在会场上空久久回响。

政府常务会后,文件顺利出台。

恰逢7月10日国家卫计委例行新闻发布会召开,会上,新华社记者问:"卫计委下一步对于'失独'家庭养老的问题,将会有哪些政策的考量?在经济补贴以及心理康复方面有哪些具体的帮扶政策?"

参加新闻发布会的国家卫计委基层指导司司长杨文庄回答说:"最近,国务院有专门的部署,国家卫计委也在进一步细化有关措施,对特殊家庭的一对一的联系人制度、医疗绿色通道的落实都有更加明确具体的要求,马上就要在全国进一步部署。我们还要进一步加强完善扶助关怀政策,确保计划生育家庭老有所养,病有所医,难有所帮,心有所慰。"

翻开崭新的文件,听着国家部门的声音,我心里有说不出的感激。因为自从看到北京"陈情"老人的际遇后,我就与"失独"者结下了不解之缘,而且决心一定要为他们做点儿什么。

如今,文件已经出台,国家政策正在调整,特别是对"失独"人群更深层的关怀也将马上在全国进一步部署,这一切,让我这颗在"失独"父母的泪水中浸泡了多日的心,终于得以平复。

我下载了国家卫计委新闻发布会的精神,并打印了几份,迎着夏日的热浪,来到了那些我曾采访过的"失独"老人家中。我只想把这一切作为一个惊喜传达给他们,然而,他们却说,已经从新闻中知道了。他们还告诉我,只要有党和政府的重视,有社会各界的关怀,有他们自身的努力,他们总有一天会走出阴影,重塑幸福。

我突然想到了一位哲人的话:"死亡不足畏惧,生活值得珍惜。"

但愿所有的"失独"老人都能这么想,都能这样做。

告别他们,走进原野,清风扑面,淡淡的花香如雾般在空中萦绕,我顿觉得——

这个夏天好怡人!

(为保护当事人隐私,文中部分人物为化名。)

(原载《啄木鸟》2015年第11期)

# 重症监护室
## ——ICU 手记

周 芳

## 引 子

### 镰刀,轻轻掠过

深夜 3 点醒来,白茫茫一片在眼前晃动。

白茫茫的,是五床,65 岁,行肺癌切除术。最初的病灶被手术刀剔除,叫癌的细胞却埋下隐祸,它在跑,跑得肆无忌惮,跑得比手术刀还要快,快千百倍。跑到了肝,跑到了淋巴,它占领了这具肉体。

白茫茫的,是八床的脑梗,42 岁。每天探视时,八床的家属海啸一样涌来,扑在玻璃窗前,他们呼喊八床。强、强子、志强、强叔、强儿。他们已呼喊他 28 天了,他们把八床从冰冷的代号里抽出来,还给他自己的名字,还给他各种身份,还给他亲属链上的某个重要环节。他却不肯醒来,他遇到了梗。梗是什么呢?梗是肉体里的一根刺,吞不下去,将生命死死卡住。护士长说,梗在大脑司令部,肉体的整个机能就瘫痪了。再多的金钱,再大的权势,都不过是个虚弱的笑话,没有力量抗得过它。

许多的白茫茫,都无法抗过。白茫茫的床单上,白茫茫的死亡。它在我的 3 点醒来。

这已是这 3 个月来的常态了。我无法一夜安睡到天明。

2013年11月24日,以一个义工的身份进入ICU前,我告诫自己淡定、从容,如战地记者。可是,这个告诫如同谎言。对于我这样一个黏液质的人来说,ICU,根本不可能是零度现场。我不可能绷得住。

不,不仅是我这样黏液质的人,不仅是你这样胆汁质的人。

所有的人。

所有习惯了活着的人。

对"活着"这件事,我们习惯了。我们恋爱,评职称,我们钩心斗角,呼朋引伴,我们上街买小白菜,看美国大片。

不会想到这是活着。习惯意味着麻木。

我们出生后,一直活着,从未死过。死,是别人的事。

这里却是ICU,Intensive Care Unit的缩写。它的中文意思是重症监护室。重症,监护,一下子就说出了生与死这两个字。这是两个大字,而此刻却异常具体。具体到痰培养,到肾上腺素大量注入,到20厘米的引流管插进身体的每个漏洞。漏洞里,住着死,也住着生,它们在进行着拉锯战。

在ICU门前,会看到许多张面孔,焦灼的、悲伤的、木讷的、期盼的。从凌晨到深夜,他们在这门前游荡、呆坐、失神或者痛哭。如果有喜悦,那便是历经艰难的等候获得生命的大赦。

门内,一群人,躺在白茫茫病床上,正一分一秒死去,一分一秒从死亡线上跑回,一分一秒学会重新呼吸重新微笑。

一分一秒,天荒地老。

ICU,像一道咒语,箍紧命运。

监护室里一共10张床,空着的时候极其少,有人离去,有人不断地填补上来。离去的,有承蒙上天眷顾,历经九死一生,得柳暗花明,终究转到了普通病房;有山穷水尽后,漏洞继续溃堤,家人不得不放弃的。戴上简易借氧面罩,被家人飞奔带回家,最后一口气落在自家床上。带不回家的,我们只能交给那个身影,他已驻足等候许久。

我们从没邀请过他,他以他的方式走过来,他无声无息,他在每个角落里踯躅。他是安静的,不慌不乱的。只取走他想要的东西。他有着冰冷而颀长的手指,手持镰刀,在我们头顶掠过。

房间里什么声息都没有了,只有他,他在挑选,他是唯一的主宰。

"咔",我们听见了,声音辽阔而苍凉。镰刀落下。一床监护仪上所有的数字归于零。他被带走了。

分分秒秒,我与他共处一室,我的呼吸里有他,我的惆怅里有他,我的疼痛里有他。他穿透我,将一个习惯置入我的血液。

习惯死亡。

ICU 给我当头一棒:我得重新开始一种习惯。关于死亡的种种。

一床一床地来,一床一床地走。死,死里逃生、九死一生、生死攸关、死不瞑目,是如此普通的存在状态,铁一样钉在钉子上。我每天都在经过。有个声音提醒我,或者我该怀疑,我与生命到底有多大关联?那些花枝招展的活着,那些锱铢必较的活着?那些名利双收的活着。它们真的存在过?如果活着的,只是肉体,我还有什么理由爱这活着?肉体多么不堪,镰刀在轻轻掠过。

我一日一日谈论着死亡。谈论每个肉身的千疮百孔,谈论每一寸终将被消亡的部位,谈论每个腐烂的穷凶极恶的细胞,我被围于一个新的言语表达体系。

但,这只是折射。死亡的隧道里,有没有一孔关于活着的天窗?

死亡,我不再对它不依不饶。

## 2013 年 12 月 15 日

### 不存在的七加三

死者姓名:刘军兰。

性别:女。

出生日期:1987 年 7 月 10 日。

死亡日期:2013年12月15日。

直接导致死亡的疾病或情况:脑干出血,脑死亡。

一个死去的人正被屈医生填进一纸证明,《居民死亡医学证明》。5厘米宽,8厘米长,薄薄的一张。握在手里,几乎不被人看见。它却是必须的。作为尚存在我们视线内的一具肉体,经户籍销户,到火葬场火化,都得用上它。

生命的征程,不过是被无数次地证明,无数次的签字画押。诸如出生证、疫苗接诊证,诸如团员证、健康证……对于刘军兰而言,她已缴械投降,不再前行。她不再需要结婚证、初婚初育证、婚检证、独生子女父母光荣证。带着这最后一份证明,结束她完整的肉身。

我们曾经设想过,从她完整的肉身上能留下点什么。前两天,一个护士给我算过有关刘军兰的数字。

眼角膜两个、心脏一个、肾脏两个、肺脏一个、脾脏一个。护士小刘扳着指头认真地数。小刘的意思是刘军兰的眼角膜可以捐给两个人,心脏可以捐给一个人,用器官捐赠的理念算下来,刘军兰至少可以让七个人受益。对,还有肝。扳到第七个,小刘又补了三个指头,他说,她这样年轻的肝可以移植给三个肝癌患者。

我们计算这些数字时,就站在五床刘军兰身边。她的床头标签上标明脑干出血,脑死亡①。我们还不能填写死亡证明,要等待传统的死亡标准"心跳停止"、"血压为零"的到来。在心电图记录监测仪、多功能呼吸机、氧饱和度监测仪等医疗仪器设备的支撑下,刘军兰仍维持着心跳、血压这些生命体征,但她的脑干发生结构性损伤破坏,脑功能已经永久性丧失,任何医疗手段都不能阻止心脏的最终死亡。面前的刘军兰,可以命名为死亡者,也可以命名为待死亡者。她最后的出路也有两条分支,是化为灰烬,还是成为一名器官捐赠者。

---

① 脑死亡:对于临床上虽有心跳但无自主呼吸,脑功能已经永久性丧失,最终必致死亡的病人,称为脑死亡。

并不是所有的死亡者都可以成为器官捐赠①者。刘军兰是个例外,年仅26岁,车祸导致脑死亡,其他部位的器官和组织依然健康。作为捐赠供体,她是一位非常理想的潜在捐赠者。

刘军兰脑死亡前,并没有填写捐赠协议书,这表示在她死亡后,由其家人决定是否将部分器官捐献,所以能不能成为供体,决定权在刘军兰的家人。

一通电话正在红十字会负责器官捐献的协调员和刘军兰的父亲之间展开。

如果死亡是伤口,那"捐赠"二字就会是盐粒。多年的协调经验告诉协调员,人们仍旧将器官捐赠看成残忍的代名词。他小心地选择词语:可不可以让刘军兰的生命在其他人身上延续?比如说,她的眼角膜……

不要说了。协调员的话当即被生硬地打断。听着话筒里传来的一阵忙音,协调员倒是舒了口气,原本就知道第一次提及会被拒绝。虽然如此,协调员仍旧希望家属能慢慢地接受"生命延续,功德无量"这八个最有力的字眼。

刘军兰会不会成为第二个高巧巧呢?

2011年8月,湖北省第11例多器官捐献者,也是年龄最小的多器官捐献者高巧巧,她的"人体器官捐献登记表"签字仪式就是在刘军兰现在所住的重症监护室的主任办公室里进行的。

8月19日晚,13岁的农村女孩高巧巧不慎从自家二楼阳台摔下,头部遭受重创,迅速送到医院抢救。8月22日,病情恶化,做完紧急手术后再也没能醒过来,被确认为脑死亡状态。8月26日,面对女儿的不幸离开,高巧巧的父母作出了一个伟大的决定,将她的多个器官无偿捐献出来。巧巧捐献的一个肝和两个肾,连夜经过配型成功后,顺利移植给了三名患者。捐献的

---

① 器官捐献:指自然人生前自愿表示在死亡后,由其执行人将遗体的全部或者部分器官捐献给医学科学事业的行为,以及生前未表示是否捐献意愿的自然人死亡后,由其直系亲属直接将遗体的全部或部分捐献给医学科学事业的行为。

眼角膜也让两名患者重获光明。

高巧巧的父亲在"人体器官捐献登记表"上签下名字的那一刻,在场的工作人员满含泪水,向他深深地鞠躬。

裴多菲说:"生命的多少用时间计算,生命的价值用贡献计算。"当人们以奉献为乐事时,审美就会融入人的生死时限中,人们就会克服生、死、痛苦、忧惧的困扰,就会在审美的愉快中达到非功利性的超越。

人不仅向往生存,更向往生命之美。高巧巧失去年幼的生命,她的父母擦干眼泪,代她作出艰难的决定,为这世界留下宝贵的生命礼物,让她的一部分生命,仍能在这个世界上延续。这是对生物生命的超越,让有限的生命焕发出无限的光亮。

上世纪50年代起,逐渐成熟、被称为"医学之巅"的器官移植技术,已成为众多终末期患者得以延续生命的最后企盼。然而,我们现在面临的现状是,我国器官需求与供给比为150∶1。有90%的病人在漫长的等待过程中死去。

器官捐献遇到了一只"拦路虎":身体发肤,受之父母,不敢毁伤,孝之始也。

安徽长丰县一位名叫程凤无的老人去世前签下遗嘱,要求捐献遗体和所有可用器官,老伴与子女同意执行遗嘱。安徽医科大学遗体捐献接受站工作人工员到了村口,被村里人拦住了。村里人将程家围了起来,大骂其子女不孝,老伴糊涂。尽管完成了老人的遗愿,但程家人却无法再在村里立足,只好搬走。

在国外,遗体器官捐献是一件很光荣的事情。但在我国内地却行不通,观念没有跟上,宣传做得不够。在内地各大医院,几乎很难看到器官捐献的宣传册子。家属们从红十字会那里第一次接触到"捐赠",无异于往伤口上撒盐。协调员已经将盐粒撒到了刘军兰家属伤口上了,结局会怎么样呢?我们当然渴望着更多的超越。

4点钟探视时,刘军兰的母亲希望能进科室,再看看刘军兰。我们不忍心拒绝这位母亲。5天之内,她老去了50岁。

她呆呆地望着刘军兰的脸,那脸浮肿得变了形,像一个被无限发酵的馒头。蜡黄的皮肤被撑得薄薄的,吹一口气,就会破。她哽咽着,叫着兰,兰。她伏下身轻轻抚摸着刘军兰的手,摸了手背,又把手翻过来,摸她手掌。

你们来摸,她是热的,热的。刘军兰的母亲喃喃自语。

她又将脸贴着刘军兰的脸,贴得紧紧的。她说,这儿也是热的,热的。她猛地抓住一个护士的手,贴在刘军兰手上。你摸,摸,是不是热的,是不是?她盯着刘军兰的手,那手那么温热,这个热的女儿怎么会死?"热"揪住这个母亲不放,她大叫着:你们来摸,热的呀,热的呀!

她连男朋友都没谈过,她还只有26岁,她怎么就走了?刘军兰的母亲瘫坐在地上,失声痛哭。她一边哭,一边质问。谁能给她回答呢?她望着白茫茫的天花板,绝望地摇头。

我们搀扶她走出科室,她双手冰凉,浑身颤抖。这时,刘军兰的父亲和哥哥也提出了进科室的想法。护士小刘很为难地说,刚才不是进去看了吗?刘军兰的哥哥说,我们没进去。他语气低沉,眉头紧皱。像有根导火线缠在他腰上一样,只要我们说不,他就引爆。

刘军兰父亲掀开她身上的被单,只有下体处盖着一件病号服。他用手轻轻地触摸着她的身体,从脖子到小腿,他触摸得那么仔细。触到刘军兰右下胸时,他问道,这里怎么有刀口?这里肋骨撞断了。肋骨?当时救护车送过来时,就发现肋骨被车撞断了呀。哦。他应了一声,又一次从头到脚地触。一寸皮肤一寸皮肤触摸过去,他在寻找着什么。刘军兰的哥哥沉默着,他的目光在刘军兰身上一遍遍搜寻。他也在寻找。

在这具脑死亡肉体上,他们在寻找什么?

他们在寻找证据。刀口。取走器官的刀口。

我们回过神来,心底抽了一口凉气。他们以为我们已经取走刘军兰的器官,怎么会这样想呢?

如此荒谬,我们只有苦笑。这荒谬却是可以被原谅的。他们被"死无全尸"打倒了,刘军兰会缺个心脏缺个肝被送往火葬场?不。他们得让她完整离去。

把这边翻一下。刘军兰的哥哥吩咐。我们不敢怠慢,连忙将刘军兰的身体侧过来,他们低下头,仔细地看。

薄薄的被单重新盖上。刘军兰的父亲将她胸前的被单往上拉了拉。他冷冷地说,你们不要再打电话了。

打电话?

你们。

我们?没有啊,什么事?

不要再说捐赠的话。

捐赠?

捐赠,器官。他将这个句子截成两段,他说得很吃力。说完后,长长地叹了口气。

刘军兰的母亲原本坐在椅子上,一见他们出来了,赶紧站起来,三个人很快地交换了眼神。科室铁门快关拢时,刘军兰哥哥说,你们不要再打电话了,不要给我们提这个事。他的语气里有愤怒,有无奈。我们重重地点了点头。

我们并没有给他们打电话,作为收治医院,我们没权利和家属谈器官捐赠这件事。这两天,是红十字会的协调员在和他们沟通。从他们刚才搜寻证据的荒谬举动里,可以想见协调员撒上的那盐粒太重,他们完全不能接受。刘军兰的亲人不需要赞美与敬意,只愿意这个连男朋友都没有谈过的肉体保持她的纯净和完整,"体面"地离开人世。

我们唯一能做的是尊重。小刘伸出的七个手指外加另外三个手指都只能是理论上的,它们起于医学,止于伦理。

凌晨5点10分,刘军兰停止心跳。7点53分,屈医生开始填写死亡证明。7点58分,她填了3分钟,刘军兰的一生填完了。


补记:

昨天下班前,护士长召开了一个简短会议。强调这两天与刘军兰家属打交道时要注意的事项。

第一,家属问起病情,就只说病情,与病情无关的任何话都不能提。关于"脑死亡"的概念,家属不问,我们也不要说。

第二,不要特意表现出对家属的关心和热情。其他家属可以,但这两天对刘军兰家不可以。

说到第二点,护士长看了我一眼,补充上一句:特别是周老师,我理解你想多陪家属说会儿话,但刘军兰家比较特殊,一旦我们说错话,就会给我们造成大麻烦,我们得保护好自己。

护士长的话引起大家的不满,这无中生有的事,怎么弄得像个真的。

护士长说,我们多理解一下家属吧,他们这样想,也情有可原。尽量做到让他们满意。

下班时,我第一次没有从科室正门出去,刘军兰母亲和大哥就坐在门口。他们严峻的眼神扫过每个从科室走出来的人:哪一个要将刘军兰的眼角膜、肝摘取下来。

我走另一个侧门,回家后,我打了两个电话。

第一个打给爱人胡。我去红十字会填写器官捐献志愿书,好不好?

你疯了,神经病。胡骂了一句,电话挂了。

过一会儿,他把电话打了过来:找没有找扣子的班主任,谈她近期表现?我说还没。上个月的物业管理费交了没?我说还没。胡吼一句:这些事都没做,发神经病。

我不反驳。被骂习惯了。他最憎恨我的任性。一个上有老下有小的中年妇女不好好做家务带孩子,谈什么器官捐献,就是任性。

电话挂了不到半分钟,他电话又追过来:不准给扣子说你那神经事。晦气。

第二个打给死党。我要是哪一天死了,就把眼角膜啦肝啦肾啦捐献出来,或者把整个遗体捐献给医学院。

呸,住嘴。死党怒喝。

我是说等我有一天死了。

住嘴。

死了就死了,一无所用,捐出来还有点用。

你不用让我心里有阴影,好不好?活得好好的,谈什么死不死。死党挂断了电话。我们平日谈论话题没边界没底线。床上动作、夫妻关系都谈。现在,我们不能谈死。

第三个电话,原本想壮着胆给父亲打,不敢打了。

## 2013 年 12 月 23 日

### 你说怎么办

你说怎么办?他收回前倾的身子,靠在沙发上。阳光透过豹纹的窗帘打在他的身上,他的脸显得明一块暗一块,很斑驳,只有一道光笔直笔直地射向我。那是他的眼光。

"你说怎么办?"他把它当成一个皮球,反转身,踢还给了我。

刚才,我提出了两个建议,但一个矛一个盾,一个南辕一个北辙。他有这个权利让我自己为难自己。

那你说怎么办?我的眼神也笔直笔直地望着他,不躲闪。我把皮球再次反踢回去。

踢完后,我拿起湿纸巾,擦了擦手上的西瓜汁,腻腻的,黏黏的,像我们现在这个话题。我慢条斯理地擦,尽量擦得从容一点,我要掩饰我心底里的恼恨。我恼恨我自己:我凭什么就以为这是个问题?

能解决的才叫问题。而他,显然是拿我的问题作无解了。

等二床患者一脱离危险,转到呼吸科,我就邀了眼前这个 40 多岁的男人在茶楼里坐一坐。

最开始我忽略了他。因为在每天 4 点的探视中,我们是与二床的母亲通报病情。那是一个很强悍的老妇人。做了 30 年的社区妇联主任,现在 70 多岁了,还撑得住场子,临危不乱。二床突然呼吸衰竭,一群人乱了阵脚,她擦一把眼睛,堵住涌上来的泪水,命令二床的哥哥和妹妹:你们一人拿两万块钱出来,没有就想办法去借。她活过来了我想办法还你们;活不过来,钱就没了。

她与女儿的病对着干了十几年的仗,如何进攻,如何防守,她心里明镜似的。有一天,她让我们拿出用过的免疫球蛋白瓶子给她检查。一瓶、两瓶、三瓶、四瓶、五瓶。数到标注有她女儿名字的五瓶后,她才收回怀疑的目光。免疫球蛋白是一种提高机体免疫力的药物,一瓶就要538块钱,一天下来,二床在这个药物上得花掉2000多块。外加ICU的其他开支,一天得7000多。谁也没有金山银山堆着花不完,所以,尽管她查看我们的药瓶,核对药费单,质问我们免疫球蛋白是不是都用在二床身上了,那语气那眼神充满十万分的怀疑,我们还是积极接受她的审查。

一个白发人照顾一个黑发人,确实不简单。探视完返回科室,我对护士长说。

护士长不以为然地笑了笑,她加快步子向科室走去,五床病人骶尾骨出现了褥疮,得赶紧处理。我有点生气她这种漠视,就加了一句,二床的妈妈还有高血压呀,70多岁了。护士长反问我一句,疾病长了眼睛?我无话可说了。疾病又没长眼睛,父母儿女都是它盯梢的对象。它根本就不用眼睛来判断,逮住谁算谁。

要说不简单,那个男的倒是不错。护士长说。哪个男的?那个天天和她妈妈一起来探视的。

那个男人我有印象。在每天探视的一帮人中,他不怎么讲话,只是静静地看着玻璃窗内躺着的二床。等一群人散了,最后留下的两个人,一个是母亲,一个是他。有两次,护士长说账上费用不多了,得交一点钱。他说知道了,等会儿就去交。

他是二床的老公、二床的男友、二床的哥哥?我将这三种身份排了排,都有33%的可能性。

他是二床的前老公。护士长说。我怔住了。"前老公"?

他们1985年结婚,2000年离婚。2001年二床患病,再无第二次婚姻。他这些年也无第二次婚姻,一直在外打工。他原本是个中学老师,1998年,辞职下海学模具工。现在是个比较出色的模具师。在湖北、四川等地打工,每年积攒下来的钱中有笔很大的开支,就是供二床住两到三次呼吸科。像今年这次,病情发展到呼吸衰弱心跳衰弱,只得住进ICU,他的钱恐怕就只能支付住一次的费用。

二床最初患病时,到武汉协和医院、同济医院拍片,做CT,都没有一个确诊结果,没发现任何器质性病变,但就是无力衰弱。服用几种药后,再三排查,确定了重症肌无力。

因为眼皮下垂、视力模糊,二床不能清晰地看清面前的事物;因为讲话大舌头、构音困难,二床不能清晰地表达自己的意愿;因为咀嚼无力、吞咽困难,二床不能正常饮食。因为无力,二床的所有生活都封锁了,处于一种空白状态。当然,一个月一千多块钱的药费是不能少的。

愈往后走,二床的肌体功能就会愈来愈衰弱,住进ICU也许会变成常态,那怎么办?现在,我的问题还不是这个,我问的是,你和她怎么办?

你还是用每年的工资供她住院,那么,还不如复婚。我说。

他弹了弹烟灰,说,不,我不能忘记过去。说到这里,他不作声了,狠狠地吸了一口烟。

过去,有许多顶在民间称为"绿帽子"的东西戴在他头上。

二床患病之前,是当红美女。这个当红,一是指她的容颜。她被肌无力折磨了这么多年,美的印记还保持着——瓜子脸、高鼻梁、双眼皮。当红的第二个,是指她的职业,她是当时整个城区最大旅社的一名会计。这两者让二床要风得风,要雨得雨。据二床母亲回忆,想当年,人家一麻袋一麻袋地往家里送鱼送肉。送鱼肉的人,有账务上有求于她的,也有喜欢美女会计的许多领导同志。

二床唯一的遗憾就是关于他。他是个老实人,也生着一张书生面相。当初也是自由恋爱。结婚后一个在乡下教书,一个在城里当红。时间带走流水,也改变了他们的格局。二床愈来愈花红柳绿,春色无边;书生愈来愈病树沉舟,暮霭连天。他一个月拿回的工资还比不上她随便报销的几张单据。

为了及时争得经济上的主导权,稳住这场摇摇欲坠的婚姻,1998年,书生丢掉教书匠这个生了锈的铁饭碗,下海淘金。两人分开后,很快就有人代替了他在床上的位置。他在乡下教书,早出晚归的间隙,中途也有插队的男人。

你堵住了现场?在一片烟雾中,我问他。

你要我说第几次的?他淡淡地问我。这时,他的脸转向了窗子,他在问窗子。窗子上灰蒙蒙的,被什么蒙上了,看不大分明,大概是我残忍掀起的往事吧。掀起来干吗呢?灰扑扑,尘满面。

服务员在过道里给客人们添茶水,这是一个很漂亮的女孩子,齐刘海儿,勾了眼线的眼睛很大很深,脸上是流行的裸妆。这女孩子也该是当红的美女,她未来的婚姻呢?与谁婚配?和她一样打工的男孩,还是一个有些钱有些权的男人?如果原本和一起打工结识的穷小子结婚,后来遇上了一个所谓的有钱人有权人,那怎么办?望着那张精致的脸,我想得有些遥远了。这是二床和他的婚姻给我带来的阴影,我不该安放在这个女孩子的生活中。我冲她笑了笑,说,给这位先生添点水。

他把视线从窗户那里收回来,坐直身子,说了声谢谢。我舒了口气,刚才他面对窗子的沉默,让我心里堵得慌。我搅起的这团灰与这个午后多么不协调。窗外,是城市中心广场,靓丽的少妇们带着孩子嬉笑着,几个老年人在放风筝。

那,那你再成个家吧,你看,这些年,漂着,总不是个办法。

呵,你怎么和我老娘一个说法?他笑了笑。他说,我这次回来给她治病,根本不能让老娘知道。要是晓得我花了这么多钱,我娘肯定会骂死我。

我理解他的老娘。她的儿子被儿媳抛弃了,而且是以"绿帽子"的方式,这是奇耻大辱,她在全村老少面前都抬不起头。

前几年回家的次数还多一点,这几年回来得少了,不敢回,回了没办法给老娘一个交代。她希望我带一个人回去。

这些年都没遇到一个合适的?

唉。他唉了一声,没往下说,眼里浮起一缕缥缈的光。

一个都没遇到?

遇到过。

那为什么不……

我这个样子,能给人家什么?不能害了别人。他很快打断了我的话。

你不和她复婚,就另成个家。

不。

那你说怎么办?

你说怎么办?

我们来回踢皮球了。

复婚?再找一个人成家?这是我一北一南的两个建议。我把生活拧得太清白了,要么这样,要么那样,一个男人总得属于一种状态,我不习惯这样悬着。或者说这是出自一种比较狭隘的小我主义,我心疼这样的男人,他不应该这样悬着。

在ICU门口,有几次,我看到他站在窗户边吸烟,一根一根猛吸。他的脸被一张看不见的手揉皱了,巨大的眼袋像两声沉重的叹息。我们在茶楼刚坐下,他问了句,我可以吸烟吗?烟是他保持平衡的一个杠杆。他的中指和食指顶端被烟熏成微黄色。

从3点钟到现在4点半,他抽完了10根烟。

也许,等她走了,再找个人吧。他轻轻地说道,她活不了几年的,一次一次病,身子一次一次垮下去,说不定哪天一口气上不来,旁边没人及时发现,她就走了。前年住了两次院,去年住了三次院,今年到了ICU,明年呢?他望着窗子摇了摇头,摇得很无力。

这是他连续说得最长的一段话。他预测到死亡就在路上了,他赶不走它,只好等它。它随时来,他随时等。他不能忘记那些年他戴过的绿帽子,也不能眼睁睁看着她在死亡线上挣扎,去做一个陌路人。

死亡,命定的死亡,成为"你说怎么办"这个命题的唯一答案。

下午5点钟,我们结束了这场腻腻的黏黏的话题。

走了啊,周老师,谢谢你的茶。他向我摇摇手,骑上自行车奔医院而去。马上快到医生下班时间了,他得赶过去,询问今天的医治情况。

他转过弯,看不见人影了,我赶紧给我的几个死党打电话,询问海宁皮革城的大促销活动。刚才,他说到了海宁皮革城。是二床先说到的。昨天,二床大着舌头,含糊不清地说,快、快过年了,能不能、买、买一件皮、皮、草。白、色的,短的,貂、貂、貂皮、皮的。

## 2014年1月3日

### 明年,我给你坟头上烧蛮多钱

轰隆,轰隆。

轰隆声一直在响,好像有风在吹,大风,吹在墙上,被逼退回,又一次呼啸着扑过来。五床王桂香老人再次看了看这房间,全封闭的,四面的墙白得刺眼。没有风,是机器在轰隆。

到处是机器,到处是轰隆。

她的床头有一台机器。护士告诉过她,那是呼吸机,帮她呼吸的,没有它帮忙,她一口气吸不上来,人就不行了。

四床那儿也有。一个大机器①在轰隆隆地转,机器上伸出几根管子,四床的血从体内流出来,通过管子进到机器内清洗,又通过管子流进四床体内。四床是个老头子。护士说,他肾坏了,排不出尿,得用这个机器帮忙。

六床那儿也有。护士正将一根长长的管子伸进六床喉咙

---

① 指血液透析机。血液透析是肾功能不全末患者的替代疗法。通俗说法是人工肾、洗肾,是血液净化技术的一种。它利用溶质的弥散、水的渗透和超滤作用,清除患者血液中代谢废物,纠正电解质和酸碱失平衡状态,并排除体内多余水分。

里,他踩着一个开关,他踩一下,机器①就轰隆一声,六床触电似的弹起。

三床、二床、一床,全部包在轰隆声中。无尽的风,不停歇地吹。

它们什么时候会停下来?在黑夜?可是,这里没有黑夜。房间里总是亮堂堂的,总是不停地有人走来走去,有时,他们还快跑。

一个血淋淋的女人被送到了八床上。白大褂们在机器间急促地穿梭。不一会儿,一个白大褂举起双手,摇了摇头。他的手被血染红了。一个男人从外面踉踉跄跄冲进来,趴在八床边,他抓起八床的手,紧紧地按在自己胸前。他不哭,不叫,只有肩膀在剧烈抖动。

八床死了?王桂香老人觉得她的头又一次被谁狠狠地压进水里,喘不过气来。她下意识地摸了摸插在嘴巴上的管子。管子还在。

八床死了。有两个白大褂正包着她。他们手脚麻利地抖开一副白床单,包八床的头,包八床的脚,包八床的身子,两分钟就包完了。从脚趾到额头包得严严实实,薄薄的一长条,看不出哪端是头,哪端是脚。这是王桂香老人看到的第三个长条了,下一个,是我,是我?更汹涌的水压过来,王桂香老人被水吞没了。她不由自主地抓住了管子。抓住,抓住它,抓住救命的稻草。

天花板上的日光灯已灭了。有医生和护士陆陆续续走进来换班,可以确定这是新的一天。王桂香老人心头一酸:天亮了,她又获得了崭新的一天,她不会被包成一个长条!

想到这里,王桂香老人用力地咳。她要把痰咯出来。吸痰管子伸进喉咙里再难受,她也配合。现在,鼓励她好好咯痰的医生走过来了。

昨天,那个戴眼镜的医生鼓励她,多咯痰,配合医生的治疗,等到能完全脱离呼吸机,肺部感染控制住了,她就可以转到普通

---

① 指吸痰机,可迅速吸走病人体腔内浓痰、脓血等黏稠液体。

病房。

我走到五床身边,向她微笑,我要表扬她的配合。她咳得那么难受,她还在咳。这是个听话的老人。我就是那个戴眼镜的假冒医生。我只不过是个义工,戴上口罩、手套和帽子,看上去像个医生而已。如果老人神志清晰一些,能看进我的眼睛里面,看到惊惧、担忧、恐慌,她就能看清我的真面目。我并不具备专业医护人员所应有的淡定、从容。

前两天,刘医生试着给她脱掉呼吸机,只戴上简易供氧面罩。近20厘米长的管子从喉咙里抽出来,过了近3个小时后,她嘶哑的嗓子可以试着说话,她说的话吓了我一大跳。她说:你看,那里有个人,有个人。哪里?那里。她的手虚弱地指着头上。我向上望了望,那里只是天花板。没有哇。有,有,在那儿。天上,有,血、血人。我惊诧地再次望去,还是天花板。我说,没有,哪里有人?有、有,血人。她固执地叫着,有人,血人,血人。

这老太太说胡话了吧?我问护士长。她说,这是重症监护室综合征的体现,人在这种全封闭环境下,离开亲人,整天接触到的都是机器声,都是刺眼的光,还会看见一些死去的患者,恐惧感孤独感会让他们产生种种精神障碍。最突出的就是谵妄状态。

谵妄?

就是意识障碍,思维凌乱,常会产生幻觉,多为视幻觉,也有听幻觉,内容都非常恐怖。

天花板上的血人是王桂香老人的幻觉?

对。

过了一会儿,老人又叫起来了,放我出去,放我出去!天上有人,血,我儿子,车祸,放我出去!儿子。我儿子!

把这些词连缀起来,那就是:"我儿子出车祸了,成了一个血人,挂在天花板上,你们放我出来,我要看我儿子。"

所有的幻觉都应当有一点现实的底子在里面吧。会不会是老人在科室里见到过一个血淋淋的人,这个血淋淋印在她的脑海里,又被她与儿子组合起来了呢?我翻了翻前几天的治疗记录,果然有一起车祸,送过来一个血淋淋的人。

你儿子在外面等你,没出车祸。

血人,血人,在天上。快点,放我出去!

你看,这里没有人,没有。我找来一根棍子,捅了捅天花板。

我儿子,我儿子!

护士长将我拉开了,她说,五床这时候思维是混乱的,你给她讲不清楚。

五床王桂香老人73岁,肺结核患者,肺部严重感染,出现咯血,已不能自主呼吸。我们给她气管插管①,上呼吸机。两天前,刘医生试着给她脱掉呼吸机,但没有成功,只得再次气管插管。尽管经过了两次气管插管的痛苦,王桂香老人仍旧是位非常配合的患者。她努力咯痰,感觉到有痰了,就示意我们帮她吸。因为配合得好,作为嘉奖,我们给了她右手的自由,没有用约束带绑住。

好些了吗?我问她。

她轻轻地点了点头。

我们开始给几床病人作晨间护理。护士小王领着两个人进来了。一个是五床的儿子,一个是五床的老伴。他们一言不发地望了望五床,又将目光转向刘医生。他们刚才已单独和刘医生沟通了半天。

五床婆婆看见儿子和老伴进来,她的脸上浮起一层笑意。她吃力地抬起右手,伸向儿子,她想握住他的手。但儿子的手没有伸过来,他正望着刘医生。

这让刘医生怎么开口呢?她说,还是你们说吧。那父子俩默默地看着她,他们的脸上如死水一样平静。刘医生不得不小声说道,婆婆,我们把管子拔了啊。

王桂香老人脸上的笑意凝固了,怎么又要拔管子?是像上次一样试试能不能脱离呼吸机吗?脱了儿子就将她接回去?她

---

① 气管插管:是种将一特制的内导管经声门置入气管的技术,这一技术能为气道通畅、通气供氧、呼吸道吸引和防止误吸等提供最佳条件。

将目光转向儿子和老伴。他们扭过头,看着一旁的急救柜不说话。

我们回家治。刘医生一边说一边去解嘴上的面罩。五床婆婆一把抓住了呼吸管子,惊恐地望着刘医生。管子插在她嘴里,无法开口,可是她很清楚,这管子不能拔。上次医生给她拔过管子,拔了一会儿,她就喘不过气来,又变成了一个溺水人,一口气也呼不下来,她要窒息而死了。她那破棉絮状的肺纤维组织给不了她呼吸,只有这管子能把她从水中打捞上来。管子在,命就在。

刘医生试着又去拔管子,五床婆婆的手更用力了。她抓着管子,摇头。

你们看,她不愿拔管子,我们也没办法。刘医生说。她实在不愿意拔这呼吸管。刚才五床家属一直要求脱掉呼吸机,将病人转回乡下医院治疗。她反复给他们解释,这种肺结核病人,不将肺部问题处理好,随时都有可能窒息而死。乡下医院根本就不能解决问题。现在,你们把病人拖回去,能不能顺利到家,都保不住。

我们问过了,乡镇医院也有那种简易氧气面罩。五床的儿子说。

那与呼吸机完全不同。

儿子不说话了,过了一会儿,他问道,我妈还得住几天?

这个说不准,得看她自身的机体恢复能力,毕竟70多岁了,又是个老肺结核患者,她的肺损耗太大了。

到底还得几天? 一天的呼吸机费用就得两三千。

这个真的说不准。我们也想快点给她脱机,长期用呼吸机对病人不好,会增加肺部感染的概率,不用,她的呼吸又不好。这也是没办法的事,我们也想减轻你们的费用。

她这病以后还会不会再发,再到你们科室来? 儿子问。

这个,这个……刘医生犹豫了一会儿,不知该不该告诉真相。她说出来,一定会吓到他们。这种病人,随时都可能窒息,都要进重症监护室。曾经有病人一个月住进来了两次。

医生,求你了。我们没钱了。五床的老伴沙哑着声音,一脸的愁苦。这位瘦骨嶙峋的老人,一直在科室外面等着。五床婆婆在重症室住了7天,他就在外面等了7天。他的双颊更深地陷下去,整个人像骷髅一样可怕。他说,能借的,我们都借了,到现在,都借了三四万,实在没地方借钱了。

刘医生还能说什么呢,只得进来充当这拔管人。

姆妈,我们回家去给你治。

王老太太目光直直地望着儿子,她还是摇头。

我们回家治。老伴说。他给她穿裤子,她的脚又摆又踢,不让他穿。她想大叫不回去,可是呼吸管堵住她的嘴巴,她叫不出来。我们只看到她那张痛苦的脸,在不停地扭动。她把管子抓得紧紧的。

她现在很清醒,她不愿意拔,你们再不走,我们就报警了。刘医生终于忍不住了,她哽咽着下逐客令。

两个男人转过身,默默地退了出来。那儿子似乎瘸得更厉害了,每走一步,都像踩在刀尖上。"钱"这只老虎咬住了他,咬得血淋淋的。一个6000,又一个6000,他受不住了。

"6000"是王桂香老人住进重症监护室之前的一段插曲。

7天前,接到呼吸科电话,通知有病人要转过来。我和刘医生小跑到科室门口。只有一个40多岁的男人架着一副拐杖,一脸惊慌地等着我们。

病人呢?我们急忙问道。

多少钱?他很快接上一句。

多少钱?刘医生一时没反应过来。

住一天得多少钱?他小声问道。

6000块左右。

6000?他的声调稍稍高了起来。"6000"挂在上扬的语调上,像个怪物。他听不懂它的含义。他怔怔地望着我们,过了会儿,他压低声音,自言自语念道,6000!6000!他听懂了,他接收到了刘医生提供的信息"一天6000块"。

之前,呼吸科主任告诉他病人得住进ICU,不过,你们家属要做好准备,那个科室花费比较大。几多钱?他问。主任说,这个你们要问他们科室。他拐下来,还不等我们按程序进行,"钱"就被他推到风口浪尖。

按程序,住进科室前,我们得与他谈话。涉及费用、不能陪护以及其他一些情况的告知。一天得花多少钱必须说清楚。进了重症室,钱就是只老虎,扑上来,狠狠地咬着你。

6000!他不相信。

6000!!他更大的不相信。

然而,他必须相信这是真的。一天6000块这只是常规收费,如果要作一些特殊治疗,如置 PICC,做 CRT,一天的费用就会蹿到15000左右。

他扭头走开了。留下我们和洞开的 ICU 铁门。他去找呼吸科主任问个明白,非得要这个"6000"才能保住性命吗?

两小时过去了,病人还没下来。"6000"这只老虎,正在咬人。那个转身走掉的男人会放弃吗?

三小时后,"6000"患者转进了重症室。我舒了口气,可是也为这个瘫子家属着急。不知有几个"6000"等着他,他能对付"钱"这只老虎吗?果然,在催费单上频频见到五床的名字。五床王桂香,欠费3800。五床王桂香,欠费4200。在每天的欠费和借债中,五床度过了8天。

这几天,五床成为我们谈论的主要话题。我们担心五床家属放弃治疗。有些病人有钱可是没有命。如一些脑梗病人,家属说,你们用最好的药,尽管治,我们有钱,有钱。我们也只能残酷地告诉他们,病人治愈的希望近乎为零,钱的意义不大。有些病人有命可是没有钱。如这个五床,她的治愈希望非常大,但钱呢?儿子,患小儿麻痹后遗症,终身残疾;一个女儿,远嫁到广西,日子也过得不富裕。用五床老伴的话说,他们家都是穷人,得了这个病,就好比家里来了个强盗,把仅有的一点钱都给抢走了。

面对疾病这个汪洋大盗,有多少人能赤身肉搏,并获得决定性的胜利呢?

科室门又被打开了,这次进来的是三个人,王桂香老人的老伴、儿子、女儿。他们围在五床旁边,默默地站着。女儿最先控制不住情绪,她喊了一声姆妈,眼泪就哗地一下流下来了。儿子抬起头,死死地盯着天花板。老伴给她穿裤子。

　　王桂香老人的脚还在乱摆乱踢,女儿按住了她的腿。妈,我们实在没钱了,我们没钱了。女儿号啕大哭起来。五床的腿软了,不摆,不踢,两行泪水无声地落到了枕头上。

　　老伴低声说道,明年,我给你坟头上烧蛮多钱。

补记:

　　我是不是太过脆弱了?

　　在科室里和这群病危者待在一起,总想他们能快点醒来,睁开眼睛,眨个眼皮。我渴望眼睛的对视。

　　探视时,我才知道有些对视是这样艰难。

　　家属们望着你,眼神无力,虚弱,又执拗。

　　已经很明晰的病情被他们反复提及。

　　今天叫他还是没有反应?

　　没有。

　　一点也没有?

　　没有。

　　一点点?

　　真对不起,我们尽了全力。

　　沉默半晌,他们的眼睛仍看着你。无力,虚弱,又执拗。"放弃"哽在喉咙里说不得。

　　医生也不能说。医生换个说法:你们也尽心了,病情一直这样没法好转,要不,接回家去保守治疗?

　　回家?回家就意味着放弃。

　　意味着对一个人生命宣布结束。

　　意味着杀死一个人的不是病,不是脑死亡,是家人。

　　这一刻,他们眼里装了多少虚弱:不是我,不是我,不是我结束他的生命。

这一刻,我低下头,不再看他们。这些勇敢的人,写下"放弃一切治疗"六个字。未来的岁月,他们必将踩在刀尖上过日子。

## 2014 年 1 月 12 日
### 我喜欢人多一点

二床,王佳瑜。

我不可能不熟知她的名字。我的左边口袋里装满了她的名字。

佳瑜,妈每天上午与几个人来问医生情况。下午 4 点才能到病房外看你。小朱、爱华、海珍,她们都来了,还有你不认识的人。

佳瑜,你的病情有 70% 的好转,再打两天免疫球蛋白,就能转出来的,我们要一直打到你有力。

佳瑜,妈妈今天到肖港佛堂去求菩萨保佑你了。

佳瑜,你安心休养,过两天就会好的,我们等你。我们用一切办法把你治好,一定要把你治好。

妈,我回来了,我在姥姥家喝了藕汤吃了麻糖,你放心。凯凯。

我的右边口袋里也装满纸条,那是她写给外面的信。

我会好起来的。

谢谢我的亲人的关心。

凯凯,你要听姨妈的话。

我的身份是情报员,主要任务为她传递情报。在传递之前,我得先做她的书童。

我没想到她要写字。

最开始我以为她不配合治疗,她的手很不听话,被约束带绑住了,仍一刻不停地比比画画。我说,你要听话呀,治好了,你就能快点转出去。但她不听,手还在画个不停。先是大拇指和食指中指伸开,接着,食指和中指并拢,和大拇指一起在空中画。

她要写字吗？我盯着她的手势,仔细辨认,横,横,竖,竖。真是笔画。我这才发现,柜子上的一沓护理记录单上,画满纵横交织的笔迹。一笔赶着一笔,一笔连着一笔,有时,捺笔划破了纸面;有时,一横又扬到了天上。

这应该是字,可这是一些什么字啊？我拿着这沓纸发愣。护士小玉无奈地摇了摇头,她说,二床昨晚画了一晚上字。你看她又要画了。我们没工夫一天到晚举着纸让她画。

我来吧,我来。我解开了二床右手的约束带。她的手在不停地抖动,她试了几次,才把手中的笔抓紧了。我半蹲着身子,将纸正好举到她写字的高度。

她捏紧笔,努力想把笔画安在规定的位置上。然而,她管不住她的手。因为肌无力,她手在不停地颤抖,笔画们便乱了方寸,头落了地,脚上了天,一个字五马分尸般惨烈。愈抖她愈用力,愈用力她愈抖。她画下去的每一笔都有刀刻般的力度。那刀又在不断晃动。

写好一个句子,她就急切地望着我。嘴里含糊不清地叫着,看,看。

我一边轻轻地拍她的手,安抚她别急,一边在脑海里快速拼凑那堆支离破碎的笔迹,按它们的走向,猜测意思。

第一个句子我猜了三次意思,没猜对。第二个第三个句子,我也猜了两次才猜对。

痰多了,她难受。

她喘不过气来,到处堵住了,不能出气。

快点,不行了,好难受,要闷死了。

她的表述里全是用的"她",她不说我,我不存在了。她说"她",她妄想那个正在受刑的不是自己。

她不是她自己近10年了。

2000年,刚开始发作时,谁也不知道是哪个混蛋加害于她。抽血,化验,拍片,做CT,做加强CT,都没有发现病灶,没发现任何器质性病变。肾是好的,心脏是好的,肝是好的,什么都是好的,但她就不是她自己。她眼皮下垂,视力模糊,不能清晰地看清面前的事物；她讲话大舌头，构音困难，不能清晰地表达自己的意愿；她咀嚼无力，吞咽困难，不能正常饮食，只能吃流食；她不能正常地劳作，稍稍一点体力活，就感到疲惫不堪。发展到最后，她不能上楼，不能举起胳膊晾衣服梳头发。

她什么都不能了，她还是她自己吗？在此之前，她是一家单位的会计，年轻、漂亮、能干。现在，一切都毁掉了。最可恨的是找不到幕后凶手。它穷凶极恶地一次次出拳，一家人陷进惶恐不安的泥沼。武汉、上海、北京，几家医院间奔走，反复核查排除，最后逮住了它——重症肌无力。

这是一种全身免疫性疾病。在中医学上被称为痿证，是以肢体筋脉弛缓，软弱无力，不得随意运动，日久而致肌肉萎缩或肢体瘫痪为特征的疾病。由于肌无力，她因呼吸、吞咽困难而不能维持基本生活、生命体征。一年住进呼吸科两三次，这是常态。这一次因为感冒诱发并加重了病情，导致呼吸衰竭，不得不住进ICU。

王佳瑜一住进科室，就成了异类。她太不安静了。在约束带允许的范围内，她不断地敲打着床沿。把护士敲来后，就举起她的手，比画着写。她要写字。护士们费好大工夫才能猜出字意。她似乎有用不完的力气，要不停地写。昨天写了一晚上。写什么呢？就写我刚才看到的那些句子。反反复复写。

王佳瑜不能不写，写是她存在的一种方式。她只是无力呼吸无力运动无力循环，但思绪还不曾无力。她是如此清醒，她渴望表达。

这清醒于她却是有毒的——她比那些陷入昏迷的任何患者都要痛苦，她如此清醒地感知她的疼痛，她的绝望，她的挣扎，她的渴望。有一刻，我甚至希望她能昏睡过去。

又要给她吸痰了。吸痰管一伸进去，她就拼命摆着头，想摆掉管子。她一摆头，我就赶紧向小玉摆手。我说，别吸了，别吸了。小玉很讨厌我这个医盲。她不屑地对我笑了笑说，那好，你来帮她咯痰？我只好不作声了，扭过头捂住了耳朵。

你能忍受近一尺长的管子伸进咽喉里的情景吗？我不能。

科室里当然有比吸痰更让我这个医盲害怕的操作,置管,抽血,一管子一管子地抽。但它们不发出声音。吸痰却要发出海啸声,呼呼呼。病人则像遭受电击一样,僵硬着身子一阵阵弹起。我不忍心听也不忍心看。病人要吸痰了,我唯一能做的事就是赶紧跑开,离得远远的。可是,对这个二床病人,我是跑不掉的,她紧紧地拉住了我的手。我捂着耳朵战战兢兢地守在她的身边。

她拉住我的手不放开,是从她发现我也是个异类开始。

"你是这里的医生?"她在纸条上写道。我点了点头。她眼里闪过一丝怀疑,分明在说"你不是"。

我学着她的样子,也在记录单上写下"我是"。她摇了摇头,写下"你不是!"她一连打了四个感叹号。我只好投降,在纸上写下"我是刚分进来的医生"。她咧开嘴笑了笑,一副看破我嘴脸的神情。

是什么出卖了我?白大褂、口罩、帽子,一样不差的装备齐了。是我的眼睛。不安、恐惧、痛苦、欣慰、担忧、期盼。人间的所有情绪都深深地镶嵌在我的眼睛里。进科室将近两个月了,我仍然是个异类,医生和护士们的那份淡定从容,我无法学会。这个二床,如此敏感,仅仅凭着对痛苦的相同感知,她认出了我这个异类。

我在她的床头站了近两个小时,我不能动弹。我刚要把手抽出来,她明明闭得紧紧的眼睛就很快睁开了,一眼的恐惧。"你听话,我一会儿就回来。"我小声说道,她摇头,随之,我的手就被更紧地抓住。

等她又闭上眼,很安静地入睡了。我又小心翼翼地向外抽手,一根手指头,两根手指头,眼看第三根手指头要突出重围,她却再次睁开了眼。睁开了,眼神就凝固在我脸上了,眼里的恐惧加深,加深。我羞愧地低下头,将抽出来的手反扣住了她的手,紧紧地握住了。

至此,我的任务就很清晰了。除了探视时,给她和家属传递纸条外,就是握着她的手站在她身边。站在她身边的不是我,而是一个标志。

标志她还活着,活在一个活生生的世界里。她不能咯痰,不能吞咽,不能呼吸。她仿佛生活的一个虚无影子。她被虚无折磨得太久了,她的世界摇摇晃晃,只有握住的一只手标志着她还在这人间。

她的大拇指和食指中指伸开,接着,食指和中指并拢来,和大拇指一起在空中画,她又要写。那些仓促的笔画,踉踉跄跄被一口气追着。

你不走。

我喜欢人多一点,我喜欢人和我说话。

我不敢睡着,我害怕我一睡着就醒不过来了,你把我抓紧一些①。

补记:

和屈医生送一个病人转到骨科回来,已到下午六点多钟,扣子放学已一个多小时了,我赶紧冒雨骑车往家里赶。在食堂的拐角处,我右手扶车,左手正在扯雨衣,眼看一辆车从左边转过来,我来不及腾出手来捏刹车片,笔直撞了过去。

对方一个急刹车,跳下来,看他的车。还好,只是车门那里被我的电动车撞掉了一小块油漆,而我这个肇事者还活着,瘫坐在地。他开口便骂,你给老子不长眼,赶什么赶,再早一秒,撞死你。

我呆呆地听他骂。他的酒气扑到我脸上。车撞上的那一瞬间,我的大脑迅速短路,我蒙了:灾难?这就是灾难?如果再早一秒,我笔直撞到车头,我的头就碎了?

是我没有捏刹车片的错?可是,他在转弯时,并没有按喇叭,是不是?我仔细回忆,他真的没有按喇叭。交通事故里,我

---

① 这是肌无力患者常见的呼吸肌无力现象。胸式呼吸微弱或消失,气短,气憋,常需补充深呼吸或叹气样呼吸,有的病人在睡眠中憋醒,感觉呼吸不能,精神紧张需喘息半小时才逐渐恢复,不敢睡眠,重者需用呼吸机维系生命。

不应该负全责吧。

对方还在骂。他一边检查车门一边骂:老子撞死你,能赔几个钱。

如他所言,我被撞死了,他赔不了几个钱。他买了保险。

好了,这篇补记写到这里就应该打住。因为这有攻击车辆保险的嫌疑。我不想说车辆保险的坏话,我想说的是,车主们有保险作后盾,我们,一条命拿什么作保障?

凯迪拉克开走了,雨水冲走了我膝盖、胳膊上的血。想起护士长说过一个数据,假如十二张病床住满了,那么,其中两张床的濒临死亡者就是车祸造成的。

## 2014年2月3日

### 一把火的几个版本

火先是在他嘴上燃烧着,作为一支烟。

他每天都要吸三包烟。早上起床吸,中午吃饭吸,晚上睡觉吸。

跟了他一辈子的弱智不影响他抽烟。相反,他只有抽烟时,看上去才和正常人没有两样。

但火不老实了,不知怎么就跑到了衣柜里。一团衣服燃着了。

接着,燃着了他的头发,他的脸。火呈圆球形包裹着他的脸。

火燃到衣服再燃到他的脸,有个时间差,他飞跑一步,是可以躲过圆球包裹的。但他没有成功逃跑出来,一双手拼命地抓着扑打着火。火又不是一顶帽子,他怎么抓也抓不下来。火又将他的手裹住了。火还裹着浓烟,冲进了他的咽喉,很快地将咽道变成了烟道。

护士小刘指了指一根插在他咽喉部的管子,管壁黑乎乎的,下面的容器里盛着近200毫升的墨水。那都是从他体内抽出来的。

他傻呀,大白天着火不知道跑。看着那200毫升黑漆漆的液体,我真是为这人着急。小刘用手指点了点自己的后脑勺,说,他有点那个。

哪个?

智障。

智障?我惊诧地望着二床,这不断抽搐的身子,这痛苦万分的表情,这被烧坏的脸,烧坏的手,烧坏的人,和一个普通患者又有什么区别?

他的两只手虽然被约束带束住了,仍旧神经质似的向上抓,抓他脑袋上的一团火。他浑身在波动,一种叫疼痛的波浪从他的后背一排排汹涌而来。小刘细心地给烧破处的皮肤涂上磺胺嘧啶银,这种药可以有效地收拢脓包和消炎。因为烧伤面积太大,已达到了烧伤三级,他的全身几乎都被涂上了药,后背上还在不断冒出脓泡。护士们拿来钳子,小心地戳破脓包,涂上药水。

他这种情况过几天可以出院?我问小刘。

出院?今天。

今天?

嗯,昨天探视时就说了,今天拖回去。

拖回去?我心里咯噔一下,有点发慌。我明白在这种情况下,拖回去意味着什么。

我回头看了看床头监护仪,那上面的心跳数心律数氧饱和数都控制在正常的范围内,怎么就要拖回去?因为智障,因为他只不过是个傻子?可是,在ICU,他和一个局长、一个董事长是平等的,他现在只有一个身份——患者。

福利院浮出水面,他的妹妹浮出水面,妹夫浮出水面,浮出水面的还有村主任,还有民政部门。他傻,但他不是石猴,每一个生命应有的盘根错节,他都具有。这样,我在这篇文章开头描写的那段火就成了虚构。

每天都喝得醉醺醺的。前两天中午,又喝了酒,要不是白天,我们会担多大责任啊!那要烧死多少人。福利院院长愤愤不平地说。

这是一个三四十岁的妇女,很干练。然而,她的干练遭到了挑战。她的愤愤不平里,有讨伐的意味,但更多的是无奈。她能拿一个智障人怎么办?

早上8点钟,我配合小刘做完二床的护理后,就一直在ICU门口等二床的家属。等了半天,没见到二床的妹妹和妹夫。旁边有人告诉我,福利院院长和民政部门的人也在楼下等家属。

也许是因为我的白大褂,代表了医院似的。我一开口问,二床家属来了吗?院长就凑上来了,她原本在大厅里焦急地晃来晃去。

我们那病人怎么样?她问。

还好,刚做了护理。你们今天要拖回去?

他们家属说要拖回去。"家属"两个字被院长以重音突出出来。

就这个样子拖回去?我后边的话没说下去。拖回去就是放弃,放弃就是死亡。院长不会不懂这个事情的进程。

她很快就懂了,连忙接过我的话头,强调道,是家属昨天说好了拖回去的,我们也在等他们。

他们在出院手续单上签字了?

还没有,今天来签。她一边说一边回头看了看大厅外。她旁边是乡民政部门的一个中年男子,正在打电话。

等一会儿,他们还在商量。中年男子回过头来对院长说。

家属同意拖回去,你们要不要……要不要赔点钱呢?我犹豫了半天,决定问这个问题。

我们怎么可能赔钱呢?我们本来就是一个福利事业。替他们家养了这几年,白吃白喝的,不可能赔钱。院长坚决地摇了摇头,她看我的目光也掺进了一点敌意,很警惕。

我是说,做一些人道性的补偿,毕竟是在你们那儿出的事。是不是?我赶紧赔上笑脸,为她搭了一个后退的台阶。我不能和她谈崩了。

那是当然的,后期的料理,甚至安葬费什么的我们都会出。

院长毫不回避地谈到了死亡。

哎,你们碰到这种情况也是倒霉,多亏你们送得及时。我深表同情地微笑。院长的面色缓和了一些,眼神不是那么警惕了。她指了指椅子,说坐一会儿。她摆出和我长谈的架势。

你知道吧,一直到今天,我咯出的痰还是黑色的,那天就是我冲进去把火扑灭的,这老头真是害人啦。

烟头不小心烧起来了,他又不晓得跑,要是一个健全人,肯定早就跑出来了。我为二床辩解着。

我怀疑不是不小心,是他故意的。纵火。院长说到这里,停了会儿。

她给我一段消化的时间。我吃惊地望着她。

怎么可能呢,纵火?我压低了声音。

你想啊,床单被子都没烧,怎么单单只烧了衣服?衣服还叠成一堆,放在柜子里。明显是他故意放火的。

没理由哇。

前几天他和他妹妹吵了一架,我们也不知道为什么。反正他心情不好,喝了酒,就回寝室里,点燃了衣服。幸亏是白天,要是晚上,我们福利院就遭大殃了。

我的面前出现了一幅画面:1月31日中午,65岁的二床想到妹妹,想到吵架,想到几只老虎在他脑子里横冲直撞,他喝掉了大半瓶酒,他想这样我就可以干掉老虎了。他跟跟跄跄直奔寝室,打开了衣柜,衣服清理出来摞成一堆,接着,他坐在衣服旁,开始吸烟。他点燃了第一件衣服,点燃了第二件、第三件。浓烟升起时,他自己就成了一件被点燃的衣服。

然而,院长让我画出的这幅画面也是一个虚构。谁目睹了那一幕,谁又是那个弱智二床?没有谁,没有对证。二床在我们精心护理下,还活着,不能对证,他被拖回去后,也不能对证。因为死亡即在眼前。

先是皮肤大量脓疮,全身感染,再是因为身体大量失水,失水性休克,肝肾等各器官代谢紊乱,微循环系统破坏。

就这样拖回去,二床一道鬼门关也过不去。

不拖回去呢？

护士小刘给我算账。抗感染抗失水抗微循环破坏，这是前期医治，然后，就是大面积皮肤移植。整个花费没一百万拿不下来，这还不包括后期的护理调养。

拖，是必然的了？然而，是谁决定的拖？这个问题又固执地横在我心上。

院长还在清算二床的过错。他曾经喝多了酒要跳楼。他曾经殴打一个80多岁的爹爹。他曾经癫痫病犯了。现在有些人真可恶，将人送过来的时候，都隐瞒病情，像这个老头送进福利院时，他妹妹根本就没说起癫痫病。当时我们嫌他痴呆，怕出事不肯接纳，他们家下保证出了事不找我们麻烦。你看，这不就出事了，真烦人。院长站起来，向窗外看了看，她又有点着急了。

我这几天就一直守在这里，什么事都不能做。你说烦不烦人。

我决定再给她狠狠一击，让她闭嘴。我说，你知道吧，他们家要是不拖回去，你就有一个无底洞，永远填不满。

这个……晓得，晓得。院长不再讨伐二床了，她开始说自己的难处。全院30个老人，痴呆、傻子就有六七个，90多岁的有5个，高血压的、糖尿病的、冠心病的，不下10个。

那你们配有医生吗？

呵？哪来的医生？我们配有救心丸、降压药等一些常规药物。一些简易的救护工作我们都懂一点，比如说癫痫病犯了，就死死地按着他手腕处一个穴位，按一会儿就没事了。院长一边说一边演示给我看。在我面前露一手，让她感到轻松了一些。

说话间，一群人走上楼来。走在最前面的是位高个子的乡下老人，穿着一件崭新的夹克。乡村地摊上常见的一二十块钱一件的劣质品。显然还没下过水，今天第一次穿，衣服上僵硬的折线像钢筋一样，绷得整件衣服像一个不合时宜的外来物，很别扭，就如同现在他的表情，很严肃，很郑重其事，但这严肃的背后又有点虚，没有什么作依靠，他的目光是飘浮的。他整个人就是一个乡下人的执拗与怯弱的交织体。他的身后紧跟着一个精瘦精瘦的男人,目光淡定,步伐稳重,一看就是一个主事的人。最后面是两个二十几岁的女孩子搀扶着一位五六十岁的妇女,看上去如幽灵一样,好像有什么深深地压着她,一直压着,这压力内化成她身体的一部分,再也摆脱不了。

院长和民政部门的人赶紧迎上来。精瘦精瘦的男人向他们介绍高个子男人,他就是二床的妹夫。他们之所以到现在才来,就是等他。他刚从西安一个建筑工地上赶回来。现在,他的身份很敏感。按人伦秩序,轮不上他作决定,但他是二床妹妹的老伴,他的意愿就是她的意愿。在乡村,一个老妇人除了带带孙子晒晒太阳,等着一天天变老,她们基本上没有属于自我内心的东西,她们的意愿经常被忽略掉。

现在,一群人要处理的是这个老妇人兄长的生死,但,兄长的智障人身份,让老妇人的话语权显得更是微乎其微。在这场签约中,二床的妹夫才是那个拍板的人。

民政部门的人伸出手紧紧地握着他的手,连声说,真是对不起,对不起,出了这样的事。

是他不听话,总是喝酒,喝出了事,给你们添麻烦了,我们对不起公家。高个子男人果然是拍板的样子,他很得体地握着对方的手,有节奏地摇了摇。刚才上楼时那点怯弱不见了,他毕竟是一个人情练达的乡村老汉,懂得进退分寸。

是我们没照看好,事情也出了,您看怎么办?

听我们村主任的吧。他指了指那个精瘦精瘦的男人。

村主任从口袋里掏出一张纸,递给民政部门的人。我凑上前想看看,但那人一见我向前凑,就有意识地收回了纸。这是他们之间的机密。

是协议吗?应该涉及赔偿吧。尽管刚才院长一直不承认"赔偿"这个词。二十万?三十万?

一纸协议在院长、民政部门的人、二床的妹妹和妹夫手上传看了一遍。没有人提出异议,大家默默地看着。村主任环视了一圈,说,那就按手印。他掏出了一盒印泥。来,你先来。他对二床的妹妹说。老妇人犹疑地伸出右手食指,抖抖的,不知按哪里。村主任用手指点了点。老妇人的手印按上去了。

村主任和院长几个人在商量如何运二床回去,如何和乡医务室联系时,老妇人靠在墙上一言不发。她的眼神直直地望着地面,脸上像撒了一层灰。

院长对老妇人说,我们去叫医生吧。老妇人抬起头,疑惑地望着院长。她没有听懂"叫医生"的含义。院长说,还要在出院手续单上签字,我们先前不是说好了吗?您看,刚才按了手印。您放心,后面的事我们都会处理好。民政部门的人、村主任,都可以作证。

院长的声音有点急,但不是那么明显,压抑着。老妇人不在出院手续单上签字,谁也不敢把二床从病床上拖走。

老妇人呆呆地望着院长,泪水很快涌上她的眼眶。院长停住了她的嘴巴,空气静默了。只听得到泪水一颗一颗砸在地上,砸了很久,老妇人轻轻地点了点头。

哦,那麻烦你快去叫医生。院长赶紧对我说道。

签字时遇到一个麻烦,老妇人无法把自己的名字写在放弃合约上,她不会写字。那你们谁来写,她按个手印也可以。医生说。

二床的妹夫写上了"同意放弃治疗"六个字,老妇人右手食指抖了抖,最终不动了。我看那个弧形的指纹正好压住了"同意"两个字。

到现在为止,院长担心的变卦不存在了,几方面人都在场,签了字画了押,今天出院是铁板上钉钉子。一群人套上鞋套,随医生去病房拆去各种管子,运二床出来。ICU门口空了一大片,安静了许多,仿佛刚才的一切是个梦。

突然有哭声响起。是二床的妹妹,她趴在一个拐角处的墙壁上哭着。声音很小,但是很有力,铁锯似的一锉一锉,像一匹猛兽被抵在铁笼里,在拼死挣扎。

我走过去,默默地扶着她的肩膀。她的身子抖动得更厉害了,那猛兽要冲出铁笼了。

是不是在半路上就会死?她问我。

这个,看情况吧。我不知道应该怎么回答她。我就这个问题请教过刘护士,因为二床的咽道全部烧坏了,用呼吸机维持呼吸。出病房后,只有一个简易的呼吸气囊,靠人不停地挤压气囊,送进空气供二床呼吸。气囊又会维持多长时间呢?我不能告诉老妇人真相。

他在半路上就会死,是不是?她又问我。

其实她也没有问我,根本不指望我回答。她就是要明明白白地说出那个"死"。由自己说出来,把自己逼到绝路。

她不签字,没有人会拿着枪逼她。

她不签字,也没有人告诉她从此就是艳阳天。

父母去世后,这个名叫哥哥的人在她家里过了好几年,一年、两年、三年,她都扛过来了,但抗不过时间的漫长。一家人的日子不能总是浸泡在他酗酒、癫痫与弱智里。隐瞒他的癫痫病史,当着院长的面砸破他的酒瓶,发誓不准他喝酒,在福利院里坎坎坷坷熬了几年。她只不过为他喝酒又骂了他几句,骂他这个累赘,骂他害人。她没想到这把火。

签字,不签字,都是被抵在铁笼里的一匹猛兽。说出的"死"让老妇人获得了一种死而后生的痛快。早点把自己逼到绝路,早点了断她对艳阳天的期望。生活中,她没遇到枪,她遇到的东西比枪还要凶险。她开始号啕大哭,没有言语,只有哭。

这时,门开了,院长村主任妹夫民政部门的人出来了,他们推着一辆车,车上是二床,全身裹着白色床单,只有他的脸露在外面。污黑的、肿胀的、变了形的脸上涂满了磺胺嘧啶银,像一摊淤泥里撒进的一撮盐。

二床曾经睡过的床被刘护士清理得干干净净了,看不见脓包,看不见败破的脸、败破的手。他作为一个人,也将被看不见。

看不见的还有一把火的原因。在文章的开篇,我满心以为我看到了,但院长说那是我的虚构,她给了我两个版本,一个是纵火烧死自己,一个是纵火不仅烧死自己还要把整个福利院的人都烧死。我以为院长也在虚构,因为我们之间缺少一个重要的人证。

一个弱智,死无对证,生也无对证。

补记:
临睡觉前,读到弥尔顿的一首诗:
无论谁死了
我都觉得是我自己的一部分在死亡
因为我包含在人类这个概念里
因此,我从不问丧钟为谁而鸣
为我,也为你

## 2014年2月13日
### 你见或不见

这个结果,让我们大跌眼镜。

我们先是将她的床头摇起来,只要她稍稍扭过头,就可以看见探视家属。窗外,老爷子不停地敲打着窗子。他提醒她,他就在外面,他来看她。

她摇着头,被呼吸罩捂住的嘴支支吾吾的。她还看不见?我们又小心挪动呼吸机、氧气瓶,将床由竖着摆放变成横着放,又把两边的窗帘拉得开开的。这样,婆婆的整个人全暴露在玻璃窗面前了。谁知,她猛然一低头,没有被约束带绑住的左手极快地捂住脸。她的头摇得更厉害了。

一天一次的探视,她不接受!

我们愣住了。我们还没遇到过拒绝家人探视的患者。ICU作为一个特殊的科室,不能让家属陪护,这对病人和家属是一种除了疾病之外的另一层心理上的考验。在科室大门口,经常可以看到被子、手电筒、充电器、脸盆、毛巾和饭盒等。家属们用日用品撑起另一个生活场所。患者一天不转出,他们就等24个小时;两天不转出,就等48个小时。其实,我们留有家属的号码,为了保证联系的畅通,一般会留两位主要家属的。请医生会诊,做气管切开,做静脉管道建立等一系列非常规治疗方案,都会提前与家属沟通,不需要他们整日整夜守在门口。但是,在ICU门口,从早到晚始终站满家属。似乎除了这儿,他们再无其他藏身之处。

有一天早上7点钟,来上班的护士刚掏出钥匙开门,只见一个中年妇女从一旁冲过来。"让我进去,让我进去。"她抓住护士的胳膊,歇斯底里地叫着,眼睛里闪着恐惧的光。"你们知不知道,我等了一晚上,让我进去,我要看我老公。""你不要着急,你放心,有什么事情医生会通知你的。"护士安慰着。"不,不,我要进去,我要进去。"话还没说完,她就昏倒在地上了。这是一位胃大出血患者的家属,患者昨天晚上9点钟左右送到ICU。一阵紧急处理后,病人的生命体征稳定下来,我们劝家属回家,等第二天上午医生的告知,谁知她在走廊外等了一晚上。走廊上本来有两条长椅子,被另两床患者的家属占住了,一个人裹一床薄被子,窝在上面,也不知道这个中年妇女是如何度过这早春的寒夜的。看着她苍白的脸,我说:"你在这儿什么事也做不了,白白地等着,何苦呢?"她惨淡地一笑,反问道:"你说,我在哪里能做事?我还能做什么事?"

家属们什么事也不能做,只有等待。ICU的大门什么时候会打开,将亲人放出来,这是一个未知数。在中途,会打开几次。有时是交代病情,有时是送病人出去做相关检查。每次开门,都会涌起一股潮水。家属们拥过来,他们说起许多他们认为重要的信息,重要的建议。明知这些信息建议与目前的救治完全不相干,甚至南辕北辙,我们还得耐心倾听,允许他们表达完,他们的焦虑恐惧需要一种释放的渠道。退潮后,大门口又冬夜一样寂静。一群人陷入等待。有人蹲在角落里一支一支抽着烟。亲人还有多长时间醒过来,意识能够恢复吗,脑内出血能止住吗,最终能熬过去吗?这都在等待中。ICU冰冷的铁门将生死线上挣扎的亲人隔开了。亲人会配合医生吗?会挺过来吗?一天一次的探视显得尤为珍贵。4点钟不到,探视大门口就挤满了人。

对于清醒的病人而言,4点钟的探视不亚于他们的一次重生。尽管隔着玻璃窗,看见亲人的脸就是通向外面世界的通行证。凭借这通行证,他们可以从病魔的控制下暂且脱身,他们不再叫二床,也不叫三床,而是叫强子,叫志强,叫强伢。他的名字在亲人的呼唤里一次一次得到强化,给他注入与病魔抗争的力量。

在整个治疗进程中,探视工作是一件大事情。我们尽可能安抚家属的情绪,字斟句酌地告知病情。

眼前这位六床婆婆,早上送过来时,整个人就像一台发动机,轰隆隆地响。首先是呼吸机的响声,再就是她自己的呻吟声。她耷拉着头,整个人蜷成一团。她完全不配合治疗,过不了5分钟就要拉下呼吸面罩,拉不了罩子就想拉管子。

整个上午,六床床头监护仪上的数字反复出现异样。一会儿氧饱和掉下来了,掉到七十几,六十几,一会儿心率达到每分钟一百二十几。

与其看着她这样折腾自己,倒不如让她骂我们一顿。骂了,也许她就安静了。我走到她身边,说道,你要是不舒服,你就骂我们。她瞪着眼,摇头。

我们挨的骂够多了,骂我们是杀人犯。你们是什么医生?不给我吃,不给我喝,不让我儿子来看我。我要出去,我爬都要爬出去。前段时间,有位老爷子就是这样骂我们的。是啊,我们不让人家吃,不让人家喝,还将他与亲人隔开,我们不是杀人犯又是什么呢?我们苦笑着,听他骂着。这个六床婆婆不骂人,除了难受得呻吟外,她在无声地抗争,拉管子,拉呼吸罩。她像一只受伤的刺猬,到处是伤口,到处是荆棘,好像她的身体已装不住她,她要挣脱,她要到哪里去呢?护士长只好派两个护士一左一右看住她。我们比任何时候都渴望4点钟的探视。家属的安慰,会让婆婆的情绪稳定一些吧。

谁知,是这个"我就是不见"的局面。

六床婆婆患尿毒症已8年了。8年间,每一个星期都要做两到三次间断透析。

一个星期两到三次透析,那谁陪着做?我问老爷子。

我。

您啦?

嗯。

您子女呢?

都在外地上班。

那您方便吗?

习惯了,没事。那种透析比你们科室里做的这种持续透析要简单一些。

走到拐角处,老爷子又回头看了一眼,窗帘已关得严严实实的了。他说,医生,求你一件事。

您说。

你等会儿进去,就告诉我婆婆,说过两天,二儿子从济南出差路过孝感,来看她。

这是好事呀,您家老二要回来看她。

不是,不是。老爷子赶紧打断我的话。不能这样说,要说出差路过顺便来看她。

这?

如果说特意回来看她,她就会胡思乱想,认为自己快不行了,孩子们急着赶回来见最后一面。

老婆子一生刚强,要面子。老爷子说到这里,无可奈何地笑了笑。他拿这老太婆可真是没有办法。探视走廊里,别的家属都扑在玻璃窗上,热切地望着亲人。只有他,像个被人遗弃的小孩子,没人认领。他的老婆子被病痛折磨得生不如死了,仍旧要面子,不肯给他看见乱糟糟的样子。

第二天的探视,老婆婆还是"我就是不见"。第三天,她的病情有所缓解,摘除了呼吸罩,整个面色不再死灰一样,她能安安静静地躺着,监护仪上的数字也保持在正常值。如果继续好转,有望明天转到普通病房。4点钟,我们将她床头的窗帘拉开,她没有像前两天那样摇头反对。

要不,让老爷子进来和你说会儿话?

好。她的眼睛亮了一下。她抬起右手,试图理一下头发。她的手抖抖的,使不上力,护士小玉赶紧上前帮忙。绾起来。六床老太婆说道。扣子,扣子。她又小声叫起来,她要扣住胸前的两粒扣子。

家属当然不能随便进病房,可是老爷子吃了两天的闭门羹,让我们都觉得心疼。他眼圈微红,说话时却一直带着笑意。她啊,是这样的,倔。他担心我们责怪六床的不可理喻,为她找着理由。

你乖啊,争口气,过了今天晚上,我们明天就转出去啊。老爷子趴在床前,轻言细语地说着。

晓得,晓得。

你争口气,争口气。他走了几步远,又转过身来叮嘱她。

她微侧着头,右手抬起来,向外一摆,意思是你这老头子可真啰嗦,快走吧,快走。可是她的手指向外摆的动作并不明显,有点招手的意思,等老爷子转过身再叮嘱时,她的手向内招了招。老爷子赶紧三步并成两步,来到她床前。

你不来了?老婆婆噘着嘴巴问他。

来,来。老爷子笑眯眯地点头。他的身子向前探了一步,轻轻地拍她的后背。

那我要吃话梅。她嘟囔着。

话梅?

就是。

医生,能不能吃话梅?老爷子急切地转过头来问我们。老太婆下了圣旨,他不知道应该如何执行。她是他的女皇,但这里不是她的疆域,由不得她做主。

甜的吗?甜的不能,她的血糖还蛮高。

不甜,不甜。我们买的是咸的,她嘴里乏味。她平时都是吃咸的话梅。

那就少吃一点。

不多,不多,就给她带两颗。他又对婆婆说,听到没,只能吃两颗。

好。婆婆的嘴巴终于不噘起来了。嘴巴咧开,她有似小顽皮地笑了笑,这是她第一次笑。

你要听话,争口气,明天我们就回家。老爷子又念紧箍咒。

晓得啦。这一次,老婆婆的手势很明确,是挥,是让这饶舌人快走。

过了近一分钟,又有急促的步子跑过来。我们一看,又是那个老爷子。

你是忍一会儿等我送米汤来时一起带过来,还是现在就想吃?

老婆婆噘着嘴巴,想了想说,现在。

好,好,现在,现在,你等着啊,等着。老爷子趔趔趄趄着小跑出去了。快转弯时,他回过头,像是冲着我们,又像是冲着老婆婆,他竖起大拇指,打了个胜利的手势。

一时间,整个科室哄堂大笑。笑了之后,我们的眼里开始有泪水打转。

如果有一天,我们81岁了,不幸被病魔逮住,希望我们也能为另一个人"对镜贴花黄"。那个人,83岁,他说,你要听话,明天我们就回家。

## 2014 年 2 月 18 日

### 我这是脸,不是屁股

科室里只有6位患者,其中有3个陷入深昏迷,两个在浅昏迷,但整个科室里还是异常吵闹。

六床的老爷子又在和我们叫板。

前两天,我们不用讨饶,我们热烈欢迎他给我们使使狠劲儿,和我们对着干。

六床这个糖尿病晚期患者只住进来半天,我们就发现了不同凡响。这么说,有点故作玄虚。一个遍身插满管子的老人,能做出什么大动作,足以不同凡响呢?

不同凡响的是他的手,手上的力。

护士小玉要给老爷子擦身子,就轻轻地拉了拉他的被子。小玉一拉,没拉动被子,小玉再一拉,被子还是没被揭开。低头一看,老爷子的手抓着被子。他不可能抓得这么紧啊。小玉不相信,又使了劲。哪知她愈使劲,老爷子抓得愈紧。一个死命地拉,一个死命地抓,拔河一样。

我们几个人都不相信小玉的描述,也跑过来轻轻地拉了拉老爷子的被子,我们也失败了。老爷子的五指铁钳一样,牢牢地抓着。而真实情况是,老爷子的躯体已衰败得很不像样子了。肾衰,心衰,呼吸衰。这钢铁力气来自哪里?

我们试了一次,又试了一次。有时,刚和他拔过河,歇了会儿,趁他放松警惕时,猛拉一把,那枯枝瞬间变成了钢铁,我们在拉力与反拉力中僵持不下。

在探视时,董医生向家属谈到了这一点。

真的呀!六床一直愁眉不展的二儿子一听这话,就惊喜地叫起来。这是个50多岁的男人,面色憔悴,眼里布满了血丝。这个时候,他握住董医生的手不放,连连说道,这就好,这就好。

他每年都要住院几次,身体一天比一天弱。为了锻炼他的意志力,我们就经常和他做拔河游戏,让他用力拉。这样也能防止他老年痴呆。男人解释着。

他知道拉你们,就表示他的意识还没完全消失,是不是,是不是? 他又急切地问道。

应该是这样,幸亏你们平时的拔河游戏,这么大年纪了,竟然扛过来了。

我父亲长征过。男人很自豪地说。

啊? 老红军? 怪不得这样,了不起,了不起。六床的这个身份让董医生兴奋不已。

董医生没有理由不高兴,病菌发起进攻,看起来是在侵犯人的肉体,实质上是在较量人的意志。同样一个病,在意志力强和意志力弱两个患者身上的表现是完全不一样的。红军,怕什么? 董医生被胜利的曙光充溢着,我替她高兴,也替老爷子高兴。患者的治愈其实依靠很多因素,家人的鼓励、坚持,患者自身的斗志、求生欲望,这一切比单纯的药物、救治手段更有力量。

我们将探视所得的情况及时通告了所有医护人员。那几天内,除了常规的治疗外,这是对敌人的正面打击,我们又抄小路,施以援军,我们得空就去拉拉老爷子的被子,训练他的对抗力。他越使狠劲儿和我们对着干,我们就越高兴。

拉不拉得动?

拉不动。

科室里时不时响起这样的对答,很兴奋。

三天后,六床从昏睡中醒过来了,他扛过了肾衰、呼吸衰这两道鬼门关!

没有想到的是,他又和我们抗上了。

老爷子,你乖一点啊,乖一点,来,张嘴。

老爷子不乖。他和小玉谈判。

我要坐起来,我要坐起来。他嘟囔着,摆着头,伸到他嘴唇边的沾水棉签被他摆开了。小玉要给他做口腔护理,就得答应让他坐起来。

您就拉在床上。

不行,不能拉在床上。

我们帮你处理,您就放心拉在床上。

我解不出来。

给您用开塞露。

我就是解不出来。

小玉的手还举着,他的嘴巴还闭着。又在拔河了。

护士长放下另一床的护理,走过来给他说好话:老爷子,你乖一点,乖一点嘛,我们争取活到100岁。

100岁?我凑上前看了看床头牌,上面清楚地写着93岁。可是他的整个面容看上去也就是六七十岁的样子。皮肤塌陷得并不厉害,绷得紧,还有些光泽。

他这个样子?我指了指六床的脸,小声说,他的脸这么饱满,怎么93岁?

肿的。护士长的声音更小。

100岁呀,老寿星。我乐呵呵对六床说,将一张笑脸盛开给他看。

老寿星听话嘛,来,来,听话,听话。小玉机灵,又跟了一句。

六床勉强张开嘴,小玉小心地将棉签塞到他嘴里,仔细清洗着口腔。护士长也拿来了开塞露。谁知老爷子他食指一指,说,你们一边去。我们抿着嘴笑起来,护士长赶紧向我们做了个制止的眼色,她把开塞露递给了男护士小罗。

我偷偷扭过头看了看,老爷子用被子把自己盖得严严的,大腿处稍稍拱了起来,一双眼睛紧紧地盯着那拱起的一块。他的那张脸因为用力,显得有些微红。

小罗给他擦了屁股,换了纸垫,再准备给他擦洗身子。

我要坐起来,我还要解手。他又叫起来。

刚才不是给您用了开塞露吗?

不行,我不在床上解。

您听话呀,您现在不能坐起来。

我要起来,起来。

再给您用开塞露,好不好?

我要起来,起来。

刚才用开塞露,拉出的大便并不多。现在老爷子仍要坐起来,并不说明他真的有那么多便意,他就是要不乖。小罗小玉他们假装没听见"我要起来",径直去给三床做清洗。

三床是个深度昏迷病人,脑内出血,两天前做了颅内手术,引流管里已盛了许多瘀血。小罗小玉两人配合着,小心翼翼地将管子里的瘀血处理干净。

啪,啪,啪。从六床那儿传来响声。我们惊诧地望过去,老爷子在扇自己的脸。

我这是脸,不是屁股啊!他一边扇一边嚷。

"羞耻"这个词重重地伤害了一位老红军。他忍受过枪林弹雨,忍受了九死一生,就是忍受不了"大便",它比死亡更让他羞耻。

老爷子,这是医院,您不要想那么多。护士长抓住他的手,安慰他。

我这是脸,不是屁股啊!他满脸涨得通红。他用力摇着头,手还要伸向自己的脸。

　　监护仪上的心律呈现出异样,他这样不镇静,治疗效果就会受影响。从昨天夜晚起就在进行的 CRRT① 还得几个小时才能完成,我们只得破例让家属进来做安抚工作。

　　我要回家,我要回家! 一看到儿子,老爷子就叫起来。他的声音比刚才还要大,眼睛里放着光。

　　那怎么能回,现在我们在治疗啊。儿子蹲下身子,趴在他面前,轻声说道。

　　我就要回家。老爷子声音低了下去,他寻着儿子的眼睛。儿子进科室后,看了一眼那肿得发光的脸,就把眼光放在了被子上,儿子躲着那张脸。

　　您要听医生的,我们都要听医生的,现在将您的血抽出来,洗干净后再返到您身体内。

　　他们又要给我打针。

　　不用打针,您看,那边不是有根管子吗,血从管子里返回来。

　　那返回来了,就回家?

　　好,好,做完了我们就回家。儿子把眼光抬起来,对准父亲乞求的眼神,重重地点了点头。

　　你不走。老爷子伸出右手,按在了儿子的手腕上。

　　我不能在这里,这是个特别的病房,别的家属都不能进来,人家医生是看您年纪大了,给您面子,才让我进来的。

　　我一个人在这里。老爷子的手更紧地按在儿子手腕上。

　　哪里是一个人,这些医生都在这儿。我们都在外面,外面有个大厅,我们在大厅里陪着您。您想要什么,医生会给我们说。您听话,这个血透……

　　我在这个 50 多岁的儿子后背上拍了一下,我拿不准说出一次血透 4800 块钱这个价格,是会让老爷子更加心疼钱,变得更

---

① CRRT:连续肾脏替代疗法的英文缩写。又名 CBP(continue blood purification):床旁血液滤过。定义是采用每天 24 小时或接近 24 小时的一种长时间、连续的体外血液净化疗法以替代受损的肾功能。

加烦躁不安,还是看在钱的分上,老老实实接受透析。但是我宁可相信前者。花钱,花大把大把的钱,对每个老人来说,都是一件要命的事。

男人看了我一眼,下面半句话没有说出来。

血透机运行着,老爷子闭上嘴巴不说话了。他已经明白他的儿子也是我们一伙的,儿子站在医生这边,他孤军奋战,寡不敌众,只好先撤一步,缓口气。

男人向我们致了谢,向走廊走去。

"老二,老二。"老爷子反攻了,来得这么及时。儿子的腿刚迈开两步,他仓皇地叫了起来,每个音都拉得长而急促,就像一个溺水的人在抓一根要漂走的浮木。

儿子踉跄了一下,转过身,急奔过来。

您听话呀,我们治完了就回家。儿子捏住了老爷子伸过来的手。这一次,他的眼光直直地落在老爷子瘦骨嶙峋的手臂上。那里插了三根管子,暗红的血循环着。

儿子,我要穿裤子。

现在不能穿,您的股动脉做了穿刺,怎么能穿呢?

他们不给我穿裤子。

您要打针,不能穿。

儿子,你帮我把裤子穿上。老爷子一边说一边试图动弹他的腿,但两边的约束带系着,他没有成功。

您听话,治完了,我帮您穿。

我的裤子在不在这里?

在,在,您看,这裤子,这毛衣。儿子拎起床下的衣服——让老爷子检查。

哦。老爷子长长地舒了口气,不再吭声。他有些累了,闭上眼想眯会儿,他的手还抓着儿子的手腕。过了近两分钟,他睁开眼,虚弱地问道:你们,你们都在这儿?

都在,都在。儿子的泪终于绷不住了。

补记:

（申明，今天的补记跑了很多火车，也许不应该记，但我记了。）

六床爹爹为了他的尊严，一定要穿裤子，那么，八床爹爹呢？

八床爹爹，82岁，多日的无尿肾衰、内环境的紊乱和中毒性肠麻痹，让老人多脏器衰竭。下午5时，老人心率逐渐减慢，屈医生去问家属是否要进行胸外按摩和心内注射等抢救手段，家属平静地摆摆手，说："不，不用了，让他走吧。"

老人走了，走得平静安详。后来，老人家属给我看了他的遗嘱：我快死时，请不要进行过度抢救。

在肿瘤科还有这样一位老太太。肺癌晚期，做了三个周期的化疗，被药物副作用折磨得不成样子。她彻底弄明白自己的病情后，和儿子商量，放弃化疗。她说，儿啊，你不要担心亲戚朋友甚至邻居，说是因为你不让医生治，把我给"弄死了"，是我选择的放弃。她住院时唯一的"特殊要求"是，希望有一个单间，这个空间由她自己安排。墙上挂满了家人的照片，还让儿子把自己最喜欢的几件小家具从家中移到病房。过最后一个春节时，她亲手制作充满童趣的小礼物，送给来看望她的亲人。去世前三天，老人一直在镇静状态中度过，偶尔会醒来。醒来的时候，她总会费力地向每一个查房的医生、护士微笑。有力气的时候，还努力摇摇手、点点头。她保持着她独有的优雅。

重症监护室也抢救过另外一位老太太。切开了气管，做了心肺复苏。她的孙子强烈要求：医生，你们一定要像打一场战役一样救我奶奶，这场战役只能胜利，不能失败。这位几经折腾被抢救过来的奶奶多大岁数呢？105岁。

这使我想到了巴金老人。巴金老人最后的6年时光，都是在医院度过的，先是切开气管，后来只能靠鼻饲管和呼吸机维持生命。周围的人对他说，每一个爱他的人都希望他活下来，巴金老人不得不强打精神表示再痛苦也要配合治疗。但巨大的痛苦使他多次提到安乐死，他不止一次地说："我是为你们而活。""长寿是对我的折磨。"

也许，今天的补记不应该记下来吧，这好像与重症监护室救死扶伤的宗旨相违背。

怎么能不心肺复苏,气管插管,心内注射呢?这些惊心动魄的急救措施,就是为了避免"因病抢救无效"。在现实生活中,无论多么高龄死亡都是"因病抢救无效",这不是一句讣闻中的套话,而是一种社会意识。再也没有寿终正寝,唯有高技术抗争。

可是,当我们从死亡的深井里向外拔人时,能不能做得从容一点、郑重一点?

生,需要尊严,死,也需要尊严。

补记至此,脑子开始跑火车:当有一天,我的生命无法挽回走向尽头,我会选择"体面"地离开还是"插满管子"地活下去?

活着还是死去,还真是一个问题。

脑子继续跑火车:《阿甘正传》中,阿甘的妈妈对阿甘悄悄地说:"别害怕,死是我们注定要去做的一件事。"

# 2014 年 2 月 27 日

## 被遗弃的母亲

八床在搜寻我。在一大群忙碌的身影中,只有我是最闲的,最有可能和她多说会儿话。

我却不敢多说。

我害怕成为众矢之的,我的安抚对比出护士们的淡漠,我也害怕我在那儿听她絮絮叨叨,影响其他病人的治疗,我不得不回避她的目光。我侧着头,低着头,尽量不向她的床那儿看去,她的眼直勾勾地向我这边望着。

我等着被她诅咒。科室里每个人都被诅咒了。有时,我们刚忙完一阵急救,坐下来喘口气。她就开口诅咒了,诅咒我们不得好死,诅咒我们断子绝孙,诅咒我们被车撞死。这三个句子使用频率之高,让我们防不胜防。如果她诅咒我们,还能证明她的存在,比如说她还活着,还能骂人,还有言语功能。那么,诅咒吧。

75岁的八床,因为一场车祸住进了重症室。几经抢救保住了命,现在只剩下腿部骨折。考虑到老人年纪大,不宜动手术,应该回家调养,保守治疗。但我们找不到肯接她回家的人。

## 电　话

她清清楚楚地念出了儿子的手机号码,真是不可思议。她在科室里躺了3个多月,躺到时间都模糊了,她报给我的号码竟然一个数字也没错。

拨打了三次,无人接听;第四次,通了。

快,快。我赶紧将手机贴到她耳边。

大旺,大……她急切地叫着。电话断了,她不知所措地看着我。

没事,没事,手机信号不好,我再来打。我一边安慰她一边再拨过去。

对不起,您拨打的用户已关机。清晰的语言提示。护士小李投给我一个冷笑:看吧,就这样,你以为你比我们能干些?我又拨打了两次,还是"对不起,您拨打的用户已关机"。

王婆婆,那您还记得谁的号码呢?

我小姑娘的。刘小香,在深圳的小姑娘。

她一边在脑子里搜寻着号码一边断断续续地念着,中间停了三次,但最终还是正确地记出了刘小香的号码。

接通电话了,一个年轻的女人喂了一声。王婆婆高兴地叫道:小香,我是姆妈。

这一次,刘小香承认自己不是石头缝里蹦出来的,她叫了一声姆妈。她可能在吃早点,声音有点含糊,但我和王婆婆都听到了这声姆妈。这真是个良好的开端,我索性打开了免提。

小香,你在上班啦,仔仔呢,上学去了?

是的。我们在到处筹钱,要把您转出来做手术。

小香,我想出去了。

莫急,莫急,我们现在都没钱了,钱都交给医院用完了。不是我们不管你。

大旺呢,我刚才让这个医生帮忙打大旺电话,电话打不通。

我们筹到钱,就马上过来接你。我们在找那个撞你的司机家的人,他们不赔钱,我们就要打官司,非得让他们赔。您想,我们都在外面打工,哪来的钱?

那你们什么时候来这里?

哎呀,给您说了,让您耐心点,我们筹到钱,就马上过来接您。

小香,我想出去。

我们现在哪有时间照顾您?您在医院里要耐心点。

小香,你来看我,我想吃肉。

上次,我来看过您,您不记得了?上次,我来了的。

哦,那你下次再来呀。

晓得的,晓得的,我在上班,不说了,我们在筹钱。

不等那端挂断电话,护士小玉一下子冲过来,抢过我的手机,迅速给挂断了。

刚才电话声在科室里响起时,不断有人向我这边恶狠狠地皱眉头,她们要摔我的手机,摔死电话里的骗子。护士长一直给她们使眼色,才勉强拦住了。现在,小玉听到"我们在筹钱",她听不下去了,她冲着王婆婆的床头大叫:医院没收你们家一分钱,你也不用做手术,就是要回家调养。她把你扔给医院不管你,她这个骗子,你儿子也是骗子,都是骗子!

我惊愕地望着小玉。她的胸口急剧地起伏,口罩遮住了那张气得通红的脸,只有露出来的眼睛在冒着火。这是一个细心的姑娘,每次给王婆婆处理大便都少不了她。王婆婆的右腿和右胳膊完全不能动弹,因此做起日常护理来,要格外小心。小玉趴在那堆大便面前,先用卫生纸擦一遍,再用湿纸巾擦一遍,最后还扑上一层爽身粉。前一刻挨了王婆婆的诅咒,后一刻照样趴在大便面前眉头都不皱一下。可是,她现在的眉头皱成了陡峻的山川。

她生这个骗子的气。

这却不是我要的结果,我拨通长途电话就是要给王婆婆一个安慰。她的子女再怎么回避医院,逃避责任,面对这个具有"母亲"身份的人,总会找理由为自己开脱。

小玉,你为什么要戳穿呢?

面对小玉冒火的眼睛,我只得无言地将手机装回口袋。王婆婆留恋地望着我的口袋,望了好大一会儿。

下午,我去六床边帮忙翻身,王婆婆一眼就认出了我,她招招手,示意我过去。我靠近她,她又招手,我低下头,贴近她的脸。

我儿子姑娘都在筹钱,准备接我回去。她小声说着,有种压抑不住的满足。她的脸上放着光亮。

我再次掏出了手机,这一次不敢用免提了。小玉她们可以尽心尽责地照顾这个被遗弃的母亲,她们就是不能接受一群遗弃者的愚弄和欺骗。我为什么要打这个电话呢——也许王婆婆脸上的光能维持更长一段时间。

对不起,小玉,这一次让我站在你的对立面吧,我拨通了刘小香的号码。

嘀,嘀,嘀,电话在冗长地响,好久,好久,始终没有人接。我羞愧地躲过王婆婆热切的目光,她痴痴地望着我。

肯定是她将你的号码存起来了,一看见这个号码,就不接了。小玉告诉我。小玉说护士长隔个三两天就拨打她儿子和女儿的电话。最开始他们接了,再后来一看到是医院这边的电话,就再也不接了。

## 过　年

今天腊月了?

腊月了。

腊月初几了?

初七。

哦,初七,初七。她想搬起右手帮忙左手算算,但右手还是不能动,她就反复念着初七初七。呃,还有23天过年。

对,23天。

快过年了啊。她的眉头舒展了一下,眼神又暗了下去。她说,我不想在医院过年,我想回去。

当然要回去,过年嘛。

我家里有田有房子,我还养了二十几只鸡,一天下十几个蛋。我还喂了两只鹅,一只鹅有十多斤重,我回去过年做卤鸡蛋,还做年糕。到时候,你到我们家来,我给你吃。

好哇,到时候,我去看您。

我做的年糕蛮好吃。

可怜的人啦,你到哪里过年呢?我心里暗暗叫苦。摆在她面前的问题并没有解决,她无家可归。

医院通过报纸网络等媒体,报道了这件事。相关政府机构也找到了王婆婆的子女协商,让他们将老人接回家,但他们百般拒绝,一会儿说应该找肇事方负责,一会儿说在筹钱给老人做腿部手术。事实是,肇事方已在车祸中死了,老人保住了一条命已是万幸,现在年纪大了,不宜再做手术。前期所有治疗,医院不收一分钱,只需要他们将老人接回家调养。

护士长说政府打算请律师,与她家儿子谈判,要告他不赡养罪。可是,到了法律程序,那是一天两天的事吗?

春节的步子却不等人,它是一天一天被王婆婆逼近的。

她先是逼问元旦的日期。

我每天听她说话的一个主要内容就是时间。

现在1月份了?

不是,是12月。

2月?

不,12月。

那是不是要过元旦了啊?

是啊,快了。

那我能回去过元旦。

好的,回去过元旦。

我在这里是不是住了一年了哇?

不是,您是10月份进来的,快3个月了。

哦,3个月。3个月了,怪不得我睡觉有点冷。

不会冷的,这里有空调。

你们把我送回去,我要睡我家里的床,木板子的,睡木板床好。

送回去家里没人照顾啊。

哦。

她停了会儿,不再说话。她咧了咧嘴巴,想挪动一下右腿。右腿被抬高搁在一个铁架上,一根粗钉子横穿过脚板心,牢牢地固定着她。她艰难地动了动,没成功,她像一块死铁粘在了床上。

哎,受罪呀,不如死了,不如死了。她又开始说话了,这时,话题就转到第二个内容了。

我不该恨他。那天,我用扫帚扫他的遗像框子,扫完后,撮了垃圾去倒。垃圾桶就在马路对面。我过马路,一辆车就撞过来了。

不是您的错,是那个人骑摩托车太快了。

我是不该恨他。他不成器,嫖娼,和他侄媳妇搞上了。把我的大房子都给她了,那个女人不要脸,巴望我早点死。

呃,呃。我支应着,接不上话。她也不需要我接话。她就是要说说她死去的老伴,说说那个不要脸的侄媳妇。侄媳妇欺负她,先是把她男人霸占了,又霸占了她的房子,现在又霸占她儿子。她骂道,她不要脸,她叫我儿子不认我。

是你儿子不讲良心,不到医院来看你。

他黑了良心,都是那个不要脸的女人教的。我儿子被那个不要脸的女人压着,不敢来看我。我儿子造孽,12岁就出去打工,赚的钱都被侄媳妇哄去了。

他的腿长在他身上,他想来就可以来,是您儿子不对。我替那个不要脸的女人辩解着。

上次我儿子来,你们医生推他,吼他,他吓着了,不敢来了,我儿子胆小。就是她们,吼他。她伸出指头,偷偷地指了指在一边忙着的护士们。

我无奈地苦笑。上次,是她儿子3个月内第二次来医院。护士们气恨他良心被狗吃了,斥责他不接电话,不来探视。

你们医生坏,吼我儿子。你们医生……她兀自说下去。她是不是又要诅咒了啊?我赶紧冲她摆摆手。您别这样说,您看,我们没收您一分钱,成天照顾您。

有医生好,像毛主席一样好,像毛主席一样伟大。来问我好不好,给我带东西来吃。你看。她很急迫地用左手掀开一个塑料盒盖子,盒子里放着两根火腿肠,一盒"好吃点"饼干,一袋榨菜。她这又是说的哪一天的事呢?旁边的护士们被她的神神道道闹得哭笑不得。她情绪好了,就来一句毛主席一样伟大;情绪坏了,就诅咒断子绝孙。但不管怎样,从第一个字到最后一个字,她绝对不说儿子一个"不"。这激起了科室全体护士的公愤:她这是在姑息养奸,在自作自受。

你白养了他们,你当初怎么不掐死他们,你做母亲怎么就做到这个地步?护士们被她诅咒得承受不了,会批她,斗她。但她绝不开口说儿子的一个"不"。

有母亲说儿子的坏话的吗?她固执地将母亲这个身份死死地捆在身上。

她是四川人,原本在四川有段婚姻,生有一子。离婚后,经人介绍,嫁到我们湖北孝感,与那个"不成器"的结婚,又生有两男一女。然后,又丢下他们回了四川;然后,又回了孝感。这来来回回的缘由呢?没有人解释得清楚。唯一清楚的是,三个儿子一个女儿都振振有词:我们小时候她没抚养过我们。

到目前为止,王婆婆在医院里住了3个多月,她在孝感的大儿子刘大旺来过医院两次,小儿子一次也没来,他的电话也从来就没打通过。女儿刘小香来过一次,送来两件换洗衣服,就再不见踪影。她是来要密码的。王婆婆一个月有65块的养老金,存折上估计有几个钱。刘小香要到密码了吗?我问护士小天。他说,应该没要到,王婆婆说记不得了。

这位母亲如果能顺利出院,即使她的两条腿全坏掉了,她也能生活得很好,她有回忆,有憧憬,她有和人说话的强烈欲望。

这是一个病人强大的力量支撑。

她不知今夕何夕了,却一直计算着时间,计算着元旦、春节。她就是要回到"人",回到人来人往,人声鼎沸,回到给人做年糕做卤鸡蛋的春节。

你给我拧条毛巾吧。王婆婆吩咐我。

她抬起唯一能动弹的左手仔细地擦着。耳朵根、后颈窝、手指缝、肚脐、乳房、大腿两侧,她一丝不苟地擦了又擦。

我说我来帮您。她说你帮我拧毛巾就好了。我帮她拧了8次毛巾。

## 眼 泪

那边的窗帘拉得严严实实的,我看不见帘子后的真相。

昨晚,我扔了3次硬币,一面阴一面阳,第3次卡在砖缝上了,因此,我无法猜测王婆婆还在不在那张床上。

王婆婆的床在最里面,靠近玻璃窗。先前探视时,那边的帘子并没有拉上,家属们总是站在这儿尽力向内望。呀,看,看,他的脚又动了一下,动了,动了。她的头在摆,是不是不舒服?惊喜的,担忧的,难过的,每一张脸都和玻璃贴得非常近。但没有一张脸是属于王婆婆的亲属。王婆婆会张望着外面一张张脸,日子久了,再轮到探视时,她就干脆埋着头,一副睡觉的样子。护士们也意识到这样对她是一个打击,再探视时,窗帘拉严实了。

我撩起帘子,一开口,"新年好"就长了翅膀飞出去了。飞出去了,我就后悔。

她还在床上,认出了我,还给了我一个笑脸,说新年好。

打开科室门前一分钟,我属于春节。我喝酒,我穿新衣服,我做指甲,我看电影。我在ICU窒息过,我需要这样热气腾腾的生活。可是,我爱这窒息,我爱它的挣扎,它的苦痛,还有它的新生。我迫不及待地推开门,然后,我放轻了脚步。

每一步都是地雷,都是暗区,不知道哪一脚就踩上心衰、肾衰……我轻轻地在病床间移动,查看床头片。上面写着姓名年岁和击倒他们的凶手。二床脑干出血,五床尿毒症,一床肾衰。

从大年三十到今天,每一张白茫茫的病床上从没有缺少疾病和死亡。我在外面衣香鬓影时,觥筹交错时,它们都在。我们谈一场恋爱,我们结婚,我们与老友重逢,我们为什么挑选良辰吉日,这才是我们唯一可以做主的日子。其余的,由一双无形的手操控。

这个还给我"新年好"的母亲,她有什么可以做主的呢？春节,这个良辰吉日也由不得她。她说,过年,别人都吃好东西,我连一块肉都没吃。

她凄惨地说着。我看见了她瘪下去的嘴巴,瘪下去的腮帮子,瘪下去的眼眶。我看见了她眼角里面一团液体凝聚着,非常饱满。因为眼眶的凹陷,那液体被深深地包在里面。

四个月了,我终于看到了它们。她骂我们的时候,她给儿子打电话的时候,骂那"老不成器"的时候,她看着不属于她的探视家属的时候,她都没有让我看到它们。

它们叫——眼泪。

## 2014年3月13日

### 我为什么会犯病

5厘米厚的铁门都挡不住。

挡不住号啕大哭,呼天抢地,撕心裂肺。

他们就在铁门外,我站在铁门这边,不敢开门,不敢把她交给他们。

10分钟前,我和王医生去告知一个事实。门一开,他们冲上来了。可是没有声音,像默片。他们围在我们身边,谁也不发问,只有眼光虚弱地望着我们。心脏复苏成功了？心跳了？活过来了？这些话在心底翻江倒海,他们就是不说。不敢说,只怕一说就成空。我们却不能说。

王医生先是环视了人群,似乎在决定将这个事实落在谁的眼里,然而,他没有找到一个合适的眼睛,每只眼睛都是待宰的羔羊。他实在下不了决心,去逮住谁的眼睛,他只得收回目光,看了看自己脚下,然后,他将视线抬高,放远,放在对面一堵苍白的墙壁上。过了一会儿,他摇了摇头,说,走了。我几乎没听清楚"走了"——哭声扑来,压住了。

哭声混合着哭声,分不出谁和谁。哭者抱着哭者,看不清谁和谁。

一个中年男子趔趄地走向窗户边的椅子,他重重地跌坐在椅子上。他的头低得那么深,低得快要放进胸腔了。仿佛受伤的刺猬,蜷缩着将满身的刺扎向自己。

他是走了的五床的爱人。现在,五床松了手走了,留他一个在原地。他承受不了这失重,只好靠紧着一把椅子。

我们折回科室和太平间里的工作人员一起处理五床的遗体。主要是将破损的器脏收拾整齐一些,拔掉她身上的管子。它们分别叫鼻饲管、导尿管、输液管、引流管。

他们拔掉了五床身上15根管子,我从来不知道身体里有那样多的纵深容忍那些管子。一根鼻饲管拔出来有近50厘米深,胸部拔出的管子带出了满管的瘀血,乌黑乌黑的血,像黑夜。他们又在拔她的导尿管,我拿起一块医用尿布盖住了那里。太平间的工作人员说不用的,等会儿要用床单包。他要揭开它,我按住了他的手。他望了我一眼,将手拿开了。

他们抖开了一条白裹单,平铺在平板车上。包了头部,包了脚部,整个裹单又往两边折了折,裹得紧紧地扎在下面。是包着的一根木头,还是一枕铁轨?这条白茫茫的裹单,已分不出哪端是头哪端是脚。我还得开门,把她还给他们。

我一咬牙,打开了铁门。哭声冲上来,包围了这白茫茫。那个被椅子撑着的男人抬起头,空洞地望着一群交错的哭声,仿佛这哭声在遥远的地方,与他没有任何关联了。车进了电梯,工作人员按了下行键。突然,男人蓦地站起来,像疯了一样猛扑过来,扑向推车,他要揭开裹单,要看看她的脸。两个满脸是泪的男人赶紧拦腰抱住了他。让她走好,让她走好。他们一边说一边将差点被拉开的裹单又严严实实裹好。男人趴在床沿上,失声痛哭。他终于找回了哭声。我的心安稳下来,我多么害怕他不哭。哭是一种救赎。

送到太平间后,我返回科室,准备给他们拿死亡证明。在电梯门口,突然看见他们。我的心一惊,呆在那里,不知怎么办才好。刚才一直没看到他们,我还感到一丝庆幸。

她是五床的母亲。每次探视,我都下意识地尽量避开她,我无法面对那张脸。因为衰老,她的整张脸都垮了下来,就好像里面的骨头挂不住外面的肌肉,五官完全错位。可是,她的眼神,因为恐惧,又格外向往突出,好像一下子就要扑过来,紧紧地抓住你。求求你们,要救活她呀,我的儿,你们大菩萨,大菩萨要救她!她嗫嚅着嘴巴,呜咽着。她双手合十,举起,停在额头,停顿片刻,深深地向我们作揖。我们害怕这作揖求救,她是我们的母亲,她是天底下所有人的母亲。

让我们害怕的还有五床的父亲。高高瘦瘦的个子,患有高血压、心脏病。每次探视时,看着他颤巍巍的步伐,我们都不忍心给他交代病情。他也不发问,只是静静地听着,默默地望着玻璃窗内。有一次,探视快结束了,家属们都从侧门出去了,他还失神地望着窗内的五床。我轻轻拉了拉他的衣袖,他回过头,笑了笑,那样隐忍,那样慈祥,让我心疼了好久。

在后来两天的探视里,我又犯了主观主义毛病。我说,老爷子,您要放宽心,应该会好起来的。他安静地听着,安静地微笑。他越这样安静,我越不停地犯病,不停地主观臆想。会好起来的,会的,您要好好的。负责探视的王医生一再用眼神阻止我,我假装没看见。

在探视时,这样宽慰的言辞一般不能轻易给家属讲,除非有百分之百的把握可以起死回生。你讲了,就是给他们一根救命草,而这根救命草是如此的摇摆,它要历经九死一生的考验。

比如说脑出血,要起死回生,起码得挺过三关。脑部还会不会继续出血?这是一个问题,挺过这关,还得挺过水肿关。脑水肿的高峰期一般三至七天,你会看到病人的整个头部面部发馒头一样肿起来。因为长时间的水肿压迫,也可以使脑组织产生损伤性,甚至坏死性改变。渡过这一关,还有炎症关。一关一关渡过来,你不知道哪一个关口就卡住了。

妖魔四起的病菌,将病房里的人与病房外的人都流放在一条叫死亡的路上。因为隔离,因为一天只有一次探视,家属们的流放之感更重。他们迫切地要做点什么,来打破这无能为力的僵局。他们一直希望医生可以明示,给个指引。医生,您告诉我们,我们能做什么。家属们往往会遇到两个答案。

第一筹钱。第二准备"人财两空"。

我多么不喜欢"人财两空"这个词语,不仅是不喜欢,而且是愤恨。我给治疗班的医生说出我的愤恨。她淡淡地笑了,说,那你指望我说些什么?

不能将病情说得乐观一点?

病情是能被"乐观"的东西?

有些病人本来就是随时可能死亡,我现在不说,明天病人死了,家属就会找我们的麻烦,会认为是我们没处理好。你知道的,ICU 是与外界隔绝的,很多突发的死亡,他们都不可能看到。家属们对我们质疑很多,我们得保护自己。

她用上了"保护",我还能说什么!事实正是如此,有家属泪流满面地感谢嘱托,也有家属气急败坏地质问:怎么越治越坏,用了呼吸机没有,做了血透没有,打了免疫球蛋白没有?他们会让医生标好免疫球蛋白瓶子数,一二三地数清楚。他们探视时,会偷偷地准备好录音笔,会偷偷地拍下医生的样子。

谁也不想说出"人财两空",可是……医生叹了口气,说,我们天天给他们近乎残酷的预告,其实是在给他们打预防针。将他们的神经磨迟钝,增强抗体。当死亡到来时,疼痛会少一些吧。在一个一个渡过的难关里,他们提前支付了那份痛。

我不知道五床正在渡过哪一关,我却一再放纵自己犯病,主观主义病。我说了那么多的"放心"。现在,我该如何面对这位父亲。

他耷拉着头,右手哆嗦地在口袋里摸着什么。摸了好久,他摸出了茶杯,哆嗦地拧着瓶盖,拧了好久。他站起来,颤巍巍走到老伴面前,将杯子递给她。那遭了雷劈似的老母亲,还嗫嚅着嘴巴,呜咽着,求求你们,要救活她呀!我的儿,你们大菩萨要救她!只是她的双手抬不起来作揖了,老年丧女的悲痛抽走了她全身的力气。她怎么会相信那个被裹单裹得不见头不见脚的是她的女儿?

你、你喝口水,你、你不是说要坚强吗?你、你要坚强些。老父亲一双手颤巍巍地伸过去,抹着老伴脸上的泪水。他一抹,再抹,怎么也抹不完。

补记:

夜里10点,一个比我年少10岁的朋友来煲电话粥。此女结婚三年,尚在婚姻磨合期。今晚,和我谋划一起癌症晚期患者失踪事件。

谋划先从讨伐婆婆开始,婆婆怎样偏心小姑子,怎样怂恿她儿子不做家务事,怎样抠门,一直讨伐她家老公。老公当然更不是个东西了。罪行累累,恶习滔滔,在十字架上钉上一百次,都不能赦免他的罪孽深重。

最不可饶恕的:她感觉他不爱她了。

我昨天植了眉毛,问他,我脸上有没有变化。他看了半天,说,没有。我今天在单位挨了头儿的训,心情不好,让他陪着看场电影,他说,我晚上要赶个材料。他肯定不爱我了。他不把我放在心上,他眼里心里都没有我。

他肯定不爱我了,肯定的。她在电话那端怨气冲天。

要不,我们做个实验,看他把我放不放在心上。她又不甘心这样的结论,便提出实验建议。

怎么做呢?

你在医院帮我弄个诊断证明,比如说子宫肌瘤、卵巢癌、乳腺癌,反正哪一种要人命就开哪一种,最好是晚期。

开回证明后再怎么办呢?

我就离家出走,我还要在诊断证明旁边放一封我的亲笔信,一起放在床头柜里。

信?

我走了,请不要找我。当一切结束时,请记得"珍惜"。

你说,他看到这诊断,这信,会怎么样哟?会不会急死啊?我才不管他,我去旅游去。

呵,你不怕他事后知道这是假的诊断。

不怕,我就说不小心拿了个同名同姓患者的诊断。这种情况存在吧,同名同姓,诊断拿错了的,是不是?对了,你要告诉我晚期患者的临床表现是什么,在出走前几天,我要表现出来,等我离家后,让他懊悔死,恨自己没长眼睛。另外,等我走两天后,你就给他打电话,告诉他,你带我做过检查,怎么没看到结果,打我电话又关机,不知是怎么回事。我肯定要关机,你放心,我用一个新号和你联系。

你说,我这样能不能搞定他?

亲爱的,做你的失踪美梦去吧,晚安。我挂了电话。

这孩子,把生活当剧目来演。殊不知,当剧目成为生活,多少人难以承受它的跌宕起伏。有机会,得把她带到重症监护室里走一遭。

## 尾声:我是体面的败类

那个一脸苦大仇深的,母老虎一样的,呵斥孩子的妈妈是好的。我说好,是指她好好地活着,连同她那被呵斥得满面鼻涕的孩子,连同她扇在他屁股上的两巴掌,连同她的气急败坏,她的无可奈何。这一切都是好的。

那个拎着塑料袋的中年妇女是好的。我说好,是指她好好的,包括她失了光泽的脸,包括人老珠黄这个词语,包括她穿着大背心和菜贩子声嘶力竭地讨价还价。这一切都是好的。

那个在斑马线上抓紧了儿子手的老爷子,那个惊恐地等待红绿灯的老爷子是好的。我说好,是指他枯木般的手,枯井般的眼,趔趄的步态,手心里微微沁出的汗,冷汗,都是好的。他还活着。

我说的好,包括男人扔在沙发上的臭袜子,包括他骂人,他放屁,他二愣子一样混账。我说的好,包括女人堆在眼角的那摊眼屎,眼屎边纵横的,长的短的皱纹,还有那挖向鼻孔的手。

我没有了原则,没有了底线,我见到的都是好。

我感受到的每一缕呼吸,只要它是热腾腾的,都是好的。骂娘也好,挖鼻孔也好。我相遇的每一具肉体,只要他能眨眼,他能笑,能哭,能告诉我,他在,就都是好的;他老得不像样子也好,他被酒灌失了方向也好。

我粗俗。

我粗鄙。

我粗糙。

我是"体面"的败类。

从我踏出重症监护室的大门那一刻起,不要再叫我美人,不要再叫我教授,不要再给我那些光芒。叫我"人"吧。

人,还活着。粗俗地粗鄙地粗糙地,好好地,活着。

足够了。

花红柳绿的你,人五人六的你,锣鼓开道的你,你不会知道:

在那白茫茫的病床上,在那一望无际的金黄色葡萄球菌、大肠杆菌、芽孢杆菌中,你将虚弱得像一个影子,可有可无的影子。血和死亡是影子的前生和来世。你是一个逃不掉的影子。你不过是个影子。

你不能伸伸你的手指,握一握我的指尖我的掌心我的纹路。

你不能眨眨你的眼睛,调笑的,妩媚的,勾引的,秋波一样,你眨眨你的眼睛。

你不能动动你的面肌,向我笑一笑,我只求你的一个微笑,一个涟漪,像晚风吹过的荷塘。

亲爱的,你什么都不能。你的名字叫失去。失去你的江山和美人。

只有床头的监护仪是真实的,存在。

心率。呼吸。心电图。血氧饱和度。每一组数据里都隐匿着生和死。我盯紧了它们,我盯死亡的梢,我看它走到哪里才是尽头。

死亡没有尽头。从前在死亡,现在在死亡,将来也在死亡。

可是,亲爱的,活着也没有尽头。

从前活着,现在活着,将来也活着。

死亡与活着是情人,如同我们和这世界。我们和这世界有过情人般的争吵,我们还会一直争吵下去。

你挺住了。亲爱的。我们争吵。

我牢牢地盯住了那组数字,我祈祷,它们永远在山峰,绝不要一条直线,指向虚空。

重症室的日子,我的苦痛,我的辗转反侧,我不能做个言说者,我不能告诉任何人,我是指那些还被光鲜包围的人。他们会骂我神经,骂我不讲体面。当我将果汁杯端向他们时,他们很快躲开,我的手沾了太多的血和死亡。我是不净的,我晦气。

有一天,我不小心说出我送那个 32 岁的肝癌逝者去太平间。他们不约而同地全体起立,从椅子上跳起来,惊恐地望着我,像在哀悼我的死去。有人让我赶紧向上天三作揖三鞠躬,有人让我赶紧去买三炷香。"你怎么和死人沾上了,你呀,你。"我这个体面的败类,仓皇地逃出了酒席。

我是个潜伏者,默默吞噬那些所谓的体面之外的东西。我蜕去了许多光鲜,潜伏在这可能的死亡里。

如果,我曾经的体面是蝶,那我便是化蝶成蛹,那污秽不堪的蛹。疼痛,挣扎,呻吟,或者默然无声,死亡的大翅膀覆盖下来。

可是,我爱这蛹。这是一只蝶死亡后生出的新的蝶。我从内科走过,从儿科走过,从妇科走过,从化疗室走过,我在每一缕消毒水的气息里泪流满面:我见过生命的大挣扎大苦痛,也有大喜悦。

让我成为体面的败类吧,我有我的体面。

(原载《北京文学》2015 年第 11 期)

# 一座让路的古寺(节选)

张 赞 波

## 一座让路的古寺

2010年的春季某天,我拎着摄像机走进了项目部对面的一座山上。那是一座很普通的山,但名叫灵龟峰。山不太高,山脚处金黄的油菜花正在怒放;山腰部分是一大片嶙峋的石头,凌乱地散落在茂盛的灌木丛里;山顶则有一片低矮的柑橘林和一大片杉木林,沿着山脊铺展,远远地望去,像是这座山留了一个莫西干头。正是施工的前期阶段,一些民工在山坡上修建便道,运输材料,为即将到来的大规模施工做准备。

我刚走上山顶,就听到不远处的树林一侧鼓乐齐鸣,间或有鞭炮响起。我好奇地循声而往,原来有一座寺庙像是正在举行法事。它简陋而古朴,山门上挂着"留云寺"的匾额,院落里面分为天王庙、弥勒殿和大雄宝殿等三座主体建筑,侧面则是斋堂和厢房。大雄宝殿最为气派,里面摆放着三座彩塑大佛像,正中间的是慈悲的释迦牟尼。宝殿里香烟缭绕,僧人一边敲打着法器,一边念经,许多村民模样的人正在菩萨面前虔诚地跪拜,大多是一些老人。原来今天是农历二月十九,观音菩萨的生日。

当我拿出摄像机拍摄时,村民们大多好奇地看着我,还有人朝我指指点点,窃窃私语,但我几乎听不明白他们讲的本地方言。一位中年人突然出现在镜头前,他友好地笑了笑,问道:

"请问你是哪个电视台的?"

他姓唐名军民,看起来40岁出头,有着宽厚的脸膛,穿着一件米白色格子休闲西服,气质斯文儒雅。他不但讲普通话,最让人吃惊的,还用了"请问"——这在此地乡下实属罕见。但这符合他的身份,辰溪县一中的语文老师。

"我不是电视台的,我是来拍摄高速公路建设的,听到这里很热闹,就过来看看。"我赶紧停下拍摄,也没忘对他友好地笑了笑。

"哦,拍高速公路的啊,我们这座庙就因为高速公路要拆迁了,这是最后一次在这里举行法事。"

他转过身去,指着大雄宝殿背后的峡谷。"你看,高速公路将从那边修过来,穿过留云寺,向南而去。那座山谷上将建起一座大桥,而桥头——"他停顿了一下,"就是这里,寺庙的一大部分地盘都处于拆迁红线之内。"我顺着他的指向看过去,峡谷两侧是陡峭的山岭,龙门溪正从山脚下蜿蜒而去,溪畔草木苍翠,农舍错落有致。居于河岸一侧山巅的这座寺庙,看起来风水似乎不错。

这座寺庙有超过千年的历史。当唐老师带着掩饰不住的骄傲告诉我时,我还不相信。因为我眼目所见,无论从建筑物、还是菩萨雕像的新旧程度来看,它都不会太老。然而,中国的建筑史,某种意义上也是以木瓦为主的建筑不断焚毁、不断重建的历史。

留云寺始建于唐朝,据说由一位云游至此的北少林高僧草创而成。到了清代,寺庙规模空前盛大,还拥有周边不少田产山林,遍及中伙铺、肖家溪、虎地等村落。寺后还建有三四百座高僧墓塔,均为巨石垒筑,做工精细,遍布古驿道两旁。清嘉庆年间,林则徐从京城出发,去云南主持乡试,途经此地,在日记中留下了"过中和铺,憩留云寺"的记载。它挺过了军阀混战,挺过了外敌入侵——民国时因为抗战需要,留云寺被征为乡公所,但庙宇、菩萨和墓塔均完好无损——然而却未能挺过革命和建设。20世纪60年代,当老的湘黔公路拓宽改道时,大部分墓塔被毁坏。到了"文革",墓塔和菩萨几乎被销毁殆尽,仅留下一座空寺,也改为小学学堂。20世纪90年代,当地教育部门对小学校扩建,将残存的寺庙建筑彻底摧毁,仅留下一具古碑,上面写着四个字:"回头是岸"。

"你看,就是那四个字。"唐老师指着大雄宝殿的正墙,墙里面镶嵌了一块石碑,上面是草书"回头是岸"。"那是乾隆元年当时的辰州府道台——也就是相当于现在的沅陵县县长——陈廷庆亲笔书写的。"

2001年,当地的善男信女发动村民重修留云寺,考虑到要尽量远离公路,最终决定建在灵龟峰上,而非在原址附近。历经一年时间,这群善男信女们修建了新的大雄宝殿、天王庙和弥勒殿,并将"回头是岸"碑重新镶嵌到正殿墙里。还雇请当地的泥塑和木雕师傅,重新雕塑了菩萨三十六具。虽然并不能完全恢复古留云寺盛况,但也算是了却了一桩心愿。

"但没想到,仅仅八年后,又要修路了!溆怀高速施工方要求我们尽快拆迁完毕!哎——"他充满感慨地叹了一口气,说,"留云寺真是多灾多难啊。今天是观音菩萨生日,所以我就倡议弄个法事,也算是一种纪念吧。"

唐老师虽然人在县城教书,但老家就在中伙铺,所以这次留云寺的拆迁重建,当地的父老乡亲托付给他来主持。

"难得他们信任我,但我压力还是蛮大的。俗话说拆庙容易盖庙难。你们倒好,推土机一过来三下两下就将我的庙给推倒了,但要新建一座庙不容易啊。"唐老师将我当作了高速公路建设方的人,"何况,你们给的赔偿标准还这么低,总共就赔偿了40多万元,估计要建起新庙来还会有一二十万的空缺。"

距离观音菩萨的生日没几天,留云寺的拆迁开始了,那是在另外一个黄道吉日。湘西一带,乡民们普遍对神灵抱有敬畏之心,几乎家家都供有神像,村村都有庙宇——最常见的是土地庙。所以,对寺庙的拆迁也不能随便,必须选择黄道吉日,并遵守一些民间规矩。

当我赶到寺庙时,唐老师正召集一伙村民,准备将释迦牟尼佛像从老庙里"请"出来。

"神灵栖息之地怎能随便动?"唐老师说,"不过,我们今天请了粟师傅过来,就没问题了。"唐老师的身边,站着一位60岁左右的老人。他个子矮小,身材削瘦,嘴上留着稀疏的八字胡,但目光炯炯有神。

"这是我们怀化有名的菩萨木雕师粟师傅,留云寺里的好多菩萨都是他给雕的。我们粟师傅是真正的能工巧匠。"唐老师把粟师傅介绍给我。

"哪里——哪里——"老人微笑着说,他看着我手里的摄像机,"你是哪个——电视台的——啊?辰溪的——还是——怀化的?"

"这是小张,从北京来的。他来拍高速公路,顺带拍一下我们留云寺。"唐老师替我回答。

"哦,还是北京——来的啊!"粟师傅说。他声音洪亮,抑扬顿挫,且尾音缭绕,口音和腔调都颇像文献纪录片里毛泽东说话的方式。

"有需要雕刻——什么的,尽管——找我——"我不确定自己是否有佛像需要雕刻,正在想着这个问题时,他向前一步,掏出一张名片递给我。他一只腿脚有点残疾,走起路来一拐一拐。他拍了拍我的肩膀,好像我们已经相识很久。

搬迁菩萨开始了。唐老师先在大雄宝殿前面的空地里燃起一堆纸钱,而粟师傅站在殿内,一只手端起一碗水,另一只手在空中挥舞,手指快速地掐捏着,他半睁半闭着眼睛,对着碗中念念有词。几个等着搬菩萨的村民虔诚地站在一旁。

"好了!每人过来喝一口——"粟师傅突然睁开眼睛,双眼浑圆,眉毛倒竖,大吼一声。几个村民赶紧毕恭毕敬地走到他面前,依次接过那碗施了魔咒的神水,仰头喝上一口。

"请菩萨是——有规——矩的,新建庙宇请进菩萨为'上座',拆迁庙宇请出菩萨为'下座'。马——虎不得的!"他突然转向我的摄像机,向我解说道。这个小插曲和严肃的仪式交织在一起。我在镜头里看到他突然跳出角色,心里不禁一乐。

待最后一个村民喝完,粟师傅将剩下的水一把洒到三尊大佛脚下,对着室外大吼一声:"鸣炮——有请——菩——萨——"

鞭炮噼里啪啦响了起来。村民们有的爬上菩萨底座,有的在地面接应,他们拿着木棍和绳子,开始用力地搬动菩萨。粟师傅在一旁神采奕奕地指挥着,时不时大声吆喝两句。他目光如炬,就像一位在战场上指挥千军万马的将军。

居于正中间的释迦牟尼雕像首先被"请"下来,它被红绸缎团团绑住,然后再被一根粗长的木棍挑了起来。为了避免对神灵不恭,粟师傅特意叮嘱村民们准备了红绸缎——多少有点稀释了"绑住佛祖"的不雅。

七八个人一起奋力地抬着佛祖,颤颤巍巍地往不远处的山腰走去——那里是重建留云寺的新址,已经用石灰粉画出粗粗的地基标线,像一块刚刚翻垦等待播种的菜地。村民们将释迦牟尼雕像摆放在一块空地上,坐北朝南,然后用油布搭起一个简陋的临时棚子。没有门窗,四面通风,只有四根柱子撑起一个薄薄的屋顶,但已经足以为佛祖遮雨蔽日——这就是释迦牟尼的临时家园,在接下来的一年多时间内,它将孤独地立在这里,默默地看着山脚下向东而流的龙门溪,看着对面的山峦一点一点地被推倒,渐渐凿出一条大路的雏形……直到新寺建成,它才会结束这段寄人篱下的生活。

大雄宝殿里剩下的菩萨,则被乡民们抬到了天王殿。它有幸不在红线范围之内,可以暂时不拆。天王殿小很多,原本是四大天王的居所——增长天王、广目天王、多闻天王、持国天王,他们是佛教中的守护神,手上拿着各种法器,看起来面目狰狞凶狠,但代表良善和正义。他们慷慨地敞开了自己的大门,收留了观音菩萨、地藏菩萨等一干无家可归的邻居,一起分享着这原本逼仄的空间。

这看起来是诸神和谐相处的时刻。在这个非常时期,诸神也为了国家的通衢大道建设而相互理解、共渡难关。然而,当你站在天王殿的门口,目睹着这些拥挤在一起的神祇时,也难免心生悲凉,从另外一个角度看,这些神祇似乎正在失去他们原本的尊严。

并非所有的菩萨都被"请"走,大雄宝殿里两尊已经部分风化的泥菩萨,已经无法搬动,唐老师只得舍弃了它们。这座大殿现在已经空荡荡的了。"这些东西一看就没得灵——性。"粟师傅打量着那两具可怜的菩萨,他摇了摇头,慢条斯理地说。

"你看,他们的这些眼睛,就不是活的嘛,蒙着一层灰尘似的,哪有半点光彩和灵性吗?"他转向了我,"一看那个做菩萨的师傅手艺就不行。"

"哦,他们不是你做的吗?"我问。

"怎么可能?我怎么会做出这么差——的东西?你看我做的那些菩萨神仙,眼睛多么有神——"粟师傅调转手指指向自己的眼睛,瞪了瞪眼——眼睛立刻变得炯炯有神,散发出不可抵挡的光芒。我突然想起四大天王。他们的脸形、五官、神态,尤其是倒竖的眉毛和炯炯有神的双眼。对,他们的面孔简直和粟师傅如出一辙。我没法不怀疑他们是"临摹"粟师傅的五官雕塑而成的。

这些泥菩萨出自当地一位泥塑师之手。虽然唐老师向粟师傅订制了一尊全怀化最高的千手观音雕像,但他希望拿到更多的菩萨订单。"唐老师,我觉得——你新庙里还是不要再做泥菩萨了。常言道,泥菩萨——自身都难保嘛,怎么保佑你们老百姓呀。"他继续说,"还是木菩萨好。"

唐老师忍不住笑了起来:"那句话是泥菩萨过河——自身难保。这只是一个比喻而已,不是你理解的意思。泥菩萨和木菩萨没有高下之分。"

粟师傅不再说话,他一边嘀咕着什么,一边走开了。

"他想独揽工程,所以老说那个泥塑师傅做得不好。"唐老师笑着说,"但那样工作量太大,很可能影响到质量和工期。你是否觉得粟师傅有时候像一个孩子。"他问我。

粟师傅的狡黠和淳朴一体两面。他确实在很多方面,表现出孩童般的热情。我赞同唐老师的观察,并和他一同走到殿外。粟师傅很快就转移了新话题,突然热情地说:"我给你看手相,来,小张。"我来不及拒绝,他就一把抓过去我的手掌,仔细端详。我注意到他的右手也有点残疾,手掌蜷缩着,不能自然伸开。

"你这个人啊——赚不了什么大钱,有点小钱,自得其乐。"粟师傅放下我的手掌,慢腾腾地说,"你的性格太直率了,很容易得罪人。"

"你算得还真准,我就经常得罪人。"我笑着说,"而且确实没钱。"

"对吧。"看到我认同他的"神算",粟师傅很神气,"这样吧,我送你八个字,你要牢——记,对你今后的发展有好——处。"

"哪八个字?"

"韬——光——养——晦——明——哲——保——身——"粟师傅用他独有的毛主席口音一字一顿地念出了这八个字,"小伙子——懂不懂这意思啊?"

"懂的,懂的。"我连忙点头,差点笑出声来。

"小伙子,你下次有空去我的雕刻厂玩,带上你的这个东西,给我拍拍,放到电视上去。"粟师傅凑到我的摄像机前,指着它说——他一点都不惧怕镜头,表现欲也很强,显然是一个不错的拍摄对象。

"上次怀化市电视台就报道过我。"

"是吗?他们报道你什么?"

"当然是报道我手艺高超嘛,我雕的菩萨在湖南都很有名,还远销贵州、浙江好多地方呢。"粟师傅骄傲地说。

"不过,他们收了我200块钱,然后才答应给我一张光盘。"粟师傅悻悻地补充说。

"那你放心吧,我不会要你一分钱的。"我答应去拜访他的菩萨工厂。这个有着毛主席口音和四大天王面目的菩萨雕刻师,身上一定潜藏着不少等待开掘的故事——虽然我不具备看手相的技能,但揣测他人命运的兴趣和热情也许并不逊于一个占卜师。

　　一个初夏的早晨,一台橙红色的挖土机轰隆隆地开到大雄宝殿门口。大雄宝殿和弥勒殿的屋顶已被拆完,只剩下两个空架子,里面东倒西歪着几个被舍弃的泥塑菩萨,残眉缺目,断臂少腿,已经失去了庇佑民众的法力。就离它们数步之遥,龙门溪大桥的桩基工程已经热火朝天地开工,靠近留云寺一侧的桥端布满了近20口桩井,用不了多久,它们就会生长成20个雄伟的桥墩。最近的一口桩井就在大雄宝殿墙角,几乎赤身裸体的民工正在里面挥汗如雨。看到拆迁开始,他们停下工作,饶有兴趣地过来围观。

　　项目部的老总、副老总、挖土机司机依照法师的指示,烧了一堆纸钱,对着庙宇废墟里的残缺菩萨行礼如仪。他们今天的祭拜格外虔诚,请求菩萨的原谅,姿势和神情完全像个忠实信徒,几乎让人忘了他们就是这座庙的破坏者。

　　"古话说,宁拆十座桥,不拆一座庙。"唐老师无奈地说,"而你们倒好,为建一座桥,而拆一座庙。"他的话音刚落,挖土机便加大油门向大雄宝殿冲去,大摇臂轰隆隆地升起。随着一声巨响,一堵墙壁被重重推倒在地,迸发出一堆漫天的灰尘。围观的民工们纷纷捂着口鼻往后退去。

　　10分钟后,曾经香火兴旺的留云寺变成了一片废墟。几个泥塑菩萨彻底地变成一堆尘土,回归了它曾经庇佑过的大地。只有"回头是岸"古碑和"大雄宝殿"的匾额被留了下来,这些东西将被弥足珍贵地重新砌在新寺里。一座号称传承自唐代的千年古寺,历经各种劫难后,到最后也只剩下这几件屈指可数的老东西,其他一切都是新的,如同这个日新月异的时代。

## "神"爱世人

　　唐老师是个完美主义者,有自己的一套固执的美学观和价值观,虽然他要在非常短的时间内设计出新留云寺的蓝图,还要将蓝图一一变成现实,包括地基的审批、菩萨的订制、各种建筑材料的选择、建筑师傅的雇请、人工和资金的筹集……事无巨细,但他希望将这座庙建得讲究些,"哪怕多花点钱都不要紧"。

为此他专门去了一座烧制"唐砖汉瓦"的砖窑,还到邻县邀请到一位有名的建庙工匠石师傅,泥、瓦、漆、木,各门手艺样样精通,附近十里八乡有好几座寺庙均出自他之手。他答应再为留云寺出马一次。

2010年阴历六月份,石师傅带着徒弟和家人进驻了留云寺新址,在地基旁搭了一个小窝棚住下——和借住在咫尺外的释迦牟尼雕像比邻。他将在这里住上一年多,新留云寺将在他的手下从一块砖头成长为一座庙宇。

也许,真没有什么比一个城里的语文老师去乡村建一座庙更不务正业了。唐老师几乎每天都来报到,比项目部打卡的员工都还认真。他在38公里外的辰溪县城教书,每次在课余时间,就开着他的"现代"车风尘仆仆地赶过来。我很少听到唐老师主动谈起他的教学,但却经常听到他滔滔不绝地说起留云寺的历史,还有未来。

"如果新留云寺建好了,这里将成为老人们休闲的地方。他们在农闲时间可以来聚集,拜完菩萨后拉拉家常,唱唱山歌,吃吃斋饭,纳纳鞋底,织织毛衣……这些都比打牌和看电视好很多——尤其看电视,那上面的垃圾实在太多了。"唐老师说,"宗教其实没那么玄乎,有时候只是一种文化传统和生活方式。"

"可是有些人却好像很提防宗教,其实完全没有那个必要嘛。"他接着说,"不说远的,就说我建这座留云寺,还要去宗教局登记审查。本来老的留云寺就登记过了,现在新的还要登记,说不登记就是非法的。"

"登记可能是为了他们更好地管理吧?"我说。

"问题是他们根本没什么管理。另外,登记还不是免费的,还要收你的钱。"唐老师愤愤不平地说,"按理说农民建寺庙修菩萨,宗教局应该拨款才对,可他们非但不拨款,还变着法子要收我们的钱……"

夏天到了,此时距唐老师托付给粟师傅雕刻千手观音已经过去了两个月,虽然他一直用电话跟踪进度和质量,但还是有点不太放心,决定亲自去看一眼,我正好借此机会,跟着他一路驱车过去。一讲到这尊观音像,唐老师的烦恼顿时有所减轻。"它将用樟木雕刻,高二丈二尺八,可是怀化市最高的千手观音像。"他的脸上露出了自豪之色,"粟师傅之前也从没有雕过这么大的观音,我希望他将看家本领都给我使出来,雕出一尊传世之作!"

两个多小时后,我们赶到粟师傅的雕刻厂所在地,100多公里外的黔城。黔城是一座有2000多年历史的古城,唐代诗人王昌龄被贬谪至此做县尉时,曾在此地写出"一片冰心在玉壶"的千古诗句。到了古城门口,唐老师的车却没有进城,而是朝城外另一条路拐了过去,很快就停在一个紧挨马路的窝棚前。门前立着一块牌子,上面刷着不平整的油漆,歪歪斜斜地写着一行繁体字,一看像粟师傅的手笔:

洪江市黔城神像雕刻工藝廠

与我想象的大相径庭,粟师傅的"神像厂"出奇简陋。门口堆放着一堆废弃的木材,低矮的屋顶上,横七竖八地蒙着几块被粟师傅废物利用的喷绘广告布,像打着不规则的补丁。"神像厂"门口就是公路,背后不到十米处则是湘黔铁路。如果不是道路牌上写明了这是一座工厂,我还以为是在公路和铁路之间见缝插针搭建起来的一栋违章建筑。

粟师傅出来迎接我们,天气炎热,他光着膀子,只穿一条西式短裤,消瘦的腰上紧紧地系着一条黑色皮带。他热情地走过来,跟我和唐老师一一握手。我不由地想起他名片上那两双热情紧握的手。

窝棚工厂里暑气逼人,一片逼仄和凌乱不堪。一扇木板隔开成两个区域。里面的一个小房间,没有窗户,光线幽暗,摆放着一张床和几个柜子,那就是粟师傅的卧室。另一片较大的不规则空间是"雕刻车间",地面上堆放着好多木材和几个未完工的佛像,到处散落着木屑和木花。一名中年男子正光着膀子埋头在木工台上,用刨子打磨着一根木头,汗珠从他的背上不断渗出。

粟师傅带着我们参观千手观音像。他翻开墙角的一堆木头花,里面露出一个由好多张脸组成的大佛头像,还没有打磨上色,露出原木的粗糙质感,但基本上成型了,五官轮廓都已雕好,法相庄严,有着饱满的额头、嘴唇,以及好看的丹凤眼——要不是亲眼所见,我实在想不到,庇佑万民的观音菩萨就出生在这么一个贫寒的窝棚里,更想不到它出自面前这位手脚均有残疾的干瘦老人之手。

"你觉得怎么样?"粟师傅期待地看着唐老师。

"还行,但还得再精加工,要更注重细节,比如说眼睛要再雕活一点。"唐老师说,"要充分发挥你的才华呀,粟师傅,不能有所保留。"

"那当然——我这是初稿,还要经——过好多道工序的。这个你——唐老师你……"

前方马路上不断地传来车辆驶过的呼啸声,此时,后面的铁路上来了一列火车,铿锵铿锵的声音就像驶过耳膜一样,淹没了"放心"两个字。

"看,手也基本上做好了!"粟师傅带着我们,走到靠铁路一侧的墙壁下,弯腰翻出一堆捆绑在一起的木手,大大小小,大约有几十只。乍一看,像一堆出自恐怖片中的残肢,令人产生惊恐的联想。

"只剩下佛身和莲花宝座没有做了。"粟师傅说,"不过你放心,不会误你的事的,你看我都雇了刘师傅来做木工了,就是为了加快进度。"

粟师傅朝正在做木工的中年男子努了努嘴。没想到他只是一个临时雇来的木工,而不是粟师傅的徒弟或者职工。看来粟师傅的所谓雕刻厂,其实只有他一个人——他既是厂长又是职工,同时还身兼产品推销员。

粟师傅留我们吃中饭,他从墙角推出一辆摩托车去菜市场买菜。他手脚都有残疾,但这并不妨碍他骑车,他很麻利地骑上车,突突地朝城里方向驶远了。

我走到窝棚外,无意中绕到了那块写着"黔城神像雕刻工艺厂"的路牌背后,突然发现,路牌背后写着一行标准的印刷体字:

黔城大桥交通管制站由此前行 300 米

上面还有一个指示箭头。无论从色泽还是字体看,这才是标准的路牌。我恍然大悟,原来,"黔城神像雕刻工艺厂"只不过是在搭"交通管制站"的顺风车而已。我为粟师傅就地取材、因势利导的聪明才智感到哑然失笑。

"也只有粟师傅敢做这样的事了!"唐老师也笑了起来。他告诉我,这个雕像厂是违规搭建的窝棚。本来政府要来清理,但粟师傅拿起一根木棍堵在门口,就没谁敢动了。

"一来大家考虑到粟师傅是个残疾人,就照顾他,二来可能大家顾虑他会点法术吧,也不敢轻易得罪他。"唐老师说。我没想到粟师傅的法力,除了对付妖魔鬼怪,竟然还能对付政府。

"粟师傅的家本来在邻县会同县。"唐老师说,"他不知怎么,就抛妻弃子来了黔城,一来就不走了,已经在这里待了十多年。但经常有不同的女人跟着他,好像时间都不太长,那些女人明显是图他的钱。粟师傅会这门手艺,还是蛮赚钱的。他比我赚得多。"

我想起了被贬谪至此的王昌龄,不知粟师傅身上是否也有"一片冰心在玉壶"的故事。

过了一会儿,粟师傅买菜回来了,摩托车后座上却多了一位中年农村妇女。"你快点做饭,一起五个人哦。"粟师傅下了车,对着那位女人说。女人手脚利落地拎着菜,走进车间角落里的厨房。

"哟,粟师傅找来家庭主妇了。"唐老师开玩笑说。

"女人嘛,就是做饭洗衣服的。"粟师傅豪气十足地说。

粟师傅出身于神像雕刻世家,因为此地宗教气氛浓厚,民众喜好兴建庙宇,供奉神灵,所以粟家父辈们活计不断,较之同村老实巴交的种地农民,生活要滋润不少。粟师傅从小耳濡目染,但当时还很年幼,父辈们并没有刻意教他,他只是偶尔找块废弃的下脚料,学着大人们的招数雕刻一番。没过几年,"破四旧"开始,传统宗教被归为"精神鸦片",村庄里的神庙们被工作队纷纷占领,各种菩萨神像皆被销毁一空。在这样的政治氛围下,祖传的神像雕刻工艺一下销声匿迹,父辈们还来不及将满身绝技传给他这一代,就被迫重操种田旧业。刚学点皮毛的年轻粟师傅,只好改弦易张,安心做一个面朝黄土背朝天的农民。

我们一边喝酒,一边聊起这些往事。"那个年代啊……"粟师傅说,"有人家里的一些家具本来刻着菩萨像,比如说柜子啊,床啊,结果就将菩萨的脸部凿掉,乍一看那些面目全非的菩萨们显得很恐怖。"

然而某种意义上,"文革"也成就了聪明的粟师傅。随着"文革"愈演愈烈,局势又发生了变化,毛主席逐渐走上神坛。粟师傅灵机一动,翻出父辈们尘封很久的吃饭家当,顺应当时高涨的政治需要,雕了不少毛主席像,一时声名鹊起。直到80年代改革开放,宗教活动重新被允许后,粟师傅又应时代之需改为雕刻神像。

"我雕的毛主——席像惟妙惟肖呢,我们那的革——委会主——任都很欣赏我。"粟师傅边吃饭边自豪地回忆起他光辉的过去,"我的雕刻技——能——就是在那几年突飞猛进的。"

"因此,要说师傅的话,毛——主——席——才是我师傅。"因为喝了点酒,粟师傅说得一时兴起,手舞足蹈,神采飞扬,毛主席口音似乎也更重了。

我在心里暗暗吃惊。我没料到粟师傅的雕刻经历如此充满传奇,从雕刻主席像,到雕刻菩萨像,他凭着坚韧、勤劳和狡黠,亦步亦趋地紧跟着时代的风云变幻。

来中伙铺后,我常在村头村尾四处溜达,不断地与好多村民家里贴着的毛主席画像相遇,有半身,也有全身,有单人,也有合影。单人像的背景往往是天安门、延安、西柏坡、遵义、南京长江大桥等革命圣地,或者黄河、长江、黄山、草原等自然风光;合影大都是毛主席与"四大伟人"马克思、恩格斯、列宁、斯大林,或毛主席与"十大元帅",或开国大典、阅兵仪式等。通常,上面还附有毛主席语录。这些画作普遍色彩艳丽,笔触夸张,散发出一种混杂农民画和波普艺术的独特气息,让人过目难忘。我猜它们八成是出自粟师傅这样无师自通的民间艺术家之手。此外,画像张贴的位置也很有意思,以前都是规规矩矩地贴在屋子正中央的神龛上,现在却是什么地方都贴:正屋、偏房、厨房、卧室、书房。甚至有一次,我在一户村民家的便所,吃惊地发现了一张《毛主席去安源》——腋下夹着一把油纸伞的年轻领袖,正风华正茂地看着我。

唯一能与这种无处不在相比的是土地庙。村口、大树下、桥头、巷尾、屋前、屋后、田间、地头……到处都能看到这种微型寺庙。它一般用石头或者砖头砌成,高不过腰,宽不过一只手臂,像一个四四方方的盒子,供奉着两尊微型的土地神——土地公公和土地婆婆。他们衣着朴实,神态憨厚,看起来就像邻居家的一对老夫妻。他们是离中国农民阶层最近的神,掌管着和农民最息息相关、赖以生存的土地,庇佑着一个村庄和一片土地的风调雨顺、人畜兴旺。在土地庙的门口,往往还贴着一副微型的对联:

　　土能生万物,地可发千祥

横批要么是"风调雨顺",要么是"岁岁平安"或"有求必应"。这样的民间宗教流传甚广,体现了中国先民的大地崇拜,放在现今这个高速发展的商业时代里,更散发出一种稀缺的土地情怀。

虽然我不信仰宗教,但每当我走近这些简陋粗糙的小土地庙时,都会不由得放慢脚步,心生敬畏。

中伙铺的街道旁有一家无名小店,只在外墙上写着"米粉,水饺,快餐,炒菜"的字样。如果我因外出拍摄错过了项目部食堂的用餐时间,就会来到这里吃快餐。店内的墙上挂着一幅耶稣受难图,然而图的两边却挂着中国式的对联,横批是"以马内利":

敬畏耶稣福杯满溢,效法耶稣喜乐无疆

餐馆主人是50多岁的一位当地阿姨,非常友善和气。这家小吃店只有她和女儿两人,从洗菜、切菜、炒菜和打扫卫生都是母女俩亲自动手。自从去店里吃过饭后,哪怕我从十多米远的马路上经过这家店,她都会主动跟我打招呼,满脸朴实的笑。

"您是信基督吗?"我好奇地问她。

"对的,耶稣基督是永生神的儿子,而我们世人都犯了罪,亏欠了神的荣耀。耶稣基督降生后,就成了恩典时代,他来到世上拯救人类,相信耶稣的人才能得永生。"阿姨一张口就是《圣经》的话语。她看我显露出了兴趣,便放下正在洗的碗碟,走到我的餐桌对面坐了下来。

"你信基督吗?"她直视着我,眼中好像有一种找到了同道中人的欣喜。

"没有,我没信,我只是好奇。"我实话跟她说。她眼中刚升起来的期待瞬间黯淡了下去,我突然感到很尴尬。

"但是我对它有兴趣。"为了弥补我过于直率的过错,我补充说。这句话又重新燃起了她眼中的光芒。

"你可以试着去听听神的声音,耶稣基督将自己钉死在十字架上,替人类受苦受难,就为了拯救人类。"她接下来向我讲了一通关于基督的典故和教义,但表述不是太利落,有点小小的生硬和勉强。不过,这毫不影响她内心的坚定和虔诚。

三年前,邻村一个亲戚引领她信了主。在中伙铺,信基督的人很少,都是些上了年纪的老人,根本就没有年轻人信——当然,现在也没什么年轻人留在家乡。我问她什么时候和教友做礼拜,我能否跟她去看看。她一听立刻变得紧张起来。

"我们基督教平时一般不搞什么仪式,只有圣诞节和复活节才有活动,也就是聚集在一起,赞美一下神。"她盯着我放在餐桌上的摄像机,明显在提防着什么。

随着我多次在她店里吃饭,她知道了我只是"来拍高速公路"后,我再跟她聊起信仰的话题,她才消除了戒心。"我们一般都是悄悄地搞仪式,尽量不声张。"她说,"我们不想给自己带来什么麻烦。有些人害怕我们聚会。但我不知道他们害怕什么。我们这是正规的大教,做正当的人,又不做见不得人的坏事,按理应该鼓励才对。"

"现在这个世界真是罪恶滔天,愚顽的人必说没有神,他们所行的一切都是邪恶,为了金钱可以去打架、杀人、赌博、嫖娼。"她批判着种种不当的行为,"神教导我们不要杀人和奸淫,神在看着我们,在爱我们,还会给我们悔改的机会。如果我们拒不悔改,就只能下地狱。"

但最后,她突然批评了正在修建的留云寺。

"花那么多钱,又建庙堂,又雕菩萨,真是愚蠢。"她的言语里充满了不屑,"我们的神引领我们凭的是一种精神,不搞偶像崇拜,我们的神只在这里。"她指了指自己的胸口,透露出一种无以名状的清高。

过了一段时间,我又从马路上经过她的店,阿姨正在门廊里炒菜。油烟缭绕中,她抬起头来,看见了我,再次露出熟悉而朴实的笑。

我发现,在店铺的正墙上,挂起了一块红底黄字的大牌子,上面醒目地写着:

  神爱世人饭店

## 无能为力的神祇

新留云寺的修建在紧锣密鼓地进行,每天都有十多个村民来协助石师傅盖房子。经历一月有余的劳动,千手观音殿已见雏形,"回头是岸"的古碑被重新砌进墙壁。"再过两个月,这座千手观音殿就可以上梁了。"唐老师对留云寺的明天充满着美好的憧憬。与此同时,高速公路的建设也在如火如荼地进行,看起来更像一场和时间的赛跑。

中伙铺人明显感觉到,他们的村庄已经和过往完全不同了。最近的几个月,大量外来民工潮水一般涌入中伙铺,带着各种各样的口音出现在街道上、商店里、集市中。一些民居很快被出租一空。空地上堆起各种各样的施工工具:铁锹、钢筋、小推车、卷扬机、电动机、空压机、风炮机……甚至还有几辆大型挖土机、推土机以及重型卡车。村后废弃的采石场也被高速公路施工方租了下来,并改建为项目部的"搅拌场",又称"拌和场",就是将水泥、沙子、碎石等建筑原材料搅拌加工的地方。高高的搅拌塔被立了起来,上面刷着醒目的"娄底路桥"四个大字。大门口,还挂着一块让当地人莫名其妙的牌子:

  建好溆怀高速向怀化人民致敬

一车一车的沙子、水泥被重型卡车运来,电动传输带将它们轰隆隆地送进搅拌塔。尘雾飞扬,震耳欲聋,住在附近的村民们不得不用手掩了口鼻,扯起嗓子说话。昔日的田间地头,还出现了"红白蓝"三色条布搭起的窝棚,到处能看到戴着红黄色安全帽的外地人,挖土机从田野中间旁若无人地驶过,山谷里传来惊天震地的爆破声和机械噪音……

而老留云寺旧址,已经变成热闹非凡的工地,来自湖南新化县的民工队伍进驻到这里。他们在遗址上搭起防雨布窝棚,里面横七竖八地摆满用木板铺成的简易床,刚够大家摩肩抵足睡下,这就是他们将度过两年多时间的新家。还有十多人,被分到幸存的天王庙厢房里,与面容可怕、心地良善的神毗邻而居,每天一身臭汗、满面尘土、满脚泥水地从这些神灵面前进进出出。

这支民工队负责土石方和涵洞施工,大概有30多号人。包工头老陈将近60岁,身材矮小,长着一副地道的农民脸孔,土里土气,和一般穿着洋气、游手好闲的包工头不太一样。每次我去他的工地,都会看见他和手下的民工们在沟渠里一起劳作,完全一副民工的样子,用力地搬运石头,灰头土脸,满身大汗。

让我印象深刻的,还有他队伍里的一位哑巴民工。大概30多岁,每次看见我去,就会指着我的摄像机哈哈大笑——他的笑和常人不一样,似乎直接发自胸腔,爽朗,洪亮,富有节奏和韵律,"哇——哈哈——哇——哈哈——"但只要我一将摄像机对着他,他就立刻变得严肃和紧张起来。脸上的笑容瞬间就消失了,身体僵硬,两脚并立,毕恭毕敬地站着,面朝我摆出一个老式的拍照姿势。当我将拍好的影像回放给他看时,他先是面露惊讶,然后很快又发出了爽朗的大笑,"哇——哈哈——哇——哈哈——"在他笑的时候,周围的空气似乎都在共鸣,笑声在山谷里传得很远——我一时有点感动,我从来没想到自己的这台破摄像机还能给人带来这么纯粹而直接的快乐。

但神灵们好像并没有庇佑这些陪伴着他们的新邻居。先后有两位民工从脚手架上摔下来,造成肋骨骨折。最严重的是,老陈雇请的一个村民,他左手的四根手指不幸被空压机生生截去。老陈为此焦头烂额,包括医疗费、赔偿费在内,这三起事故共支付了他15万多块钱。

"我真是倒霉,辛辛苦苦卖几年苦力,自己还会亏损几万块钱。"

并非只有老陈的民工队出现事故,其他地方也接连发生不幸。钢筋班的一个民工被钢筋笼砸断六根肋骨,挖桩队也有民工摔断腿脚……至于别的标段,甚至有死亡的消息传来:有工程车司机连车带人从山坡上摔下来,车毁人亡;还有一台架桥的塔吊倒了,司机当场毙命。如果再算上更远一点的省内另外几条在建高速公路,死亡的消息更是接踵而至,触目惊心:2011年3月1日,岳常(岳阳至常德)高速公路安乡河特大桥在架梁施工时架桥机倒塌,一死一伤;3月12日,衡桂(衡阳至桂阳)高速公路老屋场特大桥在墩柱混凝土浇筑时模板倾倒,三人死亡;3月16日,通平(湖北通城至湖南平江)高速公路栗树咀高架桥一根立柱在混凝土浇筑时倒塌,四人当场毙命;2012年5月19日,炎汝(炎陵至汝城)高速公路一在建隧道发生爆炸事故,二十条人命烟消云散……工人们带着赚钱养家的梦想,背井离乡来到这里,除了要将汗水洒在这条道路上,还可能一不留神就付出鲜血甚至生命。从某种意义上来说,每一条道路的筑成,都暗含了生命的代价。神灵们对此心知肚明,却无能为力。

"我以后再也不出去做这样的活了。"老陈心有余悸地说。他坐在残存的天王庙厢房里,抬头就能看到门外四大天王的身影,神灵的面前还依然供着香炉,只不过香火已熄,炉灰已冷。

我问老陈,有没有想过要拜一下这些神灵以求平安。他苦笑了一下,摇着头说:"我不信这个。"

噩耗也发生在本地人身上。在一个人人被裹挟其中的高速发展的时代里,似乎总是难以逃离某种惨痛的命运。2011年11月27日,正是中伙铺赶集的日子,惨剧就在这个下午发生:一辆开往工地的运沙车穿过中伙铺境内的省道时,因为严重超载导致刹车失灵,为了避让一辆迎面驶来的出租车,却撞到停在路边的一辆农用三轮车上,造成本地民众五死六伤。

车祸发生后,我正好乘车经过事故现场。路边停了大概20多辆警车,上百个警察围着,加上围观群众在内,乌压压的一大片人,几乎将中伙铺街道旁的空地堵得水泄不通,途经车辆只能缓慢开过。

……

晚上,我想起白天所见的这一幕,几乎无法入眠。它似乎只是一起偶发的车祸,但我隐隐觉得,在此时此地,它以这样一种惨烈方式出现时,似乎就无法和这个发展的时代脱离关系了。我又想到了张叙丞,1935年,当他奉抗战之命殚精竭虑修建这条公路时,一定想不到这条道路如此遥远的未来:他想不到被毁掉的古老寺塔,想不到我窗下日夜不息的嘈杂车流,也想不到一辆奔驰在这条路上的运沙车带走了五条鲜活的生命,他更想不到的是,另一条更宽更快的道路正在群山峻岭中加速生长,即将替代他曾经冒死修建的旧道路。

我突然决意,要趁着夜色去做一件事情。打着手电筒,我独自一人出了门,外面下起了毛毛小雨,冒雨步行来到事故现场。比起白天的喧哗,此时已经安静了很多,警察们大多撤离,只留下一小批值班警察守候在马路对面的警车里。几个死难者亲属坐在路边,为亲人守灵,焚烧的纸钱在黑夜里跳跃出一串串微弱的火苗,仿佛死去的灵魂不舍离去。他们身后几米外,那辆倾倒的沙石车已变成一堆模糊不清的阴影。

我在几米远外站定,静静地环视了四周一番,确定并没有人注意到我的悄然到来。我轻手轻脚地走到那辆毁损的运沙车旁,拿出一个手提袋,飞速地用手往里头拨了差不多满满的一袋沙子。这些沙子本来要送往另一个工地,却在这里被无情的命运之手拦截了一下,经过激烈的碰撞和震荡后倾倒在地,哗啦啦地盖在了五条轻盈的灵魂之上。我提着袋子,赶紧撤离,一路上我的心都在怦怦地加速跳动,我分明感受到手中袋子的分量:它沉甸甸的,粗粝,绵密,潮湿,冰冷。仿佛那就是死亡残酷的肌理。

我将沙子晾干后,送到了项目部的实验室里,那里有一台筛分沙石样品的电动设备。我没敢告诉实验员沙子的真实来历,怕吓到他们——中国人一般都对这种不祥的物件充满忌讳。很快,我就将那袋沙子筛分为一袋细沙和一袋粗沙。细沙细腻而纯正,而粗沙含有各种杂质,显得粗粝而质朴,两者都有同样的土黄色调,看起来普普通通、平淡无奇。

我用白铁皮"水泥留样桶"分别装下它们,准备带回北京,在适当的时候,我会用它们做出一件名为《沙漏》的装置作品:细沙用来填充进玻璃沙漏瓶中,悬挂在展厅中央;粗沙由远及近洒在参观者要走过的道路之上。贪恋现代化成果的都市人,或将接触到来自遥远乡村的遇难者的灵魂,看一眼生命像流沙一般悄然流逝的过程。"沙漏"是一个象征,它既象征着这个时代不可阻挡的发展,也象征着文化、传统、人心、道德甚至生命本身,在发展中渐渐逝去。

## 俗世与神界

眼看着新留云寺马上就要落成,唐老师又像一台机器一样加速运转起来。粟师傅的千手观音雕像已经运来,端坐在新建的观音殿里。粟师傅还要花时间,给菩萨一笔一画地塑上金身。在依从俗世的处事原则和人际关系之外,还得遵循一套来自神界的严格礼数,唐老师在这两方面似乎都做得有条不紊,疏而不漏。这位中学语文老师,现在俨然成了寺庙的半个住持。他前一刻还在和高速公路施工方谈判追加赔偿款额,后一刻又为如何选购挂在观音殿檐角的风铃而细心考虑;他昨天还在应付宗教局的纠察,今天又敲定了菩萨上座的黄道吉日……他在入世和出世间平衡有度,有时候甚至看起来有点八面玲珑。

只有在一起喝酒时,唐老师才毫不掩饰地流露出他骨子里执拗的文人本性。无疑,他是今日还残存的文人士大夫,一方面对传统文化珍爱有加,寄情山水,舞文弄墨,风花雪月;一方面又愤世嫉俗,悲天悯人,蔑视权贵,针砭时弊。最让人敬佩的,唐老师并不迂腐,也不是常见的空谈主义者,而总能积极躬身世事,以一己之力介入现实。

也许是因为几杯下肚,又或许是因为跟我的关系越来越熟悉了,他说话也越发直率起来,他冷不丁地批评着高速公路建设:"你们修高速公路,其实对我们老百姓没什么好处,我们村连个出口都没有,就是从这里路过而已。好多高速公路的利用率很低,过路费又收得很高,但当官的就是喜欢搞建设,因为那样既有政绩,又能借机将大部分的钱搞到手。"

他甚至对着摄像机直言不讳地批判:"现在这个年代一切都是向钱看,一些为政者只顾自己,底层者麻木不仁,传统丧失,道德沦丧。如果还不改变的话,现在的'盛世'就会变为'末路狂欢'。"

这样锋芒毕露的话语听得我暗暗惊讶,却心有戚戚。实话说,唐老师是我来怀化之后碰到的唯一一个心气相投的人。无论在美学观还是价值观上,我们都有不少相似之处。

"现在这个世界,我觉得一切都太快了。为什么要那么快呢?应该慢一点,再慢一点。"他并没有看着我,而是把目光投向面前的一棵古樟树,这使得他看起来像是在自言自语。

"我倒是觉得原来的古驿道很好,现代化的交通工具让人丧失了很多趣味和情调,像古代的林则徐他们经过这里,就是骑个马,或者坐个轿子,一路慢悠悠的,山山水水的看过去,那样好悠闲。现代人就不可能了,只要上了车,就身不由己,没有了过程,只有起点和终点。从人生的意义上来说,这是最大的丧失,就是丧失了整个过程。"

唐老师再次显露了他独到的思考力。当整个社会都在追求速度的时候,他却在倡导一种不合时宜的"慢生活"。这种"逆潮流"的古典价值观,使他看起来像一个时代的"异类",但却让我为之动容。

他涉猎很广,尤其在湘西文化的知识上,宛如一本活词典,各种风土人情、历史典故、现实境况,他均熟稔于心,随口而来,出口成章。许多关于中伙铺以及湘西这一带的历史,都是他介绍给我的。他曾带我前往偏僻的乡间,走一小段幸存至今的古驿道,也热情地带我参观怀化境内的一些古村落、古城镇。甚至,唐老师还建议我拍摄辰溪籍名人马公武先生的纪录片。马公武的故事,早已湮没在历史尘埃中,唐老师查阅史料,搜寻遗迹,寻访故人,从时光遗留的碎片中拼凑出历史的真相。

马先生留学日本七年,在日本士官学校学工兵科三年,在庆应大学学经济四年。回国后,在李济深手下做师长,因与蒋介石不和,参与反蒋的福建事变,被蒋介石关了408天后返回辰溪老家,弃枪拾笔。1944年,他散尽千金,创办当地有名的楚屏私立学校,从此竭力投身教育,倡导教育救国,还曾利用自己的威望保护一些地下共产党人。然而在1950年,他连同32岁的长子被辰溪当局以"学霸"之名处决了,时年53岁。其创办的楚屏私立学校及其家产悉数收公。他的后人也在漫长的政治斗争年代,历经磨难,身世凄凉。

"一个人,哪怕是对国家对民族有功的人,在那种制度下,都难免被冤屈,被小人灭掉。"讲到马公武先生及其后人的这段传奇人生时,唐老师唏嘘不已,悲愤难当,"这不是马公武一个人的悲剧,更不是某一个集团的悲剧,这是我们民族的悲剧,这个悲剧还会延续着,如果我们不警醒的话。"

中国底层民间还隐藏着这种耿直而良善的知识分子!我感到暗暗惊奇。而这种心气相投之感,也很快就冲破了我刻意筑就的防线,趁着酒劲,我向唐老师坦承了自己拍摄的真实目的。我告诉他,我正在做的片子,绝非高速公路的宣传片,而是想记录下现代化进程中的变迁故事,借此反思它对人的生存境况及道德人心、传统文化的影响。这是我来怀化后唯一一次向人说起。但唐老师听了我的交底后,却没有显得吃惊。

"我就猜到,你不会只是给高速公路做一个宣传片。"他笑了笑。

2011年6月19日,农历五月十八,新留云寺竣工庆典暨菩萨上座开光仪式隆重举行。当天,天公不作美,大雨滂沱,但还是有无数乡民冒雨赶来参加这一盛会,将留云寺堵得水泄不通。唐老师打着雨伞,站在门口迎接大家,宽厚的脸上带着谦卑的微笑。他的身后是一块一人多高的石碑,上面镌刻着他亲自撰写的"重修留云寺碑文"。其中一段写道:

> 岁月流转,人事代谢,古寺屡废屡建……至本世纪初,地方善男信女,于灵龟峰巅,修复古寺,已历八载……但因溆怀高速,过留云寺,古寺搬迁,至山腰平地。然善信者,不怨尤,知大义。购土地山林,重新构建,古桥石崖古寺,三者错落山水间,保地方古迹,续一方风水。

粟师傅已经为焕然一新的菩萨举行上座仪式——他当场宰杀了一只公鸡,将鸡血洒在神祇脚下。这样的道教或民间仪式明显和佛教的不杀生教义相违背,但并没有人指出这点,被塑好了金身的菩萨们也缄口不言。在四面漏风的简易窝棚里孤独地度过一年时间后,释迦牟尼佛重新端坐在新落成的庙宇里,看起来既威严又慈爱,接受着村民们虔诚的膜拜。新落成的千手观音殿最受瞩目,大家都来争相一睹这具整个辰溪县最大最高的千手观音之风采,当然,没几个人知道它出自一个违章而建的嘈杂而逼仄的窝棚工厂。人潮汹涌，报道新寺落成的当地电视台记者也被挤得跟跟跄跄，他尽量站稳脚跟，费劲地将镜头对准了"回头是岸"古碑，它已被重新砌进观音殿的正墙上。为庆祝新寺落成，唐老师还请来一位和尚进行祈福仪式，他敲打着木鱼等佛教法器，唱诵着经文，大雄宝殿里香雾缭绕，佛乐声声。在庙宇一侧的空地上，村民们正围着欣赏传统的辰阳高腔、滑稽戏片段以及现代的流行歌曲联唱，这是典型的中国特色式的混搭场景，佛教与道教、古典与现代、俚俗与流行交织在一起，琳琅满目，难解难分。

(节选自《大路：高速中国里的工地纪事》，
广西师范大学出版社 2015 年 11 月出版)

# 告别梦想(节选)

严 平

## 一、改变

1942年冬天,荒煤在延安窑洞里写下了自己参加革命以来的第一份检查。

陕北的秋天很短,夏天过去没有多久,高原的风似乎在一夜之间就把寒冷带给了人们,虽然天空仍旧湛蓝湛蓝,阳光依然在中午把人们烤得脑门冒汗,但是太阳一过,已经落过雪的山坡便在月光照耀下闪出黯淡的冷气,人走在外面只觉得到处是挡不住的冰冷。

同样感受着从火热到冰冷的还有荒煤的心情。

他是1938年9月到达延安的。他永远都忘不了那个令人兴奋的夏天。几经波折,他揣着汉口八路军办事处的介绍信和阳翰笙资助的二十元钱,乘火车到达西安。在西安办事处同志的帮助下,他又爬上了一辆给延安运棉花的大卡车,开始了奔赴延安的路程。堆着一米多高棉花包的卡车在卷着黄土的公路上走走停停,他躺在上面望着陕北一望无际像大海一样辽阔无垠的天空,心情也从起伏不定变得越来越清澈透明。快接近延安时,路上的人多了起来,一些年轻人背着背包徒步行走,身上脸上眉毛上都沾满黄土,车上的人也越来越拥挤,他们像是被卡车携带着的许多小包袱一样地颠簸着,毫不在意地笑着,间或放开喉咙大声歌唱。荒煤开始还显得比较安静,睁着好奇的眼睛注视着周围的年轻人,后来索性也扯开嗓子和他们一起唱了起来。

到延安以后一切都非常顺利:他在鲁艺落了脚,成为戏剧系的一名教员,很快又转入文学系做了代理系主任;翌年春天,他率领"鲁艺文艺工作团"奔赴太行前线。一年后回到延安,学院在他的建议下以"文艺工作团"作为基础,增调文学系助教及毕业同学等十二人,并于原有创作组织之外,增设理论组,仍以荒煤为团长。这样,"鲁艺文艺工作团"便正式成为鲁艺的一个独立单位,从事写作和理论研究。

这正是荒煤梦寐以求的生活。虽然贫穷,但没有生活上、精神上的种种压力,也没有繁重的教学和行政工作,他觉得终于可以坐下来进行写作了。他享受着领导与同志间充分的信任,那种不必设防,不必算计,更不必小心翼翼如履薄冰的感受让他很多年后都难以忘怀:"在生活中,在工作中,随时与不大熟悉和很不熟悉的人接触的时候,只要听到'同志'的呼唤,我就觉得有一股热力冲上心头。"(荒煤《同志,唱"国际歌"》)他充满着激情和快乐,那激情掩埋了心灵中灰色的尘埃,冲淡了他自童年起就有的忧郁情结,以至于让他的视野都变成了红色的,他在1941年写作的散文《无声的歌》中这样描述自己的感受:

> 灰色的暮霭裹住了人群,但裹不住那红色的旗帜;广场上的点点红旗在晚风中呼号,展开了鲜丽的红色,衬着那幽暗的山谷,浓重的晚霞,像红色的鸟群;它们如同在一个奇异的世界里被解脱,为着自由而狂热地飞翔。……
>
> (荒煤《无声的歌》,《草叶》1941年创刊号)

文章一扫上世纪三十年代作品的忧郁情调,充满着浪漫和张扬的色彩。这是否预示着他的写作风格的彻底转变呢?事实上,无论是对人物内心精细的描写还是情感抒发上,都还是三十年代作品的延续,只是写作内容有了全新的改变。在他不断地将新生活和过去生活比照中,延安,一个真正自由的城市!这个主题牢牢地被他抓住,并在兴奋中不断地巩固扩大。他是多么的自信,当何其芳和曹葆华大声争论着将来谁的作品更多的时候,一向并不喜欢张扬的他也大声地说着"我荒煤如何如何……",延安,好像真的已经成为他们写作的乐园!

然而,他很快就感觉到有些不适应,最初还只是来自很小的细节。一次,他在和李伯钊的聊天中谈到自己是党员,而李发现他到延安后竟然没有向组织递交恢复关系的申请,由此便招致了一顿批评。荒煤根本就不知道需要递交申请,还以为自己离开上海是组织同意,现在来到延安同志们都在,都知道自己是党员,自然也就恢复了关系,还要什么申请呢?这是他第一次被批评为"自由主义",并且知道类似的毛病在吕骥、张庚等人身上也存在。他接受了批评,内心虽然有点不以为然,但还是知道了这个"家"是有着严格规矩的,和上海时期独立作战的风格有很大不同。

组织上的约束好接受,写作上的转变却比较艰难。写什么?这是每一个来到延安的文人所面临的问题。你所熟悉的不再是需要的,需要的又很陌生。为此,荒煤没有退缩,他本来就是怀着兼济天下的责任和抱负来的,在一年多的太行生活中他积极采访前线将士,成功地写出了《新的一代》等报告文学,是延安文人中较有成就的一个。

接踵而来的问题却没有那么简单。他和何其芳等人一起被邀请到毛泽东的窑洞里进行谈话,又参加了延安文艺座谈会,使他真正受到震动的是知识分子思想改造问题。毛泽东指出:"许多所谓知识分子,其实是比较地最无知识的","最干净的还是工人农民,尽管他们手是黑的,脚上有牛屎,还是比资产阶级和小资产阶级知识分子都干净"。充满诗人气质的何其芳立刻就发表了自己迫切需要改造的感言。荒煤的认识显然赶不上何其芳的速度,他愿意改造思想,但对知识分子却有着另一种情怀。学生时代起他就违背父亲的意愿要做一个文化人,在他心目中,写作是刺破黑暗社会的一把利剑,是追求光明的一种途径,做一名知识分子是高尚的,现在要否定这一点似乎需要一个很痛苦的过程。

不仅如此,毛泽东还站在政治的高度阐述了知识分子不改造的危险性:

> 小资产阶级出身的人们总是经过种种方法,也经过文学艺术的方法,顽强地表现他们自己。宣传他们自己的主张,要求人们按照小资产阶级知识分子的面貌来改造党、改造世界。在这种情况下,我们的工作,就是要向他们大喝一声,说:"同志"们,你们那一套是不行的,无产阶级是不能迁就你们的,依了你们,实际上就是依了大地主大资产阶级,就有亡党亡国的危险。

(《在延安文艺座谈会上的讲话》,1942年5月)

小资产阶级出身的人,不进行世界观改造甚至可能造成亡党亡国,面对这种"原罪"论,作为一个"左翼作家"的光荣受到了严重的质疑。对比也很强烈,周围的工农干部们个个都很自豪,他们是打江山的,而同样经受了战争考验的知识分子却好像有着种种天然的欠缺,这是荒煤到达解放区之前从来没有想到的。开始还觉得有些强加于人,但接下来的事情却让他彻底地经历了一次灵魂的震撼。

1942年底,整风进入了"抢救运动"阶段。最初荒煤还是鲁艺文学系整风领导小组成员之一,他拥护整风,可后来眼看着被揪出来的"坏人"越来越多,他不能不感到困惑。连好朋友水华也出问题了,他跑去找周扬询问,并担保说:"我看他很好,有时比我们党员的觉悟还高呢!"周扬神秘地笑笑,不置一词。

终于,他这个主张"歌颂光明"的人也出了问题。一天,周扬找他谈话,先是问他从上海剧联转到"左联"时是不是党员,后来便通知他停止工作,写交代材料。荒煤弄不懂自己有什么问题。在上海,沙汀一直是自己的党小组长,周扬是知道的。他曾经被捕过,这段历史也在整风前向组织作了交代,还是周扬和他谈话说组织上认为他没有什么问题。那么,现在还要交代什么呢?

周扬开始询问他离开上海后在北平的情况,他才知道可能是移动剧团这段历史出了问题。这个剧团是受北平市委领导人黄敬领导的,可周扬向他透露说,北平地下党可能有问题,是假红旗……让他好好交代。连怀孕的妻子张昕也受牵连停止了工作。

荒煤开始写检查了。他发觉受到质疑的不只是自己的思想,还有个人尊严;要面对的也不只是面前这几页纸,而是来自组织的不信任和自己内心激烈的斗争。

陕北滴水成冰的冬天,窑洞里虽然生了火依然冷得让人难以忍受。他坐在一张铺着粗格毛毯的桌子前(毛毯是张昕从北平带来的,剪开分给了好几个人),手里紧紧握着一支用树枝做成的蘸水笔,紧锁双眉,神色凝重地面对摊开在面前的笔记本,认真地一点点地回忆,写出交代材料。这时候,鲁艺的形势已经很紧张。每天开大会,每次都有人被当场逮捕,不少人坦白自己是"特务",还揭发出别人的特务行径,也有人因忍受不了而自杀。周围的"特务"越来越多,人们彼此揭发,同志间的关系疏远了,有的夫妻也因此离散。不知是不是周扬起了保护作用,荒煤最终没有被拉到大会上斗争,他也守住了最后的防线,始终没有承认自己是"特务"。但他却不能不挖空心思地写材料,检查自己每一点可以被称作是小资产阶级的思想意识和作风,一直挖到自己的家庭……从父亲、母亲到童年生活……他终于发现似乎到处都存在着不属于无产阶级、不符合革命需要的东西,也不得不承认:"作家没什么了不起",所谓知识分子是最无知、最不干净的。

因为没有承认是"特务",很长时间他过不了关,一年多的时间里没有工作,除了检查交代不能写任何东西。所幸,拖到了运动后期,许多"特务"都开始重新甄别,他的问题也解除了,又被通知参加领导小组。这时,他终于知道了自己被当作特嫌的原因,是因为另外两个作家在"抢救"中承认是"特务",又交代不清组织关系,就扯出荒煤和他们有关系。后来还知道,他和水华竟然是同一个案子,想到自己曾不顾一切地找到周扬担保水华,他更是哭笑不得。

一次谈话中,荒煤忍不住问周扬:"你们既然认为我是特务嫌疑分子,怎么又没有抓我呢?"周扬倒是很坦然:"我们看你的样子实在不像特务。"说完,两人都笑了,但这句话却永远地留在了荒煤的记忆中。他庆幸自己的样子不像特务,却也不由得心生恐惧:万一我的样子像特务,结果又如何呢?周扬还很关心地问他:"要是真把你弄到大会上去斗争,你会不会承认?"荒煤回答:"那很难讲。"

甄别工作后期,为弄清一个诗人的情况,他被派去见周恩来,了解重庆一个群众团体的政治背景。那是他第一次见到周恩来,"他很整洁,从容不迫,严肃而又亲切"。周恩来抱着双臂一直静静地听荒煤把要弄清的几个问题讲完,然后把两手摊开放在圈椅上,微笑地对荒煤说:"整风运动就是要反对主观主义嘛,要防止片面性,你们能这样进行调查研究,很好。"他详细地谈了对大后方一些群众团体的看法,最后,又叹息了一声说道:"假如到延安来的大批知识分子都是特务,中国的希望在哪里?我们在大后方的工作又是怎么作的?"(荒煤《为迎接新世纪而呐喊》)这一声长叹,让荒煤感到心头涌起一股热流,眼睛都有些模糊了。

"抢救运动"结束了,毛泽东在中央党校的一次大会上说:"整风整错了的同志,是我错了,我向你们道歉。"说罢举手行了一个军礼,又说:"我行了礼你们要还礼,不还礼我的手放不下来呀!"这些话引来了全场热烈的掌声。荒煤也在这许多鼓掌的人中间,他鼓着掌,和大家一样深受感动,并从心里接受了作为一个知识分子要以党的利益为重、要不断地改造自己,使之适合革命需要的观点。他相信作为领袖的毛泽东是完全正确的。

很多年后作为荒煤身边的工作人员,我听他谈起过这段挨整的经历,我发现在那些回忆延安的文章中他并不怎么提及这段往事。后来,写作他的传记的时候我总在想:在他人生中第一次面对来自组织的猛烈批判时,是什么力量让他能够承受住这突如其来的冲击,并从被迫接受批判变为诚心接受批判?我感到不解的还有,1942年,在阳光高照的延安,是什么力量让知识分子们能够认可强加在自己身上的莫须有的东西,以至于有人还发明了"当你还不知道自己是特务时,你已经是特务了"这种尖端理论,并在彼此残酷斗争后仍然毫无怨言?或许这力量来自革命青年们对领袖的热情崇拜,对党和革命事业的忠心追随。

1945年8月20日,抗战胜利后的第五天,荒煤带领赵起扬、葛洛等人第一批离开延安前往鄂豫皖根据地。在延安度过了六个年头后,他又沿着当年来的路徒步离去,当他在飞扬的尘土中回望渐渐远去的宝塔山时,他知道自己已经和六年前那个坐在装满棉花包的卡车上的年轻人不再一样。在延安,他完成了思想改造的重要一课,接受了知识分子必须改造思想的理论,而最大的变化却是不想再做一个文化人。他觉得应该尽快离开鲁艺,他给中组部打了报告要求到基层去做具体工作,还要求废除"荒煤"这个笔名,恢复陈沪生的名字,好像这样就真的能摆脱文化人的身份了。然而,中组部没有批准他的申请,他知道自己只能在这条路上走下去。

荒煤带着许多复杂的感受离开了延安,延安对他来说已经成为生命中一个新的起点,一个永远都不可能磨灭的刻在心里的印迹。新中国成立后,"讲话"主导着整个国家文艺的前进方向。而参加了"讲话"的一代人也成为宣传"讲话"精神、落实"讲话"精神的忠实执行者。走上了文艺领导岗位的荒煤责无旁贷,他热情地写文章,每当"讲话"纪念日来临的时候都要发表演说,阐释讲话精神。然而,细读他的那些纪念文章和发言,就可以发现,他宣讲的重点几乎都在"百花齐放"上,他把题材多样化、尊重艺术规律和"百花齐放"密切联系起来,积极地阐释热情地宣扬,而与此同时,他有意无意地回避着思想改造这个"讲话"最核心的问题。

直到"反右"风暴的来临。

## 二、一不小心推行了一条路线

1959年,当新中国迎来了成立十周年的时候,荒煤已经在电影领导岗位上工作了七个年头。这是极其艰难的七年,整个过程就像是在一个巨大的漩涡里游泳。

他是1952年底接到中央电报调往北京担任文化部电影局副局长的。周扬说得很明确,调他的目的是抓剧本创作,别的什么都不用管。那时候,电影正等米下锅。1951年对《武训传》的批判波及广泛,使得全国接连两年几乎没有影片出产。有朋友警告他:电影是个火坑,千万不要往里跳!但他还是抑制不住自己对创作的向往和迷恋,满怀热情地走上了领导岗位。然而,现实却不能不让他感到忧虑。一次审查一部影片,片中的一个英雄战士死了,有领导就说:"这么个英雄人物,死了不好吧!"导演马上回答"要活的也有",他拍了两个:一个死的一个活的。荒煤不得不佩服导演的"两手准备",但也看到导演在创作时不是从人物出发而是考虑怎样使领导满意,他觉得必须扭转这种倾向。

1953年形势转暖,中央发出了反对官僚主义的声音,电影在经历了政治上粗暴的批判之后亟待复苏。荒煤撰写社论《作家要为创作电影剧本而努力》,主持创作会议、举办剧本培训班、请专家授课、逐个分析剧本……很多年后他说:"我简直无法回忆,我从1953年以来……看过多少剧本,和多少作者有过接触和交往,在十年动乱中,这就成了我无法交代清楚的'滔天罪行'。剧本是一剧之本,电影剧本是电影的基础。因而,我这个抓剧本、打基础的'黑干将',就无疑的是炮制'毒草'的总后台……"(荒煤《中国电影需要李准精神》)1953年后的几年,是荒煤和艺术家们奋力走出困境的时间。经过努力,故事片生产从每年一两部上升到四十多部,新中国电影事业在经历了曲折之后终于展露出新的面貌。然而,接踵而来的"反右"运动,不仅打击了电影工作者们的积极性,而且严重地遏制了创作的繁荣。在这场运动中,荒煤只能尽己所能保护一些老艺术家,特别是当他得知运动转向的消息时,就立刻召集一批在鸣放阶段说了过火话的老专家在报纸上表态,使本来很可能划成右派的成荫、海默、岳野等人得以幸免。1958年"反右"派斗争尚未平息,在中国掀起的"大跃进"、"拔白旗"的高潮又像巨浪一样席卷了电影界,荒煤奉命所写的《坚决拔掉银幕上的白旗——一九五七年电影艺术片中错误思想倾向的批判》成了他心中永远的伤疤,为此,他后来不止一次地向被自己文章所伤害的人道歉。1959年初,在经历了1958年的浮夸风之后,中央再次提出纠偏,电影开始为国庆十周年献礼做准备,正是这个时候夏衍有了他的"离经叛道"说,而荒煤发表了《漫谈人物关系的描写》、《性格与冲突》等系列文章探索艺术规律,大力提倡提高艺术质量繁荣电影生产。

苏联电影史学家托洛普采夫对荒煤的这些文章有着较为准确的判断:

> 他的文章贯穿着担心艺术命运的责任感,真诚地希望找到正确的发展道路,虽然不能不看到,作者不得不在官方决定和他个人观点之间作出闪烁其词的说明。陈荒煤敢于起来为"戏剧性"辩护,认为"戏剧性"——这就是冲突,就是结构精确的情节,而且主要思想应该是通过人物性格的发展而表现出来的,陈荒煤试图为受到如此轻视的"质量"小心谨慎地作申辩。……在对这些偏激的思想作评价时,坚定地认为:今天……值得严肃注意的则主要是一种忽视艺术性的倾向。
>
> (托洛普采夫《中国电影史概论》,1979年)

即便小心谨慎,但就连托洛普采夫也从荒煤的观点中得出"许多中国电影艺术家与党的路线之间已形成分歧的趋势,还是确实的"。而荒煤自己在一次厂长会议上则这样说:

> 有两种情况可以权衡一下,一种是怕提艺术性、提高质量,出来的影片差不多,既没有大师、流派,也出不了右派;一种是要提高质量,敢于提倡艺术性,既出了流派、大师,也出了右派,我宁可要后一种情况。
>
> (《故事片厂厂长会议上的讲话》,1959年7月)

荒煤的这些话听起来过于直白,似乎出流派、大师和右派是不可分的。然而,不幸的是,他自己恰恰被此话言中。1959年国庆节来临的时候,电影终于迎来了历史上的一个高峰,全国各大城市纷纷举办新片展览月,一批"好看"的电影出现在观众面前,给老百姓单调的生活带来了欢乐和惊喜。一心渴望电影出流派和大师的荒煤正沉浸在喜悦中,庐山会议后的反右倾斗争便开始了。文化部对夏衍和荒煤展开了批判,有人在刊物上发表文章指出,荒煤的那些论调:"字面上粗粗一看,似乎他还没有完全忘掉政治内容和思想性,而实质上,他的主张则是:有了艺术便有了一切,没有艺术……则还有什么可谈的呢?!……这位同志提出一条与党的路线背道而驰的路线。他说,在电影工作中'质量(而且是指艺术质量)第一',这是违背党所提出的社会主义建设总路线的。"(《这又是什么倾向》,《电影艺术》1960年1期)

　　荒煤又开始做检查了,他心里很有些怨气,提高质量到底有什么错,况且纠"左"的精神原本来自中央,怎么说变就又变了!更想不通的是,怎么周扬、钱俊瑞也不出来说明一下。1959年的情景十分奇特,文化部对夏衍、荒煤的批判正在深入地进行中,又传来周恩来的建议:国庆献礼影片取得了重大的成绩,文化部为什么不举行一次庆祝会?于是,文化部在北京饭店举行了新片展览月庆祝会。周恩来在庆祝会上讲话。荒煤原本被撤掉的在《人民日报》发表的文章《新中国电影事业的迅速发展》,也照常发表了。

　　然而,命运是不会擅自改变自己的轨迹的。事实很快证明,1959年的那次批判对荒煤来说只不过是一个前奏。用荒煤的话说,从那时候起"多次运动中,我总是被批评'右',检查'右',然后又起来反'右'"。而托洛普采夫用更加形象的语言描述他的状况——"在政治和艺术之间走钢丝"。很多年后,荒煤回忆往事时,认为托洛普采夫对自己的评价"是公正的"。他充满了矛盾,作为一个官方领导他不能不贯彻党的方针政策,作为一个作家他更倾心于艺术规律。他很快就被人们调侃成"上班是局长,下班是作家"——这样的钢丝到底能够走多远呢?

1964年,在距离延安文艺座谈会召开二十多年后,毛泽东对文艺界接连做出了两次严厉批示,文艺界掀起了声势浩大的整风运动。在文化部连续召开的三十八次党组整风会议中,作为文化部副部长的荒煤迅速成为目标和重点,当张春桥在上海大讲"电影系统在北京有一条反动的资产阶级'夏(衍)陈(荒煤)'路线"的时候,他已经意识到自己在劫难逃。

那年,国庆节即将来临的时候,北京的大街小巷如往年一样插起红旗,摆出鲜花,学生们又开始停课排练庆典歌舞,到处洋溢着节日气氛,但这欢乐气氛却无法感染荒煤,他必须对自己的问题作出深刻的检查,他的笔记记录了那些天的日程:

10.1 未去观礼,在家写检查,看材料准备电影检查问题。

10.2 下午在影协谈文殊检查。

10.3 晚约汪洋、陈昭、李牧、紫非四人等谈北影整风问题。

10.4 下午党组讨论全面检查草案,路线是否一条?

10.5 下午讨论党组检查。

……

他逐一记下每天的日程,却不能不想起1949年的那个国庆节,自己站在天安门观礼台上和北京三十万军民一起,聆听了毛主席向全世界的庄严宣告。当洪亮的声音响彻古老城市的上空时,广场上欢声雷动,鲜花、旗帜汇成了欢乐的海洋。裹挟在巨大的声浪中,荒煤的眼眶禁不住湿润起来,他知道为了这一天的到来有多少人献出了生命……如今战争过去和平终于来临,自己可以拿起笔来写自己想写的东西了……然而,他也不得不为自己的身份而苦恼——革命的胜利给他带来了荣耀的光环,官衔一个接着一个。那个年代的文人并不想做官,至少他是这样。一次,当他被田汉大声地呼作"荒部长"的时候,他浑身不自在,甚至有些不高兴了!他曾经想方设法到部队去当记者,但回来后任命仍然在等着他。也就是那年,参加全国第一届政治协商会议时和周扬等人一起聊天,他一本正经地说起自己神经衰弱,不料夏衍笑道:"才是一个小伙子呢,有什么神经衰弱!"他吃了一惊,这才意识到自己的心态有些老了!不错,一个三十出头的小伙子就当上了中南军区和四野宣传部副部长,前途灿烂光明,但他却摆脱不了那种身不由己的惆怅……1964年的那个国庆节,荒煤一个人坐在家里,挖空心思地写着检查,多年来一直就不想做文艺官的心情再次浮上心头……他也不能不批判自己小资产阶级思想又冒头了,这是否是资产阶级世界观的表现?是否更加印证了毛泽东的英明论断:小资产阶级知识分子"总是经过种种方法,也经过文学艺术的方法,顽强地表现自己"。他说不清楚,只有不断地追问自己。

终于,经过一次又一次的被帮助之后,荒煤有了此生最"经典"的一次检查。之所以说是"经典",是因为在此之前,他所做的检查都是阶段性的、零碎的;在此之后,"文革"中的那些检查,简直让人感到荒诞;至于二十世纪八十年代,他虽然也做检查,但那些检查确是抗争大于检讨。只有这一次,他是怀着一种真诚的态度梳理自己二十年间所犯下的错误,批判因错误给革命事业造成的危害,挖掘犯错误的思想根源,这是一次全面、系统而又彻底的检查。

1965年初,在文化部系统的干部大会上,他是这样开始自己的检查的:

> 自从整风以来,经过大家的揭发和批判,又参加了电影局的小组和北影厂的整风会议,大量的事实帮助了我、教育了我,认识到电影在我和夏衍的领导下,最近许多年来已经形成了一条完整地、系统地反党、反社会主义的修正主义的路线,顽强地对抗党的文艺方针,反对毛主席的文艺方向。

(《陈荒煤在文化部整风中的检查》,1965年1月)

他的检查长达三万多字,集中在一个问题上:"电影事业怎么样在国内外修正主义思想影响下形成了一条修正主义路线"。这是按照毛主席所说的"十五年来,基本上不执行党的政策"的基调来检查的。围绕这个中心问题,分为几个部分:一是从历史的发展谈电影是怎样在国内外修正主义思想影响下形成了一条修正主义路线;二是自己为推行这条路线所制造的理论根据,主要是反对教条主义、公式化、概念化,强调题材多样化、强调电影的群众性等;三是在贯彻这条路线时自己的做法,以及如何受到地方党委的抵制等。

检查是认真的,但也充满着痛苦。这痛苦甚至延续到以后很多年。直到晚年,他回顾这次检查的时候还一再说,是因为自己首先承认了"一条修正主义路线"才使得夏衍等人受到了牵连。他的说法显然夸大了自己检查的作用,整夏衍是江青等人蓄谋已久的,况且"夏陈路线"中夏首当其冲是"老头子"。但荒煤的这个说法却印证了他在不得不承认自己所犯下的错误的时候,经历了多么激烈的思想斗争,内心又有多么无奈和纠结。

多年后,读到荒煤的这个检查,有一个问题让我感到困惑:和延安时期一样,荒煤此次的检查依然是被动的。如果说延安整风的被动来自于对领袖发自内心的崇拜,上世纪六十年代又是什么使他这样一个性情大胆且执着的人做出这样的检查?要弄清这个问题,或许必须回到当时的环境中去。荒煤面临的是强大的政治攻势,周扬事后告诉他,在一次向政治局汇报整风的会上,毛主席说:"荒煤不检查,送到北大荒挖煤嘛!"当时他并不知道有这个话,但越来越沉重的压力却是清清楚楚地感受到了。他尤其忘不了整风初起时,在一次毛主席接见外宾的场合,领袖一见到他就询问文化部整风的情况,并不顾有外宾在场,不高兴地说:"假的,有些同志老是讲双手拥护我那个'讲话'可就是不执行!"毛主席边说还边举起双手作拥护的样子,那举起的双手很长时间都好像一个巨大的罩子压在他的头顶上。那次会见后,和主席告别的时候,他突然有种冲动,想要向主席坦率地谈谈自己的想法,他觉得老人家并不了解文艺界的情况,但犹豫片刻他立即控制住了自己。他知道时光不可能倒转,再也不可能有当年延安窑洞几个人围着主席畅所欲言的情景了。再说,就是那次谈话后又怎样呢?他黯然地走出人民大会堂……此时,无论他是否清醒地意识到,对领袖的崇拜或许已经潜移默化地变成了一种惧怕———一段时间以来他一直有种很不好的感觉,弄不好自己连党籍都保不住,一个一向以党的利益为奋斗目标的人能够承受这种结局吗?他要面对的还有诸多同事和部下。对部下,他怀着愧疚之情。有不少业务骨干已经受到了牵连,他们不但要检查,还被排斥在工作之外,连他们的子女也会受到影响。他尤其受不了他们那苦闷哀伤的眼神,似乎是自己把他们引上了一条与党背道而驰的道路,每想到这些,他的心就好像被人捅了一刀。除此之外,他还要面对自己的家庭、朋友……整个五六十年代是一个政治高压的年代,社会中的每一个人都彼此关联、密不可分地被一条政治纽带紧紧地捆绑在一起,让人无法透过气来。除了认罪,荒煤已经没有其他的路可走。

他每天呆坐在书桌前冥思苦想,常常从白天一直坐到深夜,早已习惯了丈夫整日不着家的妻子,看着他匍匐在桌前的身影感到了不安。终于有一天,荒煤拿着自己一沓厚厚的稿纸给张昕看,当"形成了一条完整地、系统地反党、反社会主义的修正主义的路线,顽强地对抗党的文艺方针,反对毛主席的文艺方向"等字句跳入张昕的眼帘时,她惊讶了,虽然同在一个系统,她从来很少过问丈夫的工作,但有一点她是有数的,荒煤从来是认认真真地为党工作。望着已然是疲惫不堪的丈夫,她不解地追问:怎么会是这样?荒煤木然地回答:性质恐怕就是这样的。说这话时,连他自己也弄不清到底是真心还是违心了。

这样的一个检查给人们留下了深刻的印象,一位曾经参加了这次批判大会的老电影工作者说,那些检查和批判发言听上去简直莫名其妙、文不对题,但大家也知道,只有这样的检查才能过关。

检查之后,他被免职了。比预计的好的是,他保住了党籍,被调往重庆去做副市长(这很快就被说成是周扬保护了他)。对于免职,他突然有了一种说不出的解脱感。以往,他曾经不止一次地对妻子谈起,想要辞官去搞创作或者编杂志。他想象着那种情景:"只要给我两个人就够了,我就能把杂志编起来。"还开玩笑地对张昕说:"我就当一个自由文人,靠你的工资喝稀饭行吗?""喝稀饭就喝稀饭!"妻子应声回答,她对这个"官"同样并不看重。1961年,荒煤在与一些地方文艺官员争执不下时,曾经写信正式提出辞职但未获准许,如今虽然是在批判后被免职,也仍旧有种如释重负的感觉。他不能不感慨万分:终于可以远离文艺这个可怕的漩涡了!

一年后,荒煤在重庆获知周恩来在看过他的检查后说了一句:"不知荒煤是怎么想的!"这话让他久久难以释怀。他记起几年前一次和总理聊天中,总理突然问起他的年龄,他脱口而出:"年过半百一事无成!"这句话真实地流露了自己不能专心从事写作的不甘和无奈,但话出口后又觉得在总理面前这样讲有些冒失。现在想起来,一事无成的自己竟然一不留心,成就了一件"推行修正主义路线"的惊天大事。想到这些,他哭笑不得,心里真的好像打翻了五味瓶一般!

## 三、黑暗与光明

1966年,当荒煤在重庆看到"五·一六"通知后,就知道自己要回北京了。果然,他立刻就收到了回京参加集训班的通知。他完全没有长期的打算,穿着双凉鞋,拎着一只装有简单衣物和材料的小箱子急匆匆上路了。临行,任白戈还安慰他说,大概开什么会,个把月就回来了。孰料,这一走就是九年。

这一次的政治风暴比任何一次都更加猛烈。开始是办集训班、群众专政、接受批斗,后来被捕入狱……九年——三千多个日日夜夜,他是怎样在煎熬中度过五十二岁到六十一岁这段人生宝贵的时光?他后来在公开场合或文章中很少提及。但是,刻入心里的印迹是不会消失的。很多年后,他还常常在梦里回到那个时候,"胸前挂着一块沉重的'黑帮分子'的牌子坠向无止境的深渊……"他总是在无望的坠落中猛然惊醒,睁着眼睛度过黎明前寂静的黑夜。

偶尔,他也会说起。那是在很小的范围内,于谈笑间翻开历史荒唐的一页。

一段时间里,荒煤每天都被批斗几次。一次,上午刚被斗完,下午他又按照通知赶往美术学院。走进学院大门,只见人声鼎沸,却弄不清会场设在哪里。于是,他找到一个红卫兵问:"批判大会在哪里召开?"红卫兵大概觉得他的样子可疑,机警地反问:"你问这个干吗?""我是来参加批判会的。"红卫兵追问他是哪个单位的,叫什么名字?他老老实实自报家门。谁知话音未落,那红卫兵抡起胳膊便给了他一巴掌,大声吼道:"你怎么是来参加批判会的,你是来挨批的!"他这才发觉自己说错了话,连连点头认罪。那红卫兵教训一番后,把他带到礼堂后面的一个小屋子里,里面关着几个人,荒煤看看一个也不认识。

大会开始了,有人打开门把"牛鬼蛇神"们按名字一个个排好领走,却没有人来理会他。他等了一会儿,不知如何是好。溜吗?不敢对抗革命群众;待在这儿,却没有人理。他犹豫了一下还是决定提醒他们。他慢慢地走到礼堂口,拉拉一个红卫兵的袖子,低声地自我介绍,这次他牢记刚才的教训,清清楚楚地道出自己的身份"反革命修正主义分子、文艺黑线人物、走资派……"那红卫兵猛然惊醒,发现竟然把一个大人物忘了,一边说:"哦,你来了,走,进去进去!"一边就把他的双手向后一背,押进了会场。整个下午他一直弯腰低头站在台上,身边口号声、呵斥声、打骂声不断,他仔细听听,发觉批判内容和自己毫无关系,自己纯粹是来陪绑的!心想,刚才何不溜呢……

他用诙谐的语言说着当年发生的一切,嘿嘿地笑着,眼睛里溢出了泪花,听的人都静默无语。

他说那时候,他们经常遇到几派群众组织争斗"黑帮"的情况,有时候为了把他们这些大"黑帮"抢到手,群众组织之间甚至动手打起来。一次,一个造反派组织半夜就把他们拉走了。为了不让另一派人发现,一会儿把他们拉到这儿,一会儿运到那儿;一会儿赶下车藏起来,一会儿又赶上车。有意思的是在混乱中,齐燕铭还很认真地对荒煤说:"这个小伙子,将来可以搞搞侦察工作呢。"

那天夜里,卡车最终把他们拉到一座大楼里,他们被赶进了六层楼的一个房间,有的睡在桌子上,有的睡在地上。荒煤正好睡在靠近窗户的一张桌子上,他扭头望着窗外,浓重的夜色像张开了一张黑漆漆的大网,忽地,他心里闪过一个念头:跳下去!一切不就结束了吗!那念头牵扯着他,但他立刻又在心里大声反驳道:不,那样就是死不改悔的走资派,而自己是乐意改悔的啊!

40多年前的那个凄冷的夜里,他们被关在一个不知名的地方,等待着天亮后被再次批斗,不知他们中间会不会有人就在那个早上倒下去再也不能站起来……直到此时,充满了困惑痛苦的荒煤仍旧没有放弃改造自己的念头,那正是延安带给他的信念——知识分子必须改造思想。然而,多年后,在他讲述这一切的时候我分明听出了他笑声里的酸楚,话语间充满着的嘲讽。他说:自己就是一个矛盾的产物,一方面奇怪、充满怀疑;另一方面又拼命地竭尽全力地检查自己,深深地触及灵魂——不知道这是他们这一代人的悲剧呢,还是他们这一代人的过人之处?!

正是怀着这样的心情,荒煤有了自己"文革"中最大的收获,那历时九年的光阴中一笔一画地写下来的、长达百万字的检查交代。

集中的交代是在被捕入狱之后,在一间看不到一点阳光终日点着灯的牢房里。白天不准躺着,也不能站、靠,只能坐着,实在坐不住就蹲着,要做的事情只有一件,就是被审问和没完没了地写交代材料。然而写好的材料,总也不能使专案组满意,交上去常常被训斥一顿又重写。他始终坚守了一点,上纲上线可以,但绝不编造事实。为这他没少吃苦头,说他不老实,说他对抗,弄不好就是拳打脚踢。最使他痛苦不堪的是要他交代历史问题。一段时间里,专案组对他推行修正主义路线的问题已经不感兴趣,他们逼着他交代"叛徒"问题。"文革"过后他才知道,此时专案组正为他的"叛变问题"大伤脑筋。江青一口咬定他是"叛徒",她在接见专案组工作人员时说:"陈荒煤不能够没有任何材料,没有证据!"专案组工作人员报告说:"没有找到。"她仍然坚持道:"怎么没有呢?他叛变了。"直到"文革"后在审问"四人帮"的法庭上,她仍然无理取闹地叫嚷:"陈荒煤就是叛徒,材料有那么厚!"

  日复一日的折磨终于使荒煤的忧郁症复发了,晚上他无法睡觉,听着从对面房间里传来的尖锐的哭喊声,心酸难忍。白天他长时间地坐在那里,不说话,也不想吃东西,两眼呆呆地望着牢房里那扇被封死涂黑了的窗户,觉得心里也被贴上了一大块黑膏药。奇怪的是,在黑暗中,一些早已淡忘的往事却一幕幕放电影似的出现在面前……他想起了二十世纪三十年代被关进国民党监狱的日子,那牢房在高高的后墙上有一扇小小的装有铁栏杆的窗子,有时会吹进一股使人感到清新的风,一天里多少还能看到一点带着粗大的铁栏阴影的阳光,让人感觉到是活在这个世界上。而现在,在自己人的监狱里,连唯一的可以通向外界的窗户也被涂黑了,这就意味着对他封闭了空气、阳光和生机,封闭了一切可以想象或可以让人感到活着的通道……

  他也想起新中国成立后第一次回到阔别十几年的上海,巴金、靳以请他吃西餐。畅谈中,靳以突然问他还想不想写小说,他当时竟然被问住了,一时不知该怎么回答。回到武汉,他很快就收到巴金寄来的一大包译著,打开扉页,那上面都有一个"梅"字,是自己当年的签名。巴金在信上说,他在清理文化生活出版社的存档时发现了这批书,想荒煤还是会很喜欢它们的,特意寄还给他,另外发现有些他的手稿,觉得应该保存,就直接寄到北京图书馆去了。巴金还说,他能想象荒煤工作很忙,但仍然希望他能抽空写点小说。收到书的那天晚上,荒煤几乎通宵失眠。他知道巴金触动了他内心最深处的东西……时光流逝光阴似箭,多年以来,他一直期盼着能有一个机会,可以不做任何杂事专心写作,没有想到的是,这机会竟出现在监狱里,在写交代材料的时候,这让他感到更加难以忍受。

  1968年底到1975年春天,在监狱的高墙下,荒煤怀着赎罪的心情一遍又一遍地写着交代材料。

> 我尽可能地回忆一切,从我童年时代,从我的父亲以及了解极少的祖父、外祖父的出身、经历写起,一直写到我如何"从三十年代到六十年代一贯推行反革命修正主义文艺黑线"(我被释放时宣布的三条罪状中最主要的一条)。为了挖思想根子、向党交心,我的确做到了把我所能回忆起来的一切,都尽可能详细地写了"触及灵魂"的交待材料。
>
> (《难忘的岁月》,《陈荒煤文集》第二卷)

这些材料有按照编年写的,有分专题写的,有根据专案组的审问写的……这是他此生所写检查数量最大、最细,上纲上线也最高最狠的检查。很多年后,当这些东西重新交还给他之后,我曾经不止一次地阅读它们。每翻开那一张张专案组编着号码的纸页,也似乎聆听到那个时代的血雨腥风。读着它们,我有时会感到毛骨悚然,是什么力量迫使荒煤给自己戴上那么多莫须有的帽子?我曾经询问过别人,有人平静地告诉我那个时代大家都是这样做的!这个回答却使我更加困惑。后来我读到夏衍的一段话,我知道那是一个多么可怕的过程,其中起决定作用的可能是暴力——来自自己人的暴力,和那种你将被整个社会遗弃的绝望,它的冰冷和残酷渗透每一个细胞,可以让任何一个坚强的人低下骄傲的头颅!荒煤他们走过了这样一条无望的路,有的人中途倒下,他们却在荒唐和残忍中顽强地生存下来,真正支撑他们的是多少年前领袖发布的千古不变的知识分子改造定律,还是他们久经磨砺仍深藏于心的另一种不可泯灭的人性声音?……这真是一个难解的谜!"文革"过后,那整整一箱子的检查退给了荒煤,还附有一张密密麻麻的清单。荒煤看过后,苦笑着把它们放在一边说:应该把它们送到博物馆去。他很少再去翻动那些厚厚的纸页,但我知道它们永远在那里,以一种特殊的形式在表述着什么,警醒着什么。

1975年,由于毛泽东对周扬一案有了批示,荒煤得到释放,结论是开除党籍,回地方分配工作,发给生活费。这或许是荒煤人生最黑暗的低谷,他被押上火车的时候,从车厢的镜子里看到了自己,他呆呆地看着眼前这个面容枯槁的陌生人,意识到从离开重庆的那天起,时间已经过去了很久,自己究竟被改造得怎样不知道(他后来总结说这个世界上最难,最不可实现的就是改造世界观了),但整个脑子怕是已经废掉,再也不能工作了……

然而,没有想到的是,三年后的那个春天,荒煤这个看似已经废掉了的人又回到了北京,又站在了天安门前。尽管他已经习惯了这种从高峰跌入低谷、又从低谷跃上高峰的大起大落,但当他行走在熟悉的大街小巷,站在昔日朋友的家门口时,也依然觉得恍如做梦一般。

他没有立刻回到电影界,而是来到了建国门外的文学研究所。初次和文学所同仁见面,他与众不同的风格便让人们颇感惊讶,忧郁中带有桀骜不驯,沉稳中又充满自信,人们很难相信这是一个刚刚在监狱中孤独地度过九个年头,仅仅两个月前还在重庆图书馆里搬书、抄卡片的人。

事实上,他迎来了人生的又一大转折。第一次拿起笔写文章的滋味是刻骨铭心的,"这的确像一场战斗,手发颤,笔很沉重,有时候,连很普通的字都记不起来,更不用说,寻找表达真实心情的恰当的词句有多么困难……"幸运的是,他凭着坚强的毅力很快就克服了最初的惶惑和艰难。他夜以继日地投入工作,觉得自己迎来了一个真正的春天。然而,麻烦也立刻尾随而来,最初还是在电影的问题上。

1978年8月,重返文坛四个月的荒煤应邀到昆明参加学术会议。在一次与当地文艺工作者座谈时,他提到了电影《阿诗玛》,并希望能观看这部以宣扬"恋爱至上"为罪名,被康生和"四人帮"封存了十四年,至今未与观众见面的电影。他的提议得到了全场长久热烈的掌声。

会后,热情好客的当地政府把参加会议的代表邀请到石林,参加撒尼人的火把节。他看到了耸立于石林的酷似阿诗玛的天然石像,并和那个传说中勇敢美丽的姑娘合影留念。这天夜晚,他失眠了,眼前总是闪烁着火把节上那驱邪的火把爆裂开的梦幻般的火星。他想到了电影《阿诗玛》的女主角和其他创作人员的悲惨遭遇,更想到了许多仍封存于冷宫的影片,那些背负着各种罪名的电影工作者们……怀着难以抑制的激愤和悲伤,他回到北京后,写作了重返文艺界后第一篇关于电影的文章——《阿诗玛,你在哪里?》。

这篇发表在《人民日报》文艺版头条的文章,标题采用了荒煤的手写体,文章以犀利的笔锋控诉了"四人帮"对艺术和人性的摧残,文尾发自内心的呼唤,更是让许多读者久久不能忘怀:

> 回忆使我感到疲倦,我闭上眼睛,朦胧入睡了,但是,在耳边还似乎听到影片开始时,阿黑的呼喊声:
> "阿诗玛,你在哪里?"
> 同时,却也听见阿诗玛回答我:
> "你们来叫我,我就应声回答!"
> (《阿诗玛,你在哪里?》,《人民日报》1978年9月3日)

文章发表后在社会上引起强烈反响。编辑部收到了许多读者来信,有关方面还立刻报道了女主角杨丽坤的近况。一个月后,文化部长黄镇作出了给杨丽坤平反的批示。云南省歌舞团紧急派人赶往上海,在一个精神病院里找到了杨丽坤。昔日美丽的姑娘早已面目全非,出现在他们面前的是一个痴呆惊恐的女人,那情景任谁都不能不黯然泪下。

然而,荒煤的文章还是惹恼了文化部的一些领导人,他们翻箱倒柜地查找证据说荒煤"文革"前看过这部片子,影片没能放映他也有责任。其实,明眼人立刻就看出了问题的症结所在,这正是荒煤文章中所说,奇怪的是"这部好影片却至今没有公开上映"!在那个乍暖还寒的时节,荒煤的呼吁被人们说成"是时代的呼唤"、"是千万群众对健康的文化渴求,对人性满足的呼唤,对真善美的呼唤"。相反,一些被"两个凡是"禁锢手脚的领导人却很不高兴,他们认为文章在给他们施加压力,责问报社为什么在发表前不打招呼,使他们"很被动"。一时间风风雨雨,连担任社科院院长的胡乔木也出面过问此事了。

荒煤不觉得自己有什么错,他的确不记得自己当时是否看过影片了,即便看过,也不能否认影片被"四人帮"枪毙、演员导演在"文革"中惨遭迫害的事实。从后来查找到的残缺不全的档案中看到,他是曾看过影片,并给予充分的肯定,直到文艺整风片子无法放映时还提出可拿到国外去放映……尽管如此,从照顾团结和尊重胡乔木意见出发,他还是给社科院党组写了情况汇报,并委托转文化部。文化部不依不饶,进而要求他就自己看过影片这一细节在《人民日报》进行更正。在迫于"照顾关系,尊重党组意见"的压力下,荒煤只得在《人民日报》发表来信,说明自己曾经看过影片。他充满了郁闷:"我如不从大局考虑,我倒真想把全部情况给邓副主席写个信。看我到底犯了多大错误。无非罢官,去作老百姓而已。"(荒煤致周扬信)才刚刚返回北京四五个月,就弄得"无非罢官"了,尽管这个官只是个研究所副所长。他愤愤不平地对周扬说,自己以后不再对电影发表意见了。他取消了为纪念新中国成立三十周年发表总结电影创作成就的文章,并从电影出版社撤回准备出版的电影论文集,这已是论文集第二次撤回了,第一次是1964年。

一场看似不大不小的风波,让他刚回文坛就经历了一次不愉快。回头看,这其实是一个最初的告诫,向前走的步子不能迈得太大了,要顾及左邻右舍,这是官场规则。荒煤忽略了这一潜规则,重回文艺界的他被形势所鼓舞着,压抑了十几年的感情和觉悟都要爆发,他在短暂的时间里,迅速地从一个被遗忘的角落走向思想解放的前沿,其活跃姿态令许多人惊叹。与此同时,他在如何认识十七年文艺问题上、如何对待伤痕文学问题上、如何看待三十年代等问题上与一些人越来越激烈的分歧,也使他很快就从欢呼"文艺春天"到来的兴奋中陷入到争执的纠结和困顿之中。不过,这并没有使他却步,即使对《阿诗玛,你在哪里?》一文,他也坚持了自己的态度。两年后,在编辑出版散文集时,此文是否需要说明?荒煤仔细阅读自己的文章,写下了这样的文字:

> 写这篇文章,当时确实出于一种义愤,既是对青年演员杨丽坤同志受"四人帮"迫害的悲惨遭遇的同情,也是控诉"四人帮"扼杀《阿》影片的罪行,丝毫没有发泄任何个人牢

骚的意思。但不知道为什么,却引起一场不大不小的风波,特别是查到我曾经看过两次样片,就更加证明,我似乎别有用心。……好在自己扪心自问,一生中写的文章不算很多,也不算少,却还找不到一篇文章,是为了要攻击某个以"同志"相称的个人的。

(《荒煤散文选·后记》草稿)

或许是不想再刺激对方,或许还是那个不得不服从的原则"照顾团结",荒煤并没有把自己所写的这个"后记"拿出来发表,但在散文集中他却固执地保留了自己这篇散文的原文。

现在重读这篇旧作,仍觉整个文章的情绪是饱满真诚的……万一有人要做考证,还尽可以去查档案,我又何必修改原文?

(《荒煤散文选·后记》草稿)

1979年12月,荒煤在怀念齐燕铭的文章中说:"真正了解一位老同志是不容易的。因为他们经历过革命风雨的锻炼和考验,原来性格中的某些东西已经被掩盖了,只能在一些特定的场合下才又重新显露出来。"二十世纪八十年代初正是这样的一个特定的场合,新的历史机遇为人们搭建了一个展示自我的大平台,而从那些像荒煤一样有着双重身份又经历了种种考验和磨砺的人身上迸发出来的奇异火花,显现的或许正是他们"性格上本质的光辉"。"就像一颗看来浑厚的宝石,平时看来无甚光彩,但一旦在红日直射下,风雨闪电中,强光浸透时,才变化无穷地闪耀着种种动人的光芒。"

## 四、无法挣脱的夹缝

1980年的最后一天,周扬给荒煤打电话说,已经决定他仍回文化部做副部长,主管电影。要他考虑文学所新的领导班子问题,并尽快将工作重心转到文化部去,还说作协的工作他仍要兼管。

这个电话让荒煤在新年来临之际充满了感慨。文学所的两年十分不易,一个被"文革"搞得七零八散的研究机构总算走上了正轨,现在又要离开刚刚熟悉的岗位,回到那个充满了麻烦的地方去,一时间心里真是五味杂陈。他对电影的感情不是一两句话可以说清楚的。电影给他的伤害太深了,1952年朋友们对他的警告就好像一语成谶,后来所发生的事情都被一一证实。他发誓远离电影,可是回到北京后,才发觉自己的心还是没有离开电影。

一开始,他关注着报纸上的电影广告,像孩子一样往电影院跑,自己掏钱买电影票,遇到感兴趣的影片上映总要千方百计地挤时间去看。他说坐在普通观众中看电影很有意思,通过观众发出的声音可以得到很多信息。很快,电影界的人们就开始不断地给他们的老领导送内部电影票了。那时候,文艺刚刚解禁,放映内部电影成了京城一大盛事。他带着文学所的人到处看电影,我也成了四处送电影票的人,记得给张光年、冯牧、孔罗荪、许觉民还有很多人都送过电影票,甚至巴老来京开会荒煤陪同看电影我也荣幸地尾随其后。再后来就不是看外国电影了。新的片子拍成,导演们总是千方百计地邀请他去审片,发表意见。他不仅自己去,还带着文学所当代、理论组的研究人员频繁地出入电影局的小放映厅。他早就把自己"不触电"的话抛到脑后。他不断地对文学所的人说,搞文学的人一定要了解和懂得电影,又不断地对电影界的人说,剧本不能没有文学……与此同时,电影界的人更是不让他闲着,不论是在办公室,还是家里,总有人推门而入送来剧本,他虽然嘴上一再说不管电影的事情了,但一会儿因为是老朋友不能不管,一会儿又因为是年轻人应当支持……总有理由让他放弃自己的诺言。他的书桌上床头柜上再次堆积起大量看不完的剧本。事实上,即便是在重庆管工业的那段时间也有人千方百计地打听到他的地址,给他寄剧本征求意见……他和电影千丝万缕的联系真是扯也扯不断。

就在接到周扬电话的那个晚上,荒煤又接到冯牧的电话,告知影片《太阳和人》(《苦恋》)的问题,荒煤知道自己刚一起步就遇到了麻烦。

元旦过后,他接连两次认真观看了影片。他不认为这部片子有政治问题,只是一些细节应该修改,但有一种声音却一再把影片推向另一个方面,把作者推向另一个方面。他们要求对影片进行批判,并据此把矛头指向文艺界主张思想解放的领军人物,"你们对中青年的缺点不批评,把他们搞成这个样子,难道你们不负责任!"在《苦恋》的问题上,荒煤和周扬、夏衍等人一直坚持了应当允许作者修改而不是批判的意见,这个看上去简单的"修改"却让很多人纠结于其中。一些人从根本上反对修改,认为修改不过是托词,是对作者错误思想的庇护;作者和一些年轻编导则对修改不甚理解;而荒煤等人却正是因为坚持修改而一再受到攻击。

1983年底,在事情过去了几年后,关于《苦恋》的问题再度被提及。在清理精神污染的运动中,文化部党组宣布要继续清查《苦恋》问题。会上,一些人揪住不放。坚持对影片进行修改究竟是不是违背了中央精神?几乎成了一件无法说清楚的事情。荒煤那段时间的日记记录了当时的情景:

(1984)元月四日

下午参加部党组整党学习会议,摆情况,几位同志都提到"苦恋"和×××问题,我得好好回忆一下。

晚查阅一下过去的笔记本,都记得很简略,不能对整个过程叙述清楚。

元月五日

下午党组会继续座谈。

我补充了有关"苦恋"一些情况,我记得耀邦同志当时确说过文艺界由于多年的批斗,如惊弓之鸟,《人民日报》未转载军报文是对的。

元月二十一日

寻找材料,找人谈话,想对"苦恋"问题整理一个材料。翻了许多笔记本,愈感此问题的复杂性,应慎重考虑。

元月二十二日

上午到冯牧家谈一些文代会情况,核实一些材料。
元月二十三日
上午张僖应约来访,核实一下四次文代会的某些情况。我决定写信给穆之、巍峙说明"苦恋"处理经过。
元月二十九日
写信丁峤并转巍峙,简要回顾一下"太阳和人"的处理经过,都是按中宣部和中央领导同志指示办理的。建议慎重研究向群众说明。

荒煤承受了很大压力,在仔细回忆情况、认真查找材料并与相关人员进行核对的基础上,他给文化部两位时任部长写信说:

自党组在干部大会上宣布党组经过学习,继续清查原党组对"苦恋"问题的处理,就感到不够慎重。据我个人了解的情况,从双片送审以来,都是经过中宣部领导和中央领导同志直接处理的。任何重大事件都不能脱离当时的具体历史条件来分析,有些内情现在是否适宜向群众公开引证说明?否则,容易造成一种印象,或者党组当时确有严重分歧,有人不愿与中央保持一致,不执行中央的指示,甚至欺骗了中央,没有坚决按照中央的意见加以处理。

(荒煤致丁峤并转周巍峙信,1984年1月29日)

荒煤在信中分列十二点梳理了中央对《苦恋》问题的精神以及文化部当时的处理办法,特别强调:"据我的笔记,耀邦同志在肯定这几年文艺工作还是有很(大)成绩之后,谈到《苦恋》问题讲'克服缺点错误,一定要采取较妥善的办法,由于历史情况,大家很敏感。文艺界受惊的情况很严重,(是)惊弓之鸟,要格外注意'","小平同志认为解放军(报)发表文章批《苦恋》是对的,但文章态度不好,方法不对,说理不足","乔木同志赞成修改,并提了具体修改意见,我记得他还认为,结尾最好是画家活下来,重新开了一个新的画展。"荒煤这封信的结论是:中央从来没有指示停止对影片的修改,"即便是在解放军报发表文章后也没有向文化部提出过意见,要停止修改,或批评我们进行修改是错误的"。以此证明坚持"修改"并没有违背中央的意思,"是按照中宣部与中央领导同志指示办理的"。

荒煤据理力争。对整个事件存在的分歧他心如明镜,但他坚持了一点,既然中央没有通知停止修改,坚持修改就没有错,不能因为形势变了就不顾当时具体情况乱扣帽子乱打棍子。他还建议应该把材料整理出来,"党组根据材料认真讨论后再研究如何向群众讲明"。有了1964年整风和十年"文革"的沉痛教训,他坚持实事求是精神,拒绝被他人所左右。"这一辈子的检查写得太多了。"直到八十年代还要在夹缝中求生存,对此,他感到愤懑和无奈。

然而,他要面对的绝不止《苦恋》一件事情。他注定还是要和检查打交道。1月10日的日记中他写道:

> 下午党组学习,默涵发言,目标仍对准我不放。提出几个认为文化部要注意的问题。
> 1、所谓赵丹事件,我写了悼念文章,我站在哪方面?
> 2、三刊物回忆讨论人性、人道主义问题。
> 3、重用×××问题,甚至又扯老账……
> 我极力平静也发了言,但仍不免有些激动。

1984年的那场学习,有关人性、人道主义问题也是他被抓住不放的一个重要问题。

人性人道主义在历史上从来就是一个棘手问题。1981年起,全国各报刊对这一问题进行了持续深入的讨论。1983年1月《文艺报》、《文艺研究》、《文学评论》三家报刊编辑部联合召开新时期文学与人性、人道主义问题学术讨论会,讨论的范围突破了原有的概念范畴,主要联系近年来文学创作的实际,探讨文学艺术在塑造人物、表现人性方面的成败得失,以及社会主义与人道主义的关系等问题。

那是一段极其忙碌的日子。元旦一过,荒煤就飞往上海参加全国故事片厂厂长会议。一连十几天听会、参加讨论、准备发言、与老电影工作者座谈、和中青年导演交流,还忙里偷闲兴致勃勃地和老朋友们聚会在上海老字号餐馆,品尝江南美食畅谈三十年代往事……直到北京打电话要他回来参加文联理论工作会议和人性、人道主义讨论会。

29日,荒煤在人性、人道主义讨论会上做了发言,对近年来文学创作表现人性方面的突破给予肯定,认为文学是人学,表现人性是文学创作的客观规律,而重新认识人性问题是现实生活对艺术的要求。他列举不久前看到一部影片的情节:男主人公办案,遇到孩子病危仍坚持不回家,当任务完成后孩子没有了,男主人公一脸平静地对妻子说,你要知道,我们都是共产党员,不是普通人。荒煤说自己看到这里倒吸了一口冷气,共产党员就没有人性了?这不是文学是政治说教!文学必须真实地表现生活刻画人物。发言中他还谈到日本、法国电影工作者在一些影片中对两性关系的描写,认为这是特定的经济制度和社会历史条件下的产物,"要反映那个社会,反映这一部分人的生活,这个问题就回避不了,如不写,怎么理解这个人?"他的结论是我们对西方文化不应当简单地扣上一顶政治帽子加以否定,首先应当了解,具体分析,取其精华。

会后,他的讲话很快就走样了。有人说这是一个"秘密会议",冯牧的发言反对批判人性论、人道主义,而荒煤的发言更是提倡人性论甚至鼓吹性解放。有人一直告到中央纪律检查委员会,中纪委在给中央的一个报告中谈到对这次会议的反映时说"陈荒煤同志发言中讲到日本、法国的社会生活,青年男女随便同居,实行性解放,说这是人性的组成部分"。一时间沸沸扬扬,陈荒煤提倡性解放成了文艺界一大传说。

还是1984年元月,荒煤将自己的发言稿送交文化部党组,并写信说:

> 有同志向中纪委控告这是黑会……中纪委已派人到作协调查,并向社会科学院文学研究所取走了我讲(话)的录音带——已退。有关会议的情况三刊已写了报告给中宣部。

> 我请文学所所长许觉民同志派参加过会议,一位同志认真负责地把我的发言根据录音记录下来,不作任何修改和补充,听不清的地方就注明听不清,换录音带的地方中断的就注明中断,保持原来讲话面貌,为了领导上了解、审查而用。我并告觉民同志妥善保留此录音带,倘部党组整风办公室要再核对时,随时可去取用。
>
> 我重看讲稿,限于理论水平不高,有些问题没有讲清楚,缺点和错误都可能有的,我下阶段清理思想时可作检查,进行自我批评,请党组批评。但从全文整个精神、主要内容来讲,不能认为是在提倡人性论鼓吹性解放。
>
> (荒煤致朱穆之、周巍峙信,1984年1月25日)

短短一个月的时间内先后两次给文化部党组领导写信要求澄清事实,可见荒煤对于所承受的压力充满抗拒之心。他太累了,日记中不断出现"疲劳不堪"、"疲惫之极"、"夜不安眠"的字句,"从事文艺工作半个世纪,总是感到负重前进,坎坷太多,常使人不知所措,挫其锐气,如此状况,振兴何易?可叹!"(1984年4月15日)……

这年秋天,整风进入后期阶段,学习中的荒煤常常有种感觉:"忽然目标似转到我这里来似的……"与此同时,周扬、夏衍等人在学习中亦受到更加激烈的批评。面对此种情况,荒煤认真思考改革开放以来文艺界存在的分歧,梳理思想,认为有必要重申自己的观点。8月8日在讨论文化部党组集体对照检查的定稿时,荒煤再次写信致党组领导:

> 着重检查右,不等于说"左"的情况不严重。如思想不解放,恐怕主要来自左的干扰。例如知识分子落实政策,入党难,提拔干部论资排队,长期不能解决中青年有才能的业务人员的待遇低,不能制定合理的报酬——也是向钱看的一种因素等等。恐怕都是左的原因。
>
> 再如在业务领导方面,很少提出按照艺术规律办事的问题,很少强调艺术特性,只提加强而不提改善党的领导

问题。

因此，建议在前面对左的问题也应总的讲一下。

（荒煤致朱穆之、周巍峙信，1984年8月8日）

写这封信时荒煤的心情十分凝重，"很少提出按照艺术规律办事的问题，很少强调艺术特性，只提加强而不提改善党的领导问题"。这些言辞太熟悉了，历史的车轮向前转动了几十年，问题却还是一个，这真的好像有很大的嘲讽意味！

还有更多让他纠结不已的问题。

1983年荒煤退居二线后倾其全力筹建中国电影艺术中心。电影艺术中心是在电影资料馆的基础上建立的，曾经的功能主要是为国家保存档案，为中央领导提供内参片。荒煤提出改变以往的状况使资料和研究相结合，这是他力图调集电影界分散的学术力量，改变理论研究落后于创作实践的一次大胆尝试。他的设想一开始就引起了激烈的争论，有人嘲笑说："还闹腾什么呀！"他说："我没有什么野心，无非是想把研究力量组织起来发挥作用。"在他的一手策划下，中心一成立就开展了一系列让人耳目一新的学术活动：举办专题电影研讨会，创办理论刊物，编写大型电影丛书，建立培养研究生基地……很快就搞得风生水起红红火火。

秋天的北京，电影界的研究人员集中在红叶飘逸的西山，从电影资料馆调集一百多部国产影片，用近半个月的时间进行观摩讨论。那一部部封存已久的经典之作，一次次延至深夜的有趣话题，还有回响在山间幽静小路上的争执和笑声，都给很多人留下了终生难忘的印象。之后，电影中心又连续举办英国、日本和法国等大型外国电影回顾展，力图在促进与各国电影文化交流的同时，让电影界文艺界更多地了解世界先进电影文化，学习借鉴国外电影先进经验，激励中国电影的创新实践。在一系列活动的带动下，小西天影评一时成为电影评论最为权威的品牌，小西天观摩也成为吸引无数人眼球的一件热事。电影中心的门前时常人声鼎沸，一票难求。

然而，外国电影的放映很快也引出了别的问题。有人认为影片中的性爱镜头会腐蚀年轻人害了孩子们。有"大姐们"给中央写信说:"在'中国电影艺术中心'举办的英国和意大利电影回顾展期间,有的青年看了影片里有男女赤条条滚在一起的情节时,竟说真过瘾! 在电影艺术中心的大门口,整天都围着上百人,绝大部分是青年,手中拿着人民币,口喊着:'买票买票,谁有票?'……"也正是这个时候,在举办法国影展时,影片《火之战》因出现原始人类性交镜头引起了争议。由于传言影片很"黄",开演前门票被一些人炒到六七元一张(当年一张电影票起步价两毛,一斤猪肉八毛左右),领导部门闻风审查,一纸禁演令下达,引来法国使馆官员的抗议。而在许多电影观摩的场合不得不采取了这样的措施,逢到影片中出现可能被誉为"黄"色的镜头时,银幕上立刻就出现了放映员挡住镜头的大巴掌,引来全场观众的哄堂大笑。

随即,接到中央批示:"对过去一个时期放映的影片作出检查和总结","主要负责人必须作出检查"。棍子再次落在了荒煤的头上。他给中央写信说明举办电影回顾展的初衷,汇报电影回顾展的组织程序,以及阐释应当如何学习和借鉴外国电影经验等等。对那些所谓的"负面"影响,他也不得不承担责任。

有年轻朋友给他写信:"刚刚听说中纪委要处理法国影展的事,真让人伤心。您千万别气,您为中国电影文学所做的贡献,是大家不会忘记的!!!"他有什么可气的呢,和过去几十年经历的波折比这根本算不上什么,但他却又不能不再次为电影的前景担忧。他在1986年1月15日的日记中写道:

> 下午在八宝山见到起扬,说有关法国影展要处分我们问题。中纪委说不同意文化部党组意见,似乎坚持要处分。不知如何解决,不管它吧。
>
> 近日报纸已公布,国务院向人大建议,电影系统并入广播电视部。

(荒煤日记)

电影就是在这种时候归并广电部的。对这一决定荒煤是不赞同的。他认为电影作为一门艺术独立于媒体之外,他担心电影归并广电会更趋向宣传。他曾经写过报告论述电影和电视密不可分的关系,其目的是希望在电视创作不发达的情况下以电影创作带动电视创作,这和归并是两码事。为此,他给胡乔木写信,给中央写信,阐述自己的观点,但这都没有用。夏衍以他老辣的眼光告诉他,归并的目的其实是有人为了要电影摆脱"夏陈",这倒真的了断了他力争下去的念头。不过想想,心中不免愤然:"夏陈"到底是什么人呢,需要这样视若洪水避之不及!

还有更蹊跷的事情在等着他。1987年5月,广电部突然通知撤销电影艺术中心,引起了电影界一片哗然。混乱中有小道消息从上面传出,说这样做其实是针对陈荒煤的,这倒再次印证了夏公的话。此时,荒煤即便再愚钝也清楚地感受到了。这一次,他知道自己必须妥协,保住中心是第一位的。经过慎重思考,他同意撤销学术委员会,但提出保留中心,保留研究生部。经过力争,中心和研究生部保住了,学术委员会撤销。荒煤作为学术委员会主任,失去了对中心的话语权,他主动要求不再担任研究生部领导小组组长,只保留正在带的三个学生的导师资格。

从1984年到1987年整整三年的时间里,荒煤为电影艺术中心呕心沥血,中心成了他为电影所坚守的最后一块阵地。现在,阵地没有了,他这个老兵还有何用?这块煤石还怎么燃烧?!

然而,他很快就平静下来。他早已到了颐养天年的岁数。再说,还有人照旧给他送剧本;有人期望他写评论;他也依然来者不拒——即便是名不见经传的小人物,只要认为值得就满怀热情地支持。他的身影频频出现在一些规格不高的会议上,谈着自己对电影的意见,让一些人感到敬佩让另一些人觉着耿耿于怀。他还借助社会力量开办了一个培养电影剧作者的刊授学院,尽管办得磕磕碰碰;他还开始着手创立夏衍电影学会,尽管有人厌烦,他还是要把这面旗子举得高高的……每逢投入到这些工作中,他那张少见笑容的脸上,便浮现出一种深情的微笑。

1984年春天的一个晚上,我跟随荒煤探望他的一位老朋友,拜访结束后,他说想在街上走一走,我们便沿着西长安街向前走去。那晚,街上行人熙攘,柔和的晚风迎面吹来,空气中有种淡淡的说不出的花香。我们走着,荒煤突然停住脚步对我说:"想想,这一辈子我真是做了多少次的检查啊!总是在做检查、斗人和挨斗……真是一点意思都没有!一点意思都没有!"他摊开双手,无奈地摇着头,用力地让每一个字从嘴里蹦出来,脸上的苦笑就展开在那一道道深深的皱纹里。

我望着他,知道他正在做这一辈子里"多少次检查"中的一次,只是不知道这是不是最后的一次?在他的人生路途中,检查就像一个甩不掉的影子,永远追随着他,他苦恼、认真、执着,也依旧被每一次的检查压得喘不过气来……

也就是在"清除精神污染"学习的同时,他写下了令人颇感惊讶的散文《梦之歌》,发表在《收获》杂志上:

> 我上哪儿去?我感觉我自己似乎已经没有任何亲人和家了。我只是孤独地茫然地向前走。
> 
> 我走了许久许久,走过许多曲折的崎岖的山路,最后走进一个幽静和美丽的山谷。
> 
> 我疲劳极了,由于饥渴,我再也支持不住了,我倒在大地上,感到一阵阵昏眩。
> 
> 这是一个生气勃勃,明媚的春光笼罩大地的早晨。东方灿烂的霞光正展开了广阔的翅膀,扫除一切阴暗,把光明与温暖来覆盖人间。
> 
> 我匍匐在一片茸茸的草地上,把脸儿紧紧地偎依在这异常柔和、光滑湿润的草丛中,一面又尽情地用我那干枯的嘴唇,把他们身上所有晶莹的露珠都吮吸到我的咽喉里去。
> 
> ……
> 
> (《梦之歌》,《收获》1983年第3期)

难以想象,一个人一边做着沉重的检查,一边又写出这样色彩斑斓的文章！

　　这每一个字符里，似乎都流淌着作者发自内心的异常温柔的希望和梦想，又充满着超越现实环境的抗争和无限的痛苦、挣扎……

（节选自《潮起潮落：新中国文坛沉思录》<br>人民文学出版社 2015 年 11 月出版）